종합산문(2)

Series of Korean Literature at China

이 전집은 대산문화재단의 2007년 해외한국문학연구 지원을 받았습니다.

연세국학총서**73**
중국조선민족문학대계 15

종합산문(2)

연변대학교 조선문학연구소
김동훈·허경진·허휘훈 주편

보고사

◉ 권 철

중국 연변대학 조문학부 졸업. 연변대학 조문학부 교수로 재직하며 민족연구소장을 역임
하고, 현재 조선문학연구소 고문으로 있다. 저서로『광복전조선민족문학연구』,『중국조선
족문학』등이 있다.

◉ 김동훈

중국 중앙민족대 중문학과 졸업. 중앙민족대와 연변대 교수를 거쳐 현재 상해공상외대
한국어 학부장으로 있다. 연변대조선언어문학연구소 소장, 북경대조선문화연구소 고문
역임. 저서로는『중국조선족구전설화연구』,『조선족문화』,『중국조선족문학사』(공저),
『간명한국백과전서』(주필),『중국조선족문화사대계』(총주필) 등이 있다.

◉ 허경진

한국 연세대 국문학과 및 동 대학원 졸업. 목원대 국어교육과 교수를 거쳐 현재 연세대
국문학과 교수로 있다. 2005년부터 중국 연변대 겸직교수로 재직중이다.

◉ 허휘훈

중국 연변대 조문학부 및 동 대학원 졸업. 문학박사. 현재 연변대 조문학과 교수로 있다.
연변대 조선문학연구소 소장, 연변민간문예가협회 이사장이다. 저서로『조선민간문화연
구』,『조선문학사』(공저),『중조한일민담비교연구』(주필) 등이 있다.

연세국학총서73
중국조선민족문학대계 15

종합산문(2)

초판 1쇄 발행 _ 2010년 6월 15일

주편자 _ 김동훈·허경진·허휘훈
　　　　　연변대학교 조선문학연구소
발행인 _ 김흥국
발행처 _ 도서출판 보고사
등　록 _ 1990년 12월(제6-0429)
주　소 _ 서울시 성북구 보문동 7가 11번지 2층
전　화 _ 922-5120/1(편집) 922-2246(영업)
팩　스 _ 922-6990
메　일 _ kanapub3@chol.com
홈페이지 _ www.bogosabooks.co.kr
ISBN _ 978-89-8433-416-8(94810)
　　　　　978-89-8433-401-4(세트)
정　가 _ 33,000원

간행사

　우리 조상들이 중국 땅에 이주해온 이후, 오랜 역사를 통해 탁월한 저력으로 독자적인 문화를 창출해냈고 또한 많은 문화유산을 물려주기에 이르렀다. 그 가운데 우리 조상늘의 알찬 삶의 지혜와 다양한 경험들이 축적되어 있다. 바로 이 때문에 문화유산 중 큰 비중을 차지하는 구비문학과 기록문학이 소중하며, 다시 읽어야할 보전(宝典)으로 남게 되었다.

　과경(跨境)민족으로서의 중국 주선민족은 19세기 후반이레루 수차의 문화적 격변의 시대를 살아왔다. 이른바 개화기의 격류 속에서는 전통문화와 서구문화사이의 갈등, 한문학과 국문문학 간의 교체를 경험했고, 식민지시대에는 국문문학의 문체혁신과 일제에 의해 책동된 전통문화의 쇄멸 말살이라는 시련을 겪기에 이르렀다. 이런 변화와 역경 속에서도 중국 땅에 망명하였거나 이 땅에서 유·이민 혹은 정착민으로 생활해온 우리 겨레의 지조 있는 애국문인들은 결코 붓을 던지지 않았다. 류인석, 김택영, 신규식, 신채호, 안중근, 리상룡, 김정규, 김소래, 최서해, 염상섭, 주요섭, 최상덕, 강경애, 현경준, 김창걸, 안수길, 박영준, 황건, 김조규, 윤동주, 박팔양, 이육사, 함형수, 리학성, 천청송, 김학철, 윤해영, 채택룡, 설인 등 헤아릴 수 없이 많은 문학도와 시인, 작가들이 바로 필설로 그 시대를 증언해온 대표적인 지성인들이다.

　그들 중에는 고국을 떠나 갈바람에 흩날리는 낙엽처럼 정처 없이 떠돌다 두만강, 압록강을 건너와 허허 넓은 만주벌판, 낯선 이국땅 서러운 추녀 밑에서 간도아리랑을 부른 망향시인이 있었고 하늬바람 불어치는 산해관을 넘어 북경, 서안, 상해, 무한 등 천년고도에 떠돌이로 남아 언론매체를 빌어 '천고'를 울리고 '진단'을 노래하고 청구의 '광명'을 만방에 호소한 청년전위가 있었는가 하면 백산, 흑수, 송료, 제로, 태항, 중원의 고전장에서 융마일생을 수놓아 가며 목숨을 바친 무명용사도 있었다. 여순, 나가사끼, 후꾸오까의 감옥에서 단지혈맹의 뜻을 굽히지 않고 다리를 절단해가면서도 끝까지 혁명의 지조를 지켜왔거나 끝내 '한 점 부끄럼 없이' 꽃처럼 피어나는 피를 민족의 제단 앞에 바친 암흑기의 푸른 별들도 있다. 그들은 문자에 앞서 몸으로 지탱해온 삶 그 자체가 더 고결하고 값진 것으로 여겨왔던 것이다. 그들의 피와 땀으로 가꾸어온 문화의 숲은 헌걸찬 우리 민족의 에너지를 부단히 충전시켜 주는 불멸의 혈맥, 끈질긴 생명력의 고동으로 무성하게 자라고 있으며 영광과 비애의 굴곡, 흥망과 성쇠의 기복이 교차되는 수많은 역사 주체의 명멸을 간직한 채 군건하고 강인한 기백으로 오늘날까지 민족의 정기를 면면히 이어주고 있다.

그들이 남긴 풍부한 문학유산은 그동안 중외(中外)학자들에 의하여 적지 않게 발굴 연구되었으나, 지금까지의 연구는 단편적인 자료에 근거를 둔 것으로서 그 진면목을 체계적으로 파악하기에는 역부족이라고 할 수 있다. 이런 의미에서 중국 조선족과 광복 전 재중 한인, 조선인들의 문학 자료를 체계적으로 발굴, 정리, 출판하는 것은 정체(整体)적인 민족문학연구에서 대단히 중요한 작업이 아닐 수 없다. 그들이 남긴 문학 자료는 지금도 중국각지와 해외의 여러 도서관, 박물관, 문서보관소에 신문, 잡지, 일기, 필사본, 프린트본, 활자본 등 형식으로 흩어져있다. 이런 현실을 감안하여 본 대계는 선배들이 중국 땅에 남긴 문학 자료들을 집대성하여 후세인들로 하여금 문화민족으로서의 자긍심을 갖게 하고 애국애족의 정신을 계승 발양하며 문학, 언어, 역사, 민속, 언론, 사회 등 여러 분야를 망라한 학계인사들에게 21세기 중국 조선민족문화의 새로운 비약을 위한 계통적인 연구 자료를 제공하는데 그 목적과 의의가 있다.

중국조선민족문학의 진수를 정리, 간행하기 위한 계획이나 준비 작업은 연변대학 조선언어문학연구소(현재의 조선문학연구소)의 창립과 더불어 20세기 80년대부터 본격적으로 시작되었다. 권철교수를 비롯한 연변대학 조선언어문학연구소의 조선문학 관계 선배학자들은 1950년대부터 벌써 재중조선인

문학자료 수집에 착수하였고 1990년에는 권철, 조성일, 최삼룡, 김동훈 등 네 연구원의 공동 집필로 된 ≪중국조선족문학사≫를 공개출판하기에 이르렀다. 1992년 연변대학 조선언어문학연구소(현재의 조선문학연구소)는 한국 숭실대학교 인문대학과의 공동연구과제로서 소재영, 권철, 김동훈, 조규익 교수를 중심으로 집필한 ≪연변지역조선족문학연구≫를 펴냈다. 같은 시기에 김영덕, 최문식 교수를 비롯한 연변대학 고적연구소에서는 ≪류린석전집≫, ≪김택영전집≫, ≪윤동주유고집≫, ≪한양가≫, ≪연변조사실록≫ 등 중국지역에서 발굴, 정리한 17권의 민족고전을 출판하였다.

이와 동시에 문학현장의 사실을 증언하기 위해 두 연구소 산하의 수십 명의 연구원들은 연변의 각 현시와 북경의 백림사, 상해의 서가회, 남경의 용반리, 심양시 서류보관소 그리고 하얼빈, 대련, 서안, 남통 등지의 도서관, 박물관 등 중국 국내 수백처의 자료관을 누비면서 우리 민족의 해방 전 문학자료들이 흩어져 실려 있는 ≪천고≫, ≪진다≫, ≪천고≫, ≪진단≫, ≪독립신문≫, ≪민성보≫, ≪북향≫, ≪만선일보≫, ≪카톨릭소년≫, ≪광복≫, ≪신한청년≫, ≪조선의용대통신≫, ≪한민≫, ≪연변문화≫ 등 신문과 잡지, 그리고 지난 세기 초부터 이 땅에서 유전되었던 ≪백두산민담≫, ≪장백산강강지략≫, ≪초등소학수신≫용 우화집과 ≪싹트는 대지≫, ≪재만조선인시집≫, ≪혈해지창≫ 등 최초의 소설집, 시집 및 극본들을 속속 발굴하였으며 무려 1, 500만자에 달하는 작가문학 자료와 800여 수의 민요, 2, 000여 편의 전설과 민담을 수집하였다. 그들은 하늘을 비상하는 나비가 아니라 발로 땅을 기어 다니는 지네와 같이 지나간 역사와 문화현장에 파고들어 문학현상 자체를 자기의 피부로 촉감하고 확인함으로써 오늘의 이 방대한 민족문학대계의 탄생을 준비하였던 것이다.

본 대계의 출간과 관련하여 우리는 다음과 같은 몇 가지 원칙에서 이 사업을 추진키로 하였다.

첫째, 본 대계에는 중국 조선족 작가와 재중 한국인, 조선인 작가들이 건국(1949년) 이전에 창작한 시, 소설, 일반 산문, 극작품 등 일체의 문예작품들을 수록한다.

둘째, 우리 문학의 세 가지 큰 갈래인 조선문 문학, 한문문학, 구비문학을 통해 역사적으로 이룩한 모든 양식을 함께 수록한다. 먼저 건국 전에 창작된 작품을 30권에 나누어 1차적으로 간행하고 이를 더욱 확대하여 진정한 의미의 문학대계가 되게 한다.

셋째, 구비문학작품은 건국 전에 수집된 것과 건국 후에 수집된 것을 망라하며, 그 내용이 해방 전에 이미 구전으로 전승되었음을 감안하여 이를 모두 1차 간행분에 포함시킨다.

넷째, 언어상으로나 역사적으로 가치가 있는 일부 원전은 원전과 현대어역을 동시에 수록한다. 현대어역을 통하여 한문과 원전의 감상을 가능하게 하고 정확한 원전의 제시로 그 연구의 자료가 되게 한다. 단 일부 한시와 고문은 번역 사업이 미처 미치지 못해 원문만 그대로 싣기로 한다.

다섯째, 건국 전의 작가문헌은 그 문체들이 발생한 시대적 선후를 염두에 두면서 한시, 현대시, 소설, 산문, 희곡 순으로 배열하고 구비문학은 민요, 전설, 민담 순으로 배열한다. 건국 이후의 작품은 대부분 쉽게 찾아볼 수 있는 것들이어서 2차적으로 그 출간을 계획해보려 한다.

1차 간행에 교부된 작품집 목록은 아래와 같다.

제1-3권 한시집
제4-6권 시집(조선문)
제7-13권 소설집
제14-16권 산문집
제17권 희곡집
제18권 민요집
제19권 문헌설화
제20-21권 전설집
제22-27권 민담집
제28-29권 중국에 번역 소개된 문학작품
제30권 별책(색인)

끝으로 본 대계가 편집 출판되는 동안 관심 있는 모든 분들의 협력과 질정을 바라며 어려운 가운데도 이 사업에 동참해주신 편찬위원, 책임편자, 역주자 여러분과 연변대학 고적연구소 임원들에게 감사드린다.

그리고 본 사업의 취지를 이해하고 편집비를 지원해주신 한국 대산문화재단, 2005년도 연세특성화지원금으로 「중국내 한국관련 문헌자료집성사업단」을 지원해주신 한국 연세대학교의 후의에 감사드리며, 아울러 편집과 교정에서 제작에 이르기까지 노고를 아끼지 아니한 보고사 여러분께도 고마움을 표한다.

2005년 12월 26일

중국 연변대학교 조선문학연구소 전 소장 김동훈
중국 연변대학교 조선문학연구수 소장 허휘훈
한국 연세대학교 국학연구원 허경진

편집위원 명단

◉ 일러두기

이 ≪대계≫는 다음과 같은 요령으로 엮었다.

1. 중국 조선족의 기록, 구비문학작품을 비롯하여 재중한인(韓人), 조선인이 중국 지역에서 창작한 작품들을 함께 수록하였다.

2. 20세기 전반기에 창작 발표된 문학작품을 일차적 선제대상으로 확정하였다.

3. ≪대계≫ 각권의 출판은 한시, 현대시, 소설, 산문, 희곡, 민요, 전설, 민담 순으로 배열하였다.

4. 한시와 기타 한문(漢文)으로 쓰인 원전은 매 편마다 원문을 앞에 싣고 역문을 뒤에 함께 수록하여 상호 참조하기에 편리하도록 하였다.

5. 원전에 나오는 일부 지명, 인명, 전고, 방언과 알기 어려운 글자, 누락, 오기 등에 대해 필요한 주를 달았다. 주석표기는 원문(혹은 역문)에 번호를 붙이고 해당 면 하단에 각주(脚注)함을 원칙으로 하였다.

6. 고한문 원전은 번체자로 표기하고 이해가 어려운 한자어의 경우에는 팔호 안에 한자를 넣어 병기하였다.

7. 간행사와 일러두기 그리고 해설은 한국에서의, 작품의 맞춤법·띄어쓰기·외래어 표기는 중국에서의 현행 조선말 규범원칙을 따르되, 어학적·민속적 가치가 높은 해방 전 원전은 원문 그대로 수록하였다.

8. 본문은 연변의 표기방식대로 실었으며, 해설은 한국의 표준법에 맞추어서 윤문하였다.

9. 이 ≪대계≫에서 사용한 주요 부호는 다음과 같다.

   1) (　　) : 음이 같은 한자를 병기함.

   2) [　　] : 음은 다르나 뜻이 같을 때나 혹은 풀이한 한문을 병기함.

   3) ≪　≫ : 책명, 작품명, 대화나 인용을 나타냄.

   4) 〈 ? 〉 : 불확실한 경우를 나타냄.

   5) 　□　 : 원전 또는 원문에서 누락된 문자를 나타냄.

   6) 주석은 ①②로 표시하여 해당 면 하단에 표기함.

차 례

붓가는대로*

박팔양(朴八陽)

每日아츰 領事館압헤서 八號線「쩌스」를 타고 東二條通-○○○街-○○都압
-市營住宅街-康德會館압헤와서는 한區域이 된다. 여기서 나려서 다시 二號線
을 타고 三中井百貨店압- 長春代街-國都郵遞局압-大同代街압-

지금 나는 決코 쩌스交通路線을 說明하는것이 아니다. 問題의要點은 내가
每日出勤時間에「쩌스」를타고 大同公園압흘 지나갈때의 所感을 이야기 하려는
데 잇는것뿐이다.

自由公園, 牧丹公園, 大同公園 여러公園이 여기에 서로이우슬하고잇스니 여
기를公園大街라고나 命名항는지 左右間이곳에公園은 만코 길은서울 陸橋압
(光化門通)보다도 더 넓어 시원하고도 깨끗하여 이곳을 아츰저녁「쩌스」로 달리
는것은 分明히 나의愉快한일中의하나다.

내가 처음新京에왓슬째는 今年三月初一매운겨울바람이 아직도 매서워 사람
의살을 어이는는듯하고 거리에는 눈이 아조 단단히구더 어름덩이가되여잇고
지금이야기하는 大同公園의 樹木들은 입새업는「싸리비」들모양으로 裸木으로
썰도섯슬째이엇다. 그럿튼것이 하로하로「쩌스」車窓에서내여다보며 아츰이가
고 저녁이 오며 지나다니는 동안 매마른 나무가지에 푸른기운이 도는듯마는듯
하더니 어느새軟弱한싹들이 소문업시터서 나무가지가초록빗으로 물들고 쏘어
느새 푸른입새가 제법 너울너울바람에춤을추더니 이제는 어린입새가 茂盛하여
鬱鬱蒼蒼하게된 것을보게되엇다.

『歲月이 빠르다』는 말은 일이 너무나 만히 우리귀에저저 아모感情이업는 平
凡化한말이로되 그러나 亦是우리는이말을 언제든지 쏘 되푸리하지 아니할수업
는것을 슬퍼한다.

---

* 이 글은 ≪滿蒙日報≫ 1937년 7월 27일에 게재되었다. 박팔양(朴八陽, 1905~1988)은 시
인. 경기도 수원 사람.경성제대 법과졸업후 신문기자로 일하면서 작품활동에 정진. 1937년
도만하여 ≪만몽일보≫에 가담, 후에 ≪만선일보≫에서 사회부 부장으로 있다가 만주제국
협화회 총부에서도 임직하면서 ≪滿洲詩人選≫을 편찬. 해방후 김일성대학 교수, ≪로동신
문≫ 부주필, 작가협회 부위원장 등을 지냄. 저서로 ≪麗水詩抄≫, ≪박팔양시선집≫, ≪눈
보라 만리≫, ≪황해의 노래≫, ≪헌시≫ 등이 있다.

未覺池塘花草夢 淸明綠葉已秋覺 이란 누구나다아는 넷글과가티 이 大同公園의 樹木도 未久에는 가을바람에 그落葉을 우리들이 그째도 쏘每日 타고지낼는지몰으는 이 「써스」의 車窓으로 쓸쓸한바람과함께 던저집어너허주리라. 이리하야 봄, 여름, 가을, 겨울이 循環하는동안에 그리고 이해가 가고 쏘 다른해가 오는동안에 人生은 變하고 自然도 變하는것이리라.

그것은 何如間에 이곳公園이 여름은 요새가 한참이다.

나는 新京에온後에 물빗이 그립고 花草가 그립고 냇물이 그립고 나는새, 기는 벌레까지도보고십허 出勤하는길에 각급 牧丹公園가운데를 들러서갈째가잇다. 閑寂한한맛오른 牧丹과 自由이오 냇물에 「쏘-트」가잇고 靑春이즐기여 ○○○ ○○○○ 準備되지못한 늣김이 잇는곳이 順天公園이라할것이다.

여름방의 散策地로도 우리는 日本○○의 거리를 즐겨하지안는배는 아니로되 이 大同代街 여러公園의 거리도遍踏하고십흔생각이 쏘한만타.

生活과 文化*
려수(麗水)

(一)

朝鮮사람이 滿洲에와서산지 벌서數十年이오 그수효로보드라도 지금 百萬名이 훨신넘지 안습니까? 그런대로 오늘날 滿洲國에서 生活하고잇는 우리들속에서 이나라이쌍의 自然과人生을 그런文學하나 이러타할만한것이 업스니 섭섭한일이아닙니까? 지금所謂之化를가젓다는 種族으로서 쏘는 過去에 燦爛한 文化를 가젓든 種族의後裔로서 너무붓그러운일이 아닙니까? 勿論生活이 安定되지못한것이重大한原因이 된것을 모르는배는 아닙니다. 그러나 生活의 安定이란 그條件이 어느程度의것일까요? 先哲과 엣文人은貧困한中에서 思索도하며創造

---

* 이 글은 《만선일보》 1940년 6월 6일에 게재된것이다. 麗水는 박팔양이 많이 쓴 필명 ‘

도햇고 富裕한 階級이 반드시 훌융한 文化의創造者는 아닙니다. 泰西文豪中에
는 굶어公園에안저서 조희쪼각을 어더 紀錄한사람도잇다합니다. 勿論이것은極
端의例이어니와 너무 "돈! 돈!"하고 一獲千金의꿈만을쓴것도아닙니다.

(二)

滿洲, 北支의조선사람들이 너무 "돈! 돈!"하고 그以外의모든것을掛하지 안는
다면 우리는 마츰내 道德도廉恥도文化도 아모것도 가지지아니한 가장淺薄하고
가장卑陋하고 가장喠乘한 守錢奴밧게 될것이업지는 안켓습니까? 나는 그것을
걱정합니다. 文化란 쏘는 文學이란一見배부른사람의 콧노래갓흔것갓흐나 實은
한種族의精神的糧食입니다. 發見하고 못하는것이여기에잇습니다. 世界에서 追
放되고 賤視되는 猶太人조차 그守錢奴的生活의餘裕에서 科學과信仰과藝術을
훌륭히가지고잇습니다. 그래 文化種族의後裔로서 滿洲에와사는 우리가 그들만
도 못하란법이 잇습니까? "돈"에만 思索하고 努力한것이아니라그以外의것도
좀생각하고努力할必要가 잇지안을까요? 이것이 나의淺薄한獨斷이라면 오히려
우리自身을爲하일 千幸일것입니다.

歲色이薄如紗*

려수

嚴命에依한題、"送年賦"三字를쓰고보니 일은바 "歲色이薄如紗"한感이 새
삼스럽습니다그려

不過半朔後면쏘新年이라하겟지요 平凡한하로하로의無限한繼續이엇만 토
막토막잘러서 여기까지가舊年 여기부터가新年! 하는것이 兒戲에類한배업지도
안습니다만은 兒戲라면 사람의所謂 "生"全體가 그와類似하다고도 하겟지요.
高談肚言이아니라 사람一生의 喜怒哀樂을 死後에 墓塚之間에서 그사람스스

---

* 이 글은 《만선일보》 1940년. 12월. 19일에 게재된것이다.

로 고요히생각할機會가잇다고하면 모도가 一笑에附할 戲事類가 아니겟습니까? 生時의一大事라도 그러하겟거든 하물며 些無한 市井雜事야 더말해무엇하겟습니까?

그러나 그런줄알면서도 그날그날의 喜怒哀樂을그대로바더서 營爲하여나아가는곳에 사람의所謂 "生"의妙味가 잇는것이안입니까? 일은바 "生의無常"을 諦觀한然後에도밥먹도물마시고 팔을베고누어자는곳에 또한人間다운조흔배가 잇는것이아니겟습니까?

却說 어쩌튼 이해도갑니다. 새해면 헛되이먹은 붓그러운나이가 설흔하고 또 일곱이됩니다. 37×2=74 이러케 計算하여노코보니 古來에드물다는 稀年고개를 넘고도또四年을 더生存하다 치드라도 벌서나의生活의完全한半을 徒然히 虛費 했습니다. 그려 寒心한일입니다.

昔日의 賢人들은 "아츰에道를듯고 저녁에죽어도恨이업다"고까지 道를渴求하는緊張한生活을하엿건만 그러치도못하고 갑업는 區區한歲月을 半넘어보냇스니 엇지 歎息할일이안입니까? 그러나 絶對로 落心은 아니합니다. 꾸준히 더 듬어걸어나가겟습니다. 가도가도 끗업는 길이겟지요 그러나 더듬어 더듬어서라도 가기는 가겟습니다. 무슨길을?하고 물으십니까? 別것이겟습니까! 그저사람이걸어야할 사람다운길이겟지요 反省하고뉘우치고그리고 다시勇氣를내여 걸어갈끗업는길입니다.

마지막날 마지막時刻까지 努力할것을다시한번스스로 ○○하랍니다 無窮한 永劫의 一刹那이나마永遠히도라오지안을千金의時刻을 좀더意義잇게지내고십흔 强烈한衝動을느낄짜름입니다.

새絶對와 眞理*

김여수(金如水)

朝鮮的人現代性格은 現實主義인까닭에瞬間以外에 生活이업고 現實以外에

理想이업고 그런째문에生活에對한 論理價値도忘却되여잇다 因朝鮮的性格社會의 每個人의生活의內容은 國家的社會的全體的生活의意義를 가질수는업다. 이러한朝鮮的인現代生活은 나아가서는 非常히感受性이빠르고正直한 換言하면感性的人 젊은朝鮮人의 知識階級에게 生에對한 意義를否定하고 人生을 破壞하게맨들기쉽다. 一言으로 말하자면 虛無的哲學의世界야말로 現代朝鮮의 生活性格이라고할것이리라 率直하게말하면 나自身도이러한生活觀이零圍氣에 잇스면서도 先天的으로 迷綵을버리지못하는 執着의强한性格의탓인지 完全히 그 生活의 零圍氣에 저지저지못하고 自己도모르게그러나深刻하게 이름도모르는 疾病에自身을○실느고 잇는것을發見하고잇다. 이것은 마치 神經衰弱症患者가 神經衰弱症에서 버서나라고 헤매이고 焦燥하는마음이 도로혀 神經衰弱을을 더重病에로 집어넛는 그것보다도 한결더深刻한것일는지도모르리라 이러한내 自身인것을째달를수록 아조싯컴언먹칠한것갓흔오두운밤에외로히 허둥지둥 거려가는와갓흔 나와내親舊를을恐怖에저즌눈으로想像한다. 正直한告白을한다면 나는哲學을이러버리고 사는사람이다. 내가오날까지를 글을쓰지안흔 理由도 이곳에잇다. 勿論이곳에서말하는것은 내게文筆的技巧가썩훌륭하다든지 그런 意味의것이아니라 眞實한意味의生活精神을 일허버린사람으로서 엇더케眞理를 말하겟는가하는말이다. 小說도詩도모다 잇는그대로의生活의描寫가아니라 生活의理想爲하야 逼迫한現實的運命對하야 解脫하랴는者의受難과惡戰하는 모양을보라. 더놉흔創造的生活의우에서 觀照하는것이다. 그럼으로眞實한生活 精神을일허버린 나와가튼것은到底히 글을쓸래야쓸수가업지안은것이 事實이아닌가 "되는대로"살지 이것이最近의나이다. 그러나이러한나에게 쏘나와꼭가튼 朝鮮의現實에도 세가지의絶對와眞理는잇다.

---

* 이 글은 ≪만선일보≫ 1940년 10월 26일에 게재된것이다. 金如水는 박팔양의 다른 하나의 필명. 게재시에 이 글은 (上)으로 아래에 실은 ≪두 性格의 魅力≫은 (下)로 밝혀졌다.

두性格의 魅力*

김여수

그것은실턴조선사람으로태여난以上엔사라야된다는 것과또죽어야한다는것
과그리고子息들에게 生命의遺産을밧치여야 한다는것이다. 나는요짐 오래동안
이세가지 絶對와眞理를짐認하고사라온 내生活에對하야 엇더케 處置할것인가
를 生覺하여보앗스나 아직도其體的인方法을엇지못하얏다. 그러나 내가萬若今
後에글을쓴다면 이세가지絶對와眞理嚴然한事實이고 存在인以上 賢明한作家
들은 그作家的個性의特微이야 如何하든 이普通妥堂性에對한共通한觀念 이저
버리지 안을것이리라.

朝鮮社會의環境은 스스로좁은까닭에 朝鮮사람特히젊은이들의理想과 活動
의世界도日本內地靑年들의그것보다非常히 局限되여잇다. 朝鮮社會의環境은
朝鮮사람의精神世界를 自然히規正하는所이다. 나는이러한朝鮮사람의社會的
環境에依한 精神世界를作品에依하야表現하라면 두가지 性格의所有者를그릴
것이다. 또내가 萬若作品을쓴다면 꼭이런性格의 所有를그리는것으로써 現在의
朝鮮人의 社會의性格을 象微하는것이되리라. 그러면내가그리랴고生覺하는 두
가지의 性格은엇더한것인가 그것은 이러한 두가지苦悶의象微이다.

非常한秀才인 젊은主人公이哲學의世界를 이러버리고 權利와萬全과 欺瞞의
物質的世界의歡樂을 獲得하기爲하야 그스스로自己를속이고狂奔하다가 最終
의瞬間 가장人間으로서의 悲劇的인 懺悔의눈물을 흘리는것－이러한것하낫과
亦是非常히秀才인 젊은精神主義者(假令主人公이 嚴格한카트릭敎의 眞實한信
者하고 假定해도조타)가 只今까지온갖 現實의試驗과苦難을익이여오다가 맛침
내는 그 現實苦와誘惑에依하야 마음을쌔앗기고 只今까지 거러오든信念과哲學
을抛棄하고 官能主義의 世界에서 極端의現實主義的인 그리고極端의 瞬間的인
生活을하는것으로 거의 이슬의 瞬間과도 가튼人生을구지 正直하고 嚴格하고
굿째문에 괴롭게살必要가업시 도로혀 快樂하게살지는것－또살고잇는것－이러
한群象 아마도 이두主人公의性格은今日의知識잇는 朝鮮젊은이의生活觀의世

---

* 이 글은 《만선일보》 1940년 10월 27일에 게재된것이다.

界이기도하리라. 그러나問題는 이두主人公의生活의性格을比較하야보면 最後에잇서서는結局前者에의 過程이아닌가 惑은그러치도아닌것인가 이解釋에잇다. 그리고그것은또한 半島人生活觀全體이기도하다. 그런데내가生覺할때에는 前者의生活觀上의性格보다도 後者의그것이 더朝鮮的一般性을가진것갓고 또압흐로도가질것이며 따라서 現實性잇는 解釋이라고하겟다. 그러나그것은半島人全體의生活의幸福을가져올런지 그러치안을른지는 頑强한精神主義를固執하지안는나로소는對答하기어렵다. 眞理는往往論理以外에도發見되는수가잇스니까 그러치만 現實主義的인生活觀은 瞬間性의것이기째문에 現實生活過程以外의 生活과生活觀을認定하지안는것임으로써 적어도後者의生活性格은 그自體에잇서서는 幸福과滿足하는길일것이다.   九月十八日

讀書餘談*

박팔양

近日 白雲道人著『茶道와禪』란 冊子하나를 寄贈한사람잇서 破寂삼아읽엇다 不立文字, 以心傳心을高調하는 禪의精神과茶道의精神이 究竟에一致한다는 論旨의一券書인데 唐紙類에封線을치고 큼직한 活字로 印刷하야 古風製冊을한 雅趣잇는것엇다 禪의참精神이나 茶道의眞髓가 모다누가이러이러해야된다고 具體的으로가르켜서되는것이아니요 스스로터득하여야된다는序論의한대목에 이르러 記述하여가로되『不立文字, 敎外別傳』이란게 獨禪의專賣特許가아니요 世間萬事 그當奧에達하려면모다 敎外別傳이아닌게업다 하고나서 그妙境의會得을 深奧的으로 比喩하여가로되『笑迎輕薄客, 泣送多情人』하는 "거리의 天使"가情郎을送出하야 外套를입히면서 가만히웃위로 한데주는 最後의一擊, 이것이곳 娼婦의 敎外別傳이요 少女를爲하야 보내는 꼿한가지 少女不言花不語 그사이로通하는一脈의春風 이곳小女의 禪이요님과맷는하로밤의因緣으로 小

* 이 글은 ≪만선일보≫ 1940년 5월 14일에 게재된것이다.

妾의 百歲短命이라함은 그眞消息이곳閨中의禪이요 夜半에얼근하야 도라와콩
칠팔칠하는男便에對하야 웃는얼굴로맞어드려 徐徐히보내는眞情의하소와눈물,
써다시는 遊里에발을안드려놋케함이 곳마누라의敎外別傳이라』云云함에는 스
스로 微苦笑를 禁하지못하엿다 要컨대말이나글로가르쳐서 되는것이아니요 妙
境을極致에간眞情과 最後의自傳이잇슬뿐이라는 通俗한比喩다 著者는이러한
通俗한序論後에 茶의沿革으로부터 비롯하야 藥用에서出發하야 飮用에이르는
經過와 茶道의眞髓가 奈邊에잇다는것을 史實로서引證하고 그 高談한風趣와
生活의精神이 禪의 그것과恰似一가아니라 一致한다는結論을말하엿다.

그 引證中에도 茶人들의心的境地에對하야 讀者들로하여금엇는바잇게한것
이잇스니 一例를들면 이런것이엇다.

近世日本의이야기인데 有名한 豊臣秀吉이 茶道에趣味가잇서 茶人利休를 師
로하야 茶道를배우는데 秀吉이 利休參禪의師인 大德寺淸徹和尙과親交하며 禪
味를論談하더니 秀吉이利休와 淸徹을 對照比較하건대 利休는엇던境遇에나 從
容不迫하야 不動하기泰山과가트되 淸徹은 磊落粗豪하야 구름가티 왓다가는바
람가티가는지라 그是非優劣을 識別치못하겟는故로 一日에秀吉은 兩人을試驗
키爲하야 茶事에請託하고 兩人을自己의茶室로 招請하야 그들의神氣를집주하
고 喫茶하려는瞬間에 豫備暗示한대로 屋外의 部下가 數十銃砲로써 茶室을 向
하야放砲하니 如雷聲이震動하며 黑煙이 ○○하게되엇다. 이째淸徹은銃聲을긋
자 間髮을不容하고 卒然히起立하야실내에 裝飾한 모든 珍器를踏破하고 倉皇逃
走하엿스되 一方利休는端坐不動하야 泰然自若 動함이업는지라 秀吉이感歎不
已하야 利休에게가로되『이는 常人이不能한배라 平生의 修養을 可知로다. 그런
데 淸徹의倉皇逃走는이무엇인고? 可笑可笑로다. 그대 무슨 까닭으로아직까지
도 그에게 師事 하느뇨』하엿다. 그러나 利休의 答이가로되『師의見處는弟子가
窺視할수업스이 맛당히師에게 물어보라』하였다. 秀吉이 그後淸徹을맛나 往日
의 茶事에際한 利休의動作에對하여 批判을 求하니 淸徹이 微笑而答曰 그가
動靜不二의境에는 能히住하나 可惜하다 機輪을 아직轉할줄모르니 更參三十년
은要한다』하엿다. 秀吉이會得치못하고 更問하니『그째萬若그것이實彈이엇다
면 나 亦利休의 擧에出하엿스리라 그러나 空砲인줄안다음에야 엇지 煙霧中에
座하야 惡臭를 맛흘손가? 客을招하야 如是作戱함은 이 權勢者의 尋常이라 如斯

한 惡戲失禮를 다시함이업게하고저 出室에際하야 倉皇을裝하고公의 愛器를 踏破而歸하엿노라 아직도 물으려뇨 나의無言의說法』 말을마치고 淸徹은 紙筆을 가져오라하야 一筆을 揮하니 『淸淨之行者不入涅槃 破戒之比丘不隨地獄』이라 하엿다는 이야기다. 이에對하야 著者評하여가로되 利休는 『靜中動』이오 淸徹은 『動中靜』이라하엿다. 1+1=2式으로 單純한理法이아니요 一과갓흐되一이아니요 二와갓흐되二가아닌곳에 拘碍업는境地의 妙味가잇는것이 아닐가? 筆者近日讀書餘談의 한토막이다.

우리가힘써배울세가지일*

박팔양

찬바람이불고 얼음이얼엇습니다. 사람들은 칩다고 방한모자에 외투를 입고 거리노 종종거름을 치고다닙니다. 어느듯 벌서겨울이 된것입니다.

이러한 치위에 어린동무여러분 안녕들하십니까? 학교에 다니느냐고 아츰저녁 얼마나 치우며또일하러다니는동무들은 치위에아츰부터 밤중까지 얼마나 수고들하십니까? 속옷들이나 단단히 입엇는지목도리라도 둘르고 장갑들이라도 끼고다니는지 여러분의 어린손발이 이혹독한치위에 상하지안토록무슨방비가 되어잇습니까? 이편지를쓰는 아저씨는지금 가만이 눈을감고안지 어린동무 여러분을 생각하고잇습니다.

그러나 나는안심하엿습니다. 어째서냐구요? 여러분에게는 여러분의 고마우신 아버지와 어머니할아버지와 할머니가게시고 또 친절하신누나와 언니가 게시여 여러분을 극진히 보호하실것이아닙닛까? 나는공연히쓸데업는 걱정을 한것입니다. 다만 여러분은 집안여러어른들의 크나큰은혜를 감사히생각하십시오. 그리고 그까짓 치위쯤은 겁내지말고 활발하게 나가뛰놀며 공부나 일이나 무엇을하든지 열심히하십시요그리하야 몸은날마다 튼튼하여가고 생각은 날마다 지혜로워가고 기상(氣象)은날마다 씩씩하여가기를 바랍니다. 그래서 남들이 모다 우러러보고 존경하고 사랑하는 훌륭한사람들이 되어주십시오. 이것이나의 희망이오 소원입니다.

그러면 어떠한사람이 남들이 우러러보는 훌륭한 사람일까요? 그것을 나는 이러케생각합니다.

첫재는=거짓말로 남을속이지안는 진실한사람

둘재는=남을위하야 조혼일이기를 깁버하며 결단코 제생각만하거나제욕심만을 차리지 안는사람

셋재는=나라임금님의 하늘가튼은혜를 알고 부모님의 태산가튼 은혜 사람되게하여주시는 선생님의은혜 그 외의 모든어른과 이웃사람들의 은혜가지라도 자기가바든 그고적은 모든은혜를 마음에색여잇지안코 나중에 반드시바든 은혜를 잡을줄아는사람.

이세가지입니다. 이세가지를 넉넉히 할수잇는사람이면 나는생각하기를이세상에 제일훌륭한사람인줄압니다. 이세가지를능히할수잇는사람이되도록 우리는애스고 힘써배우십시다. 부듸부듸 이세가지를 잇지말으십시오 여러분이 학교에서배우는 공부도실상은 이러한사람이되기위한 공부인줄을알으십시오. 이편지를스는 아저씨도지금그러한 사람이되고십허서 애를쓰고잇습니다.

그러면 이만그치니부듸치위에 감기들지말고 활발히놀고 열심히공부하여주시기를바랍니다.　　　　　　　　　　　十一月二十一日 아저씨씀

閑談客說*

박팔양

A『一家言 하나 써주시지요.요새 閑暇 하실터인데…』

B『閑暇야 하지마는 一家를 일우지 못한 사람이 어떠케一家言을…』

---

* 이 글은 ≪滿鮮日報≫ 1940년 1월 31일에 게재된것이다.

A『앗다 새삼스럽게그런소리마시고……欄일홈이그러치 結局簡單한隨筆에 지나지안으니까……』

B『수필이란 붓이마음을딸아서가는것일터인데 요새는 어쩐세움인지 내붓을 이끌고갈「내마음」의 正體를自身도 잘모르세겟드군요』

A『아-니 그동안 매우自辯이 늘으셧군요. 허허허그러나「마음」이니「正體」 니 그等屬漠然 한구름잡는 이야기는 우리 現實社會와는 너무 距離가 먼 天上이야기니 그런것을낭 斷然집어 치우시고……』

B『아니지요 天上의구름가티漠然한것가트되 事實은 地下의 물처럼實存하야 잇서 夢幻無窮한 作用을 緊密히우리에게 하야주는것이……』

A『허-어또 說敎가니오는군』

B『그럼그런이야기는 그만두십시다』

○

甲『자네요새 저녁에는무엇을하나?』

乙『別로하는것업시 冊장이나뒤지다가자지』

甲『무슨冊?』

乙『이것저것 그저손에잡히는대로』

甲『所得이잇나?』

乙『글세잇다면잇고 업다면업고』

甲『왜글좀스지 안쓰고잇나?』

乙『내가서투르게쓰는것보다 남이잘써노흔것을 읽는것이더자미가잇는걸』

甲『그럼아조 영영글안쓸터인가?』

乙『시원찬은글작고써무엇하겟나 누구말맛다나 醜名을千秋에傳하게?』

甲『醜名은왜芳名을千秋에남겨야지!』

乙『참새는날마다 지저귀거니와 鵬새는 삼년을울지안는다네!』

甲『그럼 자네가제법鵬새라는말인가?』

乙『에이 이사람! 내가아니라이를테면 말야』

甲『노래를일어버린카라니야를 귀동산수풀에 내여버린다는 幼稚園兒의노래 도못들엇는가? 쓰지안는 文筆人이무슨소용인가?싸우지안는戰士도잇는 가?그러기에朝鮮文筆人은 早老症이라는거야』

乙『大器는晩成일세 좀기다리게하하하』

甲『큰일일세, 自慢心만사라잇네그려』

乙『自慢心이아니라 큰野心이지 野心이어다면곳墮落이니까!』

甲『그러면 자네는아직墮落은아닌模樣인가?或不幸이 早老하야 再起不能은 아닌가?』

乙『그래서야되겟나 漠然한말이나 그래도써볼날이잇겟지』

甲『뱃속은 무척편한모양일세그려』

乙『春園의「亂啼鳥」라는小說을읽엇는데 그小說가운데 西山大師의 嶺南華經詩가잇는데 可惜南華子.祥隣作鹿虎.□□天地闊.斜目亂啼鳥.라는것말이야』 ※□는 독해불가 글자임.

甲『莊子가 空然히말이 만탄말이라지』

乙『그럿타네 그런데 春園의 말이傑作이야 가로되집에오는길에 나는 斜目亂啼鳥를수업시노이고는 혼자우섯다. SS師는 이말을내게준것이다「내야말로 夕陽에지저귀는까마귀다」하고자꾸만우슴이 나와서견딜수가업섯다는것이야』

甲『그야 굵은소리보다 잔소리를적어야 小說이되지 그러치안으면 大說이게』

乙『春園은 만히써노혼것이 생각히우면우스운模樣이야 그러나 釋迦世尊께서 涅槃에드옵실무렵엔「내가平生에一字를脫한일이 업노라」하시듯 春園도 먼將來이어느날 臨終에 當해서「내가참小說을한字도 써보지못하엿소할는지도몰으지 하하하』

甲『이사람客說말게』

乙『그러면却說하고 그런데 滿洲에 와서는 조혼글이 읽고십허 못견디겟어 文字飢渴이야!』

甲『그야할수업는일이지 이곳우리文化水準이 아직朝鮮內地의 그것을딸흘수업으닛까!』

乙『滿洲에서도 朝鮮文으로된 雜誌하나쯤은만주우리人士의손으로 내임직할때가되엿는데……』

甲『글세말이야大衆雜誌거나 一般文化雜誌거나 純文藝誌거나를莫論하고…』

乙『他系滿洲國民에 對한 面目上問題로도 그러커니와 爲先自身의文化運動

의하나로서도』

甲 『今年에는그런것이하나쯤具體化되엇스면』

乙 『그러나 첫째가 돈. 둘째가 돈. 셋째가 돈 하는 生活의目標가 거의 돈하나
에 集中되어잇는듯한 이世代 이곳에 그것이果然어느征途로 實現性이잇
슬는지……』

갑 『자네는그것이 탈이야 무엇이든지하면 된다는구든信念下에서 살줄아는百
姓이되여야지』

文學風土記一間島篇*

현경준

無理한 請을 無理하게 받을때처럼 딱한 일은 없다.

사람이란 各其그 性質과 性格. 修養에 따라 할 일도 달은것인데 人文社에서
나같은 非適任者에게 間島의 文學風土記를 쓰라고 命令을 나렸다는것은 너머
도 無理하고 하지않을수가 없다.

차라리 되던 않되던 創作을 命한다는것이 彼此間어느 편으로 보던 덜 거북할
것이고, 읽은 讀者들의 損失도 적을 것이다. 그래 몇을 을 두고 生覺하며 拒絶하
려다가 한편으론 文責의 難免도 있고 또 한편으로는 아직 알려지지못한 間島의
文學狀況을 적으만치라도 朝鮮文壇이라던지 讀者層에 알려 드리는것이 그다지
無意味한일은 아닐것이고, 또한가지는 근자에 와서 大陸文學云云하며 旺盛하
게 滿洲로찾어와서는 수박 껍데기 핥듯 그저 皮相的으로 죽-홅터 보고는 엉터
리없는 거즛 수작을 느려놓는 非良心的인 그들에게 한가지 警戒의 意味로서도

---

* 이 글은 ≪人文評論≫ 1940년 6월호에 게제되었다.
현경준(玄卿駿, 1909~1950), 소설가, 해방전 도문에서 백봉소학교 교원으로 있으면서(한
시기 ≪만선일보≫ 기자로 일하기도 했다.) 소설창작에 정진. 해방후 조선에 나가 계속 작품
활동에 종사. ≪류맹≫, ≪마음의 금선≫, ≪불사조≫ 등 작품 다수. 1950년 종군기자로 전
선에서 희생.

全然 意義가 없지는 않을듯하여 慈에 敢히 서투른 붓대를 들고 나서는것이다.

間島! 朝鮮사람치고 間島란말이 귀에부듸칠때 누구던지 尋常하게 등으로 흘려버릴 사람은 없을것이다.

異國이면서도 그 어떤 그리운 情을 -卽 故鄕의 이름을 듯는듯한 그리움을 느끼게하는 間島!

『間島는 朝鮮의 延長이다』

或者의 입에서 나오는 이 말이 決코 無理는 아닐것이다.

예로부터 豆滿江이라는 警戒線을 사이에 그어놓고 朝鮮과 間島는 끊을내야 끊을수없는 因緣을 맺어 왔다는것은 누구나 다 알고 있는 事實이 아닌가?

間島를 開拓한것도 朝鮮사람이고 世紀의 警鐘에 새로운 文化를 爲해 努力한 것도 朝鮮사람이었다.

그러나 運命이란언제던지 그들에게는 冷酷하였다.

오랜 世代를 그들은 咀呪와 怨亡으로 지나오면서도 그래도 明日이라는것을 잊지는 않었다.

그것은 그들의 타고난 性格이라기 보담 그 밖에는 아모런 方道도 없었다는 그것이 그런 典型的性格을 맨드러 주었던 것이니 事實에 있어서 一次豆滿江을 넘어온 그들은 背水의 陣에 當한 그런것과도 같은것으로서 싸홈에 익이겠다는 것보담도 自己의 목숨을 살리럼에는 악착한 그 運命과 싸우지 않어서는 않되는 것이었다.

그러한 속에서 歷史는 흘렀고 世紀는 밧귀여서 오늘날에 이르른 間島!

그것은 눈물의 記錄이라기보담, 피의 記錄이었다.

이러한 慘憺한 生活속에서 태여난 間島의 朝鮮文學은 그도 必然的으로 慘憺하지 않을수가 없다.

혹자의 말에 依하면 間島에도 朝鮮文學이 있느냐? 하지만 그런 部類의 人間을 對할때면 우리는 그저 어이 없는 우숨을 우서버릴뿐 할말을 몰은다.

間島의 朝鮮文學! 未熟한 그속에서 우리는 비로소 强靭한生活의 面貌를 엿보고 앞으로의 建設의 意氣를 엿보게되는것이다.

가장 藝術的이고 文學的이라는 現在의 朝鮮中央文壇에서 簇出하는 그 文學作品들을 볼때 間島의 朝鮮文學은 말할수없는 憐憫을 느끼며 悔멸을 느끼는것이다.

大體文學이란 무엇인가?

그누구의 말과같치 果然 文學이란 才操일까? 萬若에 그것이 事實이며 眞理라면 그러한 才操는 무엇 때문에 부리는것일까?

나는 이것을 生覺할때면 언제던지 曲藝團의 그 어린 少女나 어리광 광대에게 切實히 묻고 싶은 行動을 느끼게 된다.

『그대들은 어째서 무엇 때문에 그런才操를 날마다 되푸리하고 있는가』

『民聲報』時代부터 『北鄕』에 이르기까지 朝鮮流民들의 가지각색 喜悲劇 을 노래하고 또는 노래하려고 애쓴 그 作品들속에서 우리는 歷歷히 今日의 象徵을 엿볼수가 있다.

그리고 그 밖에도 數없는 『生活의 노래』들이 發表機關의 缺乏이라던지 環境의 不自由호 말미암아 어둠속에서 헤매다가 그냥 어둠속으로 사라진것을 生覺할때 우리는 다시금 긴한숨을 뽑지않을수가 없다.

이러한것을 덜끝만큼도 몰우면서 『間島에도 朝鮮文學이라는것이 있었든가』하며 自己야말로 가장 偉大한 作家인체 自處하는 그들을 볼때 우리는 말할수없는 悲哀를 느낀다.

그런 人間들이 時局의 바람에 불려 蜜月旅行이나 하드시 豪華로운 차림으로 滿洲에 들어와서는 닫은 車窓으로 曠漠한 벌판을 흘터보고 어느거리의 뒷골목 꾸냥(姑娘)이나 찾어본후 가장 엄숙한 人生의 노래나 읊는듯이 뽐내게되니 이 어찌 寒心한 일이 아니랴.

이런 例는 數없이 보지만 그중에서도 尤甚한것은 張赫宙[1]라고 生覺한다.

張赫宙라고 生覺할때 우리는 첫재로 『餓鬼道』『쫓겨가는 사람들』以後, 數많은 作品中에서 보혀준 그의 人生觀끊임없이 그 무엇을 執요하게 파고들려는 態度를 生覺ㅎ게 되는데 私生活에 있어서도 그어떤 藝術家로서의 무게를 生覺했던 것이다.

---

1) 장혁주(張赫宙, 1905~1998), 대구 출생. 소설가, 평론가. 1932년 처녀작 ≪餓鬼道≫가 일본의 모 잡지에 발표되면서 작품활동을 하였는데 주로 일본어로 글을 썼다. 1939년 2월 일본잡지 ≪文藝≫에 「조선의 지식층에 호소함」(일어)을 발표하면서부터 친일문필활동을 했다. 1950년 6월로부터 일본국적을 가졌다.

만은 昨夏圖們 滯在四十於日동안의 그의 態度에서 우리는 짜장말할할수없는 幻滅을 느꼈던것이다.

언제일가『갑프』時代때 某作家와 評價의 사이에 論爭이 벌어졌을때 한作品을 完全히 理解하고 評할랴면 그作家의 私生活도 알어야한다는말을 들었는데, 그말을 다시금 張赫宙에게서 切實히 느꼈다.

우리는 張氏가 來圖했을때 커다란 期待를 가지고 자못 眞摯하게 嚴肅하게 對했다.

그러나 對한結果는 幻滅밖에 없었다. 그는 盛히 散文精神을 論하고 宇野浩二를 論하고 日本文壇을 論하고 佛敎를 云云하고 自己의 『加藤淸正』을 論했지만 무엇 때문에 그것을 論하는지 그의 思想이라는것을 조금도 理解할 수가 없었다.

그리고 또한가지 그의 態度에 이르러서는 그가 어떻게 創作하는 것인지 解得할 수가 없었다.

四十餘日동안 滯在하中 우리는 最善의 好意로 그의 便利를 圖謀하여주려고 했다.

만은 그는 『紅陽館』이라는 內地人高等下宿에 들어박혀서 訪問客의 입에서 얻어들은 이야기를 벳겨 쓰는 것으로 日課를 삼었으니 그러한 作品속에서 우리가 찾는다면 무엇을 찾을것인가?

張氏는 朝鮮사람이다. 朝鮮사람이라면 滿洲에 온以上더구나 그目的이 滿洲의 朝鮮人生活의 實地踏査로 거기에서 산 文學을 創造하려고 한다면, 좀더朝鮮人의 生活을 엿보며 또한 생활해보아야 할것이 아닌가? 內地人 高等下宿방 어느 구석에 朝鮮人의 생활이 있었으며 눈물이나 悲哀가 있었는가?

이機會에 나는 張氏에게 敢히 當時의 不滿을 呼訴하며 앞으로의 氏의 創作態度에 一助가 되면 萬幸으로 生하覺고 警告를 發하는것이다.

張氏의 이야기를 쓰다나니 벌서 制限된 枚數가 半이나 넘은듯하다.

다음은 내가 가장 敬仰하여 마지않던 村民李箕永氏에게로 넘어가자.

『돌쇠』의 아버지, 『故鄕』의 아버지 李箕永氏는 오랫동안 拜面의 樂을 얻으려고 바라오던 나의 唯一의 崇拜하던 先輩다. 拜面치않더라도 作品과 各方面으로 親密하게 지나오던氏를 처음 對했을때 나는 어떻게 내몸을 處하며 感激을 表示

할찌를 몰랐다.

우리들은(아니 이것은 내 自身의 獨斷일런지는 몰우지겠지만)一年知己나 되는듯이 반가워했다.

맞나자 술이였다. 그도 五, 六十度의 胡酒(배갈)였다.

『서울 배갈 보다는 香그럽다』고?

조용히 마시며 조용히 微笑하며 조용히 속삭이듯 이렇게 말하는 氏에게서 나는 말할수없는 情을 느꼈다.

그러나 그情에만 끌려 물을것을 잊어버릴 우리는 아니였다.

얼마못가서 同席한 咸亨洙君, 李周用君, 나, 그밖에도 一切體面을 저바린 우리들의 패거리들은 날카로운 質問을 하였다.

李氏의 입가에 부드러운 微笑가 슬쩍 사라지는 그瞬間, 나는 『故鄕』에서 날카로운 『메스』로 金喜俊을 容赦없이 解剖하던 그 冷徹한 作者를 곳 생각했다.

다음 亦是조용한 語調로 채견채견 創作에 對한 自己態度도. 信念, 따라서 率直한 自己批判을 들을때 나는 다시금 달밤에 들판에 나가 혼자 울며 苦悶하던 金喜俊을 생각했다.

우리는 李氏에게서 그以上 아모것도 더 바랄것이 없다.

바란다면 그것은 너머도 李氏의 心境이라던지 環境을 모르는것이다.

근자에 와서 李氏의 문학에 疑心을 품고 이러니 저러니 論하는者가 있지만 우리는 헛되이 論하기보담 먼저 氏의 環境부터 살펴야할줄 안다.

이렇다고 내가 여기에서 氏의 最近作品들을 極口禮讚하며 庇護하는것은 아니다. 나도 氏의 最近數年來의 作品에서는 幻滅밖에 느낀것이 없다.

어떤 飛躍이나 奇蹟이 없이는 到底히 蘇生할수없는 氏인것을 나도 잘 안다.

하지만 내가 여기에서 구지 氏에 對하야 말하는것은 너머도 抑울하고 冷酷한 氏의 環境에 對하여서이다.

世代가 바꾸인 至今에 와서 氏는 그環境을 到底히 버서나지 못할것이고 또 環境도 氏를 놓아주지는 않을것이다.

이것이 내가 가장 슬퍼하는 것이다.

이것은 나뿐만 아니라 氏의 生活을 아는者들은 누구나 다 가지는 슬픔이리라.

至今朝鮮日報에 連載中인 『大地의아들』에 對하여도 氏에게는 大端未安한말이지만 우리는 처음부터 期待를 가질수가 없었다. 겨우二十餘日의 滿洲視察에서 『大地의아들』이 나오리라고 期待한다는것은 文學의 ABC도 모르는 얼간이들의 철없는 生覺이 아니고 무엇이랴? 李氏는 滿洲를 모른다. 山도 물도 사람도 모른다. 그러한 氏에게 執筆을 要求했다는것은 確實히 朝鮮文壇이 쩌나리즘에게 蹂躙當하는 것이 아니고 무엇이랴? 이러한 事實을 是認하며 그들은 李氏의 文學을 이러니 저러니 하고 떠드는지 甚히 궁금하다.

될수만 있다면 나는 李氏에게 生活의 餘裕를 주어서 當分間은 엉크러진 그머리속을 整頓시켜 주고 思索시켜 주고싶다.

그런 다음에야 우리는 氏의 作品을 비로소 嚴正하게 批判하며 吟味할수 있을 것이 아닐까한다.

李氏의 말까지 쓰고나니 制定된 枚數가 거진 된듯하다.

다음은 滿洲의 文友들에 對하야 簡單하게 쓰기로 하자.

처째 圖們에는 詩人咸亨洙가 있다.

푸수수한 머리밑에 端正하게 그려진 詩人의 얼골은 彫刻처럼 아름답다.

東亞日報에 실린 『마음』(作者는 『虛無에서』라고 題名을 붙였지만)을 읽으면 詩人의 모든 것은 理解할줄 안다.

詩에서 느끼는바와같이 咸은 詩그대로의 生活을 日常에 있어서 하는 詩人이다. 그것을 俗人들이 理解못하여 주기 때문에 詩人은 恒常 悲哀를 느낀다.

無에서 有를 보고 有에서 無를 보며 明日아닌 明日를 恒時大乘的 見地에서 찾는 詩人은 오늘도 胡酒에 얼근이 醉한後 興奮에 겨워 『壁』에다 『마음의 譜表』를 그리고 있다.

아직 獨身으로 生의 伴侶者를 얻지못한 詩人에게 이봄에나 반가운 南國의消息이 들려질런지!

다음 龍井에는 小說家 姜敬愛氏가 있다. 언제나 健康한 思想으로 着實하게 生活을 生活하여 나가는 氏는 恒常 健康이 좋지못한 것이 恨이다.

어린애가 없어서 歎息이지만 그 不健康때문에 創作을 맘대로 못하는것이 어찌 氏自身만의 恨이랴?

각금 찾어가면 그리운 知己를 맞난 그心情에 小說이야기 評論이야기 文壇私情에 對하야 연방 質問하듯 이야기하는 곁에서 夫君 張河一氏는 너그러운 우슴으로 胡酒생각에 군침을 삼키며 이야기가끝나기를 기다리나 끝이없는 이야기에 끝이 있을理없다.

기다리다못해『여보, 손님을 붓잡구 이얘기루만 지날테우? 뭐 좀 胡酒래두 대접해야지』하면『아이구 口實이 좋구면 술생각이 나문 그저 생각이 난다구 率直하게 告白하구려』하고는 슬쩍 일어나 주전자를 들고 나가는 氏에게서 나는 小說家라기 보담 賢妻를 느꼈다.

지난 二月 上京하여 帝大病院에서 治療를 받고있다니 不遠健康도 恢復될것 이고 그러면 오랫동안 沈黙을 직히던氏에게서 어떠한 傑作이 나올찌 자못 기다 려진다.

다음 龍井에는 安壽吉氏가 있다.

滿鮮日報社 直舘分社를 맡아보는 氏는 일찍이는『北鄕』同人으로 間島의 朝 鮮文學을 爲해 많은 努力을 하든분이다.

『떠스도이옙스키-』를 私淑하며 北東文壇의 發展을 眞情으로 바라는 氏는 私務에 餘暇가 없어 뜻대로 文學에 貢獻을 못하는것이 千秋의 遺憾이라고 지난 겨울에 맛났을때도 歎息하는것을 보았다.

여기까지 쓰고나니 制定의 枚數가 다됐다.

좀더 쓰고 싶으나 다음 機會로 미루고 끝으로 再三强調하고 싶은것은 滿洲에 는 아직 技術的으로 云云할 文學은 없다.

그러나 生活의 文學. 明日의 文學은 滿洲에 있다.

『戰爭과平和』『고요한동』『惡靈』『大地』『農民』이런것들이 過去의 世界的 傑作이라면 明日의 朝鮮文學은 滿洲에서 이런 傑作들을 기다리라.

『大地은 언제든지 健實한 生活에서 나는것이다.』

(庚辰 四月 於 圖們)

新興滿洲人文 風土記-圖們篇*

현경준

(一) 電擊建設의 都市一圖們의 歷史는겨우 九年未滿

一, 머리말

圖們! 圖們! 圖們!

三尺童子의 입에까지 올으나리며 마치熱病患者가高熱째에 저절로웨치개되는憧憬파 欽慕의 그이름처럼 世人의 넉슬 쌍그리쎄아서버린 圖們!

圖們은 求景어디 조와서 圖們이드냐? 살기가조와서圖們이드냐?

三間오막사리를 쌀아가지고情든故鄕을쩌난것도 圖們째문이며 못보낼자안타가히 매달리며 울며울며 쎄쓰는 뒷집願伊를『一年만 참어달라 돈벌어가지고오면 一生同樂 우리차지아니냐』하고 달래노코쩌나온것도 圖們째문이아니든가? 이웃집하라버지가 三年쎄나밀러 오든 還甲宴을隣近 洞里쩌들썩 하게차려놀다가酒風에쎄쑤러진채永永 다시일지못한것도圖們째문이라면 시집온三日만에 密輸짐을이고 넘다가 豆滿江풀은물에출렁쌔져冤鬼가되여 밤마다江邊을울고해맬것도 圖們째문이아니든가?

圖們! 圖們! 圖們!

눈물의圖們! 우슴의圖們!

大體圖們은 어써한곳이길래 그다지도人生의喜悲劇을 비저주엇든가?

날이가고달이가고 해가밧기운오늘에와서도 아직도이얘기는새롭고 눈물자죽은말으지안엇다 아니至今도喜悲劇의 쏘리는 그냥이어저가고잇다.

그리기에 어제도 오늘도거리의表情은 몹시도번거리워보이고 風說은자꾸만 뒤숭숭하게들려오는것이 아닌가?

그러면 다시금뭇노니圖們은 大體엇던곳이며 엇던한沿革의地帶이냐?

槪略하여서라도 暫時그에對한것을살펴봄은 決코無意義한일은아닐즘로 生覺하며 □에敢히□이나마드는것이다.

---

* 이 글은 ≪만선일보≫ 1940년 10월 2, 3, 4, 5, 일 련재된것이다.

二, 圖們하沿革

滿洲國의建國과 그機를치하고 그러고 隆盛하여나는國運과 힘기成長의步調 맞추어나가는圖們의誕生은 京圖線公社의測量이 開始된大同元年三月에 되엿 스리라고生覺한다.

그以前에는 至今舊市街라고稱하는 南區一帶에 約百戶가량의 鮮農耕人들의 茅屋이處處에 點在하여서 간신히無人境을免한 狀態의地帶이던것이 不過數年 至今은人口四萬을數하는 近代大都市로되엿다면 누구나놀라지안홀수가업는것 이다 至今의新市街의 偉容은全혀荒凉하던 原野의溫池판에 出現한것으로서 그 發展過程이 얼마나急激하엿는가는 僅僅五個年도 되지안허서 人口二萬을 抱擁 하고서 西部의 關門雄都인安東에敢히 對抗하며 本部國境의唯一의 文化都市로 서 君臨하게되엿다는것을 보더라도充分히 斟酌할 수가 잇슬리라고 生覺한다.

그러나 圖們은 아직 建設開始以來 겨우 八個年이란 年齡박게 가지지못한過 渡期에 處하여잇는 所謂未完成의都市이기 때문에 別로特筆할만한沿革은 가지 지못했다. 當初부터 市街計劃事業은專혀 萬鐵에依하여진것은 적지아니 달은都 市와는 異境를 지닌것으로서짜라서行政에도 微妙復難한關係를 持續한채 康德 四年十一月 그歷史的治外法權圈內에 들게된것이다.

그럼으로 圖們은 建設初로부터 現在의長過程에 어르기까지 日滿機關의共同 協力과 鐵道側의切磋協調에依하야 된것으로서 그絢爛함이 間島地方에 이서서 는 달리 그例를 찾지못하게 된것이다.

그런것이 今年卽康德七年四月에 와서 다시금 制定街로까지 昇格하여 더욱 더압날을 渴望밧게 된것이데 한가지 더沿革中에 添附하여 돌것은 圖們이란 名 稱에 對여서어다.

(二) 電擊建設의 都市 一圖們의 歷史는겨우 九年未滿

圖們은 舊名을『灰幕洞』이라고 하여 原始部落의名稱을 그냥 踏□襲하엿던것 인데 京圖線의 開通에 依하야 驛名이『圖們』이라고 命名되자 官民協議結果 大同二年六月一日을期하야비로소『圖們』이라고 改稱되게되여여기에 名實共 히 舊觀를어서던지고 國際都市로 飛躍하게된것이다 圖們神社의 春秋祭典은

實로이날을 紀念하는 街民의歡喜의 象徵이라고 볼수잇다.

二, 圖們의 現狀

먼저地理的으로 살펴볼째圖們의位置는北海道札幌을 지나는 北緯四十三度線과 九州長崎를 지나는 東經百三十度線과의 交叉點 東京을去한 西北約二千三百仟의 地點으로서鮮滿國境을 그어주는 豆滿江과 여기에注人하는 嘎呀江合流處로부터 西方約三六五〇晌의盆地를 占하여잇고市街區及部落의面積은 一, 〇〇〇晌 耕作地約一, 一〇〇 .(아래 10여자 해독불가 ―편찬자)

氣候로서 여름철은 比較的쩔으지만 겨울철은 十一月中旬부터 結氷하고 氣溫은 零下三十度쯤은普通이다. 二月下旬乃至三月上旬에 가서야 첩첩으로 들어쌀렷던어름어 비조소 解氷하기始作하고 그립던봄이 돌아와서 百花가 爛漫하게 피게되는것은 四月도 거진 갈무럽부터 五月에 걸처서이다 一年四時를通하여 바람은强風이고 그중에서도 尤甚한째는봄이다.

降雨期는 五月부터 九月까지로서 가장甚한째는 五六月이다.

交通-交通은 더論할것업시 五月은 東北滿의 關門入口로서 滿洲國의三代루-트中의하나이고 京圖線의종점(아래 20여자 해독불가 ―편찬자) 그位置의重要性에對하야는 구구히論할 必要가업다고生覺한다.

다음 人口는初期보다는 滿鐵建設事務所가 牧丹江으로 移轉하고 竝前보다 密輸景氣가 杜塞됨을짜라 非常히 浮動하여 一時는 매우 衰微의 途程을 더듬고 處處에空家가 續出하던것이 康德五年부터 다시금 恢復의 過程에 들게되여 現在는 戶數도 붓적늘엇고 人口는 近 四萬을 헤아리게 된다.(아래에 대동 원년으로부터 강덕 五년 까지의 인구통계는 략함 ―편찬자)

다음街行政區域은 康德區 銀河區 仲秋區 昭和區 東京區 灰幕區等으로 其中內地人居留區는 銀河區 仲秋區로서 朝鮮人은主로東京區 灰幕區 康德區 昭和區에만히居留히고잇다

主要機關을列擧하면 다음과갓다.

一, 官公署

街公所 日本軍部隊 憲兵分隊 稅關 交通部 土木建設處 專賣局 稅捐分局 警察署 警護隊 糧度 檢定署 家畜檢疫處 開拓總局辦事處 延吉區法院分所 商工

會等

二, 鐵道機關

驛, 機關區 列車區 檢車區 電氣分區 公務區 等

三, 金融産業關係機關其他

中央銀行支行 興業銀行支行 東興銀行 間島銀行支行 金融會 無○會社電報 電信局 三井物産出張所 國際運輸支店 電業會社管理所 滿洲林業出張所 生活 必需品會社圖們配給所等

四, 醫療機關

滿鐵病院 共立病院 中央病院 間島病院外科醫數處 漢方醫 十七處

二, 圖們의經濟

國際都市 圖們이 産業開發上及日本貿易의伸張上 主要不可缺의 存在意義 를 가젓다는것은무엇보다도 雄辯으로證明하여주는 輸出入貿易統計를보면 明 瞭하게알것이다

다만 遺憾된것은 隣近에 埋藏된資源이라던지 農産資源이업는것이라지만 그 러나 前途多望한 圖們의工業은充分히이것을補聰하여줄것이며 工業圖們의 일 홈을널리알려준것이다.

(三) 圖們의 文化機關一全無래도 可也

輸出入貿易統計表 (략함)

그런데 여기에서우리가생각지안어서는 안될것이한가지잇다 그것은 달음이 아니라 密輸景氣에 對한것이다.

上記의統計表는 正當한徑路를밟아서 行하야진 經濟狀態지만 圖們의里面에 들어가서는密輸景氣까지生覺한다면實로大多한數字에 올으리라고生覺한다.

五, 圖們의文化

文化는 가장뒤써러저잇는形便이다. 첫재學校數를보더라도圖們에는 滿系鮮 系共學인圖們國民優級學校 總督府經營에서 滿州國으로移管된 白鳳國民優級

學校 圖們尋常高等小學校 安息敎經營인私立間明學校 中等級으로서는 圖們土木技術員養成所 이박에는아모것도업는形便이다.

그리고讀書機關이라는지文化團體等은全然업다

書店도 東亞書店栗原書店朝伊藤書店等이 잇다하나거진 日書房文房具取扱店에不過하고 文化人으로서參考할만한國書는全無한狀態다.

그럼으로讀書子들이 가장不便을늣기는것은 이것으로서그들은 全部東京等地에 直接注文하지안으면 안되는形便이다.

다은 宗敎方面을 살펴보면 아래왓갓다.

神敎-天理敎 金光敎

佛敎-東本願寺 西本願寺 日蓮宗 眞言宗 禪宗

基督敎-天主敎 長老敎 監理敎 安息敎 聖潔敎

六, 圖們의密輪談

圖們과密輪!

이것은 不可分離의 이야기라고 生覺한다. 누구던지 圖們이라고하면 密輪를 生覺하게되고 密輪를 말하면 곳圖們을 生覺하게되는것이다.

밤이나 낫이나 稅關監視의눈을 避해가며 密輪를하지안코는 밤잠을 便히못자는것이 圖們사람들의 버릇이다.

그도 그럴것이密輪를하여 잘맛치기만하면 一朝에百萬者가 되는것이고쏘한 그런例는 얼마던지 잇을줄로 生覺한다. 至今은 그리치도 멋하지만 한째初期에는 滿洲建設初의 取締의不備를幾曾로密輪는 말할수업시 旺盛하엿다.

이곳의密輪犯은 大蓮이나安東地方의智能犯과는 달라서 集團의組織體로서 一日의密輪쎈集團을 組織하여있고大量的으로白書에 公公 하게密輪한것으로서 그 組織員의 數는 四十名五十名에 達하는것이 잇엇다.

그럼으로 그들의 犯行時에는 稅關吏도容易히 손을못대고 萬若잘못 서투리게손을 맷다가는 하로밤에도멋번式 씀쩍한流血의 慘劇이일어나는것이다.

그리고 그密輪團은가장 近代的으로組織되아서 密輪團과密輪團과의聯絡은 巧妙하게 이어저갓는데 그중에서도 가장代表的이고 組織範圍라던지 規模가큰것은 『벼락단』이엿다

이벼락단의行動에는 누구나驚歎하지안는者기업섯스며密輪荷主로서 이『벼락단』만買收하면 어쩌한 危險區域이던지無難히突破하엿다고한다.

그런데 其後警備의擴充과當局의 積極的活躍에依하야이러한 團體가업서지자 그다음에는 不得已智能犯行으로 方向轉換을하여서 當局외골머리를 이번에는새로운 方面으로 알케햇다한다.

密輪品의品種은 布木類 揮發油 貴金屬 阿片等으로서 그中에도 만흔것은阿片 布木類인데 그것은至今도각금 發覺押收되는것을보면 만흔모양이다.

이密輪에依하게된것은期에旺盛하게發展하게된것으로서 만흔富者도맨드러준 面에는 만흔破産者도生기隆落者도生겨서 처음머릿에서 조음빗처말한것과가喜悲劇이 數업시演出되엇것이니 結局돈째문에사람울기도하고웃기도하는것이 나라고그누가否認할것이냐

그럼으로圖們은 나면서부터 徹頭徹尾密輪를 그傳統로한것이고이압으로도 兩國境의圖們이 그냥 囗하다.

傳統은그대로持續 되어 이다

(四)不夜城은 修羅場一情緖貧困의都市
七, 圖們의不夜城

고요하게姸姸하게 그리고 은근하게흘러나오는 레코-드의멜로씌-에 一抹의哀愁가서려잇고 한잔에사라저가려는靑春의弔意와頹廢에서오는感傷이 沈澱되여잇다면 그것은多分히 로맨티시즘에서오는 한째의꿈이라고 할수도잇스리라

어느詩人이나 歌客이글句가 아니라도 밤기푼 뒤골목의誘惑속에는 말할수업는鄕愁가서려잇고 追憶가깃드려잇는것이다 그러나圖們의 뒷골목 不夜城에는 무엇이사려잇는가?

喧騷하게써 돌어대고 狂亂하는그속에는 아모런 情趣도鄕愁의誘惑도업다.

그지 色狂판이고 飮狂관인地獄의 修羅場이다 極度로充血된사나히들의淫蕩한눈과 그에마주치든게집들의 枯渴된 腐肉이된것박께는아모것도 차즐것이업다.

마리아는 裸體로 춤추지못해 사내의 엇개를 물어뜻고-

다이나는 情慾이라느니보다 性慾을 견듸지못해 WC로 들어갓다가 嘔吐를하

고-그리고 그쏜판은 百圓짜리 中央銀行券으로 코를닥다가 腦溢血을 일으켜卒
倒하고-박갓 문압에서는지난 十六世紀그것보다도 더오래인 騎士들이 決鬪하
다가門前乞人의 막대에접갱이를분질으고 넘어가고-

이런것들의 圖們의不夜城의 파노라마다.

『얘 이술은 갑이 얼마냐?』

『한병에 三圓각수라 든가?』

『얘 거를릿다. 썩 비싼걸 가져오너라.』

『이보담 더비싼건 업는데요』

『이년 잔소리말어라 더비싼거 업스문안먹구간다.』

하는수업시 게집은 자리를 일어나갓다가 그보담은─圓도 갑비싼것을 들고들
어와잇는아양을 죄다썰어노며 『이건 아주존거애요』

『얼마짜리냐?』

『한병에 六圓五十전이래요』

『그럼 그리치-어~술맛좃쿤』

다시볼것도업시마시다가는 一分업시密輪의 싹찜을 지고댕기다가 橫數가터
서 一攫千金富者가 됏다는木材商의루거리다.

마즌편구석 쪽에서는앗가부터무에라고 써들더니끛내싸홈이벌어지고만다.

아마도 새이에씽겨안즌여호갓치 生긴 게집째문이리라.

『이놈아 간데마다 獨占할테냐?』

『하문 어쩌냐? 넌누가하지말라드냐 둥신 것튼자식』

『뭐어째?뉘돈으루 산술이냐?』

『뉘돈은 뉘돈이야? 늬놈자식 동업자끼리 密告해먹구 어든돈이지』

『뭐? 이자식년네 四寸兄을 密告해먹엇겟다.』

『그럼어째단말이냐?』

『넌 어째단말이냐?』

不過○○에 ○○○들은피루성이가되여이런다.

그러나 누구하나 놀라는사내도게집도업다. 모두가 泰然하게안자 求景만 하
고잇다.

警官도 오는모양이업고레코-드는 그냥돌아간다.

돈! 모든 것이돈뿐이다.

돈의沙汰나렷다 木材로어든돈 密輸로어든돈 密告로어든돈 圖們의銀行들은
이 不夜城째문에 行勢를한다.

麥酒한甁에百圓짜리가팁으로날려질째 門압페待令하고잇는 人力車夫 쯔기
쯔기품안에 쑤겨낸 彩票를어루만지며萬圓짜리꿈을쑤고잇다

十二時 스탄바ー의무렵

不夜城의輝煌한 五色네온만이 무접게무접게 한숨지며明滅할제이밤에도 佳
木斯行例車속에는 移民들의꿈이 몹시도고달푸다

이러한것도 圖們의傳統이된다면 될 수가 잇슬런지!

밤아! 어서밝어라

달도몰으고 별도몰으고물소리도못듯는 圖們의밤은너머도狂奔하다

圖們서는 라디오가 騷音째문에 正確치못하다는것도 結局은 이째문인가보디

八, 쯧 말

編輯兄의 命令에依하야秩序업시나려쓰고보니 내고장의 辱說을 느러노은듯
하야 大端거북하다

그러나 一時活字에반듯조케나타낫다해서 그것이 禮讚되거나보기숭하거나
허물을 羅列했다해서 그것이辱說이된다고는생각지안는다

要는 筆者의쓰는 意慾과 趣旨如何에짜라서 嚴然히區分될것이다.

圖們! 圖們!

나는무척너를사랑한다 네의生活속에數업시 浮沈된그記錄도나는자랑한다 그
럼으로언제던지 나는너를한번네 冊床우에 올려안치고네의온갓것을한덩어리로
— 훌륭히生動하는그덩어리로 맨드러노흐려한다

그리고그것은 이찌나쑨만의意慾이랴 金貴 亨洙 秀聲모도다 너를위해붓대름
가다듬고잇는것이다.

그째면너는 다시금훌륭한 다음 段階로 끄飛躍을하겟지

자 그러면 오늘은이만히고끈친다

편지*

현경준

(一)

……安壽吉兄께……

安兄

오래간만입니다 本來게으른데다가 八字에업는旅行을하니니 밀린 事務整理를하느니 게다가요즘은 並缺勤者가만어서 그補缺까지보느라고 그야참말눈코뜰새업시 지나는形便으로 自然問候가느것습니다

昨日滿鮮日報紙上에서 兄의글을보앗지요 밥부실텐데 어느짬에 그런글까지쓰십니까? 나는그저 每日無爲하게지나는것을生覺하면 暗담하기짝이업습이다

兄 그런데나는지난 七月三十一日附로 辭表를提出했습니다 理由에對하여서여러 가지로뭇 벗들이만치만 나는別로씨연한對答을주지못했습니다

또한對答을할必要도업다고生覺합니다 웨냐하면 兄도아시다시피 所謂文學에志望하는놈이 自己의本識을엽페밀처노코 딴方向을밟엇다는것이얼마나無謀라기보담 冒瀆的인行爲입니까?

文學! 人生人生을내걸고 피투성이가되어 싸운대도鬥어구에 서기조차힘든다는文學을 副業的으로작난햇다는것은 確實히 冒瀆입니다.

或者는 그야 朝鮮作家의 不得己한일이라고말하기도하는것갓습니다만 그러나그말처럼 模糊하고 不徹底한말은업다고生覺합니다

걸죽하면 이짱의 環境을論하고 周圍를평게하는 그런者들은 저市井뒷골목을새여댕기는 奸商輩에서 지나는것이 조금도 업는것입니다.

環境環境하지만 그環境이란것을 變하게하는것은 果然누구입니까?

우리는 언제던지 環境의支配만 바더야올흘까요?

兄 나는兄의適確한下敎를 바라마지안습니다.

環境째문에 文學을專攻할수업다면 朝鮮의作家들은 모름직이 文學을버려야한다고四海에놉피 불우짓고십습니다.

---

* 이 글은 《만선일보》 1940년 8월 8~9일에 게재된것이다.

이러한째 문쑥 生覺나는것은 兄이 私淑하여 마지안는다는 씨스찌엡스키-외다.『死의집』속에서 캄캄한금음밤을 헤염치면서 오히려 明日의벗츨 엿보고참다운 人間性을 殺人間에게서차저낸씨스찌엡스키-의 그情熱과 眞熱한 能度에 看人은다시금 自我를돌아보리라고나는힘차게 불우짓고 십습니다.

兄 나는 지난 正月에京城간일이잇섯습니다. 그째무엇보다도 늑긴것은 서울 靑年들의(特히 文學人) 茶房出入이엿습니다 우리가 흔히生覺할째 茶房出入이라면 거리에일보러나갓다가 暫時들려 피곤된 다리를쉬운다거나쏘는 누구와 만날 約束을 햇슬째에 相逢場所로擇하는것인줄로 알엇던데 정작上京하여보니 그런것이 아니라 茶房出入 이란것은 阿片中毒者가 吸煙所를 出入하는것과도갓튼것이며 좀지나치게말한다면 그以上이라할수도잇는것이엿습니다.

아무目的도업시 허틈한冊한권을 엽헤씨고鐘路쯤나섯다가는 太平通으로 長谷川町으로 本町으로 明治町으로이러게 굽이굽이돌아서 다방순례를하고나면 해는벌서西山에 기울고거리에는전등이 켜집니다.

(二)

싸라다니던내가 하도티처서다음날에는 不平스레

『그런맛업는茶마시려 댕기느라니보다 어느뒷골목에들어가서 선술이라도 사발로양껏들이켜구 잡바저자자』고햇더니 작자들의말슴이 굉장하지요.

『이놈 시굴쯰기래도 아주시굴쯰기구나』

兄 이말이어쩟습니까?

茶房에서 쓰거운 커피마시기실타구하니 시굴쯰기래두 아주시굴쯰기라구하는군요

그저우슴으로 흘러버리기는 너머도쓰거운말이아닐까요?

더구나 그들이 써들어대는 所謂理論이라는것에 接한째에는 나는얼골가죽이 간지러워나서 견딜수가업섯습니다

귀가 이서서들어댕기는틈에 어더듯기는 한탓에 新世代가어쩌니 知性이어쩌니 하며 남에게서어더들은 토막말들을얄굿게 역거놀째나는하로를 더그들틈에 씨여잇슬수가업섯습니다

그럼으로 나는지난번 城津나갓슬째 내友人 金宇鐘君과도말햇지만 一年에한

두어번式 댕겨는오고십허도 그냥 上京하여 그런속에서뭇처살고십지안타 말한
일이잇습니다

兄 事實입니다 나는인제 조용히읽고조용히생각고 조용히쓰겟습니다

冊은 써스 쩌이엡스키-와 藝術論叢書를읽고 쓰기는 한篇가량 좀枚數가 二三
百枚가량되는것을 써볼까합니다

이것이 今年下半年에 나의計劃한 豫定입니다 인제 自由의몸이되엇스니 訪
問도할까합니다 그째면 朝陽川 金朝奎형 龍井金正壽兄 모두만나뵙고 째주라도
마시며 밸대루 말하고십습니다

秩序업시 너머늘어노아죄송

健康과 健筆을비나이다(於圖們)

『마음의 門을닷다』*

현경준

비둘기는 오늘도 구구구운다 개일줄 몰우는 어두운마음외街里에는 구진비가
질구지도 나리고-

옛날-짜마득한한녯날이다

어머니의 古談에서 들은법한 그傳說의 公主도 그볼녹한비둘기의 탐스러운
가슴에다 볼을부벼가며 한번 가고는 다시 올줄몰우는 人生의꿈에 눈물지엇다지
바람도 싸라지고 太陽도 감추어진 그날-그리고 내마음의 檻籠 속에한마리의
날개 불러진 비둘기가 깃드린 그날-王아!

어째서 너는 우리들의그 眞摯를 비웃고 돌아젓스며 青年들의 心琴에 어린그
구슬픈 古談에 귀를 틀어막고 가비렸느냐? 그것은어머니의 죽음보다도 더슬푼
古談이엿다

그째부터 우리들의 마음에 付添된 검은 喪章은 찌저도 찌저도 찟길줄 몰우고

---

* 이글은 《만선일보》 1940년 1월 13일에 게재된것이다.

마음의 비둘기는 弔文을 품은채 구구구 울기 始作햇다

×

　온갖 道理가 압풀서고眞理는下水溝를 뒤적이는거지들의 막대싯테서 고달푸게 뒤복기울때- 玉아!

　너는 넷하라버지의 傳統속도 아닌 그異端者 『발코니-』에서 무슨 異端者의 속삭임을 속삭이고 잇느냐?

　바람이 싸라지든날 太陽이 감추어지던날-어두운 街里에는 구진비가 스산스레나리기始作햇고 마음의 心琴에는 녹이 쓸기始作햇다.

　落葉은날마다 음달진곳으로날려싸히고 靑年들은쓰라린傷處를어루만지며 뒷골독 酒幕으로차저들째 모든 것은運命이라고玉아! 한오리의良心이라느니보다도한가닥의哀愁에서 던지고갓을이말을아직것記憶하고잇다면 반다시너도비록엿게나마 쩌오르는鄕愁의心懷는 막을길이업스리라

　구구구 울고잇는마음의비둘기와도가티

　玉아!

　『光線을向햇기째문에』

　『아니다 太陽은 그대의뒤에잇다』

　應來江의 입사귀만도못되는 『그것은』아니 人生은조금도 念頭에안두고 싯까지사나희의名譽를직힌라파엘처럼神의아들이면서도 神에게버림바든 내靑年들이온갖 逆理와虛僞가 數만흔 混沌과不幸을역거놋는그속에서 두가슴을움켜잡고 내던지고간그運命論에 잔만기우리고잇슬째 너는언제싸지나회도라의 그形勢를 이어가고 잇슬려느냐?

　네 그異端者의 발코니-우에 온갖 權力와慾望이 도사리고잇대도 絢爛한샨데리아의밋테는 그늘이저잇고豪華로운 네우숨속에는 한방울의눈물이번쩍이고잇슴을 우리는 누구보다도 잘알고잇다.

　그러나 玉아!

　우리는 一切에서 눈을감아버리려한다

　그리고 마음의門을 굿게다드려한다

　어두운街里에 비가 나리거나 바람이불거나 우리들은 一切에서 눈을 감아버리고 네가 던지고 간 그運命論을 反芻하면서 비둘기의 울음에 귀를 기우리려한다

그속에는 어머니의 자장가가 잇다

첫사랑의 슬픈 古談이 잇다

달거운 지난 時代의 꿈이잇다

그리고 그것에서 다시올다음날의 그象微을 우리는가슴깁피 느씬다

至今 靑年들은 뒷골목酒場에서 쓰라린傷處를 어루만져가며 어두운 오늘날의
洞穴속에 새여들 한오리의 실낫갓튼 그明日의光線을안타가히 기다리고들잇다

玉아!

네異端者의 발코니-에 悔恨의 안개가 자욱히 짓터들고 그絢爛한 쌘데리아의
빗갈도차츰엷어져가려고할째 그째면우러들의 비둘기의날개는제대로 蒼空을
날게될것이고 그리고우리들靑年들은 다시금 어둠의洞穴에서 쒸처나와 비둘기
와飛翔에 祝杯를 들리라

의젓이 닷는 마음의門안에서 至今 비둘기는 弔文을품고구구구구 울고잇다

於新京旅社

西伯利亞放浪記*

玄卿駿

방랑은 청춘의 생명이며 인생 항로의 첫 출발이다.

생각하면 지금으로부터 10년 전!

내가 18살 먹은 해 가을이었다.

하계 휴가가 끝나자 학교로 돌아간다고 하고 부모의 슬하를 떠난 나는, 목적지
인 경성(鏡城)은 들리지도 않은 채, 바로 청진을 거쳐서 웅기(雄基)로 향하였다.

누가 뒤에서 쫓아오지나 않는가 하는 조념(燥念)한 맘으로 웅기항에 내렸을
때에는 부지중에 저로서도 뜻모를 한숨까지 쉬었던 것이다.

---

* 이 글은 《新人文學》 1935년 3-4월호에 게재되었다. 여기서 싣는것은 소재영 편 《間島
流浪40年》(朝鮮日報社, 1989년)에 수록된것이다.

웅기는 그전에 유(留)하던 곳이고 더구나 보통 학교까지 졸업한 곳이라 아는 사람도 꽤 많았지만 다행하게도 면목 아는 사람은 하나도 만나지 않았다.

그리하여 이튿날 아침에 나는 부랴부랴 도보로 고읍(古邑)으로 향하였다.

웅기서 고읍은 60리 가량되는 험한 산길이었지만 미지의 나라를 동경의 나라를 찾아간다는 일종의 모험적 쾌감과 흥분에 용기를 얻어가지고 나는 그날 저녁편에 무사히 고읍에 도착하였다.

그러나 고읍 앞을 말없이 흘러내려가는 두만강을 보고는 다시금 넘어온 고개를 돌아다 보지 않을 수가 없었다.

여관에는 나뿐만 아니라 노령(露嶺)으로 가는 손님들이 꽉 차 있었다. 그들은 대개가 다 생활에 쫓겨서 '빵'을 찾아가는 무리들이었으니, 소같이 입을 다물고 침묵을 지키고 있는 그들의 순하게 생긴 얼굴에는 형용할 수 없는 불안과 우울의 빛이 무겁게 떠돌고 있었다.

저녁 후 나는 거리에 가서 엽서를 사가지고 들어와 비로소 고향동무들이며 학교 동무들에게 마지막 하직의 인사나마 몇 마디씩 저어보내려고 펜을 들었다. 마는 웬일인지 손길이 떨리고 마지막 아버지에게 쓸 때에는 눈물까지 떨어뜨렸던 것이다.

말할 수 없는 섭섭하고도 애처로운 심사에 한잠도 못 이루고 밤을 새우고 나니, 강(江)역 도선장(渡船場)에서는 어느덧 벌써 선부(船夫)의 외치는 소리가 들려 왔다.

조반도 충분히 못 먹고, 마치 시집을 가는 각시 모양으로 두근거리는 가슴을 눌려가며 강(江)역에 나가 보니, 먼저 나간 이사꾼들은 벌써 경관들에게 조사를 시키우고 있었다.

내가 나간 것을 본 경관들의 시선은 일제히 나에게 쏠렸다. 그것은 다른 이사꾼들과 달라서 나의 복장이 다른 까닭이었으니 그때에 나는 학교 정복을 입고 정모까지 썼던 것이다.

나는 불안에 떨리는 가슴을 겨우 진정시키가며 일일이 저로서도 경탄할 만큼 경관의 취조에 교묘하게 거짓말을 꾸며댔다. 아버지는 노령 불갬스크에 가신지가 10년이 되는데, 삼촌의 신세에 이때까지 공부하다가 학자(學資) 관계로 휴학을 하여 가지고 아버지한테로 학자 얻으러 간다는 것이 나의 대답이었다.

기실 불갬스크에는 나의 종조(宗祖)가 계셨던 것이다. 경관은 퍽이나 동정하는 모양으로 나에게 격려의 말까지 주었다.

그리하여 배에 오른 나는 점점 멀어져가는 고국의 산천을 감개무량하게 바라보며 장차 올 앞일을 생각하여 보았다.

이렇다 할 목적도 없이 뜬 구름과도 같이 가는 내 마음은 새삼스럽게도 암담하여졌다. 더구나 늙으신 아버지와 외아들을 잃고 탄식하실 어머니를 생각하니 당장에 배에서 뛰여내리고 싶은 마음이 무럭무럭 치밀었다.

그러나 배는 벌써 대안(對岸)의 중령지(中領地, 지금은 만주국 영지)에 다달았다. 내리고 보니 강 한 폭을 사이에 두고 토색까지 변한듯한 낯선 이역!

이것이 나에게는 처음 밟아보는 이국 땅이었다. 이곳에서 한 50리 넘어가면 노령 땅이란 말에 내 가슴은 알 수 없게 두근거리며, 방금 넘어온 고국 땅 수천리 밖에 가 있는 것같이 생각되었다.

'양관평(洋舘坪)'이라는 중국인 촌을 지나서 동행하는 이사꾼들과 함께 조그마한 모래 언덕에 올라가 사방을 살펴보노라니 건너편 노령지 쪽에서 약 20명 가량 되어보이는 사람의 떼가 바삐바삐 이쪽을 향하여 오는 것이 보였다. 가까이 온 것을 보니 그들은 우리와는 반대로 노령에서 나오는 사람들이었다.

들어가려던 사람들은 부모나 만난 듯이 반가워하며 그들을 붙잡고 들어가는 경로며 형편을 물었다.

나도 그 축에 빠지지 않고, 그 중에서 내 나이 또래나 되어 보이는 젊은 청년을 붙잡고 사정을 말한 다음 형편을 물었다. 의외에도 그는 친절하게 가르쳐주었다. 그리고 마지막에는 '비색이'1)라는 것을 나에게 주며

"이것을 가지고 들어가시오. 이것만 가지면 관헌을 만나도 아무일 없습니다. 그러나 내 이름이 ○○이니까 여기 쓰여 있는 대로 행세해야 합니다."
하고 세세히 가르쳐주었다. 나는 어찌도 고마운지 백배 사례한 다음 그와 갈라졌다.

동행하는 다른 사람들은 '비색이'가 없는 것을 걱정하며 내 것을 보고 침을 삼켰지만 나는 시치미를 뚝 따고 앞장을 서서 걸었다.

---

1) 비색이-비자(visa)

이 '비색이'라는 것은 신분 증명서나 여행권 같은 것으로서 이것이 없으면 노서아에서는 나댕기기가 몹시 부자유한 것이었다.

이윽고 우리는 노령 국경까지 이르렀다. 거기는 하루에도 몇 아례씩 노서아 관헌이 돌아댕기며 경비하고 있기 때문에 들어가는 사람들이나 나오는 사람은 누구든지 다 그들이 보지 않는 틈을 타서는 월경(越境)하는 것이었다.

그러다가도 들키는 날이면 ㄹ나무아미타볼.

그러므로 일행 중에는 밤에 넘자는 의견이 우세였으나 나는 대담하게도 그냥 낮에 넘어가려고 하였다.

생각하면 만용이라고나 할는지?

그러나 이 나의 만용에 이끌려서 세 사람이 나의 뒤를 따르게되었으니, 나는 더욱 용기를 내어가지고 그들과 함께 국경을 무사히 넘었던 것이다. 그리하여 게서 한 10리 가량 되는 '박석거리'라는 부락에 도착하였을 때에는 벌써 점심 때가 가까이 되었던 것이다.

이 부락은 전부 조선 사람 부락으로서 우리는 이곳에서 점심을 먹은 후 마차를 삯을 내어 타고 '모커우'라는 항구로 향하였다.

바라다보면 일망천리인 듯한 대평야를 쏜살같이 달아나는 마차위에서, 어느 덧 벌써 찾아온 가을을 느끼며 옷깃을 여며 놓고 얼마동안을 시달려 가노라니 옥수수 밭에서 옥수수를 따고 있는 여인들을 만났다. 보자기 같은 것으로 머리를 싸고 무릎까지 올라가는 치맛자락, 그 위에 팔굽까지 내놓이는 '샤쯔(셔츠)'를 산뜻하게 입은 그 모양.

나는 처음에는 노서아 여인들인 줄로 알았다마는 가까이 가보고 조선 여인들인 줄을 알았을 때 한편으로는 놀라움과 한편으로는 반가움에 당장에 마차에서 뛰여내려 무슨 말이든지 하여 보고 싶은 충동을 겨우 참았다.

그러나 우리를 바라보는 그들의 얼굴에 나타난 표정은 너무나 평범하였던 것이다. 하기야 우리와 같이 나가고 들어오는 동포를 하루에도 몇차례씩 보는 그들에게는 그다지 반가울 것이 없지만 이국땅에 처음 들어선 나에게는 평범한 그들의 표정이 무한히 섭섭하였다. 그리고 말 한마디도 못 하여 본 채 그대로 갈라져가는 내 마음은, 마치 두고 가지 못할 사람이나 두고 가듯, 걷잡을 수 없는 실망과 까닭 모를 애수에 맑은 가을 하늘조차 흐리어보이는 것 같았다마는

거부(車夫)의 채찍은 사정없이 휙휙 날렸다. 그리고 길가에서 사람들을 만났다. 그리고 인가도 만났다. 그것은 모두 다 조선 사람들이었고 그들의 집들이었다.

국경만 넘어서면 당장에 코 큰 어른들을 만날 줄 알았던 나의 기대는 여지없이 깨어지고, 다만 거부의 외치는 알지 못할 소리와, 말목에서 절렁거리는 방울 소리에 가냘픈 이국 정서를 겨우 느낄 뿐.

차는 쉴 사이 없이 달아났다.

어느덧 해도 사산에 기울기 시작하였다.

끝없는 넓은 벌판의 이곳 저곳에서 소리 없이 솟아오르는 저녁연기에 나는 새삼스럽게도 내 고향의 마을을 생각하여 보았다.

그러나 그것도 순간이었다.

거부의 떠드는 바람에 앞을 내다보니, 망망대해에 검은 연기를 토하며 떠들어오는 기선 한 척.

"저것이 해삼위(海蔘威)서 오는 배라오. 내일 아침이면 떠나지요."

차는 어느덧 70리의 길을 다 끝마치고 강변에 와서 멈췄다.

넓이가 10리나 된다는 이 강은, 기실은 강이 아니라 강처럼 바다가 만곡되어 들어온 것인데, 이곳 사람들은 이것을 강이라고 부르고 있었다.

마차에서 내린 우리는 다시금 배에 올랐다.

건너다 보니 산 언덕에 즐비한 양옥들.

"저게 모커우라오."

하는 거부의 말에 나는 뜻모를 한숨으로 대답하였다.

모커우에 닿으니 비로소 이국 정서가 농후하였다.

코 큰 어른들, 머리 노란 계집들.

그러나 여기도 조선 사람이 태반이나 되었다.

주막에서 맞는 이국의 첫날밤!

양관(洋舘)에서 들려오는 청인(淸人)의 호금(胡琴)소리는 울고 푼내 마음을 더 한층 눈물겨웁게만 하여 주고 모랫가에 부쉬주는 파도소리는 그러지 않아도 산란한 이 내 머리 속을 더 한층 산산히 깨뜨려주었다.

밝는 발이면 배를 타고 해삼위로! 동경의 해삼위로! 그곳에는 어떠한 운명의 손이 나를 기다리고 있을는지?

어느덧 지루하던 밤도 밝았다.

조반 후 나는 이곳에서 동행의 세 사람과 갈라지게 되었다. 하루동안의 길동무였지만 무한히 섭섭하였다.

가방을 들고 부두에 나가니 배는 출발의 시간이 급하여 떠날 준비에 분망하였다. 배표는 배에 올라가서 사자는 바람에 나는 넋없이 뛰어올라갔다.

오전 10시 출범!

12시가 되어서도 나는 배표를 사지 못하였다. 어디 가서 어떻게 사는지 언어 불통인 나는 마지막에는 초조한 마음에 울고도 싶었다.

이 사람과 물어 보아도 모른다고 하고 저 사람과 물어 보아도 모른다고 하니 대체 누구와 물어 보면 좋을는지? 그렇다고 말 모르는 선원과는 더구나 물을 수도 없고 그저 벙어리 가슴을 안고 헤매기만 하였다. 마지막에는 생각다 못하여 갑판 의자에 힘없이 주저앉아서 먼 바다를 내다보며 긴 한숨을 쉬고 있노라니….

"어디까지 가십니까?"

하는 여자의 말소리가 명랑하게 뒤에서 들려왔다. 깜쪽같이 놀라서 돌아다 보니 단발한 젊은 여자가 상끗이 웃으며 정답게 나를 바라보고 있었다. 너무나 의외지사에 나는 제 귀를 의심하며 한 참 동안은 우두머리 쳐다보고만 있었다.

여자의 입은 다시금 열렸다.

"동무! 어디까지 가십니까?"

확실히 나를 보고 하는 말이었다.

"해삼위까지 갑니다."

"내지(內地)서 들어오시지요?"

"네, 그렇습니다."

"실례지만 무슨 일로 들어오십니까?"

하며 그는 나의 곁에 와서 앉으며 내 얼굴을 뚫어지게 바라보는 것이었다.

갑자기 말문이 막힌 나는 무엇이라고 대답할 수가 없었다.

"……."

"해삼위에는 친척이 계십니까?"

"아니오."

하는 나는 다시금 긴 한숨을 쉬었다.

그것을 본 그 여자는 반드시 무슨 곡절이 있으리라고 생각하였던지 더 한층 정답게 물었다.

"내지서 학교에 다니셨지요?"

"네."

"무슨 학교에 다니셨습니까?"

"중학3년까지 다녔습니다."

둘은 곧 친근하게 되어서 서로 통성(通姓)까지 하였다. 나는 그의 이름이 '김안나'며 또한 휴가가 지나서 해삼위 학교로 돌아간다는 것까지 알게 되었다. 그리고 그의 덕택에 나는 배표까지 사게 되었다. 점심 때가 지나서 배는 '출넘이'라는 항구에 잠깐 들었다.

그곳에서 오르는 선객은 귀교하는 학생들이 대부분이었다. 그 중에는 안나의 동무들도 있었다.

나는 안나의 소개로 그들과도 인사를 하였다.

미래의 이야기는 나를 중심으로 벌어졌다. 나는 그들이 묻는 대로 조선의 정세며 학교 이야기를 아는 데까지 이야기하였다.

한마디도 빼지 않고 귀를 기울이고 있던 그들의 얼굴에는 한결같이 떠오르는 고국을 그리워하는 그 표정!

그것은 10년 후 지금에 와서도 내 눈 앞에서 사라지지 않고 떠돌고 있다.

나면서부터 고국을 모르고 이국 풍토의 거친 풍랑에 부대끼며, 오늘은 동으로 내일은 서로, 애처로운 부평(浮萍)의 생을 이어가고 있는 그들의 신세!

꿈속에까지 그리던 고국에서 들어온 한 사나이를 에워싸고 '내지, 내지'하며 뜻깊게 부르는 그들의 심정을 생각하면 자연히 두 눈이 뜨거워지는 것을 어찌할 수가 없었다.

그러나 나도 그제부터는 그들과 같이 부평의 생활을 계속할 인간이 아니었던가.

생각하면 그 눈물 속에는 내 자신의 설움도 섞여 있었던 것이다.

나는 그들과 같이 점심까지 먹으며 몇 번이나 나의 앞길에 대하여 의논하여 보려 하였지만 시종 입이 떨어지지 않았다.

얼마 후에 그들은 멀미가 난다고 하며 선실로 다 돌아갔다.

뒤에는 안나와 나와 단둘이 앉아서 머나먼 수평선을 내다보며 서로 제 생각에 깊이 잠겨 있었다.

"그래 동무는 앞으로 어떻게 하실 작정입니까?"

하고 둘 사이의 침묵을 먼저 깨뜨린 것은 안나였다.

"작정이 없습니다. 그저 막연합니다."

둘 사이에는 또 다시 침묵이 계속되었다.

밤 9시나 되었을 때 멀리 번쩍이는 등대불!

"저것이 해삼항입니다."

하고 안나가 일러주는 그 순간! 내맘은 알 수 없게 덜컥하였다.

해삼위! 우라지오스톡!

아! 나는 끝내 오고야 말았구나.

하늘의 별보다도 더 수없이 반짝이는 항구의 불빛들, 소란스러운 기적소리들!

배는 섬을 끼고 요리조리 항구의 품안을 찾아 들어갔다.

어두운 바다에 가로 놓인 괴물 같은 검은 배들! '뚜'하는 뱃고동소리에 선내는 갑자기 떠들썩하였다. 안나와 나는 짐을 들고 내릴 준비를 하였다. 잔교(棧橋)위에는 무수한 사람의 떼가 모여서 선객들이 내리기를 기다리고 있었다.

"그래 오늘 저녁은 어디로 가시렵니까?"

하며 갈 곳이 없는 줄을 빤히 알면서도 묻는 안나 얼굴을 나는 원망스러운 눈으로 호소하듯 말없이 쳐다보았다.

안나도 그런 줄을 알아챈 듯,

"아이 참 내가."

하고 부끄러운 듯이 웃더니

"저, 신한촌(新韓村)에 저의 동무가 있는데, 그 집이 여관이니까 그리로 가십시다."

하며 위로하듯 다시금 웃었다.

나의 입에서는 여전히 긴 한숨이 나왔을 뿐이었다.

배에서 승강교를 내리우자 7, 8명이나되는 관헌이 위엄성 있게 뛰어올라 왔다. 그것이 '게, 페, 우'라는 관리로서 노서아에서는 범보다도 더 무섭다는 국가

정치 보안부 위원들이었다.

그들은 선객들을 내리게 못 하고 일일이 조사하더니 약 20명 가량 ㄹ붙잡아 가지고 내려다가 한 쪽에서 우둘우둘 떨고 있는 나를 보더니 무엇이라고 노서아 말로 저희끼리 지껄이며 내 팔목을 와서 덥석 잡았다.

"앗"

나는 부지중에 외마디 소리를 질렀다.

그리고는 그 무엇에 질린 듯이 입술이 바르르 떨렸다.

관헌에게 끌려가는 내 뒤를 따라오며 안나는 여러 가지로 관헌과 무슨 말을 하였다.

그러나 관헌이 들을 리는 만무하였다.

나는 꼭 지옥에서 온 사자에게 끌려서 죽으러 가는 것 같았다.

가로의 좌우 옆에 높이 솟은 건물이라든지 생전 처음 보는 전차라든지 모두 다 안개 속에서 어물거리는 것 같고, 다만 두드러지게 눈 앞에 나타나는 것은 죽음의 검은 손밖에 없었다.

안나가 뒤에 따라오며 걱정할 것이 없다고 하며 여러 가지로 위로하여 주었지만 그것조차 죽음을 독촉하는 소리로 밖에는 들리지 않았던 것이다.

나의 머리 속에는 갑자기 고향 생각이 떠올랐다. 아버지 어머니, 마을의 동무들, 학교 동무들, 심지어 밤낮 싸우기만 하던 이웃집 복남이까지……

아! 나는 모든 것을 버리고 결국 죽으러 이곳까지 찾아왔던가?

아디를 어떻게 끌려갔던지 바위 같은 큰 건물 지하실에 끌려갔을 때에는 나는 완전히 정신을 다 잃었던 것이다.

그러다가 덜컥 하는 쇠 잠그는 소리에 겨우 정신을 차려서 주위를 살펴보니 우스르한 전등 빛에 날카롭게 빛나는 눈들! 노서아 사람, 중국 사람, 사나이, 계집, 얼핏 보아도 험상궂게 생긴 그들의 얼굴은 나의 뇌리에다 그 무서운 화살을 박아주었던 것이다.

참을 수 없는 공포심에 나는 그만 그 자리에 탁 거꾸러져서 넋없이 느껴 울기 시작하였다.

밤새도록 한잠도 못 이루며 꿈도 아니요, 현실도 아닌 어지러운 환영에 부대끼고 나니 머리는 중병을 겪고 난 듯 천근같이 무거웠다.

옆에서 곤하게 자던 아편쟁이인 듯한 노인이 언제 깨었던지 의아스러운 표정으로 왜 자지 않는가를 물었지만 나에게는 아무 대답할 생각도 또한 기운도 나지 않았다.

그저 얼빠진 사람처럼 힘없는 눈으로 노렇게 기름에 절은 듯한 노인의 얼굴을 물끄러미 내려다 보고만 있을 뿐이었다. 날이 밝고 해가 뜨자 공포심은 더 한층 새로운 기체로 나의 머리 속을 어지럽게 하였다.

오전 9시를 치는 괘종 소리가 희미하게 들려오자 얼마안 되어 철문이 덜컥 열리며 노인(露人) 관헌이 '헐네벌(빵)'이라는 떡을 가지고 들어와서 매명(每名) 앞에 손뼉만한 것을 한 개씩 주고 나갔다.

다른 사람들은 넋없이 받아먹으며 무엇이 그렇게도 반갑고 즐거운지 떠들고 있었지만 나의 입은 여전히 무거운 쇠를 잠근 듯 열려지지 않고 불안의 침묵을 계속하고 있었다.

그리고 떡은 받아서 놓은 채 거들떠보지도 않았다.

그것을 본 아편쟁이 영감은 나의 눈치를 슬슬 살피다가 솜씨 빠르게 집어 닥쳤다. 많은 다른 사람들은 그것을 그냥 둘 리는 없었다. 손뼉만한 떡 한 쪽으로 인하여 감방 안은 순식간에 약탈의 수라장으로 화하고 말았다.

아편쟁이의 손등은 보기에도 참혹하게 찢기우고 중국인 한 사람은 짓밟혔는지 밤알만한 부스러기도 찾아볼 수가 없었다.[2]

그것을 보니 아무리 경황 없는 내 자신이었지만 나는 다시금 인간이란 것을 생각하열 보지 않을 수 없었다. 수라장화한 감방 안의 요란 소리에 노인 관헌과 조선인 관헌 2명이 달려왔다.

코피를 흘리던 중국인은 기회를 만난 듯이 무엇이라고 노어로 호소를 하였다. 순간 관헌의 얼굴 빛은 새빨갛게 상혈(上血)되더니 한쪽 손에 감아쥐었던 가죽 채찍을 사정없이 휘날리기 시작하였다. 사람의 귀를 가지고는 차마 들을 수 없는 비명 소리에 나는 그만 두손으로 귓구멍을 틀어막았다.

아무 말도 없이 바라보던 조선인 관헌은 갑자기 무엇을 생각하였던지 나를 손짓하였다.

---

2) 이 구절에 일부 탈락된듯 문맥이 통하지 않는다.

형용할 수 없는 불안한 가슴을 안고 그 앞으로 걸어가는 나의 다리는 바르르 떨렸다.

"어째 너는 떡을 먹지 않았느냐?"

하는 그의 말소리는 의외로 부드러웠다.

"먹고 싶지 않아서요."

"뭐 먹고 싶지 않다?"

하고 그는 한참 동안 나의 얼굴을 뚫어지게 들여다보더니 갑자기 다정스러운 표정을 지으며

"내지(內地)서 언제 들어왔느냐?"

하고 목소리를 낮추었다.

"어저께 들어왔습니다."

"무슨 이유로 들어왔느냐."

나는 어물거리다가 이 기회를 놓쳐서는 안 되겠다는 생각으로 용기를 내어서 애원하였다.

"이유래야 별 이유는 없지만 내지서 공부하다가 여러 가지 사정으로 인하여 공부하게 못 되니 그저 생각나는 대로 발길이 돌아지는대로 여기까지 왔습니다."

"그래 앞으로 어떻게 할 작정이냐?"

"네, 할 수만 있다만 공부할까 합니다."

그는 한참 동안 그 무엇을 생각하는 듯하더니 빙그레 웃으며 물었다.

"어제께 같이 내린 그 여자는 누구냐?"

"배에서 만난 여자올시다."

"그전부터 안 여자가 아니냐?"

"아니올시다, 이 땅을 처음 밟는 제가 어떻게 그전부터 알았겠습니까?"

그러는데 노인 관헌은 볼일을 다 보았다는 듯이 두 손을 탁탁 털며 동료를 재촉하여 가지고 나가려 하였다.

조선인 관헌은 무엇이라고 웃으며 노어로 이야기하다가 나의 쪽을 한번 돌아다 본 다음 그뒤를 따라 나가버리고 말았다.

그 뒤에 얼마 안 되어 다시 문이 열리더니 아까 그가 다시 들어와서 나를 보고 손짓하였다.

나는 정신없이 허둥지둥 문 밖으로 뛰어올라갔다. 그리하여 어떤 조그마한 취조실 같은 데로 끌려 들어가니 거기에는 또 한 사람의 조선 사람이 테블(테이블)건너 편에 앉아서 나의 얼굴을 빤히 쳐다보았다.

나는 공손하게 머리를 숙였다.

몇 마디의 문답이 둘 사이에 있은 후 그는 나의 몸을 조사하기 시작하였다.

첫째로 나의 주머니 속에서 나온 것은 학교 신분 증명서 그 뒤에는 국경넘을 때 가지고 온 '비색이'.

"동무는 이것을 어디서 얻었소?"

말씨는 친절한 듯하나 철편(鐵鞭)으로 후려갈기는 듯하였다.

나는 서슴치 않고 전후 경우를 다 말하였다.

"그렇지만 이런 것을 가지구 댕기면 안 되는데."

하고 그는 한참 동안 생각하더니 다시금 나의 쪽을 향하여 갈곳이 어던 것을 물었다.

"정처가 없습니다."

"이 해삼위에 아무도 아는 사람이 없습니까?"

"없습니다."

나의 애연(哀然)한 얼굴을 빤히 쳐다보던 그는 곁에 관헌과 노어로 무엇이라고 이야기하더니 다시금 학교 신분 증명서를 뒤적거리기 시작하였다.

그때의 나에게는 그 신분 증명서가 무엇보다도 도움거리였다.

그리하여 얼마 후 무사 해방된 나는 죽음의 지옥에서 솟아난 듯한 기쁨으로 문 밖으로 나오니 거기에는 의외에도 안나가 반가운 표정으로 기다리고 있었다.

너무나 꿈같은 일에 나는 그만 체면도 염치도 불고하고 넋 없이 그의 팔에 매달려 흐득였다.

안나도 나의 그 모양에 감격되었던지 미소는 띠웠으나 눈물어린 눈으로 고요히 나를 내려다 보며 부드러운 손으로 나의 등을 쓰다듬어 주었다.

둘은 가지런히 서서 애스팔트(아스팔트)의 포도(鋪道)를 감개부량한 맘으로 바라보았다. 지난날 끌려오던 때와는 아주 딴판으로 보이는 건물들, 가도를 질주하는 자동차, 전차.

내다보니 8월의 태양 빛에 번쩍거리는 항구의 품! 그 속에서 안겨서 졸고

있는 수없는 검은 배들 중에 내가 타고 온 배는 어느 것인지? 이윽고 둘은 전차를 타고 '신한촌'으로 갔다.

거기는 해삼위 서북방 지구로서 주로 조선인이 살고 있는 지대였다.

안나의 뒤를 따라 얼마간 가노라니 큰길 옆에 '고려 도서관'이라고 간판을 붙인 그리 크지 않은 건물이 있었다.

그 앞을 지나서 몇 번을 돌아 언덕으로 올라가니 큰길 복판 그 우편에는 흰 벽돌로 지은 2층 건물이 웅장하게 솟아 있고 지붕 위에는 낫과 마치를 그린 붉은 기가 중천에서 펄럭거리고 있었으니 이것이 '고려 공산청년 회관'이라는 건물이었다. 두리번거리며 이것 저것 살펴보는 내 모양을 빙그레 웃으며 바라보던 안나는 마침내 어떤 조그마한 집 문 앞에 서서 안을 향하여 무엇이라고 불렀다.

그러자 안나와 동년이나 되어 보이는 몸집이 꽤 큰 젊은 여자가 아랫다리를 껑충하게 내놓고 나오더니 반갑게 우리를 맞아주었다.

나는 곧 그가 어저께 배에서 안나가 말하던 그 여자인 것을 알았다.

안나의 소개로 통성을 하고 보니 그의 성명은 장혜라(張惠羅)였다.

며칠 동안은 안나와 혜라의 안내로 해삼항을 돌아댕기며 구경하느라고 꿈같이 지냈다.

그러나 호주머니 속이 불룩하지 못한 나는 언제까지든지 그렇게 하며 허송세월을 할 수는 없었다.

생전 처음 느껴보는 생활의 불안!

아무리 생각하여 보아야 전도는 막연하였다.

곡괭이 한 번 쥐어 못 보고 호미자루 한번 쥐어 못 본 채 배고픈 것이 어떤 것인지 이야기로도 잘 들어 못 본 나에게 있어서는 너무나 돌변적이고 지나치게 과중한 문제였다.

그리하여 혼자서 생각하다가 몇 번이나 안나와 그렇지 않으면 혜라와라도 상의 하여 볼까 하였지만 그때나 이때나 조금도 변함없는 되지 못한 자존심으로 인하여 나의 입은 좀처럼 그들의 앞에서 열리지 않았다.

그러면서도 먼저 나의 눈치를 차려서 나의 심중을 알아주지 못하는 그들의 둔감이 나는 몹시도 원망스러웠던 것이다.

생각하면 그 얼마나 어리석은 몽상이었던가?

어느 날 그 날도 나는 여전히 창문을 열어놓고 먼 바다를 내다보며 걷잡을 수 없는 공상에 잠겨 있노라니 학교에서 돌아온 혜라가 방문을 열고 들어왔다. 여름날의 석양 하늘에 갈팡질팡하는 구름장과도 같은 무겁고도 괴로운 생각에 암담하여진 나였건만 혜라나 안나의 쾌활하고도 청초한 그 얼굴을 보면 언제든지 답답한 나의 심중은 시원하게 풀려가는 듯하였던 것이다.

"인제 오십니까?"

"예, 무슨 생각을 또 그렇게 하십니까?"

"앞길이 너무 막연하여서요."

하고 나는 그만 무의식 중에 심중을 고백하였다.

그리고는 후회하는 기색으로 얼른 얼굴을 돌려서 다시금 먼 바다를 내다보았다.

혜라는 한참 동안 아무 말도 없이 서 있다가 나의 곁에 와 조용히 앉으며 그도 나의 눈길을 따라 먼 바다를 내다 보았다.

바다에는 흰돛을 단 배들이 고요히 떠서 어느 때가지든지 한 곳에 그대로 머물러 있는 듯.

참다 못하여 나는 그만 심중을 털어놓기 시작하였다.

"혜라씨, 나는 앞으로 어떻게 하였으면 좋을까요?"

"글쎄올시다. 동무의 사정은 퍽 딱한데 어떻게 하였으면 좋을는지 저도 생각이 안 납니다."

그 소리를 들으니 나의 전신에 힘줄은 다 풀리는 것 같았다.

"혹 어디 무슨 일자리든지 내 몸에 적당한 것이 없을까요?"

"일자리요?… 자리가 그렇게 쉽게 있습니까? 동무도 대강 짐작하시겠지만 지금 노서아는 혁명이 지난 지가 얼마 안 되어 실업자가 전 인구의 절반 이상이나 되는 형편이랍니다. 여간하여 가지고는 직업을 얻지 못합니다."

"그렇다면 나는 어떻게 할까요?"

걸핏하면 눈물 흘리기를 잘 하는 나는 나의 눈에는 벌써 눈물이 그렁그렁하였던 것이다.

혜라는 한참 동안 측은한 빛을 띠고 말없이 내 얼굴을 쳐다보다가

"글쎄올시다, 있다 안나가 오면 의논해 보지요."
하고 위안하여 주었다.

저녁 후 어기지 않고 안나는 예전과 같이 찾아왔다.

그리하여 셋은 여러 가지로 의논하여 보았지만 무슨 구체안은 얻지 못하였던 것이다.

이튿날 혜라가 학교로 간 틈을 타서 나는 마침내 결심을 하고 안나와 혜라에게 편지를 써넣은 후 가방을 들고 혜라의 집을 나섰다.

하지만 방향 없는 나의 발길은 어디를 가야 할지 몇 번이나 망설이다가 결국 서쪽 길을 취하였다. 힘없는 발길로 약 1시간이나 더듬어 가다가 들여다보니 해삼항의 집들은 어느덧 멀리 아스랗게 바라다 보이고 바다의 어선들은 그림자조차 찾아볼 수가 없었다.

그러자 갑자기 생각나는 것은 안나와 혜라. 더구나 학교에서 나온 혜라가 나의 편지를 보고 얼마나 놀랄 것인가?

그리고 밤이면 안나도 받아볼 것이다. 며칠 안 되는 동무였다지만 그들은 얼마나 슬퍼할 것인가?

더구나 나에게는 생전 처음 만난 이성의 동무들이며 그리고 서백리아에 돌아온 이후 누구보담도 가장 친절하게 하여 주던 이들이 아니었던가?

그것을 생각하니 나의 가슴 속은 다시 돌아가고 싶은 생각으로 몹시 설레였다.

마는 나는 큰 마음을 먹고 그냥 그대로 떨어지지 않는 발길을 다시금 옮겨 놓았다.

복선이 된 철로를 따라서 정처 없는 걸음으로 몇 시간을 걸어가느라니 조그마한 정거장에 다달았다.

거기서부터 길은 두 갈래로 갈리었는데 어느편 길을 걸어야 할지 참으로 갑갑하였다.

해는 어느덧 서편 하늘에 기울어졌고 갈 곳은 없이 나로서도 너무나 한심하여 마지막에는 웃음밖에 나오지 않았다.

그러다가 마침 나는 운이 좋았던지 양복은 입었지만 조선 사람임에 틀림없는 한 젊은 청년을 만났다. 그러나 중국인인지도 몰라서 나는 우선 시험삼아

"여보시오."

하고 건드려 보았다.

　복장이 이상한 탓이었던지 나의 아래 위를 수상하게 뜯어보던 그는 불의의 나의 부름에 깜짝 놀란 듯이

　"예!"

하고 우뚝 멈춰섰다.

　그 소리를 들으니 어찌도 반가운지 익수자(溺水者)가 구조선을 만난듯 나는 넉없이 그의 앞으로 달려갔다.

　"여보시오, 조선 사람입니까?"

　"예, 어째 그럽니까?"

　"이 바른쪽 길로 가면 어디로 갑니까?"

　"바른쪽 길이요?… 대체 당신은 어디로 가시는 길입니까?"

　"어딘가 하구요?"

　나의 말문은 갑자기 막혔다.

　그러나 재차 묻는 데는 대답하지 않을 수가 없었다.

　"사실인즉 정처가 없습니다."

　"예? 정처가 없다니요?"

　"그저 닥치는 대로 갑니다. 어느 길로 가면 조선 사람들의 사는 부락으로 가게 됩니까?"

　"여보시우, 그렇게 가는 걸음이 어디 있습니까? 이 바른편 길로 가면 깊은 산속으로 들어가고 왼편 길로 가면 무인지경 고개를넘어야 인가가 있는데 기어간(其於間)이 20리나 됩니다."

　"뭐요?"

하고 반문한 나는 놀라운 그의 말에 벌린 입을 다물지 못하였다.

　"대체 당신은 어디서 오십니까?"

　"내지서 들어옵니다."

　"그런데 무슨 일로 오셨습니까?"

　"그저 아무 생각 없이 뛰여왔지요."

　"그래도 무슨 목적이 있겠지요?"

　"목적이래야 별 것이 아닙니다. 그저 내지에 있기가 귀찮으니까 좋다는 소문

만 듣고 찾아왔지요."

한참 동안 그는 빙그레 웃고 있더니 갑자기 정색을 하고

"그럼 동무 별로 대접할 것은 없지만 우리 동네에 가서 추석이나 지난 다음에 어디든지 가보시지요."

하며 친절하게 권유하였다.

추석이란 그의 말에 나는 깜짝 놀라 곰곰이 생각하여 보니 집에서 떠나던 때가 음력으로 8월 초순이던 것이 생각났다.

두말없이 나는 그의 뒤를 따랐다.

약 5리 가량 그를 따라 가노라니 그리 넓지 않은 벌판에 이곳저곳 인가가 보였다.

곧 이름을 물으니 내겔스크라고 하였다.

그리하여 나는 그 청년의 집에 가서 피곤한 다리를 쭉 뻗어버리고 사지를 폈다.

청년은 여러 가지 이야기를 묻고 그리고 자기도 나에게 서백리아 형편에 관한 이야기를 하여 주었다. 저녁을 먹고 나니 나릿한 피곤이 전신을 사로잡는 듯하여 나는 그만 밥먹은 자리에 사르르 드러누웠다.

그러다가 여럿이 떠드는 바람에 깜짝 놀라 일어나보니 20전후의 청년들이 10여 명 가량 찾아와서 놀고 있었다.

그리고 통간(通間)이 된 다음 방에는 여자들도 한 5, 6명 와 창가도 하고 이야기도 하며 놀고 있었다. 나는 마치 도깨비 혼에나 홀리워온 듯 어리벙벙하여 두리번거리기만 하였다.

그러나 주인 동무의 소개로 인사들을 한 후 나는 곧 그들과 친하게 되었다.

모두가 근실(勤實)하고 순박한 청년들이었다. 더구나 조선의 농촌에서는 울고 보자해도 못 볼 여자들의 쾌활한 태도에 나의 마음은 미지의 별천지에 온 듯 무한히 유쾌하였다.

이튿날은 음 8월 14일.

나는 동네 청년들이 만류하는 대로 그대로 추석이 지날 때까지 머물 작정을 하고 그들의 권하는 바람에 산으로 '멀구 사냥'을 갔다.

모든 열매가 다 익는 가을이다. 산에는 멀구가 까맣게 익어서 보기만 하여도

입 안에 신물이 돌앗다. 몇 아름씩 되는 고목과 잡초가 우거진 숲속에서 명랑하게 들려오는 여자들의 노래 소리는 전부가 멀구 따는 처녀들의 부르는 노래라고 동행한 동무들이 가르쳐주었다.

그들은 그것을 따다가 노서아 사람들에게 팔아서는 추석 놀이에 쓸 용돈을 번다고 하였다.

우리 일행도 그렇게 하여보자는 결의를 한 다음 한 5, 6명 되는 패가 점심 때까지 부지런히 땄다.

그리하여 쌓아놓고 운반할 공론을 하고 있는데 우편에서 여자들패가 떠들며 내려오기에 돌아다 보니 그것은 전날 저녁에 함께 놀던 여자들이었다.

두 패 사이에는 곧 교섭이 시작되어서 한데 뭉쳐 팔아가지고 공동으로 놀자는 결의가 성립되었다. 다음에는 운반 문제에 들어가서 서로 악의 없는 논전을 거듭한 결과 멀구가 적은 남자들 편이 지게 되었다.

그 때문에 나도 멀구 주머니를 걸머지게 되었지만 손님이라는 혜택 아래 내 짐은 여자들이 번갈아 이고 가게 된 특사를 나는 입었던 것이다.

그리하여 포도주의 원료가된다는 그 멀구를 노인 상점에 가서 팔아가지고 그 대신 여러 가지 먹을 것을 산 다음 그것은 여자들에게 맡기고 우리는 먼저 마을로 돌아왔다.

그때에야 나는 비로소 마을 형편을 자세히 물었다. 이마을에는 주로 함북(咸北) 성진(城津)사람들이, 그 중에도 허씨들이 대부분 이주하여 온 것인데 호수(戶數)로는 약 50호 가량 되는 촌이었다.

주민의 전부는 농사에 종사하고 있는데 토지는 전부 정부의 소유로서 조금도 불평벗이 평화스럽게 생활하고 있었다. 그리고 그밖에도 한 40호, 30호 가량씩 되는 부락이 근처에 5, 6촌이나 되었다.

그들도 다 함북 사람들로서 고향에서는 먹을것을 못 먹고 입을 것을 못 입고 기아선에서 헤매다가 결국 타국이언만 생활을 찾아서 두만강을 넘어온 무리들이었으니 자욱자욱 눈물로 적시며 들어온 경로라든지 낯선 이지(異地)에 와서 피와 땀으로 황무지를 개척하던 그 이야기를 들으면 어느것이든지 하나 가슴을 찌르지 않는 것이 없었다.

빵 한 쪽 얻어 못 오는 무기보다는 일 편의 빵 쪽 그것이 그에게는 둘도 없는 진리가 아닌가?

　나는 그 어느대 아니 지금도 항상 이런 말을 듣고 보고한다.

　"잘 사나 못 사나 내 당이 제일이니…"

　그대들은 다시 한번 눈을 바로 뜨고 그대들의 발 밑을 살펴보며 좀 더 멀리 강 건너를 바라보는 것이 어떠하랴!

　저녁을 먹은 다음 나는 동무들과 함께 마을의 집회 장소인 야학실로 갔다.

　야학실은 약 1백여 명 가량 수용할 두 칸의 건물로서 여름에는 농사를 보느라고 휴학하지만 겨울에는 열심히 배우느라고 일시라도 사람의 그림자가 질 날이 없다고 그들은 자랑을 하는 것이었다.

　더구나 혁명 이후에는 관(官)에서 보조까지 하여주기 때문에 돌아오는 해부터는 여름에도 그대로 계속하여서 마을의 문맹을 전부 퇴치할 작정이라고 말하였다.

　우리는 마당에 멍석을 깔고 앉아서 여러 가지 이야기를 뜻깊게 서로 주고받았다.

　한쪽에서는 누덕누덕 해진 만국 지도 같은 막(幕)을 치고 추석날 밤에 할 연극 연습을 하느라고 분주하였다. 그리고 한 쪽 옆에서는 해삼항에 가서 몇 달간 있다가 왔다는 젊은 여자가 하모니카를 부느라고 삑삑거리고 그 옆에서는 젊은 사나이가 그 소리에 맞추느라고 입에다 횡적(橫笛)을 가로 대고 역시 삑삑거리고 있었다. 들으려니 너무나 머리칼이 일어서는 소리들이였다.

　"아이구 또 삑삑거리는구나. 제발 좀 그만둬라."

하며 내 곁에 동무는 귓구멍을 틀어막고 돌아앉았다. 여럿은 탁 웃었다.

　불던 그들도 웃었다. 그래도 그치지는 않았다.

　"제발 좀 그만둬라. 내지 동무가 부끄럽지 않느냐?"

하고 또 한 동무가 애원하듯 말하였다.

　"부끄럽긴 무어 부끄럽단 말이냐? 못 부는 사람이 있어야 잘 부는 사람도 있지."

하며 횡적 불던 동무는 내 쪽을 향하여

　"동무 한 곡조 좀 불어보시지요?"

하고 횡적을 나의 앞에 내밀었다.

“원 천만에, 저는 모릅니다.”

“그럼 하모니카나 불어보시지요?”

“그것도 모릅니다.”

“그럴 리가 있습니까? 내지 동무들은 다 잘 분다는데.”

“그렇지 참말 잊었구나. 이 동무의 하모니카를 한번 들어보자.”

하고 좌중은 일제히 찬동하였다.

할 수 없이 나는 하모니카를 받아들었다. 마는 정작 불 용기는 나지 않았다. 기실 학교 시대에는 ‘뺀드(밴드)’대(隊)에서도 꽤 뽐낸 축이었건만!

그러나 너무도 간청하는 바람에 마침내 나는 되는 대로 간단하게 곡조도 잘 맞지 않는 것을 한 가지 불었다.

불고 나서 내 자신은 얼굴이 뜨거워서 바로 들 수가 없었건만 그들은 대격찬이었다. 그리하여 재청에 재청을 거듭하는 바람에 나는 다시금 불었다.

생각하면 참으로 일생의 기록에서 씻어버릴 수 없는 즐거운 그밤이었다.

또 한 밤을 새우고 나니 8월 15일!

고국을 격(隔)하기가 수천 리 되는 이국이었건만 흰옷의 무리들이 살고 있는 서백리아 넓은 들판에도 추석이란 명절 기분은 조금도 변함이 없어서 이곳 저곳에서 들려오는 처녀들의 널 뛰는 소리는 나의 마음을 다시금 설레이게 하여 주었다. 그리고 더구나 밤이 되어 둥근달이 동천에 솟아오르니 풀 속에서 들려오는 벌레 소리조차 내마음을 울려주었던 것이다.

참다 못하여 슬그머니 냇가에 가서 달을 쳐다보니…

그 달을 쳐다보며 눈물 흘리실 고향의 어머니가 내 순 앞에 흐릿하게 나타나 밝은 달빛을 가리워주었다.

그리고 거처불명인 자식을 생각하시며 장장추야(長長秋夜) 기나긴 밤을 한숨으로 지내실 늙으신 아버지!

그것을 생각하니 천하에 몹쓸 죄를 지은 듯하여 나는 울고 있노라니 등 뒤에서 부르는 소리가 나기에 얼른 눈물을 씻고 돌아다 보니 거기에는 횡적 불던 동무가 하모니카를 가지고 찾아왔다.

나는 얼마간 그를 대하기가 거북하였으나 미소를 띠우고 일어섰다.

“예서 혼자 무얼 하시우.”

"아무것도 안 합니다. 그저 달구경을 하구 있습니다."

"미안하지만 하모니카를 좀 들려주시오."

나는 웃으며 쳐다본 다음 두말없이 하모니카를 받아들었다.

그리고는 얼마간 생각하다가 희미한 기억을 들처가면서 '도리고의 세레나데'를 고요히 저음으로 불기 시작하였다. 한 줄 두 줄 불어나가노라니 저로서도 알 수 없는 감상에 나의 가슴은 싸늘하여지는것 같았다.

곁에 앉아서 듣고 있던 동무도 나직한 한숨을 쉬며 달을 쳐다보는 것이었다. 둘은 한참 동안 침묵을 지키고 있었다.

동네 야학실 마당에서는 청년들의 연극이 가경(佳境)으로 들어갔는지 앙천대소(仰天大笑)하는 소리들이 가끔가끔 요란하게 들려왔다.

나는 다시금 하모니카를 집어들었다. 웬일인지 밤새껏 불고 싶었다.

그리고 넓은 별판을 지향없이 뛰어가고 싶었다. 그리하여 다음에는 끝곡 '칼멘(카르멘)'.

동무는 듣다가 못하여

"어떻게 하면 그렇게 붑니까?"

하며 감탄에 견딜 수가 없는 듯이 말하였다.

"뭐 아주 쉽답니다."

하고 나는 가장 자신이나 있는 듯이 자만하게 대답은 하였으나 그를 정면으로 보기는 얼마간 어색하였다.

거기에 한 동무가 나와서 여럿이 찾는다는 바람에 우리는 다시 동네로 들어갔다.

연극막은 아직도 닫히지 않고 무대에서는 비극인지 희극인지 분간할 수 없는 '꼽추 놀음'을 연출하고 있었다.

관중은 '하!' 하고 웃어댔다.

비록 보잘것없는 장난이라지만 무미(無味)하고 단조로운 그들의 생활에 있어서는 둘도 없는 위안 거리였다.

그리고 연극의 골자는 내지를 무대로 하고 조혼의 폐풍을 취재한 것으로서 기술적 방면을 보기보담 성의 있는 그 내용과 풍자미에 나는 그때까지 보던 연극 중에서는 가장 뜻깊게 보았던 것이다.

이윽고 연극이 끝난 다음 마을의 젊은 동무들은 야학실 넓은 방속에 모여서 동네에서 차린 음식들을 벌여놓고 즐겁게 놀기 시작하였다.

그러나 흥진(興盡)이면 반드시 비래(悲來)라고 그 밤은 그렇게 즐겁게 놀았다 지만 그 밤을 새우고 난 이튿날 아침이면 다시금 정처없는 길을 떠나야할 몸! 동네 동무들이 '하루만 더'하며 부여잡고 또한 내 자신도 떠나고는 싶지 않았지만 어느때까지던지 그렇게 하고 있을 몸이 아닐 바에야 무엇하게 아무 일도 없이 하루인들 더 동네에다 부질없는 폐를 끼치랴? 그리하여 나는 이튿날 아침 동리 남녀 청년들의 호의에 넘치는 전별(餞別)속에 기회만 있으면 다시 찾아올 것을 굳게 약속하고 중어(中語)로는 '하마탕', 노어로는 '아라지돌네'라는 곳을 향하여 감개무량한 마음으로 떠났다『필자 부언(附言)-이것으로써 나는 이 방랑기의 첫 머리를 즉 다시 말하면 방랑의 도상에 오르게 된 경로를 끝마치려 한다. 금후부터 본무대로 들어가려 하는데 기회만 있으면 계속하여 쓰려 하니 독자들의 관서(寬恕)를 바란다』.

나의 小說履歷*

현경준

文章社에서 나더러 小說履歷에 關한것을 써보내라는 命令을나린것을 接하고 나는 爲先苦笑를 禁할 수가 없다.

이것은 나自身뿐만 아니라 世人이 다같이 認定할 문제지만 單한篇이라도小說다운 小說을 썼다면 몰으겠지만, 事實 나는 이때까지 文壇의 領域을 冒瀆해온 한分子다. 그야나에게만 限해서이런命令을 나린것이야 아니겠지만. 그래도 그러한 部隊에다 한데 너헛다는데는 이나라의 文壇을 爲하여 慶祝할일은 못된다고 生覺는다.

---

* 이 글은 ≪文章≫ 1940년 1월호에 게재되었다. 여기에 싣는것은 후인들이 철자, 띄여쓰기를 한것이다.

만은 世事란 언제던지 淸하게만 흘으는것이 아니라 濁도 한데 어울려 흘으는 만큼, 나같은存在의 過去도 때로는 逆世的效果를 거두게 할런지 몰은다는 엉뚱하고도 달콤한 自己陶醉에 依하여 玆에 敢히 붓대를 드는것이다.

小說이라고 남의作品을 처음으로 읽어본것은 十一歲때다. 其前에도 가끔 보아오고 자미를 느끼긴 했지만 그건 大槪當時 어른들이 밤이면 짬을 보아 읽는 趙雲傳이나, 淑英娘子傳, 劉忠烈傳, 玄壽文傳같은것에 依한 故事에對한 자미뿐이었지 完全한形式을 갖훈 小說다운小說을 읽어본것은 十一歲때 春園의 「無情」이었다. 「無情」을 처음 읽을때의 그 感情이란 到底히 붓으로나 말로는 다할수가 없는것이었다. 그러나 그것도 自由로히 읽지못했다. 冊은 내三寸의冊이었는데, 그 아저씨가 어린놈이 보면 못쓰는冊이라고하며 꾸짖는 바람에 낮에는 마음놓고 못읽고, 밤에 아젓씨가 잠든 틈을 타서는 몰래 훔쳐가지고 읽었던것이다. 그러기땀에끝내 畢讀은 못하고, 그만 아저씨가 누구를 주어 버렸는지, 不然이면 빌려온것을 돌려버렸는지, 하로밤 또 훔치러 들어갔을때는 아모리 뒤져야 冊은 그림자도 볼수가 없었던것이다.

그때처럼 서운하고도 아저씨가 怨望스럽던때는 다시 없었다. 그後부터는 아저씨가 冊만 어더오면 밤 자는틈을 타서는 먼저 보군했다. 그런데 그當時 靑年치고 아저씨는 文靑인便으로서 小說과는 꽤 단골이었다. 그德澤에 나도 小說이라는것을 읽게된것인데 나의 文藝方面進出에는 아저씨이 影響이 컷다는것을 여기서 말하여둔다. 아저씨는 꽤 어려운冊들을 보았다. 太平洋問題니, 무슨英雄이니, 宇宙論이니 한것들을 보는한편 小說도, 「타고르」의 「고오라」니, 「復活」이니 「罪와罰」이니 한것들을 보았다.

그런데 나는 小說이면 무에던지 보았다. 意味야 알던말던 그저 小說하면 닥치는대로 보고는 울었던것이다.

「復活」을 보다가, 카츄샤가 驛으로, 네푸류우도프를 만나러 나갔다가 눈우에 쓸어지는場面에 가서는 그냥 冊에다얼골을 파묻고 운일은 至今도 記憶에 새롭다. 그러다가 열네살 때 나는 또 故鄕을 떠나게 되었는데, 當時北쪽 어떤골에 가서 官吏의生活을 하고있든 내 아버지의곁으로 가게되었다. 故鄕을 떠나는 설음은 조곰도 없었으나 그리로 가면 小說을 못볼 그것이 설어웠다. 그것은 그곳은 環境이달르어 小說같은건 꿈에도 생각할수없기때문이었다.

豫想한바와같이 事實 그곳은 環境이 달렀다. 滿二年동안의 生活. 그것은 나에게 있어서는 沙漠의生活과도같은것이였다. 그러다가 十六歲의봄, 小學校를 畢하고 처음으로 中學生活을 하게되었을때, 그때부터 나의生活은 다시금 접었던 날개를펼치게 된것으로서, 小說이라면 寢食까지잊었다. 처음에는 少年少女文學. 다음에는 冒險譚, 그다음에는 探偵小說 戀愛小說. 차츰 이렇게 段梯를 밟어올라가다가 戀愛小說에까지 達하게되자 生覺은 제법엉뚱하게 자라지며, 무어던지 써보고싶은衝動이 일었던것이다. 그래 처음으로 노오트에다가(原稿紙란것은勿論 몰랐다)써본것이 「죽어가는女子」란것이였다.

至今生覺하면 우습기가 짝이 없는일이지만. 當時에는그무슨 傑作이나 되는 듯. 아마 혼자 下宿房에서 百番은 더 읽어보았을것이다. 當時읽은것은 主로 夏目漱石. 德富蘆花로. 특히 漱石의 「坊ちゃん」과 蘆花의 「不如歸」等은 깊은 感銘을 주었고 高山樗牛도 나에게 있어서는 잊을수없는 스승이였다.

中學二年동안은 꿈같이 지났다. 三年때. 當時거세게 밀려온 時代의潮流! 그것은 여기에서 구구히 말할必要도 없으리라고 生覺한다. 三年一學期때나는 끝내 學業을 中途에서 버리고 放浪生活을 西伯利亞로 떠났던것이다.

西伯利亞의 放浪生活이 二個年가량 계속되었다. 生後 苦生이란것도 그때에 처음맛보았다. 만은 浪漫한 생각은 그냥 남아서 苦生하면서도 머릿속으론 언제나 달콤한 꿈을꾸기를 잊지 않았던것이니 그때의 내머리속을 털어놀수가 있다면 百篇의長篇은 넉넉히 될줄안다.

그러나 그곳에서 小說을 어더볼수는 없었다. 들어갈때가지고간 「春園小說集」과 金東煥氏의 「國境의밤」을 몇 번이나 읽었을뿐이다.

그러다가 다시 故鄕에 나와 中止했던 學業을 繼續하게되자, 나는 그동안의 갚음으로 再次 猛烈히 讀書에 熱中했다만은 當時의 作品으론 盧子泳氏의 作品이 全般的으로 人氣가 높을때다. 그中에서도 내가 좋와한것은 氏의紀行文이였다. 그러다가 어딘지 몰우게 氏의 文學에 不滿을 품게되었을때, 나의앞에 嚴然히 펼처진것은 新潮社의 世界文學全集의 그偉容이었다. 그때 나는 詩라는것을 習作해보며 當時朝鮮日報에서 提供한 「學生文壇」에 가끔 投稿하여 佳作으로 發表된일도있었는데, 自己의作品이 처음으로 活字化되었을때의 그心理는 참말 神秘에 가까운것이었다.

그러다가 다시 어떤事故에 依하여 內地某中學으로 籍을 옮기게된後부터 나의心境에는 새로운 變化가 생겼다.

나는 그곳에서 무엇을 보았던가? 時代의 거세인 물결은 나의 머릿속에 너머도 偉大하게 로맨틱하게 빛이었다. 이때까지 지나온 過去가 세상없이 悲慘하고 초라하고 慘憺하게 생각되자 나는 斷然, 이때까지의生活을 淸算해 버리기로 作定하고 軟文學을 헌신짝처럼 버린다음 科學書籍으로 몰아갔던것이다. 그리하여 그것은 끝내 나를 實驗으로까지몰아냈던것이니 그때의 興奮된 내머리속에 自我를 돌아볼 批判眼이 있었을理는없었다. 그러다가 다시 東京에서 歸鄕한후, 한동안의 暗黑生活을 격고나서야 나는 비로소 내周圍를둘러보며 제몸을 구버보게되었다. 만은 한번 없드러진물은 다시 담을수는 없다고, 때는 이미 늦었다.

그때부터 내苦悶이란것이 始作되었다. 颱風一過後의 荒漠에서 어떻게하면 잊었던 제길을 다시 찾을수가 있을까? 아모리 헤매며 애를쓴들 한번 잊은길이 그렇게 쉽사리 찾어질理는 없다. 술을 過渡히 마시게된것도 그때다.

그러한때에 어떤동무가 朝鮮日報에 난 革新紀念事業長篇小說應募廣告를 나에게보여주며 應募를 懇勸하기에 그때나는 그저 漠然한 生覺으로 돈에 慾心이 나서생각을 바꾸었던것이다. 千圓이란 돈만있으면 어디던지 갈수있다는 생각에서였다. 그것이 幸인지 不幸인지 二席으로 入選되었을때 나는 비로소 오랫동안 잊었던 내길을 찾은듯 눈앞을 다시 바로보게되었다. 그때 그것이 아모 보잘껏없는無價値한 通俗物이던말던 近千枚나 써냈다라는 그것이, 내눈을 다시 바로 뜨게 했던것이다.

그리하여 나는 그해 가을에 斷然 上京하여 圖書館에 파묻혀서 「激浪」을써가지고 나로서는 크나큰 覺悟까지 한다음 東亞日報新春文藝에 應募했다.

얼마후 바라던 希望이 達成되자. 그날밤 눈비를 마져가며 街里를 달아댕겨주던 벗들의 얼골에는 나보다 더한 기쁨의 빛깔이 넘쳐흘렀던것이다.

爾後 나는 數篇의短篇을 各 新聞雜誌에 發表해 왔다.

評家들에게서 좋은말 구진말도 다 들어보았다.

그러나 웬일인지 나는 차츰 내氣分이 拙하여가며 作品에대한 自信을 점점 잃게되는것을 어찌할 수가 없다.

그것은 어듸에 起因하는것인가?

때로는 自己의作品을 年代次例로 配列해 가며 밤을 자지않고 生覺해 보기도 했다.

「마음의太陽」「激浪」「歸鄕」「濁流」「明暗」「별」「鄕愁」

이렇게 차츰 年次로 나려가며 生覺하면 마지막에는 題目을 生覺함에도 실증이 나고 氣力이 없어진다.

그럼, 初期作品들은 버젓이 論할것들인가? 하면 그런것은 아니다. 小說的價値로 卽 藝術的價値로 본다면 一律로 零이라 할수있는 그런 粗雜物들이다.

만은 그러면서도 初期의作品에 多少라도 愛着이 가는것은 무슨까닭일까? 두말없이 그것은 나의 生活問題이다.

初期作品들은 그래도 過去의 내生活이옳았던 글렀던 그것은 別問하고서 그 生活의反映이었고 餘韻이 었기때문인것이라는것을 나는 躊躇치않고 斷言한다.

그런데 그以後의作品들은 어떠한데서 나왔는가? 그동안의 내生活은 제로였다. 그러므로 그러한데서 나온作品속에 그어떤 反響이 있으리라는것은 千不當萬不當한 말이다.

生活이 없는 作品! 이처럼 不當한 말이 어데 있는가.

이에 나는 敢然히 空虛한 깍대기속에서 뛰쳐나와 내앞에 새로열린 生活의길을 찾아, 이 滿洲로 온것이다.

만은 生活만 있으면 무엇하느냐? 生活의反映으로서 한作品을 비져낼때 그것은 果然 무엇이 비져내는것인가? 過去에 내 배운것은 너머도 雜氣에 찬것이다.

그런것으로는 至今의 내生活을 바로 이끌어 나가며 바로 反映식혀 줄수는 없다.

다시금배워야한다. 새時代새生活을 위하여! 그리고 明日의 내藝術을 爲하여 나는 다시 ABC로부터 배워야한다. 이것이 至今의 나의 標語다.

그러므로 나는 이때가지의 생활에 붓들려 文學(?)을 造作하여온 態度를 敢然히 버리고, 眞實한 明日의 내藝術을 生活을 爲하여, 배움의길을 접어들려한다.

哭韓竹松兄*

현경준

왓든봄은가야하며 피잇든꼿은반드시저야하지만 그러케도 無心하게가는법이
어듸잇느냐?

兄아! 하며 아니가든못하겟든가? 幽明이 相隔이라니인제는 물을긴도바이업
구나.

生覺하면 내兄을맛나알기는 인제겨우 한해밖에안된다지만 우리들은맛난그
날부터 十年知己보다도더親해젓다. 그것은더論할것도업시 우리들은한가지길
로나가고잇는 不幸한몸들이기때문이아니냐?

그不幸속에서 幸福을늣기며 明日의우리文學을바라고나가는 그것이 우리들
에게는 最大의자랑이엿다. 그러면兄이 이러케도속전업시가버리다니 兄아! 無情
한世事를怨望할까? 속질업시간兄을怨望할까?

??으로 가누기에는너머도내속이뷔여젓다.

兄아! 좀더살아주엇던들! 이것은 나만의부질업는 嘆息일까? 나는다시금兄의
民謠集을펼쳐들고 지난날의 兄의面影을 조용히내눈아페그려본다.

속삭이던 그날밤 매즌그언약.

달빗체 아롱젓던 임의 그모습

한만흔 이강우에 세월은 가도

냉어이 이즈리까 그리운 그대

물길千里 두만강 버들이 피고

뜸북새 목메우는 처량한 밤엔주: 《만선일보》 1940년 1월 11일.

꿈자취 애달파라 새로운 녯날

아득한 만주하늘 별빗만 차다.

당홍치마 적시며 풀려진 닷줄

남은정 원수라오 참아못이지

나룻가 신비들에 옛원거니

---

* 이 글은 《만선일보》 1940년 1월 11일에 게재된것이다.
  한죽송은 도문시에서 활동한 민요수집가였는데 구체 신원은 미상.

임가신 그나라로 홍보내리

이것은 兄의 民謠集에담겨잇는 豆滿江의 抒情다.

내 至今兄의 面影을 태가며 이밤이샐때까지兄의노래들을 마음깁피불으려한다. 永遠히 더못맛날兄아!

부듸 고히 잠들어라.

애달파도 짧은生涯에서슬푸게 흘너나온 兄의래 兄의藝術은 永遠히우리들의 가슴속에 이땅의 坊坊曲曲에 퍼저잇스리라.

『生活의歷史』*

『滿洲朝鮮文藝選』과 『싹트는大地』를밧고

현경준

눈물겨웁다. 이얼마나感激이끌어넘치는피와 땀으로 비저진生活의記錄이다.

越江한지 五十餘年 半世紀에 걸친 偉大한그先驅者들의 거룩한 그모양이 눈 아페 보이는드시 선하다.

이歷史的出版에 잇서서 우리들은 비로서 그先驅者들의 恩功에 얼마간이라 도 報答할수가잇게되엇다.

어찌滿洲에잇는 同胞들에게만界限된 기쁨이랴?

멀리朝鮮木土의그이들에게도 應當나누어 주어야할기쁨이다.

字文에서橫步先生이뻐저기에 말슴하신것과가치사람의情意가 움즉이고行動 이잇고 生活이잇는곳에文學이업슬수업다.

『컨민(?民)』이라는烙印을찍혀가지고도 明日의새故鄕을 바라보며 피투성이 의 싸움으로 苛酷하고 冷酷한運命에 抗拒하여나갈 때 그가슴속에 용소숨치는 거세고 뜨거운물결을 우리는 이조고마한記錄에서 充分히심斟的할 수가 잇다.

그것은 安壽吉氏의 『새벽』한篇만이라도 能히當時의 모든 것을 細密히말하여

---

* 이 글은 ≪만선일보≫ 1941년 12월 10일에 게재된것이다.

준다.

얼마나冷酷한運命이엇든가?

그러나그들은잘도 뻣대여나왓다.

그結果그들은荒漠한大陸에다가 새로운樂土를建設할수가잇섯고 生活의强硬한 뿌리를 박게되엿다.

이러한속에서싹터나온文學!

그것은必然的으로그거룩한이들의 피와땀내가充滿한文學이아닐수업다.

字字句句가눈물로얼켜젓고 불타는 意欲에生生하게浮彫되어잇다.

『滿洲朝鮮文藝選』속에收容된 二十五篇의隨筆과詩文(古詩調二篇은除함) - 『싹트는大地』속에 실린소설七篇.

이것은編者의말에도잇는것이지만 全部가 現地에서 誕生하여 現地에서 發表된 우리들의生活의아름다운結晶이다.

朝鮮文壇에서는 일즉이보지못하던 偉大한 浪漫으로 그득찬『大地의싹』들이다.

그러타『大地의싹』들이다. 이싹이 다시금 成長하여 이피둣고 꼬치피고열매가 맷게된날-우리는그날을 바라고 더욱 불타는 情熱과意慾으로 前進해야할것이다. 여기에서다시금 우리들은 그것을굿게 盟誓해야 한다.

끗으로한마디 더 添付하여 感懷를 마지아니하고시픈것은 이번 이出版에잇서서 全力을 기우려주신 申瑩嚴先生의 그功勞다. 先生께선 일몸으로도 바뿌신處地에게시면서도 一身을 不雇하시고 이紀念할 誕生에?力하여주신데는 몇 번이나 머리를수그릿스면 조홀지모르겟다.

다시 말하면 先生의힘이 업섯드라면 이紀念할誕生은 언제되엇슬는지자못疑問이라고 생각된다.

이러한 情熱의??가잇는以上 滿洲文學의明日은 더욱 힘잇는步闊로 邁進할것이라는것을 여기에다 지금 말하여둔다.

그리고 또한가지 말하고시픈것은이尊貴한結晶속에 狼然히 拙作이 끼여잇다는것은 甚히 悚懼스런 일이다.

中先生과여러先生들의지나친好意를 자못 부끄러히 생각하며 아프로의精進을盟誓함으로써 冗言은 畢하려한다.

(『싹트는大地』-定價一圓八十錢 途料十四錢 發行所新京滿鮮日報出版部 『滿洲朝鮮文藝選』定價 六十五錢 途料 四錢 發行所 新京朝鮮文藝社 두가지 다 發行所新京長春大街 三〇四/B六文化書店 振昌街京三〇八五番)

일기초*

현경준

五월 一五일(월)

우후 청명. 참말 말쑥한 날씨다. 연두빛으로 곱게 물든 산은 싱싱하기 비길데 없다.

오전 칠시 반 등교. 실습지를 한 바퀴 둘러본 다음 사무실에 돌아 와서 신문을 펼쳐 들다.

장편 『선구 시대』는 작일로서 삼회 분이 났다.

군데군데 상처가 있다지만 처음 ㅡ ― 二회 분보다는 낫다.

활자화된 것을 보니 도무지 어울리지 않는 장면이 드러나 보인다.

앞으로 쓰는 것은 좀 더 가다듬어 써야겠다.

그리고 인물의 성격을 확실히 도드라지게 그려야겠다.

五월 一六일(화)

원족을 갔기 때문데 진종일 아이들과 뛰놀다.

밤 몇 시나 됐는지 라지오도 안 오는 것을 보니 꽤 깊어진 모양이다.

다소 피곤키는 하나 요행 조용한 시색의 시간을 얻게 된 것이 그지없이 반갑다.

담배 한 개를 피워 물고 우선 기일이 박두한 〇〇사에 보낼 소설의 구상을 하다.

---

* 이 글은 ≪현대 조선 문학 선집≫(9) (1960년 간행)에서 선록했다.

이번 것은 그 침울한 아이를 그려 가며 내 생각을 랭울(冷蔚)한 태도로 표현히 러고 애쓰는데 어째 그런지 그 애의 생각을 하면 자꾸 내 과거가 추억되며 눈물 겨워진다.

이러구서야 완전한 작품을 밎어 낼 수가 있을가?

좀 더 침착하게 랭정해지자.

그러나 그것은 순간이고 아무 소용도 없다.

그래 하는 수 없이 의례히 하는 버릇으로 이책 저 책 고르다가 한쪽 구석에서 메리메와 발자크의 작품을 읽었다.

날이 밝을 무렵에야 제 일장의 상(想)을 겨우 가다듬어 가지고 륙 매 가량 쓰다.

길거리에는 아직도 주정꾼 패거리들의 훤소(喧騷)가 끊지 않다.

五월 一七일(수)

언제인가 어떤 작가가 처음 소설을 쓰기 시작할 때 새 원고지에다가 제목을 단정하게 써 놓고 보는 맛이란 더 어떻다고 말할 수 없다는 말을 어디다가 쓴 것을 본 기억이 난다.
한 작품을 구상해 놓고 처음 새원고지에다가 제목을 써 놓고 보는 그 기분은 어떻다고 했으면 좋을는지!

나는 새로 제목을 써 놓고는 오래 동안 넋을 잃고 들여다 보는 버릇이 있다.

그리고 글씨가 덜 된 것이 나로 한탄되여 같은 제목을 열 번 스무 번도 다시 고쳐 쓰게 되는 것은 보통이다.

처음 제목을 써 놓고 볼 때 글씨도 어색지 않고 제명도 마음에 들면 벌써 전편의 절반-아니전부를 죄다 완성시켜 논 듯한 느낌이 있다.

그래서 그런 때면 붓끝이 저절로 미끄러져가는 듯하다.

그러나 그 반면에 너무 줄맞음을 쳐서 써 놓고 보면 속성의 미숙을 금할 수가 없다. 그러므로 그렇게 쓴 작품일수록 처체에 빈틈이 생겨서 저로서도 얼굴이 뜨거워 나는 것이다.

그러나 그와 반대로 제목을 먼저 달지 못하거나 또는 마음에 들지 않는 것을 써 놓았을 때는 참말 붓끝이 나갈 줄 몰라 큰일이다. 쓰고는 찢고 찢고는 쓰고

삼사 매 쓰자면 수삼 일이 걸리는 때가 흔하다. 마는 그 대신 속성보다도 작품은 꽤 째여진다고 생각한다. 쓰고 찢고 애쓰는 동안 자연히 빈틈은 덜해지는 듯하다. 이번 작품은 아직 제명을 달지 못 했다.

오늘까지 생각해 봐야 별로 신통한 것이 떠으르지 않는다. 그러나 좋다. 그대신 쓰기는 천천히 생각하며 쓰게 될 터이니 적이 안심된다. 하학 후 집에 돌아와서 이내 잠들다.

그 덕택에 밤중에 또 일어 났다. 밤은 내 사색의 근원이다.

이 밤을 새우면 얼마간 또 쓰게 되겠지, 얼른 이 일기를 끝마치고 달라붙어야겠다.

- 一九三九, 七 -

張鼓峯戰績見學記*

현경준

(上) 沿線風景자질하며 鐵馬는聖地로!

아직도記憶에 새로운張鼓峯事件! 국민된자는 모름직이 想起하라 國境線의 確保를爲하여 勇敢하게도 軍國日本의男兒本懷인 戰場의꽃츠로살어저버린護 國의英靈들의 그忠義를!

때는吉日中에도 가장뜻깁픈 九月一日興亞奉公日午前五時半.

正刻前부터 圖們驛頭에는 豫定의 定員五十名을 훨신超過하여 近二百名에 나 達하는 男女見學者들이 雲集하게되엇다.

여늬때가트면 아직困한잠긔운이 그냥남아서으슴프레한 人間들이待合室이 구석저구석에서 간밤의꿈에끌려 六甲을외이고 잇스런만 緊張과 憧憬心과그리고 敬虔한愛國心에 그들의얼골은比길데업시嚴肅하여젓고 어서速히車時間이

---

* 이 글은 ≪만선일보≫ 1940년 9월 7~9일 게재된것이다.
  로골적으로 일본침략군을 찬양한 글이지만 현경준연구에 참고로 제공한다.

되여지기를 기다리기에 안절부절鎭靜을못한다.

하늘은 흐릿하니 얏게내려안저 그도무슨追懷에잠긴듯 沈鬱하기比길데넙다 하늘도 말이업고 大地도말이업고사람역시말이업는 무거운沈黙속에서 어느듯 出發時刻은되엇다. 五時五十分 폼에二列로整列하여 主催者側인 日日新聞支局 에서 배급하여주는 "벤또"들을 바다가진후 稅關檢査가始作되엇다.

稅關檢査가굿난후 맨압두客車에 分乘한 一行의얼골에는 彼此서로 낫선初面 들이언만 서로 한目的으로 한곳을 向해간다는그마음 탓인지는 몰라도 몹시 반 겨하는 表情들이 情겨웁게떠오르고잇다.

同行의 圖們國民優級學校朴教諭와 金教諭와 셋이서한차칸에 자리를잡고 車 內를휘둘러살피니 얼마멀지안혼곳에 白鳳國民優級學校 山口校長의얼골도 눈 에띄엿다.

가튼職場에서 항상 對할때는몰랏던 반가운마음일지도몰으는 부드러운 微笑 와함게 머리를 숙으리게하여주며 밀물처럼過去의情懷를 자아내게하여준다.

이윽고六時十分.

車는定刻을一分도어기지인코슬며시구을기始作한다 車窓으로내다보니 圖們 은 바야흐로 혼곤한잠에서 깨여난듯 집집마다 窓들이제처지는中이다.

어느듯 차는 南陽驛폼에 들어섯다.

문득압편을내다보니.

아마 勤務에시달린탓인지일즉 서둘지못해 朝飯을對하지못하고 온親舊리라 벌서부터 周圍의 눈치를 홀금홀금살피며 配給된 "벤또"로 充腹工作을 始作하 는 얼골이보인다.

킥킥거리는 朴 金兩先生과함게 절로나오는 惡意없는微笑를 禁할수가업섯다.

한참 웃다가 다시 내다보니 車는 南陽驛構內를 채 벗버서나지도 못햇는데 超級의充腹工作은벌서完了된듯 훙청갓치 시침이를 따고잇더니 그만슬며시두 눈을 감아버리곤 이번에는다시 한참중인양 睡眠工作을始作하는것이다 웃기조 와하는 金教諭는그만 배를안고 뒹굴기시작한다. 그러나 車는 이런것은 알은채 몰은채그냥 제갈길만 달리고잇다.

우편은 씩씩하니 樹木들이 들어선 朝鮮의山들이웃뚝웃뚝 危殆롭게 서잇고 左편은 허릿띠갓튼 豆滿江을 사이에두고 건너다부르면 그소리다울 滿洲의 山野

가 평퍼짐한 모양으로 느릿하게 이어가고 잇다 한幅의江을사이에 두고 이얼마나
한 엄청난對照인가? 그런데右便 朝鮮山에 검으칙칙한山林들은 全部가 自然林이
아니라 規模잇게 層層이 올라가며 配列되여선것을보면 틀림업는人造林들이다.
　이것을보더라도 朝鮮의 爲政當局이 治林綠化工作에 그얼마나 힘쓰고잇는가
를 斟酌할수가 잇다.
　멧번 窟속을지나고 산구비를돌더니 車는 제법훤한平野를 달리기시작하고 左
便에 다라오던 豆滿江은어듸서 뒤떨어넛는지아모리 차자보아도 통히알수가업
다. 兩편벌에豊盛하게 들어선곡식들은 보기만해도 맘속이후믓해진다. 正히豊年
이다. 아직이슬기가 담뿍서러잇스련만 田頭마다에희뜩거리는 農夫들의입에서
는 흥에겨운豊年歌들이흐느러지게 들려오는것 갓다. 그리고 그田頭에얼려붓튼
草家들의집웅에 나긋이뺏쳐올은 박넝쿨에탄탄하게 뺏쳐잇는 박!
　그사이네조촐하니피여잇는 하얀박꽃정겨웁게도 傳說에젖은 故鄕의香氣를
풍겨주고잇다. 맞주안즌 朴 金兩선생도 하얀 그박꽃에서 하마이즐뻔한故鄕의일
을 다시生覺한듯 말업시 感慨無量한表情을하고 窓박만내다보앗다.
　그러는사이에 車는어느듯 國界도지낫는지 좌편에는 다시금 豆滿江의물구비
가구비구비감돌며
　따라온다.
　여기서부터江幅은제법넓어져서 長江의面目을 보처주그始作한다.
　그런데 車窓에무엇인가뿌리우는것갓기에 역여보니 박게는어노렘엔가 구진
비가내리고잇다. 그러나그런구진비쯤은問題도삼지안코 車는숨찬듯이헐떡거리
며 一瀉千里로 잘도달린다.그리고그속에실린우리들의마음도그에못지안케緊急
하게달린다.英雄들이잠들어잇는 戰迹地張鼓峯으로! 張鼓峯으로!

(中) 터진彈痕남은곳에 壯烈한 戰績歷然

　圖們驛을떠난지 約세時間남짓하여 午後九時半傾에 차는드디어 目的한 洪儀
驛에到着되엇다.
　一行의얼골에는 더한층緊張의빗치더오른다.
　車에서 나리는다리들도그무엇을삼가밟으며 조심스레떨리기가지한다.
　그러한 一行의아페肅然히서잇는 한대의 碑石은 不知不識間에 저절로머리를

수그리게하엿다. 『만철사원청곡치원군순직지지』

同僚滿鐵社員會北鮮聯合會의손으로서 이碑가세워짐에 무거운沈黙속에서 흘으는感情은 그얼마나슬픈것이엇슬까?

碑石아페는 花瓶이하나노혀잇고수업는野花들이고치여잇는데 仔細히역여보니花瓶은砲彈이다.

蘇聯軍이 發射한砲彈인듯한데 이러케碑石아페한개의花瓶으로서 노힌것을보니感慨가더욱無量하엿다.

暫時 故人의靈을爲하여黙禮를들이고나니 모두들右쪽으로쏠리여간다. 뒤를따르는데待合室이아플막는다. 떠들어대는一行속에끼여 그제야仔細히살펴보니待合室은벌에구녁처럼 彈丸의洗禮를바덧던것으로서 無意識中에옷삭몸서리를치게하여준다. 두에驛長에게서 들은것이지만그것은待合室압 約三十米距離에서 破裂된砲彈의 破片으로말미아마그러케된것이라는데이쪽 板壁을뚤코그냥貫通한것이거나 또는鐵路가그破片으로하여찌그러들어간것等을본다면 그偉力이얼마나크고 同時에얼마 當時棲慘하엿든지를 充分히알수가잇다.

待合室뒤에부터잇섯든事務室은痕迹만남아잇고 기둥하나차저볼수가업다. 복판에우멍하게자리가난것은 砲彈자리라는데 고개를돌려건너편 張鼓峯쪽을바라보니바로直線으로견양할수잇는 불리한위치에노혀잇는것이새삼스럽게恨스럽다.

驛에서는이것을전적으로保存하기爲하야 周圍에다가鐵鎖를느러노앗다.

이윽한후 靑谷氏의靈前에드리는 圖們佛敎聯合會의慰靈祭가잇섯다.

碑前에正列한一行의 숙으린얼골에는한결가티 敬虔한弔慰의비치 떠오르고深山幽谷까티고요한그속에서 외이는誦經의소리는 故人의슬픈넉두리와도갓다. 慰靈祭가끗난다음에는 驛長의當時經過狀況談이잇섯다.

沈着한얼골에 부드러운微笑를띄워가며 條理잇게차근차근이말끗을이어가는 驛長의 態度는氏가 事件當時 部下들을引率하여가며 얼마나悲壯하게自己의마튼責任을 다하엿겟는가를 雄辯으로말하여준다.勤務에시달린몸이結局 得病하여가지고 第一奔忙한時期에 羅津病院에 入院하게되여 上部에對한 面目이업시되엇다는 이야기를할때의 表情에는 確然히 冤痛하여하는 그무엇이잇다. 물론우리도 가슴속에 몽클하게치미는 그무엇을늣기고 記者는삼가고개를숙인후 조용히발걸음을돌려 뒷산턱에 우뚝유뚝소사잇는表忠塔쪽으로 向햇다.

驛出口를나서서 右便으로얼마쯤가다가 左便으로돌아서서 그리急하지안혼 고개길을한참을다가가느라면 길은急角度로 다시右便으로 구부러진다. 여기서 부터 一行高齡者들은 갑븐숨을쉬기始作한다.그러나그것은 暫時동안이다. 다시 금左便으로구부러지는 거기서부터는 돌層階가나지고 그것을數段 차근차근밟고 올라가면바로이마우에 우뚝하니中天에솟은 表忠塔이나타난다. 첫눈에띄우 는것이『表忠塔』세자고 그엽왼편에『朝鮮總督南次郎書』란것이 端整히諧字로 새겨잇다. 塔은 아직竣工은되지못해서 周圍를 둘러싼발판이 그농걸려잇고 곡대 기에서는石工들이정을가지고 뚝딱거리며巧妙하게쪼아가고잇다. 여기서건너다 보면 張鼓봉은바로直線으로 마주對하게되고 五二高地 八二高地 將軍峯 沙草 峯 南峯山 水流峯들이모도다 一望속에들게된다.

이러한 峯들을 바로눈아페건너다보며 보란듯이 中共에 드높피 屹立잇는 表 忠塔의 그威嚴에 俄羅斯는 다시금昔日의 悲戱의꿈을꾸는가? 안꾸는다? 全員參 集을 기대려 約三十分이나걸린慰靈祭가 嚴肅하게 擧行된後 下出하여 이번에 는 驛前 南족언덕에잇는 張鼓峯(正勇山) 事□미 高部隊戰績說明圖로 차저갓 다. 事件의 槪要가 七項에 나노여 細密하게 적혀잇다. 얼마나 惡戰苦鬪하며 國境線의確保에 애를끊는가가 보이는듯이 알려진다. 때는 正히 午前 十一時半 여기에서 點心을 療飢한後 一行은 다시 出發하여 江岸으로 向하게되엇다.

(下) 堅固한警戒線도 皇軍에게는 累卵에 不過

길은平坦하고도 直線이다. 驛前을나와駐在所에서許可를어더가지고 不過數 戶의部落을지나려는데 아침부터걱정스런비가 마침내나리기始作한다.

하는수업시 單하나인內地人賣店에서 비를避하며 제각기먹을것을산다 紀念 寫眞들을 산다하며 奔走하다.賣店의物件은 瞬息間에賣盡된다.

입사나운親舊들은 賣店아주머니를놀려주며 三年前의在庫品이팔리느니 來 日부턴 벼개를놉피고 한달가량은놀구먹게됏느니하며 구찬케굴어주는것이언 만 아주머니는골한번내는양업시잘도 應酬하여준다.約半時間가량기다려도 비 는머즐줄을몰은다. 하는수업시 驛待合室로되돌아서는 親舊들이생기게되지만 우리는우리는뻣티고기다리느나니 얼마안되여南쪽하늘이 훤—이개여오며 나리 던비가멋기시작한다.

同行의 朴 金兩敎諭는多少躊躇하는것을 그냥끌고나서니 비는아주멋는다. 거름거리도 輕快하게 횡—이빠진新作路를東으로東으로 곳게向하여가느라니 左右路邊에 웅성하게서잇는雜草속에는 일흠모를꼿들이 조촐하게피여서 맛치 花園길을걸어가는듯 감을자아내여준다.

그다진 넓은벌판은아니지만오붓한벌판은몹시기름저보이고탐나보인다만은 大部分이開墾地라기보담갈때들이꽉들어찬것을보면아직도 南部地方보다는 餘 裕가잇는것을 알수잇다

한참가느라니 꽤큰개울이 나지고 거기에다리가노혀잇다‘ 잠시 다리欄干에걸 처안자 休息한후 다시떠나서 가느라니 路邊雜草는더욱 웅성하고 꽃들도더한층 아름답다.

그러한속을 서로 雜談들을 주고바드며 지나서 벌판이 끗나는곳에 다달으니 언덕바지에 드문드문 人家들이나타난다.

발거름을빨리하여 江언덕에 다달앗슬때 아니나달을까 먼저간一行은 벌서 되 돌아서는中이다.

우리는暫時서서 生覺하다가 그냥江언덕마루턱에까지 올라가서主催側記者 를맛나서 說明을 들엇다. 건너다보니 張鼓峯은 바로咫尺에잇고 望遠鏡이아니 라도 쥐색기한마리까지죄다노치지안코 볼수가잇슬것갓다.

峯上右便역게로부터 始作하여 아래로 내려가며군데군데 그무슨집갓튼것은 蘇聯軍이 當時맨든 토—치카의 遺蹟이라한다.

峯上에는 當時 監視所도그냥 남아잇다.

저러한警備線을 勇敢하게도 짓쳐버리고 國境線의 確報에 不滅의紀錄을남긴 皇軍의 그忠勇無雙한 豪氣가 다시금 뼈속에사모처들어 저절로 머리를숙이게 하여준다.

봉밋南쪽바지 우묵한곳에는 停戰協定을하엿다는 집도보인다. 아래를나려다 보니 悠悠히흘으는豆滿江水面에는 張鼓峯 將軍峯등의 그림자가거꾸로빗처서 손을내밀면바로잡을듯이 얼른거린다.

一行은 暫時疲困된다리를 쉬우며 事件當時의追想에잠긴다.

때는午後두時半.

다시역을향해 돌처선것은 세時傾이엿다.   (끗)

나의 地上*

황건(黃健)

(上)

이불을 펴고 깁숙히 들어누엇서도 문박을 지나는 바람소리는 역역히 들려온
다 이짜금 바삐 달리는 발소리조차 회오리속에 휩싸혀 도듬도듬 空中을 쩌가는
것갓다.

이불이며 옷섭을추겨들고 冷氣는 밀물 돌듯 살결가로 숨어온다.

처음 맷는 異城의겨울밤은 이리하여 작고작고 기피가나보다.

冊장우을 가든눈이 몃번이고 멈처서는 그러한寂莫한 밤이다. -눈이야! 제법
옴겨가다가도 어느듯 한곳에 머물은체 움지기지 안는다. 안개와도 갓치 아득한
낫모를 凝體로 쓰을어가고 쓰을여가다가도 낭쩌러지에서 떨어지는꿈을 쑤다
잠을 깨듯 허정하니 이불섭만 열어노흐며 다시 큰자물 더듬는다.

회오리 바람은 가슴속싸지 휘어잡고 사정업시 흔들어 놋는다.

이럴때마다 거북스런 귀는 쫑긋이 선채로 이鄕愁와도 가튼 이름모를 안타까
움을 넉업시 발아보는것이다.

귀도 필시 째로는 눈과가치 발아볼수잇는것인갑다 히미한 電燈아래 거리마다
골목마다 부산히 날려와치는 눈보라를 이 거북스런 귀는 어느째싸지고 발아보
는것이다. 그 키큰電信柱와 검은 굴둑들이 갈래갈래 우는것을 귀는쫑긋이선채
로 말업시 발아보는것이다.

눈여겨듯는것이다. 어디서 오는지도 알수업는 哭聲을-끈일줄 몰으는 은은
한 흐늑임을-귀는듯는것이다. 보는것이다.

지리하니 산란한 속을地上은 밤새애도록 바람은 불어치고 눈보라는휘날린다.

어두운 거리 어두운 골목을……。

---

* 황건(黃健, 1918-1991) 소설가. 본명은 황재건. 량강도 풍서군 출신. 전주사범학교를 졸업.
  해방전 한시기 ≪만선일보≫ 기자로 있으면서 문필활동을 시작. 해방후 조선에 돌아가 활
  발한 창작활동을 벌려 ≪개마고원≫, ≪불타는 섬≫, ≪새로운 항로≫ 등 수많은 작품을 발
  표하였다. 생전에 조선작가동맹 소설분과위원장, 작가동맹위원장을 력임하였다.

○

지속을 지나간 날은지나갓다.

지속을주어진날은 오늘옴겨지고잇다 너머지며이러서며 빗청빗청 위태스레 옴겨지고잇다.

지속을 아페올만혼날들은 쏘한옴겨지리라 어느뫼ㅅ가 어느무덤속 한구미테 이 쓰거운肉體가 마즈막자리를잡을 째까지-적은몸 업는넉시기에 적은곳騷擾 머-ㄴ곳에무쳐서 마즈막安宴을이룰째까지 아페올만은날은쏘한옴겨가리라. 너무나 미련한魂이 그리메도감을수업서或여나적은무덤우한쎌기 쩌는풀폭이되 여 입사귀속에 音聲을감초고 바람에나붓기며 다시 이내 못니즐地上을 불러불러 눈물만지울지도 몰은다.

○

어느누가 偉大타하엿스며 어느누가 장하다하엿든가? 어느누가그처럼도 자 랑스레말하엿스며 傲慢스레갓엇든가? 어느누가裁割의 그당돌한 權限을가젓다 고하엿든가?

너무나賤하여 적은存在엿다. 虛榮과殺戮을먹고자라와毒을알어 화살을즐겻 다·兄弟조차 어버이조차몰라殘忍하엿다.

五尺短身 제한몸을爲하여서는 무슨몸짓 무슨말을 못하엿스랴? 猜讒하고 阿 諂하고 抹殺하고 그리고그罪로운生을 보배런듯 애껴왓다·어느째는한번 제 나 업시 아모도못할힘에안겨 永永가야하고 가지안홀수업는쌀고도서글픈길임에도 한결갓치 외로웁고 괴로움에 차보납업는 길임에도 그리도미워 그리도害칠여 罪로움도몰으는 이地上의歷史는그누가맨든다는가?

○

聖스러운地城 고요히잠자는墓地를볼제 纖弱한 풀포기 오순도순 눈물겨운墓 地를볼제 그리고 그풀포기 쑤리밋테 億萬歲月 만넘는 흙이누어잇슴을알제그속 에 어머니가잇고 그의아늑한 품이 잇슴을 알제 이辱된말을 쓰을고 다음날 우리 는 무슨시늉을하며 그녁에로 向하여야 하는것인지? 누구나업시 期於코 한번은 가야하는 저淨盆의 무덤속으로 우리는 다음날 무슨시늉을하며가야하는것인 지?……눈물만이 아플서 괴로웁다.

(下)

눈보라는 날린다.밤새애도록 어두운지속을 매아프다.

過去한 億萬年을 날리왓고 아프로 쏘한우리네 이 地上이가진 人類의 不幸이 마즈막을 告한그날까지 날리와 몰아치고 물어뜻고그리하여 멧 千 멧 萬年을 눈보라는 매아프리라.

『人類이不幸』이 마즈막을告한 地上의 歡喜를一그리고 그 歡喜가 눈물속에동 틀 그러한날을나는 밋는다·쏘한 밋고십다 밋고심픈그까닭에만 나는저어두운 거리라도나가것고십다 이밤이 새이기까지는 것고십다 증언부언하고십고 눈물 이라도 홀리고십다 거북스런손이나마들고십다.

외치고 부르고하며 달려가 달려가다못하야쓸어지면 그瞬間을나는우름으로 안으리라 大聲으로불으리라 나의地上을……不滅의그喊聲을불러 내못하면목노 아울리라.

나는밋는다.

어느째고 머一압날一이地上의기인 꿈一너무나기인 惡夢에서쌔여 地上을뉘 우칠수잇는날의 大地의어린것들이一大地의어린것들이『勇氣』를가지고『卑怯 을打破하지안흐면 안될義務를쌔달음으로서』『人類魂의 이러한 불상하고 辱됨 을打破하지안으면안될』(베一토벤)그러한날이올것을 나는밋는다.

○

어두운거리와 그피서린불음을 이즐수업고 그리고 그것을 너머 지어린음성이 항상불러마지안는 아득한 海岸線의 밝음을보는것으로 이괴로움을 寂莫한生의 唯一한보람으로 삼고십다. 삶을 가젓슴의즐거움으로하고십다. 고마움으로 하 고십다.

아아 어두워辱되여 이얼마나 거츨은 가슴인지도……

저 사나운바람 눈보라 들우에 가슴을 제쳐노코 體內속싸이고 흐린피를 쫙一 쫙一홀려보고십다.

거츨은 드을쏫 구름을헤치고 보여올 새로운 미딤(信)을찻고시퍼 地上을안어 地上을못넛는 쏘하나愛情을 찾고시퍼 흐린피를 쫙一쫙一홀리고십다.

○

것고십다.

내 한갈래 적은불음 적은몸짓이 어느만한큰것을 地上의어둠우에 傑物할수잇슬는지 그를나는몰은다. 그도나는 끗까지것고십다.

것고시픈마음을 밋고십다.

제마다의 적은가슴이가짓섯고 가지고잇는人間됨의善한그것을 大地의아들로서의善한그것을 도리킬수잇겟슴을 나는밋는다. 그들이일즉이이곳에서 그들이善한 하늘을우러럿든 첫품인 마음의제故鄕으로 돌아올것을나는밋는다. 집을바린 放蕩兒가 언제인가는 다시父母兄弟 벗들이고마운故鄕으로돌아오듯 그들도말업시돌아와줄것을 나는밋는다. 미듬으로쏘한도리키고십다. 더함업시善良한마음으로돌아와줄섯을미듬으로쏘한도리키고십다.

○

슬플째에눈물을흘리고 두려울째에무서워하고 즐거울째에우숨을웃는 이러한어린아이와도가튼 善良함을나는밋는다. 不意의마듬에서 쏘한저도몰으게 그넷心淵의白紙로도라와 神秘스러운 故鄕의門을열다 唐慌하다더버리는 人間의이아름다운보임을 나는밋는다. 少女와도가튼 그수집은瞬間을 나는밋는다.

實로나는밋는다.

구비지고 險難하여 멋번이고돌아만와야하는 괴로웁고 외로운 그러한길일지라도 그휘ㅡㄴ한보람을 나는 밋는다. 生은고맙다. 兄弟와벗은부드럽고 地上은달가웁다.

○

밤은 이제어드매쯤이나왓는지?바람은 여전히 몰려와문을두들기다가버린다. 바람이 그거북스런電信柱와 굴쑥에걸려 태질하는형용이완연히보이는것갓다. 그속을 분망한발소리 멋번이고 살어지고 밤은 싸ㅡ늘히 식어저간다.

이러한밤이기에 나는冊을읽으며 새여야겟다. 古魂불으듯목청을노펴 나는 나의『聖書』를읽어야겟다. 이밤이새이도록나는 나의『聖書』를읽어야겟다. 끚업는흐느낌이밝은날 歡呼속에이처질째까지나는 나의『聖書』를읽어야겟다.

할머니*

재건

(上)

어느째부터의 習性인지는 몰라도 日常 가까이 지나는 사람을 생각하는것보다는 이세상에서 이미 업는사람 멀리 쩌난사람의일이 더 愛切히 생각되게되엿다 가버린 사람에 대한 記憶이란그사람이 이곳에 업슴으로하여 그리한지는 몰라도혼히 가까히 잇슬째 고마윗고 즐거윗고 슬펏고하엿든그러한 못니즐 記憶들이다

잇는사람 업는사람의만흔 못니즐記憶中에서도 내가가장이처지지안는記憶의 하나는할머니에對한것이다 어릴적애아버지를 他關에 不幸히 여이엿든 까닭에 더하엿든지는 몰라도 할머니의우리들 형제에게 對한愛情이란 너무나 애절스러웟든가십다 아마도 이제쯤부어지고잇든 子息에게의 愛情이 그對象을일는것으로하여 그슬픔이그와 피를나노고 이린그를 이루고 잇는 우리들우에 머물러서는孫子들을 귀여하고 짝어버이업슴을가버린子息의그리운記憶과함께 슬퍼하고하는 이 모—든老境의 데리케이트한愛情이한데 뭉처서 애절한 형용을 짓게되엿든것인지도 몰은다 할머니 말이 적어지고 눈물이 자저지게 되엿든것은 아마 아비지가 돌아가시며 부터엿든가십다

그의며누리엿든 어머니와 작은 어머니며 누이들을그리도 엄하게 구시든 할머니도 아비지가 돌아가시며부터는 四寸동생 게집아이들을 업으시고는 사랑채웃방이며 마루를 거닐으시며 終日가도 그리말업섯다

벼치든 사랑마루쓰태서혹은 낡수물쩔어지는 처마밋테서 동생과나와 형제가 놀고 잇는것을 할머니는 어느째까지고 물쓰럼히 바라보시다간 머리를 쓰다듬어 주시는것이여서 고개를 돌려치다보면 눈물이 글성하여서 말도업시 먼곳만 발아보는것이엿다

---

* 이 글은 《만선일보》 1940년 3월 9일~11일에 게재되였다. 재건은 황건의 본명.

(下)

집이 『ㄱ』자로되여잇서 사랑채는 叔父네가쓰고 몸채에는 兄님이 서울떠난뒤의 어머니와 누이와 나와 동생 네식구가살고잇섯다.누이는 나이가 잇서서 아이들축에 밀수잇섯스나 동생은 아홉 나는 열한살이여서 아직도 작난이심하엿다. 나무를 깍써서 방아를 맨들고 수수쟁이로 안경을 만들다가도

『재건아 재건아!』 하는 소리가나고

『재훈아 재훈아』 소리가나서 가보면 문녁에서서 이제든 우리 바라보고 게섯는듯 할머니는

『이거 먹어라…』 하면서 내여 주시는 그릇에는 강냉이며 썩이며 감자며 과줄이며 이런것들이 담겨잇섯다.우리는 반갑게 바더서는 햇볏든 룡마루에 안저 작난하든곳을 바라보며 아모말업시 그것을 맛잇게 먹는것이엇다.

그러면서도 우리는 은연중에 우리를 맛잇게 먹는것을 어느째까지고 바라보시며 또 눈물지우시는 할머니를 등길에 이즐수업섯다.언제나 작난에만 팔려 눈은 여전히 그 흙무덤으로 가잇스면서도 胸裏에는 구리가튼 주름의 검은얼골에 말업는 할머니의 눈물어린모습이 映像되여웬일인지는 짜기 몰랏서도 작난에소리가 튼것은 도시할수업는 목메인무엇이 작은가슴속을 무거웁게 잡고잇는것이엇다.

드디어 그의 구불진 손길이 우리들의억게와 송두머리를 만지는것을 늣길제마다 우리들은 할머니의얼골을쳐다보면서 생기는두려움에나는 한숨을쉬고 조용히일어나 작난을그만두고 제풀에 흙무덤을 떠나는것이엇다.

지금 생각하면 우리가 그의거틀써나 다시작난에열중되는 사이를 그는홀로문역에서 뒷방어두운곳에서 먼山민창호지를바라보시며 얼마나만히시름업는눈물을 홀리섯슬지.

아버지가돌아가신지도 一年이너머지난 봄 우리는 兄을따라故鄕인甲山을써나 서울로오게되고 할머니는 醫生이신 祖父들짜라 德川으로가시게되엇다.

그노픈 매德嶺이며 厚時嶺을 어써케넘엇는지 北靑驛에서 汽車라는것이 汽車갓지도안케 생각되든 그汽車를처음으로 타는날새벽나는비로소 停車場 책안에 나머서서 들어오시지안는 할머니와하라버지일이 생각나 갑작이 마음이슮어젓다.

나무로 가로질른 그곳에 걸터서서 숨잘하시고 四철外方에게시믄 하라버지는 그닥하시지안흐셔도 할머니는

『니ー르 쏘 어느적에보겟니……』

하시며 쏘다지는눈물을다로가저가시는것이엇다

　서울로간다는 엉뚱한기쏨에 나는리별의슯음을그닥몰랏스나 사랑하는것들을
모다여이는 그의心胸은어쩌하엿슬지 지금생각하면 그에게는 짧은압날이가저
오는 마즈막 離別의무슨暗示가 잇섯든것인지도 몰은다.

　그로부터 半年이 못되여 드디어病席에누우섯다는편지가왓고 兄님이 써난후
사흘채던지 되든날學校에서 돌아와전보온사연을듯게되자무엇이 슬픈지어찌하
여 슬픈지누구하나 처다볼수도업는 그냥너무나한 슬픔에 하로종일울음으로 보
내엇다.

　생각하면 그의겨테서故鄕을쌔앗고그리고 가까운모든인간들을쌔앗은그것은
그의어두웁고도슯은餘生을더슯프고얇은것으로하엿든것인지도몰은다. 이제는
十餘年이지나갓스메도 할머니기억마는 가도록 되살리지는것이다.

-≪만선일보≫ 1940. 3. 9~11.

窓*

황건

　喇叭소리는업서도 거리에는 날마다 바람만불어친다.

○

　붉은 파라솔이 지나가고 가름머리協和服이 지나가고 테두리眼鏡이 지나가고
기름한 自動車가소리업시 지나간다. 큰악한박휘를물레처럼 돌리며 그뒤으로
馬車가지나간다.

　어느 貴한집 사람의自家用인갑다.

　적으마한 책상을 아페노코일이 끗나면 내손이어듸에 노여잇는지 내발이 어듸
에 노여잇는지 내周圍에 어느벗이잇서 무엇을쓰고 읽고잇는지 모도다잇고나에

---

* 이 글은 ≪만선일보≫ 1940년 9월 10일에 게재된것이다.

게 주어진저아늑한 風景을 어느째까지고발아볼수 잇는것은 내가 이집에오며부
터의한幸福이되엇다.

　나는마치 다시오지나못할사람처럼 이낫닉은거리낫닉은사람들을─아모런因
緣도잇슬것갓지 안으면서도 무엇인가 가를수업는매즘이 期於코잇슬것만가튼
저거리며 낫닉은사람들을하나하나하염업시발아볼수잇다는것은 오늘의나에게
잇서 얼마나 큰고마움인것인지……編輯일이끗나고벗들이 제각금하나하나가
버려업는 오랜째까지라도 비인방에 혼자남어 저녁노을이가까워오고 四面이어
둑어둑하여져　가벼운바람이불어오는속을나는될수만잇스면이자리에그대로안
저나의고마운窓을건너조용한 眺望을몸녀겨가지고십다.

　우슴도업고 짤아서 눈물도잇슬까닭업는 저녁을저러한모든것을 내眞實로마
음썻보고쏘한안을수 잇는것이라면 이에서 더큰幸이어디잇스랴

○

　내 한몸以上의만흔사람의것일 나의職業에 나는남에게서 指示밧기以前의 그
리고 지시밧기以上의 誠實을가저보고십다 주어진 일에 내몸을完全히 파뭇는것
으로 내自身의存在까지도잇고십다. 自意識처럼 괴로운것은업다.

　그리나同時에 나는 나의 職業에서 나의人間을 어제나업시 직혀야할것을銘心
하고십다. 나는내가職業을알고 職業을가지기以前에 어머니가나에게 주신 人間
그대로이기를 내내직혀야하겟다 짤아서 나는 나의 그어느마즈막 날이 다달아서
나의몸을다시 어머니에게 돌려야할째엔 나는어머니가 처음나에게 주싯든 그째
그대로의몸을 가저다바처야할것을 잇지말고십다. 허나나는그리함에 至極히이
르지못하여 저널븐드을우을 어머니가 주신 그대로 훨훨 내거니지못할가 두려웁
고끗내 내 어머니의 子息으로돌아가기 어려울가 무서울제 그째나에게는 내가지
금 窓을通하여 받아보고 그延長이 그리는지나온故鄕山川이며 大同大街며朝日
通어두운 거리에서 째아니가저야하는 彷徨하는 마음이잇고 즐겁지 못한 형용이
잇고 思索의 구비저매친아픔이잇는것이다.

○

　허나 벗아
　네 어느기푼밤 나의집엘차저와서 놉지안흔음성으로 이러케말하여준다면
　『네가願하는 眺望이라하며 네가말하는 不斷한脫出이라하며 네가企圖하는

마즈막歸還이라하며 모두가아모것도아닌虛僞다 허울조흔僞善이다』하고말하여준다면 나는그때도 快히 너의말을바더안으리라。잇는그대로말하고십다。나에게는人間의音聲이그립다。고으려하엿든날 곱지못하엇고보담愛情겨울려하엿든날 愛情겨웁지못하엿든 내너업는 만흔記憶을 너와나는 간직하고잇다。그것이나의슲픔이요 너의괴로움인것이다。허나 나는오히려이러한실업슨여야기를 여기에쓰는것보다는 더머－ㄴ것에의 祈願속에서 지금내아플지나는 붉은파라솔이며 가름머리協和服이며 큰악한박퀴를 물레처럼 돌리고 가는馬車를달가히 발아보아야하는것일지도몰은다。

아아 그러나 이제 멀지안어 겨울이오고 二重窓도닷기여 드듸여 눈보라 몰아치는바람소리박게 내드를수업는것이라면 나는 그때 나의 이 戰場에서무슨이야기를적어 너에게보내여야할런지……

○

여기에보잘것업는 "官祿"까지를 발켜야하는것이라면 나는新聞社編輯室에서 일하고 잇는빗업는 사나이라는것을말하야둔다 이런이야기를나는至極히할줄몰은다 내職業이 나쁘다고는하지안치만조타고는더욱 안한다。

－≪만선일보≫ 1940. 9. 10

季節과함께 不如歸第五*

황건

(上)

훤－ㄴ한 길을발아볼때에 공연히 마음이서글퍼지는일이잇다 옷을갈아입고 책상 아페단좌하고안젓슬제…밥숫가락을들고 문득窓戶紙에 눈이머무를제공연히이름모를슯음이潮水와도가치 몰여와팍가슴을 막아버리는일이잇다 意義잇고

* 이 글은 ≪만선일보≫ 9월 25일, 26일 28일에 게재되엿다.

아름다울 모든것을하나하나 생각하노라면 나는그곳에서 무엇인가가장크고가 장귀중한것이 입혀져잇는듯한 허전함을늣긴다 나는그러면 그귀중한것을 어느 녁에노코 왓슬가 오래도록 消息업시되고만 먼벗과親族들에게 무엇이고길게 써 야할것을생각하면서도 무엇을써보내야할런지물으는 서글픔이목을눌른다.

○

가을이왓다 쓸쓸한바람이 불어온다 나는푸시킨이아지만 이계절이第一조타. 이철을나는오늘에사 처음조와한것이아니다 어려서학교에 다녓슬째부터도나는 이季節이제일조왓다 小學校에다녓슬제는 그自然의아름다움을 "크레이옹"과水 彩繪具로 서투르게나마 내힘썻 圖畵紙에담어보리라하엿다 커서 高普엘 다녓슬 제는 凋落의그 華麗함에 놀라그를詩에그려보려하엿다.華麗한 그寂寞함깁이에 세려하엿다 허나오늘의 나는이季節의嚴肅한變貌와그音聲을마음껏보고、마음 껏듯는것으로 季節속에아득히 잠기고십다.

그러면 나는그리운故鄕에라도돌아온듯펙은고마우리라 그날나는 바람과함께 머ㅡㄴ길만 발아보며 드을을지나 낫닉은 江邊을내려가리라 길만바라보아도 가 싸이싸지와출넝기는 季節의뜻을 알리라하면 나는나의 빗업는 心淵에보담 휘ㅡ ㄴ한愛情을안는것으로幸福하리라

○

밤중에 눈이씌여이리눕고저리눕고 오래도록다슬어도 종시잠이안오는째가잇 다.할수업시 불을켜고책상우를발아본다 나는이밤저만흔 人間들中에서누구의 이름을물을것인가 누구의詩를읽을것인가 누구의○言을 외일것인가

"팡세"를읽는날 일즉이 그世界의좁음과 내작은愛情마저 웃둑이兄弟의 녁에 서 멀어져야함을 늣기엿고 더욱人間의그리움에淨淨한 그모습이 가슴아팟다

대륙에오면서부터 나는나의貧弱한책상우에 獨逸의두偉大한벗을 가싸히 할 수잇섯다 "릴케"의 不斷한呼訴와祈願과 그別○의 哀切하면서도 聖스런 企圖속 에 부푼마음써질수잇엇고 "헛세"의 실음업는放浪 熱着업는懷鄕해설핀 저녁을 가치하는것으로 흐믓하엿다 허나나는 오늘 이두詩人겨테서도 마침내 써나가야 할것을 늣긴다.나는이두詩人에게서 自身의그늘진 모습을發見하는以外에 더한 밝은것을 차즐수업섯슴을 알게되엿고 나의가슴은 다시空虛하여지는것이다

百卷을역은文學史보다도 文學이창조하고 그숨결이 물결치는 하나의人間이

그립다 人間의허물업는물음이그립다 책을읽고 그림을보고 음악을듯는모든충
동이 여기에잇기를바란다 百卷을쓰고千句를베푸른다해도 나종내너는너요 나
는나外의아모것도 아닐제누구로하여 내거추장스런이책들을 귀중히할것인가
실로이밤나는 누구의 이름을 부를것인지 몰은다

"돌스토이" "베ㅡ르벤" "미케란제도" "로ㅡ랑"이보담나는 "쩌스너에프스키
ㅡ"며 "니ㅡ체"며 "세스트프"의地下室로내려가야할것을생각한다 그리하여그
곳에서 다시내故鄕으로 돌아와야할것을생각한다 허나나 이몹쓸ㅇ復子 그들의
深淵에 다달으게되는날 나의窓門에 비처질白骨의幻影과일즉이 그모질지못한
愛情이 부서져업서질것이 두려웁다。

(中)

밤차에 벗을 보내고돌아오는 길에 생각한다 너는 왜 가야하는야 너는 가는데
나는 왜 잇는야 너는 눈물을 흘리는데 나는 왜 눈물이업는야 무슨 因緣이 잇섯기
에 너와 나는 만나서 쏘 헤여져야 하는야 그리하야 너는 네길로 나는내길로
우리는 이러케흘리는나라에서 헤매여조흔것일가 서글픈記憶은 긋내채워짐업
시가 조혼것이며 갈수잇는것일가 우리는 眞實로 이말업는暗示와 어떠케하면
더가까울수잇는것일가 모든것을運命에맥겨버리는 날의덧업슴이잇지만 運命을
아니사랑할수업는 날의 악착함이잇다。 空漠함이 잇다。

○

어느책店에나 "쇼ㅡ윈도우"에는 "나의鬪爭"이며 "維羅巴의沒落"이며하는
울긋불긋한 "포스터ㅡ"가 크달하니 걸여잇다。

손에드는新聞에는 아침마다 "爆擊"이니 "空襲"이니 "消滅"이니하는 特號活
字가 동이처럼 "크로ㅡ즈업"되여온몸을삼킬듯이肉迫하여온다。

對할쌔마다 들리는 말을 던지고 가는벗도잇다。

『文學이 다 무어냐』 그는 눈을 부릅뜬다 놀라운일이 아닐수업다.아마 모두
조흔일이겟거니한다。 허나그리 쉬이도자리를쩌날수잇는그들이 나에게는놀라
운 以上의슬폼이아닐수업다。

數만흔 "大陸"과 이에가까운 말을듯는다.나도大陸에와잇슴에는 그들이권하
고暗示하듯이 "바이코프"나 "시ㅡ리하ㅡ"나 或은 "말코썬ㅡ"로의 旅行記쯤차

저읽어야 할지몰은다.

허나 나는 이러한말 이러한사람들과 親하고시프면서도 이제껏 親하지못하엿 슴을슬퍼한다. 寂寞과無智와欺瞞과虛僞만 보아왓다. 後日 나는或故鄕에 돌아가 서도이것을 늣겨야할지 몰은다. 허나現在내가 늣기고잇는것은 眞實이다. 나의文 學은나의眞實이다. 眞實이病드는날나의文學도病든다. 모든 罪惡과 虛僞가업서 지기까지는—人間참愛情이 生活呼吸우에 차저오기까지 나는이들과 親 "하기어 려울지몰은다.

(下)

"굶지안케 되기"까지는붓을썩그리오"하든 어느文學하는벗의 글월을밧들날 나는 이슬픈벗을爲하여 무슨말을 써보내야 할섯인지몰랏다.

生活! 文學! 眞理! 愛情! 義理!

오히려나는 오늘내방門을 꼭닷고 째로는가버린 人間들의이름을 부르는것으 로 나의 心淵을직혀야 하는것인지도몰은다.

오래前부터 나에게는 "李相"이며 "徐廷柱"며 "許俊"이며 "吳章換"이며 이런 人間들이 작고목에걸려 떨어지지안는다. "고강"이나 "램보—"처럼 꼿내구필줄 업시 싸우다간 이人間들 싸우고잇는人間들을 우리는千年이나 살것처럼 自身을 爲하여 미워한다.

남들이 가진巧智속에 그허울조흔것들을 훔쳐차지하려 갓가스로 밧버활제 이 들은 不斷히써나간다. "헷세"처럼 써나간다. "페페르"처럼써나간다. 或은 "아배 로—네"처럼써나간다. 아모런未練도이들은 가진일이업다.

이들처럼 人間을 미워한사람들도 업슬지 몰으지만 이들처럼 써나야 할것을알 어 일즉이 써날여한人間들을나는몰은다. 더넓은 愛情까지를 要求하기에는 오히 려 지고나온짐이 더무거윗든지 몰은다. 그것까지도 잘째달엇든 싸닭에 더念願치 도 안흐리라. 성큼성큼 바우를돌아 언덕을 내려간이들이매 더욱서긇다.

먼—곳에 잇는벗아 멀지안어 짱우엔 차디찬밤이와 太陽이 내려굴르리라. 눈보 라길우를불며지날이로니 너는내 이름이자 부를일 업서라. 아모소리업는날 어느 구비에서든 내잘잇스리라. 잇슬것을 미리네알라. 내쏘한 그런너를미드리라. 비틀 비틀 넘어가면서도 네살이 어느모캐에서든 것고잇슬것을 내기어이 밋으리라. 밋

지못하는날 그날을 나의모든것이 씃나는날이다.   (씃)

나의職場은宇宙*

김영팔(金永八)

朝鮮人으로써애너운서-라고하는 豪奢스러운 職業名을가지고잇는 사람이滿
洲에서는 오죽 세사람이잇다.

延吉에 陳○俊군이잇고 安東에 姜宰弼군 신경에 筆者가잇다 그러나姜군과筆
者는 今年一月부터 現役陳으로부터 쫒겨나고서 延吉의 陳군만이 現役에서몸부
림치며 조선어방송을착쥐고 끈내努力中이다.

滿洲의 朝鮮語放送이 突然달팡이누가티 움치리드러가고 延吉만이 그殘命을
겨우이어가고잇는 事由에對하여서는 하늘도 모르고 쌍도모르고 나도모르는답
답한 한수수썩기아다 대개수수썩기라고하면 푸러지느것이-原則이겟는데 이수
수썩기는 풀녀고해야풀수도업는 수수썩기이니 공연한입을 놀녀서 橫說竪說하
면 이것은 개수작이고 주정군의잔소리에 장구치는격이다.

却說. 職場의感想을쓰라는것이 編輯者의付託이다 이사람亦是 때로는 옛날
버릇이 깨끗이낫지못하얏스니 오래동안 쉬엇든붓대를놀려보기로하자

電波가 一秒동안에 地球의周圍를七回半 돌고잇다는것은 中專學校入學試驗
의課題가되다시피 常識化된 말이지만 放送局의一小織員인내가 「나의 職場은
宇宙고 宇宙가나의職場」이라고하면讀者諸氏는勿論黃泉에서낫잠자고잇든 祖
父까지도 「미친놈-」하고 소리를지르고 벌쩍이러날 것이다

───────────────
* 이 글은 《만선일보》 1940년 8월 24일에 게재된것이다.
   작자 김영팔(1902~1950), 니혼대 중퇴. 카프에 가담하여 주로 연극활동에 참가, 수필과 소
   설도 창작, 1936년 만주에 와서 신경방송국 아나운서로 있기도 하고 신경조선인협화문화부
   부장으로 있으면서 연극활동에 참가. 친일작품이 있다. 해방후 북에서 문학창작에 종사하
   다가 1950년 전쟁중에서 사망.

分明이 新京放送局이란 大同廣場그나마도 電電會社의一角를이더들고會社
의發展擴張에돗을다라 이리쫏기고저리쫏기여서지금은광(倉庫)을뜨더곳치어
살기때문에여름에는 푹푹찌는 太陽이달녀드러테불이또다시피되고겨울에는스
팀만으로는치위를썩을수업슴으로아츰부터저녁까지 오-바-를둘너뫼고손을혹
혹불고잇는職場이 우주란말은千不當萬不當이다

職業이말파라먹는놈이니 그하는말조차큼직하겟지만「참 엉터리放送」이야!
이러케머리에서부터問題도삼지나코 눌녀바린다면이야기는單純하야 是非꺼리
도되지안은수작이지만그래도냇딴엔그럴듯한뱃째기가잇고생각이잇서서 그眞
理를吐하고십픈게먼지苦笑를던지어오는것은그러케 愉快한일이아니다.

莫論 나는 事業 그런職場에서끔지럭이러고잇다는것을 斷言하야여러분아페
報告 하겟다.

이것은마치 에디손이 세상에나오지안엇드면燦爛한狀의고마움을쑴꾸지도못
하엿슬것이미말코니-가이머니의不注意로流産이라도되엇드라면오늘날無線電
信이라는것이잇슬스업고싸라서나와가튼 이러한非才가마이크로폰압헤서서 짓
썰댈수업는것과가티이리한가볍고도 무거운意味로래도宇宙가職場이된아프로
深刻하게될이야기或은感想을들르면서초가을 프른하늘을치어다보면서빙그레
웃는맛도 또한그럴듯할것이다,

내가職場報告隨筆을 극적거린다하면 만흔好奇心을 가지고 한번읽어줄 분도
혹잇슬것이다 그것은내職業이우에말한바와가티豪奢스런職業이기때문에 粉紅
봉투의戀文이니 읽는氣分으로인 것이다 昭和二年부터 그런곳에職場을둔나로
서는 花爛春城이나의쑴이요 名士志士가 모다평유고 모보목가가 발에걸리고 광
대, 기생이손바닥에서씨름을하엿스며 앨에나-밋헤자미스러운 애비쏘-로와 로
맨스가꼬리를물고나올터이니 보퉁이로싸도 적지안은보퉁이가된 것이다

그 외 에너운서-로써 各樣各色의失敗와冒險 喜悅과悲慘한境遇一얼마든지
들수가잇스며 讀者를질기게할수잇다

그러나 우리들의職業은어느째나 緊張된生活을하고잇다 다른사람들이想像
하는그러한豪奢스런 職業 그反面에우리는어느째에나神經이날카롭고 緊張된
그대로生活이繼續되는것이다 近日에는 더욱 그러하다 나의職場은 放送局이야

니라放送이라느것을깨다럿다 다시거듭말한다면 放送局이라는 집덩어리가나의 職場이아니고 放送이잇는卽放送가는곳이면 마이크가노여잇는곳이면 그것이 하눌이되거나 싸이되거나 모다 職場이된다는말이다 그럼으로 나의 生活은어느 째든지 移動할수잇는 移動部隊의一員인同時에 職場은移動織場이며 또移動이 아니될수가업는 것이다 만주사변째에도그랫고 이번지나사변째에도 병정들과 가티 함께움지기엇다

今日과가타 세상이들끌코 뒤숭숭한이째이니까 世界씨름이 어느째어떠케벌 어질지도모르는 것이다

더욱이 이번英國씨름에는하눌에서 줄을타고나려오고하니까 매우자미잇는구 경써리일것이다 이러한씨름경기도 물론實況中繼放送하는것이 우리들의 使命 이니까 어느째 하늘에오를지모른바이오 歐羅巴는 생판 남이니까모르거(한줄 루락) 날에는 그째나의 戰馬은결코 수티디오에서 「尹香心씨의 遊山歌를 방송하 겟읍니다」도안이오 「한번 후드튼 방망이는쌤을 냅다갈겨서 그쌤은나를또날너 서 쎈티오바 홈으런이되엇읍니다」의 地球中樞放送도 안아라 空中에職場을假 設하고 「가장科學的이요 快速으로 世界에자랑하는 敵軍의 飛行機縱隊도 우리 軍의 勇敢無雙한士氣에는 結局屈服되야 구름가티 퍼저버렷읍니다 여기는○○ 放送입니다 同胞여러분 安心하십시요」누가 이것을空中戰場이안이라할것이며 地下戰場인 토치카의陣中報告放送이잇으리라고 누가斷言할것인가? 盟軍만 씨 고안저잇는 대머리진 科長도煩惱하고잇거든 내……(20여자 독해불가)

通化이구석저구석*

김영팔

陽春三月 싸씃한太陽빗치눈을녹이기시작하는 조흔 時節이다

---

* 이 글은 ≪만선일보≫ 1941년 3월 7, 8, 9일 3회 게재되였다. 신경조선인협회문화부 부장으 로부터 통화에 전근한후 쓴 글이다.

辭令狀한장을 손에밧아들고通化로시집을온지도 날자로따져보면 不過百餘日밧게는안이되지만 햇수로헤인다면二年이라는 엄청나는計算이된다

元來 都會生活만三十餘年하여온내가 通化로시집을가게되엿다는말을듯고 여러번躕躇도하여보앗다 그러나어느 友人을通하야 通化의事情을듯고 花轎를 재촉하야탄것이다

通化驛에나리여市街地까지 우정馬車를달리게한것은 여러 가지意味가잇섯다 그러나 果然 都會生活에서 急轉換을하는나는 나의압길을泰山이막는것가티 답답할뿐이지 그 외아무무슨 感想을 엇지는못하엿다

寂寞과 泥土왓사흐기一週日 無秩序한거름걸이로 儉朴한 滿洲農民들이勤勉 朝鮮人藥店거리의 活潑한 生活狀況을본후마치새색시가 새신랑의품에情을다 린듯한늣김을밧엇다

通化街를둘러싼 산과둘과 흐르는맑은물이고이보이고 對하는사람들이 모다 人情이厚하야 都會에서보는그러한강파론어드렁쏘式의 交際가안인것은 滿洲 生活九年동안을 하여온經驗으로 써 알수가잇섯다

우에말한 짤은일자와 薄弱한 經驗을가지고 通化의消息을 貴誌讀者諸氏에게 傳한다고함은 너무나膽大行動일것이다 그러나보는눈과 살피는感情이主觀에 따라서 다르니까 늣긴바 一端만적기로하겟다

그럼으로 이곳에오랫동안 居住한분에게도 공연한말성일으킬부스럼(腫氣)에 는 메스를대이지안코 부시럼을治療하도록情답게 勸告만을할義務가잇다고생각 한다

이곳을 通化라는곳보다도 東邊道라고하면 이곳이어써한곳인줄 곳認識할것 이다 最近二三까지는 共産의根據地로 一般住民들은 벼개를놉피하고 安息치못 한곳으로써 自他가共認하든곳이

滿洲開發會社의設立을보는同時에 列車의開通으로 交通이便利하고 이에따 라 徹底的共産討伐로서 治安이점점整頓되야 前日에보지못하든 文化施設이느 러나고 高度國防國家資源을 開發하기에큰障碍가 업게되엇다

이러한 關係인지는모르지만 『通化景氣』에입맛을붓치고 십허서 이곳에드리

밀리운사람들 中에 朝鮮人이 約三千名이잇다

(中)

勿論二三十年前政治的關係라든가 生活上關係로 渡滿하야 居住한사람이라
던가 滿洲事變을契機로通化에온분이 約三千名쯤居住하고잇기야잇섯지마는
開發景氣로 一躍倍라고하는 鮮系國民의 數字를보게된것은 三四年以內의 事實
이다

그러면現在도 通化街에居住하는 鮮系住民約六千名은 어쩌한生活을하고잇
는가

官公吏生活을하는분이 약六百名, 會社員約五百名, 商業者約百戶, 農業者約
百戶 雇傭人其他一千五六百이잇다 한다 이우의數字를불째에 雇傭人其他一千
五六百名이라는 數字에운을멈추지안흘수업다

그것은그분들의職業이一定치안키쌔문에 健全한生活은勿論 어느째에나 精
神의動搖가 생기여서 째로는自暴自棄의行動을取하야 一般鮮系國民에미치는
影響이 적지안은까닭이다

이러한것이 開發會社의設立으로조흔景氣와 鮮系商業自의活潑한現況에질
거운反面에悲鳴이다

◇

人間이란 原始時代物物交換째에는 별로히 慾心과嫉妬의얄미운根性이업섯
슬것이다

그러나現代資本主義社會에서는 이것이常套的이다 가튼 同謀者 끼리嫉妬,
中傷, 陰謀, 殺戮等 조그마한地方에와서보면 이러한行動을곳發見할수잇고 매
우醜하게눈에거슬린다 더욱이鮮系國民間에그數가만어보이는것은 잠자다가도
아지못하게한숨이나온다

◇

通化의飮食店가티 不潔하고비싼곳도 全滿에드물것이다 술이란明朗性이업
서서는안이될것이나 나는飮食店에서술을마실째마다 明朗한우슴은 숨어들르러
가고 내自身을비웃는嘲笑가 배에서노래를부른다 酒客이란淸濁을가리면 酒客
의冒險이될는지모르겟지만 開發會社風景은 불상한月給쟁이에게 넹겨씨우는

것은너무나 殘酷한까닭이다

新京 奉天 大連 合爾濱가튼大都會에서 마음턱노코西洋酒로는 베르못토 페파멘트 체리- 부란데 쎄리- 포드와인 휘스키- 킹오프킹 존니워-카 워-카 등

日酒로 葡正宗 穆正 白○ 醉心 月桂冠等

支那酒로 紹興酒 白酒를 終日토록마신다하여도 四十五六圓에불과한데 이곳의술갑이란 물에다술탄것을 二十餘瓶에 다마네기 가마보코 멧쪽을노코 오즘싸기妓生한아만들어오면 七八十圓이니까 나가티돈심모르는사람에게도 술맛이업겟지만 술맛모르고 마시는분은더욱술맛이업슬것이다

(下)

通化의道路가 下水道가업는關係도잇지마는 눈과비가오면 泥海로變하야交通이不便함도 有名하다 그러한 까닭인지 在來의住民들은누구나고무장화를準備하야가지고잇다 그러나나는 準備를못한데다가 고무신은配給品이되엿으니까 손에너키가하늘에별짜기보다힘이든다 며칠전退社하야집에도라오는途中 구쓰가진흙에파무치여바리고 양말안은발만이 춤을추면서나온다

나는나도모르게우서바리고마럿다 그러나決코明朗한우슴은안이엇다

이곳에 娛樂施設이업는것도有名한話頭의한아이다 全無라고하는것보다도 日系常設館(約百五十名收容?)과 滿系劇場(約百餘名)이잇다 그러나이것은娛樂場이라기보다도 慰安을엇는것보다도 不快한感情을 일부러사러가는곳이다 아즉것이곳에그러한娛樂施設이업다는것은이곳의住民들이 文化的으로얼마나退步되여잇다는것을 말하는것이다

文化施設로도 별로히보잘것업다 完備한病院 靑年會館혹은 厚生會館 圖書會館쯤은 急說할必要가잇다고생각한다 쏘한 小學校(現在初等學校)만하드라도 完全히 運營하야갈만한 政府의 輔助를밧아敎職員의質的向上과敎材의蒐集과設備를完全히함으로써 압날의國家의일군인 第二國民의 敎育에責任을다하는것이안일까생각한다

現代戰과가튼人的資源, 物的資源이 必要한今日에잇서서는 더한層考慮를要하는問題이다 現在南江國民學校가 私立에갓가운運營方針을 繼續하여간다면 學童들의將來가暗澹하며 卒業後實社會의活動에 多大한 影響을미치게되는것

으로 속히 째닷고 이제深重이생각할必要가잇다고생각한다

◇

　文化機關이만치못하고 文化的施設이不足한곳이니까 그러할는지모르나 이곳에文化人이적은것도 매우遺憾이다 萬一文化人이잇서서鮮系生活을 檢討하여보고硏究하야본다면 開發會社 윗든景氣에 운을대이기전에 먼저 우리의 子孫教育에留意하야 좀더速한改革에손을대엇슬것이며 단한아이라도 文化的機關이섯스리라고 생각한다

　이것이 새색시의 시집에 대한첫 「표함」이다.

片感片想*

박영준(朴榮濬)

(上)

　「바다가그립소」松花江邊을거닐며 K兄이말할 때 나도 「참바다가 그립군요!」하고 그말에同感햇다

　「來年에는 바다를보려가야겟는데!」K兄의얼골에는바다를생각하는마음이 보이는것갓헛다 저녁때의松花江邊은 지옥이바다를자아내는모양이다 바다가에서자란나인만큼 바다를그리는마음이더함인지모르나 잔잔한물결을볼때 푸르고넓고 航船이 돗달고다라나고 무엇이라 따질수업는 깁흔思索을지닌듯한 바다를聯想한다는것은 누구나가질수잇는 아름다운마음일게다

　바다속에 뛰여드러가 몸의때를 바다에남기지안코 海邊모래밧흘거닐며 바다를즐기고 그를尊嚴하게 바라보는맛을 K兄은 잘알기 때문에 바다를그리워하는

---

* 이 글은 《만선일보》 1940년 8월 4, 6, 7일에 게재.
　박영준(1911년~1976년), 소설가. 평남 강서출생. 연희전문졸업. 1938년 도만하여 교편을
　잡기도 하고 협화회에 임직하기도 하면서 문필활동을 하였다. 장편 《쌍영》을 발표.
　해방후 남에서 대학교수로도 있고 기자로도 활동하면서 많은 소설을 창작하였다.

모양이다

「○○年에는 어머니 還甲으로 朝鮮에나가는차에바다구경을하구올가」나도 K兄의 興에따라갓다.

그러나 내가한내말에 얼마나한感激이 숨어잇는가하고 생각해보앗다 웨나하면 내가한말에 眞實이잇는것가티 늣겻기 때문이다 몹시바다를조화한다다 누구의말을듯고서야 바다를생각할내가아니엇다 언제인가 咸鏡線을탓을때바다가뵈는 展望은一分도쉬지안코 感激한마음으로내가보앗다 마치바다를보기爲한 旅行인것처럼!

그러나 바다를못본지 三四年이지낫고 바다를생각할만한 江물을보고도 먼저 바다를생각하질못햇다.滿洲에서 江물을 본다는것도 엔간히 반가운일이여야할 게다

나두바다를 그립소하고 ○兄의말對句를햇스나 結局바다를즐기는 내마음의 平狀을 꾸며보겟다는 일부러만들어낸 말이라는것을속일수업섯다.

언젠가 龍井에잇슬때 바다가그립고 푸른물이 보고야 견질것가타 放學때마다 朝鮮엘나갓든 記憶이잇다. 時日이 촉박하고 旅費가 不足할때는 淸津 羅南 或은 朱乙까지라도가고야견덧다

豆滿江을건느기前부터 푸른소나무가 멀리보이고깨끗한 시냇물이 보일때마다 ○躍하엿든가.

아름다운自然이 주는늣김을 주는그대로바더섯다주는것보다도 더크게 바더드렷슬넌지모른다.

그러나 지금의나는엇지이리鈍感할가

아긋자긋하게 自然속에마음을 내던지고십픈 생각도업다.

무엇을보거나 또는듯거나 그를그저現實的 事實로써 잇슴즉한일이야하고 지나처버리게된다 現象을 形象化시키랴는 努力이죽어버리엿다.

(中)

情熱이줄어진때문이라생각하니 적이서글프다. 吉林出張갓든길에 偶然히도 同窓生 하나를맛낫다 그야말로 偶然한맛남이엿다 그곳에서사는것도아니오그곳서 맛나자는 約束도잇지안튼동모가장사차로지나든길에나를맛난것이다 얼마나놀

래야하며 얼마나깃뻐하야할일인가 勿論그동모를맛나는瞬間놀래고반가워하는
表情을보엿지만 그속에는동모에對한 義理에서나온行動이 九十퍼-센트를占햇
다는것을 또한속일수업섯다.

그벗에對하야 未安하기짝이업섯지만 그보다도 깃버해야 할것을깃부게마지
못하는 나를爲하야 한숨쉬여야할일이다

누구는 노래이즌카나리아를위해 슮허햇다.

感覺을이즌사람을위하야 貴히해준사람은 업슬는지 나는 지-드의말을記憶한
다 무엇무엇보다도가장貴하고 重要한것은 사람이라는말을--

自然을사랑하고 벗을사랑할수잇는마음이 얼마나重하고 貴할것일까

그러나 사랑을늣기지못하는것 이는아모래도 悲劇이아닐수업다.

詩人을부러워한다. 靈感을가지기도하고 아릿다운마음도가지고잇는 詩人이
얼마나 貴한存在라는것을새삼스럽게늣긴다.

無味乾燥한 生活을하느이러한내가 가장가난한것갓다.

그러나 몹쓸생각이 나를더低下식킨다 卽自己를가난하게생각할줄도 모르는
사람이 얼마나 만혼가하고 되려安心하겟다는 얄구진생각이그게다.

○

책을읽으랴고 「뿌루-제」의作品들과 「도스로엡스키」의作品들을 사들엿다.
「弟子」 「愛」 「死」를읽엇다.

아직 「뿌루-제」의作品가운데 내가사온것만해도 「心」 「家」等이 남어잇스나
임이읽은冊드의 늣김을ㅇ理하고 思索해보고십은생각에 새것을 펴지못햇다.

그러나 너무큰것이되여消化가잘안되는탓인지 정신이멍해진다. 되려아모것
도하고십지가안타. 마누라가 滿洲에와서배혼것이 「마장」뿐이라고야유비슷 타
일르는말을잇지못하면서도 다시그판을차저가게된다.

나는 「뿌루-제」를생각하랴고하나 웨그를못하는지나도모른다

누가 不正한 行動을햇고 누가똑똑지가못하다고 울분을늣기엿는디도모른다.
그러나그늣김을 또한옴기지못한데다 가슴푸리할리유가어데잇는가.

信賴하여야할사람이 맛당히못한일을햇다고그리울적해할것이 무엇이며 울적
하다고해서 「파스칼」의말 「人間의生活은가슴푸리(氣ㅇ)을생각해내서 낫분작
난을할게무엇인가

하로밤늦게자면 그다음날아침에는 일어나기 실타 몸이 고달파서-그다음알
은 다시집에부터 잇는다 그러자면 언제나 깨끗지못해 꾸긴얼골을 가니마누라와
어려운때에도 감기를만나 눈물이난다고울고잇는 어린여석의괴로워하는꼴이
보기힘들어또나가게된다

어데를갈가? 散步도運動도이야기도 나를기다리지안는다 대책이적은都市의
知識人들은 더위에무엇을하며지날가?

그들에게는동모들이잇슬가 나에게만 동모가업는것이아닌가

섭섭한일일지라도 할수업는노릇이다 내에는동모가업스니까 결국또노름판으
로가서 세월보낸다.

(下)

그리붓그러운것도아니울지만그래도 놀음이놀음인만큼그리 마음편한일이아
니다 아니할려고애쓰다가 하는것이또한원인지 놀면서도그리유쾌하질못하다

「남들은 집안사람이알는다면 위로해준다는데 당신은그반대로만하니……」하
고마누라에게 들은말을들으면서도생각한다

집에도라가면 예상이틀림업다

나가지안켓다고 約束을한뒤이번에는 「로-래스」의 「戀愛」을폇다

上卷도못읽엇슬때 더운때라도 親睦과懇談을 가져야 必要에서 엇든懇談會를
열엇다 朝鮮사람의모임이 여간힘들지가 안키 때문에 會費를先納게하고 또모임
에趣味를늣기게하려고 「천엽」을하기로計劃햇다

모인날 무두들즐거운얼골로 개로나갓다 구물로 고기도낙것다 가지고간쌀로
밥도지엇다

準備햇든술도마시엇다 이제부터 간담으로 드러가랴할때. 懇親이必要하야
모이기로햇든사람들이 싸훔을시작햇다 싸훔을말린다 말리든사람이 그속에끼
여한목을한다

結束은反對로 되고말엇다

그러지말기위햇든것이 더커진듯햇다.

내기회를냇드니 나를비난하는이가생긴다

웃고 잘못을謝過햇다

내마음하나 붓들지못하는 無爲無能의人이 남을탓할수잇스랴

그러나 가슴은압헛다

압흐기로니 엇지할것인가

나에게는 가장쉬운 「가슴푸리」가잇슬뿐이아닌가

술을배울가하는생각도든다 그러나 「道」를모르게되는 술을먹기는실타 엇든 친구가 「朝鮮사람은 술을먹되술의道를 못가지엇다」라고한말을記憶하기 때문이다.

○南의C兄 京城의H兄에게서 참으로오래간만에 편지가왓다 너무나반가워 卽時로 消息이업는동안의生活을길다라케 적어보내엿다 그랫드니 한달이지나도록 아모回答이업다.

나를敬遠하는듯 늣겨진다 이곳서아는사람들도 이제는나를全部알엇는지 나를그리好意로對해주지안으랴는이가잇는것갓치보여진다

내마음이그래 그리늣기는때문인지도모르나 나를따르고 나를信賴해주고 나를갓가히해줄랴는 眞實된동모가 하나도업지안는가하는생각을요즘 내슬픔의가장큰것일게다.

冊을 벗삼으면그뿐이아니가하고도 생각해본나 그는내게 주는것이잇스되 내게밧는게업슴이유감이다

아모래도 주는것과 밧는것이가틀때에 비로서 사랑이생기는모양갓다.

주고십흐나 줄수업고 밧고십흐나 밧지못하는외로움 동모를못가진사람의 가장쓰게밧는말일것이다.

나는다시 文字에對해좀더 熱心을가지겟다고 決心한다

아니내生活態度를 고치리라 생각햇다 「부르-제」는다섯살때 「쎅스피어」를읽은天才라고한다 天才가못되는사람은좀더부즈런하고 自己에게忠實하여야할것을 생학한다 언젠가本紙社說 「文學과生活의標準」속에 藝術하는사람은 生活을 떠나린만할情熱을가저야한다는뜻의 말을햇지만 그게不能한것을 몸으로 體驗햇다할지라도 내自由스런時間만치라도 十二分活用하고 나를채쭉질해주어야할것을 생각햇다 그것이오로지나를探해서는 다만하나의길일까 이게요즘의내生活記錄일넌지도모르지만 率直한것을 해야만하는내니까할수가업다 指定할眞數가납기도햇지만 이以上흐덥직한소리를 엇지더쓸것인가.

겨우사리*

박영준

가을철이지나갈 때 나는季節에對하야 너무나無感覺한自身을 서글프게생각했다

가을을냄새마트려 山엘올라갓스나亦是아모런感覺도늣기지못했다

出張하고旅行을 떠나보앗스나 松花江물이 가을을 가르켜 주지도안헛다

무엇을보나 무엇을드르나 내마음을보나 두드리는것이아모것도업섯다 나는感覺을일은사내만큼 空白속에서살엇다

感覺이업다면 幸福을늣길수업는것이오 不幸을늣길수도업스리라는생각이 문득全生活을 쥐여흔들듯늣기여지기도했다

幸福도不幸도 늣기지못한다면 大體나는무엇일가? 가장原始的인人間그러치안흐면 無思惟의動物과近似해가는것이아닐가!

생각이 이러케까지 자라나니 自身이哀憐해지엿다 왜이리케도 感覺을일헛슬가 옛날에는 가을하늘의흰구름을볼때 삶의探求에서 로만틱한幻想을 그려도보앗고 거품을뿜으며다라나는시냇물을볼때 마음을그속에내맛기고 自然을 사랑도해보앗다

웬지모르게 이제는그것이나와距離가먼꿈만갓다

感覺을이즌내가그原因을생각할기력도엇지못할제 當然한일이라고생각한다

지금은 눈이나린다

겨울이라는것을 늣기지안흐려해도 皮膚의感覺만은엇질수가업다

눈이오고 찬바람이불어여름옷을입고 견딜수가업스니겨울옷을입엇고 저녁먹고 바람쏘히려나갈수가업스니 溫突방에누어만잇게되는것이 또한내肉體가겨울을늣기는것일게다

그러나 겨울亦是지난가을과꼭가치 季節에對한 想念을가져다주진못한다

다만내肉體를 束縛식히고내皮膚를 緊張식히는것이 가을보다다른것이겟지만! 그래 內服을드터히입엇고 外套를더러입엇다 털帽子도끄내썻다 가죽장갑에

---

* 이 글은 《만선일보》 1941년 12월 4~5일 게재된것이다.

털外套를더러입엇다 가죽장갑에털양말까지 겨울에對한防備를해노앗스나 그러타고해서 겨울이미웁다거나 즐겁다는늣김이 亦是나질안는다

라디오에서어린애들이겨울이업섯스면하고 치위를탄식하는말을들엇스나 나는그어린이들의마음을 追窮할餘裕가업는것가텃다

말하자면 가는것을설어도아니하고 오는것을 미워도아니하는 그저그속에휩쓸려사는 保護色動物인셈이다

아침出勤하며눈위를거를때무엇을늣기고 엇던것을생각해보랴고땅만을바라보나 아모것도 생각지못한새 어느듯 일터에다다른다

머리의貧困이다

가난한사람은가난한것을감초는보배를가젓다고하나 나에게는 그런보배도업다 빈가슴을 또한남에게 이러케보이고 잇다

나는 지금溫突우에누어잇다

벼게여페는冊한卷과담배성냥 재터리 그리고는만년필과原稿用紙가노혀잇다 어린내들이잠든뒤내自由스런生活의全部다

여덜時부터열한時까지의세時間동안 나는 그들과벗을할수잇다

널따란한칸房-그거도溫突과 다다미가半半식되여잇서서인지 웬군바람이천장에서 마여오는지도모른다 冊床에안저잇스려면허리가굽으려드리 結局은溫突에요를깔고 그우에눕게만된다

그리자면 미테서올라오는溫氣에 그만잠부터차저들려한다 그리니 冊을한페이지쯤읽다가는 萬年筆을쥐여도보고 담배를빼여물기도한다

그러기를멋번 거듭하면原稿紙가 落書로긋득해질뿐 연冊은그대로 열한時쯤되면 意識的으로잠을자야한다

自身을캄푸라쥬하기爲해서라도 무엇을하는척아니할수업다 그래冊을펴고종이를끄내나 成果는제로다 무엇을하기위함보다 잠을깨우기위함이 가장큰努力으로되여버린다 溫突에누어잠을피하기爲해 이리딩굴 저리딩굴하는怠慢만을 버리여야하겟다.

내게 怠慢까지잇다면푸라스랄 대체무엇일건가

나는 座勢를똑바로하고안저잇슬만큼 室內의溫度를놉피기爲해 뻬치카를修理하고 石炭을注文했다

처음으로 石炭을힘껏집어너코房안공기가덥기를기다렷스니 溫突백성의運命
은 하는수가업는모양이다

삐-치카와다다미새에熱이생기여 연기가이러낫다 火災를면하기위해 물을끼
언고 또 삐-치카불을꺼버리엇다

그러니 다시요밋트로드러갈수박게업다 가엽슨요밋生活이다 그속에서생겨날
아모것도업다 잠이오지안도록애쓰다가는 급기야잠자는데꼬치는 것뿐이다

며칠前 몹시치운날이엿다 講演會가잇다기에 市內에서좀떠러진 會場엘갓더
니 演士以外에 모인사람이라곤 그림자하나업다

朝鮮사람을爲한 講演이엿기 때문에 아니모엿다는것은 結局 朝鮮사람이다

千餘名이 산다는고장에 그래일부러한다는 講演會에 한사람도모이지안는법
이잇슬것인가 講演의內容을勿論하고 나는놀래시안흘수업섯다 演士의얼골이
보기부끄러워 나亦그자리를 뛰여나왓지만 남의誠意에 그러케도冷情하게對할
수잇는가하는 생각이안들수업섯다

그러며도라오노라니 문득생각키운것이 溫突우에서 天井을바라보는 뭇얼골
들이엿다

그들은 과연무엇을 생각하는가-나는 그를헤아릴수업다

내가남을 말할수업는일이지만 나를걱정하니 남생각이나고 남생각을하니 내
걱정이되는것만은 엇절수업는일이다

얼마前부터 시작햇다는 婦人夜學會에 때로구경간다

배와주는 사람의誠意를위하야오는것은 아니겟지만 나이든婦人들이 무엇을
알겟다고하는 그들의誠意가아름다움을본다

溫寒을떠나 스토-부를끼고안즌그들은 아름다운誠意를가진것갓헛다

나는지금잠을깃들이지못하기위해 틀어노앗든 라디오을껏다

그리고 來日의일을計劃한다

溫突은나에게 못쓸것삐치카는 내房에못쓸것 그러니스토-부나 火爐가잇서야
하겟다

스토-부는 좁은房에非衛生的이다

危險도 하려니와 쉴새업시손질을 해야한다 火爐를사련다

빠!*

박영준

「고향이어데요?」

「에지오피아!」

「네그로로군?」

「그래도이태리를이기고야말텐데!」

「하하! 용감한데」

그들의대화다

푸른파초가寒室中央과天井全部를占領하고그아래로춤추는것같이것는明朗한개집들과이러한 對話를하려납작한적은부채를든男子들이서울의뒷골목을찾어단닌다

下水道가窓하래있는조분골목길에빨간네온차인을빛외며허리만을가린차리문을가진집들을빠-라고한다

레코-드가低音으로室內를몽롱하게하면모힌男女들이삐루잔을쥔채서로보며黙想을한다

明朗性을즐기면서도沈鬱을벗하는固定性이없이敎會人들의性格을여기에서찾어낼수있다

女子에게살려달나고대들다가도본척도아니하고주머니에돈을쩔넉거리면서도스텝드에서선술집막걸리먹듯하는男女!

모도가明朗? 한現代人들이다

아마그들은남에게刺戟을주는것과自己가刺戟을받으려하고그것으로生의價值를부치는것같으다

明朗한刺戟性! 뾰족한구두끝에集中하는末神經의刺戟性이아릴가?

빠--는 現代人이모이는虛榮의遊戲場이다

그러나그것이서울의골목골목움직히어서울을붓잡고있는데야어찌하라!

---

* 이 글은 ≪北鄕(북향)≫ 제2기에 게재된것이다. ≪北鄕≫은 1933년 룡정에서 무어진 문학동인단체 ≪北鄕會≫에서 발간한 문학잡지. 리주복, 강경애, 김국진, 엄무현, 천청송, 김유훈 그리고 안수길, 박영준, 박계주, 박화성 등이였다. 이 잡지는 4기를 내고 요절되였다.

明朗의刺戟으로現代人을明朗케만드는虛榮의게집애빠여!
지금은해가뜬낮이다安息을하라

불*

박영준

乾燥한空氣의탓인지 사람들의 注意가不足한탓이지 何如間近來에는災害가
만타, 今春에드러 내가사는 縣內에도 火災가네곳이나낫다.人口參餘萬이居住하
는 적은縣內에한季節안에 큰火災가네곳 거기에全燒한家屋이四百號가되니 國
人의被害는 말할것도업거니와 縣全體로보아 적지안은 損失이다.

내고장 뿐아니라 다른地方에 亦是今年에는 유달리火災가만타는消息이이잇스
니 國家的損失이적지안을게다.

消費도아니오 生産을爲한卽엇던希望을주는 損失은아니다. 寄附나同情으로
어쩐이들에게 주엇다고한다면 內心의滿足이나잇을것이나 즐거움이란秋毫도가
저다 주지안는 그야말로 純全한 損失이커 이로말미암아 가지게된다는것은 當事
者아닌사람으로서도 絶對로愉快한일이아니다.

火災 불로말미암은 災殃인즉 災殃이조흘리업다.

밤검은하늘을 삼켜버릴듯이붉은혀를 내두루는 그무시무시한 불길을볼째 가
슴이울렁거리는것만은 事實이다.

聯續된草家二百間이 다문다섯時間에燒盡해버리는것을볼째 불의무서움을
새삼스럽게늣겻다.

隣保友愛의 情神으로 鎭火에努力하는사람들도 참으로緊張되여잇섯지만 自
己집으로 불길이옴기는것을보며焦燥해하는 家屋主들의 얼골이란 臨終하는사
람을보는 그런것以上인것갓텃다.

비록 불구경온사람들일망정 불이 더 延長되기를 바라는사람은 업슬것이다.

---

* 이 글은 《만선일보》 1940년 6월 1일에 게재된것이다.

엇던집에서 담배불을 빈집에던지엇든것이 原因이되어불이이러낫다고하나 다음날에는 집이드러섯든곳에 타고남은재만이 바람에날르고잇섯다.

담배불로말미암아 하로밤사이에 크지안혼市鎭에이리듯큰 變化를주엇다는 것은 놀라지안을수업는일이다.

전날밤까지家族과가치 평화스럽게지내든사람이 다음날에는 머므를곳을求 하기에餘念이업다.

그러나 사람이 絶對로必要로하는 불로말미암아 도로히그렇케 困窮케된다는 것은 달리 생각할必要가잇슬는지모르지만 이런境遇에불의敎訓을 생각할必要 는 잇슴즉하다.

불은 언제나 위로올라가라는本能을가지고잇다. 거기에 불의生命이잇스며 쏘 사람이必要로하는 所以가거기에잇다.

熱을가지고 우로올라가랴는것은 불의唯一한活動이다. 바람의媒介로 遷延되 는수가잇기도하다.

이러한불의 性質을볼째 그로말미암아 밧는被害가 얼마나크든 불을 怨望할수 는업다. 怨望한다면 그런性質을 이저버려주는 사람이바더야 할수박게업다. 불 自體에는 不純하거나 不正한것이 조금도 업다. 그러한불에罪가잇슬리업다. 도 로혀불만갓지못한사람들에게 교훈을주기에 적당한물건이다. 生命없는物體에 게敎訓을주기에 適當한물건이다. 生命없는物體에게敎訓을밧는다는것은 自尊 心에 關係될는지도모르지만 痛快하게타오르는불을볼째 나는精神을일코불에유 혹되여섯다. 熱과빗치위로위로 흐늘거리며올라가고잇슬째 그는참으로 偉大하 게보엿다.

나에게는 熱이없다. 잇다할지라도 불처럼 그熱을위로올려보낼勇氣가업다.

째로는 熱이 너무나期待에어그러지는 方面으롯벗는다. 그째는올라가는것이 아니라아래로내려가는것이다.

엇지 나쁜일겐가.

불을구경하기에 밤도안자는 사람들全部가 비록意識的치못할망정 불의魅力 에誘惑되엿기 째문이아닌가.

誘惑이란 자기의慾求가생길째 이러나는법이다.

불만갓지못한自己를 불에갓가이 끌어가고십흔 潛在意識으로으로 불만나면 쒸여가는 구경군이생기는걸게다.

消防隊의불종소리는 불이사라질째싸지울리엿다.

그러나 鍾소리가 긋날째싸지 다만아직불이써지지안엇구나하고 방안에누워 잇는 너무나鈍感한사람이 쏘한얼마나만흔가.

骨相과 彩票*

박영준

豫想못할運命을바래거나 어기힘든偶然을 기다리는사람은 꼭가치가난한마음을가진사람일것이다.

자기의현실의생활이 貧窮할수록 마음에慰安을가지게된다.

그慾望을채우기 爲하여서는運命的삶을기다리기도하고 偶然을기다리게도된다. 왜냐하면 慾望이란 그리쉽게채울수업는것이니싸.

나도慾望을가젓다. 그慾望을達成하기에는 내가너무나 不足함을늣기기째문에 쌔로는 運命的인생각을가지기도한다. 그러나 運命的으로써 解決지울수업는 悲觀的인데는 運命을비웃을수박게업다.

그러나사람의慾望은 한두가지가 아니다. 기다리는偶然은 自己도헤아리지못한다.

漠然한慾望도잇고 漠然한偶然을기다리는수도잇다.

길에서돈을주어보앗스면하는생각도가질수잇고 劇場에서 戀人을만들엇스면하는마음을가질수잇다.

慾望은奔放하기째문에 慾望을幸樂하는이도잇다.

그러나 慾望을偶然에서차저보겟다는가난한마음은 아모리생각해도서글프다. 努力과奮鬪로 그를채운다면 異議를 말할이가업스리라.

---

* 이 글은 《만선일보》 1940년 8월 29일에 게재된것이다.

吉林갓든째 생각도아니햇든것을 가티갓든사람의强勸으로 占門을차잣다.

二十五歲낫다는젊은 骨相學徒가 占術語를쓰고는 다시容易한말로解釋해가며 내骨相을보고나서 壽命은七十九요 이제부터九年내에는 큰成功을하겟다고 내 骨相이조타는말을해주엇다.

成功이라니요? 하고물으니 製造業가튼業을하면 돈을상당히벌겟다는것이다.

돈과는緣이멀고 쏘 돈버는것을 成功으로 생각도아니한다고하니 나타난骨相은내 運命이니 엇지할수가업다는것이다.

싸홀것도못되고해서 그대로나왓지만 나보다나이적은사람에게 내運命을가르켜달라고드러갓든 그卑屈한내自身과 돈만을成功으로역여듯는사람의마음을 낙그랴고하는 그骨相學徒가 쏙가티어리석어보엿다.

骨相學을無視할랴고 까지는안치만 그것으로밥비러먹는이나 밥버리를식히면서 幸如나하는마음으로 希望을持續하려는이가 불상한생각도든다.

일심으로 그럴듯하게 들려주는것과 그말을그럴듯하게 精神업시듯는것이 우는이를달래기위하야 호랑이의이야기를해주는것과 別로다른것이 업슴즉하다.

언젠가 滿洲生命保險에서 福祿○番號卷을보냇다. 當籤番號票가왓슬째幸여나하고 한시밧비 쓰더對照해보앗다.

그런것이當籤되면 不意의不幸이올것가터 彩票가튼것을 한번도 사본적이업는 나이지만 그래도 혹시나하는마음은 나亦偶然을 바래는마음을 가진것을 確實히증명해주는것이엇다. 幸인지不幸인지 末等도맛지안엇지만 그瞬間함을 늣기지안을수도 업섯다.

그러타면 그행운이 내게서 비여나간다는 不幸이라고 하루도잇스니까.

그러나 이亦 山길을걸으며 노다지가 발쑤리에 채워지기를 기다리는 金에굼주린사람의 가장 低劣한慾望이 아닐수업다.

엇던旅館에나 骨相 骨相家의廣告 내부쳐잇고 웬만한商店에는 쏘한 彩票廣告가부터잇다.

滿洲는 一攫千金하는 나라가아니라고하나 아직 그런꿈을가진이가 만타는것을 ○○○○○ 運命과偶然에滿足하랴는 그마음은어느째에나 運命과偶然에속하고말리라.

애쓰고애쓰다가 最後의手段으로 運命과偶然을붓잡으랴고한다면 同情의餘地가잇다. 그러나 同情이란自己가가난하다는것을 남에게자랑할째밧는것이다.

自己를運命으로 감초랴는이는 어리석다고말들어可히다. 運命이란自己生活을開拓해나가는 한體系이다. 그는生活속에잇는것이며 絶對로生活이운명속에잇는것이아니라밋는다.

骨相에도抽籤에도 失敗를맛보고나서 이런글을쓰는나亦 내 生活에刺戟을잇고 십은생각이잇섯든것이언만 젊은骨相學徒여 엇재그대는내운명을 좀더悲慘하게말해주지못햇던가!

잠못자는 이한밤*

조학래(趙鶴來)

(上)

故鄕을떠난 二千里他國! 보실보실 함박눈을 琉璃窓에날너안잣다 써러젓다 힌나비처럼 動作도가비얍게 부딧치는밤입니다. 들판을 휩쓰러가든 그모진바람소리조차 들을수업고 『―요한이 반西쪽면―』 하늘까에 걸니운 가―는쪽달이 우는듯 흐느씨는듯 淸楚한女人의 눈썹갓치아려―ㄴ하게 빗치고잇는 神秘한밤입니다. 먹물을쑴어노흔듯이 거머―득한 地平線은 恨만흔 나그네의마음갓치 우중충 시산하게도 보이는데 꼬리를맛물고 속삭이는 하늘의별들은 한사코多情하기만합니다. 머―ㄴ 옛날의傳說을 송도릿채 차지하고 보다 더 탐스럽게 반짝거리는 저별들! 純潔을쌔씨운 處女의理想갓치 너무나욕심나게 빗납니다.

저無數한 별빛아래 그리고치다볼수록슬프다고할까 안타갑다고할까 永遠히無常한 이宇宙를 冷情하게 보살피시는 쌀쌀한 지붕들만 손등에난 "사마구"처럼

* 이 글은 ≪滿鮮日報(만선일보)≫ 1939년 12월 13~15일에 게재되었다.
작자는 해방전 위만주국 기관에서 자동차운전수로 일했고 해방후 조선에서 계속 작품활동을 했다. 생년 졸년 미상.

보기실케도 가로누어잇습니다. 窓과窓틈에귀를대고 가만이 엿듯는다면 安眠의 숨소리박겐 더들을수업는靜寂! 텃끌을발버도소리날가 겁날만치 沈黙이흐르고 잇습니다. 그러나 몬지무든 괴로운 肉身이딍굴고잇슬 집집의 용마부 미테서는 오─즉自己만聖賢인듯 自負心도너무큰 주저분─한 俗夢이잠기피든 그들의마음을橫領햇슬넌지 누가압니까? 잠못자는밤!

萬籟는 모도다단잠에만쑴에끗업는幸福을 누리는듯宇宙만밋창이싸진 항아리처럼 텅비엇는데 무슨까닭인지 삼쩌풀가튼 感傷만소스라치면서 도모지잠들수업는 이밤외다. 이불을썩글로쓰고 이모저모로 도라누우면 태질하다시피 잠을請하여 보앗스나 아모리애를써도 폭은한잠은들을수업습니다. 억지로사르르 눈을감어보아도눈은틀림업시 가맛것만 속눈섭미테서 가물가물하는눈알은 점점더精神을가다듬고 無理로잠들너는 서글픈마음에 對抗하는것입니다.

크나큰쑴쌩이를 휘모라가지고 나중엔世界의終焉을. 發見할셈인지 무거운沈鬱을쌔트리고 쌔각쌔각도라가는 桌上時計의 소리까지 증글스러운 외마듸悲鳴처럼 들이는밤三更식은잿가르가튼 허수한가슴을안고쓰러진 나그네의感情은별별懷抱에 다자저들고맙니다. 生覺나는사람도만코 하고십흔일도만습니다. 그리운故鄕생각! 다시못올옛追憶! 생각할수록기막히는일이 한두가지안입니다. 明朗하지도못한안기쑤지도안혼 事件을숫까지 쏙쏙드리追求해보려는空想이 잠못자는밤마다밤마다 反復되는行事랍니다.

伯原이도 鄕淑이도 이런追憶속에서 오락가락하는사람들이고 明祐로밤마다 쩌오르는 아득한空想속의이룰수업는 幻像이랍니다. 되푸러한다면 우리야씨원한 心情이려만 울음도쉽사리울러지지안코 기대려야할사람들이연만기대림도되지안습니다. 그지눈만먼하게쓰고거미줄이複雜한天井만처다볼쑨입니다. 그도들은 거미줄을타고 曲藝를하는 사람들입니다. 虛空에서만 휘번쑥거리면서 말나부튼내心臟을 아프도록 주여찌눗는모심한사람들쑨이지요. 바람이불거나 눈이오거나 가랑비쑤리거나 이마음에는 털끗만마치도 거짓이업습니다

(下)

첫사랑에속절업시 버림을밧고 精神이멋친다음마즈기기우러지는 草屋酒幕에서 다못토리에醉하면 영영가버린淑이를목이싸지도록부르고 친구들이붐비든

그시절도지금이 나를넘업는겨을이엿습니다 鄕淑이를처음만나서 情熱에 뛰노
는가슴을 참을길이업서 추운줄도모르고 덤비든그째 머—ㄴ故鄕水車우에서 얼
름을짓치든그역시겨울이엿드랍니다 他鄕의집웅우에서 來日은離別이라고 白酒
를마시고 우둘우둘썰던 伯原이와明祐에손목을꼭붓잡고 友愛의눈물을흘릴째도
눈보라가 창박쎄서아우성치든 겨울의 추운밤이엿습니다。一年이가고 二年이가
고三年 四年 五年이지나가도 다시는만날것갓지도안흔그들이기에 그들과정깁
히놀든겨울이되면 기어코 밤잠도못자고 생각하는것인가봅니다。무슨장한成功
이나할것처럼 쟁명등이 오돌오돌 밤바람에쩌는 鄕館의情든草屋도 버리고온겨
울이엿건만 아마도이都會에내무거운발굼치를 처음으로옴겨논것도 쏘한겨울이
엿지요 · 보람업는 내過去가 겨울을싸고이러케 因緣이깁흔것도밤잠을못자고
이글을쓰는것도 偶然한事實갓지안습니다。

　아버지와 어머니의늙으신얼굴이쑴마다시름겨워뵈이고 이추운겨울내 白沙地
가튼人情에울면서! 惡魔가튼黃金에울면서! 溫屋에째일나무는 무엇으로사는
가?아츰째가 지나가면저녁째를근심하고 저녁이지나면 쏘來日 아침걱정에 머리
터럭이 한오리더히여지고 얼골에즈름살이한줄더자라질그이들의구차한살님사
리걱정도 내게는이런밤박겐 해볼機會가업습니다。『情이란 머—르니쩌러저잇
슬사록 더가까워지는법인지?』목이메는듯한 悲感과아울러 아—무런眞假의形式
도업는 渣滓한그이들이기에 他國에흐르는 외로운 "집씨"는 쏘한번더울어야합
니다.물결우에흘르는 풀닙사귀가튼 이몸이러니 이몸의成功을 山神靈쎄축수하
고 덧업는速信에依託하고서라도 약간의安心을어들수잇는 그이들이퍽도불상해
집니다。

　走馬燈처럼 얼는얼는 지나가는 歲月에虛無함을올해도여기멋장남지안흔달
녁에다運命을걸고 暴風雨될까 눈보라될까 견우고잇는것갓습니다。멋장남지안
은 그달녁조차 한 장더쩌러저서 잠못자는이한밤도 忌憚업시새여갑니다。來日
이라든宿題는 現實의고개를넘어 東편쪽하늘에나래를펴듯이 먼동이터옵니다。
未知의生活劇을 未知의感覺으로 단잠에서享受할수잇는 사람들은 얼마나幸福
스러우릿까。僥倖이그럴수업는 나는이러케睡眠업는밤을 哀愁와悲懷로써 四面
□歌를 울프게되엿스나 슬픔을 즐거움으로알고 이세상은갓을 꿂가치달게바드
면서살릿는 木乃伊아닌 車夫의이가슴은——울어도울어도쏘울고만시퍼 펑계를

찻는첫상재의 서러운마음이안이면 느진가을 싸늘—한바람에지는 落葉가튼…
안탓싸울박게더잇는것갓지안슴니다。 거기는不服도업고 反動도共鳴도업겟지
요。 오는날이나 가는날이 피무든生活에 餘滴을풀고 생리별한 寡婦처럼 피지도
못한채쓴세상을사라갈수바겐업는기궁한人生 이랍니다。 쓴세상일은 말하지도
마러라 남은것은거짓에서더지나지못혀나니 참됨이잇다면단하나。『落花는 아
지로도루피지안는거슬』(베루사四行特集에서) 十二・八・밤C兄쎄

孤淚苦*
—봄은 이러케왓다이러케간다—
조학래

(一)

◇

닙피는街路樹 그늘진 鋪道에서
洞穴가른 내宿命 돌아가는 밤길
千里ㄴ뜻 멀고 萬斤인뜻 무거워
街燈 밝은빗 둥쏠에 저려드네。

◇

내게는 至極히사랑하는戀人도업다。稀有하게 相逢하는 親友와의 和樂한談
話의 時間도 갓지를 못햇다。舊市街地 고리타분하게 乾燥한거리 말쏭의惡臭과
□穴을파고드는 그런宿命에서 한 星霜다가도록살면서도 나는섯내 이生活을脫
解치못하고 憂□에잠겨서 지내왓다。무슨理由인지解得치못햇쓰나 멀一니長安
에 風景을울타리넘어로 眺望할째면西洋畵의 한幅場面가치 나를끌어부친다 色
燈이밤하늘에 무르녹아 噴水처럼홋터지는째면 나는더욱히 人形의집가튼 이집

---

* 주: 이 글은 ≪만선일보≫ 1940년 5월 8일, 9일, 10일에 게재되였다.

을脫出하고십다. 平原을거슬이고 봄바람이吹不□하니 올해도버들마리푸르르
지고 꽃마다 멍우리탐스러히 자라나地層을헤치고솟아나는새生命을 無關心하
게 觀察할수는업다. 버들피리부는牧童의소리는 비록안들리지만 黃昏이오고물
오르는가지가지에봄새가울며는 이즈러젓는 追憶까지되사라나고 다시못올 "淑"
이까지보고십퍼 마음은너무도 애달프다.

　洪水처럼 밀려가는 이季節의巷間에 登場하는話題를둘처보라! 그러고나는
一步더前進하여 自我의開拓한境地를 打診해본다. 打診햇자 돌개쩍이 안팎이
업다고 내가다른대는 全無하것고쪼 典當鋪에드러간 衣類가蓄積업시 근냥나올
수는萬無한일이지만 農家의例도업는 내게닥치온 春窮은 誰可知랴? 率直한말
이 내가靑年이안이엿다면 구태여이러지도안치만 핏발이生生한靑年이돼서 典
當鋪에다가 봄옷을너허두고 그냥傍觀할라니 먹도섭섭하다 모두가돈업는탓이
고 내가節操는緣故겟지만 이주책업는 自己의行動을 自己로서 뉘읏치게되며
는 나는 언제나 가슴을쎄트리고 千줄萬줄 쏘다저나오는悔恨과 肺腑가압프도록
휘감아치는 良心의 苗貴를 虛構로운 口實로서물리칠 勇氣나能力을갓지못햇다
仙人이나親近한사람들이라도 이럿타는말업시經過할 些少한事件이라도 나혼
자 煩悶하는것이나 沈鬱하기는 良心的으로 내가슴에 너무나 惡着한다. 이것이
卽萎縮의名分일쎄다 周圍의人間들은 다가치羨望의의이되고 自己評價를自己로
自進해하면서 反面에 한階段씩落伍하는것이 나의性質인듯십다 더욱히 이봄에
는이런氣質의木格的變化를 發見하고서 더놀래는바이다. 봄은蘇生의季節 躍動
의季節이라고 自然은自然대로 命名햇찌만 내봄은 蘇生이나 躍動의逆境을 孤孤
히 것고잇는것갓다.

　눈에너무도 탐스러워 孔雀의나레갓튼 가시네머릿터럭을 微風이어르만질째
마다 理智가自溺하고 眞實을입는 市井의靑春哲學은 진정可恐할일이라고하겟
다. 多分이虛營이 混有한展望이고 覺醒업는放言인지는모르나이봄에그刺戟을
全然無視할만한 哲人이며 聖實은어느쎄나잇드란말인가?

　이反面에 돈업는者는 한가지零落의길을거럿꼬 돈잇는者는 心算을滿足식혀
世上을獨點할氣勢로豪進햇슬거시다. 勿論上下가잇서야하고 極端의相對가잇
기는하지만이暴惡한 誘惑과 無慈悲의길을가는 認識이薄弱한 나갓튼 部類는엇
덧케해야 올튼가. 하늘은 언제나 公平하다. 大地는 恒常不滿이업다.

이런 하늘과 쌍사이에 퍼저가는 人類의 永遠한生命과 生活을 다시한번 살피라. 不幸이 타고남은 木炭덩이가치 暗黑속에서뒹굴고 幸福은잿가루가치잡어도 난너만가지안는가?

내쎄는 한달에 한번씩故鄕에서 消息이온다. 어두운燈불아래서 구름노존을짠구들에안자 石油괴짝으로 만든冊床을 쓰내노코 筆墨을갓추어 老眼에돗보기를 쓰시고 밤내 쏘박쏘박 얼거쓴 아버지의 편지가온다.

包報처럼 違約업시 꼭꼭 傳하여오는 故鄕通信언제나내가슴을 압흐게하는 南方의消息이다. 第一그리운消息이면서도 第一두려운 書信 한달에한번식주는 아버지의이편지다 이러케 편지를쓰신는밤이며는 아버지氣力은더한層 衰해질게다 의래히어머니는 가매목에 衰溺한몸을 쉬이시고 빗업는 孔瞳에서 소리업시 눈물이 흐를게다 갈피업시 흐르는 눈물이 燈불에反映되여 애처로히 반짝거리는 거시 금시뵈이는것갓다 덩다라 舜香이는 헌저고리나 쬐매면서 바늘을처들고 他鄕에서 헤매는 단하나오래비를 생각하고 그亦是 涙愁에잠길써시다 내一家單네食口가 泰山인쯧 기둥인쯧 멋고멋고 依支하고 또멋든 子息이故鄕을 出奔해서 滿洲한곳에와 쓸데업시 孤獨을쥐엿쓴고 별별心苦를다하고잇스니 神妙한事實의發見이업는以上 내아버지 내어머니가 근심걱정을 하지안을수잇스며한그리워할理敎인들 잇스랴?

『鶴來야·넌·왜·한번가드니 올줄모르느냐? 너업는故鄕 날근집문간에는 제비가두번째나 들낙날낙하는구나 멍―하니天井을 쳐다보며는 제비들이지저귐이 내눈에 눈물을 자아내고야만다.』『내아들도 어데가서 엇저고사는지?』하시고 이런생각 저런생각해내면 늙은내외비呼吸噐는한숨에쫙맥히고만다.

(二)

오늘도 너어미는 病衰한몸으로惡을써가며 豆腐를해서 華山洞 外家집의로 팔러간다고 머리에다그무거운것을 써이고간다. 舜香이는 부엌에서 저녁을짓느라고 내굴을 불면서 풀―풀―하고잇구나. 水害가 昨年여름에 山峽의田沓까지 모조리파가고더욱히 放殺을하노라고가진쌀을 팔지안어서 돈을쥐고도살수업는 形使인데薪木은 어쩟케빗산지 눈도쓸수업서 그치운겨울에부엌에다 나무도完全이못째엿드니 溫突에濕氣가들어서煙氣가한층더쏘다저나온다. 이봄에는 모

조리쓰더서 곳치려든것이 氣力이업서서…엇덧케나하겟는지모르겟다. 이웃집
에 昌準이는 滿洲가서 돈을엇쩟케 잘버—는지달마다 五六十圓식이 나온다는데
너는왜 消息조차 자조들을수업니?洞里늙은이들은會席에서만나는쌔마다 그래
도 네말은하는구나.

『趙훈장이 아들도그러케돈을잘번—다지』나하고이러케들 뭇는구나 그래서그
럴째마다 나는『우리집에도 달마다 돈을 잘보내는데 요사이는 엇째서 몸이압으
다는 편지가왓구만』

鶴來야 남에게 이런얼토당토안은 虛言을敢히하는내쓰린心思를 좀想像해봐
라 나는 赤面하면서도 내아들에 □點을 훨훨히 말해버릴 膽大한良心을못가젓
다.그러타고 이러케虛言할勇氣도업다마는 매아들 미운데가업서서 거줏으로 너
를庇護햇다. 마츰 어제는 네生日이엇다 或은너는忌知햇기도 쉬운일이다마는
스물세해를해마다 해마다 너를爲해 놋치지안코 精誠을드리든 칼산(劍山)골 내
山祭堂에도올해에는 못가고말앗다 精誠이不足한것도아니다 진지를차릴 쌀이
업섯든것도 아니다 막대에메달여 빗틀거리면서도 가볼녀고햇스나 네애비도 올
에는 七十이로구나 山嶺을넘어 百餘里險한路程을 無事히갓다올自信이업섯다.
너한테는 얼마나未安한지모르겟다마는 人力이衰盡하고보니 莫不得以한 일이
로구나.

鶴來야 이달에 편지는 이만하겟다. 네애비 쓴이글씨를 다시 바라손이쩔니고
氣力이업서서 인제는이러케 글씨까지 쏘박쏘박해젓다. 붓대가 제갈째로가는것
이 원통한일이다. 집일을 비록이러케서글프고 貧困하지만 조금도念慮말고 네
하는일에成就하도록해라. 그리고 올가을에는 舜香이婚禮式을하겟는데 쓸데업
시온다간다하지말고 그째에가지고오도록해라. 오늘은 이만쓴다.』

이것이 이달에온 아버지의편지事然이다. 第一그리우면서도 第一무서운편지!

(三)

오늘도나는 南쪽멀니구름송이되여나는 地平線을바라보고 故鄕쩌날째 열거
듭스무거듭말슴하시든 아버지의敎言을 생각해보앗다.

『사나히 客地에나거든 第一姿儀가빨너야한다. 輕率하데 每事에參與치말고
술을마서도 程度를넘치면 亡身하는法이니라. 아무쪼록 精神을채려서 남에게

信用을일치말어라』

　이말슴을! 나는 구름을불너 다시한번想起해보앗다。

　오늘이四月달마지막 日曜日이다。일웨ㅅ만에한번씩反覆되는이休暇를 나는 엇더케 마젓스면조혼지 쏘어더케消日해조을지모른다。郊外로散策을할까?公園이나가볼까?이것저것다생각해보앗자決局아무데로가던지 신통한일이잇슬것 갓지안어서 망설이다가는 沈鬱한宿舍에서白晝夢을벗삼아 枯渴하고만다。그러타고 夾囊에無一分하니그대로쎗처나갓다가는반드시憂鬱해지고말께고 쏘시쓰러운刺我의掛圖안에서 끗끗내自己를支持할能量도업기째문이다。그러니恒常天下太平春으로 대낫에도코를골면서可憐하게 구부러드러서貴重한쌀을消化시키고잇다。그러니成長이라고 잇슬수잇슬까? 退步로退步로이몸이거러갓다。高官大爵의집울타리안이아니라 奈邊에든지소나무버드나무 櫻花할것업시닙히피고 꼿이피고말엇고 벌서 "스프린—고—트"가무거워진模樣인지 曲線이 明朗하게 露出하고 푸른 周衣에白靴가몹시어울너젓나보다。

　午前中에 벌서한잠자고나니뒤숭숭한꿈들을 ——히逐放해버리고。기름째가 배인協和服을입고서 마음이업시거리로나갓다。매감分明코거리로나가긴햇지만 거리로거리로가는사람이 낸지或은허수아비가 안인지 남들이보며는 몰낫슬게다 精神은제마음대로 逃亡을 치고 눈압페 어물거리는 萬象의動作들이 독째빈지 人間인지分間할수업시錯雜해진다。나도몰애 逃亡가는 精神들은제各各다른 作用을하여 나하고는 지금完全히離散하고잇다。거기는故鄕이엇다。잔디밧도잇섯다。공원을드나드는 이성의編陰들도 잇다。그런가하면 餓窮한뒷골목에서 아우성치는군상도 잇고 典當鋪간판도보이고 막걸레술집도 보이고 濁溺의 소굴도보인다。이러케 교차하는 政勢아래서잇는내정체는 정녕狂人갓터슬게다 억케를룩쩌러트리고 다리를척벌리고서서 눈은빗을일코 입은멍청 하니벌려서 唾液이流出할程度이엇스며 混濁한氣流는한사코呼吸器管을通해서 弱한肺속에堆積햇슬게다。그러나 이런絶望이나視野에서도 나는感嘆할수업섯다。野申한假面의生活과 辛酸하리만치 無知한程度의暴露에는 오히려憂鬱이잇엇고 僧惡가잇슬쑨이엇다。

『趙君 우리이제는 人形의집을써나세。이것이 人形의집이아니고무엔가?』

　나는이러케말하든S를생각햇다人形의　집이라면쏘어느집으로凉□할수도잇

슬넌지모르지만人形도아니고 그러타고 人間도아닌 그러한(16자 판독불가 —편
찬자) 끌려들어가 矛盾을 不辨하고自己를忘却하는 種族들에곱씨못한 現實은
엇더케할까? 나는그러면 이런現實아래모—두를 嫉妬해서그런가?아니다 嫉妬
도업다 羨望도업다里面을追求해서 볼째나는 내生活의 基幅이업슴을嘆息하고
怨望할쑨이다 怨望을하엿댓자 내가나를怨望하는것이지만 차라리 諸衆을忘却
하고서 그것으로 滿足할수잇다면 존켓다. 幸인지不幸인지 나는無痴가아니고그
무슨 發惡을 엇지할수업다.

事故*

조학래

고향에갓다와서 오래간만에 나는 내職場에 되피엿다. 『職務을 主顧로 글을하
나써보세요』엿는데 엇덧케 編輯들씨리모여안저서 말은잇섯지만 職場이라고 일
흠을부쳐노코보니 그어딧슬모업는 내직업을紹介하기가 저으거북스럽다. 『職業
이무엇이요』 하고물으면 『난運轉手요—』 하고 對答할것이요 쏘 『職場은어데요
』이러케물으면『네-滿洲國交通部올시다』라고 對答할것이다. 그러나 흔히 交通
部라고하며는 적어도 滿洲國中央政府로서 堂堂한官廳인줄을모르고 곳잘 交通
會社나 自動車會社로 역이는이가만타. 交通部란 個人이나株式으로된 會社는
아니다. 틀님옵는 滿洲國官廳이다.

日本政府로치며는 鐵道省과○○省과밋土木關係인 內務省그의一部事務를
加擔하고잇는그런곳이다. 要컨대 職場을 이러케 紹介하고보니 제법훌륭하기는
하지만 내가 自動車運轉手로되고보니 남들이 그러케 날더러말하는것도 無理는
아니다.

交通部에다 적으나마 한자리두고 한二年동안살다가 못처럼 올여름에는 故鄉
에도라갓다왓다. 온지몃칠이못되어서 나는 뜻도하지안흔怪變을당햇다. 元來내

---

* 이 글은 ≪만선일보≫ 1940년 8월 25일에 게재된것이다.

잇는官廳의廳舍라고는 露西亞式 날근建物인데 여름석달동안이면 左右四方에 櫛比한 滿人村理에서 噴散하는惡臭와 분간업시몰려드는파리떼들과 아우성에 정신을일홀 程度인데 뜰압길엽헤서는 어듸서모여들엇는지 滿人들의참외쟁이가 새벽부터 잠도못자게요란을굴면서 야단을친다 그래서 이一帶는 그요말로 混雜한市場으로變하고만다. 이런混雜하고요란스런 假設市場한복판으로 나는 아침마다 自動車를몰고 處長이며 科長들을모시어간다

좀어지간하면 徒步로 登廳하잇쓰면 조으련만도 하나 도모지그리지는안코 낫밥에 정심먹으려 갈적까지도 自動車가 出動해야만되는판이다 잇다 금잇다금짜증도나고 실키도하지만 그저모르는척하고모서다주곤한다 그러다가여젓째는그만怪變을當하고말엇다

역시다름이업시 上官들을태우고어느飯店으로갓다가도라오는길에 생전처음인自動車事故들저질너노앗다 그것은 바로三中井압 大同大街를왼편으로 갈녀고 핸들을썩고前進하면서가노라니 自動車뒤편에서무슨物件이바시지는소리가 들렷다 異常하여서車를왼편에서우고내려가보니 滿人少年이自轉車와함께 잣부라짓대 自轉車에는 "사이다―"틀적지안케 신엇든것이그만모조리쩨여지버리고말엇다 不知不覺中에어쩌케된셈인지모르고 내려가보니그模樣인데 그滿人少年은벌컥이러나드니만 『타―마 와바당왕바당』 하고 내게로덤비드는것이다 아주 대단히성은난模樣이지만 그냥내게로덤비지는못하고 좀距離를두고시씨근씨근하면서우는相으로말하는품위기 아주지미업슬쓴더러 우악하더니가고오던郡衆들이몰여서시 당치도안은 批評을하는것이 통비위에맛지안서서 쏙죽을지경이다

『원이러케 지각업는아이가 잇니?』이리케속으로생각하면서 나는그少年더러 어러케말햇다 『이에야 너좀생각해보아라 다지나가는自動車뒤에다가네임이대로 부딋처노코서는 무슨말이나』

이리케말은햇스나 도모지알아들은기색은한점도업다 부득부득 싸이다갑슬賠償하라고 내게로집어드니 원그리라고賠償한수도업고해서 나는내車番號를 가르치면서이짜가 警察署로가서말하라고하고 그냥와버릿다

그랫드니 어디를간손가 두時間을지난다음애 派出所에가기는갓스나 무엇이라고辨明해야만될말이업섯다. 首席警官이 한참이나나를 굽어보드니 말하기를

『君이 이少年의自動車와衝突헌運轉手ㄴ가?』

『내 事故는잇섯습니다만별로내가衝突을한것보다도 不知中에 그사람이 내車에衝突을햇는게죠』

이말이써리지자 警官은그少年더러 무엇이라고뭇드니

『君의말도듯고 이少年의말도듯고 現場을보지안이도情況은잘알수잇스니 별말말고 사이다갑슬절반쯤물어주게… 사어다가 여덜병이라니 절반이래도 네병갑시一圓밧게더되는가? 事故라고해서法規로싸지기보다는 나를仲媒로세우고 人情으로判斷해버리세……勿論 君이過失리적다는것은잘아는바이니 이少年에게는 내가訓戒해서보내면 그만이아닌가?』

그째서야 그少年을낫체다和色을씌우고 나를쳐다보면서 척敬禮를하는것이다 아모말도업시 나는돈一圓을쓰내주고 불야불야되도라서시自動車를運轉해가지고 오느라니 공연히뒤숭숭해서그날히로를 설넝설넝 헤마다마럿다

大體이러니 自動車運轉手란大端히 싱가신職業이아닐수업다……

冬風賦 *

조학래

(上)

올 여름부터는 新京서 살기가실혀젓다그푸진 살림살이까지도귀찬허지고말엇다 人煙이稠密하여서晝夜로 歡樂이 꼿날틉이업는大都會巷街에서 살어야만 산맛이 나올것도아니고 錦衣玉食하고서 富貴功名 多子孫해야만 세상사리멋이 나온다는것도 아닐터라

한그릇 감자밥에 된장국이라도 먹을탓으로 간다고잘먹고 잘살어가면 그도幸福일테고 疊疊山中嶺마루위에 혼자안저 살어도 저만잘살면 살가실혼것도 아니리라 하물며 영마루에서사는身勢도아니오 그러타고해서 감자밥에 된장국으로

---

* 주: 이 글은 《만선일보》 1941년 12월 16일, 17일, 19일에 게재되었다.

糊口를하는것도 아닌데 세상이귀찬허지고 실기가실혀젓다니 엇지된 셈일가?

　生活이란 都會를中心으로可否를 決定하는 것이 아니리라 豪華로운 生活속에서만 살기조흔것도 아니리라 要컨대 生活態度의 如何에 잇서서 論之할바인데 내가 갑자기 거리에서 살어가기가 실혀지고 삶이귀찬허짓다는것은 그리면 生活態度를 잘못잡은 까닭일터이다

　횡덩글한 책상아페 안저서 하로에 몃字씩적어노흐면살어갈수잇는 놈이 그노릇싸지 하기가실혀지고보니 기실은 生活態度를 고치노하야지 그리치안타가는 죽어버릴지도 모를것이라

　이래서는 안되리라고 생각하고 전에업시 이노릇저노릇 가리지안코 해보려고 하고 업는稚量에 趣味를두어볼가한데 모도 집작질을해보앗다 그리치만 세상일이란더기피 들어갈사록싸고맵고 쓰거웟다 深奧한哲理라도 究明햇다면모르되그리지도 못하고보니 짜거워지고 매워도 쓰거워도지는노릇이엿다

　세상에는 平凡한 事實들이 얼마든지 잇다 그러나 平凡한속에 眞實이잇고 平凡한속에서 非凡이 생기리라 洞察力이 세고 主義나 觀念이좀더 個性的이엿드라면 그平凡속에서 眞實로發見햇슬터이요非凡한 일도어더보앗슬는지모르지만衰惜하게도今日까지그러지를못했다

(中)

　세상사리를하자면 짜거운데는짜거운對抗이 必要햇슬테고매운데는매운對抗이 必要햇슬텐데 平凡一律로 萬事를보다나니乃終에는 모든 것에실증이 생긴것이리라

　이러고보니 過去의 내살림사리속에서 友情이라는것이 얼마나 큰生的役割을 햇는지모를러라 新京서 三四星霜사는 동안에 그럭저럭 親한 친구만 만엇든 德澤으로親友를 따라서江南구경을간다는셈으로세월이어쩨케가는줄도모르고 세상이살기실탄말도할餘裕가업섯슬것이다 이제 世代가이토록變化하고 그친구들도 언제에나 내여페 잇서즐사람들이 아니여서 職業을 짜라써난사람으로 或은 事情에依해서 써난사람으로 한사람 두사람 쓸쓸히 흐터지고보니 모도가 他由之石이라 나만이용열스러웟지 써나간 그들이야 무슨걱정인들잇스랴

　人間들의生活意慾을 나는 부러워한다 겨테 동무들이 업스니 살기실허진다는

나의 "노스탈쟈―"를 어린靈을 나는 슷업시미워한다한 평생 마음속에 도사리고
안저 가을철에 슷菊이피어나도 겨울이되어 눈보라가불어처도 廣漠한 이地上에
서 그들을 생각함으로 온生活은 걸머지고왓노라 그런心情을 미워하면서도 못닛
고사러왓노라 孤獨을 사랑하면서 孤獨과는 다르게그들을 못어젓든터이라 오늘
에는 그罪로서 내生活이하로하로 좀이먹어드는것이아닌까?

石苔가비를마지면 宛然히 사러나드시 내마음도 季節을 짜라서 幻影가치 되
사터나끈한다 물레방아는 循路를짜라서 다시다시 감도라들지만 물레박휘처럼
도라가는 이세상 이세월에서 사람들만은 永遠히 그러질못햇다 구름가치맛낫다
구름가치 흐터지는째문에

生活속에 한철이 흘러갓다 일허버린 生活을 도로찻지도못한채 마지하는겨울
유리장 갓에 날리드는흰 눈가루와 차서운 北風이咆哮하는 겨울의曠野에서地平
線은 層階처럼 노파젓다나자젓다한다

어느누구하고 約束한生涯일까?그무슨生活에 憧憬을두고 都心속에서해매는
것일까 希望의標式은 하늘에별가치 너무도멀기만하다 나도 남처럼 장가도들고
家庭도 이루어볼려고햇다 그리다가도 家庭이고 무에고모다 집어치우고 나혼자
서―生을 살어보자고도햇다무슨懷疑라고나할까?

그러케 동무들이 南北으로흐터지간다음 어느날興安大路에서 K會社에勤務
하는 R을만낫다 추위에덜덜떨면서다리가는 나를부르는R의소리에 숙으렷든 고
개를들고서내다보앗다 R은그째에야會社에서나오는 모양이엇다흐리타분한 大
陸의날세에 하얀눈송이가 부실부실나리는데 R역시外套도 못닙은채들가방을쥐
고 닙써러진街路樹그늘에 죄쪼맛케옹크리고서서 무슨정사로선지우스면서 나
를부르는것이엇다 R은내故鄕에서왓다 한거리에서살면서도 勤務하는곳이다르
다는탓으로 每日 맛나지못하는터이라 어지간이 반가웁기도햇지만 쌤을거슬리
고불어가는바람이 엇지도사나운지 내처웃지도못하고상동을쎄푸린채 R의겨트
로갓다 그러치 안허도 날마다마음이트지부러해서 좀체우서본적이업지만 R은들
가방을휘두르면서 다음가튼말을햇다

『趙君 동침이국어지안는가?』

생퉁가치하는소리가 너무도異常해서 그 瞬間나는대답할바를 모르고 벙벙하
니서잇노라니까 쪼하는말이

『고초장국에다 다모토리한잔마시고 뱃댁이가 썰썰해나거든 동침어국에다국
수를한그릇다부시마라먹는걸 자네알지』

난데업는 동침이 국어요국수요하니 그러치안허도빗에쌀려서 화가낫는데 그
소리가 너무도고약해서 견딜수가업섯다 그러면서도 R의동침국이 못이치워서
싸러간곳이 쏘한 웃지안을수업다 堆塵三尺이요 새명당이 낫잠을잔다면 이런곳
박게업스리라고할만한 R의下宿방으로 나틀쏫는것이엇다 신발을벗고들어가서
썰일을생각하니드러가고십지도 안헛스나 하는수업시 나는 드러가고말엇다 드
러가서 아모리살펴봐도 동침이국이 나올만한데는 하나도업고 무슨心思로인지
그래도壁에 다가는 "파스칼"의死面을 부처노코잇섯다 얌전스레 입을다물고 端
正한 耳目의 "파스칼"은 죽엇다는게 죽은것갓지도안케 생기맹기한R의집壁에
걸니우고잇섯다

(下)

『동침이 국이고 고초장국이고 써들더니 동침이국이어데잇는가』

不快하다기보다도 R이무슨생각으로 길가는나를 붓잡고 동침이국 이야기를
햇는지몰라서답답햇다 R은벙글벙글 우스면서 나를 안젓스라고 하드니 어데로
가버리고 말엇다 좀잇드니 R은 新聞紙에다 무엇을 사들고 비—루병하나를 쥐고
들어왔다

『쏙동침이 국이래야 되겟는가 이친구야 날세도 춥고 몸도쓸쓸하고 쏘이제
더먼他國으로 가야할몸이되고보니 故鄉에서먹어보든 동침이 국이며 고초장국
이 먹어보고 시펴서한故鄉사람인 자네를 보고서 그런게지』

『동침이 국이라고 햇스니 동침이 국이래야만 되지 감쪽가치 나틀속여 노코고
로케 달래야 고게 정말인가』

『동침이국 대신에 쌔주는 어썬가 돼지발족은 어썬가 한잔씩 들고서 헤지세
나는來日이면 北京으로 써나야 한다네』

『머 머 北京이야 자네는 (10여자 판독불가 —편찬자)』

『난살림이면 고만일세』

『그리면 난 北京가면 고만일세』술이醉하고보니 무엇이슬픈지 北京간다는R
도 울고 살림에 살림걱정에 나도울엇다 故鄉에서 한거름이라도 더쩌리저서 외

로히 北京가서 살일이 슬프다고 우는 사람이나 여기서 그대로살 그친구가 간다고 우는나自身이나 形狀은 쪽가탯다

『자녠 會社의命令이니 할수업슬쑨더러 가기만하면살기야 근심이 업슬거이 아닌가』

『난무엇보다도 그 "엑소탁"한 他國사리가 인젠 실혀젓네 하로밧비 故鄕엘가든지 朝鮮어느곳이든지가서 나혼자 파무쳐서 살면서 세상과는 멀리쩌러저보고시덧네』

『그럼 지금이라도 故鄕으로 가면고만이 아닌가』

『그러치만 그러지두 못하구』

웬일인지 술이취해서 슬픈일에 逢着하면 공연히 더울고시퍼서 작고운다 내가 R의슬픔에 운다거나R이내슬픔에 우는 게아니라 나는내슬픔에 R은R의슬픔에 모도제씀에 제대로 우는것이엇스리라 自己人生에 웃고 自己人生에 눈물을흘리면서 結局은 自己陶醉로서 平生을 사리가는 사람들이아닐가?

그날밤 R과나는 맛붓들고 울면서 새윗다 우름도 얼마간 울며는 슬픔도 풀리고 怨恨도 플리련만 그날밤에는 밤새워울어도 작고눈물이 나왓다 하염업는 靑春의 感傷이리라 끗업는 靑春의 感傷이리라 끗업는 人生의 憂愁리라 갈러지기 실흔 人情의哀愁리라

갑업는 눈물이다 그러나 그것도 그런째 한철쑨이리라

그밤이 지새고 煤煙이朦朧한 街路에나서니 눈도부얼썰썰하니 압흐다

날세는 어제와 쪽가치흐리타분해서눈송이가 펄펄─날리고 바람까지 불기시작하엿다

쓸안에는 째마른 풀닙새며 한여름 즐겨먹든 野菜포기들이 양상하게 서잇섯다 그런우에 눈송이는 소리업시 내려더퍼 노핫다 무슨 抒情詩랄까 갑자기어젯밤에 저질른 입들이 뉘우처지엿다 엽집사람들이흉보나 시퍼서 눈치까지 보앗노라

그어느 窓너머서 동자질하는 소릴싸 그소리가 귀에 압흐게 울려드리난다 어젯밤에 술이醉햇슬적에는울고시퍼서 실컨 우럿거니와 술이쌔어며는 이다지도 모도가 조심스러워지고 어려워지는것일싸? 한거름더萎縮한것이다

술이醉하면 이런것저런것가리질못하는 人間인가 소리업시 내려싸히는 눈송이를 보면서 생각해보니 쑥스럽기 싹이업섯다 어차피 저질러노흔 짓어고보니

나는 나대로 어려케 생각햇스되 등을 꾸부리고 안저서 당장에 北京으로 쩌나야
한다면서 朝刊을 뒤적이는 R을보니 내가나를보는것처름 애절다

　그날午後 R은北京行急行을 타고서 쩌나버럿다 아무도 보내는 사람업시 다만
나혼자서 보내는 驛頭에는 사정업는 겨을바람이 불고잇섯다 겨을바람이란 차거
웁기보다 아펏다 街路樹가 앙상하게 닙이쩌터저北風에울고 石炭그림이低空에
나붓기는 이런거리 新京을 쩌나서 R은南으로갓다 겨을바람에 불리워가는 눈송
이처럼 가버럿다 R은 날러가버럿다

處置室*

조학래

(上)

　處置室에서 내압헤 맵시조게 가로버티고잇는 대여섯針통을 血管속에 征服하
고 이좁은病室로 오기까지아마도 세時間은 걸린듯십다. 處置室 "또이-"를 열며
는곳이病室이요 한데 그짜른距離의移動에 장이다지도時間이 흘러갓다. 그동
안녁넉한 椅子에도 안저보지못햇고 항상 서서만견딜야니 病身의 苦生이 세時間
동안에 무척밧벗다. 處置室안에도 어디그저나 세워두는가? 여기가 이것을싯치
라 저기가서뭘해라 해노코또主治醫의 處方을가지고 處置醫가 處置를完了해노
흐면 생승생승한 짙혼看護婦들이달려들어서 繃帶로팔을 북는다. 또원진짜 숫總
角은아니지만 그래도 좀처럼 女人들은 맨저도볼수업는 히리오굼을 대충드리묵
거노흐서 더일을데업지만! 이런平凡하지못한 經偉를 발버서 내無限大한 自由
의世界가한개좁은 房으로 縮少되고말엇다. 房으로縮少되는데 뭐랄까만 房에
돌아와서까지 마음대로 내몸하나를 支持못하는것이 이것이큰란이다. 勿論이것
이 내 여기로들어온 張本原因이니가 할 수는업지만서도 病院에 入院이라는것

＊ 이 글은 ≪만선일보≫1940년 1월 26일과 29일에 게재된것이다.

이 生前남의일이엇섯지 내일이라고는 꿈에도생각못해본내가 病院에들어오면
付添婦를쓰는지 안쓰는지 알엇슬理가업섯다. 看護婦면 고만인줄알엇더니 看護
婦가 付添婦라고 내누은우에 나를내노콘 모두滿人가탓는데 한사람의 朝鮮사람
이 잇는것을알고서 말동무가된것만해도 病室에서는퍽 반가윗다. 어쩐지 나는작
꼬만 못올데 들어온사람처럼 마음이異常히도 되설렁햇기 때문에-. 그리고 이病
室은 眼科病室인데 眼科안인내가 텁석侵入한것도 어떠케 남의房에 無斷侵入한
無賴漢 가탯기 때문에.

×

하로이틀 지내는동안에이病室에患者들과도 좀사괴여젓다. 한列에 "뻬르"가
셋식두列로노인病室의 中央은 出入하는 "또어"다. 나도심심하구 피차간에심심
해서우리患者親舊들은 서로이야기도한다. 그러나 나는滿語를모르는지라 여기
서는 귀먹어리나 들리지안는다.

『니데 스마 빙즈마?』

王싱쓰는患者親舊가 이러케날더러뭇는모양이다. 滿語를모르긴하지만 이런
것풀말씀이야 몰을수잇나. 그러나 이對答에는말이업다. 무슨말을하면 내病名이
될지모른단말이다. 그런데 이크싱人間도 좀우스운親舊다. 좀모자란다. 고개를
기웃뚱하고내엽헤밧싹닥어와서서 사람도 全여안보이는 近視인모양이다. 축처
진八字눈섭미테서 거무접접-한 눈두덕이 유난히두려워보이는데 거적진눈알이
시비업시뱅글뱅글도는푼수가 역시그저近視갓지안타. 주例는 그주제를해가지
고도 患者親舊들의 식탁을토벌한것도 이近視王이저지른怪變이다. 그것은 그멋
대로 付添婦看護婦를 맹랑하게놀린 때문이다.

(下)

이크서방겨테 누운사람이또절문滿洲靑年이다. 원래고리눈을가진靑年인데
運數사납게 그눈이탈난모양이다. 목에다는 언제나 떡떵이를막어노혼듯한 奇妙
한聲台를 가진사람이다. 눈을手術하고누어서도 "何日君再來"를 쉴새업시 부르
는 聲樂家다. 그다음 "벳트"에 누은사람이 朝鮮사람인데 半家屯에서 某官爵에
다닌다는 滿洲國官吏. 낙마를해서 왼쪽눈을傷하시엿다는데 그눈에는피가홍
당무다. 대체 四肢는强健하고 단한쪽눈이 故障난데서 뜻아닌 病禍를입고 이現

實의呻吟이 가ᅳ득찬苦生가운데던지워서 營養이그닥변변치못한 量的質的으로
보아 허수하기가 짝업는 病院의 食事生活은 참아달게 한수가업는모양이다. 그
래서는 튼튼한몸인지라 病院의문을그어서 가만히가만히 外出하곤한다. 그리다
가 어저께는 玄關까지나갓다가 그만재수가낫부게도 붓잡혀들어왓다. 그뿐인가
꽁문이로 看護婦가따러온다. 醫員이들어온다 해가지고서는 外出하지말라느니
外出하면 눈에害롭다느니해서 한바탕 톡톡히당한어른이다. 이런騷然한事件을
黙黙히들으면서 그사람과相對해서 누은者가내다. 서발장때가튼놈이 한번누으
니그만이다. 一律로말업는木乃伊가튼내다. 꼭새다리가튼 긴다리를 마음대로 움
지기지못해 업는살림사리에 入院까지해가면서 가진장단에 다맞추어 돌다ᅳ못해
서 病院사리를다ᅳ하지 안으면 안되게되엿는지모른다. 신통한일이다. 꼬부라지
면 어데서요케꼬부라지는 法이잇스며못살라면 그지나못살라지이러케까지 못
살게구는 해구망칙한짓이 또어데잇느냐말이다. 원아무리생각해도 시퍼ᅳ런저하
늘이 그저하늘갓지안타.

×

眼科란 눈故障난사람의病室이길내 우스운일이만타. 눈이잘뵈이지안으니까
위선 付添婦들을보고 時計를못는것이 기막히게만타. 그中에서도 第一喜劇種類
를들어낸다면 한시반을 여섯時十分으로보고해가中天인데저녁이뒛다는그런말
도혼히들리지만 내겻혀누은滿人靑年이 뭇는데는 정말抱腹絶倒할이다. 『마시
마시 아노네 이마난체듸스까』勿論『모시모시이마 난지데스까』 하는 말이지만
이發音에奇妙한 極彩는엇더케 是으로말할수업다. 구름한점업는 새파란하늘을
물끄럼이처다보다가도 크게 깨다른바나잇는것처럼『허ᅳ오늘은 눈이오는군』하
구털석털석가버리는것도 眼科病室인듯한 서글픈感情을가슴에심어놋는다. 그
런가하면또廊下에서事件이 생긴다. 紫黑色진한 돗보기眼鏡을 쓰고저편에서부
터 신이나서 휘파람을불며 手巾을내저으면서 오다가도 半남어열린 내病室에와
서 털컥衝突을放行하고선『아ᅳ문이로군』하구선대번에풀끼업시 어슬어슬가버
리는맥업는뒷모양이 슬프게보이는무렵도잇다. 고단한時間이다. 슬픈現實이면
이슬픈現實을克服하는고달픈 人生들이다. 病院박게서부르지즘 우리의苦生이
라는것은 病者를間接으로한 理論의苦生이엇섯다. 지금病室에서보는가지가지
의奇怪한風景은 現實히우서버리지못한 現實의苦海라할수잇겟다. 어둠컴컴한

病室의한구석 이苦海에서自由를일코呻吟하다가 그대로 久遠히가버린 그未知
의사람들을 생각할 때 自由를 滿喫하면서 갓싼흔苦生을苦生이라고떠들어댄내
가 스스로머리 숙으러지는感이 업지안타.

×

이러케 서글픈病室內의人生圖를避하여시원한外界의風景을 볼까하고유리窓
가에눈을던지면거기도그닥시원한맛이업다. 自動車가굴러가고 馬車가지나간
다. 人力車도달려간다. 모다健康한사람들의 自由로운躍動의天地다. 病室에서
우리窓으로멀건히내다보니 여간부럽지안타. 언제나저러케躍動한때가잇섯는가
십다. 또언제그러케될때가잇슬것갓지도안타. 그러치만 이肉體의健康되에는 또
헤일수업는 生活의健康을喪失한 者가 얼마나만흐랴 또그들을 보지안흘수가업
다. 내눈이아까부터 거머리처럼부터서떠러질줄모르는곳이 이유리窓에어리운
生活의健康을일은 細民들의집이다. 넉넉지못하나 그래도 病들면 이러케入院해
서 治療를바들수잇는우리지만 집形容을봐서는 집에 사는 사람들은 病만나면
꼼짝업시入院도못하고 욕을볼것만갓다. 언뜻보면 무슨담배곽을터쳐서 그대로
푹푹어퍼노흔것가튼 집채들! 지금저녁때가왓다고 하얀−煙氣가 無常한宇宙의
天井으로 몰−몰− 기여오른다.

돈, 벗, 그老人*
−"處置室"의 續稿로−

조학래

(上)

廊下의 기둥뿌리에 어깨를쫏기는 예사로알고 열어제친 또어와 衝突하기는
식은죽먹기보다도 더容易하게敢行되는 이眼科病室안에賴漢가튼皮膚病患者가

---

* 이 글은 《만선일보》 1940년 2월 1~9에 게재된것이다.

단하나끼여들어서그들과行動을가치하기벌서보름이휠신넘엇다. 무슨일에샛파
-란하늘을 멍-히처다보다가도문득깨달른뜻이 눈이온다고중얼거리면 제病室
을찻지못해서 이病室저病室헤매는지 미상불눈이보이지안어서 그러는것은 分
明한일이지만 그래도그래케뚝분질러서 單純하게만생각할수업는것이 이病室인
것갓다.

나갓흔것의 皮膚病쯤이야며칠안되여 全快하면그만이지만 治療를바드면바
들수록눈자욱이 점점거므접접해지고 좀한治療에 全快할수업다는眼疾들임에
랴. 더욱더욱單純히생각해버리지못하겟다. 그들의光明한世界를 빼아서가지안
으리라고도 미들수업서가슴이잇다금잇다금 뭉클뭉클하는때가 적지안타. 그래
엽病室에는 四十日동안이나 入院해서 加療해도이때껏 제눈압페잇는 門짝하나
ㅏ 로보지못하는 가엽슨사람도잇다.

눈을알는다했지 몸은모다强健해서 室內에는노래소리가끼지안코 우슴소리가
자자해서 언뜻보면病室갓지안코 잇다금잇다금 壁을門이라고닷자곳자로내미는
일이잇서서도리여 一種喜劇을보는感이잇스나그것을그저우습다고우서버리지
못할悲哀에가까운感情에찬것이 이病室이다. 아침 일즈기 洗手하러 洗面所로나
가면 흔히自己대야를 못찻고 남의대야를쥐여다 洗手하려는 불상한안악네들도
잇다. 『-이건내겁니다. 당신건 저쪽잇서요.』이러케 일러깨위주면未安하다고 웃
는그눈맵시는 누가보든지 못보는눈이라고는할수업다. 그러나그다음에行動을보
살피면? 참측은한일이다. 또딴데로가서다른사람의 대야를쥐고어르만진다그러
면 그쪽에서도 역시이쪽에서 한말과 똑가튼말이귀창이아프도록되맛치온다.

×

康德七年을 意義잇게살어갈야고 오굼을단단히졸라매고 正月初하룻날을 마
치해드니사홀도 못넘어가서생기맹기한대가 쭉부푸러나서할수업시 入院하고
말엇다. 어차피一定한寢食處가업섯고 온갖食堂으로올마다니면서 때로는 一日
一食으로 꿈슬거리는빈주머니를 웅켜쥐고견딘때도 잇지만入院을 하지안코 治
療를할랴도 食事도걱정꺼리고 또 官廳宿直室에서 起居하는 신세인지라 그宿直
室에서 눈이머둥머둥해가지고 남의눈치를보면서 누워잇는다는것이 퍽쑥스럽
다. 차라리入院하는것이 퍽조타고患者를생각는 丁兄의勸力으로 入院한것이 그
럭저럭오늘까지견디여온셈이다.

이러케 두루범벅으로들복가서 入院햇는지라 또生前처음으로入院하는것이고 해서내따는아조큰일이나 저질은것처럼내가이러케돼서入院햇소하고各地方에서苦生하는동무들께편지를해노앗드니멧칠이지난다음 琿春잇는C에게서 바로내가돈이나 請求한것처럼『내가가서 君의 病을看護하지못하는대신 적지만은 이것을가지고 먹고십흔果實이나사서 看護하기에욕보는 看護婦들과가치 먹으라』요런微妙한글과함께 五圓짜리小爲費가 털석왓다.

이적은小爲費 한장을 밧고나는하로를 가슴이옴질해서 眞正할수업섯다. 그리고내뭇척輕率함을 뉘웃첫다. 確實이 親友로서의 眞正임에는 틀림이업고 또내가그眞情을眞正대로 容納하지안는바도아니지만 眞情의한밋바닥으로흐르는 良心의動搖는것잡을수업섯다.

(中)

요만한病에 몸의自由를일코드러누어서 구차한동무들의핏땀이흐르는同情을밧지안흐면안되느냐하는생각과아울러 살을비어서나누어도아갑지안홀 親友의 義理사이에도돈이라는것이介在하면 이러케도마음에 사나운衝動을주는것이냐하는 허구십지안흔생각만 가슴을적실뿐이다.

이런感傷속에서C가주는멧푼안되는돈닙을밧고보니도로보내기는全然틀린일이고또한편으로보면쓸데업는고집가태서 그중간에끼운 내良心이어느程度가지 아퍼지는것을 알수가잇섯다. 그것은 또한다른方面으로 내가C에게얼마간돈을준일도잇길내『病들어누엇스니 인제는그돈을보내주오!』하는 나의再促이닌가하고 C가誤解한것이아닌가해서 나중엔내가C에게편지할때 皮封에다特急이라고 쓴것까지 이모-든일에原因이되지나안햇는가하는 億測까지든다. 그러다가또 月給이나타면업는살림에부처올까바걱정이되는일이다. 親友사이에서 돈이란것이 요런巧妙한感情을일거놋는것인가하고 생각하니 하얀쇠ㅅ떵이와 퍼-런 종이쪼각이 당장에원수가치 생각되고만다는 것뿐이다.

가튼날遼陽에잇는K에게서도 月給을타면 數十圓을보내주겟다는편지와함께 看護할사람이 업슬터이니 안해를 看護식히려 보내겟다는情다운 편지가왓다.

感謝한 말들이다. 이우애더업시 눈물이흐르도록 感謝한말들이지만 이런말들을 들을때마다 내가슴은선뜩선뜩하는 식칼로도리는것가튼 아픈氣分이떠돈다.

元來돈과는 先祖代代로부터 因緣이업서서 山꼴에서 땅이나파고 소궁둥이나
두드리면서 일햇슬터인데 어떠케불려왓는지 新京까지불려와서보니 우리家門
에서는 三代獨子를 손에서노앗다고 아우성치는판인데 이모양이꼴이 되어가지
고돈이란건일흔만들엇지쥐여본일도잇는것갓지안혼내게이런無限 반가운동무
들의 맘이모여드니 그저울것만갓다. 그러나 이건뭇척괴로운것이 이런때다. 아
직도良心이피벌거케 呼吸하고잇는 사나이요 팔다리가남만못하지아니한몸이니
괴로워 하지안을려고해도 괴로워하지 안을수가업다. 반갑기짝이업고 感謝한말
비길데업스나 염병하고 바더들을말들이못되는것갓다. 내感覺을이러케 까지괴
롭히고 奈終엔 울게까지는 편지들이래도 꼿닙사귀하나볼수업고 다만殺風景한
病室의묵어운沈鬱을개트리고 달려들때는 한 장한장의편지發信人들이 不遠千
里하고 일부러 내病室에問病을와주는것갓다. 그래서 나는이럴때면 그들이 紀念
으로 남겨놋코 간적은寫眞들을 가지다보군한다. 지금도 내머리맛테는 無表情한
그들의素朴한 얼굴들이 흐터저잇다.

(下)

밤잠을잘못자고 雜想이만코病勢가조흔편이못되니 내體力도 마음과함께 퍽
여위여가는모양이다. 드문드문問病을왓다가는 官房親舊들은보는사람마다 내
낫치살피살이여위여간다고 걱정하고간다. 작난꾸레기 甚한동무들은問病을와
서 뼈-드엽헤뚝삐체서선 半남어기대누운나를보고하는말이-너알트니퍽 "이로
오도꼬"가됫구나. -머리도 푸석-하게길고 수염도 감실감실한맵시가제법藝術家
갓기도한데.

놀랜다기보다도 이런말에는 서로웃고말지만 아닌게아니라머리를깍근지가
한달前인지 두달전인지모르게쯤-되고보니 정말七寶山까치둥우리가 왓다가울
고갈지경으로 푸서-하게된것이 똑狂人 갓기도하다.

아츰마다 洗面所에서壁에걸린거울을 들여다보면샛쓰게가튼내가 낫빗치헬
죽해가지고 무뚝뚝하게 나를쳐다보는것이 情恨에우는 怨兒도갓다. 果然한숨과
하품이 막뒤석겨나올지경이다. 좀처럼자랄줄모르는내수염이 요사이에는제법
검실검실하게나서 상글하게 여윈콧대사이로 아침저녁밥먹을때마다 유달리내
리다 보이는것이 몹시실타 쥐수염처럼드믄드믄난것이 또어떠케도길엇는지 깜

안푼수가고약하기짝이업다. 요사이는 밥먹을때가되면 우선수염보기실혼걱정부터 앞장을서는것이큰일이다.

×

그럭저럭 가튼病室에잇는 患者들의일흠도 알게되고보다더親密해질려고하니 그때는벌서 退院들을하노라고설렁설렁하는판이다. 奇妙한聲帶를가진 우리病室의 樂聖도 杜椿年이라는것을 알게되고 이聲樂家親舊가 시비업시부르는 "何日君再來"라는 流行歌를배워서 거의完成할무릅에는 哀惜하게도杜靑年은 退院하고말엇다.

그다음날은 約束이나한듯 쑥오무라들고 움푹한두눈에 누런눈꼽이끼여서 마치돌츰에끼엿다는것가튼 妙型의골을설네설네 흔들면서呻吟하든 O型老人도 그의友人가튼사람들이 누-런이빨을내노코 무엇이라고 중얼중얼하면 두어번나갓다. 드러왓다하드니退院이라고한다. 아까까지 눈이아조나뿌다고 醫師가말햇는데 이老人이退院한다는걸보니 남의일에關係는업지만 그래도적지안혼不平을늣기고 事由를무럿드니 이 奇型老人은마듸가 뚝뚝비탄가매뚜껑가치 커다란손을쪽펴고 아조멋엇게말시운을맞춰서 흔든다는도시 두어번불상하게 휘번덕거리드니 『-치얀듸 무유듸무이퐈즈』라고 가래낀音聲으로妙하게하는 말소리가 청성맛다. 잘보이지안는 눈을내게로돌리고 누런이빨을 내밀고 愛嬌를피워서 우스며말하는 表情이 가슴에바늘을찔러놋는듯한 말못할衝激을 준다.

-그래도 원그럴法이잇느냐』는 고약한마음이 채가란지못해서 나는그老人의 友人들을보고 이老人은아모리돈이업서도 벌서退院할그런가벼운 眼疾이아니라고 말햇드니 이親舊들은 두사람다 입을뚝갓치벌리고가래가끼여서그릉그릉하는목소리로 "찬듸무유무이퐈-즈"라고말한다. 슬데업는일에 나는 분이나서 『돈이면돈이고 사람이면사람이지 동무들이란것이 그만한변통도못하는가 이老人이소경이되도 좃탄말인가』 어떠케되지안는 滿語를두루주어부쳐서 이러케소리를질러보앗스나 이끼낀바위ㅅ돌가튼 그들의낫체서는 反應도차저볼길이업이 식은밥승늉만치도 여기지안는다. 나는 아까 동무들께서 同情을밧기가괴로워서 울엇드니 여기는 동무들께서도 同情을못바더서우는 可憐한老人도잇다. 그래도 老人은 이동무들께털끗만치도 不平이업다는드시 順從하는뜻으로 退院하는것이 조타고하면서 성큼성큼準備하는것이다.

–돈이업스니 할수업다.

　돈이란것이 이러케사람의靈과肉을파고들어 人生을 捕虜하고解放하고 심지어生死까지左右하는것이 오늘이야비로소 아는것이아니지만 어느世代의 錯雜한現實을 넘어선 오늘엔 우리아득히먼조상들이 만드러놋코간 宿命갓기도하다. 良心의채쭉이아모리휘감아처도 돈이라는안타까운問題를 말숙키청산해버릴 그런理智는못가젓다.

　因果라는 막연한회오리바람속에서 울부짓는人生들의 理性이이것을 해결한자가몃치나잇는가. 노력한인과다. 우리는 前世紀에서만들어진모르는原因과 모르는결과에서 울수잇지안느냐 알지못하는刹을만들어노코 우리가저지른결과를 보면서 一生을秩序 업게가고잇지안는가? 六七十고개를내일가치 아페두고아직 도동무들의扶助가아니면治療도할수업는 이老人처럼. 老人은끗내退院하고말엇다. 朔風이살을이이고가는겨울의거리로나을길이 아득한험상구진눈을가진채 빗업는生活을차저서 가래춤뱃기우듯헌이病院에서 뱃틔우고말엇다. 그어뎅지 미룰곳업서 하우적거리는四肢에 커다란신을뚜걱뚜걱꿀고서退院한다고 알지못할말로허리를굽혀가면서 인사를하고가든 老人의뒷잔등이 눈에서먹서먹하면서 언제까지사사라질줄모른다.

放浪歌*

조학래

"昇華된人間의 靈은 純化된심볼이다.
가을바람에지는것이 落葉인줄만 아니 放浪하는사나히의시들은 넉도진다."
金璿아
　極히 單調로운 生活이다. 술을 마시고 醉하지도 안흐면서 醉하라는 싱거운사나히다. 나는 지금 頭道溝 "야끼도리"집에서 술을마시고 冷寒한 밤거리를 馬車

---

* 이 글은 ≪만선일보≫ 1940년 11월 17일에 게재되었다.

우에서 흔들거리며간다. 하늘엔 겨울달이 빗난다. 平原에는서리발이날니는 날카로운 激風이분다. 數만흔電燈 그리고 數만흔街路樹 街路樹밋으로 數만은 사람들은 왜가고오는지 아니?

北十字星이 쌩쌩하게빗나는 北國하늘아래서--

아 김?

나는생각한다. 五年前에너와나와 淑이란 女子로하여 三角關係에 울든때를--

그때나는 너를 칼노찔너죽이지 못한일을 後悔한다. 莫大하지도 못하면서 너그러운체하고 淑이를 네게주고 그리고 또너와 예전처럼 友誼를일치안흔나를 나는 오늘에後悔한다. 아니來日다시 네겻흐로 도라갈放浪者의運命이길내더後悔한다.

金璿아

너하고 나하고 至大한友情의사히가 아니라면 이런 말도하지않겟다. 너도 文學을하노라고 햇다. 나도文學을 하노라고한다.

사랑의 敵이면서도 世相에서더업는 親友길내 나는 이런 글을쓰는가보다.

그러길내 나는또다시 여기서 네詩를되푸리한다. 나를그리워서 나에게보내준데 詩를 다시적어본다.

한마디 梟鳥! 너는나의가장 깁픈가슴속에서만 살엇도다. 모양이 비록미웁다더라도- 너의 흐느끼는우름이 나의슬품의 象徵이라면

오-悲哀! 얄미운 思念에서 너의歷史를 헤아리니

先祖의 슬픈 遺産을그대로 바덧노라. 즉죽이면 그만이라는것 너의 心臟에서 통구는 悲鳴은 나의 眞理오로지 아-나의 至極한동무-이스라엘에 靑年使徒여! 金璿아 요전번에 歸鄕햇슬때 떠나겟노라고 汽車에올라 막갈녀는나를 왜붓잡어내렷니? 발을 동동구르면서 내봇다리를쥐고 울다십히붓잡어내린것은 무슨때문이냐? 그일은날 너는나를못간다고 붓잡엇찌? 二週日이 못되면 또다시도라온다는 나를-放浪者의 말이그다지도 못미더웁드냐? 떠나든날 둑한 낫츠로 울것만갓치쑤나를 보내는 너의面貌를나는 못잇는다. 아무리 放浪하는 뜨내기라고해도 나도 故鄕이잇고 父母가게시고 어릴때 친구들이잇는사내다. 金璿아 내가무엇때문에 故鄕을 떠나서 北十字星이빗나는 異城에서 苦生하는지 아니? 이것은 누구때문이냐? 벌서 내눈압페눈물로싹어트고 눈물로 落葉이진지다섯채뻔이다.

悔恨과 苦腦에 내青春을 보낸것도 모다가 淑이뿐이란다. 너는 무엇 때문에 淑이하고도 갈녀젓니? 너이들에 幸福을 그러케빌고서 故鄕까지 버린사내가잇는데 왜 幸福하지못하고 갈나지고 말엇니?

金璿아

사람이 그런것이냐? 情熱이란그다지도 速히 灰塵하는것이냐? 술잔에 부어논 술이 다식엇다. 어서마시고 집에가서 자야하겟다 來日은 또내할일이 太山가트니 나는또 녯날에 그노래를 부르면서 수레우에실녀가는 放浪者다.

銀河에 烏鵲嬌는 노혓지마는
님따라 내갈길은 다리도업네
에헤! 無情도하다 아! 無情하다
양산도 점은날에 우는까마귀
님두고 보지못할 넉시람니다.
에헤 恨이로구나 아! 恨이로구나ㅡㅡ   ==十一月八日==

힘*

엄시우(嚴時雨)

바로 昨年가을인가보다.

어느 日曜日 날아침 나는 畏友容直兄과함께 哈爾賓近郊에잇는 顧鄕屯農場을차저간일이잇다.

제법 農場에 무슨볼일이잇서서 간것이아니고 다못깃청이울리도록 아드등대는 電車갈리는 소리와 이(齒)에서신물이나도록 듯기에 진절머리가 나는呼形소리를通해서 瞬間이나마 마음便한공기를 呼吸하겟다는것이 첫째 우리의目的이

---

* 이 글은 ≪만선일보≫ 1940년 3월 30일에 게재된것이다.
　　엄시우(嚴時雨) ≪만선일보≫ 북만지사의 기자로서 수필, 소설, 평론 등 많은 글을 썼는데 기타 상황 미상.

엇다.

눈이모자라는 曠野 저쪽을볼수업서 내마음 구름을타고 동동 쓰다. 일흔가을의 느진햇빗은 大地를들어서 익어가라고 再促하고 금빗波濤가물결치는 볏논(水田) 은바라만보아도 배가 저절로불너온다.

이짜금 논도랑(引水道)에드러서서 붕어와 밋구리를 웅켜내는 조무래기들의 재잘거리는 소리만 가늘게들릴쑨 農夫는 하나도볼수업섯다.

우리는 참아 그림이나 찟는것처럼 고요한 논둑으로 거러가기가 정말악가웟다.

베이삭은 논둑 左右로 ㅠ엉크로겨서 발자국을 내놀때마다 바지에 스치는소리 가 사각사각하며파란 볏멧쑥이(蝗蟲)란놈은 톡 톡 튀여서 바지에도붓고 저고리 에도붓고 얼골 머리를할것업시 자기가 안고시푼데로안젓다가 — 쏘 그런姿勢로 톡톡 튀여시 자기가거고십푼데로 마음대로가는것이엿다.

나는 멧멧둑이가 내머리우에 안거나 콧등에서튀거나 손하나 쌋닥하지안코그 대로내버려두엇다.그놈들은제세상이엿다.

한번은내귀바퀴에안젓든놈이툭튀여서 압페가는 勇直兄 의뒷덜미에 매달겟다.
『고놈의 멧쑤기…』

勇直兄 은 이렇게 중얼거리며 손으로자긔목덜미를툭첫다. 거기부텃든멧쑥이 란놈 쌈짝 놀네—도루 튄다는게 엇쩌다가 내 손바닥에 와부텃다.

나는 無心히 손바닥을살그머니 쥐엿다.다. 그놈 나갈구멍을 찻느라고 압발로 헤치고 대가리로 쑤르고 뒷발로벗티는 “힘”이 여간한것이 아니엿다.

손바닥이 쑤러지는지 싹금 싹금 압푸다. 바늘로 쏙쏙 찌르는것 갓다.나는슬그 머니 손바닥을 폇다. 멧쑥이란놈이번에는 힘썻툭튀여서 저만침 논가운데로 쑥 드러가고 만다.

×

나는 도라오는길에
『우리에겐저런 “힘”도업군?』햇다.

良心*

엄시우

(一)

요좀와서 나는良心이란그것에 자못懷疑를품게된다.

내가良心이란그것에 懷疑를품게되는것은 良心이엿냐? 업느냐? 하는데서가 아니라ㅡ다못良心의 輕重을 疑心하는것이엿다.

바로어제엿다.

우리집近處에는 寡婦혼자서 아들兄弟를 다리고쓸쓸이餘生을보내는中年女人이잇다.

언제우리집엽프로 떠드러왓는지는 모르나속에다불덩이를지닌女人으로는 남보기에너무나愉快한듯하엿다. 이웃사람들이 옴기는말을듯건댄 그女人의男便은今年봄 解氷할무렵에 松花江으로白米密途을 하다가그만鬼神도모르게어름구멍으로 드러갓다는것이엿다.

그런데 그女人의얼골에서 슬픈빗을 차기에는너무나距離가 千里萬里엿다.

속에다가불덩이를집어넌女人으로써 밤낮썻프리고잇는것보담은 아침이슬을먹음은白合花처럼 淸新해보이는것은 다른사람보다도 當者인女人의몸을 爲하야저윽히깁분일이아닐수업다.

그러나그女人은 각금몸治裝을 分數에넘치게내고 그의뒤에는 어지간이말숙한洋服쟁이가 따라다니는것을 나는어제서야 비로소發見하엿다.

서불리生覺함으로써 憂鬱을사는것보담은 차라리 마음에맛는男便의 候捕者를일즉암치 選擇하는것이맛당하다고 生覺하엿는지모른다.

그러면 여기에도 良心의 輕重問題가뒤를이어 머리를 들고 일어난다. 무슨物件이면輕重을알려면 먼저저울(衝器)이잇어야되고

(二)

男便이 어름구멍으로 드러간지 不過두달……

---

* 이 글은 ≪만선일보≫ 1940년 6월 20일과 30일에 게재되었다.

아모리生覺해도 그女人의行動에는 同情보람도 메시꺼운침부터 먼저 나오게 된다.

나는 머리털한오리 다을데업는 그女人이건만 마치내親누이가 그런沒人情한 行動을 밥는것갓치 늣겨짐과 아울러 이미故人이된 그의男便에 슬픈感을爲하야 자못激情을늣기기도 햇다.

『자긴 良心두업나?』

나는 못뚝 이런말을 해버렷다. 그러나 良心이란말에 나는 다시금 懷疑를늣기엿다.

大體 良心이란것이 무슨物件과 달라서 長短을헤아릴수업슴과함께-그女人의良心으로는 이미 업써진男便을따라서 저울눈이 발거야한다.

그러나 나는 여기에서저울이라는 그物件에 다시금 꿰스춘마-그를 부치게된다.

저울이라는 그物件이 輕重을다라보는데 第一公平한物件이라면 한斤이라는 重量도 반드시 똑갓태야할것이다.

갓가운例를들자면 內地에서는 百匁로 一斤를 삼지만 朝鮮에서는 一百六十 匁로一斤를삼는다. 滿洲에서는 一百二十匁로 一斤을삼으니 大體世上사람들이 밥먹듯누구나 말하는 良心이란것도 저울에한斤과 갓태서 男便의良心과 女人와 良心이다른지도 모른다.

原準이 업는良心이라! 얼만침이良心이요 얼만침이 非良心인지? 나는 그것을 生覺하기에 六月밤을 하야케새웟다.

六月말도 새우자니 여간긴것이아니엿다. 아지못해라 男便이업써선지 不過두 달에 몸이다라서 男便의候捕者를 選擇하는 그女人의良心은 몇斤이나되며 그것을生覺하기에 六月밤을하야케새운 나의良心은 몇斤이나되노?

萬能을 자랑하는科學으로서 사람의良心을 유리병처럼 말끔이 드려다볼수잇는 眼鏡이나오지 못하는것을 나는 슬퍼한다.

哈爾濱의 外國情緒*

엄시우

(一)

쌍은 비록滿洲쌍이나 哈爾濱거리의雰圍氣는 純全히 外國風景임에 틀림업고 눈에 두드러지는外國情緒에는 정말異國냄새가 코에 풍기는듯하다.

"하르빈"

이 말의自體부터 아지못할魅力을괜이 끌게되고 아지못할 惑을쓰는 하르빈이기째문에 生覺만해도于先國際都市이라 하는것이 얼는머리를스처지내가고 뒤밋처 茫然하게나마 聯想되는것은 東洋에 "모스크바"라지하는것이니 이것은오즉 하르빈만이 가질수잇는 獨特한魅力일것이엿다.

이러케 야릇한魅力을늣기게해주는 "하르빈"이란 그말부터가 應當 조선말은 아니리라……

목고개를압흐도록뒤로제처야겨우그집웅우를볼락말락한節比한建物이며 손으로한줌쥐여부친것처럼 우악스런싹금새(建築彫刻型)들 露政옛時代에 文物을말하듯 그냄새를 구수하게풍겨주고써러진飮食이라도 집어먹으리만치깨끗한鋪道우로 맥끈한女人의 종다리가 국직하고 거무테레한 男子의구두코에채여 야릇한香내를일쿠고지내가는것이라든지 어느것이고간에 東洋에서는 좀처럼해서는 볼수업는 珍奇한風景이 아닐수업다.

그런중에도 더욱 길손(나그네)의 발길을 멈추게하는것은 길머리에 제멋대로 노힌 "쩬취"에안저서 손風琴을 뜻고잇는 街頭樂士라는것이엿다.

바람이불거나 날씨가흐리거나 조커나 그런天候에 作劇쯤은 이街頭樂士에게는아모럿치도안흔듯 그한자리에서 일흔아침부터 느진저녁이슥할째까지 손風琴을 울리고잇는것이엿다.

그러케 허구한날 風雨를헤아리지안코 街頭에서손風琴만을울리고잇는 街頭樂士에心情은 일즉이꿈속에서도 드러볼수업는 눈물겨운哀愁가 그속에숨어잇서가지고이街頭樂士로 하야금 슬픔에主人公을 맨들고 그손風琴소리는 흘러덧

---

* 주: 이 글은 《만선일보》 1940년 5월 23일, 24일 25일 28일에 게재된것이다.

업는 나그네의 발길만 멈추게됨은왠 셈인지 모를일이요 째로는 뜻모를 눈물과 야릇한 한숨을내쉬게하는것도 하르빈만이 가질수잇는 天賦의特徵임을 틀림업 슬것이엿다.

첫재 그는온갓 不具者中에도 第一슬프다는소경(盲人)으로써 단한치압을못 보니 달은일은할래야 어림도업는 生覺이고 그럿타고가만이안저서 그저놀고먹 을수는 더욱업게맨드러주는것은 그의環境이요 그럿케殘忍한環境이기째문에 그로하야금鋪道우로 오 가는사람들에게 一錢二錢에 싸늘한積善을빌게된것이 엿다

(二)

그러나 이街頭樂土는그러케分錢의積善을 비는데만 마음이便하지안흔듯 돈 을주거나말거나 그것은내알바아니라는것처럼 손風琴뜻는데만熱中하고 그소리 에陶醉해서 自我를忘却하고 無我三昧에빠지게되고 그래서그는늙어죽는날까 지 街頭樂社가되드란것이엿다.

그런데하르빈에 거리는낫에보는것보담 밤에보는것이 더욱하르빈에 "맛"을 담뿍풍겨주며 오즉하르빈만이보여줄수잇는 外國情緖에 韻致가여기에잇다.

저녁을 일즉암치 치르고 "네온"이어지러이춤추는거리로나오면 斜紋街에서 松花江埠頭에 이르기까지에 不絶이움지기고잇다는 地球썽이우에부터잇는 有 色人種들은 男女가서로어울리어 팔을세고그러케 널분"키다이스가야"(中央大 街)거리가 쑤듯하게 오르내리는것이엇다

그러케 有色人種이어지러이것고잇는틈에는 사랑의눈동자를찾는 靑春男女 가 第一만은듯 제법 깨끗하게생긴女人뒤에는 반드시싸르는 젊은이(男性)가 둘 셋쯤은依例이잇고 제각기 저할일에 전일을씨달리는눈이 그런女人의몸을 大擧 照察함으로써 밤거리에 慰安을사고 그런 눈에明察을밧는女人은 自己의美貌(實 은 잘생기지도못한편)맛당히 잇음즉한일이라고 활갯짓을하며 괸히 조아하고 그 럿치못한 女人을 도리여不幸하다고 어림업는 生覺을하는 그대들의 裡面은 暗 黑이꽉찬것이마치地獄갓다고나할까?……

地獄中에도 이런地獄은업슬것이엇다.

저生에잇는地獄이 정말이럴진댄 잇은옷을버서 남주지아니한사람업고 남에

게눈물나올일은커녕 이마ㅅ살쩝푸리케할일조차 꿈에도아니한것을반드시確信한다.

　왜그러냐하면밤거리를出沒하는그런女人들의 뒷골목은 겨우 웅뎅이하나디려밀만한 널板子寢臺우에서 花柳病菌을各處로派遣하는中央機關이요 그런女人들의職業은 病菌을媒介하고 若干의手數料를바드시 이것을時體말로듯기조케하면"花柳病菌부르커"요다쩌러진옛날말로는"福德房"이라하는것이 가장適切할것이엿다.

　大體 그들女人은 福德房營業을 하지안으면 아니될運命이 어디잇는가?

　그들의全部가 그럿타는것은 아니지만福德房女職人의七割은 阿片째문이요約三割은 그들의 周圍環境과 날로深刻해가는 生活그것임에틀림업고 그들女人의人種別을 쪄로 쬐집어 드러낼수업는것은 첫재看板도 걸지못하고 가마니 經營하는福德房인지라……여기는 좀 섭섭한대로 當分間숨겨두고 엘씨말을하라고 종주먹을 밀사람도업는지라 當分間 숨겨준다는것이 永永秘密이될는지도모른다.

(三)

　그러케 色人種틈에석기여아모볼일업는거리를 거닐다가 밤열시쯤될무렵이면 먹은저녁밥도 어지간이자리를잡게되고 다리도疲勞한듯하야 좀쉬엿스면하는生覺이 슬그머니 머리를들째 猶太人이나或은印度사람이 經營하는 조용한茶房으로드러가 "컵피"한잔에 南國情緖를마음것마시는것도 그리無意味한일은아닐것이엿다.

　그보담도 술잔이나하는親舊멧이 서로억개를겨누고 하르빈밤거리에名物인"카바레"로드러가서 시시아鄕土藝術인"밴드"에마추어 맥케한"워스카"(露國酒名)를 기우리는 그 "맛"은오즉하르빈이아니면 到底히맛볼수업는 外國情緖그대로다.

　"카바레"라는것은 카페와쌘스홀中間에該當한것으로써 흔히地下室에잇고 드러가는地下宣間에는 依例히 "쌘스"하는그림과함께"日本語ㅋ解ㄹ美女群□居□ㅈ"하는 文句가잇는것을보면 이런"카바레"라는것은 긴 說明을하지안트래도 露人이나或은猶太人이 經營함에틀림업고 말을안한다는것으로써外國사람의주머니를 엿보는그들의心情도어지간히 짐작할것이안인가?……

"카바레"地下室門을드러서면 "身長이九尺은되고 코는주먹가튼녀석이 허리를굽실하며손을내미는것이다.그것은 돈을달라는것이아니라 帽子나外투가튼것을버서달라는것이엿다 그리고 呼鈴을누르면안으로부터 그놈보다 키가좀적은놈이나와서아모말업시허리만굽실하고 아주無表情한얼골로안으로 드러가자는것이요 손님은旣往온손님이니 依例이드러올줄로생각함인지 제홀로압장을서서드러가는것이엿다.

그안에는첫째불이푸른것이마치독개비불을 聯想하게하고 어지러운쌘드에마최어한창목이아프게 불러넘기는中年聲樂女의哀想曲이더욱사람에마음을 울렁대게하야주는것이엿다 이러케 마음부터가 설레게되는것은 꿈속에서도 生覺조차못할것을방금눈압혜 보기째문이엿다.

(四)

그래서 정말 로서야쌍을밟은듯 미처精神채릴새업시 하얀椅子에 안기가무섭게눈이노란 異國少女가 純情을 먹음듯한 발간입술을 들고오는것이요 그뒤에는코를콕콕찌르는 "워스키"가나오며 째로는 "쌘스"도 한가닥……

이러케 外國情緖에 사로잡히여 이한밤을새우고……밝은날이츰 허리가 무치는 폭신한 寢臺속에 파무친채 짜쏫이 데워다주는羊乳"컵"을 단숨에마시면 精神이 좀돌기는하나 간밤일이 꿈이런듯 아득하다.

壁이 둑거운二重窓으로마음것 드리쏘는太陽을 등허리로바드며 누엇자니 박게서누가부르는듯 마음이쑤셔서 그대로잇기란 정말죽기보담어려운노릇이엿다.

박게는 洋車(人力車)馬車 自動車들……물결을치는데 十錢짜리 로시아택시가불개미쎄기여다니듯한다.

十錢한푼을 내던지니 거러갈래면 적어도五十分을걸려야될 松花江埠頭가 어느듯눈압혜 나타난다. 택시에서 내리기가무섭게 색싸마케 쎄를지어잇든 滿人들이 우루루달려와서 "쌘트"를타라고 못살게준다.

여기는 "쌘트"를 滿人이노(櫓)를저어주고 한사람에얼마式 맛게되니 마치택시운전수가 十錢을바라고 손님을태워다주는것과 갓다고나할가?

누런黃土물이부듯이 흐르는 널고김흔松花江에는 "쌘트"들이 나무입처럼 어지러이쎄고 물결치는대로오르내리는 쏘트에는 酒瓶을엽헤노코 妓生인듯한 아릿다운女子를 베개한사람도 한둘만은아니엇다.

여름松花江에情緖는 太陽도에잇다.

太陽島하얀 모래沙場에는 벌거숭이 人魚들이 날쒸고잇다. 그런 人魚들이 물속에풱드러갓다가 개고리처럼소사나온다. 男女가물우에서로 엉키여 쩌서─새로알(卵)박게나온 물오리처럼귀염성 잇기는하다.그러나 이것은하르빈이 아니면 더욱 볼수업는 珍風景이엿다.

하르빈 안 왓든들
松花江 어이 보며
松花江 안 왓든들
저風景 어이 보리!

詩人아닌 사람으로도 누구나 이것쯤은 얼는生覺하게되고 綠陰이 욱어진그윽한숩속에서는 벌거숭이 靑春男女의 도란도란 이야기하는 소리가서늘한 여름江바람을 타고 이짜금式 들려온다.

저소리 저럭케多情이 들리니 그네들의사랑도 應當깁헛스리라……

저쪽에서 하얀구름의솜퍼듯피여오른다……

哈爾濱市暗黑街探訪記*

엄시우

(上)

支社長의命에準하야 國際都市哈爾濱의 暗黑街探訪을쩌낫다.

探訪이란 原始冒險에갓가운 노릇이기째문에 나와갓치心臟이 强한무리가아니고는 到底히生意도못한일인지도모른다 더욱히 國際都市인 哈爾濱의暗黑街

---

* ≪만선일보≫1940년 6월 22일 24일 25일 게재되였다. 작자 성명앞에 ≪北滿支社≫라고 밝혔다.

―뒤통수에도 눈이업써가지고는 探訪이될수업다는것은 數百萬의讀者가이미짐작하는바라고 스스로 生覺한다.

나는 이따금씩 거의蠢動에갓가운勇氣을 잘부린다째로는 蠢動의勇氣도蝟集의萎縮보다는도리혀眞價를 發明하기도한다 허리씌를 거의끈어질程度로졸라매고 支社를버서난 나는 道外黎明街를도라서五柳街로 드러선다 五柳街는 哈爾濱의暗黑街로 有名한곳이다

그러나 나는 長靴를신고오지못한것을 크게後悔한다 그것은 하눌에서비(雨)가내려서가아니라 下水道업는 길거리에 쏨물이 수렁올네기째문이다

호박쏙지 鷄卵껍질 우동나부랭이가 부연쏨물과 한데 쉬적지근한 냄새를 풍겨준다

나는 쌈내 나는사람들에석기여서 口逆症을 한참동안이나 눈알이나오도록 했다

사람이나 겨우드러갈만한얼쪽門에는 蛔虫을聯想시켜주는女人들이 서푼싸리愛嬌와한데 간얄핀秋波를 더지고잇다

그女人의秋波는 뭇男子를낙거드리는 밋씨인듯그밋씨밋테는 다풀린태엽처럼 눈이멀건男性들이 우루룩몰켜서 침을샘키는것이다

나는 눈이 멀건男性들틈에휩쓸여 그밋씨밋트로 닥어싯다

그러나 나는이내 얼굴을가리고 도라서고야말엇다

밋씨를던진 그女人의얼굴은粉이라기보다 거의洋灰쌤에갓가울程度로 반죽울덕케로해서부엇고 눈은뒤영박에 구멍을뚫너논듯겨우 눈썹을그린것으로서 눈의位置를알수잇다

게다가 밋씨를더지기爲해서 비저내는愛嬌에는아모리 强心臟流의 頭目인니라 할지라도 얼굴을가디고도라서 지안을수업다

그러나 女人은쏫과가운데서 世上사람이 쏫을사랑하고늣기는趣味에도 한두가지가안인것만은 내일즉이肯定하는바이다.

牡丹의華麗함을사랑하듯豊富한女人을 愛撫할사나히도잇슬것이요 菊花의高節을사랑하듯 淸楚한女人을求하는사나히도 잇슬것이요―째로는 개쏭풀쏫(遠志)의不隅함을 자랑하듯 暗黑의거리에서눈물짓는女人에게 一種의快味를늣기는사나히도 잇슬는지모른다.

그러나 이런사나히는사람의體骨을 完成品를늣기는惡趣味임에틀림업다

나는 五柳街길쪽門압페무데기로몰켜서 침을흘리는뭇사나히의惡趣味에 입이찌자지도록하품을하고그거리를둘러가고야말앗다

五柳街의探訪은 完全失敗로도라갓다.

나는 그대로 도라오러하다가—다시 長春五柳街를차저갓다.

街路燈업는 長春五柳街인지라 마치 地獄올차지드러가는것만갓다.

萬若 전생에잇는 地獄길이 이런진댄 밥을굶어도예수안미들사람업고 입은옷버서서 남주지 안홀사람업스리라는것을 가삼압프게늣기여다.

『애이구머니?』

나는 잇마긔소리를지르고 뒤로잣바젓다.

(中) 地獄 · 屍體

그것은 地獄에硫黃불이 쓰거워서가 아니라—당장 발끗에 무엇이뭉클하기째문이다 자세이 드러다보니 사람의屍體엿다 나는 가삼이 털렁하도록놀냇다

屍體는 거적째기를 씨엿스나 듸난머리가 욕이잇는것을보아서 女人인애들입업다

『대체 이것이 왠일인고』

나는 바로뵈는집門을두드렷다 안에는 사람이잇는것이分明한데 좀체로門은 여리주지를안는다.

나는 주먹으로 門을두드다못해서 나중에는 발길로 門짝이부서지도록거더찻다

『누구세요?』

마침내 主人이 나오는데 主人은 女主人이엇다

『당신이 이집主人이요』 하니 그는 눈이 둥그래서 엇절줄을 모르며 간신이 『네!』 하는것이엿다

그리고 내가 무어래지도안는데 그집女主人은거우목안에서 끌는소리로

『나리! 용서해오다 어린색끼들데리고 살수기업서서이노릇을 하더?』 하며 솜이반이되도록 비는것이엇다 나는 히도어이가업써서

『난 형사안너니 걱정말우?……』 하니 그는 그래도 내말을 미들수업다는듯이

『이노릇한지도 오라지못하니더! 그지 한번만용서해주우다?』

하며 머리가 쌍에다을程度로비는것이다. 나는저윽히민망했다.

『여보! 난 형사도아닌데오늘이곳을놀너왓다가 이압폐서 사람죽은걸 보앗기째문에 엇지된영문을좀무러보려고한것박게업소?아무문제업스니 안심이오』

내가드르리만큼 이야기를하니 그女主人은 그제서야

『그럼 순포막에서 안오싯능겨?』

하며 그의愚鈍한눈에도내가 自己네들을逼迫하지안을사람이라는것이 쑤렷하게 비치인듯 거이 安堵에갓가운한숨을 후내쉬는것이엇다.

나는 勿失好機라! 그의뒤를짜라 그집으로드리갓다 방門을밀자! 나는 人生地獄을본듯미리털이하눌로올나가도록마음이 섬직했다.

웃통을버슨 男女들이 오루 작구루 막우잡바지서 阿片針질을한다. 잇던여식은 고물통에 하얀가루를 담어서 深呼吸을하듯 肺腑外지드리가도록 쌜기도하고 잇던여식은안저서입을버리고잠이드럿아 그中에서도더욱히창피망측한것은 손등이 거믄掌甲을씬것처럼 색카만女人이局部를가림생각도아니하고 그대로둘너안저서 이(虱)를쑥쑥잡아먹는것이다.

나는 脾胃가뒤집히는것을 억지로참고使命인探訪을 最後까지 最善이기爲하야 仁丹을통채로 집어먹고 主人방까지 드러갓다

나는 여기에서 내눈을疑心할程度로 놀냇다

그것은 밧갓모양으로 凄慘한光景이 눈에뵈어서가 아니라 一流紳士로 自府하는某氏가 그방에서 阿片뭉치를 賣買하고잇기째문이다

그某氏의 家庭은 내일즉가본배가업스나 그의안해와쌀을 길거리에서 볼나치면 돈으로 살수잇는亨樂은 모조리 겹치온몸에 두루마기를 하는것이엿다

제한목숨을 기름지]게하기爲해서 數百의生靈에 膏血를 말리는 그네들! 내큰소리로 뭇노니 그돈으로 안해와쌀에 썩은고기뎅이를 기름지게할째! 瞬間이나마 그의마음에는 刺戟이 업드란말이냐?……먹고살수가 업써서 이노릇을 하는무리들의 罪惡도오리혀 萬斤인양 무거웁거든 하물며 享樂과安逸을盜賊하야 數百의生靈에 膏血를 쌔리먹는 吸血鬼……아…悠悠蒼天은是何忍斯오……

나는 발길이 그某氏의상판대로 올나가는것을 無理로참고 그人生地獄을버서낫다

『예수의 손길이여! 어서어백성들을 건저주소서?』나는 阿片에 우는무리들을 정말예수의마음으로 슬퍼하고 蓄芳里를도라서 難民區로 드러섯다.

(下) 눈물의 女人

難民區? 거리의얼음과함께 "여기도할빈인가?" 하는늣김이든다.

어느듯 덧업는는 밤열두시기갓가워온다.

나는다리도 어지간이疲勞햇스나 아즉도남모르는探訪을 못햇기째문에 難民區를휩쓰러올나간다.

나는 올나왓든를목쟁이를 다시휩쓰려내려오다가 어느 "카브"도라가는골목쟁이에서 발을멈추엇다.

美容院에서햇는지는 모르겟스나 머리에는 "파마맨트"를하고 洋裝을 쩨끗이 입은女人이 街路燈아래서 누군가기다리는듯 哀愁에갓가운 얼골이엇다.

흐릿한 등붐아래가되어서 그런지는모르겟스나 얼는 보기에 나히는 二十을겨우 넘엇슬가?하고 몸채림새가 거의美人에갓가운지도모를일이다.

그런데 내가그女人이섯는곳을 지나치려고하는데

『여보우?』

하고 가장情다운목소리가 등뒤에서 나를부른다. 나는거의精神이 얼덜덜햇다

『이거 보세요?』

그女人은 이말한마듸를남기고 어스럼한 골목쟁이로사라진다. 나는 暗黑街探訪에 千載一遇의好機라하고 그女人의 뒤를대섯다 그女人은 내가自己를 노치지 안흔程度로 각금뒤를 도라보며 어두운골목으로 작구 끌고드러간다.

나는마치 독가비에게 끌려가는 사람처럼 精神업시그외뒤를 짜라 갈쑨이다 거리는더욱어두웁다.

어느듯골목쟁이는 南崗역에 다다랏다.

그女人은 드디어발을멈춘다.

밤을 멈추드니만

『여기 에요』

하며나의팔을잇끌고 조그만집으로드러간다.

나는그女人에게끌여서 그집으로드러갓다.

방안은차라리 溫突도아니요 그럿타고 "다다미"나 寢臺는더욱아니엇다.

電氣불도업는듯 石油등불이힘업시쌈박대고 겨우웅뎅이를올녀놀만한널板子에 째가무든이불한채가 이방에진제산이다.

나는오늘初져녁 支社를나올째支社長으로부터적지안은 常備金을준것은 이런境遇에쓰랜것임을 지금에야아럿다.

그러나女人은한참이나나의얼굴을 쑤리지도록보더니만

『아유?……』

하며내무릅에쓰러저서 흑흑늣겨운다 나는엇던영문을몰나서 눈만둥그래질쑨입은도리혀 어러부른듯이다 四圍는죽은듯이고요한데 이짜금그女人의늣겨우는소리만놉히갈쑨 무거운沈黙이 한참동안흘러갓다

『참아-당신을』

눈물을먹고 이짜금킬킬는기면서 그女人이씌임씌염들이주는말은 다음과가튼데 너무나悲慘해서바로 드를수가업는말들이다

"自己가이런노릇을하기로나선지는 不過一週日이라고한다 男便이阿片中毒이되어서 골몰하다가 얼마전에 죽어버린後 늙은어머니한분이게시엇는데 먹고삼길이업써서 엇던사람에게로 改嫁를갓다고한다 그러나 改嫁를간그男子는이女人에게 惡性梅毒만담쑥올려주고 다시는본체도안한다는것이엇다 그리고 늙은어머니를굼길수는 더욱업는노릇이기째문에이런노릇을 나섯지만 참아째끗해보이는 내몸짜지어즈럽피어줄수가업다고한다"

나는 목안이부듯해서 아모말한마듸못하고 한참동안이나 멍하니잇다가 주머니를 그女人의방에터러노코 그집을 쮜여나왓다

아지못께라 六十萬이숨쉬고잇는 哈爾濱에 이런暗黑街에서 人生地獄을마드러가는 무리들이멧치나되노?……

거리에는 새벽바람이찬물이씨언듯얼관을식켜준다.

秋夕墓祭參觀記*

엄시우

(上)

바로지난 秋夕날이엇다. 나는 酒朋金君과함께 白系露人墓地를 차자나섯것다.

하늘은놉고맑고푸른데 가벼운바람은 落葉을우수모라다가 골목안으로 휩쓸려주는것이엇다.

秋風蕭蕭至

孤客最先聞

이글句는 예전사람이 을픈것이어니와 가을바람을 보고늣기는感情은 예전이나 至今이나 共通된듯 天涯孤兒로써 눈물을머금고 남의발치아래서 찌들게자라난 나는쩌러지는落葉을발부면서 저윽히가벼운寒心을내쉬는것이엇다.

그러나예전부터 數百의詩人이이일즉이 洛花는액끼고 詠嘆하엿스되 落葉을액끼지안홈은웬일인지 자못알기어려운心思이엇다.

더구나北國으가을은 쓸쓸하기짝이업다. 落葉도丹楓이드러서 쩌러지는것이아니라 푸른빗그대로 쩌러지는것은 젊은사람이夭折하는것처럼 그낙엽을爲해서 哀惜함은 정말로눈자위가더워지지안홀수업는노릇이엇다.

그러니 停車坐愛楓林晚―霜葉紅於二月花 라는것은應當 南方에잇는 선비들이 楓林落葉을 사랑하는데서 나온것이分明한것이엇다.

나와金君도 마차를타고 露人墓地로달리는길이라 丹楓이 情熱을吐하는 樹林面은아니라도 가벼운바람에 우수수쩌러지는푸른落葉을 可히슬프게 사랑할수잇는 哀傷의하나일것이다.

哀傷의가을!

아모리불너보아도 가심한입만 그늘이 질쑨 곳밧을거니는것처럼 가벼웁지는못하다.

그러나 쩌러지는落葉을보고 蟋蟀이뜰아래서 속살거림과함께 燭불을도두고 오즉讀書三昧에 드러갈수잇는것은 다못가을이가진美德일는지도모른다.

---

* 이 글은 ≪만선일보≫ 1940년 9월 28일에 게재된것이다.

나는이런 生覺을頭序업시되푸리하는동안에 馬車는어느듯墓地압페이르럿다. 나와金君은 酒黨에入籍한무리들이라 基督의言行과는 距離가千里萬里엿다.

그러나 墓地正門에놉피솟은 藍色寺院聖像입페 머리를숙이엇다.

基督聖像은 自己의붉은피가 흐르는가심을 가리키며 千年을두고 沈黙을지켜온다.

『불상한 너이들이여! 永生을求하거든 聖스러운그늘로 드러오나……』

聖스러운 그늘이라함은 勿論하누님의; 그늘을말함이요 罪惡에서허덕대는 우리人間을 天堂으로 쓰러올여서 永生不滅하도록 하는것은 오즉基督의精神일것이다.

그런데 至今에와서 基督의精神을 입으려는 무리들가운데 曰可曰否를 論하기前에우슴부터 나오게되는일이 한둘만은 아니엇다.

첫째聖經은 이世上에나올적에 顯微鏡노릇을 해서 우리 人間들이 그聖經을通하야 基督을 보자는것이原則일것이다. 그런데 至今에基督을본밧는者 聖經을基督으로잘못보고 헛트로天堂을 꿈꾸는무리들이 한둘만은아니어싸.

한가지例를든다면 엇던忠實한信者가 一平生을두고 善한일만햇다고하자. 그러나 幼年時代二十년을除하고 病든날쌔버리고 이것저것다除한다면 人間이七十을산다하드라도 四十年박게 善은行하지못할것만은事實이엿다.

그러면善을四十年동안을하고 그善에代價로億千萬年의 永生을밧겟다는것은 百貨店에드러가서 十錢을내고멧萬圓어치의 物件드러오려는것과갓틀지도모른다.

둘재로는 그대들째문에 우리人間으로서는 如干한損失이잇는것이아니다. 突然한牧師니 長老니傳道婦人이니 執事니 勸師니하고놀고먹는사람을多量으로 맨드러내는데는 정말로질색할노릇이엇다.

그러니내가 萬一그들을좌우할수잇다면? 牧師나長老를 그대로놀려주고멕일것이아니라 刑務所에看守로職을 갖게할것이엇다.

刑務所에는 精神에病이생긴사람만이 모인곳인만큼 精神病을바로잡는 醫師가必要할것이다. 그들의 精神病은 藥으로도될수업고 手術로도될수업다. 오즉牧師의說敎만이 能히그들의精神病을能히바로잡어서 善良한人間이되게 感化시킬수잇기째문이다.

精神이 멀정한 人間들을敎會堂에다가 모아노코說敎를 목이마르도록 하는것
보담 方今精神에 癌이생기여서 犯罪한罪人들에게 感化를식히는것은 정말로하
누님 以上으로 偉大한일일는지도 모른다. 그러니 여기와서는 老子의말이 다시
금 生覺나지안홀수는업다.

『天地-不仁하야 以萬物로 爲芻狗하며 犯人은不仁하야 以百姓으로 爲芻狗
로다』 이윽고 墓地안으로부터女人의 우름소리에 나는 우에와갓튼 生覺을하다
가 발을옴기엇다. 金君은 어느틈에 그女人의우름소리를 싸라간듯 그림자도 볼
수가업다.

(하)

그우름소리를 내는 主人公은 조선 女人으로써 自己男便의무덤인듯 그아페다
가 싹조각을느러놓고 무덤을허비며우는것이엿다.

오늘이 秋夕날이래서 이고장조선사람들은 半萬年을두고물려바든 習性에저
저서 해마다 自己父母나兄弟 쏘는男便의무덤을차저서 省墓를지낸다는것이
엿다.

그런데 엇던무덤아페는 사람은分明조선사람인데 느러논祭物『조코레트』가
오르고 女人들머리우에댕그런이 올라안즌帽子는버서서는 큰일나는듯 그대로
쑤부리는것엿다. 東方禮儀에 머리가 쩌른내가되여서 그런지는모르겟스나 엇잿
든나는 最大限度의視力을내여서 한참동안이나 그무덤아페 느러선祭官들을보
앗다.

『이사람 뭘 그러케보나…정신업시…』

언제나 快活한金君은나의억개를 툭치며 저쪽으로 가자고하는것이엿다.

한바퀴 도라서니 그쪽은 아즉사람이무치지안흔듯 반쯤이우러가는잔듸밧치
크다란 運動場처럼탁틔엿는데 그안에는엿장수만업다쑨이지 이것은허일업는장
터(市場)로되엇든것이엿다.

산이바다로旅行이나하는것처럼 나라갈듯한 衣服을걸친男女들이 모여서마
치飮食을品評 서로논하먹으며 야단이엿다.

『여봅소 아즈메이이리좀옵서쏘마…』

『무스게람둥』

『아즈메 수르 좀듭소쑵마』

『수르…참기차당이…』

한여페서는 이렇케장터처럼야단을치는데-저쪽엇던친구들은 헤(舌)가구더 서제대로 넘어가지도못하는 流行歌가悲鳴을한다.

『시나노 요루…유메노요루요…』

엇저구를 불어넘기는것이엿다. 나는눈살을찌푸리엿다.

省墓라는것은 아니墓祭라고하는것은 이미죽은사람의 靈을慰安하자는것이 根本目的일것이다.

그러면祭物은잇든업든 嚴肅한마음으로 亡靈에福만祝願할것이어늘 엿장수업 는장터를만들어논는것은아모리새악해도 그리놉히評價를할수업는노릇이엿다.

白系露人의墓地라ㅡㅡ이곳에다가 永年住宅을만들랴면十字架를 무덤우에다 세우지안흐면 入葬을許諾하지안는듯 조선사람무덤위에도十字架가 섯기는하 다. 그러나省墓하려와서 노리터를채리는 風俗만은 일즉이어느 先覺者가 비저냇 는지는모르겟스나 그罪가九天에가서도 敢히벗지못할것만은 事實이엿다. 그리 고이墓地에 무친數千의 亡靈을爲하야 나는저윽히슬퍼한다.

그날밤나는 空然히 指摘할수업는 슬픔을 풀기 爲하야 酒朋金君과함께말술 (斗酒)을 痛飮하엿다. 그리고 精神업시술집에서 方席만비고쓰러져 자는데- 어 디서 哭聲이振動하는것이엿다.

나는웬영문을몰라서 그哭聲나는곳을차저가니 이것이웬일이냐? 數千의 鮮系 魂靈이 露人墓地의 北쪽으로나와 白晝에도독잡이가들 쏩는다는 ××구렁창에서 서로붓들고 痛哭을하는것이엿다.

痛哭하는 理由를무르니 魂靈들은 異口同聲으로『집이배조바나왓습니다』하 는것이엿다.

그러니 住宅難은 우리人間에만잇는것은아니엿다.

附記 = 偶然히金君의發言으로나는 秋夕날露人墓地를차저갓다가 우리族屬 의秋夕省墓를보앗다. 그런데 그날밤 鮮系魂靈이痛哭하는 꿈을쑤엇다. 더욱히 슬픈 魂靈들에게 이것을天下에 呼訴해달라는 付託을밧앗다. 그러키째문에 于先 이글을 數百萬의讀者압페내놋는다.

外勤記者의하로*

엄시우

(上)

아침밥을먹고는 물도제째로마실새업시 松花江 우를걸어야한다.

松花江 어름우를 것는것은제법雪景을 애끼고사랑해서가아니라 슬프게도 住宅이 別莊地帶인 太陽島에잇기 째문이엿다.

겨울철(冬期)을 여름別莊地의빈집에서 산다는것은아모리 好意로解釋한대도 人生行路의 한토막悲劇이 아닐수업다.

이럿듯悲劇의 主役을每日 되푸리하며 "키다이쓰카야"를 쑤벅쑤벅거리면서 支社門을드러서니 新聞은 아직오지안엇다.

대강事務를整理하고 記事材料를 어드러나갓다.

첫번들리는곳은 協和會哈爾濱地區本部이엿다. 그러케첫는에 번 쩍거리는 材料는업다. 다못 會務職員 卓春奉氏를맛나 茶水만멧곱부업새고나온다.

거리에 馬車, 人力車, 自動車가 불개미쎄 아줄대듯한다. 조금만 精神을 노앗다가는 交通事故나나기에 알마진일이엿다.

둘재로는 성공서에들린다. 弘報科를도라서 開拓科로간다.그러나여기서도 四段題目의 材料는 엇지못햇다. 마음은理由업시 憂鬱만해진다. 다시 車站街를貫通해서 大直街行電車에오른다. 電車를탈째마다 불쑥이러나는生覺!

『경찰놈에 봇다리좀적엇스면…』

하는것을 오늘도 쏘한번입안으로중얼거린다.

셋재로 드러선곳은 鐵道局記者室이엿다. 여기서는記事材料보담더눈의 얼는 씌이는것을 發見하엿다.

×

그것은 黃祿道中에一點紅格으로 女記者한분이 오늘처음으로 나타낫기째문이엿다.

名刺를내미는데보니 『趙××』라는 일흠과함께 그의손도얼굴과 못지안케아름

---

* 이 글은 ≪만선일보≫ 1940년 12월 15일, 17일에 게재된것이다.

다웁다는것을 여림도업시느끼여본다.

이곳은 國際都市라 每日出入하는記者중에도 맛나면눈으로만 人事만할쑨말은서로 通치못하는일이 각금잇다. 內地人을비롯하야 鮮, 滿, 露ー이러케되고보니 滿語와 露語는방금죽인대도 모르는나라 그들과 每日갓치맛나면서도 한번도 이야기할수업는것은 가슴만답답한일이다.

더욱히오늘처음 맛난女記者는 滿語박게모르고 나는 日鮮語박게모르고…

열한시반이나되여서 市公署에들엇다가 南湖路에잇는 金剛分會로 드러선다. 金剛分會에는 언제나조혼材料가만히나온다.

마침오늘은哈爾濱近郊 太平橋에잇다는 사람을맛낫다. 그는나의압프로오더니

『저…인사 엿줍겟습니다』

하고인사를싹듯이부친다. 나도名刺를내고 싹듯이인사를햇다.

주는그의 名刺에는 太平橋農場이라는 五號活字가잇고『李敬哲』이라는 四號活字가나온다. 드는

『저ー 先生님 이런것도 신문에낼쑤잇슴니까?』하고머리를 벅적벅적극는다. 나는

『뭔데 말 씀해보슈?』

하니 그는

『저ー 우리동네 일입니다……』하고 자세이설명하는데要旨는다음과갓다.

太平橋에 農民한분이家族은 그곳에두고 今天여름에 五常縣杜家站이라는곳으로 품파리를갓것다고한다. 마침그사람이 품을팔고잇는집은 主人이小室을一어더가지고 다른집에서 살기때문에 큰마누라는 공간만직키여왓다고한다.

그런데 住宅이 滿洲式이여서 南北『캉』이라는것은 壁업시 마조바라볼수잇는 溫突에서 하나는 南캉 하나는북캉에서 밤늦게서로지내는사이 넘지못할 線을넘어버렷다한다.

(下)

엇저다가 關係를한번맷은 그들은 남의눈을 속여가며 맛나는機會를 隔日一回式하엿고 回數가 거듭되면ー 이번에는 本夫의눈에들킨것이아니라 엉뚱하게도

姦夫의족카에게 들키엿다고한다.

　叔母의 非行을目睹한족카는 어림도업시 눈에서불이일어나서 마침내 듬직한 몽둥이로 姦夫를 짓뭉개주엇고 경을썩치듯한姦夫는 窓門을박차고 다라낫다한다.

　다라나는것을 夜警돌든自衛團은 盜賊놈인줄알고 짜라가서 몽둥이로 짓모아주엇다고한다.

　그리하야 姦夫는 사랑하는妻子를 太平橋에두고 눈을못감은채 世上을 써나섯고 그것도 男便이라고 돈버러올째만 눈알이 싸지도록기대리느든 그의젊은안해와 어린子息은이겨울을 먹고살길이 아득하다고한다.

　잠잠이 그의이야기만듯고잇든나는

　『그것쑨이요?』

하니 그는

　『아닙니다. 쏘잇습죠』

하는것이엿다. 자세히뭇으니 이번에는 무슨 그런男女의 單純한 關係가아니라 太平橋農場의 鮮農二十餘戶가 方今 굴머죽게되엿다는것이엿다.

　굴머죽게된 理由는 今年에水災로 말미암아 凶作이되엿는데- 農場主趙某로부터는 小作料를 收穫에 半分을해나라고 하기째문이라고한다.

　더욱히 水災로 凶作이된것은 그 責任이 農場主側에잇다고한다.

　三年前의開墾時부터도 그랫거니와 農場主는 今年봄에도 堤防을해서 河水가 못들어오게한다고 農民大衆에게 宣言하고 事實工事를할째에는 投資를하지안코 農民의힘으로만 엉터리로하랴다가 今年에도 河水가 汎濫해서 水災를입엇다고한다.

　그래서 農民들은 四六으로 하자는것을 五五를 내라는것이 結局은말성을이르키어서 農民들은 벼를비기만하고 打作은하지안는다고한다.

　나는 金剛分會를 버서저서 一面街로 넘어오다가길거리에서 발을멈추엇다.

　사람들이 七八十名 둘너섯는데 왁자짓걸하는것이 아모래도 무슨일이 낫슴이 分明하다.

　群衆을 헤치고 들어가니 길바닥에서 붉은피를죽죽홀리는것이 쌈은 大端히큰 쌈이엿다.

　　그러나 싸리는사람도 조선말을하고 맛는사람도

　　『아이구 아이구 사람죽는다?』

하는것을보니 두분이다조선사람들임에 틀림없다.

　　쌈에骨子를물으니 싸리는사람은 손을멈추고나를 힐끗보더니

　　『글쎄 이자식이야편쟁인데 우리집에드러와서 내오바를훔처갓습니다그려』

　　갈긴다. 쏘한번 싸귀를갈긴다. 코에서는 길다란피가샘물처럼솟는다. 보기에

도 끔찍한노릇이엿다.

　　阿片쟁이! 方今경을치는 아편쟁이는 얼는보아 卅未滿의청년으로 압니(齒)에

金을올린ㅁㅓㅅ을보아 한때에는제법돈양이나주무르며 아주쩌기엿슬것이分明하고

더욱히그도鴨綠江건너설째에는 靑雲의壯志를품엇슬것임에틀림업다.

　　그런데 그 壯志는阿片을 쌀고맛는데만壯햇든듯 오늘의저지경이되엿고 저런

逢變을 當한것을 볼째 나의눈방울은저윽히흐러지지안을수는업다.

　　『하필 조선말을하는사람이 아편쟁이가될게무어람』

하고 나는 이이맛살읗닥버린채 다물지를 못했다.

　　『자네가 林源勛아닌가?』

하니 阿片쟁이는다풀린태엽처럼 아모힘도업는눈을멀거니쓰며 구렷타고고개만

쓰덕인다. 그는일즉이 玄海灘저쪼게서사귄벗으로 그째그곳에잇는學生層에서

는 相當한尊敬과아울너 戀愛도무던이해본사람이엿다.

　　그럿튼그가 十年이박권오늘에와서 더욱이 滿洲에드러와서 一個의阿片쟁이

로남의 쓰레기통이나뒤지고 남의물건이나훔치다가 저지경을當하는것을 生覺

할째 나의눈시울은 다시금 쓰거워지지안을수는없다.

　　『이쌍의아편쟁이는 언제나 종자가업서지리오?』

　　이것을 生覺하는동안에 벌써記事原稿보낼時間은 卅分이지나갓다.(「할빈」

에서)

多事之秋*

송철리(宋鐵利)

二萬八千晌의耕地面積과八萬五千의人口를所有한新京特別市郊外農村地區
를相對로 農民그들의福利를增進식히는一方 市民그들의食料(特히蔬菜)를 補
給하기에땀을흘려야한다는것이내職業의命令이며 이命令에服從해야되는것이
只今의나인데처음엔 厭厌症이나서못해먹을지경이엿스나 차차로 職業意識도
생기고 또一種의興味도 늦기고해서今年春期부터는『粗不農法에서集約農法에
로-』『在來種子에서改良種子에로』라는못토아래 産業開發五個年計劃을 세워
가지고 一般産業의急速發達 農民思想의善道昻揚 經濟生活의健全向上을 平行
시켜서 어느나라首都의 近郊農村만못지안케 그레별을놉힘과同時에 싸로蔬菜
增産三個年計劃을 세워가지고全市民의所有蔬菜(一人當一日五十五勺、一個
年二萬七十五勺로치면 四十萬人口一個年消費量은 八百三萬貫)를自給自足케
해야 外地蔬菜의高價輸入을 制緊하려고 同職諸氏와最善의努力을하고잇는中
幸히奏效되여가는形使이다 라는것은 決코出張簿에도장을누르고 旅費만감쪽
지빼먹듯 밧어먹는 自身이부쯔러우니짜 妙하게塗糊하여버리려고 느러놋는詭
辯이아니니무엇보다農民全體가市의計劃에贊同해주는것이滿足하며 市民諸氏
의食用을爲하야今年엔于先 蔬菜四百萬貫을 來年後年엔一躍九百萬貫을 市場
에내여노아 그로부터는每年 市民의 "食卓戰線罪狀업다"를 確保할수잇는 數字
가나와잇스니 이亦질거움이아닐수업슴으로서이다.

그러나 일에잇서서우리들은 괴롭다 누구나다아다십히新京特別市郊外農村
엔力行、淨月、出雲、芙蓉、淸明의五個所日程을 除하고는 全部가 蒙昧한 滿
農들 뿐임으로直接指導에 當해보면 머리긁을일이 非一非再요苦笑爆笑치안코
는 못백일일이其數不知지만 이것은 次置하고 四季를짜라 農民들과함께 밧버야
하나니 봄이면各種蔬菜種子를 配給해야하고 또고편이一펜이니 삭세션이니『改
良種子』이니하는것은 이同項異目의 種子를 一一히鑑別區別해야하고『過燐酸
石灰』이니하는 化學肥料에까지關係해야하며 여름이면 蔬菜의生育狀況 病虫有

無等을調査하고『硫酸銅이니 구포이드(酸砒鉛)』이니 데리스石鹼이니 가제인 石灰니하는 農業에손을대이야하며가을이면 春播種蔬菜中 貯藏可能한(甘藍、 人滲、生芥等)것의收穫豫出量을調査하는한편 冬期貯藏蔬菜(무、배추갓흔것) 를 栽培하기에도 干涉하여야하며 겨울이면 來年도의農村指導計劃과 그의實行 方針을 세우기에머리를알아야하는것인데 이러자니 每日갓치『싸이드카ㅡ』에 흔 들리며 大同大街와農村地區를 가로세로알리지안으면안되고 째로는 奉天 態岳 城 哈雨濱方面으로 出張이랍시고갓다오지않으면 안되는것이다.

이런일뿐이면 모르겟는데 이박게콧마루에선진쌈이솟는일이 쏘하나잇스니 그것은『通譯』이다.

農村에나아가서하는 通譯씀은 그럴듯하게버무러넘겨도 무방하지만 혹시區 長 屯會長 篤農家諸氏를 불러놋코 農村關係各會社의대머리어른들을 召請하여 農政協議會가튼會議를할째의 通譯이야말로싹질색한노릇이다.

째로는『진텐케휘디무디쓰…』(今天開會的目的是…)하고 我方의 趣旨를彼 方에설명해야하며 째로는『…以上의如ㅅ我等農民의負擔○重過ぎゐが爲ぁ…』 하고 被方을代辯해야하는데 가다가모를말이 잇스면참정말 망신大망신이다.

大略이와가튼 辛苦(?)로해서 農民들은 漸次發展의趨勢를 보이는것갓고 市 民들은 新鮮한蔬菜를量껏攝取할수잇는것갓다.

이는 미루어보면 우리들은시민의 榮養을供給해주는 폭인즉 新京市內에住籍 을두고 끼니째사다 蔬菜를잡수시는 사람이면 日、滿、蒙、漢、露五族을勿論 하고官公吏던 會社員이던 제아모리電波를부려먹는아나운써던蒙華로운銀幕의 女王(電影明星)이던間에萬分의一씀의謝意는表하여야 맛당하리라는것은얼쌔 진놈의 싱거운넉두리로聽過해버리면고만이고 每日食卓에오르는蔬菜가 어데 를經過하야 어쩌케오는가만을알어주면고맙겟다.

벌서 가을이다 八月이거진간고 九月이갓가우니가을이아니다 一年柑이익어 문허진지가엇그제요 가을무 가을배추가 五葉六葉이되엿스니 가을이다.

제季節짜라 닥치오는行事의 賦役도 賦役이려니와짠일이밀어드어서 우리들 은 只今眼鼻莫開한地境이니(一)新京食卓業株式會社와 農政股와의事業限界 (一)新京略農株式會社와農政□와의事業限界 (一)新京特別市興農合作社와農 政股와의出業限界等等의區分整理로해서 長期出張을채끗도못맷고 召逈되여

連日江線公文用紙와 씨름을하는판이다.

　이리하야時는正히多事之秋라 親凉人郊城에 燈火稍可親은 念頭에도못두고 盡困이나 겨우풀기爲하야 裳枕稍可親을하는수박게업는身勢이니 生覺하면가 슴만답답하고…

　여기까지 써노코보니 붓가는대로 제職場을紹介한듯하야 싱거웁기짝이업는데 며칠前『그래 자넨 그人形집에서 그 로봇트의 춤을 그냥 繼續할心算인가?』하든 c君의가喝聲(?)이 히틀러의警告처럼무서워 고만허겁지겁 붓을노흐련다.

一八·一五·

雪夜雜咀*

송철리

　바람잠든窓박게함박눈소리업시쏘다지는이한밤　호을로녹쓰른靑銅火爐를끼고고-요히안젓노라면 애된나의追憶 한마리조고만 강아지되여 수북수북내려싸이는 눈위에 외줄기발자욱을 그으며 달리나니 그옛날 그길 못이저스러진香氣나마 다시차저 할트렴인듯 사냥ㅅ개뒤짜라 매(鷹)밧고 峰에올라 흔한쐥장끼 까투리 막우날려 휘모라잡아메고 洞口박할멈술집차저 金서방朴서방다러주거니 밧거니를 건아-하게醉하면

　銀嶺 노픈峰에 메밧고 욱쑥서서

　萬頃雪坡 굽어보며 吹寒風 드리킬ㅅ제

　사나의 무쇠가슴속 토이는듯 하여라

　쐥잡아 질머지고 눈바다를 헤엄처

　밤酒幕차저들면 明月淸波 李太白

　무어라 근심걱정을랑 웃고볼가 하노라

하고 엉터리自作詩調라도뇌까리며 눈싸혀 힌珊瑚등걸가는 나무가지 휘여잡으

─────────────

* 이 글은 ≪만선일보≫ 1941년 12월 12일에 게재된것이다.

며 부엉이 우름짜라 기픈山속으로 가고시픈衝動에짜장매삼치든 第二故鄉의
雪夜!

눈이 펑펑쏘다지는밤 마차에 몸을맷겨『만만디』(慢慢的)로 大同廣場 한바퀴
돈다음 南關 二道河子를지나 八里堡쪽으로 지향업시밤새껏 달리고십든 新京의
雪夜! 이가튼 自由奔放한 묵은風趣 안타깝게도 들쓴나그네마음 쪼이니 外套어
깨에 눈 함쑥바드며 有朋自遠方來한셈잡고 金君이나올리 火爐ㅅ불에 쌀-가케
굽힌손으로 沈黙담긴 盞을들어 나리-ㅅ하게 醉하여볼까!

내 어릴째부터 눈조와한탓일코 눈오는밤 그中에도 함박눈 오는밤이면 瞑想
의머리채 풀어터트리고 미친년처럼 그저 발가는대로 허매고시퍼 이밤은이러틋
興奮되는데 방정맛게 들리나니 圖佳線밤列車 노픈 汽笛소리 豆滿江건너 鄉愁
와旅愁에 흐늑기는 길손들와서글픈꿈실고 달리는 北行車라서 언제나 목메인당
나귀우름처럼 사뭇 구슬픈지- 汽笛소리 인제 이른봄만되면 어린아이 업고이끌
고박아지쪽 대룽대룽쫘여달어 이고지고 開拓의길을밟어오는男女들 저車타고
한숨지며 北으로 北으로 흘러가리니 을쓰녕스리울손 저-汽笛소리

그래도살면 故鄉이라고 이리저리흐터저오막사리 집꿈이고 보리감자지에드
려오붓오붓살면서 아들나고 쌀나코 그리는동안 이쌍의風土에 물들고 에어부내
山모르는 길든노루처럼 옛복음자리아주이저버리는 그들!

鄉愁이즌 무리들! 그들이 이쌍妨妨曲曲에 實로 그얼마일코

『고향 마을에 火車가 노엿다누만!』 하면 『흥』 하고 코對答하고

『朝鮮에 水災가 나 큰일엿다는데-』 하면 『그래-』 하고 먼말반듯하는그들의
家族 只今내집에 잇고 그들의 子女 現在우리學校에 찻스니 엿지 이쌍이고장
가르처 故國의延長아니라하라

번거로운 生學에 마음자못 뒤숭숭한데 窓압길가에서泥醉한젊은 醉酊쑨이들
의반벙어리고함소리! 모다靑春이고 째雪夜라 한잔마심 過히나쑤지안타고 일썬
怠로 醉糊코십흐나 저들家庭과生活 저윽히 걱정되어安心할수업나니 그것은 或
南陽으로 건너갈째 늙은男女여름이면 비지쌈에저저 호박오이가튼蔬菜 겨울이
면 허리에 헌 담요휘감고 배둥금가튼 果物파는光景 恒常日階하는 째문이다 그
들中에 저들의父母 안끼엿다고 누가保證할가보냐?

『노들강변』『사-케와나미다짜』 속에서『아니놀고무엇하리』로 매마른 무리들

의째문든돈 녹여내는妙 들! 녹히는 얼간들! 범벅간곳에파리싸르는格으로 部落거리마다 展開되는 그現狀 뜻잇는者는 어이痛嘆치안흐리요 마쌍히 조흔處置잇슬런지-

『쌩! 쌩! …』열두時 時計소리에 언뜻마음돌려辛酸한生覺 쫏으려하나 좀체로 안되기에 偶然히 본지간 설합속에서묵은童話帖 쓰내들고한대목읽어보다.

눈! 눈! 함박눈
　다리위에 푹 푹
　우묵우묵 발자욱
　오구가구 숭숭숭
　　　　◇ ◇
눈! 눈! 함박눈
　강물위에 푹푹
　수북수북 뭉치눈
　홀러홀러 둥둥둥

쌍은 맑은빗나로하여금 즐겁든 童心時代의 눈우에 散落케하여 氣力에겁가벼워진듯 이노래 作伐 어느실업슨親舊쎄 當햇지만 아직도새로운 그째의作 ! 表白잇는째 늘-거느기 즐기든 다리위에 붉어지는 배쏫마냥 함박눈탐스러히 내리는날 알수업는 기쁨에물결치는 가슴부어 안ㅅ고남밟아 보지 안흔곳만골라 조심조심 발자욱치며 가다가 머리에 붓잡어 너흔沌心그대로 종이위에옴겨노코는제절로 부처입속으로불러보던童謠 어쏜새되여옛동산 다시차저와 지저귀는듯.

이러듯 가지가지生覺이나리는함박눈처럼 그칠줄몰라 그냥마음속에 고히고히싸허두저 머冥想불러 다리곤채 담배한대피여물고 고요히 눈감는다 호을로한 가롭도다

(함박눈오는날自處서)

滿洲農民의 儉勤黙*

송철리

(上)

나는 滿洲農民들과接觸할수잇는 機會를갓고잇섯다. 그것은總面積四百十六萬二千三百七十六平方米耕地面積一萬二千三百八十三晌으로 一千七百五十六戶 一萬一千五百三十一人을 抱擁한大部落에엿다. 市內(建國大學)에서 겨우二키로 박게안나오는곳이지만 아주縣隔한僻地의農村과가튼늣김을주어서 무엇보다 재미잇섯다.

相對가全部風俗다르고習慣다른 滿洲農民이다. 처음엔그들對하기가 퍽서툴러스나 날이가고 달이감을다라 漸漸갓가워저서 二三個月後엔어느程度가지의 親分까지늣기게되엿섯다. 열마동안은 實로困難하여섯다. 言語는通하엿지만 起居와食事가不便하기짝이업섯다. 그리고몹씨쓸쓸하엿다. 그러나聯舍속에갓처서 公文用紙와사호는것보다는 淸潔한大氣人속에서 一望無涯의 大海를바라보며 金빗太陽과親할수잇는 日課가얼마나爽快로운지 몰랏다.

純眞한滿洲農民!

勤實한 滿洲農民!

그들과함께이야기하고 그들과함께 우슬수잇는것은 즐거운일이아닐수업섯다. 그들은 처음엔 나를무서워하엿다. 官吏라고! 나를실혀하엿다. 朝鮮사람이라고! 나는그들을 獲得하기에 全力을다하엿다. 그들의 支持를밧기에忠誠을 다하엿다. 努力은헛되지안허 그들은漸次나를조와하엿다. 나를반겨주엇다. 그리하야 나는그들의生活속에滲透될수잇섯든것이다.

微妙한風俗習慣 奮異한家族制度 그리고굿건한營農方針等等그들을 通하야 어든바知識이적지안엇다. 그러나그것은?後公開키로하고 여기엔다만그들의氣質과性格의外廓을 수박겇할키로하여보련다.

×

儉!

---
* 이 글은 ≪만선일보≫1940년 6월 27~28일에 게재된것이다.

그들은 儉素하고 儉德하다. 虛飾을모르고 奢侈를모른다. 그럼으로 眞實하고 正直하다. 純厚하고 敦篤하다. 物的으로 浮華鍍麗할才貌를못가젓고 心的으로 暗計言人할怜悧를못가젓다. 輕薄지안코 短妖치안타.

어데까지나 우직하고 고지식하다.

儉! 그들은儉朴하다.

沃土三百晌을가진 地主라도 겨울이면綿衣한벌, 綿袍(만주솜두루마기)한벌, 狗皮帽하나, 靴鞈鞋(俗稱울누) 한컬레면 滿足이요 여름이면 單衣한벌 布鞋한컬레 高粱稈帽 하나면고만이다. 그러타고 그들이털外套, 털버선, 털신, 털목도리를 모르는건아니요. 파마나, 헌洋服, 힌신을 모르는것도 아니다. 그만큼그들은 儉約的이라는것이다. 一見그들은거지와도갓다. 그러나그들의 주머니를 보라! 때무든 十圓紙幣가 "지리가미"동텡이처럼 딩군다. 그들의 家庭에로 가보라! 富裕롭고 潤澤하다. 그만큼그들은 現實的이요實用的이다.

그들은稅金을 滯納하는일이업다. 갓가히隣近火災의同情金?捨에도 게을느지안코 멀리國家社會機關의義捐金投?에도 빠지지안는다. 그만큼 그들은 義俠的이기도하다.

그들은 부르짖는다.

(下)

檢約은 富家强國의本-이라고

勤!

그들은 勤勉하고, 勤勞하다. 車賤도虛費치안코 才?을 放逸치안는다. 황소처럼 根氣잇게일한다. 每番일에就하면 粉骨碎身을모르고 全心全力으로傾注한다. 어데까지나 勤行的이요 어데까지나 勤?的이다. 한번어느집 雇傭人으로들어가면 조턴나뿌던 五年이고十年이고꾸준히견디어나간다. 남의일을남의일로 제일을제일로 區分치안는다. 忠?勤實이요 熱勤誠勤이다. 그러케그들은부지런하고 그러케그들은 미듬직스럽다. "쿠리(苦力)"는勿論이지만 地主도農場에나아가 아침五時부터저녁여덜時까지 땀을흘린다. 多忙한때면 婦女들까지 總動員이다. 男土女草! 그리하야 그들은 灼熱下의 農繁期를 克服하는것이다.

男收女穫! 그리하야 그들은 秋風中의 農繁期를 征服하는것이다.

地主가 정자나무아래 藤椅子에 기대어서?扇을휘두르며 避暑할줄모르고 그 令嫂(女高卒程度)이 靑나비날개갓튼 파라솔을바처들고하이힐에 장단마추어 柳林으로 草原으로 仙遊하러댕길줄도모른다. 함께農事에 땀을흘린다. 그리고 함께家事에땀을흘린다. 그럼으로그들의田土엔 五穀이登豊하고 그들의 家庭엔 和氣가 充滿한것이다.

"一刻이如千金", "一勤天下에 無難事"는 이들이 부르짖는 金言이리라.

×

黙!

그들은 黙重하다. 多辯인것가트면서도 黙黙實行第一主義者들이다. 必要를 認치안는限에는 말하기를避한다. 長舌로計劃을 裝飾한다음 實行에移치안코 黙計로實行을産한다음 要言을命名한다. 그들은 每事에그러타. 十事를畢한後 一言을放하는것이다. 徹頭徹尾黙想的이요, 黙行的이다.

그들의 職場에가보면 沓沓해못견딜만큼조용하다. 그러타고 窒息할듯한沈黙에사로잡힌것은아니다. 嚴肅한沈黙의 霧圍氣속에서 一擧手一投足이무게잇고 기운차보인다. 그들의 會議(地主會議, 小作人益農方針妥協會議等) 傍聽해보라! 決議에의中될만한말(意見)만 彈兒처럼 聖스러운沈黙을 뚤고나옴을 볼수잇다.

沈黙! 그들은 沈黙을 사랑한다.

西諺엔 이런말이잇다. -?辯은 銀이고 沈黙은 金이다-라는

成功의 秘訣은 무엇이냐?고물어쓸때 아인슈타인은對答하엿다-일하고 놀고 그리고 말을말어라! -고.

그러타! 沈黙은 얼마나 高尙한 思想인지모른다. "WORK WITHOUT WOROS!"(잠자코일하라.)

그들은 이한줄의 短句를등에지고 일하는무리들이다.

黙黙實行! 그럼으로 그들의 일에는 失敗가적다.

×

儉!

勤!

黙!

그들은 以上三性綜合의先天的 强値體質을 타고낫기 때문에 그들의生活은 非常時에도 健康狀態를 保持하고잇는것이다.

나는 그들의 이體質을讚欽하여 마지안은바이며따라 그들의 無言의訓示(?)에敬服하여 마지안는바이다.

(筆者는 新京特別市公署行政科農政股에 勤務)

<h1 style="text-align:center">寂壁賦*</h1>

송철리

(上)

헬몬!

三更도넘엇나보오이다. 窓박게는 침침한 밤(夜)이寒流처럼흘으고잇고 그대의얼골에다 기-단寂滅이지네가티기엽이고잇습니다. 머-ㄴ골목을지나 버레소리인양슴여드는 저-胡弓소리는 어느 외로운의 蕩子의哀訴기에저리도 처량하올까요?

헬몬!

나는 해종일어린병아리처럼 쪽어린병아리처럼 거리와거리를 지향업시 헤매다지친다리를 끄을고 돌아와 지금 산송장의넉으로 그대의墓壁에 기대누워 억지로잠을부르고잇사오니 잠은흘러간世路-뜻 잡히지안사옵고 오로지검은煩惱와어지러운空想만이 喪布처럼 몸에감길짜름이오며 弔章처럼 얼골에덥힐쁜이외다.

한 썻외로움 한썻 쓸쓸함 한썻 괴로움 한썻 구슬픔 한썻 안타까움……이 모-든것이하나하나 凶惡한버레가되여 내肉身을파먹고 내精神을 깨무는듯하외다그려.

***

* 이 글은 《만선일보》 1941년 3월 18~21일에 게재된것이다.

헬몬!

이와가튼밤이면 나는마냥그대를 唯一의戀人으로 또한無二의友人으로 그대의품에안겨 그대에게 가만가만나의 苦惱를 하소하엿사오며 조심조심 나의體驗을이야기하여오지안엇사옵니 까? 이밤도 依例나는 그대의귀에 나의獨白을 속삭임으로써 그대의 그 無言의 慰安을 알려하옵니다.

×

헬몬!

秋雨와가튼 孤獨이외다. 泥潭과가튼 憂鬱이외다. 동무는 헤여지고 파랑새마저날러갓나이다. 마음은 흐리고 몸은 疲困하외다 낮에거리에나서면 뒤싸르는 그림자와 발자욱이 내 親舊요 내 同行이오며 밤에집으로 돌아오면 어둠과 寂寞이내 兄弟요 내 愛人이외다 그박게는 그박게는 아모것도업나이다. 글세요 어느 시인처럼 낮에 窓을열고 冊을펴면 살랑살랑 冊장을 혼들어주고 쌤을슷처주는 微風이 내안해오며 밤에 커-덴을 제키고 하늘을 처다보면 반짝반짝 빗나는눈으로 아양을부리고 우슴을주는 푸른별붉은별들이 내아들과쌀이라고나 하여볼까요?

아니 참 或 茶房에들면 진한커피와芳香이 내눈에椰子樹아래의 달밤을보여주옵고 엑쏘틱한 交響樂의리-즘이 내귀에南洋處女의 狂想曲을 들려주신다고도 할수잇는것을—

그러나 헬몬!

나는偉大한詩人이못되오며 그와가튼 無我境의華想에 잠길줄도 모르오며 또한 老鍊한畫家가 못되오며 그와가튼 極致圖의構想에 陶醉할줄도 모르옵니다. 이 亦不幸이아니오니까?

그저 愁雨와가튼 孤獨이외다. 泥湯과가튼憂鬱이외다.

白沙는흘러가고

白鳥는날려가고……

오로지 孤寂의검은바위에 煩惱의 灰色이씨(苔)만錄쓸쌴이나니

아! 아!

廢墟보다도 더-서글픈

내 마음의 바다ㅅ가여!

내 마음의 바다ㅅ가여!

○

헬몬!

幸福은쓰민甘露이더이다. 幸福을째면 惡夢이더이다. 무지개처럼 燦爛튼 希
望은 부지개처럼 사라젓소이다. 숫불처럼타든 情熱은숫불처럼꺼젓소이다.

後悔되옵니다. 한편人生行路의새로운한고비를 돌아온것갓사와安堵롭기도
하나이다. 쏘한힘든人間學을 한페-지 더-배울것갓사와 滿足하기도하나이다.

無常!

그럿소이다. 핼몬!

모든것은無常이로소이다. 사랑을주는것도無常 사랑을밧는것도無常 만나는
것도無常 헤여지는것도 사(生)는것도 죽는것도 無常 無常모-든것은 無常이로
소이다. 無常을 因으로 生長하엿다 無常을 果로 死滅하는것이 人生이 아니오며
나아가萬物이아닐짜고 生覺하옵니다. 그러하오매 喜에우슬건무어오며 悲에울
건무어오리짜?만 언제나『死』보다『生』을『失』보다『得』을『虛』보다『孕』을
『離』보다『逢』을…바라고求함이常情이오니 이아니맹랑한人間이옵니짜? 나亦
平凡한人間이오다. 悲와哀를맛보게되여 이러케 嗚咽치안코는 백일수업사오매
그저내가니를 가여워할짜름이오며 쏘한 내가나를비우슬 짜름이외다.

(中)

그러나 헬몬!

베개인뒤의하늘은 한층더-푸른법이오며 苦悶의뒤의마음은 한층더-맑은법
이외다. 하로의어둠이새이고 쏘하로의새벽이 동트랴는 이무렵 나는내마음의 祭
壇에香을사루며 明日에의明朗과 明日에의飛躍을 約束하는쯧으로 삼가 나의神
에게 고요-히 祈禱를드리려하옵니다.

×

이젠 바람이부러도 일업소이다
이젠 비가 아려도 일업소이다
꼿츤 문허지고

나뷔는 날러가고
少年도 少女도 홋터지고
그리하야 永遠히 門다친 花園

나는—
하—얀園丁의 싸운을 버서버리고
얼눅진 農夫의옷을 가러입으려나니
나의神이여!
그때면—
힘찬 새봄이 碧溪水처럼
흘러오는 그때면—

내힘의胎葉이 한겹더-감기는 그때면
神께서는 祭典의葡萄酒에 醉하시여
노피노피 푸른휘파람을불러주시겟지요?

그리고는
그리고는 眺望의 湖水에 발을잠그고
고요-히 조을고 게세겟지요?

白鷺처럼
白鷺처럼

헬몬!
　내가나의 神에게 祈禱를 드릴그때면 나는이한편의 小說을한장의祭文으로 사
루려하나이다.
　헬몬!
　바다와가튼世上에서 물새처럼써도는 身勢이니 어데—定한 복음자리가잇사
오리까? 쏘한날고십니이다. 날개를펴면 旅路千里에쓰고 날개를접으면 移動故
鄕에머물수잇는 久遠의나그네가되여 갈메기의 넉스로실컨흘러단다 바람과

함께 사라지고십나이다.

(下)

앗차 헬몬!

쏘동무들의 忠告에 犯한바되여소이다그려—『네가浪人의氣分을淸算하엿다는날 우리들은너에쎄 幸福의女神을보내리라』든 友人들의忠告 그忠告에몃번이나 머리를숙여 敬意를表한 나엿든가요? 그러든내가쏘이처럼 放浪의謳歌를뇌싸리다니—

헬몬!

그러면나도 定着性잇는人間에의修業에努力하여보올까요?

定着性잇는人間이되려면 安定된生活을가져야하고 安定된生活을가지려면 鬪爭을必要로해야되는것이외다.

鬪爭— 어마어마한課題외다만 內查하여보면 나에게도鬪志가잇고 士氣가잇나이다. 그러면나도새삼스스레 果敢한鬪爭을 開始해볼올 까요?

그럼 헬몬!

짧은人生이어늘 終局은한쏘각白骨에 歸化되고마는것이어늘 구태여싸홀건무어리싸. 될대로살다 될대로죽고마웁지요. 이것을 生存鬪爭의銃聲에怯을집어먹는 憶病兵의푸념이라고하신다면 眞理를차즈랴고대낮에 燈을들고길가를헤매엿다는 톨스토이모양으로나는 지팽이하나를벗삼아 어느哲人을 쩌나려나이다.

×

헬몬! 헬몬! 헬몬! 헬몬! 헬몬! 헬몬! 헬몬! 헬몬! 헬몬! 헬몬!

異常하게도 이밤暗黑을 뚫고쩌치는 隙光과가튼 그어썬힘을나는 내마음속에서처음 發見할수잇나이다.

新興滿洲人文風土記 – 吉林篇 *

청산청송(靑山靑松)

(一) 山紫水明의 都

山映夕陽　　五色天

流水明渤　　落重光

門前卽是　　西湖景

船廠天然　　避署鄉

天下第一江山, 滿洲文化發祥의 古都, 治水國策의 新興工業都

吉林은 이와기티 秀麗한 山水를 가진 水鄉이며 悠久한 歷史를 지닌 古都이며 k라서 工業都로써 그將來가 展望되는 都市이다.

吉林은 新興滿洲國의 縮圖라고하여도 過言이아닐만침吉林의 發展樣相 滿洲國의 躍進相이기도 하다

國家興亡盛衰의 옛모습은 안개지듯 朦朧하고 數多하던 人傑은 간곳업거니와 "琵琶城往北濱"의 俗語처럼北으로 S字形의 구부러든 古城은 三千年의옛꿈을 흘러보내고 新興滿洲의 새로운 建設을 자랑하는 松花江이 城壁밋틀悠悠히 구비처 흘러가고잇다.

지금도 秋色에물든 江岸草原을 漫步하는 나그네가依舊한 山河에 感慨깁흔양 夕陽빗긴 西녁하늘을 물쓰러미 처다보는 風景은 한幅의 산그림이 아닐수업다.

들이는것은 神秘로운 傳說이오 보이는곳은 明滕古蹟이며 懷古의 情緖를 비저내게하는 小白山 北山 龍潭山의 三名山에 崇嚴한 古刹과 許多한 神話를 고히 간직하고잇는 滕地는 참으로 年年이차저드는 遊覽客의 期待에 어그러지지안는 觀光일것이다.

幽邃한 龍潭의 靈地와北山멋테기여들어잇는 연못들과 松花江의 洋洋한흐름

---

　* 이 글은 ≪만선일보≫1040년 11월 1~3일에 련재한것이다.

　　작자 청산청송은 千靑松의 창씨개명한 이름이다.

　　천청송의 생년과 졸년은 미상인데 일찍 룡정에서 중학을 다닐 때부터 ≪북향≫에 글을 썼고 졸업후 안도에서 소학교에서 교편을 잡다가 길림시 협화회에 임직한 것으로 전해진다. 해방전에 많은 시를 발표한 그는 해방후 북에서 소설가로서 많은 작품을 남겼다.

은 水鄕吉林을 裝飾하는 보배로운 存在가 아닐수 업다.

由緖깁흔 史蹟 團山子의 高句麗의堅城 渤海古都로써 歷史에刻印을 찍어노흔吉林의古蹟은 아름다운追憶의불길을 일으키게하는 好材料이다.

千軍萬馬 疾風가치지나가고 이제새로운 歷史의첫페이지가 펼쳐지고보니 사라진人傑의 자국은 古城趾에殘存하는礎石뿐이리라

古都를차저드는 有心한그나그네의 回想의불길을五色무지개를 얼그리라

吉林은 松花江上流大豊滿의 世界的大發電所建設도 目捷間에잇느니 머지안은 將來엔 新興工業都市로써 雄姿를나타낼것이다.

이와가치 滿洲最古의歷史와文化傳統을 자랑하며 風光明媚로 일홈놉흔 水都吉林은 이제 쏘 다시 工業界의寵兒로써 그 將來를約束하게되엿다.

그럼으로 吉林은 二十萬市民의자랑인同時에 滿河의자랑이아닐수 업다.

躍進吉林

吉林의 將來는 오직 躍進이잇슬뿐이다
風光明媚의古都
悠久한한歷史를 지닌吉林
三千年舊國肅愼迹逾雄
萬筏大江上重城春樹中
雖無山峻險賴有古人風
路遇寬袍女華細揷髮紅
吉林의 歷史는 그것이바로滿洲文化이며 滿洲의 歷史이다

太古적 史貫은 明確하지만흐나 古代에는 肅愼이이고 漢明時代에는 挹婁北晉時代에는 勿吉에應하여섯고 그後靺鞨女眞時代로나려와 高句麗의 版圖속에 編入되엿든時代도잇섯으니 唐代에이르러 渤海國이이러나지ー린(□林)이라고 일카르던것을 지린우라(吉林烏拉)라고 改稱하엿다.

吉林烏拉 란大江에沿하여잇다는뜻이다.

이째부터 "吉林"이란일홈이차차 文獻上에나타나기始作하엿다.이時代渤海는 日本과의사이에 頻繁한交通 開始되엿으며 入唐者도만핫든時代이다.

그後遼나라가 니러나 渤海를滅亡식히고 金元時代를지나 明代에이르러서는

三萬街를 只今의 開元에 두고 吉林을中心으로 地方을다스리엇스나明대의威令
이 점점不振함에짤어 烏拉 哈達 葉赫渾發의 四國이 各地方에 倂立하여 서로
領土爭奪을 繼續하엿으나 이째마침 長白山에 發祥한 愛親覺羅는 明을 치고
大淸國을 建立하엿다 이째에 愛親覺羅가 引率하든 所謂滿洲八旗의 子孫은 旗
人이라고 불이우며 지금도 吉林에 存續해잇다

　淸은北京에 都邑을 定하고 이 地方을 統轄하엿다. 順治十年昻邦章景(康熙元
年將軍으로 改稱)一名副統二名을두고 그中一名은寧古塔에 駐在식히고 吉林
을中心으로 滿洲八旗를 鎭守하게하엿다.

(二) 文化都市 吉林 一絶히 集散하는 觀光客

　康熙十年 副都統이 길림에 駐在하여 구길림省政의 嚆矢가 되었다.

　康熙十二年 吉林城壁을 축조하고 同십오년寧古塔將軍을 此地에 移駐시켜
光緖末年까지 至하엿다. 이보다 먼저 宣德八年 征東水軍이 駐在하에 現在西關
의北方造廠街이다.水師般艦을 造營하였고 다시淸朝順治18년 北伐軍을일으켰
을째 여기에 造般所를設置하고 大西比利亞倂合을 꿈꾸엇든째도잇섯다. ○來船
廠이라고도 불리웠다.吉林省誌에는 淸明초기에 封建制度(漢人移駐禁止)가 解
除되고 部落이 漸次形成되게되엇고 康熙十五年船廠의名을 吉林이라고改稱하
엿다고 한다.

　滿洲事變以前에는 張作相이 東北軍邊防副司令兼 吉林省政府首席에 任하였
다가 事變後昭和六年 現宮內府大臣 熙治씨가 主席이되어吉林省獨立을 宣言하
고大同元年滿洲建國과함게倂合되어 省區劃이改正되어省域이縮小되였다.

　濱江, 間島, 三江, 東安, 北安省 等은 모다吉林省域에서 分割되어나간것이다

　　瑤宮百尺石爲梯
　　回首繞知天界低
　　最愛上方諸籍靜
　　山花滿地乳鶯啼

　吉林은 本來로는 商工都市가아니고 政治敎育의 文化都市였다.그리고 觀光

都市이기도하다.城內에는 省公署 市公署其他 各行政機關 學校가 만타.特히滿洲國間島敎育의 最高學府인師道高等學校는 西方四到의八百驟에잇다. 中等學校十個所 初等學校二十三個所 이와가티 吉林은敎育都로서의 威信을保持하고잇다.粮米行街에는 大體로豪壯한 官吏富豪等의 有閑階級의 邸宅이만코 庭園의 柳木, 風雅한大門等 滿洲文化의 傳統的氣品이 남어잇는 滿洲唯一의 古都로서의 嚴然한存在는 그누구라도 否定하지 못하리라.

城壁은西南으로부터 東南으로延長七滿里 亘하야 築造되엿섯스나 近代都市로써의 躍進을바라 西北部의 少部分이 남어잇슬뿐 全部都市計劃에 依하야 破壞되엇다.古都로써의 吉林으로선愛惜한感이어찌필자뿐이랴만 이미 過去之事요 새로운商工都市로써의 躍進을한犧牲이니 이 쏘한 어찌할수업는일이 안이랴. 城內主要한街路는 河南街 通天街 粮米行大街 尙儀等인데 就中城域을東西로 貫通하는 河南街糧米行街하고 北大街西大街는商業街로써殷盛하고 銀行 百貨店 雜貨店 服裝店等이 櫛比하며 滿系主要한商店은 大槪이四街에잇다.特히河南가는吉林의 銀座通이라고도 할수잇는 繁華한胡同이다.그리고 北大街 西大街는 吉臨特産物藥材, 葉草 麻穀物貿易商이만타. 牛馬行街는 牛馬, 若力, 野菜, 肉類의 市場이며 德勝街가는 北行遊客의通路이며 茶館 大鼓書 手品師 私娼等이잇으며 市의東方東大街는 木材로有名하며 大小木材商과 製材 燐寸等諸工場이密集해있는곳이다.江南의 國立公園은懸案中에 잇으며 江南等地의 工場地帶도압프로 머지안은압날에實現될것이다.더욱이 大豊滿의水電은 工業都市吉林의 世界的 자랑이 안일수업다.

그다음 日本人商街로써商業地이든 大馬路南大路은近代樣式의高樓巨閣이 櫛比하여 吉林滿洲 文化를保持하고잇는 城內外는判然히다르다.

滿洲文化의古典美, 그것은吉林만이 가지고있는特權이다 吉林은滿洲傳統의 氣品을 그대로保持 해나가는同時에 觀光과 新興工業都로서의面貌를가추어나가고잇다.

그러므로 吉林을遊覽한이는 그누구던지 吉林의山水를 부러워하게 되며 新京, 奉天, 哈爾濱보다도 吉林에살고십다고하는것도 決코그릇된 認識이아니다. 수양버들그늘밋테서 午睡에물저즌 學人의꿈에 三千年의歷史는 쏘다시顯夢하지않는지.

(三) 秀麗한 名勝古跡

攬勝來登北山天
徘徊故繞寺碑前
煙江煙水迷城市
多少樓台遠近親

城西德勝門에잇는 名山으로써 楡樹蒼蒼한 中腹으로부터 關席廟藥王廟關壁
宮王皇閣和尙塚等이잇어 古都에適應한 睡眠의美를가추엇다.

關帝廟는 民國時代孟恩遠將軍이며 徐鎭守使가 重修하엿스며 參拜者도 相
當한 數에 達한다 每年陰四月下旬廟祭時에는 金山에서사람들이덥혀그야말로人
山人海를이루며 大石橋의娘娘祭와 함께 滿洲二大祭典이라고 稱한다 山上 "暗
觀亭" 에오르면 市街가 眼下에업디엿고 蜿蜒長蛇가테 구비쳐흐르는松花江의
眺望은實로 天下第一江山의 勝地이다.

吉林되에서 南方으로 十粁되는地點에小白山이잇다. 一名溫德亭山이라고도
稱하며멀리長白山靈을望祭하는 望祭殿이다 長白山 東海唯一의靈山으로 모시
는風習이 金代로부터始作하야元明代에는 當山祭祀는一時等閑視되엿으나 淸
大에이르러다시祭祀가 復活되엇다 그러나 長白山은 距離가먼關係로 雍正十一
年溫德亭山에神殿을 建立하고遼遠한 長白山靈을 섬기엇다 淸朝中期以後그勢
力이衰退함을짜라 望祭가漸次로衰殿하여今日에는 겨우 正殿一檻만남고出他
數棟은 廢壞되엇다.山麓에는 사슴을기르는 鹿苑이잇는데 이것은 昔日祭祀時에
供養物로 犧牲되엇다 더욱이 이山은 滿洲 "라인" 이라고하는 철阿什哈達方面의
景色을 眺望할수잇는 位置에잇다.阿什哈達은 昔日明將이女眞族征伐의 砲兵站
을 設置하엿든곳으로 當時의碑文이 彫刻되여잇지만 지금은風雨에씻겨全文을
判讀할수업다.

다음 三名山關하나인 龍潭山은 吉林東方다음驛에서二仟의地區에잇다 別名
은 尼什哈山이라고도한다. 가을丹楓으로有名하며淸時代에 祈雨祭를 지내든 龍
潭寺란華麗한古刺이잇다 乾隆十九年에建立한佛殿 龍王殿其他數棟과鍾樓가
잇다

龍王殿扁額에는 「潤澤生民」 의文字가 씨어잇는데 이것은乾隆의名宰相福康

安의揮毛라고한다 그리고 佛殿에는 高宗皇帝東行하실적에쓰신 御書「福佑大東」의額이걸려잇다.

寺院西北엔 周園가約七十米나되는 龍源이란靈地가잇으며 一名水牢로라고도別稱한다 潭水는 深碧하며如何한旱天에도 枯渴하法이업스며 어떤霜雨에도 漲溢하지안는다는것이다 土民들은 池底의샘물이 松花에連結한다고 한다

佳太苾今靈秀鐘
白山望祭帝淸對
披東關有鹿兒范
雲悠春深正養茸

吉林省城東北方十八萬里되는 地域에島拉城이잇다 明代邑偸四部中 島拉部의都城이잇든곳이다. 이 城內에一土台가잇는데 이를 白花公主의 點將臺라고부른다. 公主가어쩐人物인지는 明確하지안흐나 이城은 遼金濱江主治이며 이 土臺도 當時에築設된것이다. 놉히가二丈 넓비가 三丈 길이가 六丈인데 台下에는 六十段의段階가잇고 우에는三寶殿이잇는데 이 點將台下에 三洞穴이잇는데 그 中한洞穴은 龍潭靈池와通한다고하며 昔日한罪囚가 水牢로부터 들어가서이 洞穴로써저 나왓다는傳說도잇다

吉林驛에서 車를타고鐵橋를 건느면 右使에등근山이잇다 이것 高麗堅城의城趾團山子이다 山은勿論그附近에서도 石器土器等이만이發掘되어考古學上의 好資料를提供하고잇다 또 山子에는 露國兵器廠趾가잇는데 日露戰爭時露國은 이兵器廠 守護하려고 壁壕를판자리가남어잇다

東大難에잇는孔子廟는宜統二年에 新開門에잇든것을移廟하엿는데 金色이 輝惶한廟宇는 雄壯하며 여름날 이神殿을 參拜하면옛聖賢의魂魄인양 殿園을旋回하는 제비들은그무슨析願을하는것처럼늑겨지게한다

北大街에잇는 淸眞寺는回回敎의寺院이며 北斗星을섬기는玄天嶺에잇는 玄帝關은金廟黑色이며 며廟院內에는 勇將德英將軍의碑가잇다

以外에도 巴虎門外에胡三太爺를本尊으로섬기는 靈仙府와乾隆三年에 割建한萬書宮이西門外에잇서 寂然한廢宮의 感懷를깁게할쑨이다.

다음으로 吉林松花江上流二十粁地點에잇는 松花江 "담"이남엇다 크기로世界에第二位이며 이 建設에依한效果는 下流平野에잇는十六萬町步의 水害를除去하고 觀漑의便宜와 農業移民一萬戶를 豫想하는外에 水流의一定한 航運의便利가만흘것이며 四方彪大한貯水池는 水運養魚觀光에多大한效果를나타낼것으로 吉林의將來는이담을其底로하는 工業都市로發展一路를 邁進할것이다

그리고 松花江의船遊며 「水閘」도 吉林의特殊한風景의하나일것이다

이제얼마안잇으면 白雪이싸혀北山碗葉山 江南一帶는 「스키」場으로 등장할 겨울이 머지안엇다

水瑯吉林

古都吉林

工業部吉林에 살고잇는우리들은 吉林을사랑하며 吉林의山河에慰安을 바들수잇는 幸福을 가지고 잇다.

눈나리는거리*

천청송

벗아
눈나리는거리에 설매를달리자
그리고코노래를부르자쿠나

이해도저무리가는가보다. 섣달초하룻날부터꿈속가티고막을울리든 「제야의종소리」는사라질줄모르는구나. 해야밧귀던말던 태연한마음을간직할수잇는인사외마음가짐에부리옴기고 하다만범부로선 가히본밧지못함이한이된다.

무근해를보낼적마다 마음의물결이출렁인다.

---

* 이 글은 ≪만선일보≫ 1940년 12월 12일에 게재된것이다.

해가바뀜에 수라를떨필요야업지만도 본시졸장부로태여낫슴이한이랄가 자연마음이서글퍼지플어이하랴만은 참다운인간이란우리처럼자연과정에순응하야이를절실히늣길수잇는 사람들에게오히려 인간다운인간미가맛보혀지지나 안을가누가가는해를 것잡으랴 막아선들 가는해는가고야말리 그리고조흐나마나나도이젠 스믈나섯의고개에올라서야하는갑다.

지난해를도리켜보니 넷상처치럽쓰리구나. 새해를마지면 의례크다란바람을품에싯고 나역시새로운꿈을 빗건만 이해를헛되히보내고나니 오색무지개처럼빗나던꿈은사라지고 희한의눈물만이가득찻다.

북국의거리

눈날리는 거리를것는젊은이의마음속엔 부서진꿈쪼각만얼키엇다.

어둔뒷골목에서 괴로움을이즈랴고 술잔을기우리는 사나이들의웃음속에도참회의우름의잠겨잇스리라. 이제아련히들리는 제야의종소리도 가슴아프게들일날도 머지안엇구나.

실패의존귀한경험은반드시성공의빰을싸하올일것이다.

쓰라린경험이 생취의추들에 되지안흐리라고누가어씨보증할가루냐 우리는어려운미듬이 잇논연고로비로소다시 새로운꿈을빗고 끗침업는 노력의채직을드는것이아닐가.

실패로돌아가고 일룩함이업는 지난해를한한들무슨보람이잇으랴.

가슴에 무슨길을언고보면밤거리를 헤매고잇는절믄이들가슴에는 아직도구든혈관속에서 날뛰는핏대가서리엇거니

통탄의 눈물을쎗고새로운압날을마지할 준비나하자.

눈은시름업시 나리는구나. 벗어저므러가는 이해의눈날이는 거리를회파람불며불며 "파리"를 달여보자날이밝으면 새로운꿈을간직한햇빗이 비칠것이나나냐.

情熱之章*

-H에게보내는글월-

천청송

어둠은 빗츨낫는가봅니다.
煩悶과懊惱에濾過된情熱만이 尊貴한것이외다.

◇

第一信

화로ㅅ불

타오르는숯레물을 끼언젓더니 재와김을 솟구고 불길은 사러지더이다. 번거로운 마음을 진정하지못한채 자리에누엇습니다.

닭이 두홰를치고 둥녁이밝어오는 아츰 시산한꿈을 깨고나니 창문열인방안은 몹시싸늘하더이다.

잠을일흐눈엔 서글품품만서리기에 담배를피우려고성양을찾다 화로에 피어나는 불길이 눈에띄엇습니다. 창으로드려부는 르찬바람은 사러지는 숯에불길을 어르키고야말엇든것입니다.

방안은 점점 화기가 돕니다.

"동아의새로운꿈"은 숯불을피게하는 밤바람처럼아롱진 꿈을 일흔네마음에 다시금 꿈을수노케하는가 봅니다.

날씨가 비틀나릴것갓습니다만 어서 광에들어가 몬지안즌 멍에라도끄내고 새보섭이나끼어 밧가리를나가야 겟습니다.

아즈랑이갓튼 정열의불길이솟습니다.

종달이도 우짓는 마음의 봄이온가부외다.

第二信

항상 그리운이가 님이릿가.

님이라면 물불을가리지안혼저도잇거니와 안타가운눈물도 흘려보앗습니다.

---

* 이 글은 《만선일보》 1940년 11월 12일에 게재된것이다.

그러나 내마음에 님을모신지 어미일손을 다꼽고도 모자라게 되엇습니다.

지금은 님의겻를떠난지가 반해가 가까워오건만 님생각이 나질안습니다.

아니 님생각이나긴나도그님은 녯님이아니오라 새로운님이외다.

녯님을 그리는내마음의파랑새는 날러가버리엇는가봅니다. 다만이끼와선 새로운님생각만이 마음의 거문고줄을 타고잇습니다.

하지만 새로운님은 녯님이비저노흔구슬입니다. 한때는다른님을그려 마음을 태워도보앗습니다만 그님도내마음을사로잡을님은 아니엇섯습니다.

님이 비저노흔구슬그것은 역시녯님이기도합니다.

님이 그립소이다.

새로운님…출배를들어 님그리는정렬의불길을 돗구어보렵니다.

第三信

꿈을꾸엇섯습니다.

"황금성"을쌋는 꿈이엇습니다.

더벙머리 어린시절나루ㅅ가에서 쌋틀밀물에스러지는 모래성과도가티 황금성은쌋기는싸허도 문허지고 말더이다.

사람이란 꿈을 까먹고사는즘생인가봅니다.

부서진 황금성의꿈은이제와선 다시꿈꾸고 십지도안습니다만 새로운꿈이 그립소이다.

허나 내마음 한구석엔쌋타만 적은 "탑"이잇습니다. 십년이면 삼밧도바다가된다거든 대장부의뜻이 휘여들기를잘하야 보람업는 십년이흘러가고말엇소이다.

내마음의적은탑은터를닥근채조곰도쌋치못햇섯습니다만 내이제 다시십년후의압날을 바라 탑쌋는 꿈은구렵니다.

새로운 꿈을바라 정렬의 봉화불을들기도 햇답니다.

"정렬의혈서"는 흰종이에다 붉은 물을들이고 말엇습니다.

나리막이잇스면 고개가잇습니다.

蒼空의빗나는 별빗츨따러前進해야 하겟습니다.　　　　一九四〇 於吉林

寒夜記(上)*

천청송

원시한밤중이넘어야 잠드는안된버릇이랄까 습관을가저온내가오늘저녁에야 초저녁에 잠들엇섯다. 아마도 요새 며츨동안 바쁘게 여행을 다녀온연유인가부다(사실은 여행이랄수도 업지만)

으레히 전가트면 비로소잠들역인데 우수수떨치고깨여나니 날세가 갑자기 변해진모양이다. 박근 눈이나리고 바람이 사나워젓다.

금년엔 유난이 날씨가따스운 편이어서 별로추운줄모르고지내왓드니인제부터는 제법추위다워지는 모양이다.

본시 이곳추위란 눈이 한두자나 싸혀서 이듬해봄에풀리게자리를 잡은다음에야 비로소 추위다운추위가 차저오는 법이다.

『쑹휘장』흐르는 물도 인제는 얼어들기 시작하겠구나.

이번나리는 눈은 비로소 겨울추위를 실고올모양이다.

다시 자리에 들어 누엇스나 잠은오질안는다.

방안은 몹시 추어섯다. 눈을감고 누어잇슬랴니 가자가지의상념이 피어오린다.

실줄에 달린나래는 푸른하늘로피뜬 『연』가치 자새에감긴 연줄의 실마리를 풀어올린다.

……언제든지 『나』를차즈려면 더욱더 일허지는 『나』그러하야 우리들은 다시금 우울해진다. 하지만가다각금 차즈면 차즐수록어설픈 『나』가 차저질때 우리들의 번린은 한층더 심각해지는것이다.

그러나 차저도 일허지는 『나』이니 혹은 어설픈 『나』일지라도 우리들은 참된 삶을 차즈려는 애슴이 그가운데 숨어잇슴을 즐거워해야 하지안느냐 만약 영영 차저질바람이 업슬지라도이는 사람에게 베프러진 우울한 행복일것이 아니냐.

---

* 이 글은 《만선일보》 1941년 12월 9 일에 게재된것이다. 이 글의 (下)는 유실되었다.

◇

빗츨일흔 사람은 발금을그려 애태우겟지만 빗가운데 싸혀잇스면서도 가슴답답이 빗츨그리는 사람들의 마음에는 항상검은 황혼이 깃드리고 잇는가부다.

검은보자기에 덥힌빗그리는마음-그처럼 빗츨그려애태우는 괴롬이잇슬까부냐.

하지만 빗가운데서도 검은보자기를 쓴것가튼 늣김을간직한 일간의 야릇한마음--참된 살믈 비즈려는마음이아닐까 우리들은 가슴우에 흙을떠올리는순간까지빗츨그리워해야만할것이다.

◇

요즘접어들어선 『죽음』에대한관심이 자저젓다. 스물다섯살되도록 공동묘지라고는 처음상여뒤에 딸어서 가본것이바로 몃츨전일이엇든관계일까

사람의 생에한 애착력이 살어서그자치를 감춘다는것은엄연히 슬푼사실이 아닐수업다.

그도육칠십을넘은늙은이야 『죽음』이라면 모르되 스물을갓넘은 젊은이의 죽음일때우리들은 슬퍼하지안홀수가잇스냐. 죽음보다도 오히려생에대한 공포를 늣기게된다.

사람이 산다는일면엔 항상고초가 그림자를 거더드리지못하는 법측이숨어잇는가부다.

◇

스러져가는 가울을바로잡을길이전혀업슬까 아니바로잡으려는 마음을가지는것이 당치안혼 수작일는지도 분간하지못하겟구나.

역사란 흐름속에 흘러가는 한닙 풀닙베가 머리에 떠올라 내가족의 헛물키는 모습을 엿보앗다.

白墨塔序章*

김조규(金朝奎)

그날 職員室엔 赴任하여온지몇칠안된 博物學敎師와나와젊은 理學敎師 셋분이였다. 農學을專攻하기엔 너머나 洗練된얼굴과 衣裝을가진新任博物學敎師는 寂寞한이地區의所應을 "遠慮ガケユ"이야기하고잇섯고 理化學敎師는 一年의 生活에서 엇은이地域의無智와 狡猾을科學者다운 싸늘한判斷으로 非難하고잇섯다. 그리고樹林과色彩의飢備을嘆息이든나 세사람은거이共通된생각으로 담배煙氣를피우며모도 實習農場으로 나간조용한 職員室의午後를 이야기으곳으로 채우고잇엇다.

들窓박은 紅鹿萬丈의봄바람일직나는이것을 季節의悲劇이라 命名하엿고그러므로 쪼한南方花信과함께 차저오는이季節에反逆하는 바람속에서 不似春王昭君의悲哀를 몸소同情한일에 잇섯다세람의이야기가 이地帶로붓터 주름잡어學校로옴기려할때 正門玄關을열고들오는學生한名에게 세사람會話는中斷되엿다. 嚴禁한 玄關出入에 對한背律의생각이번듯 머리를떠올을째 벌서學生은내압해서잇섯고 주머니에서봉투한장을내여노앗다. 退學頭書엿다署名을보니二學年 親和組崔君나의健忘症은署名속에서 비로소글씨잘쓰고 成績조흔崔君임을알엇고 쪼한近一個月의 無國出連續缺席눈 崔君임을앗엇다. 벌서눈동자엔눈물이여잇섯고 창백한얼골엔어뜬 宿命的인 絶望의그림자기잇섯다.

"어쩐 事情이생기엿느냐?"나의물음에

"아버지와 어머니가연하여돌아갓습니다"

對答함과함께눈물이 左右쌤으로주루루흘으고잇섯다. 書數를든나와崔君의 會話가 暫時遮斷된後君의退學은 決定的임을알엇다.

兩親과崔君과 現在某高等女學校 在學中인두살우인 崔君의누나가한분 計四

---

* 이 글은 《만선일보》 1940년 9월 1일에 게재된것이다.

김조규(1914~1990), 시인. 평남 덕천 출생. 숭실전문학교 영문과 졸업. 1938년 만주에 와서 조양천 농업학교의 교편을 잡고 시창작에 정진. 《재만조선시인집》편찬. 1943년 《만선일보》 편집기자로도 활동했다.

해방후 시집 《동방》, 《이 사람들속에서》 《김조규시선집》등을 출판, 한시기 《조선문학》지 주필, 김일성대학 교수 력임.

人이崔君의全家族이엿고 그러므로兩親을일은 崔君男妹의不幸은 崔君自身도 아직 밋기힘든事實이라한다. 勿論異城에 近親이잇슬理업다. 家産이란적은面積의水田일쑨 暗澹한運命에 十餘日동안 울음에지친 結論이 學校를中斷하는것이요 退學에뒤쌀은연로는얼마안되는 定期預金과 休學旅行立金에 생각이밋처 五十里시골길을더듬어왔다는것이엿다. 憐憫과同情을 버서난어쩐切迫된感情이엿다

郵局執務時間이 넘엇스니 이튼날다시오기를말하엿드니 밤이새도록 누님이 悲嘆의집웅밋에서 홀로崔君의 歸還을기다릴터이니 오늘밤으로돌아가야하겟다는것이엿다. 結局會計主任의 大拂의便을엇게하엿다. 꿍지 꿍지紙幣멧장을꼬기여 포켓속에 너흔 崔君의 마지막人事를나는 메이는가슴으로 바덧다. 저녁바람이 유달리싸늘한데 學帽를푹눌러쓴 崔君외투거운 그림자는멧번인가다시드러와보지못할 學門을돌아보며 돌아보며 黃昏속으로살어젓다. 五十里 시골길을 밤을헤치고 홀로걸어갈 崔君과비인방에 홀로안저밤새 不安과恐怖에싸혀 崔君의발자욱소리를 기다릴 崔君의누이와…… 나는들窓박 어두워지려는 風景을정신업시 바라보며不幸한 崔君의 前途의多幸을 빌엇다.

그후 崔君의消息은 渺然하엿고 나도쏘한 □務에거이 崔君의記憶을 이저버린 듯하엿슬째 바로이글을 쓰기를要求한 編輯子의편지와함께 崔君의達筆한편지를바덧다. 東京에서엿다. 餘産을 整理하여 一年남으면 卒業할 누이님學費로 하엿고곳渡東하여 지금 새벽마다낫선 異邦의거리와 골목을新聞방울을 울리면서 쒸여단닌다는것과 某中學校三學年에 編入하엿스니 急速漸見表를보내달라는 것과 쎠가갈리여 죽는이恨이잇서도 成功하고야 말겟다는 決意와…….

일은봄 黃昏속으로 돌아간 崔君의무거운 그림자에 比하여 配達방울을 혼들며 골목과거리를 닷는崔君의그림자가 얼마나 希望과意慾에빗나는지? 적은安堵와함쎄어쩐 嚴肅한感情이 가슴에써올음을 禁할수업섯다하면 이제우리崔君의 健康과 쯧과前途를 祝福하며 머언압날을기다려보기로하겟다

어두운 精神*

김조규

매일가티繼續되는 풀은한울 풀은한울속에는 풀은 마음이 잇고 풀은속에는 풀은思想이 깃들어야 한다. 풀은한울변에 진일 어두운 思想이란하나의悲劇이다. 이슬픔은 비단 내가이地區에 와서 어른배는 안이나 풀은 한울을보는 요즘 생각키우는것이다.

무릇 人類의悲劇이라면벌서 失樂園의 神話에서 起源된後 흘러서 "쏘포클레스", "유리피데스"에서 적은 潮水를지엇고 다시 흘러서 "쉑스피어"의 大河를 지었다. 우리가 "쉑스피어"를 플운室內에 客觀할때 아름다왓고 高貴하엿스나 어두운思想의自意識은 아룸다움의 國境을넘어선 부텅이의 悲劇이다. 가을밤 달빛속을울며 흘러가는 기러기의 悲劇, "쉑스피어"와 깊은 숩속 枯木가지에 안즌 부엉이의 悲劇 "터스터예프스키"와 宗敎로自殺한 "키엘코-루"의비극.

十月 二十日

孤獨 冊을덥고 室內에홀로 黙하다. 深夜의想念은感傷을 넘어선 突破이다. "지극히 孤獨한者에게는 騷音까지도 하나의 慰安이다"(니-체)

"모든사람들에게 不平을가지고 나自身에게도 不滿을늣기고 지금깁픈밤孤獨과寂寞속에 나는나自身을 恢復하고暫時 矜持(스스로 억제하고 근심하다. 자중하다)속에 들어가지를願한다. 내가사랑한사람들의녁 내가繼續한 사람들의精神 나를굿세게 하여라 나를도웁고 밧드러라 이 世上의 虛僞와罪惡을 나로부터멀리 하라"(쌰오도레루)

詩人은 孤獨을感傷하지안코 嚴肅해야한다. 가장만히孤獨을嚴肅한詩人 니-체 쌰오드레르 老子

十二月二十二日

아침저녁다니는 길左右에 가득하든 高粱대가 한대업시썩기엇다. 寂寞한들판

여름엔樹木과 山을못가진 이寂寞地域에서 그나마싱싱한高粱의 흔들니는 입파리와 놉픈키에서 樹木을僞善할수잇섯고 아득한南方의鄕愁를感想할수 잇섯는데 權力의道具 한나하나 썩이워 업서진高粱의悲劇은 쏘한 나自身의悲劇이다. 한대한대個體로써地面에쑤리박은 高粱은푸르고싱싱한 입파리를 보여주엇스나 지금 한다발묵검으로돌아간高粱은 벌서 그生命을喪失하엿다. 個體의全體로의 歸依.

中世를생각한다. 普通이實在냐? 個體가實在냐?의 問題는敎文哲學者 "안셀무스"의折衷論에서 ――段落을지엇스나온갓事物과精神을神으로써說明하는中世에잇서는 普通인類槪念이實在일수도잇섯스나 "르네쌍스"는 人間을이神의覇權(ㅁ一般性)으로 부터解放하는恩惠를베풀엇다. 그러므로 近代市民社會의精神은 르네쌍스以後 個體의精神이엿고 쏘한近代市民社會文化는 個人의文化엿다. 지금個人의文化滿開하엿슬째 다시나타난類觀念의權力 째여진西班牙의세타―와 숨쥑인 "과인"의배노래 倫敦塔이果然 "췌펠턴"의 "푸로펠레"소리에不動할수잇슬까요?

果然 高粱의生命은여름한철의한대한대에 잇는것인가? 한묵썸으로된 가을의收穫에잇는것인가? 다시復活되는普通의權力 神의피로 置還現代의悲劇 "디으니쇼쓰"의 업서진高粱의生命과함께 盞을부어라.

十月二十五日

아직解決못된 學校內의口變事그것은 賢命하고明晳한優等生의머리에서 비저진것이 안이요 愚鈍하고無骨한低能兒의머리에서나왓다.

"바―바리즘"에對한 抗拒과訓戒의 國境을넘어선 "사―리즘"의排擊

"바―바리즘"의 敎育的解釋을 몰으는 나는 그러기에 "페스탈롯치"는 안이다. "페스탈롯치"가되려고도안한다. 그러므로나는勤實하고 훌륭한先生이 안이요 게으른知識勞動者다내가學生에게 가르킬것이무엇인가? "알파벳"과間斷綴字박게내가 무엇을 말할것인가? 動物의 그것과僞善할수없는 四百餘의머리 긴머리 둥근머리 南北머리 넙적머리 찌그러진머리 길쭉머리 번대머리 머리.

그리고 빗나는 八百餘의눈瞳子 눈瞳子 나에게 가르쳐주기를말하는마음과 마음 그러타 諸君에게할말은 至極이만타. 그러나 또한 한마디도 업도다.

(十一月十日 終朝陽川)

新興滿洲人文風土記——龍井篇*

안수길(安壽吉)

(一) 龍井은間島의鄕土

-白衣가建設한鄕村都市-

『龍井은 그저朝鮮이로군朝鮮에서 처음들어오는 사람이고 滿洲의 他處를거치어 오는사람이고간에 龍井에처음발을뒷는사람들의입에서 우리는時時로 龍井의初印象을 이러한한마디로서듯는다.

이말은 龍井의 性格을一言으로서表現한말로서가장適切하다새각하거니와龍井의歷史라는것은 間島의 朝鮮사람의 興衰와함께이야기안할수업다.

滿洲의朝鮮人을論할 때 間島가對象이되고 間島를論할때龍井을머리에두게되는것은 곳間島朝鮮사람이거러나온길이요 間島朝鮮人이 걸어온길은 滿洲朝鮮人의歷史가 아닐수업다.

『그저朝鮮이로군』

簡單한이한듸가운데 表現되여잇는것가치 龍井은 滿洲이면서 滿洲的인性格의面旗를 네리움루고 朝鮮과꼭가튼姿樣으로서 群臨하고잇는것을볼때 오늘날 이와가치자리를잡고잇게되기까지의有名無名의同胞의汗血의鬪爭을 우리는 생각하지안홀수업고스사로 그들의努力에머리가숙으려짐을마지안는다.

龍井은市街地의區劃이란다든가 現代的設備란다든가 建物이란다든가 이러한것으로본다면 그야勿論다른곳의都市에比겨遜色이잇는것은 事實이다.

大都市와 同一한資格으로論함은아니다. 新京의街路美와建築美 吉林의山水美와右典美 哈爾賓의 國際的雰圍氣-이와가티 들어말할獨特한美를갓고잇지안는것은 勿論이다.

電車의運行이업는것은勿論繁華街라하는곳에도 아스팔트의 設이업는것을

---

* 이 글은 《만선일보》 1940년 10월 6~13일에 련재되였다. 안수길(安壽吉, 1911~1977) 소설가. 함흥출생, 일본 와세다대 영문과수학. 1932년부터 간도에서 소학교교원으로도 있고 《간도일보》, 《만선일보》의 기자로도 활동하면서 많은 소설을 발표. 《새벽》, 《벼》, 《북향보》를 발표. 해방후 남에서 여러 대학 교수로있으면서 소설창작에 정진. 대표작으로 《북간도》, 《제3인간형》 .

비롯하여 三層집은하나도업고二層家屋이라고하는것도 基數가얼마나되지안는
다든가 훌륭한公園도 갓고잇지 안코……等等을 든다면 龍井은人口는 적다고하
겟스나 確實히現代的都市로서 遜色이잇는것은 사실이다.

그러나龍井에서 現代的都市美를찻는것은 誤算이다. 그러한것을 發見하려는
사람은 적지안흔失望을느길것이며 失望한남어지『龍井 龍井하여큼직한곳인줄
알고왓드니 무어볼것이 잇서야지 어둠컴컴만하구나』라말하는것이 常例이며또
이러케 評하는사람도 가끔보는바이나 이러한사람으난로하여곳 말하라한다면
가장 浮薄한 사람으로서 間島가어떠한 곳이며 龍井이어떠한곳이며 間島朝鮮사
람이 어떠한生活을 過去에하여왓슬것이라는것을 도무지모르는또알려고도 하
지안는덜렁쇠라 하지안홀수업다.

數年前까지라도 朝鮮의修學旅行團이라든가 무슨視察團들은 滿洲의視察 스
케줄中龍井은 依例한 項에세게 되엿는모양인데 요즘에와서그와가튼旅行國을
마지할수업는것은 非單나뿐만의섭섭히 생각하든일이아닐것이다.

그는그러커니와 나는龍井의都市施設의特色을들어이를 貶하는사람한테 뭇
고십다. 不過四五萬의 人口를擁하고잇는 小都市로서龍井만큼깨끗하고 龍井만
큼자리잡히고 龍井만큼文化的으로 卽敎育施設이完備된곳이 또어데잇을것인
가 過去는여기서잠간 論外로한다.

(二) 龍井은敎育都市
-幼稚園으로서부터完備-

現在國民高等學校가 男學校로三校, 女學校로二校 國民優級學校는六校, 其
中에서 弘中學校가튼것은 設備라든가生徒數라든가校舍라든가 全滿은勿論 全
鮮全日本에도其類를 보지못할優秀한것이며 三年後이면幼稚園까지닛는다면 龍
井은初等中等高等의敎育 設을具備해가지고잇는터로 이것이龍井의자랑이다.

또한 龍井의傳統이기도하다.

敎育과龍井==龍井의歷史는敎育의歷史이기도하다.

間島의移住同胞의자제들뿐만아니라 學費의低廉과朝鮮內入學難의餘波로서
北鮮은勿論 멀리 南鮮맨끗테서가지 學生들이모여들엇섯고 露領地方에서도 만
흔學生들이笈을負하고넘어왓엇다.

그리하여 한때에는 大成東興永新(光明以前) 恩眞의四大中學이 어깨를나란히하여가지고 서로?를다루엇섯는데 各學校의學生이千名乃至二千名의多數에 達한적도잇섯다.

運動會가잇슬때에는 各校가隊伍를지어堂堂히市中行進을하엿섯는데 其氣勢가참으로 壯하엿다.

各處에서 모아든學生이고 又思想的으로過激하든時代라學生들의風紀라할가風潮라할가가 아주急迫의路에서靈領서나온學生들은 루바규카를입고다니고 길에서男女學生이 서로握手를한다고생각하면 一方에서는男女共學制라同窓生사이에 戀愛가公公然히行하여지고 蹴球大會가튼것은 다리를부지를내기하는것쯤되엿고 審判은生命을걸고 "횟슬"을쥐지안흐면 안될形便이엿섯다.

이러한時代를지내여 學生自身이思想運動에參加하든時代 그時代를거치여 現在와마찬가지의 所謂軌道에오른學生이되기까지 敎育史亦是在間朝鮮人의 血淚史와마찬가지의 變遷無常한歷史가아닐수업다.

餘他의文化方面에잇서서도 東滿申報(後間島日報)民聲報(滿文과 諺文)間島新報(和文)의三新聞이發行되엿섯고 間島日報와間島新報는 帝國의立場으로民聲報는 張作霖政權의立場으로 各各存在햇섯고 通俗講座라하여 每週日通俗講演會가잇섯고

이와가티하여 文化的滋養은龍井을根源으로흘러내려間島의各地乃至는北朝鮮까지潤澤케하엿다고하고잇는것이다.

龍井은그地名의起源으로부터 間島의滋養의供給處이다. 龍井이라는市街는 傳하는바에依하면『용드레村』이라는말로서地名이起源된듯하다. 年代는未詳하나 맨처음에이곳을泰成爐라하엿다하고 六道溝라고도불럿다한다. 六道溝도 現在에도龍井의別稱으로滿人間에불리우고잇지만泰成爐라하는뜻은 當時局子街(延吉)에同名의滿人 造鍛冶店이잇섯는데龍井은 그사람의所有土地엿든까닭으로그러케불리워젓고六道溝라하는것은龍井을貫流하는 六道河로부터온것이라한다.

(三) 龍井名稱의由來
-越境移民의建設地-

『룡드레村으로 불리워진것은明治廿一年頃으로 間島地方에일즉부터 越境移

民하엿든 朝鮮農民이이리저리로 農募生活을하는中 現龍井本町區井泉路一角
(地名起源記念碑잇는곳)에서 會寧出身의李起俊이라는사람이 우물하나를發見
하며 이물을土地開墾에도使用하엿고 唯一飮料水로서飮用하엿는데 農民들은
차츰이우물을中心으로 모여들게되엿고 우물에『룡드레를 置하엿다. 이우물은
附近의農民들에 汲水의功德을끼치엿슬뿐아니라 北崗西南地方으로去來하는
나그네들도 이우물에서목을축이고다리를쉬이고 담배를피기도하엿다.

自然히 이길을거치여이우물에서목을추기고 이우물역에서다리를쉬이고 담배
를피이든사람들은 이곳을불러용드레村이라하얏슬것이요 이용드레村이 卽龍井
의地名의 起源인同時에 間島朝鮮人의開拓來業의中點이되엿다.

용드레村이 용드레우물을中心으로생각하고 거기에다 콤파스의한끗을박고
敦化外지의直線을 半徑으로하는圓을그을때 이圓內에包括된地帶가朝鮮사람
의移住勢力圈內이고 龍井의文化의滋養은이圈內에끈힘업시흘렀다. 勿論中心
에갓까울수록 勢力과滋養의享受의濃度가 만흔것은求心의原理에依하야 自明
한일이다.

龍井이 龍井으로서 所謂용드레村이라는 兒名時代로부터 官名의時代로옴기
여진것은 훨신後인 明治四十年八月舊韓國政府가 間島에散在한朝鮮人을保護
하기爲하야 總監府派出所를 開設한때부터다. 그때에용드레우물이잇는村이라
는 뜻을漢字에마추어 『龍井』이라하엿리

文字그대로 村은村이여서當時는 不過五十餘戶의 戶口바께살지안헛든模樣
인데 明治四十二年 日淸兩國交涉의結果日本政府는 安奉線改築의 重要性에비
최여 이것의 解決을目的으로 領土權의主張을抛棄하고 所謂間島協約을 締結한
後 總監府派出所를 抛棄하고 同年十一月에 日本帝國總領事舘을 設置한以來
龍井은 間島에잇서서의 日鮮民族發展의 策源地가되얏다. 當時淸國政府는 宜
總元年(明治四十二年)右間島協約에依하여 龍井을局子街(延吉)頭道溝 百草溝
琿春의 四都邑과함께 商埠地로서 開放하얏다.

따라서 日本側에잇서도 龍井을根據地로서 施設하는데 對하여 諸國側에잇서
도 龍井에商埠局이라는 官廳을두고 여기에 察署를附置하고 外交와 賑恤 衛生
土木及警察事務를 理케하는同時에商埠地를 內外國人에게 貸貸하여 居住에使
케하엿다.

爾來中華民國時代에官制가屢屢히變更되엿스나商埠局은依然히存繼하엿는데 滿洲建國以來商埠局의外交事務는此를 敗廢하고康德元年에間島省이設置되자 警察事務는此를縣警務局에移管하여 地方警察署로하고 이어康德四年에街村制를宣布하자 商埠局의行政施設은 一切此를街에?하여 現今의龍井街가되엿다. 又治外法 의撤廢에依하여 康德五年二月日本帝國總領事舘을廢?하고 今日에이르럿다.

(四) 龍井의 『人의和』

-이都市에는反目이업다-

以上이 『龍井勢一班』에서옴겨노흔 龍井街의沿革이다.

이와가티 龍井은 용드레우물時代로부터 친하면 五十餘年 總監府派出所時代로부터세인다면 三十餘年의歷史를갓고잇는곳으로 政治的으로는 日淸(中華)의 國際舞臺엿스며 이것을 朝鮮人만의立場으로본다면 朝鮮人의 꿈과魂과 血潮와? 이함께이리커 키며 그結果로여기에 素朴하나마 한 개의文化도 形成하엿고 이를다른角度로 살핀다면 日鮮滿의三民族이 雜居下에 中小商工業을 營爲하여 나아가면서 或時는反目하는境遇도잇섯겟고 或은相互援助하는境遇도잇서 이러케서로三十餘年의歲月을經過하는사이에 生活의根據를잡고 最近에이르러는 民族協和의 大理想의具現에 邁進하고잇는곳이다.

그럼으로 龍井의特色은 『人의和』에잇다.

人의和

學都

經濟都市

이것은現今의龍井을特徵짓는세가지要素라 定設로되어잇지만 龍井社會에서는他方에서흔히볼수잇는 當派的反目이라든가 이러한것을發見할수업다.

무슨일이생길때鮮系가 "캐스팅보-트"를 執하는것은 自明한일이나 무슨일이든人和가운데서順調로進步되여나간다.

鮮系만의일이라하드라도 假今 特設部隊後援會면後援會로서 他人街에比기여 龍井은얼마나鷄훌륭히일을하엿는지알수업다. 나는新年劈頭에鮮系親睦 談會에參席하엿을때에 어든感想이지만爲先모힌사람이數로서 만흔것과 其時鷄

談事項이創氏에對한것과間島省民大會代表選定의件이主要한것이엇는데 和氣靄靄裡에一家族이나다름업시서로意見을吐露하는光景과『龍井에서도 省民大會에 代表가 만히 參加해야겟스니 支障이업는분은 自進하여參席하시요』『아무개도 가보시죠』『그럼그럴가』이러한光景 또 宴會席上의 先輩나后輩나 서로許하면서도 거기에秩序가잇는 靄靄한雰圍氣-이것을 누가나의지나친感激이라하겟스며 發見할수업다고하여 이말을 또한 누가나의 龍井에對한過讚이라할것인가.

上例는 上流指導層의일이다. 一般層은 어쩌하냐?

이層에는 오히려 더和平한氣分이잇다.

누구집아들이 장가든다하자 그러면 그집과平素親分잇는사람은 義務나다름업시그잔치에參禮한다. 손님으로서가아니라 일을보아주기爲하여 그리하여 飮食을 밤을밝혀가면서만들고 손님을接待하고 床을듬고-龍源居 나이와가튼料理店에서 披露를하는 境遇도잇스나 大槪는村式으로 집에서 飮食을만들고 집에서 제집이 모자라면엽집 그엽집을빌어서 自作宴會席을 만들기도하고 또 各各個人床도맷기는데 親知들은 잔치 前夜에모여 班을짠다接待 床드는『구미』술붓는구미 自動車부르는구미 宴會床의 飮食不足分을 나르는구미等等-이것을 여기말로『선도래군』이라하는데 『선도래군』의助力이업시는도무지잔치를치를수업스며 잔치가끗난다음에야 그들을집으로흐트저가는것인데 그구수한人情을말할수업다. 이와가튼純厚한風俗은 咸興 定平사람들間에 特히감행한다.

(五) 海蘭江의風致
-詩鄕龍井의感覺-

京都를鳴川과 關聯하여詩的으로생각하듯 龍井은海蘭江으로말미암아 詩的으로聯想된다.

龍井은거지가업다. 이러케쓴다면 젊은阿片쟁이거지는 엇지하고-할사람이 잇슬른지모른다. 事實數年前까지도 阿片쟁이거지가 업슨것이아니엿다. 그러나 最近에이르러 그것도자최를감치인듯發見하기드물다. 그러나나는阿片쟁이거지가업다는뜻으로 거지가업다는말을 쓴것은아니다. 그러한人間은 實用거지라는 名稱으로대접을바들 資格도업는 種族이라. 이런것잇든업든 自然히滅亡해 스사로업서질것들이라 問題를삼지안치만 阿片쟁이도아니요 運身못할病身도 아니면서 할수업서거랑지를하는거지-함지를니고 집집에밥빌러다니는 女子거지가업다.

勞貨이高聲할때라 머리숙이고 빌려대니느니 勞動하는것이나흔 時局的原因도잇겟스나 나는여기서 女子들의 堅實性을이약이하려는것이다.

大槪咸鏡道사람이 만히모여사는곳이라 咸鏡道의女子堅實性은 이미定設이잇는것이지만 勞働力에잇서서라든가 一家의經濟의擔當에잇서 커다란役割을한다.

떡장수 고춧가루장수 露店국수장수 순대장수를 비롯하여 『데시다』等等 여러가지일에 男子以上의 能率을낸다. 장날에한번장거리를 돌아다녀보면 팔고사고하는사람이 三分之二가女子임을發見한다.

이와가티 婦人들의 堅實한質과 進取性으로말미암아 家庭의生活基礎가 一般的으로든든하야 中流以上의生活者가만코 十萬元級의財産을 가진사람이 적지안타고한다.

거지가업는現象을나는 이와가튼角度로나는 살피엇거니와 이와가튼女子들의堅實性은 子女들께도 影響을주는것은自然之勢다.

젊은女性들은 新女性이라하여도 大體로는 愛嬌가업고무뚝뚝하고 옷맵시라든가지튼化粧이라든가 파-마멘트等의 淺薄한外形의裝飾이덜한便이다.

朝鮮서 갓들어온사람들이 間島女子들은 너무무뚝해서 하고女性의愛嬌가업는것을 못마땅히 녁이는傾向도잇스나 이곳女子의美는파-마메트에도 류-즈에도업고 다만 堅實性 質朴性에잇다.

그럼으로 大體로이곳新女性으로서 結婚生活에失敗가덜한便이요 誘惑等에弱한것이 偶然한일이아니다.

某女子專門學校에 다니는 親友S君의妻弟가 日本에修學旅行갓다와서의 感想에

『日本女子들은 참으로 愛嬌가잇고 親切해 그러나우리야어디 낯치간지러워 그러케할수잇겟드라구 大體로여기에서 그런투를行動한다면 남의 손구락질을밧는것을 면치못할것』

이라는 뜻을 말하엿다.

이말로서도 이곳新女性들의態度를알수잇다.

龍井의自然을이야기하야겟는데 龍井이라면 海蘭江을곳聯想한다.

龍井과海蘭江! 이곳에對하여 붓드는文人으로하여금 멋번이고紹介된것이다.

(完) 滿江漁笛等等
-龍井八景이것저것-

滔滔한 河水의흐름도업고아무런 그윽함이업는江岸을거닐면서 三十餘年前부터오늘까지얼마나만흔사람이 그가슴의울분을 그이가슴의말못한苦悶을그의머릿속의雄大한꿈을 이江에呼訴하엿슬것인가 이것을생각한다면 海蘭江이야말로 우리와함께苦悶의흐름이요 설의흐름이요 꿈의끈힘업는連續이아닐수업다. 海蘭은우리의江이다. 苦悶하는者의江이요 꿈을가진者의江이다. 설 가진者의江이다.

나는數年前에 吉林에간金國鎭兄과 더부러恒常이江岸을거닐면서 人生을談하고哲學을論하고 文學을이야기하는것을거의 日課로한일이잇거니와 白衣의漂母들의빨래방망이소리를 들으면서예나이제나恒常자지빗 베일을쓰고잇는 西三峰을치어다보고거니노라면 여기에아지못할幽黙한 感受가 떠오름은秘錄나뿐만의感傷이아니리라.

衛勢一斑에 明記되여잇는龍井八景은

蘭江漁笛 岩孤松

東山明月 亭送客

公園花馬 別院晨鍾

帽兒飛雲 土城炊烟이다.

公園의森林이 削髮當하고 岩의孤松이枯死한지이미오래인오늘에잇서龍井의景槪는亦是海蘭의逍遙와東山의가둑나무가最上일것이다.

봄이면新綠 여름이면綠陰 가을이면 紅葉-가장敏感하게 季節을感覺하여 龍井人의感覺을 즐겁게하여주는이가둑나무숲피야말로 나의가장사랑하는 龍井의風景이다.

市內에서이를 眺望하는것도一境地려이와 숲속에들어가서 龍井市街를 府瞰하는것도 그에못지안는 境地다여기서바라보이는 龍井市街는첫印象에 樹木이만타는것이다.

市街가 적은데比겨 龍井은住宅의周圍에 樹木이만은것이特色이다. 勿論포푸라나 樹木과文化가 어느程度까지 正比例한다면龍井은實로이날의合當한 곳이라할것이다.

龍井은 典型的盆地다. 四方에나즌山으로 둘러싸여잇다. 마치屛風과마찬가지인이속에 樹木으로 싸인住宅들그안윽한맛은 龍井人의안윽한生活을말한다.

龍井의名勝古蹟으로서 街勢一斑은 다음과가튼곳을들고잇다.

間島神社 總監府派出所趾 淸正公 兀良哈攻伐의碑 龍井地名發祥의井戶 一松亭琵岩村 藥水浦 東古城子 西古城子 土城堡 東興村 水北村等이다.

總監府派出所趾와淸正公碑間島小學校庭에잇고 地名起源井戶와碑는 井泉路一角에잇다. 그저碑石을세워노은데지나지안터 無味하거니와東古城子 西古城子 土城堡 東興村 水北村等 市外의古趾地는 여기에들 이야기를무엇을 갓고잇지안타.

龍井의風味를 담뿍이담어가지고잇는것은冷極이다. 雪濃湯 肉개장 갈비 장국밥等의 여러 가지飮食이 鮮朝色을가지고 손님의口味를誘引하고잇는데 其中에서도冷麪은龍井獨特한맛을갓고잇다.

平壤이 冷麪의本바닥이라하지만 龍井의것은 잇맛에서 훨신나으며 가튼間島라하여도 圖們延吉은 龍井의分家인데도 이곳국수와는 格이다르다하는것은 내가實際먹어본일이기도하지만 萬人으로하여금 定評으로되여잇는일이다.

以上雜文으로紹介된 龍井이라는것은 甚히趣味업는것으로되엿다. 讀者는 이러한이야기보담도 용드레村時代에 이곳에들어와서 龍井의歷史와함께 오늘날까지살어잇는 古老들한테서 龍井初創時의 이야기를듯는것에더욱興味를가질것이다.

나亦是 그러한것을듯는데 興味를느끼는것이고 그것을 讀者에게紹介한다면

오히려일로서도 하염이잇다생각하나 나의精力과怠慢으로서는 밋지못할일이여
서 이러한 粗雜한 一文으로 龍井의眞價를하는것이부끄럽다.   (끗)

春雪*

안수길

今年은 봄이한달은 이른가부다--吉村先生의 新京春信이 날려왓슬무렵 春分
을前後하여 벌서봄인것이즐거윘다.

젊은重役이아닌 나에게는 지나치게 格에맛지안는 妨害의衣冠을 애낌업시 버
서버릴수잇슨것이 무엇보다즐거윘고 바람이업는??한하로저녁광이와 삽을들고
映窓바로미테 뜰의흙을파헤치노굿한떼가량의 花壇이라도각굴수잇슨것이 亦是
愉快하엿다. 그무렵저녁마다 날신한몸으로 將次華麗할뜰 한구퉁이의花壇을 그
리면서게으르게거닐수잇는것은 겨울이길엇스면 긴만큼더욱 幸福한일이엇다.

그라지오라스 츄-립 히아신스 風仙…等等의 球根이며씨를 파묻고 심어노코
저녁마다 물을주는 幸福이란花草가그리운 北國에잇서는한개의 恩惠이기도하
엿다. 심어노은것이 흙을뚤코나오고싹트고 자라고 꼿피고…할것만을생각하는
것은 조급을지나서 깨끗한?憬이기도하엿다. 날이速히더워젓스면비가 흠벅이내
릿스면…오로지 그뿐만을念하엿다.

이러한며칠이 지낫다. 봄도順調로 오는듯하엿다.

그러든 그저게엿다 氣溫은 갑자기降下되고 눈이 내리기 始作하엿다. 나리면
녹아버린다는 南國의눈이아니라 싸이면 그우에또싸히는 변덕만흔 大陸의봄日
氣요 눈이엿다. 거리에는 土耳其帽子가 나타나고 "슈-버-"가 보이엿다. 유달리
추위에 敏感한 나의슬픈體軀도 또다시 그格에안맛는 젊은重役의衣冠을 武裝하
지안흘수업섯다. 이러한날이 이틀이나繼續되엿다. 눈은 이틀동안 내리며끈치며
하여 세치나싸혓다. 녹기시작튼땅은 되려얼엇다.

---

* 이 글은 《만선일보》 1942년 4월 6일과 13일에 게재된것이다.

(下)

冬至가넬모레인가 볼멘소리를하면서도 눈이내린것이좃타라고들말하엿다. 지난겨울에는 降雪이적엇슴으로 세치의 봄눈은 豊年의前兆라 기뻐들하엿다. 그러나나에게는 슬픈눈이엇다. 그러케 싹트기를기다리든 花壇에 파무든어린球根들이 언까닭이다. 그러나 農軍에조타니 亦是조흔눈임에 틀림업다. 이러한눈이요 이제날이거뜻면허린것업시 녹아버릴눈이로되들에발이빠지도록 쌔힌눈을그대로둔다는것은 主人의게으름을 들어내는듯하여 저어되엇다.

장갑을낀 손끄틀 입김으로녹여가며빗자루와木鍬으로눈을치는것도 겨울氣分그대로엇다.

뜰의눈은 빗자루와 삽미테 차츰차츰 征服되어갓다. 한삽 한비에 눈이벗기여지고 누른흙이 나타나는것은 愉快한일이엇다.

그러나 映窓밋의 花壇에는 빗자루와 삽을대이지안헛다. 그속에서 번덕만흔北國의봄을 아지못하고 일즉서돌러서 오늘의慘禍를입게한 輕率한主人을 怨望하고잇슬 球根의 凍骸들을 고요히 銀이불속에 葬事지내주고시픈 나의갑싼 感傷에서엿다.

映窓밋 노굿한 때만한面積의三寸積雪을 남기고 뜰은完全히 쓸니엇다.

바지한모퉁이에 雪將軍의 偉勢잇는 座像이 만들어지고 쓸리운땅우에 열븐이푸며지는것이 또한사랑스러윗다.

하로지나 오늘 날이개엿다. 完全한 봄날이다.

바자굽의 雪將軍도 將軍답지안케 눈물코물을 흘리는것이 초라하고 映窓미틔 純白의 노굿한떼느갑싼感傷의 자최와도가치 어느사이엔가 살어지고말엇다.

그러면 나는 또다시 그花壇을 파헤치고 거처각구어야 되느냐…球根의凍骸를 참아 볼수업다는것은 特感의 하지안흔 포-즈에 지나지안는것이요 咄! 北國의天候의변덕에 조고만한 憤怒를 보내면서 이번엔 늙으러지게 날을기다리련다.

떠도는조각글*

손소희(孫素熙)

가장平凡하게지내온길을도리켜그어느모로加減을하는지 즐겁고 깃뿌든記憶보다는 그反對의面이늘記憶에새롭다

患者에게 아모리平安한자리와 山海珍味를갓다놋는다기로 그가平安을늣기고 口味를늘길수잇슬건가 生을禮讚할줄모르는너 참다운感激을가져보지못한너 그래서 이길이荒凉하고 그래서 이걸음이 支離하다말인지 저剎那와 瞬間이延長이永劫이어든─

내게도 장미꼿을散布할通路를거니는舜間이 잇기를빈다

×

무거운 두억개에 呼吸의自由를願하나 季節의바람은거세여 마스크를 글르고 후-콧김을 담배연기인양 내뿜어본다

×

굿업시 넓은蒼空에 앙상한나무가지가 바늘끗가치銳利해보인다

落照으마지막빗츨밧는 아스팔트의빗나는線에 바람이거칠게 동댕이를 치며지나간다

아직 채누루기도전에말려버리는運命을 지닌이곳저나무닙가치 너는 네어린꿈을 버리기도전에 우름을우는버룻을 이저버렷스니─

×

가는 날의臨終을앗기며 차저오는치위의 발자취를엿듯기나하는듯이 사람들의 畏縮된 姿勢에 形容을모르는 哀愁가서리엿다

키다리코스모스의 설편모양과 菊花의맑은香氣를머리속에그려마터보고 금잔디에매젓든 은방울가튼이슬을 저멀리고향산넘어남겨둔아쉬움을─

* 이 글은 ≪만선일보≫ 1940년 11월 7일에 게재된것이다.
　손소희(孫素熙, 1917~!987) 소설가. 함북 경성 출생. 해방전 1939년부터 1943년 까지 ≪만선일보≫ 편집기자로 활동하면서 많은 작품을 발표하였으며 해방후 남에서 외국어대학을 졸업하고 계속 많은 소설을 발표했다. 대표작으로 ≪창포 필 무렵≫ 등 단편소설과 ≪태양의 계곡≫ 등 장편소설.

캄캄한밤거리 비오는白楊木나무숲아래서 까치집이문어직것을念慮하든 어린족하의모습이 벌서부터그리워진다 虛無그것만을蔑視하든 물거품가튼한때의 眞實한事實을 김이다─빠진이날 最終의鐘소리에실리고저─

아리사는 한男性을爲해서 아름다우려햇고 놉흔敎養을싸으려햇다 그러나그는마츰내 人間으로서의幸福을拒否하고 아니그幸福이不幸으로變하느날을두려워하야 좁은문을두다렷다한다 허나아리사의눈물은亦是사랑에對한未練이나니냐 너와나는아리사의너무나 消極的인利己的인因素에책장을 멋장이고넘기지안엇든가?

×

나는당신을모르든때의 幸福이그리워젓습니다
당신은모래나를괴롭헛고 내幸福을짓밟엇습니다
내靑春을어쩌케당신과함께 보낼수잇섯스리까만
이것이 不幸한나의마음이외다 라고─이건누구의 말소리냐?

×

마리야는基督에게秋波를보내여魅力으로써그를誘惑하려햇고 女人인自己압페반듯이基督이 무릅을꿀라며미덧섯다 그러나結局무릅을꾼것이 마리야自身이엿고 後悔의뜨거운 눈물과함게가장高貴한 香油를自己의긴머리에적시여 그의발을씻첫다

마는─너는아리사도아니엿다마리야도 아니엿다

너는 네게關聯이업는이의 죽엄에對하야 웨눈물을흘럿스며 너를길너주지안은 어머니의喪服을 입엇느냐? 하나는 平凡한人情이요 하나는 世習이編儀기아니나 너는精神的으로아리사보다 弱햇고 人間的으로 내周圍가無智햇고 너두亦是無智햇섯다

마리야는 基督의崇高한威嚴을 보앗고 그의異蹟을目擊햇다 그러나네게남은건 너무나무거운살어간다는 現實의負擔만이아니엿든가

×

全로마市가火災속에싸헛고 全市民이불꼿과함께뛰고잇의 最後의悽慘한 光景을恍恍이란 境地에서世紀的인感激된 場面의詩를쓴다

×

科學은 先子生存을외치고 詩人은詩를쓰고 畵家는그림을그리고 農夫는기슴을매여야하고 너는네길을 나는내길을걸어야하고!

×

서로서로가 때로는魁魁한우슴을웃는다

自稱 萬物之長이란아름아래서 萬物을任意로管理하는人間의習性에서일이리라

×

袱境이주는 善과惡의差異를 재여보나그리나

善은 亦是人間보다먼저잇섯고 惡은人間보다後에잇슨듯하다 네로의 火災詩를朗讀하는대의 우슴사람이 산양해온고기밥을 먹을때의 心理는同一가겟기로 눈부시게도라가는 地球의回轉은 나날이새로운歷史를씨우고 그記錄우에검은 瓦幕이노힌다

×

러리의呼吸은 城郭안에서잠들고 바람의呼吸은머릿위에요란하다 네가좀더 눈물을所有햇드련 眞情한마음의문을열엇슬는지도모르지만 너는오히려 이문을 열지안으려 멋중이든이글을 빼어버렷다 투가나오면 또지우고 또지우고호믜밋자루름울고 풀만흔고랑을뛰여넘듯이!

그래서 나두 돌피만멋대쥐어뽑고 풀은건드리지안엇다 너와내게다시눈물자을때나 마음의문을 열어볼는지?

貘에의 袂別*

손소희

燈心이타드는 燈盞이그립다 닭울고개짓는일은새벽안악네의 물동의안에는 샛별이떠잇고 어머니무릅아래서 除夜의鐘소리를들으며 잠든아가의엽헤는다홍

치마와연두저고리가노이고—그리하야燦爛한새해의豪華로운꿈은 새로운燈心
을 잇대어줌가치數업시퍼지든 지나간날이그리워진다 故鄕이나를 붓잡어줄아
무런밧줄도 업건만어리석은追憶은 날거빠진활개를치면서 故鄕으로 故鄕으로
내소매를잡어끈다 허나-나는이사람이란 平凡한常情에袂別의禮를들이고 사람
들의 喜劇의哭聲의숲을지나無上한殘忍性과 無比한橫暴의嘲笑를가져보고십다
　　路上에구으는 凍死體 街路에허덕이는饑餓이모든것을뛰여넘어 나는내幸福
을 建設하고십다 惡魔와가튼우슴과妖魔와가튼 術策을弄하면서 이보기실은 싸
홈판에서함께 실어하고 同情하는미운 現實을짓밟어보고십다 너는남을爲해 울
어본적이잇니 萬一남을爲해울엇다면 그것은반듯이너와의 關係에서의共通한血
脈을잡엇슴에서일것이다 해와달과별이 너를爲하야빗쳐준적이잇섯느냐
　　네惡曲한 祈願을네懇切한呼訴를네아름답든 航海를가고오는 光陰이언제한
번 介意해주드냐 歲月이너를대접해주지안는다고 너는이地軸을미워하지안코
그대로- 하는새로운 輪廻를기다리는 얼빠진꼴이 그래서또새로운 欺瞞속에서너
는네靈柩의뒤를따르는挽歌를記憶못할때까지 그卑陋한祈願의다줄을잡고잇슬
게아니냐- 마는이닷줄을너는決코 잘느지못함을알고잇다 그래서나는또서글푼
글줄을뒤집어본다

×

　　勿忘草성긴언덕
　　푸른풀을밟고서서 끗업시널니는微笑를주으며 내가가두엇든초롱의새를 하늘
저편날려보낸야릇한哀愁의기쁨아래해볏치몹시도눈부시고 아지랑이아득함이
몹시도新奇로웟다
　　아 亦是地球는變함이업시들고잇는가보다 하늘도땅도山도바다도 오래동안
나와는因緣이멀엇다뭇처살려고힘썻든지나간千餘日동안창살업는 監獄에서善
惡을果를求하고잇지안엇느냐

×

　　호미를메고 生의冒險에첫발을옴겨슬때 死라는不可思議한事實아페서 내花

＊ 이 글은 ≪만선일보≫ 1940년 12월 17일에 게재된것이다. ≪貘(맥)≫은 30년대 조선에서
꾸려진 문학잡지. 그런데 손(孫)씨가 ≪貘≫의 동인이였던지 모르겟다. 손소희는 해방후 이
수필과 같은 제목의 소설을 발표하였다.

冠은검게물들어버리엿다 이것이決코死그것이주는 亦是不可思議한事實이비저주는 雰圍氣에서이다

한喪服을 마음속깁이감고 五色이玲瓏한꿈의무지개를헤치면서 暴風雨를마지려뚜러진양산을접어들고나서는때는 自爆의悲壯한快感과 아울러消然한逃避의哀曲을짜든무더운夏ㅇ의너름날- 그래도-푸른綠陰이욱어진 그늘에기대서서 푸른마음을남은일크의 푸른글에부치여 푸른물에띄여보고십헛고 거울가티맑은유리의바다에서속곱작난의眞珠를 파네고십든어린마음을그림자업는 苦笑가만저줄때靜寂의 울음을들엇다

×

초생달의 열븐빗아래그림자를지으며南國에 파여나는月見草의

아갓씨인양 電燈의길다란 光芒을원망하며 슷치는가벼운바람에풍기는들 菊花의香氣를蔑視해보고 꼿업는나라빗업는나라를 찻으려헤매이든하로

×

白雪이휘날리는 北滿의公園한모퉁이에 나는確實이서잇지안업느냐이平凡한事實은하나의 奇蹟과도가치먼-옛날로부터 풀어지는 "필림을"얻어든나무숩에서서보고잇섯다

×

날은바뀌여 엉성한책상우에함부로내던진 조히쪼각이딩굴고잇다 흐릿한불빗은 하로종일싸헛슬몬지를숨겨줌이마치이막다른 골목의事實을내머리에서 몬지와가치어렴풋하게뒤석어노음과도갓다 언제벌서 이둑은해를보내게되엿는지나는나의 倚子에서一步도나아닌것을생각할 餘裕도업고또 決코그餘裕를잇지안으려한다 허나 彩票사는사람들의心理와도 가치새해에漠然한 期待를가지는宇內의空氣와슬픈 事實의치마폭을느리는 하소연이접어질때마다 憎惡를느끼는惡魔的인反撥을 버리지못하는서름우에아니그矜持우에 힌눈이나린다 그리고싸인다 그우에北風이거세여도조타 空氣마저얼어부터도조타 허나이한해 이한밤을새인후에싸인눈거센바람을 물리칠太陽의우슴이더욱조타 그래서나는 一萬圓의꿈을꾼다 그리고五萬圓의꿈도—

萬一靈이있다면*

一 哭! 白仁德

손소희

하늘도따도푸르게으릉대는하로 당신은永遠히가버렷습니다. 수만흔기쁨과 수업는슬픔과 無數한 苦惱를역든당신의過去現在는 모-든 무게와가벼움을 베겨볼사이도업시 스믈하나를 一期로 가고말엇구려. 人生겨우五十이다라고당신도 외엇슬것이며 나두역시외윗습니다. 허나저힘잇게피여잇든 들菊花의한포기가 때아닌서리에외로히 갈것을누가 뜻하엿스릿가. 끗업시푸른하늘아래말근 空氣와 노래하며끗입을짜서 얼골에입고 나어린人生을讚美할때 언제고된 暴風이 일것을○○이나햇스릿가. 오작冒險의깃붐만을안고 出發한거름거름이 얼마나 고된試鍊과 모진바람에 直面하엿스며 이모든것을 甘受한最後의 瞬間的喜悅조차 仁德씨! 당신쎈업섯스리라밋습니다. 너무도일즉갓섯습니다. 그쩗은동안地球와바람은 너무도거칠엇습니다. 좀더眞實한우슴을좀더 참다운 기쁨을좀더 仁慈한愛撫를왜 神은웨당신게許諾하지안엇든가요.

—허나—

당신의 來日도모레도 亦是病床에서呻吟한다면 그것은당신의幸福은될수업습니다. 歲月이란모—든슬픔의 불을써주기로합니다마는 새로운미움과 醜함을 쉬지안코짜고잇습니다. 오늘의졂은얼골에누가 주름을잡으며新婦의面紗布로부터 누가붉은장미를빼엇습니가. 萬一仁德씨 당신의 靈이게시다면 以後의生의 처참한光景을보십시오. 죽엄을안고 몸부림치는것은 가장슬픈 光景인동시에 가장醜한生의一面이아닐가요.

끗을안고 그리고 쉼느안은 너무도 졂은未盡한당신의 生命압헤 누가 悲詞를 드리지안으리싸만은 가신後당신은 永永消息이업습니다.

너무도 짤은 交友엿기당신의 外廓 病床의몃칠外에는 별다른 記憶이업습니다.

오작하나 最後싸지 職務에充實햇다는것

그래서 당신거름이 速하셧다면 主께서 당신이나리는賞이엇슬줄밋습니다. 우

---

* 이글은 ≪만선일보≫ 1940년 11월 20일에 게재된것이다.

리는回頭로부터 당신의가버린모습을 주으려 하며 한때 확실이이空間의區를 占
領하엿든 당신의肉體는벌서한줌의재로 化하여버렷습니다.

허무란 이런것일까요. 이虛無가 수업시 번복됨으로인해서 허무한事實에 中
毒된 사람들은 당신의죽엄압헤서도 목고마시엇스며웃고짓거리지안엇습니가.
당신어머니는 禮儀를爲하야우리를 먹으라권하고 人事를차리느라선물도하시엇
습니다.

가신당신도 육체가사라질 最後의一瞬까지도 물질이必要하구요.

이얼마나 醜한事實이릿까마는

우리는이醜한事實을美化하고 合理化하여

밝은날의 光明압헤提供하고잇습니다.

仁德氏! 뭇靈이우는 밤! 이런詩句가아마잇지요?

당신도 이뭇靈과함께우르신다면 十字路에서한눈에눈물을 한눈에우슴을 한
손에阿諂의선물을 한손에防備의장재를든 人間들을爲하여울어주십시요.

未盡한 다신의 生命압헤 이한묵금의 성킨 雜草를 묵거드립니다. 당신의 冥福
을 비나이다

病窓漫筆*

김창걸(金昌傑)

連겁허 세 번이나 感氣에걸려 肺에影響이 미치기쉽다는 某處方醫의 處方대
로 服藥은 하면서도 感氣거니만생각하고눕어잇기를 三週日肺結核이라는 病院
醫師의 祥瑞롭지못한診斷을밧고 亦是자리에눕어잇기四週日 그동안나에게는
長長白貼의漢藥에 魚肝油를兼服하는外에는何等의 自由가업섯다 朝夕으로一
度二三분의差가이는體溫計를 겨드랑에 꼿은채 天井을 뚤어질듯이 처다보는것
도한가지許興된 自由라고할가그러다가 數日前主治醫의再診을벗엇는바 인제
부터는 一日二四次로近距離의 散步와親友에게便紙쓰는程度의글을쓰기는無妨

하다고하기에 무엇이나 쓰고십허붓을들엇스나 들고나니 무엇을써야할지모르 겟다 頭緖는업스나마臥度五十日에 땔때로는꺼지든 생각을 주서모아헌 쪼각褓 에싸보기로할가

一. 醫師와 "돈"

古典을뒤지면 「醫術은 仁術」이라는말이잇슬 것이다 그러면 醫術는 仁術을 行使하는 職分맛튼사람일게다. 그러나넷날에도 一二貼으로完治할수잇는病을 故意로一二濟의藥을服用식히는에덴동산에서 쪽기울거룩한아담의後醫가잇섯 거니오늘날어찌 醫師와돈을떼여서생각할수잇스랴 醫學이얼마나돈을잘버는것 인줄은 常識으로알엇거니와 醫濟를九倍를밧거나 九百倍를밧거나내내할배아 니다 다만患子를診察하는마당에서 만도 「돈」이란觀念先入見을버리주엇스면 십다.

「그러면 痰을檢査할가요? 또 血痰이나올지모르지만……」

전날저녁과 이튼날아츰에 連겁허 咯血을하고난 나는그날 午後세時쯤되야 ××國立病院內科診察室에서 T라고하는 內地人醫師의診察을 밧다가 이러케 물엇다. 멧分동안 聽診가打診을하고 올혼쪽엽구리를 손끗으로만찌며

「이쪽폐가 좀조치못하오」하는 그말을그대로밋을수업기 때문이다.

「그럽시다 그러면 菌이잇고 업는것을알수잇겟스니까요.」

이것이 내가바란(望)對答이엿다 醫師로서는 應當그러케對答하려니하엿다 하나 千萬以外에도 내 想像과는 어긋난다.

「痰檢査이는 돈이드오.」

내행색이초라하야 診察券만떼면 痰檢査까지시키는줄아는 村바보로생각되 여 事實대로가르쳐주는 親切이라면 얼마나 고마운말이랴만은 아모래도그러케 好意로解釋되지안는그 마당이엿다. 그職業이얼마나 돈말을자조하게하는것인 가 따라서 돈의機械가되엿다십다.

* 이 글은 《만선일보》 1940년 4월 30일부터 5월 7일까지 5회 련재되었다.
이 글의 4번째 부분은 루락되였는데 잘 읽어보면 루락된것이 아니라 번호를 잘못 매긴것이 분명하다. 김창걸(金昌傑, 1911~1991) 소설가. 해방전에 《暗夜》 등 많은 소설을 발표하 였으며 조선족소설문학의 정초자로 평가받는다. 해방후에는 장기간 연변대학에서 교수로 있다가 타계.

「一圓이아니라 十圓라도하지요.」

내말은좀떨렷다. 입가장자리에는 가느다란비우슴이흘럿든 것이다.

(二)

아모래도 病名은 確實히알어라겟다고 그이튼날나는 基督敎經營인C병원으로갓다. 一金二圓也의 特別診察券을사가지고 英人院長B氏의 診察을밧기로햇다 醫師의 普通病者에게사는 機械的醫診打診을 하여보고한참 머리를 쭈볏쭈볏하고나서 하는말이다.

「당신 X光線 찍어보야 病確實히診斷하겟소. 돈六圓드오. 당신承諾합니까?」
外國에와서 天國의福音을傳하는 하나님의使者로自信하는그들 醫師의 입에서웨 돈말부터 먼저나올가. X光線科金이 얼마라는 것은 待合室壁에부친 科金表만으로도充分할것이안인가? 차라리 「당신의 病은 X光線을 찍어보아야 만알수잇다는데 어쩔까요 찍어볼가요」라고하면 足하지안홀가.

내가 萬一에 日後언제大病院을 經營하게된다면 患者에게 돈이야기부터끄러내는버릇을 고치지안는 醫師는 당장撤直하겟다 .

二, 生과 死

院長 B는 X光線 필림을처들어보인다. 中學校때生理學時間에뵈우던 人體骨圖의 一部그대로다. 普通寫眞처럼 陰影이잇스 理萬無하건만 肺잇 左右의빗치다름이 처음눈에들어왓다. 하나는어둡고하나는희다. 어두은것이지 흰것이 病든것인지 元體醫學에는 當職조차업는나로서알길업다.

「당신 病肺結核이오 아즉大端甚하지안흐나 가만두면生命에 關係잇소 이제藥잡숫고 깜짝말고 두달이나 或은석달누워잇스면病다나스리라 밋소」
中學校때익히듯던 西洋人의 朝鮮語說敎式朝鮮語로幸여나 아니기를바랫던肺結核의宣告를바덧다.

肺結核! 肺炎이거나 肝尖加重兒거나 肺結核이거나 그中에어느것이더重하고더輕한지나는모른다 다만나는平時에下等의理由도 업스면서 肺病에는 걸리지안을것이라미덧고 걸리면死刑宣告거니만 알고이섯슬이다.

밋을수업다. 科學的으로 萬全을쾌하는 日本內地의 小學校에잇서서고 小學

校員의肺結核羅病病率이 相當히놉다고하거니와 도리켜보건데 何等의設備도 업는 滿洲農村의私立小學校에서(昨年부터公立은되엿지만)五六年前白필을부 물른 것이 腺病實인나에게 이病을誘發하게한 直接要因이아닌가한다. 그리고 近原으로서는 人生의失望을가장深刻하게느낀昨年一年間너무나 不規則無節 制한生活을 한것이 아닌가한다. 더욱히 各休中圖佳線方面의旅行에서 健康을害 친것인가한다.

생각하면 應當밧을宣告가아닌가 院長의차디찬宣告를밧는瞬間내낫빗이더 蒼白물으겟다.

나는일즉이 生과死에關한哲學問題를생각해보지안헛다. 생각햇드래도 그럴 듯한 哲學的法論을 엇지못햇다. 당장 死가닥처와도 조흘만큼死에對한準備-宗 敎的意味가아니다-를하지못했다.

다만 우리는젊은사람! 봄비즐맛고토오는나무움처럼우리는 生의 躍動을 즐길 사람들! 오직(산다)하는 그現實만을 굿게붓잡고 굿게살아여할 젊은사람!

그래서 「죽음」이라는것을생각하기도실혼젊은사람! 그래서 어찌하면 보담더 잘보담더빗나게 보담더갑잇게 살수잇슬가 이러케 나는살어왓다.

(三)

瞬間의 나는 「죽으면어쩔가」, 「꼭죽는 病이아닌가」, 하는생각을하지못했다.

「뭘! 아즉 죽지는안는다! 죽을수업다.」

나는 이러케 속으로뇌까리면서 天井은쳐다보면 가볍게웃섯다.

오히려 病名을알고나니모르든때또는어느것일지 가릴수업슬때보다 얼마나 시원한지 몰으겟다 그리고初期에 인차發見한것도 얼마나 幸福인가십다 인제는 내病으로疑心할餘地가업다 오직 治療의 萬全을다하면 그뿐이아닌가.

나는? 想以外로 明朗한발걸음으로 病院門을나왓다.

肺結核患者의 死亡率에 關수한 數字를 그後病席에서某小冊子를 通하야보 면서 「이러다가 나도 죽으면 어쩌나」하는생각이 각금일어난다 平時느몰라도病 席에누우면서마음에 神經質化해지는法이라 「死」에對한생각을 아주안한다는 것은 거즛일게다 더욱히 生命에關係되는病으로 누어잇슬때말이다.

하나 나는亦是아무條件도업시 거저 「죽지안는다」하는생각만으로 「죽으면어

쩌나」하는생각을쪼차버린다.

빗나게사는것이 빗나게죽는것이라고한다. 그러타면빗나게죽는것이 한빗나게사는것이 될바하고는 우리는죽는다는 것을 구지생각할것이업지안혼가. 어쩌면 더잘살가 더빗나게살가 하는것만이 問題이다.

三, 술과담배

酒黨이니 甘黨이니 하는말이잇다. 한데煙黨은 흔히 酒黨의 部類로 생각하는 모양이다. 꼭그런것도아니다. 술과담배가 바늘과실처럼 묻어단니는것이 普通이나 때로는 鬪酒를하면서 담배는 한목음도안피는이가 잇는方面에 밥은굶어도 담배는안피우고못견되면서 술은한잔도대이지안는이가잇다.

나는 小學校는 勿論中學校一學年까지 밋슌스쿨에서공부햇든만큼 酒黨이나 煙黨은 다 異瑞視해섯다. 하나中學二學年때다른學校로學籍을 옴긴後부터 오랫동안의 放浪生活에 마츰내사탄화 되지안흘수업섯다. 그래서담배는 停車場接待室에서 담배꽁초를 남몰래 주을만큼 中毒은 안되엿스나 煙黨에入黨手酒은 唯일히햇엇나 하로에最高十本以上 피운記憶이나지안흐니 아즉도 初年兵인셈이나 長文의 便紙나原稿를쓰데에는不可缺의것이엿다.

때로는한대안피우기도일수요 普通이면十本이三日問題업스나 술床을對하고나면 대중업시피우는것도한버릇인가보다.

(五)

한데 不幸中多幸이란말이잇거니와 나는이病을 契機로하야 술―담배까지 包含함에對한 再認識을 가짐을기대한다. 술뿐만아니라 一般世人이享樂이라고 불러지는 一切에對한 再認識再吟味를 조용히가지엿다 술 담배게집 其他一切의 享樂이 그속에잠겨잇을때에는 그보담더조흠이업는것갓고하로도 그것을 떠날수업는것갓으나一旦 바께서 冷情히볼때그것은너무나빗업는 短命한것임을 깨달엇다 모름즉이人生은 보담빗잇는 보담永遠한生命이잇는 것을 爲하야 살것이아닐가?

日後내 病이 快癒하는날에 酒黨親舊들이 또다시 再入黨을勸誘할줄도 잘안다 하나 情을 知悉하고 目的入黨을 다시할수야 업겟지만 絶對가업는 人間의일이라 情實에 避치못한다면 이때까지 내가 應極左派인 胡酒系에는 斷然히 不應

하련다

술에서求하든 그 享樂과그應勞를 다른 「어듸」에서 求하련다 그 「어듸」라는것이무엇이될지 未來의일을알수는업스나 幸여 그화살이 文學에 꽂쳐젓스면십다.

四. 酒朋과 知己

酒朋과 知己의 다름(異)을 내이미 몰은것은아니엿스나病席에눕고나니 切實히 느껴진다 옛(滿人의一生에한 知己잇슴을 기뻐한그心境을나亦是 맛보는듯십다.)

平時健康한때에 나에게三千은못되여도 그래도 꼽는다면 몃十名의 酒朋이잇섯다 그들酒朋은만나면 서로술을 勸했고 한잔하고나면 더우업시 親近해젓다 술이란서로서로사는法이지만 더욱히 내가살때에는 보담더 親하다고떠들어대엿다. 헌데 一旦病드러눕고나니아주 正反對이다. 그前의 親近이다어듸갓슬가? 한 週日 지내도멀세라고

술잔을 난흐든 그親舊들이 臥席長久五十餘日 한번도볼수업스니 엇진일일가? 내病은 多少의傳染性을 띄엿기에 누구나親近하기를 꺼릴것이오 그러케하는 것이 彼此에조흔 것은 現代의衛生學이 說明하는가보다. 하나 事實은 그런意味에서라면 얼마나幸일가 마는그들의머리에 벌서지나간 바람가치 내라는 存在가記憶에서조차업서진가십다. 그러기에 二錢짜리藥書한장도 안보는것이안일가.

酒朋과知己의다름! 그재認識이나吟味오히려 晩覺之謹다.

事實은 누구나病席에누어본사람이면 다經驗했슬줄아지만 病席처럼 「사람」이그리운때가업다. 그가 莫逆之友면 더욱조코 거저낫만아는사람아라도 반갑다. 前에는밉던사람이라도반갑다.

한데 내病이元體 絶對의休息과絶對의安定을要하는것만큼그처럼만흔사람이와서 잣거려줌은바랄바못되나間或은 누가찾저와젓스면십다. 藥書한장이라도 얼마나반갑고慰勞가되는지 몰으겟다.

나의酒朋에는 내가알튼것을 오히려속으로 즐거워한사람이아주업스리라고斷定할수업다. 아니必是것으로는 놀라는체하면서도 속으로는 o民彩票나 마친 것처럼 기뻐할사람이 잇으리라고만 짐작된다. 親友의背信이란 가장쓴지는 맛본 經驗이잇는나는 꼭그러리라밋고십다 한거름이라도 뒤따라올가십여 발길로차고 한거름이라도 압설가십여 끄집여다니는것이 朝鮮사람들의 가장加增한根性

의 하나가아닌가.

<h1 align="center">完</h1>

率直이告白한다면 臥席五十餘日에 지나가는길에나마내病席을 차저준이가 네사람그리고 내가가르친말하자면 弟子 金君이 두세번차저준것 그外에는업다. 萬一우리집에宴會를베추럿다면 期於이차저들사람들이 만하 우리집門압흘 지난줄도잘안다. 내게서 글을 배우던 아이들이도만히 우리집門압흘지낫슬게다. 그러타면이는 師弟間도 商業的取人關係로바께 매저주지안는 現代敎育의 缺致의 所地라고할가?

如何턴 나는 나 自身以外에 나만큼미들사람이누굴가하는 것을 여러번생각해 보앗다. 한제 편지로 내病을 大端히격정하고 落望말라고慰勞해주고한몃 親友의일은언제나이저질것갓지안타.

나는元體 돈을모르고 親한벗이라야 밋고십거니와이번에 덩구 절실히느끼엿다

春素兄은 나의둘도업는知己다. 우리는 술이나 돈이나 그어떤 不純한利害關係때문에매저진 友情이아니다. 親交十年에 처음이꼿갓고꼿이처음가튼 超凡한友情을繼續하거니와 이번에도 나의病報을밧고 ㄱ某醫師의 藥處方二枚와 돈十圓까지너어速達로 보내주엇다. 佳木斯면南北으로 二千里되는데라 速達이래야 一週日이나걸럿지만 나는 그便紙를밧고 感激에찬가슴이뻐근하야 울고만십헛다.

코데여갈가시퍼 눈못감는이世上에 남잘될가보아 배를알튼이人心에 참으로 이런 奇蹟도잇는가. 돈十圓을보냇대서가아니다. 十八錢짜리速達을 보냇대서도 아니다. 親舊의病報를듯고 爲替나마곳보낸일이잇섯든가하고 내記憶을 들추어보니 나는더욱히울고십헛다.

나는인제 滿足이다. 웨? 나으게는 한사람의知己가잇기때문이다. 平時에 술을난흐며親하다고하든親舊들이以後또다시親하다고 야단처도나는 斷然히안밋으리라 웨? 그들은 나에게 술미천잇슬때까지만 親할수잇기 때문이다. 某酒朋의背信으로 말미암아밧은傷處가 아즉아물지안헛거니 나는 幸여나 그前轍을밟지말자고 빌뿐이다.

×

두루두루갈피업는 생각을모아 붓끗이 달리는대로적어노코보니좀길어진가보

다 病中의생각이나 治經過如何나 압흐로의動向等 궁금해하실親舊들도잇기에
더쓰거십프나 아즉은 내 健康이 許諾치안는다. 이만큼쓰는것도 두번이나 靜臥
하야 休息하여가지고 쉬엇든붓을 들고햇스니 아마도이만 끗치는수바께업다.

   무슨말을썻는지 잘모르겟스나 처음붓을들던때의생각과는 너무나 어긋나가
십다.

   어쨋던지나는病을이긴다하는信念을 더굿게가지며 붓을노코 冷水摩擦을하
고는자리에들여야겟다.   四月十四日

봄이 그립소*

김창걸

(上)

   오늘이三月초이틀 철수로따져보면 確實히봄은봄이오 南國에는벌서陽地쪽
에잔듸풀이모다낫슬것이고장수 꼿할미꼿도 피엿슬것이오그리고꼿닙파리를실
은잔잔한물결이 굽이굽이감돌아흐를것이오

   하나 오늘도이곳은 싸락눈이퍼붓고잇소 아름드리소나무가 二間三間으로 짤
리여 波濤인양 즐편만벌판에 싸여잇는 W驛에서 十里되는山길을密林속을헤치
고한자두자 싸히고싸혀 다지운눈길을 걸어들어 간적은 部落이只今내가 목숨을
부치고잇는곳이며「新春頌」을쓴다는 것이 너무나일르지안흔가고 혼자저윽히
옥수수가루떡으로 주우린배를채우고 엉덩이와무릅이삐죽삐죽나간흔옷입은어
린子息을끌어안고떠는것을생각하면 원수가튼이겨울이하로바삐지나가거라 應
當손꼽아 기달릴것이아니겟소?

   하나 정작바라기는 바라면서도 하긔이겨울이너무빨리지나갈가보아 가슴을
죄이는 이곳百姓들입을어이하겟소? 조타긋다해도겨울 한동안 木材일이잇기여

---

   * 이 글은 ≪만선일보≫ 1941년 3월 13일과 15일에 게재되었다.

옥수수가루 떡에소곰물이나마 주린배를달랠수잇엇지만 봄이돌아와눈길이녹고
어름이풀리고하야 이일마저 끗난다면 大體어떠케살아간단말이오?

그래서 봄이 닥쳐와배를골고 홀러단이고 하든쓰라린 經過을생각하면 목구멍
이捕盜廳이라 零下三四度의 이겨울이 열달이고 열두달이고繼續되여지라 은근
히마음속으로 바라는것이 이곳百姓들이아니겟소? 봄을몰으는사람들! 누군들봄
을봄답게 맛겟소마는이곳百姓들이야말오너무나참혹한 버림바든異邦사람들이
아니겟소?

하니 봄이그립소 하마그립소오늘도 나는格에맛지안는(?)羊皮滿服을입고털
모자 털구두 그리고눈속을 더듬어보앗소 따는太初에黃金天使의? 함을밧지못한
不幸한나의게나亦是가튼族屬의 버림바든이百姓들의게도하로바삐봄이돌아와
지라 빌고잇소

우리들의 職業에는봄이란한개벌거벗고機閑旋압헤선듯한威脅이기는하지만
「마음의봄」이란 언제一生에한번 만날지말지한것이니바라기도 주제넘은일이고
다만 산사람의입에거미줄쓰는 法이 업기로마련이라니 季節의봄이나마빨리돌
아와지고십소

봄消息이란 元來훈훈한첫南風에실려온것이지만그래도 幸여나봄消息이어듸
로선가 들려오지안나 하고귀를기우리고 南天을向하야발도둠을 하면南國의어
느陽地쪽 山비탈에피로물드린 杜鵑花가보일듯십허 오늘도몃번이고머얼거니
南쪽하늘을 처다보앗소마는뽀오얏코 아득한뿐살을어이는듯한 東北風이눈을몰
아뺨을 따리고지나갈뿐이오.

(下)

하나 속일수도막을수도업는것은季節인가보오 벌서며츨前부터 봄의觸感이
가장빠른 고양이가밤이면울고잇소 아마도봄의使者는 봄消息을가만가만히고양
이가슴속에만 먼저집어던지고 가나보오그러기에우리人間들은 이불속에서숫불
에 손을쪼이면서도몸을움츠리건만은 제몸이숨기논기픈눈속에서도 짝을차저울
고잇지안소?

봄을찻는 고양이가슴은人間의六感을 超越한七感인가보오

胡地인들 꽃이안필理 잇겟소 봄이안올理 잇셋소? 인제三月도지나고 四月도

거진지나필무렵이면 두자석자꽁꽁얼엇든 강물도풀린것이오 기픈地役속지나친 冬眠속에서 戰慄하든버레들도 다시살아날것이오어린풀싹도 나무움도다터날 것이오

그러면 나는또어디로어떠케흘러갈런지 알수는업지만다못하로라도아니 다못 한時間이라도 즐펀한陽地쪽파아란 잔디우에疲困한四肢를활짝뻐치고누어 파 아란하늘을 쳐다보고시프오

그러면 어떠케하면참답게갑잇게빗나게살어볼지 가늘게말고 굵게짜르게사는 어떤生의哲學이머리속에서움트는것만갓소

이봄에도 豆滿江이풀리고 鴨綠江도풀리고하면 나와가치生에허덕거리는「뽀 헤미안」의 族屬들이무척늘어갈것이오 하나막을수도업는嚴肅한季節的行事가아 니겟소? 그래서서억오란歲月이흐른後에 그들의天國이 建設도여지라 빌고십소

봄이그립소 사뭇차게그립소 그래서벌서 十餘日前부터 봄의 前哨兵인고양이 울음소리를 저녁마다 귀기우려 기다리고 잇섯소 인제 數日前부터 고양이울음소 리를 들엇스니 봄은정말 왓나시프오

하나 아즉도 수양버들입파리 南風에하늘하늘 춤추고 노랑나비범나비한꼿붉 은꼿 차저날르는 제법봄철은두달이나 기달려야하고

가슴이 뷔엿소 마치虛空을 두팔로끌어안흔듯시픈空虛感뿐이오 쪽지게버서 팽게치고 논드럼 마른풀우에 누어멀거니 먼하늘을 쳐다보기에해를지우는總角 의마음이나 바느질깜을 살몃이떠러뜨리고 오양간압헤서 閑暇하게 목을 빼여우 는 닭울음소리에 가슴을울렁거리는 處女의 마음이 무슨넌 罪가잇겟소? 다만 그罪를 봄이란季節에게 들씌울수 잇가면 내마음의 空虛도 봄탓이 아니겟소?

내마음의 어느한모퉁이를 봄이봄의使者가 건드린듯십소 그러기에 가슴은뷔 엿서도공연히 울렁거리는것이 아니오?

봄이그립소 풀리는강물을담어 내마음속 얼어뭉친어름장은 녹아나리지못한 다 하드라도 몸덩이나마 季節을 따라흐르고 습소 이몸이 흐르는것은 太初에作 定된 운명인지도몰을일이니 나는 抗拒하지도안켓소 그것이 오히려젊은나의願 하는일이 아니겟소?

봄이 그립소 흘으고십소 그래서 이가슴을 달래고십소 　　　　　　(끗)

滿洲朝鮮文學과 作家의 情熱*

황금성(黃金星)

(上)

작가의情熱! 우리는얼마나 만흔작가를가젓는가?

作家로서는 이미 朝鮮內에도相當한地盤을가진數三人이 쓸쓸한滿洲朝鮮文壇에서 겨우餓死를免할程度의糧食을供給할뿐이고 現在우리文壇의溫床인 滿鮮日報에서ㅇ兒를건지 育成한數三人의文學徒가 겨우잇슬뿐이다. 이가튼少數作家와 習作期에잇는文學徒로서만 百萬을넘는 在滿朝鮮人의文學建設을 다할수엇슬가가問題다. 그러나 그量만을問題삼는 數學的打算은그만두고 우리는百사람의平凡한作家보다 한사람의不世出의文學를가지고십다면 이것은지극히安心하여도 無妨한일이지만 우리는한손으로곱을수잇는 그들의그實이란測量키甚히困難한바잇스니 오로지그들의情熱을 期待치안을수업다.

그들은果然文學의消長과 그生命을힘써할熱情을 가지고잇는가? 元來作品이란 情熱만의所産이 아니라 그 劣情에압서 素質도따러야하겟고 熱情에뒤미처努力도따러야하겟지만 爲先식지안는그情熱 文學을爲하야산다는 그熱情만이라도 가젓스면십다

物質과環境때문이라고하겟지만흔히는 卽成作家로서도 그熱情을往往볼수잇고 그것을嘲笑하고 打罵하는新銳 或은文學徒로서도 처음數篇의作品이發表될때에는 一生을文學을爲하야바친다는 끌는熱情을가지다가도 文學의길이가난의길- 또는 모든苦難의길-과 同作함에일으리서는 亦是先輩들의 前轍을밟는것이常事이다. 비록 情熱이란불곳도私生活의保障이라는기름(油)에서일어남도事實이나모름지기文筆家의待遇도論議되고잇는 只今에와서더욱이文學의길이荊刺의길임을覺悟햇다면 처음의情熱만을끗까지 抛棄말어야할것이다 그들의初志를 굽히지안는 情熱에서만 우리의아페 적은曙光이나마 비칠줄안다.

---

* 이 글은 《만선일보》 1940년 2월16~17일에 게재된것이다. 黃金星은 김창걸의 해방전 필명의 하나.

×

다음으로는 讀者의問題다 나의 現職이 訓長이니만치廣範圍의 文化部門사람들을 對하는것이 普通이이나 나는 讀者層의 貧弱에는 千萬失望을느낀다.

新聞을들때에 어느寡婦가뒷고방에서 私生子를나엇다고나 어느카페의女給이 어떤情郞과「카페오찌」를햇다거나한 記事에만은興味를가지고 新聞의 學藝面을훌터보는사람은 쌀에뉘만큼 極히적은것을 볼때몹시한심함을禁할수업다 間或學藝面을 펼첫다가도 어떤 짜릿짜릿한 러브씬이나타나면 침을삼키나 都市貧民層이나 農民의生活 또는人間生活의暗黑面이 나올때에는「무어쓸데업는소릴」하고 홱뿌리치는것을볼 때 어찌失望치안흘수잇스랴?

날마다 글과對하는그들이이러할 때 다른層(語弊가잇스나)이야 말할것도업다. 이번의旅行에서 直感한바잇지만 都市商人들이야 職業이職業이니만치 石炭의統制가如何하거니 棉布의輸出禁止가如何하거니 하는데만눈이가고-다른것이야 아니겟지-學藝面가튼것은 꿈에도볼생각을 하니한다. 더욱히農村에서는 新聞의存在中에도 在滿鮮系의 唯一한指導紙이며 우리 文學建設의溫床인 滿鮮日報의存在조차 모름을볼때오직 愕然할뿐이엇다.

그것은 勿論우리의 文化程生度의 低下와우리의 經濟的生活이 너무나 正常的이못된 悲慘한때문이란理由도 업지안흐나 民族이잇고 말이잇고글이잇고또生活이잇스면서 어찌文學이 업슬수잇슬가하고생각할 때 아모래도 數三의作家로 觀衆업는演劇을하고잇지안혼가 하는늣심을가지지안흘수업다.

그러면 讀者獲得의 具體方策이 무엇일까하는 커다란問題에逢着하나 制限된紙面으로 그것을解決할妙案을끄집어낼수도업거니와 自然生長的發展의 現段階-아니 胎動期라함이 適當할까-에잇서서 할수업는現狀인同時에 王道樂土의滿洲國에잇서서 우리의生活基礎가次次잡혀지고 우리의 文化程度가 漸漸高揚됨에따라漸進的으로 解決될수잇는問題가 되지안흘수업스니 그에 對한 讀者의 討議가잇서젓스면하고바라는바이다.

그리고 또다음으로는 批評의待望이다.

創作과批評그어느것이 먼저냐든가 또는朝鮮과가튼 作家對評價의亂練과가튼現狀은 바람이아니나 滿洲朝鮮人文壇에잇서서若干의作品發表는 볼수잇스나評論의缺如는 누구나 이에多少의 觀心을가닌이면 痛感햇슬줄안다.

廣範圍의作家의視野와評家의視野는 언제나多少의差異를 認定치안홀수업
다. 아니 그보담도 原則的으로그視野가同一하다하드래도人間은神이아닌以上
남의눈에띄는보아도 제눈에대들보는못보는法이다.

(下)

世上일이다그러하거니와 더욱히創作과批評과의 脣齒의關係는 어느때어느
곳을勿論하고 認定치안홀수업는 嚴然한事實이나現在滿洲朝鮮文壇에잇서서
馬車의兩輪과가티 跋行하여야할創作과批評이오로지 滿洲國特有(?)의一輪車
的苦行(强行일가?)을.

創作만이것(步)고잇슬때우리의 文學이試行的임을 더욱새삼스럽게느끼는同
時에 不具兒를가닌어버이의 慈悲를더욱痛感하는바이다.

이것이理想的인 要求일는지는몰라도 創作과批評의家庭的協和가업슬진대
차라리敵對的暗鬪或은 露骨的不祥事인싸홈이라도잇서젓스면십다. 그것은朝
鮮日報學藝面에 돌리는분이면 누구나同感일줄안다.

×

끄트로 發表關係의充實이다. 微弱한우리文學(勿論滿洲朝鮮文學말이다)에
잇서서溫床的役割을하는 唯一한發表機關이滿鮮日報임은 再言을不要하는바다.

우리로서는滿鮮日報에感謝의뜻을 表하는바이지만 人間은 神이나니라恒常
열가지의 長點을보기前에한자기의 短點을 보려함을엇찌하랴? 우리는滿鮮日報
의 우리文學建設에의功績을 讚揚하는同時에따라서 그의우리文學에貢獻할려
는 誠意의不足을듯고십다―滿鮮日報當局者여 이것이 우리의압날을爲한 責할
수업는 貴여운慾心이며따라서 거기에 우리의進展이잇는 것이다―멀리는그만두
고 지난康德六年度의 滿鮮日報의學藝面을 둘추어보기로하자.

新春文藝의當選作品까지合하야 一年동안 滿鮮日報學藝面을通하야 發表된
것이詩歌나 隨筆은 그量이相當하다하겟스나 小說과戱曲은連載長篇을除外하
고 二個月에一篇平均도안되엇스니 참으로寒心한일이다 하나 或者는말하리라
「新聞은 新聞이고 雜誌는雜誌다」고 筆者도 그것을모름이아니나가까은 朝鮮內
地의例를들드라도朝鮮內에서는 月刊或은準月刊의雜誌만도 十餘種으로서 每
月五六篇乃至 十餘篇의創作을發表하고도 數種의新聞도月定으로 數篇의創作

을發表하지안는가

그러면서도 日本內地나諸外國의發表機關의貧弱을 屢屢히論議하는것이안인가?

滿洲에잇서서 鮮系의新聞으로는 滿鮮日報가잇슬뿐 雜誌로는文藝誌나綜合誌나間에하나도업수매 滿洲朝鮮人作家或은 文學徒들의發表의길을 어듸서開拓할것인가?

滿鮮日報는 朝鮮內의新聞과다르다. 滿洲朝鮮文學建設에잇서서 아직까지는 朝鮮內의新聞及雜誌의 役割과任務를 함께하여야할것이아닌가? 이것이滿鮮日報로서는너무나過重한 짐임에는틀림업슬것이나 가난한村學校의敎員은 校長兼敎員兼小便兼의 超人的活動을 아지안흐면 안되는것과 勞聯함을 어찌하는수업다.

아모리 俳優와觀衆이잇서도 假劇場이라도 劇場이업씨는 할수업는일이다. 이에 우리는 滿鮮日報의破天荒的 自己犧牲을 우리의慾心대로 바라지안흘수업다. 이것도 남에게 밀릴수도업고 리려서도안되는 우리의일이니 밋(信)고하는要求다. 마치집을떠난蕩子로서絶緣한어버이에게돈을請하듯이-.

近者에 滿洲에잇서서 朝鮮文雜誌發刊이討論되고 又現實의可能性이잇다고 風傳되나 그前가지는 그責任을 滿鮮日報外에는 依託할길이업다. 勿論珠盤이안맛는가고할런지 알수업스나 義로운일에는 元來珠盤이안맛즘이 常事이다. 作家가無條件하고바치는情熱에 滿鮮日報紙面供給이새로운排車를 加하지안흐면안된다.

부끄러우나 率直히告白한다면 나가튼文學徒로서도習作을試驗하다가도「뭘發表할수도업는걸!」하고는 붓대를 팽개침도經驗할수잇는일이다. 發表키爲하야-價値도업는것을-習作한다는것은 萬年文學徒인나로서 穩當치못한일이나 나亦是感情을가진人間이라 不得己한일이라고할가?

一言으로말하면 우리의建設할文學이 農民文學이던移民文學이던 大陸文學이던또는寫實이던 浪漫이던以上에말한것 卽作家로서情熱을가질것 諸者層을 擴張시킬것과 創作과批評이並行할것또는發表機關의充實을 圖謀함에잇서 우리의文學은 새로운進展을보리라고밋는다.

=끗=

절필사*

김창걸

나는 일직이 내딴엔 문학에 뜻을 두노라고 하였다. 문학을 하는데는 가난해야 하고 글재주가 좀 있고 생활경험이 잇고 그우에 노력만 하면 된다고 보았다.

나의 반생은 무엇보다 가난으로 일관되였다. ≪가난하다≫는 그조선은 문학을 하는데 없어서는 안될 조건이다. 문학을 하는이치고 누가 가난하잖고 부자로 지낸 있는가? 문학과 가난은 사촌간이라고 생각했다. 아니, 사촌간이라기보다 떨어질수 없는 깊은 인연이 있다. 그래서 나는 일찍 ≪가난하기 때문에 문학을 한다.≫는 제목으로 글쓴 일이 있다. 그역명제도 역시 옳다. 즉 ≪문학을 하기 때문에 가난하다≫고.

나는 벌써 여섯 살 때 고향을 떠나 간도땅에 왔다. 물론 부모를 따라 들어왔다. 고향에서는 말할것 없고 간도땅에 와서도 가난하기는 매한가지였다.

얼마나 가난하게 살았던지, 열나마 되는 식솔이 정주방뿐인 씨그러져가는 집에서 옳이거꾸로 누워지내였고 그당시 삼촌은 마을에 있는 허부자네 집에 달머슴을 살았고 또 끝에 삼촌은 중학공부를 하겠다고 울며불며하다가 끝내 학교를 그만두고말았다.

나의 둘째동생은 어릴때부터 앓기는 했지만 소학교문어귀에 가보지도 못했고 훗날 야학교에서 겨우 국문이나 배우게 되었다. 셋째동생이 겨우 소학교를 마치고 철도에 심부름꾼으로 들어갔을뿐이다.

≪계집이 글을 배워서는 뭘 해? 바가지짝에 글을 쓸텐가?≫이렇게 집의 늙은 이들이 고집한탓도 있지만 가난해서 누이 둘도 학교문옆에 가보지도 못하고말았다.

부림소까지도 14년동안이나 없이 살아왔다.

≪우리도 소만 한 마리 있었으면…≫

≪개똥밭 다문 며칠갈이라도 제것이 있었으면…≫

이것이 아버지의 평생소원이였고 유일한 소원이였다. 그렇지만 아직 그런

---

* 해방전 집필했는데 미발표한 작굼. 1982년 ≪김창걸단편소설선집≫에 수록할 때 ≪붓을 꺾으며≫로 개제. 기억을 더듬어 다시 썼다고 함.

행운이 닥쳐오지 않고 있다.

그래서 끼니도 밥은 못하고 죽으로만 에우는데 그것이 겨울에는 괜찮지만 한창 일철에는 정말 배가 고파 허리띠로 주린 배를 달래는판이다.이른봄부터 쓴바귀를 캐여서는 좁쌀알을 몇줌씩 집어넣어 푸대접을 끓여먹었다. 그나마 나의 학비-월사금이랑 공책이랑 연필같은 것을 사노라고 어머니는 터밭에 일찍 심은 풋나물- 가지, 고추, 부루, 배추같은것을 따서는 광주리에 숫구멍이 꺼지도록 이고 10여리 되는 장거리에 가서 팔아와야 하였다.

한광주리 골박아 잔뜩 이고 가서 돈 몇푼을 받아서는 좁쌀되나 사고 내게줄 백로지와 잉크로 쓸 물감을 사가지고 돌아오면 나는 얼마나 기뻤는지 모른다. 그러면 어머니는

《야, 학천아, 백로지 사왔다.공책을 매서 써라. 물감을 풀어서 글을 쓰고…》 하면서 흐뭇이 대견스레 웃으시는 것이다.

내가 중학교시절에 돈이 없어 공부를 못하고 집에 와서 울기만하면 말수적고 또 말재간도 없는 어머니는 그저 나를 따라 눈물을 흘릴뿐,

《얘야, 팔자가 그런데 어쩔수 없구나. 네 애빈들 뭐, 무슨 용빼는수가 있겠늬?》 하고 별로 딴 말씀을 못했다.

한창 방랑생활을 할 때에 몇 달씩 집에 소식도 전하지 않고 개구리밥처럼 떠돌아다니다가 어쩌다 집에 들리면 어머니는 역시 풋곡식등을 한광주리 이고 장마당에 가 팔아서 돼지고기를 사다가 남비에 끓이여준다. 너무나 굶어서 한남비를 다 먹었더니

《예야, 얼마나 굶었기에… 응, 많이 먹어라.》 하고 눈물이 글썽글썽해한다.

그러다가 내가 집에 와서 소학교교원으로 《취직》 하여 돈 10원씩 월급을 받게되니 《아, 인제는 살게되였구나!》 하여 온집안이 기뻐하는것이였다.

첫아기 -딸을 낳았을 때 벼르고별러 요람을 사왔더니 요람속에 누운 아기를 내려다보면서

《애, 은주(어린애 이름)야, 넌 네 애비를 잘만나 좋겠구나, 흔들이에 신선스레 누어… 우리 애기》 하고 별일만큼 기뻐하신는 어머니였다.

어쨌든 나의 반생은 가난으로 일관되였다 그래서 그런 가난속에서 문학이 나온다고 늑겨졌다. 생각하면 세계 력사상 이름있는 위대한 작가치고 정말 가난

과 사촌간이 아닌가? 결국 나도 문학을 할 수 있는 토대가 있다고 생각되였다.

나는 공부를 좀 한것이 또 문학을 하는게 유리하다고 생각했다. 나는 일찍 구학서당ㅇ에서 글을 읽었는데 사략, 맹자, 론어, 대학 등 을 통달하다싶이 하였다. 열 살이전에 읽은책이지만 그것들을 별로 잊어버리지않고 있었고 학교도 소학교 3년과 중학교도 3년이나 읽었기에 문학을 할수 있는 기초는 가지고있다고 보았다.

일찍 구학서당에 다닐 때는 말말고 소학교시절부터 글짓기를 잘한다고 남들이 일러주었다. 중학시절에는 일학년 때에 벌써 ≪장문 잘짓는 학생≫이라고 모두들 일러주었다. 어느날 하학후에 사학년 상급생들이 ≪김학천이 누군가? 작문을 잘 짓는다는데-≫ 하면서 달려온 일이 있었다. 후에 들은 일이지만 학교의 작문선생이 내가 지은 작문을 보고 사학년에 가서 그것을 읽어주면서 칭찬하였다는 것이다.

그래서 첫학기에 14살 된, 키가 거꾸로 세 번째인 어린 나는 ≪E시보≫란 학생회에서 꾸리는 벽신문의 위원이 되어 이른바 시, 시조, 감상문 따위의 글을 발표하였고 3학년 때 ≪겨울철≫이란 겨울방학숙제 작문에 산문시를 세페지나 썼는데 작문선생은 ≪혁명적시인의 색채가 농후하다. 힘써 정진하도록 하라.≫는 평어까지 써주었던 것이다. 그래서 그 당시 무슨 사건으로 서울가서 징역을 하는 교원들에게 달마다 우리 홤 우리 반이름으로 내는 편지를 도거리로 맡아쓰게 되었다. 그 산문시는 정말 괜찮게 된것이라고 지금도 느껴진다

그뒤 나는 우리 마을 야학교에서 칠팔년이나 백묵을 주물렀다.

그러니 그만하면 문학을 할수 있는 토대가 있지 않는가! 당시 서울에서 내는 잡지와 신문들을 어떻게든 퇴보를 보면서라도 거의 읽다싶이 하였다. 이것이 문학을 할수있는 밑천이ㅏ라고 생각된다.

나는 방랑생활에 대한 체험이 있었다. 즉, 나는 ≪인간대학≫에 입학한 셈이다. 세계의 어느 문학가치고 방랑생활을 하지 않고 온실에서 고스란히 자라듯이 그런 사람이 있었는가? 없다! 누구누구 모두다 그렇다.

일찍 나는 중학을 중퇴한후 방랑생활- ≪인간대학≫에서 수업한지 칠팔년된다. 우선 쏘련 해삼위를 중심한 연해주에도 가서 반년이나 있었고 북만지방에도 한해동안, 그것도 북만에서 사화주의운동이 한창 고조에 이르렀을 때였다.

조선에 가서도 거의 5년이나 방랑생활을 하였다. 이렇게 방랑생활을 하는과정에 쏘련의 수용소에도 있어보았고 일본사람의 경찰서에 징격은 못살았지만 세번이나 붙잡혀들어가 있으면서 억울한 고문도 당해보았다.

≪너 조선에 무슨사명을 띠고 나왔는가?≫ 하는것이 조선에 있는 왜놈경찰서에서 심문하는 중요내용이였고.

≪조선 가서 뭘 했는가, 바른대로 말해!≫

≪유격대에 무슨 련락이 있는가? 무슨 심부름을 했는가?≫이것은 간도에 있는 왜놈경찰서의 심문내용이였다.

놈들은 고문, 격검대로 때리는 것은 꽃이지만, ≪비행기≫를 태우고 고추물을 먹이고 하는것이 례사였다

방랑생활- ≪인간대학≫에서 수업하다나니 별으별 곡절을 다 겪었다.

쏘련가서 조선사람농촌에서 제일 크다는 H공장에서 한해동안 보이라일을 하는 안부로 있었고 Y공장에서는 이태동안 수리직장부노릇을 하여보았다.여기에서 나는 닌간의 쓴맛단맛 다 겪어보았다.

특히 ≪인간대학≫이니 그렇겠지만 굶주린 고생은 그야말로 말이 아니였다. 북만에서는 XX폭파사건때 거의 한달동안 매일 끼니마다 에누리없이 삶은 감자 한 개밖에 못먹었고 하루에 150리까지 걸으면서 저녁과 아침도 못얻어먹었으니 때로는 너무 지쳐서 풀밭에서 하루이틀 굶은채로 지내기도 하였었다.

서울서 방랑할 때에는 서너달동안이나 날마다 능금만큼한 만두한개씩만 먹고 지냈으며 때로는 석달동안 머리도 못깎아 그야말로 여자머리같은 덜먹총각이 되어었다.

간도에 있는 나는 일본땅에는 못가보았지만 쏘련에 갔을 때 뽀세트에서 해삼위까지는 처음으로 기선을 타보았으며 조선갔을 때에는 자동차도 인력거도 타보았다.

≪인간대학≫ 수업중에 걷기도 꽤 하였다. 기차가 잘 놓이지 않을때였고 기차가 통하더라도 호주머니가 비였으니 걸을 수밖에 없었다. 북만지방에서의 방랑은 애오라지 걸어서 다니였다. 심지어 기차길을 옆에 끼고도 H에서 서울까지 거의 천리길을 빌어먹으면서 걸어갔던 것이다.

≪인간대학≫의 ≪방학≫ 철에는 물론 농사일을 하게 되었다. 약한 몸에 고된

농사일하기란 여간 힘들지 않았다. 사시장철 농사일을 하노라니 힘든 것은 말할 것도 없지만, 깊은 산꼴짜기로 나무하러 가서 강파로운 산등성이에 올라가 도끼로 나무를 찍어가지고 눈길에 내려오다가 구을기를 몇 번이였던가. 또 낫나무를 하노라다가 손가락을 베여서 고생한 자리(허물)는 지금도 왼손에 남아있다.

산길에서 소달구지를 몰다가 곡식실은 달구지를 번지여 울던 일이 지금도 눈앞에 선히 보이는듯하다. 긴긴 여름철에 허리띠를 조이면서도 푸대죽을 먹으며 기음매던 일, 당시 아편농사(어느 한때는 아편을 심게 하였다.)잘 되기를 바라며 허리띠를 다시한번 더 조이던일, 생각하면 꿈같기도 하다.

이른바 사, 농, 공, 상(士農工商)의 각도에서 본다면 나는 약간이나마 글을 읽었고 훈장노릇도 했으니 ≪사≫를 체험했다. 훈장도 한 50명 되나마나 한 농촌 소학교에도 있었고 간도에서 제일 먼저 세워졌다는 300여명이 있는 큰 학교에도 있어보았다. 물론 조선말로 교수하는것이였지만 한동안 꿈에하는 잠꼬대도 일본말로 해야 한다는 시절에 엉터리일본말이지만 제법 일본 말로도 몇해동안 교수하였다. 그러니 ≪사≫를 당당히 체험한 것이 아닌가!

농사도 몇해 지어보았고 더욱이 농사군가정에서 태여나 농사일로 등이 휜 아버지를 따라 농사일을 했으니 ≪농≫도 체험한 것이다. 공장에서 몇해 일해보았고 목재회사에서 몇해 있었으니 ≪공≫도 체험하였던것이고, 목단강에서는 장사군회사에서 반년동안 물건을 팔아보았으니 ≪상≫도 직접겪은(체험)셈이다.

≪인간대학≫에 입학수속을 하기전이지만, 돈관계에서 나는 학교교원들의 덕택으로 학비보조를 받아 그만큼이나마 공부하였다. ≪신세지운 것은 잊어버리고 신세진 것은 잊지 않는다≫는 교훈을 지키노라고 하였다. 내자신이 너무 가난하기에 남에게 신세지운 것은 별로 없지만 하다못해 약간이나마 있음직도 하지만 그것은 잊어버리고말면 그만이다.

다만 잊을수도, 잊혀지지도 않지만 학비보조에 신세진 세분 은인에 대해서는 생각은 있어도 갚을 힘이 없기도 하고 갚을 방도가 없기도 하여 늘 마음속에 옥맺히고 있다.

또 나는 네 조대나 겪은 사람이다. 너무 어릴 때 일이여서 잘 기억은 되지 않지만 망국조선을 겪었고 그뒤 곧 일세의 통치를 겪었다. 일제의 조선강점으로 하여 온가족이 고향을 떠나 간도땅으로 들어왔고 간도와서는 일제통치의

≪연장≫ 시기에 가정의 파산을 당해보았다. 간도에 와서는 구중화민국시기에 관헌들의 직접적통치를 받게되여 억울한 ≪문턱세≫까지 물지 않으면 안될 형편을 당해보았다. 그뒤 ≪만주국≫이 되여 지금 ≪만주국≫이란 세상에서 살고있으니 겨우 30년에 이렇게 네 조대의 풍진을 겪고있다. ≪네 조대에 대한 체험≫, 이것은 간단한 것이 아니라고 본다.

그리고 사상면으로 보아 몇가지 단계를 거치였다. 처음 구학서당에서 공부할 때에는 의식적이든 무의식적이든 유교사상에 젖어있었다. 삼강오륜을 인생의 최고리상으로 알았다.

그뒤 예수교학교에서 공부하면서 예수교란 신학문에 심취되여 ≪하느님≫을 믿어 세례까지 받았으며 동시에 당시의 정황에서 민족주의사상의 ≪세례≫를 받게되였기에 민족주의만이 조선사람이 나아갈 유일한 길이라고 믿고있었다.

그러다가 룡정에 류학하면서 예수교의 배신자가 되여 당시 사회를 진감하고 있던 사회주의를 신봉하게 되여 그런 단체에도 가입하였고 초조적이나마 지하공청에도 참가하여 사업하노라 하였다.

그당시 돈이 너무 그리워 돈을 좀 벌어보려고 몇 달동안 집을 떠나 N지방에서 아편장사를 하는 친구를 찾아가서 몰편장사시중을 하면서 한달동안 그 장사를 해보았고 또 이른바 ≪직접체험≫을 해본다고 해서 몰편을 궐련에 묻히여 몇번 빨아도 보았다.

또 한창 간도에 ≪야회≫(押會)란 도박이 성행할 때 몇 번간 안해의 혼수감을 팔아서 ≪야회≫를 써보았다. 그러나 역시 따기는 새려 밑천까지 떼우고말았던 것이다.

그리고 못된 송아지 엉덩이에 뿔이 난다는 격으로 중학교시절부터 술을 배우기 시작했다. ≪술은 프롤레타리아의 예술≫이란 구호까지 외우며 어린몸이 않은자리에서 반근을 마시고도 끄떡도 안하는 술군으로 되였었다.

특히 나는 ≪술력사≫에서 대서특필할 사건이 있다. M시에서 중학동창생이며 고생을 함께 한 K라는 친구를 만났을 때 그가 한턱낸다고, 여름 대낮두시부터 밤 열시까지 어떤 카페에서 세상모르고 맥주를 퍼먹었댔다. 둘이서 맥주 50타스나마 마시였는데 그때 한쪽으로는 오줌을 누면서도 곤드레만드레된것은 말할 것도 없는데 후에 그 이야기를 듣고는 모두들 50타스이면 독에 부어도 몇독

될터인즉 거짓말이라고 하며 그 카페의 녀급에서 속아서 먹지도 않은 맥주값을 엉터리로 문것이라고 했다. 어쨌든 ≪대음가≫였던 것이다

　다만 한가지 련애에만 별로 이렇다 할 체험이 없다 원체 봉건가정이기도 하려니와 너무도 가난한 집이여서 딸가진 집둘에서 딸을 주려고 안하기에 스물넷이 되는 로총각으로서 겨우나를 알아주는령감이란이가 딸을 주어 장가들었을뿐이였다.

　이른바 자유련애시절이였으니 마음에 드는 여자가 없을리 없었다. 한 여자는 나에게 생각이 있었으나 불행이랄가 다행이랄가 여자 중학교졸업생이였고 가정도 꽤 잘살기에 가정형편이 너무 기울어져서, 특히 열몇이 되는 식솔에 동생네나 누이 둘은 소학교도 공부못시켰으니, 만일 그 여자와 결혼한다면 커다란 불행이 되리라고 내쪽에서 거절하고말았던 것이다

　또 한 여자는 그쪽에서는 마음에 있어하나, 내가 방랑생활을 하게 되고 또 이른바 사회운동을 하게 되니 중학교를 중퇴한 그 여자도 역시 맞지 않는다고 해서 그만두었다.

　또 다른 두 여자는 가난한 농촌녀자이기는 하나 정작 나는 좋다고 했지만 우리 집 가정정활으로 보아 ≪범의 굴에 딸을 보낼수 없다≫고 해서 그쪽에서 거절하니 할수 없었다. 참말 ≪열사위 한되여본남자가 없다≫는 말이 맞는가보다. 어쨌든 아기자기한 련애생활은 못해보고 그저 지금 ≪결혼≫ 한 안해와 함께 지내는 중이다.

　이상의 쓸데없는 푸념같자만 사실은 나의 지나간 경력이랄가 대강 적은 것이다. 그러니 이만큼한 체험과 경력이 있으니 나는 문학을 할수 있지 않겠는가고 생각하였다.

　다만 체험 못한것이라면 첫째는 돈이다. 돈없는 고생은 실컷 했지만 돈을 홍청홍철하게 가지지도, 써보지도 못했다. 두 번째로는 벼슬이다. 공립소학교 교원도 한해 하였으니 그것도 벼슬이라고 할지 모르나 진짜로 무슨 관청의 관리 같은 그런 벼슬은, 사립소학교 교장쯤되는 그런 ≪벼슬≫ 같은것도 못했다. 세 번째로는 ≪권세≫이다 나의 반생은 찌지워 산 반생이지 무슨 ≪권세≫와는 담쌓고 살았다. 학생들더러 운동장에 풀을 뽑으라고 시킨것이 ≪권세≫라면 몰라도-.

내가 아는 정도에서 생각해보니 아만하면 문학을 할수 있고 또 할수 있는 밑천도 넉넉하다고 느껴졌다. 이것은 황금을 주고도 살수 없는 《훌륭한 밑천》이 아니겠는가! 이런 자기의 반생의 력사가운데서 어느 한 고리만 집어내여도 문학이 될것이 아니겠는가!

거기에 나의 약간의 글재주가 있지 않은가!

세계는 몰라도 조선이나 중국에는 이런 체험과 경력을 가진 사람도 드물것이라고 보았다. 엔간하면 자서전적작품같은것은 나올것이 아니겠는가!

나로서 볼 때에는 《겨울철》이란 산문시에서 《혁명적》이라고 칭찬받은것이 가장 인상에 깊이 새겨져 그 작문을 지금도 금싸래기마냥 여기고 고이 보존해 두는중이다.

방랑생활을 하는 과정에서는 문학을 할 시간적, 정신적, 물질적여유가 없었으나 오랜 방랑생활을 끝내고 일단 어느 자그마한 농촌소학교에서 교편을 잡게 되니 무엇을 할것인가 생각에 생각을 거듭하지 않을수 없었다. 그래서 첫해에는 조선어문을 여유시간을 짜내여 공부하였다. 조선어문은 학교시절에 배웠고 또 엔간히 안다고 자인했으나 정작 맞닥뜨리니 너무나 부족하다고 생각되였기 때문이다.

나는 나의 고생한 체험만 하여도 문학을 할수 있다고 짐작하였다. 물론 자기의 체험에는 제한성이 있는 것이다. 그러기에 지랄외에는 다해보라는 말도 있는데, 곰곰이 생각해보니 도적질하고 경친 일외에는 거의 체험했으니 문학을 해보자고 마음먹었다. 그래서 그다음해부터는 습작을 하게 되었다.

문학의 쟌르로 볼 때 어떻든 나는 소설중에도 단편소설에 뜻을 두고 하여 보았다. 다른 쟌르에도 붓을 대여보았으나 소설보다는 못하였다.

그래서 만 이태에 수십편을 시험적으로 습작해보았다. 그러자 1938년 겨울에 나도 신문에 투고해보고싶었다. 신문이라야 《만주국》에서는 당시 장춘에서 내는 M일보뿐이고 또 거기에 나오는 작품들을 보면 그저 그러그러 했게에 나도 투고하면 자신이 있을것 같았다.

그해 그믐께 나는 M일보에 《학교를 세우고》라는 3만여자 되는 단편을 보내였다. 그래도 혹시 미끄러지지나 않을가 해서 시, 시조, 민요 등도 몇편 보내였다. 조선에 있는 중아급신문에는 어림도없으니 우선 이곳 신문에 투고했던 것이다.

그 다음해 초하루날 신춘현상문예당선결과가 발표되였는데 나의 작품 ≪학교를 세우고≫가 당선되였다. 그리고 필명으로 보낸것들도 모두 ≪가작≫으로 입선되였다.

나는 뛸듯이 기뻤다. 벽촌에 있는 이름없는 나로서 어찌 기쁘지 않겠는가! 조선의 중앙급신문에서가 아니지만 그래도 여기서는 유일의 조선문신문에서가 아닌가! 작품당선기념회도 우리 고장 몇 학교교원들의 주체로 열렸고 기념사진까지 신문에 났었다.

그래서 나는 일약 작가가 된셈이고 작품주문도 받았고 작품을 계속 썼다.나의 대표작이라고 하는 ≪밤길≫도 그해 5월에 쓴것이였다.

당시 M일보사에 있던 조선작가인 황ㅇ과 링ㅇ, 또는 도문에서 교편을 쥐고있던 현ㅇㅇ등에게서 축하편지도 보내주었다. 그래서 꽤 유명짜한 ≪소설가≫가 된셈이다.

신문사에서는 편지도 오고 특히 신문사학예면기자들의 격려의 편지도 매우 기쁘게 받군 하였다.

나는 조선 있는 작가들의 경력을 볼 때마다 그만한 방랑생활과 가난한 경력들은 나도 따를수 있다고 생각되였다. 그래서 지나간 반생동안의 ≪고생≫이 오히려 다행한 밑천이라고 여기여 작품을 계속썼고 써서는 신문사에 보내였고 보내면 내여주군 하는것이였다.

그런데 작품을 쓰는데는 아무런 저애력이 없었는가? 처음 느낀 것이 자기 쓰고싶은 글을 쓸수 없다는것이였다.

원체 나의 작품이 당선된데는 약간의 곡절이 있었다. 당시 어떤 작품이 당선되는가를 미리부터 살펴보았는데 그것은 현재 당국의 정치에 대하여 조금이라도 불만을 보여서는 안되고 될 수 있는대로 썩좋다고 하면 그럴수록 ≪합격≫ 된다는 것이다 이 ≪진리≫를 알고있었으나 그 정도를 딱히는 몰랐다.

아무래도 당선은 하리라고 생각한 나는 그 ≪비위≫에 맞춰쓰지 않을수 없었다. 이런 ≪표준≫으로 원고를 올리훑고 내리훑고 하면서 마치 현사회가 ≪태평성대≫인 듯이 묘사하지 않을수 없었다. 한교육자가 농촌에 가서 학교를 세워 실학아동을 교육하는것을 묘사했는데 불평 한마디도 토로하지 못하는것이였다. 심지어 복자(伏字)한자도 없는 글이였으니 가벼운 환멸을 느끼지 않을수

없었다.

그해 그믐께 또 욕심이 생겨 M일보뿐아니라 조선이 중앙급신문에도 ≪등장≫하고 싶은 생각에서 어느 한 신문에 ≪대지에 와서≫란 단편소설을 역시 신춘현상문예×에 보내였다. 괜찮게 쓴 작품이라고 자신을 가지면서-

그런데 원단에 발표된데 의하면 내것은 미끄러지고 딴 사람의 ≪누운바위≫란 작품이 당선되였다. 그날 신춘문예선정책임을 맡은 사람이 쓴 글에 의하면, 고르다고르다 마지막으로 세편을 골랐다고, 그것을 마지막으로 남은 세편의 이름도 썼는데 거기에는 ≪간도 김학천 작 <대지에 와서>≫가 똑똑히 밝혀져있었다. 그만하면 당선된거나 다름없다고 아쉬운 생각을 금할수 없었다.

그뒤 신문에 련재되는 그 ≪누운바위≫란 작품을 읽어보며 ≪응, 그렇구나!≫하고 한숨을 쉬였다. 왜냐 하면 내것과 대비해볼 때 우렬을 가리기 힘들뿐아니라 내것이 되어 그런지 내것이 더 나은듯하기때문이였다.

며칠뒤 신문에 난 모씨의 글을 보고 또 한번 ≪응, 그렇구나!!≫ 하고 두 번째 한숨을 내쉬였다. 왜냐하면 이번에 당선된 ≪누운바위≫의 작자는 동경 대학을 중퇴한, 그 선자(選者)인 모씨의 친한 벗이고 당선축하모임도 유명한 서울××관에서 하였다는 것이다.

≪신춘현상문예모집≫이란 광고만 보는것은 수박겉핥기가 아닌가! 대학을 공부했다는 것, 문단에 친한 벗이 있다는것, (××관에서 연회를 차릴수 있는)돈도 상당히 갖고있다는 것, 이런것이 ≪모집≫ 조건에는 씌여있지 않으나 상당히 결정적인 작용도 가진다는것을 깨달았다.

옳다, 그렇다. 중학교를 중퇴한 나, 문단에 아는 사람이라곤 하나도 없는 나, 돈없는 빈털터리인 나, 다시 생각해보니 정말로 하늘에 장대겨눔이 아니가! 이것이 ≪오해≫인지도 모른다. 행여 ≪오해≫가 옳기를 이른바 글 쓰는 사람으로서 ≪문단≫을 위하여 바랄뿐이다.

이야기는 좀 뒤걸음쳐야겠다.

내가 당선된데 대하여 물론 충심으로 축하하여주는 분이 절대대부분이다. 그러나 개별적이나마 그렇지 않기도 하였다.

≪그거, 뭐, 돈 생기는노릇이라구?≫ 하고 경멸하는 사람도 적지는 않았다.

≪뭐, 그런짓은 아예 싹 걷어치우오≫ 하고 충고하는 또래들도 있었다.

나는 신문사학예면에서 보낸 편지를 받았다. ≪내가 즐겨 읽는 글구≫란 제목으로 400자정도의 짧은 글을 써보내달라는 것이다. 당시는 이런 식으로 인기를 돋구며 지면을 채우려고 하는 경향들이 있었다.-한사람이 아니라 여러 사람에게 같은 제목으로 쐬우는 것이다.

나는 무엇이라고 쓸가 망설이는중ㅇ에 다른 사람들이 낸 것을 보니 모두다 서양의 어떤 위인이 명언들을 간단히 뽑아서 싣고있었다. 나는 붓을 들었다.

> 가마귀 싸우는 곳에 백로야 가지 말아.
> 성낸 가마귀 흰빛을 새오나니
> 창파에 좋이 씻은 몸 더러일가 하노라
>
>   - 정몽주 어머니 작

> 이몸이 죽고죽어 일백번 고쳐죽어
> 백골이 진토되여 넋이야 있고없고
> 님향한 일편단심이야 가실줄이 있으랴
>
>   -포은 정몽주

나는 무슨 사상성이나 예술적기교는 모른다. 다만 당시의 글쓰는 사람들을 비롯해서 내노라고 뽐내던 사람들이 모두 일본놈의 황민화바람에 제 정신을 잃고 덥비니 ≪절개≫만을 가상히 여기는 견지에서 이 글귀 즉 옛시조 두수를 인용했던 것이다.

그런대 그뒤 거기 대한 반영이 있엇다. 첫째는, 현대의 위인도 그명언도 잔뜩한데 왜 케케묵은 옛시조를 즐긴다고 썻는가고 하는것이였고 두 번째는당국을 반대하는것이 아닌가고, 즉 아침해살과 같이 흥왕하는 ≪만주국≫과 ≪일본제국≫을 부정하는 정서가 안받침된것이라는것이였다. 나는 아무말없이 웃고말았다. 그 때문에 붙잡힐 ≪필화≫ 사건은 될 것도 없는 일이였다.

≪흥, 그렇구나!≫

나는 또 느껴지는바가 있었다.

내가 작품을 쓰는데 대하여 교장과의 관계는 아무래도 잊혀지지 않는다.

하루는 나의 작품이 신문에 련재되는것을(그것은 ≪밤길≫이 련재될 때이다) 본, 공립학교로 개편되여 새로 부임한 가네다라는 일본성을 가진 교장이 ≪뭘 그리 시시껄렁한 글을 조선말로 쓰는가?≫ 하고 책망조로 말하고나서 아무 대꾸도 없는데 혼자 지껄인다.

≪그런 글쓸 시간이 있으면 연구교수나 하도록 교재를 연찬하는게 좋지않는가!≫라고 말하는것이었다. 나는 그 자리에서는 좋다궂다 말없이 피우던 담배꽁초를 내동댕이치고 밖으로 나와버리고말았던 것이다.

≪이렇게도 교육계에 있다는 사람이 더욱이 교장으로서 문학을 몰라주는가? 물론 조선말로 글썼기때문일것이다. 누구보다 먼저 <창씨>를 하고 왜놈이 창자로 바꾼<황민>이니까 응당 그럴테지!≫

나는 북쪽하늘에서 떠오는 쪼각구름을 멍하니 바라보았다.

그러자 창작이란 일종의 ≪아편≫과 같다고 할가, 그만한 일에 좀체로 손을 떼게는 안된다 나는 그 뒤로 따로운 필명으로 글을 써왔다.

그런데 한번은 목단강에서, 한 아편중독자— 그도 사회운동을 하노라던 사람이 중독자로 되어 헌 마대를 걸치고 다니다가 목숨을 끝맺는것을 보고 ≪그의 끝장≫이란 작품을 써 신문사에 보내였다. 그런데 신문사의 학예면사람들에게서 ≪필봉을 낮추어 쓰라. 발표될 가능성 여부를 생각해서 쓰라.≫는 편지가 왔다. 당시 신문사학예면에는 H를 비롯한 진보적량심을 가진 사람들도 있어 그만한 ≪충고≫도 하여주고 또 격려도 해주는것이었다.

≪아, 그렇구나!?≫ 또 나는 감탄부와 의문부를 동시에 느끼였다.

그러자 나는 또 필봉을 낮추지 못한 글들을 썼다. ≪산중의 기록≫ 같은것이 그러하다.

≪산중의 기록≫은 1940년대 목단강엣 실업로동다에게서 취재한것인데, 농촌에서 파산당한 농민이 살길을 찾아 고향에 식구들을 버리고 돈벌이라려 일본놈의 공사장에 가 류랑생활을 하다가 위험한 작업장에 팔려가 희생되고마는 것을 그린 것이다.

이와 류사한 작품들로는 ≪보리밭≫이 있다. 이 작품은 간도로 이사하여온 조선이주민이 또 일제의 압박착취로 말미암아 몇고랑있던 밭까지 ≪구제회≫에 빼앗기고 정처없이 북만으로 류랑의 길을 떠나는 것을 묘사한 것이다.

이러루한 작품들은 학예면기자들에 의하여 역시 전번과 같은 ≪딱지≫가 붙어 되돌아왔다.

≪김형, 글을 속에 있는 그대로 쓸수 없음은 슬픈 일입니다. 그런 자유는 언제 올는지? 끝끝내 오기는 오련만…≫이런 편지가 껴묻어왔다.

그뒤로도 물론 여러편의 작품이 발표되였는데, 나는 무엇보다 작품을 써놓고는 발표의 가능여부를 고려해본다.

≪혹시 현사회당국에 무슨 영향이나 오해(?)를 줄 구절이 있지나 않는가?≫고 그래서 나는 워낙 생각이 그랬기에 ≪좋다는 말은 못할망정 궂다는 말은 피하리라≫이런 신조로 생각했고 또 그렇게 글도 썼다.

한번은 신문사에서 편지가 왔다. 당시 글쓴다는 사람들의 작품을 짧은 것으로 한편씩 골라 일본말신문인 S일보에 일본말로 번역해 내겠으니 작품은 본인이 선정하라는 내용이였다. 나는 신문사당국의 의도를 대강 짐작하기 때문에 새작품은 쓰지 않고 이미 발표된것 가운데서 마음대로 골라 번역하라고 답장을 냈다.

또 편지가 왔다. 내 작품가운데 ≪점순이≫를 선정하겠으니 어떤가고 말이다. ≪점순이≫란 내 작품가운데 제일 에로틱한것이여서 ≪련애지상주의≫는 안되더라도 거기에 가까운, 짜릿짜릿한 련애장면이 젊은이들의 마음을 끄는작품이다. 당시 여기서 소위 글쓴다는 사람들이 협조회 우두머리를 영웅으로 묘사하거나 귀순자를 아주 합법화한 작품들이 범람하는판인지라 그런 작품은 내 작품가운데서 없고 해서 억지로 ≪점순이≫를 선정한 모양이라고 생각된다.

여기서도 나는 역시 ≪아, 그렇구나!≫ 하고 또 한번 생각했을뿐이였다. 어쨌든 련애를 가미하지않고는 안되는 모양인데 나는 련애에 대한 체험이 전혀 없으니 ≪락제≫로구나 하고 생각하였다.

그럭저럭 나는 별로 작품을 내지 않고 때로는 쓰고싶은 충동에 못이겨발표될 가망도 없는 작품을 휘적거려 두기도 하였다. 나는 그래도 소설가나 작가라는 ≪명예≫를 잃어버리지 않기 위해 거리로 나가면 신문지국을 방문하고 그러면 신문 ≪인사래왕≫란에 ≪소설가 아무개 어느날 래방≫이란 소식이 실리군 하는 것이 미상불 싫지는 않았다. 짤막한 글을 쓰라는 주문이 있으면 그대로 써내군 하였다.

1943년 가을 어느날이였다. 신문사에서 지정제목에 지정내용을 붙여 400자정도의 글을 쓰라는 것이다. 그 제목이란, ≪대동아전쟁과 문인들의 각오≫란것이고 그 내용이란, ≪대동아전쟁에서 승리를 위하여 사상상 도요함이 없이 물질상

곤난을 극복하도록 문필을 통하여 고무해야한다≫ 것이였다.

나는 이 주문에 대하여 매우 망설이였다. 요구하는 내용대로 써야 하는가, 쓰지 말아야 하는가? 마음속으로 싸움이 벌어졌다. 나는 워낙 칼산에도 선뜻 올라설수 있는 혁명가가 아니였다. 그러나 다소 혁명사업에 참가하느라다가 쭈크리고 주저앉기는 했으나 ≪절개≫만은 지켜야 하리라고 다짐한 사람이였다. 그래서 내심상 ≪격투≫ 하다가 끝내 쓰고말았다. 왜냐하면 모처럼 얻은 ≪작가≫라는 영예를 그냥 보존하기 위하여, 만일 이런 주문에도 응치 않는다면 내 존재는 문단에서 아주 없어지고 마는 것이 아니냐! 이렇게 생각되여서였다.

그뒤 며칠후에 나의 그 글이 내 이름까지 밝혀 발표되였다. 비록 장편내론은 아니고 또 여럿이 함께 그런 글을 쓰는데 껴묻어 쓴것이라고 처음에는 자기위안과 변명을 가졌다. 그러나 다시 곰곰이 생각하니 나는 범죄자라고 느껴졌다. 글에 뜻둔지 15년, 작품을 습작하기 시작한지도 8년, 첫 작품이 발표된지도 5년, 그동안 소위 ≪문인≫이라고 남들도 그렇거니와 나자신도 그런 ≪체≫ 하던 나는 마침내 ≪대동아전쟁의 고취자≫가되고말았단말인가?!

겨우 400자 되나마나한 짧은 글인데! 지정제목에 지정내용으로 쓴 글인데! 남들도 글쓰는 사람치고 모두 그렇게 쓴 글인데! 그렇게 쓰지 않으면 모가지가 달아날터인데! 이런 구실로 변명하여 자기안위를 가지려고 했다. 그러나 일은 그렇게 간단히 해결되는것이 아니였다.

나의 머리는 더욱 복잡해졌다.- 다른 외국의것은 그만두고 조선의 누구 누구 한다는, 운동자연체하던 사람도 모두 지금 와서는 ≪창씨≫ 한다. 대동아전쟁을 꼭 이겨야 한다, 황국신민이 되어야 한다, 자위병으로 나가야 한다, 하고들 고아대고 있다. 그런데 내라고 얼마나 ≪위대한≫인물이기에 절개를 지킬수 있겠는가? 나야말로 범인(凡人- 평범한 인간이다.)그런 범인인이상 그런 사람들의 뒤꽁무니를 따라갈 수밖에 무슨 뾰죽한 수가 있겠는가? 이렇게 나의 한 일을 합법화하여보았다.

그러나 내게는 다시금 되풀이되는 생각이 감돌았다. 민족주의사상에서 사회주의사상으로 전변된후, 그래도 일은 계속 못할망정 절개는 지키리라고 다짐한 것이 아니냐! 원체 들어갈 자격도 없지만 순사나부랭이따위는 물론이고 현정부나 구정부, 민회같은데는 들어갈 생각은 꼬물만도 안한 것이 아니냐! 오직 농촌

사립학교에서 단돈 10원 남짓이 받도있의면서 커다란 공립학교에 들어가면 월급을 다서곱이나 받을것이지만 그대로 촌 사립학교에 있지않았는가! 온 나라의 사립학교가 깡그리 억지로 공립학교로 개편된 뒤에도 왜놈이 다된 교장하고 틀려서 일년만에 학교를 영영 나오고 말지 않았는가!

또 내가 다니던 학교의 학생들도(모두 졸업했을것이다)모두다 사회운동에 몸을 바치고있지 않는가! 그가운데는 ○과 같이 희생당한 사람도 있지 않는가! 더욱이 나에게 학비를 보조해주어 이만큼 성장하게 한 은인들도 모두 사회주의의 길로 나아가지 않는가!

조선의 누구누구가 모두 일제의 졸개로 되고말았다는것은 그 부정적 일면만을 본것이 아닌가! 지금의 다른 누구누구는 붓을 꺾고 농촌에 돌아가서 절개를 지키고있지 않는가!

≪대동아전쟁을 끝까지 하여 이기도록 해야 한다≫이 무슨 도깨비 소리인가! ≪각금시이작비≫(覺今是而昨非)-어제날이 잘못되었고 오늘날이 옳음을 깨달았다는 말이 얼마나 정확한 말인가!

그러나 일은 이미 저질렀으니 어쩔가? 글을 만일 계속 쓴다면 이런 일, 이보다 더한 일이 얼마든지 생길것이 아닌가! 길은 글을 안쓰는것이다! 그래서 나는 글을 다시 안쓰는 것으로 무언중에 지난날의 잘못을 씻으려 하였다.

그때부터 M일보학예면도 일본말판으로 바꿔지고 일본말로 글을 쓰도록 강요당하게 되었다. 우선 나는 일본말로 글을 가르치노라고 했으나 글쓸 재주 특히 문예문을 쓸수는 없다. 문예-소설, 시, 희곡 등을 제법 일본사람처럼 쓸 재주는 없다. 그것도 그것이려니와 일본말로 글을 쓰되 야마도정신이 안받침된 글을 쓰라는 요구는 뻔한일이다. 그러니 알고 한번 모르고 한번이란 말과 같이 한번 저질은 잘못을 다시 더 저지를수는 없는 일이다.

도대체 글을 써서 얼마나 잘살았는가, 돈을 모르고는 밥도 옷도 아무것도 생기지 않는 법인데, 돈이 얼마나 생기는가를 생각해보니 정말 한심하기 그지없다. 신문에 발표죄기 시작해서부터 5년동안에 소설만 해도 거의 스무편 되고 기타의 글까지 합치면 40여편 되는데 얼마를 받아서 얼마를 잘살았는가?

단지 한번, 30원뿐, 그것도 첫해의 현상당선금으로 받은것인데 소위 협화복은 있어야겠기에 돈 10원 각수를 보탱여 협화복 한 벌 갖춘 것뿐이다. 그밖에는

피천 한푼도 원고료는 없었다. 그러니 아무종이에나 쓸스 없어 그래도 줄칸친 원고지는 제 돈으로 사서 써야 했으니 한번 받았다는 30원도 원고지사는데 거의 묻어들어간셈이였다. 첫해의 ≪가작≫이라고 평선된 시와 시조등 세편에는 돈도 아니고 쇠두컵에 맞춘 연필 한대씩, 그뿐이였다. 참말 문학과 돈은 인연이 없다. 오히려 밑지는노릇이다.

조선의 신문잡지를 보면 문인들이 원고료를 받았다거니 기다린다거니 독촉한다거니 하는 기사들이 있으나 여기서는 그런 제도도 없는듯하다.

≪나이 30이 다되도록 돈벌궁리는 안하고 뭘 하는가?≫

우리집 살림현편을 보고, 특히 너무도 보잘것없이 빈약한 내 책꽂이를 보고 하는 허물없는 친구들의 ≪충고≫도 절대 무리라고 말할수는 없다.

글쓰기 시작해서부터 생기는 저애사상 내지 모욕적인 대우를 받으면서 돈까지 못벌면서, 돈벌 희망은 애당초 없는줄 알면서, 마지막으로 일본놈의 ≪졸개≫가 될줄알면서 왜 문학을 하는가?

문학이란, 말하자면 ≪닭의 갈비≫이기에, 아무런 리로운 일은 없고 그렇다고 버리기는 아까운, 그런 ≪닭의 갈비≫이기는 하나 그런줄 알면서도 그대로 제속도 남 속이고 하면서 지내야 하는가!

위대한 작가가 되어 위대한 작품이라도 낸다면 세상에 한번 났던 보람은 할것이라고 이런 턱없는 천진한 생각도 처음 물인지 불인지 모르는 철모를 때에는 가질수 있었으나 차차 머리가 랭정해지면서 더욱 객관적으로 랭정하게 대비해보니 구경 부정적인 대답을 얻을뿐이였다.

≪범없는 골안에 토끼가 스승≫이라고 이곳에는 글쓰는 사람이 너무적고 또 수준도 너무 어리여서 소위 ≪작가≫인체 했지만 조선에만 비기여도 이림없다. 나이 30이면 적어도 장편을 몇편 내놓는 그런 글재주에 문벌도 있고 학벌도 있고 돈도 먹고 살만큼은 가지고있는 사람이라야 할터인데 내게는 그 어느 하나도 없다.

력사적으로 위대한 작가들을 생각해보았다. 현대의 위대한 작가들도 생각해보았다. 그리고보니 나야말로 너무나 하찮은 존재가 아닌가! 너무나 범인이 아닌가! 아니, 범인도 못되는 용인(庸人)이 아닌가! 워낙 문학이란 만사람이 입학하고 겨우 한사람이 졸업한다고 하지 않는가! 나야말로 졸업하는 그 한사람인 것이

아니라 미끄러진 9999명축에 드는 하잘것없는 존재이다

　돈도 안생기는노릇, 명예나 지위란 보잘것도 없는노릇, 성공할 가망이 꼬물도 안보이는노릇, 더구나 대작품을 쓸 가망이 전혀 없는노릇, 기껏해야 일본놈의 ≪졸개≫ 나 되게 마련인노릇, 살아도 못살고 죽은뒤 천추에 루명이나 끼칠노릇, 다른 사람은 모르겠지만 내가 한다는 문학-작품을 쓴다는 것은 이런 노릇임을 참말 가슴깊이 깨달았다. 깨닫지못할 때에는 몰라서 속히워 하노라고 했지만 알고서야 어찌 다시 범한단말인가?

　우선 붓을 꺾고보자! 아무런 미련도 있어서는 안된다. 나는 이제 붓을 꺾으려 ≪절필사≫를 쓴다

　쓰고보니 마치 거치장스러운 ≪혹≫이나 떼여버린 듯이 거뿐하고 시원스럽다. 가슴이 후련하구나!

　잘가라, 붓이여!　　　　　　　　　　　　　　1943년 겨울 교하에서

朝鮮人과 饒舌*
(西七馬路斷想의 하나)
백석(白石)

(上)

　그무슨 饒舌인고. 허튼수작인고. 실업는우슴인고 그것은 코츰이요 구역이다 나는 눈을가리우고 귀를막는다. 그러하지안흘수업는것이다.

　나는 朝鮮人의 말이만흔것을 미워한다. 말은 情熱이아닐것인가. 叡智가論語의 이른바 經濟가아닐것인가 生産이 아닐것인가. 말은 그리해야 올을것이다. 眞實

＊ 이 글은 ≪만선일보≫ 1940년 5월 25일, 26일에 계재되였다.
　백석(白石, 1912~?), 시인. 본명은 기행(夔行). 평북 정주출생, 시인. 일본 아오야마학원 영
　문과 졸업. 시집 ≪사슴≫으로 명성을 떨치고 1939년 도만하여 어느 기관에서 일한 흔적이
　있으며 측량원으로도 있었고 소작인으로도 있었다고 한다. 해방후 먼저 신의주에 정착했었
　고 후에 고향 정주에 이주했고 번역을 한 흔적이 있다. 졸년 미상.

로갑잇게多情한 個人이나 民族은다이런 淵源이잇는것이다. 이 淵源이넘치고흘러서 多辯하지 안흘수업는것이다. 啓蒙이 이곳에잇고 闡明이 이곳이잇고 批判이예서 생기는것이다. 생각하면우리는 饒舌의文明속에도잇는것이다.

그러나 다만偶然히 이런文明속에 잇게된것으로 해서만의眞理란 ○○이업시 잇는줄도 모르고 饒舌일수도 잇는 것이다. 가막째치처럼짓걸이고 솔새새끼가티 조잘대일수잇는것이다. 太平洋會議의 모힌代表들도 饒舌일수잇고 慶尙道의無學한녀편네도 饒舌일수잇는것이다

朝鮮人의 무엇으로말이만흘것인가. 무엇을 그럿케饒舌하지안을수업는것인가. 무엇이 그럿케 차고 넘치는것이잇는가. 무엇이 그럿케 글허올흐는것이잇는가.

朝鮮人은 그무거운 自省과悔悟와 贖罪의念으로 해서라도 오늘누구를 啓蒙한다할것인가 무엇을闡明하고어떠케批判한다 할것인가.

朝鮮人에게 眞實로 沈痛한 摸索이잇다면 이饒舌이 헛된수작과 실업는우슴이 어쩌케 잇슬것인가. 더욱히朝鮮人이 現實로 光明의 大道를 바라본다면이큰 感激과 喜悅로해서라도어쩌케참으로이러케饒舌일수잇슬것인가.

朝鮮人의饒舌을 나는안다 그것은고요히생각할줄모르는것이다. 생각하기실허하는것이다. 가슴에 무거운緊張이나 興奮이업는것이다. 쏘무엇인가 憤怒할줄모르는 것이다.쏘 무엇인가 寂寞을느끼지못하는것이다. 쏘무엇인가 悲哀를가슴에지닐줄모르는것이다. 朝鮮人에게는 이러케悲哀와寂寞이 업슬것인가. 憤怒가업슬것인가. 朝鮮人 은이러케緊張과 興奮을모르는것인가. 그리고 생각하는것까지도 일허버린것인가. 滅亡의究極을생각하면 그것은無感한데잇슬것이다. 그것은 無感하야 나날이짓거리고밤낫으로 시시덕걸이고 언제나 이래서나 실업슨우슴을웃고써드는데가 잇슬것이다.

眞實히淵源이업는말이란 詐術이다. 허튼수작이란 더욱詐術이다. 朝鮮人이 허튼수작을즐기는것을생각하고 한편 남아 朝鮮人을가르쳐 詐術的이라한것을 생각하자. 이남의말을 글타고만 할수잇슬것인가. 饒舌이란 언제나實踐躬行이아니다. 이것과는멀리써려져 도는것이다. 게으른놈의 實行대신의糊塗다. 朝鮮人

이 饒舌인것을생각하고남의 朝鮮人 말하야 게으르고 쬐피고 無實行하다는것을 생각하자. 이남의말을 탓할수잇슬것인가. 허튼우슴이란阿諂의쟁기자. 그중에도 가장卑屈한方便이다. 朝鮮人이실업슨우슴을웃기를 雪無飛똥굴리듯하는것을 생각하고 한편남이 朝鮮人을욕하야卑屈하야阿諂에能하다고한 高見을생각할 째누가敢히正色할것인가. 正色할수잇슬것인가.

(下)

◇

그들이 만일家庭에잇다면 이허튼수작이나실업슨우슴이 可愛로울것이요 그들이만일 胞衣飽食한다면 이것이限업시 明朗할것이다. 허나굶주린 野犬이잇서서 실업시 꼬리를저어 보는사람마다 조타하고 헛되이작고입을벌여 뜻업시 줏는다면이것은可愛롭고 明朗할것인가. 不快하야 憎惡하지안을것인가. 참으로 그러케안을것인가.

民族의 經由를무엇으로달을것인가. 그魂의深淺을나아가서 存滅의運命까지도무엇으로재이고 점칠것인가. 생각이 이곳에밋칠째우리는놀라 두렵지안을수잇슬까 우리는 東洋과西洋을가려본다. 그리고 西洋보다東洋이그魂이무겁고 깁픈것을禮贊하고 이것에心醉한다. 東洋은무엇을가젓는가. 東洋에무엇이잇서 그러하는가. 朝鮮은東洋의하나는 무엇을일어벌엇다.일어서는아니될것을일코도痛嘆할줄을몰라한다 무엇인가 黙하는 정신을일혼 것이다. 일코도모르는 것이다.

◇

印度의 푸른빗을바라보며 나는이것이 무엇이고어데서오는가를본다 印度의 푸른빗은恒河萬年늬의흐름에젓는 生命의發光이다. 이生命의寂滅에 가까운崇嚴한沈黙이다. 나는蒙古의무게가무엇인가를안다. 一望無際의蒙古 草原이다. 蒙古人의心中에 노인一望無際의草原이다.

잇다금 찡이울어째어지는그 草原의 沈黙이다. 이것이蒙古의무게다 朝鮮人은 인도이빗도 蒙古의무게도 다일허버렷다. 本來부터 업섯는지도모른다 슬픈일이다.

朝鮮人이 스스로 말하야 千萬가지 자랑이 잇다한들헛된말이다. 몬저 잇슬것은 자랑과 希望이 아니다. 무엇인가 眞摯과 憤怒와 悲哀다. 深刻한苦痛이다. 이것들이 朝鮮人의魂을꼭붓잡는 것이다. 朝鮮人朝이 苦難속에잇다는것은 거짓말이다. 그들이 饒舌인동안 이것은거짓말이다. 朝鮮人에게는 光明이照耀하는 것이다. 허나이것에 感激하고感謝할줄모르는것인지도 모른다. 그들이 饒舌인동안 누가이것을그짓말이라 할것인가.

비록 몸에 襤褸를 걸치고 굶주려顔色이蒼白한듯한 사람과 한민족에 오히려 千斤의 무게가 업슬것인가. 입을 담으는데잇다. 입을담고 생각하고 노하고 슬퍼하라. 眞摯한 摸索이잇서 더욱 그리할것이요 感激할光明을 바라보아 더욱 그러할것이다.

東滿의魔境·天險蜀道*

「七十二頂子」跰破記

리학성(李鶴成)

東寧의 國境地方에 잇는 七十二個頂子는 文字 그대로 일흔두고게, 百八十里의 나는새도 못넘을 재다. 눈이 길로 싸히고 猛獸가 咆哮하는 無人之境을 放浪靑年은 饑餓와 싸우며 그야말로 死線을 突破하고 넘은 流血의 산記錄이다.

너무 오랜 이야기를 귀중한 지면에 뚜렷이 공개케된것은 매우 거북한일이다. 그러나 이는 내 전반생의 모험적여행에있어 가장 놀라운 구사일생(九死一生)의

---

* 이 글은 ≪朝光≫ 1941년 1월호에 게재된것이다. 이 글은 이미 다른 도서들에 수록된바 있지만 모두 원문이 아니다.

李鶴城은 리욱(李旭)의 해방전 이름. 리욱(李旭, 1916~1985), 시인, 해방전에 줄곧 연변에서 여러가지 직업에 종사하면서 시를 썼는데 중국조선족시문학의 개척자로 불리운다. 해방후에는 연변대학에서 교수하면서 시창작에 정진하였다. 대표작으로 ≪리욱선집≫ 등이 있다.

기록임으로 이제 그것을 또렷한 사실대로 게재하여 이자여러분과 함께 현실의 한낮 인생고(人生苦)를 가치 맛보는 동시에 장래 여러문생에게 타산지석(他山之石)으로 만일의 도움이 된다면 다행인가 한다.

　내가 민국십구년 삼월경에 로만국경 목단강성동녕현(牧丹江省東寧縣)에서 천험촉도(天險蜀道)라고 일커르는 칠십이개정자(七十二個頂子=地名)를 넘게 되었다. 원래 그산은 문자 그대로 크고 적은 고개가 일흔둘이 나란히 느러서서 이쪽부터 저쪽까지의 거리는 일백팔십리무인지경인데 천고에 도끼를 드러보지 못한 대수해(大樹海)에 범, 곰, 사슴, 토끼등 무엇이나 사람을 본일이 없었을것 같다. 그산을 혹 넘은사람이 있었고 옛말같이 전하나 중간에서 한돈할만한 철에 양식과 무기를 가지고야넘었다고 하며 다닌사람은 대개 포수들과 비적들이었다 한다.

　그런데 이와같은 곳을 내가 발섭하게된 까닭은 그해 삼월중순에 라자구(蘿子溝)를 가려면 그산 부근의 많은 하천을 건너야 될터인데 그때기후는 예년과달라 이상하게 따뜻하여 어떤하천은 일즉 녹아서 깨질 염려가 없지않게되어 나는 할수없이 그곳 밑부락에서 번갈아 체재하면서 수중에있는 돈을 모조리 털어쓰고 적수공권으로 그동안 알게된 동포와 그중친한 친구들의 신세로 이럭저럭 지났으나 아직도 어름이풀려 배가 노히게되자면 두달동안은 그곳에서 머물러야 될터인데 때는 농한기라 아무 할일없고 남의 피땀을 흘리며 지어놓은 양식을 턱없이 축내기는 너무도 몰염치한 일이어서 죽기를 결심하고 그곳 사람들의 눈물겨운 만류도 들지않고 떠나서 말만 들어도 몸소리치는 칠십이개정자를 넘게되었다. 그마을서 물으니 그 산밑까지 가재도 삼십리가량은 된다고함으로 일은새벽에 주인할머니의 걱정으로 조반을 지어먹고 떠났다.

　마을을 지나서 그산 골자구니에 들어서니 옛날부터 얼키어 있는듯한 잔디와 삼밭같이 드러선새가 꽉 들어찼다. 길이야 있던없던 두주먹을 부르쥐고 앞으로 앞으로 달리게 되었다. 어느듯 자모와같이 정답게 내머리를 쓰다듬며 앞길을 밝혀주던 해도 서산마루턱에 걸리워 피눈물이 글성글성고여 불행한 나에게 무엇인가 알외는듯 싶었다. 두이마리 까마귀도 멀니 둥이 찾아 까욱까욱 울면서 재를 넘는다. 내 가삼을 졸이던 석양도 살아지고 차차 무서운 검은 장막이 대지를 덮기 시작한다. 그때야 나는 잠깐 발을 멈추고 앞길을 살펴보며 우직한 내행동을 후회하였다. 그러나 그곳서 차라리 고혼은 될망정 다시 그 부락을 찾지는 않겠다는 비장한 결심으로 이러한 심산유곡도 인가나 없는가하고 황혼에 길잃은 어린양처럼 덤비었다. 이렇게 이리저리 헤매다가 왼켠 저골짜구니에 조고마한 오솔길을 발견하여 그길로 약오리가량 들어가니 산비탈 으슥한곳에 오막사리집이 한 채가 뵈었다.

너무 반가운 마음에 긴 한숨을 내쉬고 조급히 부엌문을 여니 주인은 뜻밖에 오십남아 보이는 만주인이었다. 그는 나를보고 깜작놀라서 앉았으나 거이 중심을 잃고 너머지리한만큼 두손으로 땅을 짚는다. 그모양을 보고 나도 불지불식간 무시무시한 늑김을 금치 못하였다. 그로인과 나는 얼빠진 사람처럼 멍허니 쳐다보기를 약십분동안이나 계속하였다. 그때야 그노인이 나더러 당신은 어떤사람인가고 묻는다.

나도 이미 생각하였던 말대로 「나는 칠십이개정자를 넘으려다가 저물어 댁에서 하루밤 자고 갈려고 들리였다」하였다. 그는 그때 머리를 왼켠으로 기웃하드니 검언얼굴에 빨간 눈알을 굴리며 성을내어 말한다. 「이 미친사람아 어떻게 그산을 넘을 엄두를 냇나 더구나 초행에는 못넘는다.」한다. 나는 의심스러운 태도로 죽어도 넘을 작정입니다 하고 문턱에 걸터앉으니 그는 냉소하면서 나의 거동을 이모저모 살펴본다. 나는 먼저 그의 의혹을 풀기위하여 능통한 만주어로 가장 그의 측은한 생각을 북돋을만하게 반남아 거즛말을 섞어서 느껴울면서 사실 저는 부모형제도 없는 가련한 사정을 말하였다. 「이전 제 살던 고향에서 들으니 백부(伯父)가 십년전에 로령(露領)으로 갓다기로 혹시 천행으로 만날가고 갓다가 소식도 못듣고 나오는길에 물 때문에 부득이 이곳을 거쳐가게 되었으니 하라버지 저를 두시면 제가 이제부터 하라버지를 봉양하겠습니다」하였다. 그러니 그는 될 수없다는 표정을하면서 내손목을 잡아끄을고 집뒤 창곡으로 다리고 들어갔다. 나는 코꾄송아지처럼 어쩐영문인줄 모르고 창고문밖까지 갔으나 갑자기 생각하니 필경나를 이속에 끄을고 들어가 잡아죽이려는고나 하고 「아, 웬일입니까」하고 살려줍소사 했다. 그러나 그는 「저걸 좀보아 부파부파(두려워말라)한다 할수없이 문안으로 드러선즉 그는 큰가마니속을 가르키며 들여다 보라고한다. 나는 그속에 어떤 구렝이 같은 괴물이있어 보기만하면 사람을 생키지나 않을까 하는 방정마진 생각도 들었다. 그러니 그는 성낸 모진 소리로

아, 저속에 내 먹을양식이 있으니 잠시 보라고 한다. 그제야 나는 어둠컴컴한
그 가마니속을 들여다보니 사실 옥수수쌀이 약석섬가량이나 있었다. 내 양식이
그것뿐이니 너를 집에두고 우선 겨울동안을 살수가 없다고 하면서 나를 앞세우
고 창고를 나와 익힌 계란세개를 내어주면서 자기 가르켜주는 집에가서 자라고
한다. 나는 주는계란을 사양치않고 받아가지고 그가 시키는대로 뒤 골자구니를
향하여 걸었다. 벌써동 달이소사 옛날과 조금도 다름없는골자구니의 나무, 돌,
시내물 쓸쓸히 굽어보는듯 하다. 나는식은 땀으로 등을 적시면서 그집에 가면
어떤 사람들이 살고 있을가 그들은 나를 어찌 볼것인가하고 닥쳐올일을 꿈같이
그리면서 약십리가량가니 바로 남향한 큼직한 만주식 큰 주택한개가 보였다.
오! 이제는 되었다. 이부호의집에 아들이 없어 아마도 이미 양아들을 얻으려고
한게지, 그래서 나를 소개하나부다하고 애착많은 생(生)을 위하여 축복하였다
그집 앞들에 다다르니 적은 바둑개한마리가 나를 보고 짓더니 그뒤에 한사람이
나와 우뚝서서 나를유삼히 보고 이상한 암호를 외치더니 달밤에 도까비같은
무리가 십여명이 와락 쓸어 나온다. 수삼명은 총을 갖은득하고 그 외는 칼, 도끼
를 잡은듯하였다. 나는 생각한바와 다르니 만큼 또한번 놀라지 않을수없었다.
그러나 아까 체험한바에 의하여 좀 대담하게 생각하였다. 이곳은 깊은 산중이니
아마도 포수들이 모여사는 모양인데 새와 즘생밖에 다니는것이 없는곳에 수상
한 사람이 오니 아마도 경우에의하여 정당방위하려고 나선 모양이지, 죄없는
나에게 무슨 폭행이야 가하랴하고 서슴치않고 가서 약십여메들을 앞두고 공손
히 예를 하였다. 그러니 그들은 천천히 나를 맞아 나오게되고 나도 뚜벅뚜벅
그들을 쏘아보며 그들과 다왔다. 그중 늙은 사람이 빙그레 웃으면서 어데로 오는
가고 뭇는다. 나는 좀 자서히 아까 그 노인과하던 말대로 역시 눈물이글성글성하
여 말하게된즉 그들은 그제야 그런가하면서 친절히 집에 안내하는데 그안엘
들어선즉 그들은 이미 자려고 침구를 펴놓았다. 나를 가마목 온돌에 앉으라고
권하고 그중 아까보던 늙은이보담 좀 더 늙어보이는 노인이 나에게 전후사정을
자세히 물었다.나는 뭇는대로 일일이 여쭈었다. 그런즉 내말에 그들은 모도 감동
되어 동정의 눈물을 흘리고 있었다. 그중에 한사람은 쌰-헤즈(천치)하고 유달리
한번 나를 흘겨보고 냉정한 태도로 제자리에 들어눕는다. 늙은 사람은 내말을
들으면서 자기들 먹다남은 만두세개와 버섯채를 접시에 담아준다. 만두는 한개

라도 마치 대인의 주먹두개 가량이나 되게크다. 나는 안심하고 맛있게먹고 친절히 부어주는 차물까지 먹고나니 전신이 혼미하여 조름이 온다. 그들은 내가 조으는양을 보고 어서누으라고 권한다. 나도 파제만사하고 자기로 의복을 입은채 들어누으니 그중 오십좌우되어보이는 사람이 자기면포(綿袍)를 갖다 덮어준다. 처음에는 누워 천정을쳐다보니 그집에서 산지 몇해나되는지 내여놓은 연목(椽)이 새까맣게 되어 가마귀 깃처럼 빛났다. 아마 열한시는되었다. 처음에는 누우면 곳 코를 골며 잘듯싶더니 누워 그집안의 수상한 장치와 그들의 자는 모양을 물끄럼이 살펴보니 갑자기 소름이 끼치면서 신경이 날카러워 진다. 아! 눈목적한 산은넘기도 전에 이와같은 고생을 하게되니 내가 마침내 그산을 넘고야 말것인가 아니 그산에서 고만 설중 고혼이되고 말것인가 죽음에야 부모형제가 알거나 말거나 관계치 않치마는 인생이 났다가 이와같이 팔자가 사납게 죽다니 웬말인가 하고 흉한 생각을 거듭하다가 고만 잠이 드러버렸다.

이튿날 이른 새벽에 일어나 그집에서 만두세개를 얻어갖이고 떠나서 칠십이개정자를 넘기로 비장한 결심을 먹고 산비탈에 오르게되였다. 첫어구는 양지쪽이라 보일락 말락한 오솔길이 있더니 이윽고 산마루에 오르니 사방을 분별키 어려웠다.그리하여 산마루턱에서 두루돌다가도 방향을 겨우 짐작하고 장넘어 막대질하듯이 이리저리 헤매면서 처음에는 세네고개를 헤면서넘다가 그다음은 앞만보고 되는대로 넘게되었는데 고개마다 눈이 쌓여서 발을옴길때마다 겨드랑까지 빠져서 두팔꿈치로 눈위를 가볍게 누르면서 몸을겨우 눈속에서 추켜 빼어서 간신히 발을 옴기기를 몇번이엇는지 몰랐다 어느듯 열이틀이나 사흘되는달이 눈쌓인 봉오리우에 솟았다. 그제야 사슴, 토끼, 여호등 일흠모를 수상한 즘생들이 모동이 모동이에서 한가로히 나타났다. 모도 나를보고 놀래인모양으로 우둑이서서는 쳐자보고 도망한다. 그중 범인지 곰인지도 모를 어떤놈은 보는척 마는척 우줄거릴뿐이다. 그러나 나는 너무도 형언키어려운 무인절경이라 그것들이 나를 해하리라기보다 오히려 정다웠다. 그들의 자유가 부럽고 그것들에게 나마 나의 사정이라도 하소연하고싶었다. 이렇게 처참한신세를 되푸리하는때는 내가 그대로 맥없이 눈속에 파묻혀 있었다. 오! 이제는 할수없이 설중고혼이 되었구나하고 부모형제를 생각하니 자연불꽃이 날리던 눈이 스스로감기며 눈물이 글성글성함을 깨달았다.

그리고 서로 그리워하던 애인도 생각하여보고 다정하던 친구도 생각하여보며 내주검이 귀신도 모를것을 생각하면 가슴이 몹시 저리었다. 그때 어데선지 무엇이 나를 몸소름치게 깨우치는 소리와 냄새가났다. 그제야 눈을뜨니 나는 맥없이 눈속에 빠져서 눈을감고 산꿈을 꾸는 환경(幻境)이었다.

달은 눈우에 유난히 비최이 적은 나무그림자로 눈우에 수놓은것이 마치 비단에 꽃을 도친듯 찬란하였다. 나는 눈앞에 주검을 그리면서도 세상의 이순간도 그립고 처참하고 어여쁘고나 하고 모든 괴로움은 내 몸둥이와 같이 이 눈속에 파묻어도 내 넋은 눈우에 찬란한 달빛으로 화하리니하고 다시 달을 쳐다보니 달은 옛날 보던 그 얼굴로 나를 굽어보았다.

오! 저 달은 지금쯤 내 고향 부모형제의 눈에도 비추었으려니 저달을 본내부모형제 나를 그릴때 달은 하소연을 무슨표정으로만 나타내여줄것만 같았다. 그리고 그달은 아모리 보아도 나를 인도하는 천사로만 보였다. 속담에 범에게 물려가도 정신을 차리라고, 나는 왜 비겁하고 주검만 되푸리하노? 살길은 다시없을가하고 정신을 수습하려고 애쓰고 예의 경험으로 몬저 배고픈것을 알았다. 그제야 책보에 싸넣은 닭알을 끄집어내여 한개를 먹고 두개째 먹으니 한숨이 나왔다. 마즈막 세 개를 먹으니 몸이 찌끗찌끗한것을 깨달았다. 그래서 자세히 주위를 살피니 몸은 반나마 눈속에 파묻혀 있었다. 이를 악물고 전신에 힘을주어 눈속에서 솟아나와 달솟아있는 뫼봉오리를 저어 올랐다. 높은 봉오리우에서 사방을 바라보니 왼켠 골자구니에 갈밭이 보이고 냇물이 언것이 하얗게 보였다. 그때에 「산중에서 길을 잃으면 물길을 찾아야산다」는 하라버지말슴이 기억되었다.

그제야 오! 이제는 인가가 멀지 않고나하고 울렁거리는 가슴을 진정키 어려웠고 따라서 촌보를 옴길만한 힘이없었다. 그러나 다시 이를 악물고 일어섰다. 인적있는 곳에와서 죽다니 웬말이냐하고 그 흐터있는 발자국을 좇아서 헤매었다. 그 발자국은 약일리, 일 내지 삼리식 봉오리마다 가다가는 고만 끊어졌다. 이렇게 몇 번이나 돌고돌다가 팔싹 주저앉았다. 밤은 어느때나 되었는지 달조차 청상과부의 눈자욱 모양으로 헐기하게 서산에걸쳐 나를 안타까이 보고있었다. 이렇게 몇 번이고 돌다가 마침 한 넓은 길을 찾아서 약오리가량 간신히 기여가니 거머어득한 산비탈 큰바위아래에 읅웃붉웃한 상공당(국사)이보이는데 아직도 향불이 꺼지지않코 살아있었다. 오, 이제는 살았고나하고 다름박질하여 인가를

찾았다. 그 상공당에서 약반리가량가니 준험한 산모퉁이에 길다란 집한채가 보이는데 불이꺼졌다. 이 순간은 어떻게나 기쁜지 호흡이 갑부고 눈물이 솟았다.

문앞에 닿자 갑자기 부엌문을채니 좀처럼 열리지 않는다. 어이 카이먼바(여보 문을열어주오)하고 소리를지르니 집안에서는 와짝하고 떠든다. 이십분동안을지나 문을열면서 쉐야(누구)하고 소리를 지른다. 나는 아모대답도없이 문턱안에 반을 드리밀고는 그만 정신없이 꺼꿀어져 버렸다. 그런데 얼마동안 있다가 입에 물이 차 있음을 깨닷고 좀 넘겨 보았다. 내가 정신없이 꺼꿀어지자 그들은 내가 주려서자빠진 것으로 알고 옥수수죽물을 먹이고 서늘한 온돌우에 눕히고 나의 몸을 일일이 조사한것이였다. 그러나 암만보았댔자 수상한 사람은 아니였다. 웨냐하면 몸에 갖고 있는것이 서적두어권과 문방구가 있는 까닭이였다. 그들은 틀림없이 나를 학생으로 보았고 사실 길을 그릇들어서 자기들집에 들린 것으로만 알았다. 그중 오륙십여세 되어보이는 사람은 나를 매우 불상히 보고 정답게말 하여 주었다.

어슬푸레 자다깨니 어느듯 날은 밝았다. 자세히 집안을 살피니 수십자루의 총과 기타 무기등이 보이였다. 그리고 수상한 복장도 있었다. 마치 산중왕국 처럼 보였다. 물론 그중에는 수령도 있어 보이고 규율도 있었다. 서로노얼 노산 (둘재 셋재)하고 부른다.

아침은 만두에 도야지 고기국에 검은 버섯채로 맛있게 지었다. 친절히 권하는 아침을 먹으라고 젓가락을 잡으려하니 손이 마목(麻木)이 되었다. 그제야 발을 만져보니 모도 슬얼었다. 그뒤 소변을 보려고 밖으로 나갈래도 일어설수가 없었다. 그제야 전신이 마목된것을 알았다. 그때 늙은이가 내몸둥이를 만져보고 말하였다. 「극도로 피곤하고 수족은 좀 얼어서 그러하니 며칠만 수면 회복된다」고한다. 그래서 그들중 오십여세 되어보이는 사람이 나에게 소변그릇을 갖다주고 또 치어주었다. 나는 너무도 미안하여 어쩔줄 모르나 그는 내가 미안하여 하는것을 도리혀 민망히 생각하면서 웃는낯우로 위로하였다.

그런데 그들에게 몇가지 특수한점이있었다. 첫재로 건강하다. 외로운 산중에서 맑은물 깨끗한공기 좋은사채 무엇이나 몸에 유리한격이었다. 둘재로 규률이 있었다. 일심단체로 서로 이해하고 친절하였다. 셋재로 웅도도있었다. 이야기하는것이 모도 모험적이었다. 밤이면 늘 삼국지(三國志)수허지(水滸誌)등 소설이었다. 따라서 행동도 물론 모험적이었다.

그러나 나는 그때 그들의 수상한 정체를 알려고도 하지않고 오직 호기심에 끌려서 말과 그들의 행동을 살피면서 그들과 정답게 살게 되었는데 나는 항상 만일의 염려도 없지 않아서 야룩한 수단을 부렸다. 첫재로 그들의 호감을 사기위하여 그들의 양아들이 되려고 무척 애를쓰면서 공작하였다. 그러나 그들은 좀처럼 들어주지 않았다. 그래도 내 요구는 그들로 하여금 매우 친절미를 더하게 하여주었다. 나는 자못 안심하야 피로와 언 수족이 나을동안 그곳서 머물었다. 그들은 내심으로 꺼리겠지마는 사정이 사정인만큼 좀처럼 미워하는 표정은 보이지 않았다. 나는 밤이면 등불밑에서 독서하고 낮이면 앞 시내에서 발을 씻으며 산중처사격으로 수양하였다. 이렇게 하로하로를 지내여 어느듯 오월상순이 되었다. 그때야 발이 완전히 나아서 것게되매 그들도 때로 집에가지 않겠는가고 물으며 나도 역시 입사출생(立死出生)한 몸으로 고향생각이 나기 시작하였다. 이곳에 있게하든지 또는 돌아가게하든지 결정짓기로 그들에게 정식으로 요구하였다. 「나도 당신들과가치 살수가 없읍니까」하고 물었다. 그중 수령의 말이 「왜 젊은사람이 이런 산중에서 세월을 보내겠는가 집에 돌아가는것이 좋겠다」고 하였다. 그래서 나는 그들에게 길안내를 구하여 보았다. 그랬더니 그들은 그럼 지금 곳 떠나라고 한다.나는 여장을 간단히 가추어갖이고 그중 한사람을 따라 라자구(蘿子溝)를 향하여 떠났다. 나도 그동안 그들의 애호에 정이들어 이별이 애처러웠다. 그리고 그들도 나를 보내는것을 퍽 섭섭히 생각하면서 눈물이고였다. 나는 점심을 싸가지고 안내자의 뒤를따라섰다. 그와 나는 이산저산 쉽사리넘어서 적은 산골자구니에 들어가니 내유하던 집같은 집이 한 채 있었다. 그집에 들리니 전일 내 유하던 집으로 왕내하던 사람이 있었다. 나는 그집에서 안내자의 권유로 하로밤을 자기로하고 그 안내자는 돌아가면서 내게 말하였다. 「내일아침 이집에서 누구가 다려다 줄터이니 아모 열려말고 있으라,」라고한다. 그러므로 나는 시름놓고 그집에서 하로밤을 자고 이튿날 새벽에 그집에서 약사십남아 되어보이는 사람의안내로 종일 산을 넘어 석양에 라자구영에 다었다.

나는 라자구를 보고 아, 인간세상을 또 보았고나하고 길게 한숨을 빼었다. 그는 영상에서 돌아가려고한다 나는 이제 날이 저물었는데 어찌 돌아가는가 나와 같이 저 마을에 들여가자고 내일아침 가는것이 좋지않은가 하였다. 그런즉 「나는 지금가도 잘집이 있으니 염려말라」고 하면서 오든길을 달려 살같이 가버렸다. 나는 게으른 소매를 저으매 산을 나려오는데 그부락에서 나를 보는 사람은 모도 이상하게 보고 수군거렸다. 내가 바로 부락에 들어서자 청년들 수십 명이 모였다. 그들중 K라는 사람의 친절한 안내로 그의집에 들리니 그집에는 마침 야학이 설치되어 밤에모인 남녀학생들이 휴게시간에 나의 구사일생의 려행담을 듣고서는 모도 눈이 휘둥굴해졌었다.

「獨 淸」*

월촌(月村)

외로히 방안에안저 窓박게오고가는 사람들을 낫낫치 번가라보며 "스피야"를 피는대로 圓을 그려보앗다

담배는 思索의 門을두다리는 門직이인지모르나 파란煙氣가 내눈아페 마치안개처럼보인다 사라지는瞬間마다 그득히 드리칠듯한내念頭에는 토막끈허진 想華가 水雲처럼 아물아물써오른다

아! 알지못게라 재마다그-무엇인지 찾고야말모양으로 그조고마한 腦題을집어싸며 서로발꿈치를이어 분주히 달린다

나는지금도 꼭방안에안즌채 窓박을 無心히내다보며 이러한冥想에잠겨잇슴을깨닷고 잠깐寂幕한방안을 한번휘-도라보앗다 바른편벽에는 掛歷이十一日을 標示하고 상우의坐鐘은午後다섯시를가르킨다 벌서 「오렌지」빗黃昏은 건너편 監理敎禮拜堂집웅을너머간다.너무도 지루하게 안즌지라 心身이함께困憊하여 당초생각한讀書를駁意하고 ××作亂이요란한거리에나서엇더케나 枯凋冷落하여가는 心靈의息安을엇기로하엿다

大小寒을너머 立春까지도지낫지마는 北國이른봄저녁바람은 그대로北極의 차디찬 氣流를모라왓다

* 이 글은 ≪만선일보≫ 1940년 2월 16일에 게재된것이다. 月村 (월촌)은 리욱의 필명의 하나.

이미눈견운곳이업는지라거북한散策이나마 억지로할양으로 이리비틀저리비틀하는 젊은 遊興客을위하여늘익숙이다니든 大和路한모퉁이를우선돌게되엿다

都會의朝霞的인 假裝文化는 어느모로보든지 六感을愛撫할수잇고 末梢神經의 瞬間的享樂이나마 바들수잇다

나도한때自然의나라 사랑의동산인 알쓸한農村에살면서도 부지럽시都會의憧憬은 무지개처럼 念頭에비치엿다

그러니이제나는 虛榮的慾望의채쭉에매마저 여지업는受難의生活을하로이틀持續하게되엿다 物質의苦痛은두말할것도 업거니와 마음의苦楚가 加一層深刻하여진다 사실은 내가 自然의아들로 都會의 이부자식 노릇을하게되니 그럴밧게야잇스랴-

그러나 「피라밋드는 累白」만의 勞動者와 數千萬의 財産乃至 數十年의 歲月을드려 建築한 埃及人의 血淚의 點綴임을 생각하며 그안에 발을 옴기는 旅行者는 科學의 僞善과 人間의 無爲를 깨닷게한다 지-累千年 沈黙을 직히는古代의 大王 「바로」의 「민리」속에는 아직도 防腐劑의 냄새가 發散되고 과학의 영웅들이 騷動하고잇다 都會는 英雄의陵墓이다? 電氣映畵, 카페-等等은 未乃伊를 製造하는香料! 아니 防腐劑이다 이러케생각하니 아모리 埃及의 金字塔이나 로마의 바-티칸宮殿인들 내눈아페는 그무엇이 豪華로운 늣김을 주랴?

이것도 現代人生活에 落伍된者의 咀呪와怨恨인듯도하나 나도 청춘이라 날마다憂鬱보다 快活하게 焦燥보다 明朗하게 사러보랴고 磁石처럼 달아붓는 生命慾을안고 간안필은 七稀의生活고개를 발톱이 달토록 바라오르는터이니 이러한걱정도 내압길 生活開拓에 업지는못할것이다

그리하야 三十分동안이나 이와가튼 생각으로 鐵板가티 어러부튼 방바닥을 드러다보면서 얼빠진 사람처럼 소란한 거리언만 드른것도 본것도업시 집에로 도라왓다 하로에 열 번 보아도 「압빠」하고 반겨주는 두 어린애들을 보고야 비로소 서글픈-우슴을 얼골에씌엿고 늘-눈치만 엿보고 不安을 늣기는 안해가 저녁을 디려다준다 心不安 食不甘으로 食慾이줄어가는것은안인데 밥맛은그리달갑지는안타 그러나例와가티 세공기가량을먹은뒤 테불우에걸린멋종 新聞을 走馬看燈格으로뒤적이며 큼직한題目이나드려다보고 미리싹거두엇든 푸라톤鉛筆을 잡고 昨年에構想한것을 今年부터쓰기始作한 나의 處女作長篇小說 「再建」을

몃十枚쓰다가나문原稿紙몃장을 끄집어내여 처음에는 무슨斷想을몃토막써보라고한것이 또마음을가다듬지못하여이와가티서투른글을 되는대로쓰게되엿다 그런데멀리잇는나의 知己두어벗은이글을보고걱정한지도모르겟다

웨그리냐하면 한벗은 항상 나를激勸하여말하되「一生에는 積極的 消極的 두가지取할길이잇는데 前者는自殺 後者는奮鬪라고햇다 그리고 그中間에엉거주춤하여 벙벙펑펑 苟苟然 累累然사라가는 자가 잇다」고하엿는데 그는 나에게항상 後者를取하라하엿다 그는요사이갈대가티 흔들리고참새가티조잘대는 時間의浮華한靑年이아니오 實로主義主張이鐵石가치 구든自由한 젊은이며 또는多情多恨한 文士라 이敎訓을나는 金科玉條로나의處世法의 한條目에 지버너헛다

그리고또한벗은나를 從容히맛나면 새삼스럽게도늘-「사람은 信仰이잇서야된다」고 哲學的으로 또는 傳道的으로 여러 가지애를쓰며졸라대엿다

그는 耶蘇敎信者로 特히進取性에 强한이며일즉宗敎哲學에도 積蓄이만흔이라 나에게對하여 傳道하는法은 普通人의그것과 달럿다「宗敎는 神의能力을通하여 自己生活의改造와 人格을 創造하는 偉大한生命力인것이다」라고 힘잇게 말하여준것이지금도오히려 記憶에새로워잇다

나의 親愛하는 벗이여

나는결코現實을否定하거나咀呪하는것이아니오 오직現代文明의眞實性을再認識하는問題 그機能의正軌的發揮와共히그運用의本位를 人間에게둘것을主張하는것이며 내자신도지금野性의生氣가잇서 能히明日을向하여 忍苦邁進하여보려는 "에내루기"가 잇스며「世人皆濁我獨淸」의 自尊心도매우굿센편이다

그리고 나에게도 神에對한 信仰心도잇다 다못現代式宗敎로서의 形態를갓추지못할뿐이나 나에게잇서서는 그性能이자못偉大하다 宗敎는超人間的存在인까닭에 神이잇는 것이다 나도 無限無窮의그무엇을 憧憬하는者인까닭에나의말속에 정성껏닥거노흔聖智에는 神(眞理)이모시워잇다

마즈막이것으로P市에잇는K兄과H市에잇는C兄에게間單히 告白하며 아울러두兄의健康을빈다

(二月十一日於延吉)

扶老之嶺*

한찬숙(韓贊淑)

仁成君!

昭和十六年의 첫가을날!

扶老之嶺나림바람이 간신하나붓거즌 쑥고개嶺말서게 그대와나와 눈물의離別을 나눈것도이제는어느듯十年前의녯날로도라갓구려!

十年이면江山도變한다지! 그러나十年前의淮陽과 十年後淮陽! 그대가갓드리고잇는 支石里와 梧桐里를中心으로한山川이야 그리케온통몰나보게變하엿슬냐만은 그대와나와 單두사람이 이에가로막킨 눈물겨운 事情의變動이란 말할것이업구려!

仁成君!

나는바로 今年十月初三日그도 녯날淮陽大地가 하도그립길내 十年前눈물의淮陽을웃음으로찻기爲하야 咸興元山을거처서 서울로가든길에 구름도쉬여넘는다는 鐵嶺泰嶺를넘어서 淮陽녯터를들럿드랫다 녯날君ㅇ時代에舊友 宋俊燮 尹應洙 李斗馥이外數名의반가운친구와더부러달큼한日酒멧잔을 맛잇게마시면서 懷舊談으로밤을새든淮陽의하로밤은 限업시즐거윗다 그러나至今은 亦是滿洲國月給生活에 命부친身世라 歸國日字에 約束을밧고다니는그이튼날아츰 東쪽에支石里푸른하날을 바라보면서도 가야될곳을가지못하고 洗浦行뻐스에몸을실코 도라갈나그네가안이될수업섯다

녯날에 낫닉은大和橋를건너 銀溪里좁은 들판을지나갈 째 부루룽부루룽떨며오는뻐스엔징소래와아울러 나는목을노아한바탕 울고십드라君을보지못하고 도라오는내마음이 이러할진대 왓다간줄알게될째君의가슴은 그얼마나압풀것이냐!

淮陽까지와서 업드면 코달만치 갓가운友石里로 들리지안코 도라온나의行爲에君은얼마나 怒여울것이냐!

---

* 이 글은 ≪만선일보≫ 1940년 11월 20일에 게재된것이다.
    한찬숙(韓贊淑, 1911~?) 평북 녕변 출생, 일본에 가서 농업학교를 졸업하고 돌아와 강원도 회양군에서 축목기사로 일한바도 있고 도만한후 만주국 관리생활 10년, 왕청현목축분야에서 임직한 적도 있는데 많은 소설도 썼다. 해방후 거취와 졸년 미상.

그러나 그리辱하지말고怒하지말어다구!

生覺만해도 기맥키는쪽고개를구지넘어서 君의집 門앞흘차저갓대자 그저彼此間소목붓잡고 울며내날수밧게업슬일이니 十年後오래간만에만나서까지 이러한꼬락지를서로볼必要가업지안은가! 울음으로만나소 눈물로헤여질運命일진대 차라리만나지안코 가만히도라옴이方便하고 無難한일이아니냐!

君이깃드리고 사러오는洞里가 오직支石里라는리름에限하엿더면모르겟다 君도보다십히 支石里만가면梧桐里들판우로 빤-히올려다보이는 그扶老之嶺이란扶字만보아도 온몸에소름이씨칠만치君의맛누이貞媛娘의 죽엄을通한 扶老之嶺이라이리케도무섭고썰리는구나! 이러한心思는아마 君조나와갓들것이다

내가淮陽을써난지 한해겨울을지나 載寧郡廳에復職이되자 바로한週日되는날君의누이개서 이러한悲壯한便紙가왓드라

「편 지」

韓君!

나는암만해도 죽고만십소

내가韓君과가티 자미잇게지나든 淮陽時節에扶老之嶺을 그리케도 그리뤄햇지요 只今와서도 그嶺이무척그립소이다 그립다는것은卽그嶺에서 죽겟다는것을意味합니다 엇더튼죽는것만이 最大의理想이요 生의最高峰일것만가티미더짐을 나인들엇지하우! 그러나내가죽는가면거기에 꼭네가지原因이 숨어잇섯다는것은 免치못할事實입니다

一, 露國게신父母를 生前만나볼수업는것

二, 只今貧寒한옵빠宅에서寄生蟲生活을 할수업는것

三, 二年半이나監獄生活에病까지어든것

四, 마즈막으로 韓君이너무도無情한것

이것이엿다

그리고두주일이지나자 君의片紙를通하야 君의누이貞媛娘이 扶老之嶺山中참나무가지에 목을매고 죽엇다는 悲報를알엇다 그째놀랜나의가슴은 이제 더길게쓸必要도업지만 오직아모것도 보이지안는 캄캄한 世上에서 徑神狂症의 患者처럼부들부들썰고 잇섯든生覺만이이제도난다

아모리 人生流轉이다함이엇고 낫다죽음이 人間生活中 떳떳한일이되 君의누이가마즈막으로 보낸 그片紙가죽기前에 내게보내온 遺書이엿든줄야 그누가 알엇겟나!

내一生을通하야 슬픔이日後에라도 다시만타면 君의누이가 自殺하엿다는 悲報에서잇은 슬픔에서 더큼이어대잇스랴!

안이할말노 나의父母가도라갓단들 이러케는 슬푸지안을것도갓탇다

어리한나의胸中을 알어주는사람이잇다면 그中간절히 仔細히 똑똑히알고잇는사람이 그대안이엿든가! 그러면 君의누이가 죽음에 이르게까지 無情하엿스리라고밋어지는나는 안일것이다

죽은지 十年後에 空然히 이러한이야기를 끄집어내여 君의가슴만 서글푸게한우에 君의누이가 죽은原因에辨明까지 添加할必要가업기에오직나는 仁成君을 잘알고 仁成君亦是나를 잘理解하여줄것으로밋을 따름이니 이만끈코말련다.

康德七年十一月十八日　新京에서

業苦*

오장환(吳章煥)

京城에 돌아온지도 於焉半歲가넘엇다. 候鳥와가티매양쩌도는사람 집에서도 나는 언제인가 저도모르는사이에 보잘것업는 異邦人이되엇다.

小賣人이 都賣商을차자가 한동안 팔물건을 추려오듯이 남들은商利를쏘차면 -길을 쩌날째 나가튼무리는 虛名을 爲하야東渡로 向한것이다.

半年이 멀다하고 집을 쩌나는 심정 이것은속임업시 막다른골목에서 좀더作品을 써보겟다는 바람이겟스나 일상그러면 그럴사록 異邦을돌다가 돌아오는것이

---

* 이 글은 《만선일보》 1942년 10월 1일에 게재된것이다.
　오장환(吳章煥 1918~?)은 시인. 충북 보은 출생. 1935년에 문단에 데뷔. 만주에 거주한 흔적이 없다. 해방후 초기에 남에서 작품활동, 시집 《병든 서울》로 유명하다. 1948년 월북했다가 숙청당했다고 한다. 졸년 미상.

내게는 無限한 기쁨이고자랑이엇다. 이것이 千字한권 長醉先習한권 째고나서 혼자자랑하는짜위 書堂아히의끼쁨과 다름이업다하여도 이째까지 내게잇서서 는 큰기쁨의하나이다.

남이읽으면 보잘것업는詩한편 이것을 쓰기위하야 나는얼마나 不安과 焦燥속 에 지나왓는가.

거리거리에 눈이날리자 지난겨울 나는夏服을쌈아케 染色하야입고 눈물을 그 렁그렁 흘리며 東京의뒤거리를 거닐엇섯다.

詩는어듸에잇슬것인가 어듸에잇슬가? 勿論詩가 주정뱅이들의 아래고간 빈 지갑모양 거리에 쌜어진것은 아나나그래도 나는이두거리를헤맷다.

차라리 이러한業怨을버리고…까지생각하엿스나 역시이것을버리고나면 아모 런할일도내게는 才操가업다. 씃업는流浪이라 어느째에는每日가치 求職을하러 다니다가저녁나절 菜蔬파는집압흘지나려면 굵기가 팔쑥가튼 무를보고 제일 첫재갑싼것에홀리러 출출한배를 축이고도십헛다.

각항물자가비 싼중에도무만은한자루에 八九錢이지나지안흘것갓다. 그러나 이것도사먹지못할 째가거의 반이나되엇다.

아는사람에게 신세를저가며이집저집 돌아다니며 내가바란것은오즉 詩를쓰 기위한것뿐이엇슬가?

雜誌한구통이 조그만케活字로變하는 詩한편을쓰기위한것뿐이엇슬가?

젊음을헛되이보내며 씃업시쏘차다닌것은 確實히詩임엔틀리지안헛스나 참 으로詩라는것은 내가奔忙히 쏘차다닌그러한것이아니엇다.

며칠식을굼기도하고 며칠식을 밧게도 나가지안코 머리는 쑥방맹이를 만들어 가지고 생각하기도하엿다.

결국나는 어쩌케살어야하는것이인가 어쩌케살엇스면참으로쌩쌩하고 보람잇 는生命을 燃燒시킬수 잇는것인가가 아플막는다.

히부연 조히쪽에 쓰는것을나는 事實그동안죽을둥 살둥하고 사방으로 쏘차다 닌것이다 이것은정말 詩가아니라 내게잇서서는 排泄物과가튼것이다.

재(灰)라도조타. 타고남은쩌꺼기라는게 올흘지도 모르겠다. 내가살랴고 힘쓰 는동안 참으로보람잇는 싸움이라든가 쩟쩟한일에 흘리는피와가튼것 이것이불타 고남은것을 記錄하야 남에게보이는것이 참으로 詩일것인데 나는그동안 참된삶에는 아모런힘도안쓰고 다만 째지도 안흔 굴쑥에서 연기가 나기를 기다린것이엿다.

　그러나 이짜위 自省쯤으로 詩는써지지안는다. 괴로움을 격그면 격글사록 詩業은점점먼곳에서 손질을하는쑷하다.

　沙上에서발자욱을 찻듯이 쏘는돌아보듯이 내보잘것업는自省이라든가 先師들이간길은 잠간부는逆風에도 어지러워지기만한다.

　바람이어! 바람에서시작한나의 業苦가 언제인가조흔바람을만나 이것을목에 감고 날으는 白鳥와가갓치 飛翔할수잇슬것인가

　或은終乃찻지못하고 業苦에만허덕일건가?

歸鄕記*

박용구(朴容九)

哈爾濱-牧丹江-京城

驛의雜踏은 旅裝든나그네들의 感懷를 집어삼킨다 화은 미상.

改礼員의 가위밋헤는흰눈이날린다

汽車는 긴몸을쎠든채푹푹김을쑴는다

車간에 쮜여든人間들은그냥독수리다

車가 지그-시밋그려질째비로소 歸鄕의안윽한氣分이 이마를밀고 지나간다

白一色이 짓굿게도넓고멀구나

한쩔기 붉은장미가그립다

일흠만넓고 其實은좁은 豆滿江

넷詩人들의 詠嘆을생각해낼겨를도업시 疊疊한山이가슴을막는다

「서서가지앵이고 엇지 겟소」

_____

＊ 이 글은 ≪만선일보≫ 1941년 2월 6일에 게재된것이다.
　박용구는 성악가로 할빈에서 활동한 흔적이 있지만 기타 상황은 미상.

할머니 이리안즈시요잠깐이나마六十年고췬風霜에 구분허리를이주시고 窓
박을내다보며 어린애처럼즐기시요

놉흔山 낮은山이 소녀누어 바람막고

편편한 벌을따라 맑은시내 흐르고

버섯갓흔 지붕에는 양지볏치 따스하나

이집웅밋헤 눈물업는가한숨업는가

延專學生들이 올나오며 서울이咫尺이다

서울엔 광屋이 붓적늘엇다 代用食 代用食 스프안식긴南大門잇끼를 벗겨갈
이업는가

茶房─젊은그들

자욱한 담배연긔도 如前하다 「빅트롤라」에서 울녀나오는 심포니-도 如前하다

오- 나의다쏘까레

「아 이거 엇전일이요 그래 언제나오섯소」

門을밀고 들어오다 손을벌리고 달녀드는것은 R군이다

X送局勤務로서 生活手段을삼고 創作으로서 生活目的을삼는─그럼으로 늘
生活과藝術의등쌀에서 우울한R君

正確迅速한 情報에接할수잇는 「포스트」에 잇기에 더구나 世代的인 不安과懷
疑를 유달리호소하든그와 나는 쉽사리 心境을털어놓고 이약이할수잇는 多情한
사이엇다

「朴兄 나 結婚하기로햇소 兄께편지로알리든 그女人과요

지금까지 겨거온障害를생각하면 式日이 臨迫한 지금의내心境은 한꼿幸福感
에 부풀어올나야할것인데 結婚이가져올 心理的 生理的激動에 지고말것갓흔不
安과結婚을 契機로 세워보려는自己變革에對한 초조가압서고잇구려

自己變革! 그럿습니다 이 急角度의結婚도 結局은結婚이가져올變化를 自己
變革의 跳望臺로利用하자느것인지도몰으지요

나 亦이複雜한心境에서 精神에對한새로운解剖刀을가지려고 結婚을한다면
兄은웃스시겟소?하하」

펏득펏득어둠을흐려놋는눈을억개에바드며 우리는술잇는거리를 차저나섯다

×

찌부듯이 늦잠잔머리마테밀어넛느訃告를집어들고나는 演劇俳優처럼 表情
이變했다

「응마침내……!」나는가늘게 입밧에웅얼대고 訃告를册床에 힘업시노앗다

나는 여기서讀者를爲하야說明을부쳐야하는 不幸을늣긴다

妹淸子儀永年病ㅗ中ㅗ處藥石ㅗ効空지ㅉ꾸本日午前五時頃送二永岷仕後間此
段御通知申上後

年 月 日

東京市豊島〇椎名町X丁目××番地

佐佐木×孝

(윗부분에 있는 〇표는 일어임)

그리고 表記는눈에익은S君의筆蹟

S君은淸子와 約婚의사이엇다 그는今年도約婚者와함께 新正을마지려 渡東
햇슴을나는알고잇 섯다

어려서부터 父母의사랑을몰으고자라난S君은 溺愛라……(10여자 독해불가)
사랑하게되여갓다는S君은 淸子의 病이 도저갈수록그愛情이더욱切切해하는듯
이 보엿다

그에짜라 人情에따뜻함眞實의아름다움을 째로말하엿고 神에對하야이약이
하며 나와밤을밝힌일도잇섯다

「淸지안은 君의얼은心臟을녹혀주엇섯고 또 언제나 짜스한 빗난 燭臺야
그러나 원 몸이……

「아니야 그가健康케되고보면 나는 그를사랑안하게될지도몰라!」

隨論에지친짓헤 우리는훤해오는窓을바라보며 이런對話를 한적이잇다

訃告의검은줄은 燭臺일흔S君의 心臟과갓구나

나는 潮水처럼커다란運命에 쩌나려가면서 엇지하지못하는人間이 안타까웟다

×

내가 서울을쩌나는날은쏘한 K君의結婚式日이엿다

나는 京城驛의雜踏속에바위처럼 버틔고서서 축전을썻다

(끝부분에 일어 두줄 략함)

글과 音樂과*

박용구

數日前나는 어느동무와함께 茶房모데룽에서 이곳名物인 絃樂三重奏를듯고 잇섯다

「나는 아모리들어도 音樂은모르겟서」

동무는 나를보며 불숙이런말을하엿다

「자네는 文法도배우지안코 글을몰으겟다고 嘆하네그려」

나는그째 이러케對答하고 지나처버렷스나 實로여짓것 이런 歎聲을 여러동무들(그도 다른方面엔有爲之材의동무들이)에게서 들엇든것이 뉘우처젓다

우리는 어려서 小學校에들어가 맨처음으로文字를배운다 文字란萬人에게共用되는 約束된符號다

그다음 「가」字에 「ㅅ」하면 「갓」 그미테 「다」字를 쓰면 「갓다」라는 具體性을 가진 單語가된다單語를메우는 文法이라는 또하나의約束이成立된다

이리하야 文法이라는 베틀(織造機)을 메워노코 文章家는 燦爛한美文을짜내고 우리는 그것을 들고 조커니 그르거니 論議도해보고 늣겨도본다

우리가이처럼 藝術로서의 創作을늣기게되기에는 아마 「가」字부팀 十餘年의 時日을 必要로 햇스리라

그러면 우리가 톤一(音調)에게 支拂한 年輪이란얼마나될까

音樂의文章을 읽어보려한일이잇섯슬까……

「괴테」는 音樂은 神이 우리에게주신 가장貴한言語라햇다

文字가符號로서의 具體性을가짐에反하야 「톤」은 情緖에呼訴하 는抽象性만을가젓다는 相異는잇스나 文字로記錄하기前에人類는 言語로思想을代表햇고言語가잇기前에人類는 喊聲으로 感情을呼訴했다

그럼으로 사색의부호가된문자는 곳론리적인 문법이란굴네에 씌워저서 가수처럼흙에무처리용되엇고 감정의호소에서 세련 ㅢ여간 「톤」은심메트릭한 「리듬」에금선을타고 인간의맥박처럼 혹은고요히 혹은요란히 혹은침체하고 혹은고조

---

* 이 글은 《만선일보》 1941년 3월 14일에 게재된것이다.

되면서 인류의감정과함 께 커왓다

고로음악은 늣기는자에게는「우주를생각케하는」(쟝콕로―)조화요 감정이무된자에게는 蛙鳴蟬騷의 번거로움 쑨이리라

×

終止符가업는 짜짜 派의詩에서우리는 放尿作用가튼허전함을늣겻다

마츰내 짜짜派의 詩는 詩文化의「오―소독스」일수는 업섯든것이다

空中을飛翔하는 飛行機도 科學的인組成우에서야可能하다「뮤―즈」함께昇天하는音樂도科學우에선 形式을갓고잇다

文章에文法이잇듯 音樂에는 和聲法 對位法等의 語法이存在한다

和聲法 對位法等은 數學的인正確性을 갓고잇서서 能熟한設計士처럼 有能한作曲家는 이 正確한尺度로서一定한形式의作品을 完成해노으리라

實로 音樂처럼形式이만흔藝術은업다 쏘나타形式 봐리에―숀形式 에튜으形式 론도形式 아리아形式 리―드 形式等等

그러나 文法만을遵守하는創作家는第二流의藝術家이다「참된音樂家는 算術에自由로운天地를열어주고 참된畵家는幾何學을解放한다」(장―콕트)

不拘하고 音樂鑑賞者는形式을알어야한다 隨筆인지 小說인지도몰으고 文字만을주어읽는爲人이 文脈을알아볼리업듯形式을몰으고듯는 音樂은 절눔발이논매기가튼 境地이다 (끗)

=哈爾濱에서=

音樂을안다는것*

박용구

東京서 音樂評論社員時節의일이엇다

同誌에 英美레코―드界뉴―스 레코―드 蒐輯의 페지등을쓰는 졂은執筆者의

---

* 이 글은 《만선일보》 1941년 1월 23일에 게재된것이다.

집에 나는종종 레코—드를들으려갓섯다

갈째마다나는 그의 該博한知識에놀나지안을수업섯다 내가 "푸랑크"를듯고
십퍼하면 그는 레코—드를틀어가며 그의曲이멧년멧년에 어느나라 어느會社에
서 "푸레스"(吹込)되엿스며 日本에는멧종이들어왓다는것이며 이들레코—드에
얽힌 秘話가튼것을 實로 數字的인正確性을가지고 일너주엇다

나는感歎키를마다지안흐며 그의解說을傾聽하는것이엿스나 내가그를訪問하
는度數가늘어갈수록 나의마음속에는 疑惑이 맷순가치커갓다 그는이러나저러
나專門家인내가 感歎할만큼한 音樂에關한 知識을알고잇섯다 그러나果然그는
音樂을아는것일까 音樂을난다는것이이런것일까 그러면 「音樂을안다는것」은무
엇을 意味하는것일까 고

내머리에는 쏘 音樂茶房에서 손으로 턱을고이고안저서 自己가아는曲이면 興
이나서 고개를 쓰덕이는一郡이 써올넛다

그러나 나는 그와의交友를繼續하엿다

音樂의實技란무엇하나 習得해보지못하고 다만書籍과레코—드로서 音樂의
「知識」만을蓄積한 慶大英文科出身의 이젊은 執筆家에게는 知識보다 音樂을
「즐기는것」이 于先必要하다고생각되엿스나 音樂을 專門으로하는 나에게는 廣
範한 「智識」이 必要케생각되엿슴으로 나는그와의이미어든 知識을 傳授밧고십
헛든것이엿다

音樂家 特히演奏家의無知는 姉妹藝術에 끚치는것이아니다 聲樂家는 가튼部
門인 交響樂 器樂에關하야 器樂家는聲樂에關하야 그들과의交友에서 나는恒常
그들의無知를슯어하엿다

우리 音樂家— 演奏家 —야말로 音樂을알어야할것이아닌가

×

지금의 音樂會場은 甚히내비위에맛지안는다 人造花는 華麗컨만 和氣가업는
舞臺와觀客席의메말은雰圍氣라든가 華麗한衣裳에 香薰을풍기며 가장貞淑인
양 쑴내는上等席의種族들의 次等的인 눈초레에不愉快를 느끼느니보다는 나는
"짠스·홀"一席에안저서 音樂을춤추는 금붕어 쎄가튼무리들의 꿈가튼 雰圍氣
가 얼마나 안윽하고조흔지몰은다 이째에 音樂의質은問題가안된다

나는 高踏的인音樂이울려나온다는 不愉快한 音樂會場보다는 音樂을 "짠

스·홀의雰圍氣에 얼마나 好感을늣기게되는지몰은다 高踏的인藝術을志向하는 내가이런말을 기어코 해야하는 苦哀는어디에잇는가

나는 音樂會形式의檢討 여기서 새로운形式의樹立이지금 우리의當面問題로서切實히 提起되여야하리라고보고잇슴으로써다

一般은 音樂을즐기고저한다

音樂이란 思索的인智力을 亢進식히는것도 아니요 人間生活의明暗을展開하는것은아니다 直射的으로 感性에浸透하야 마음의琴線을투기는것갓다

그런데우리들은어느듯엔가 音樂에다가 高級低級의國境을設定해노앗고 所謂高級에屬하는音樂은 音樂會場이라는 嚴肅한곳에서 宗敎 說敎場가튼 空氣가돌고一般聽衆은 이會場에들어서자思想講演이나 說敎나들어야하는것가튼 態度로臨한다

이것은아니다

音樂을듯는데는 藝術的感性以外의아모것도 必要치안타

高踏的인音樂은 어려운것들어도모를것 이라는槪念이어데서 생기는지모르나 그러타면안다는것이 무엇일싸

繪畵에잇서 우리의眼球에 비친것과가튼 十八九世紀의그림을알고 現代의그림은모르겟다는 卽音樂에잇서서새소리나 기차소리가나는 描寫音樂은알고 심포니―아피아노音樂을모르겟다는 것이 알고모르겟다는것이아인가

그러기에 一般聽衆은 音樂을알려고할必要는업다 極端的으로말하면 그것이누구의曲이며 엇더케되여진曲인가는 조금도알必要가업다

다만 음악을 늣기고 즐기면그만이다

다시말하면直射的으로 感性에沈沒하는音樂이란것은 智識적으로알것이아니라 먼저感性的으로느끼고 즐길것인것이다

그럼으로 感性을북도두는데重大한役割을하는 藝術的雰圍氣란 音樂演奏에잇서서 要素的인것이며 이런意味에서 現在의매말은 音樂會形式은 檢討할 課程에 當面하엿다고보겟다

그래도조흔곳*
濾過와整理의苦樂

신영철(申瑩澈)

사람은 하룻밤사이에 요행이 조흔꿈을꾸는수도가다가는잇는것이다. 그러나 職業을가진者여! 아침여돌아홉時에 三十分만 남엇거든 모름지기 그꿈을 고이 잇고 職場으로 나아가라.

門밧게서며아침안개가 자오오기 市街의家屋과公園거리의 나무나무를 싸고 잇는 꿈나라와도가튼아름다운風景을보고 어리석은 自然의感興이어려나더래도 職場門안에 발을드려노커든 完全히그것이사라저야할것이다. 舍宅거리울안에 키다리해바라기가 노오란꼿송이를 東쪽으로向하고 절을하며 길까鐵絲울타리에 자짓빗粉紅빗나팔꼿치 얼크리지 핀것을보고 덧업는一抹의鄕愁가 끄러오르더래 도 事務冊床아페 허리를걸치고안즌뒤에는 그런것을記憶하고잇서서는 못쓴다.

다른職場은 나의알바가아니나내가잇는新聞社안만은이러타는것을 말하야볼 까아침에 밧분거름을 처서 곳 新聞社에 出勤을하면 事務室門을 열기가밧부게 冊床위에서 受話機의信號가 "따르릉"

『거○○新聞社요 그런데어제新聞○○面에 깍근것은 무엇때문이요?』

『네 그것은 地方에서온記事인데 險閱係에서 말이잇서 깍근것입니다.』

이것은 取締當局과의問答『여보○○新聞社요 아모이리이리한事件은 治檢第 ○○條에依하야 揭載禁止요 알겟소 그런데 당신姓名이누구요?』

『네네 잘알엇습니다. 저는 아모라고하는사람입니다.』

이것은 警察方面으로부터의 注意

조곰잇다가 또 "따르릉"

『여보○○新聞社요 그런데 어째서 내게는 어제新聞이配達안되엇소 이래서 야 누가新聞보겟소』

이것은 讀者로부터의 抗議

---

* 이 글은 ≪만선일보≫ 1940년 9월 8일에 게재된것이다.
  신영철은 ≪만선일보≫ 기자로 활동한 흔적이 보이고 재만조선인작품집 ≪싹트는 대지≫ 를 편찬. 해방후 한국에서 사회활동을 한 흔적이 보인다. 생년 졸년 미상.

『네네 잘못되엇습니다. 아마配達이 不注意해서 그리됏나봅니다. 오늘곳갓다 드리고 다음에는 注意시키겟습니다.』

營業局의 發送部는 아니지만 이러케 代辨치아니할수업는것이다.

郵便이 한봇다리到達 그것은 다른部는 대개國內外의 뉴-스를 飜譯하거나 外勤記者의 募集資料로 紙面을짜지만 地方部만은 純全히 支分局에서 보낸通信을가지고 두면이고세면이고만들기 때문이다. 오늘地方面의잘되고못되기는 이봇다리속에서 運命이決定되는것이다.

훌륭한記事거리가 만히오면 오늘의紙面은 빗나고신신치못한記事, 게다가分量까지적으면 그날은 落望이다. 地方別로 나누어가지고 封을떼고 ――히 支分局의原稿를 읽어가며 編輯에着手치안흐면 안된다. 世上에 創作도 어렵기는어렵지만 남이써노흔原稿를 ――히 읽어가며 檢討해가며 或은 訂正도하는것이란 그러케 달가운일은 못되리라.

"미다시"를척척무처서글씨를 아라보도록 서서 句切을똑똑떼어서 條理整然事實明確한記事면 술술읽어내려가며 氣分이시원하지만 그反對의것을맛나는 날이면 골치요 가슴이답답하다. 게다가 여페서떠드러나보라 그만 잡앗든鐵筆을 홱지비어내던지고 門을박차고 휠휠시원한거름을거럿스면 하는생각이치미러오르지만 그런때일수록가슴을슬슬어루만지며 『그래서는안된다』고달래야된다.

마음이내키면하로한面에名 "미다시"가하나들쯤은 튀어나오지만 아침氣分이傷하면 점도록 머리를싸내어야 平平凡凡 술에물문은술이다. 或은빗나가그르치는수도잇는것이다. 俗談에 判檢事가 아침에自己마누라하고 입다툼만하고나와도 그날被告에對한求刑과言渡에 影響이 미친다는말과가티 周圍와環境의가고 조그만일까지 職業人의 心理에는 울리는것이니 職場에사람을보내는家庭이나 사람을쓰는主人이냐?明한머리의所有者라면 職業人의 이런心理를利用하야 特別賞與金을 더타오게하고 能率을끄러올리기에 過히失敗치는아니하리라.

記事가만흐면 地方에서애써보낸原稿라도 或은休紙등에 割愛치아니할수도 업스며 記事가 적으면가위를들고 僚紙를뜨더먹는좀노릇도잇다금은 하는것이 新聞쟁이의일이다. 만해도걱정 적어도걱정

性質 分量 紙面의形便에따라 "미다시"가컷다적엇다 原稿의生殺이 編輯者의 머리하나로 裁斷된다그러기 때문에 잇다금잇다금 支分局의꾸지람을 밧는수가

잇다.

『우리地方記事는 왜안내주는게요 十年後에나 내주겟소.』

『아모記事는 急한것인데왜늦게냇소』

『아모記事는 우리地方의重大事件인데 왜그러케작게냇소 記事取扱에도差別이잇소?』

이번迪信이 記事原稿와싥기어 각금날러온다『不平과꾸지람도 가지가지로군』하고 가장雅量잇는척해야만이런때에는 되는法이다. 技技葉葉이 千사람萬사람의비위를마치다가는 世上에할이일하나도업슴을하려야 職業人들心臟이생기는것이아닐는지

그러나間或은 이런致謝도드러온다.

『地方部先生님! 우리地方記事를 잘取扱해주시어고맙습니다. 이다음上京할때에는 우리사골막걸니를한병갓다가 선사로드리리다』이런것은돼愉快, 한내에게는 맛보기어려운明朗報이다.

『아이고先生님 오늘은分量이 만습니다. 原稿를그만내보내시지요.』

『아! "시메기리"時間다되어갑니다. 原稿가왜안나옵니까?』

만타고짜징 업다고조르기 아픈光景만當히느냐하면그런것도아니다.

『아모날新聞은 거 잘編輯되엇데.』

『아모記事는 아조 좃습니다.』

하고추어주는소리도 듯는수가잇스며

그뿐아니라 밧게서보는이는新聞記者라면 아조??잇고 훌륭한人格者인줄로알며 新聞社란宏壯한곳이요 神聖한곳인줄알어隱然中欽慕하는분도世上에는 각금잇는모양이니 바더서損害될것업는말이라 슬적눈감고 드러두자 世上어느곳에 喜悲?奏曲이업스며 是非毁?의 兩面이업슬소냐

『그래도조흔곳』

新聞社는 조흔職場이라고 내가일하는곳이니 조흔곳으로알고지날수밧게(九.五새벽)

榮興農村風土記*

신영철

3. 눈물과우슴

아모리 처다보아도 끄치안보인다 그저 허허벌판이다. 산은 물론이러니와 나무한포기 약에쓸래야 업다.

전선대가 연해잇고 기차궤도가 성낸배암 다라나듯 들가운데로 뻐찔려잇다. 여기에 한마을, 저기에 한마을 그리고 그 마을을 중심삼아가지고 마을박그로볏가리와 집눌이 무덕무덕도혀잇슬뿐이다.

요하가 왼편언덕에 흐르고 서북쪽으로 요동만 (遼東灣) 큰바다가 잇다하지만 노픈곳 나즌곳이 업는 들한가운데 서면 강도 바다도 보일 리가 업다.

다만 진흙으로 된 사막이 잇다고하면 아마 이 들판이 그곳일것이다.

옛날에 약간의 원주민이잇서 약간의 농사를 짓고 요하에 고기잡이 먹어가며 산 형적이 잇기는 한모양이나 말하자면 그대로 황페지엿다. 그저 갈대밧속에 마적이 들끌는 처소박게는 지나지안헛든것이 일시분명하다. 황페, 적막에 내맛겨두엇든것이다. 아츰에 해가동쪽에서 떠오르면 점-도록 처다보는 사람도 업시 저녁때가되면 쓸쓸히 저혼자서 지평선서쪽으로 슬며시 사라젓슬것이다.

이땅은 누구를 기다리고 잇섯든가 그러케 쓸쓸하게 멧백년멧천년이나 지나왓든가

유조구(柳條溝) 철뚝위에서 불이 터젓다.

멧十년동안 이곳저곳으로 굴르고굴르며 사라보겟다고 헤매든 만주오지의 조선컨민(墾民)들은 더욱 생사간두에 올랏섯다. 난을 피하여 그야말로 정작 남부여대도못하고 뿔뿔이 헤어진 몸둥이하나로 살길을 차저 방황햇든것이다.

구름은 거첫다 사변도끗나고 대동二면에 충만하고 우량한 만주국의 한구성분자를 만들려고 여기에 피난민을 이주안정시키기 시작한데서부터 조선인의 입식이 시작되어 시험으로입식한 퇴역군인의이민이 드러오고 다음강덕원년에 남선

---

* 이 글과 아래의 5편은 ≪만선일보≫ 1941. 12. 1~25까지 발표된 실화 ≪榮興農村風土記≫의 3, 6, 7, 9, 10, 11절임. 나머지는 지금 찾을수 없음.

수해이재민이드러왓다한다.

팔자가 조혼사람이면 풀론 왓슬 리가 업슬것이다.

처음왓슬대에는 물론 집이 잇섯슬리 업다 먹을것이 풍족하고 입을것이 넉넉할턱이 업다.

토막을 친다, 암뻬라를가지고 풍우를 가린다, 거적으로자리를싼다. 좁쌀로 겨우 목숨을 이어가는것은 결코 그들의 단일이아니엇다.

너구나 산도 내도 자연의 혜택까지 향수의눈물을 씨서 주기에는 너무도 거치럿다. 처음에는 치안도 그닥 조혼곳은 아니어서 잇다금 갈대밧속의 손님들이 차저 들기도햇다.

피난민도 우럿다한다. 마음구든 군인도 울고 하눌의 작난을 맛나고 떠나온 수해이재민들고 역시 우럿다 한다.

그것이 이곳건설사의 첫막이라한다. 이곳이 하필혼자서 당한일은 아니겟지만 오늘의 우슴은 역시 눈물로 씨를 뺴엇든것이다.

오늘이라고 눈물이 다업서젓슬리는 업겟지만 그래도 집안식구끼리 한밥상에 모여안저 한밥을대하여 우슴을 지을 고비가 더러생기고 이웃사람끼리 맛사면 농말이라도 주고바들수잇는 풍경은 역시 눈물의 잡시리라.

소금물에겨른 토지를 물로 닥고씨서내가며 농사를 짓고 소금으로 반찬삼으며 땀흘려일하는것은 말로는쉬울는지 모르되 실천하고잇는 그들에게는 그저 피땀 그것이엇다.

그러나 땀갑과 핏갑슨그다지 헛되지는 안헛다. 원약 토지가 넓어 소작농몃마지기에 머리를숙이든 비우아니꼬움은 안당해도 조코 一년을 애쓰면 그래도 입쌀이 목에 넘어가는것이 한위안이엇다.

그리고 이마을가까이에는 근대문명의 이기인 철도가 개통되어잇고 밤이면 중앙거리에 전등이 켜진다.

그바람에 조선사람과 논과는 떠러질수업는 연고관계를 가지고잇는데다가 이곳이 조타는 소문은 날로 조선사람에게퍼저 다루어모아들게되어 오늘의 三十三 부락의 대촌락으로 커다란 살림이 버러지고잇다.

만척에 진빗도 해를따라 주러들고 六년후이면 자기토지가된다는 희망에 정말 분골쇄신 그저 일이다.

이번에 개척지로서는 일쯔기 그예를 보지못한 영흥호(榮興號)전투기의 二대
헌납사업까지 十주년건설기념으로 미리다거서 이룩해노핫다는것은 들가운데
쓸쓸히서잇는 건설기념비가그를말하는듯 그압 명명식장(命名式場)너른마당에
이날모인 이마을의 남녀로소멏千명을 대할 때 더한???의 눈물이아니흐를수업
섯다.

영흥농촌을 찾는자여! 모름지기 오늘의우슴보다 전날의 눈물이 오히려 더만
헛든것을 귀중타 갑치라.

그러면 다음으로 이영흥농촌의 살림살이를 좀들추어보자.

6. 쌀이하눌

올창이를잇지안는개고리

사람의 목구멍에 설만들거미줄이 치랴하지마는 삼시세대 끼니를 건네지안코
목구멍에 풀칠을 한다는것은 극히평범한일이면서 실제에잇서서는 그러케 쉬운
일이 아니다.

한편 국가의 커다란 식량문제에 큰공헌을 하면서 한편으로 모든간난과 가진
신고를 이기고 참는것이 개척민들의 위대한 곳이요 도시나 의지에 안저서 어쩌
니 어쩌니하고 떠드러도 그들의 생활에 비하면 그다지 흉한것이 아닌데 우리는
고맙게알고 미안해생각해야 할것이다.

개고리가 올창이때를 이저서는 안된다고하지만 올창이에게 꼬리가 업서지면
개고리행세를 하랴는 것이 차라리 인정으로서는 맛당한일일는지도 모른다.

그러나 현지의 개척민들은 결코 올창이시대를 이저버리는사람들은 아일것
이다.

보리좁쌀을 가지고도 하로三시-세끼니를 못니어가든 우리가 이곳에 와서는
그래도 부즈린만하면 한끼니 한사람목세 흰밥한사발이 도라갈수잇다는데 그들
은 큰행복을 느끼고잇다.

쌀이 그저 하눌이다. 그들의 살림은 하나에서부터 열까지백가지가그저쌀로
된다.

잘안도라오는 무명광목이라도 몸가림은 쌀로해야되며 긴긴겨울밤 단멏시간
불을 켜는것도 쌀로된다. 금쪽보다도 더귀하게아는 고무신한켜레도 쌀이아니고

는 차례가 안도라온다. 빗진것도 쌀로 가퍼야하며 무름새도 쌀로 내노아야 한다. 이들에게 쌀이 업스면 하눌이 문어지는날이다.

모지락때는 물론 좁쌀도 먹어야 할것이오 콩밥 보리밥을 사양할수도 업는일이지만 그저먹는것은 물론 더구나 쌀이다.

그러나 당나귀타면 정마잡히고시픈 생각이 누구에게나 업슬리는 업겟지마는 기름이 번지르한아니 지금은 시국색인 七분도미가되어 그러치 옥백미는 아니지만 하여간 이 조흔쌀밥도 三十리박게나 나가서 절을하며 비려올려서 사오는 무배추의 생조림과 一년에도 재수조와야 멋차례밥상에 올라볼수잇는 새우젓꽁댕이로는 잘 넘어가지 안흘것이 사실이다.

이곳에는 쌀낫는 논뿐이요, 바치업다. 하누님이 산을 마련하실 때 이곳에지나 시다가는 망녕을 피우섯든지는 모르나 하여간 들판치고는 너무도 문드름하게 미리노핫다.

소도 언덕이잇서야 부빈다고 언덕이잇서야 바치잇슬것이아닌가.

밧업는 이팽야에 잡곡이 나올리업스며 풀이업시 소들먹이가 극난이라는 이땅에서 채소가 생산될리업다. 금년에도 一百六十원어치종자를사다가 시작(試作)을 해본것이 그래도 증자갑슨나왓다고 기뻐하시는조촌자(趙村長)의 말을 드러보면 채소재배가 아조 히망업는것도 아니기는하나무배추로 김치 깍두기 담그기는 좀 먼날일일것이며콩으로 된장간장을 자급(自給)하고 소고기 돗고기가밥상에잇다금오르기에는 더긴시일을 지내서 바라는것이 조흘것갓다.

고기만에소고기와 도야지고기가 달리고 참기름콩기름 "아지노모도"가 배급잘안된다고 안달을하는 신사숙녀면 맛당이 개척지에가서 더도 필요업스니 농민의 밥상그대로 한끼니만 시식(試食)해보고 오시랴 그때에야 농민의 고마운맛을 비로소 알것이다.

7. 누른밥숭늉

그저썩는김치깍두기재조

요하에는 펄펄뛰는 생선과 무처잇는모래조개가 업는것도 아니다.

다만쌀을 만들기에도 손이부족하여 허덕이는 농민의손으로는 그것을 잡어오기에 틈이업스며 『백구야날러라』 하고 긴낙싯대에 낙시밥도 안물리고 빈바늘에

자유로도라다니든고기가 재수나뻐야 한 마리나 걸리는만주인솜씨(만주인의 낙
시질은 낙시밥을안물리고 빈바눌로 낙시를던저노코 고기가 제절로 걸리기를
기다린다고한다)의낙시질고기는 좀체로 싼갑세 싱싱한 생선한토막 입에 드러올
날이아득할것도갓다.

시골농촌새아씨들의 목에때가 다닥다닥 무덧다고흉을본다면 그는 인식착오
에도 분수가 업는일이다.

요하의강물이 언젯적부터이러케 흐렷는지는 모르지만 백년 또 몃백년이 지나
도 맑을줄을모르는 이강물을 퍼올려서 가라안처가지고 밥을 해먹고 얼골을 씻
고 빨래를한다고한다. 마눌고초에 청각생강을 범으려너허 맛잇는 김치 깍두기
담그든 그솜씨가 여기와서 푹푹썩고잇는 그심정을 누가 알것이며 마을압 정화
수를 떠다가 홍차엽차를 주어 바꾸지안흘 뜨뜻하고 구수한 누른밥숭늉만들줄모
르는것도 물론 아닐것이다.

살밋석간수 퐁퐁퐁솟는구슬가튼 물방울에 분세수할줄 모르는것도 역시 아니
리라.

거기에 농촌부녀자 더욱이 개척현지의 부녀자들의 괴로움과 한숨이 잇는줄을
아러야한다.

푸른청사(靑絲) 천만가지휘어느러진 버드나무가 느러선 마을아페 범벼치 따
근따근한 봄날, 살구나무오동나무 울밋길에 잔풀이다닥다닥 구슬가튼 이슬방울
이 매처매처 고무신발등을 적시는 여름아침 다홍치마노랑저고리에 자짓빗 옷고
름을 가는바람에 나붓기며 삼단가치 따어느린 머리위에 물동이를 이고 오고가
든냥 떠도 떠도 주를줄을 모르는 철철철 넘처흐르는 샘물을 바가지로 떠담으며
자기도모르게 나오는 콧노래를 부르든 옛기억도 아직 개척지의 부녀자들의머리
에서는 잇다금 용소슴을 처서 참을수업는때가 잇스리라. 흙탕물을떠다가 가라
안치고 걸러내고하여도 맑어질줄을 모르는 요하강물에 얼마나 원망스러우랴마
는 그들은 어느듯 숙명론자가 되기에민첩하엿다.

『생각하면 무얼해?』

『아프로나 잘살지?』

이것이 그들의 논리이며 또신념이다. 논리가 실제화해가고 신념이 실현되어
가는곳에 그들의 안심이 잇고 기쁨이 잇고 또는멀리멀리 희망이 잇는것이다.

그러타 바퀴는 도는것이요 시대는 변하는 것이다. 이들판에도 장사가든 철마가 아침저녁으로 기적을울리고 왔다갓다하며 밤이면중앙거리이집저집에 벌서 전깃불이 휘황하지안혼가 그리고 양수장마다 전력의밤동이 꿩장하지안혼가.

콩업는것도 그닥 걱정은 아니다. 채소안되는것도 초조할건 업다. 요하생선이 입으로 드러올날도 머지안타. 흙탕물면할날도 장차는 잇스리라.

조촌장의 장래포부를 드러보면 야채원도 맷정보가이에 계획되어잇스며 상수도도 설계할뿐아니라 여기물이흐르고 알카리성이 만키는하지만 그것이 도리어 부인병에 특효가 잇는지결혼한지 十七년이되도록 초볼수래하든 부인이 여기로 이주한후 첫아들을나허 대만족대만열한다고 장래부인병요량소도 설정해볼 작정이라는 대기염이며 우리신문사의젊은 이곳지국장청원(淸源)군까지 요하의어업(漁業)경언을뜻하고 잇다하니 이곳사람은 모다가 투지만안이요 정말불타는 희망그대로이다.

나도 명이기르면 또다시 이곳에와서 야채바치 새라파코 맑은수도물 졸졸흐르는꼴을 보며 부인요양소가 이거리에서고 요하의 펄펄뛰는생선을 먹어볼날이 잇슬는지 모를것은 세상일이다.

9. 大膽한排布
압록강두만강에 문고리체우고살때가아니다

첫째 땅이 넓직한데다가 워낙 살림이 큰살림인지라 모든시설도 거기에 따라가야할것이다.

이곳의 시설과계획은 결코 어린애들의 새금파리작난은 아니다. 촌치고는 무엇이나 양이크고 선이굵으며 폭이넓다.

조선사람도 압록강 두만강에다가 문고리를 채워노코만 살민족이 아닌것이라는것은 벌서一세가까이이전에 역사가 증명하여주엇다. 대화족(大和族)의 뒤를 따라 대륙으로 커다란발을 내어딋고 해양으로 빠른노도 저어나가야만할것이 오늘의 운명이요 또 현실이며 백년의 대게이다.

선영분묘아래 두세간두옥(斗屋)에 머리가 달라붓고 무전옥답네댓마지기에만 애착이 부터서는 대륙과 해양으로 자유발전의 큰뜻을이루지못할것이 오늘의 대세로보아 명백치안혼가.

쓸개가 커야한다. 보쌍이커야한다. 지나인이 다독다독어린애채주드시 이름조케달래는이름으로 부처준만년(萬年)『소중화인』(小中華人)으로 마쳐서는 안된다. 우물안개고리가 되어서는 바다의 큰줄을 모르고 一生을 마칠것이 아닌가.

영흥농촌의 시설과 게획은 확실히 대륙생활의 한모퉁이를 보여주엇다.

첫째 끗업는대평야를 세로 가로로 도막치고 자리를잡은데 대담하엿다.

넓이 九千三百여만평방메타-에 면적으로 六千五百정보 경작에정실행총면적이 四千八百정보 용배수로(用排水路), 재방기타집터, 잡지(雜地)등면적이 一千七百여정보, 요하강뚝두양수장에는 합게八百여마력(馬力)의네대?푸가 一千二百만키로메터의 전력량으로 양수작업을 하고잇다(이상은 모다강덕七년도조사)

농촌의 전기화는 이촌에서 먼저 봉화를 들고잇다.

가마니짜는기게, 새끼꼬는 기계가 二千六百을 상점이석들곳 대규모의정미소 소규모의 자가용정미가도 상당이 수효가잇서 생산농촌의 위력을 발휘하고잇다. 영구(營口)시가와 상거가 三十키로 전장대가(田莊臺街)와약十키로 구방자(溝幇子)역에서 봉산선(奉山線)의지선하북역(河北驛)까지 기차가왕래하며 하북역종단에서?판으로 요하어구를 건너면눈깜작할사이에 영구항에닷는다. 전장대역과는 약二키로서로 바라보는곳이다. 마차도 왕래한다.

중앙거리에서 각촌락까지는 가까운곳이면 一키로쯕금낫짓, 먼곳이라야 八키로조선이수로 二十리를 넘지안는다. 六메타-의 경비도로가 十四키로, 五메타-의 향노(?道)가 이곳저곳에얼키어 약六十키로.

경찰분주소가 잇고 우정국이 잇다. 치안의 경비와 통신의 연락에도 이만하면 되엇다. 농촌이라하여 과히 불편하고 궁금증날것을 슬워하기가지는 업슬것같다.

다만 섭섭한것은 근二만명식구의 건강을 마터보는 병원이 단하나, 한약국이 잇서 거기에 촌민의치료를보조한다는것과 널따란토지에 집터를쭙게잡아 뷘땅하나업시 딱딱부친것이 유감이다. 여기에만은 어째서 좀더배포를 크게하지못하엿든가.

그러나 농사만 잘되어라 쌀만쏘다저라 이 들판엔들 벽돌집개와집이 서지말랄법이 어레잇스랴.

개척지의 희망은 포두가 장래다. 현재를 스러워하지 말고 장래를 기뻐하며 사라가야하는것이 개척지의 백엿다.

얼마동안의 침묵도 젊은 패들의 격분한말로깨어젓다.

『기겐 학교 세워 노니까 그만두라말라 이건 사람을 어린애루 아나.』

『학교 고만두란건 결국 수릴 이고장서 살지랄??아닌가…』

『글세말일세…』

『그거야 말뇌나 학교?교겟지 이고장서 살지 말라는 것과는 달르지 안나…』

『아닐세 학교못한다견 이곳서 시나마나지 일들은 어떠케 할려나?』

『에이키 시끄러워서 학교구 무어구 다-불질터버리구 논은 흙으루다 메버리구 모두 이고장을 떠나 버릴까부다원 더러워 못살겟어.』

10. 新聞紙와彩票
두채여: 이촌으로도라가라

한끼밥은 굴머도 하로신문을 못보고는 못산다.

이것도 신경과민증에 걸린 도시인에게말이지 무엇이나 만성에 저즌 농촌사람에게는 풍마우(風馬牛)의격이다.

아닌게아니라 도시사람에게는 신문을보는것이 여간밥먹는 것으로 비할것이 아니다. 아침에 조간을보고 저녁에 석간을보고도 오히려 부족하여 오늘은 무슨 호외(號外)나 안나나-하고 바라는것이 도시인의 심리이다.

조케말하면 문화정도가그만큼압섯다는 증거이겟지만 농촌사람들로 평하라면 그도-종의 문명중독증으로바께는 더보기어려울것이다.

지나친 비유일는지는 모르지만 아편중독자라는것은 처음에야물론 상쾌한느낌에서출발하다가 정도가지나치면 시간을 딸리해야되고 분량을더하여 심한자극을 주어야만 얼마간의 참을성이 생기는것이다.

아침에조간 저녁에석간! 그리고도 오늘은 무슨호의나 안오나하고 기다리는 마음!

대도시복판에 큰불이라도 나서 호외의 방울이 덜렁거려야 상쾌할것갓고 대홍수가져서 집이나 길다리가 떠다라나고 인축이 사상을 당하여 초호특호가 신문지면에 나타나야 신문보는맛을 느낄정도라면 중독이모루히네에 파이 지지한흘것이다.

이런것이 도시인들의 소위문명병이나 아닐는지.

농촌사람에게 이런병이잇섯다가는 단하로를 못살고 다라나와야 할것이다.

배달부를 에워싸고 거름도못것게 어깨에 매달려서 너도한장 나도한장하고 투곽이나는 호외도 도시를위한 호외이지 이틀사흘이 일르다하고 배달되는 시골독자에게는 잇서무던 업서무던 의 정도요 조간석간의 신문이 한데얼버물려서 네댓새신문이 한뭉텅이가되어 인심쓰고서야 갓다주는 시골우정국의 배달에는 여간정신조흔 독자가아니고는 조석간의 구별조차 어려울것이다.

그저 급해서는 못사는것이 시골농촌이다. 긴담뱃대를 물고 뻐끔뻐끔 연기를 피우는 식이라야만 된다.

편지가 왜그러게 느지냐고 우정국 질문하면 왈『메유파스』, 신문이 왜 하로 이틀것이 빠지느냐고 배달부에게 무르면 왈『워부지또』한마디로 보기조케물리치는 시골에서는 아모리콩을튀어도 제성깔에 넘어지면 넘어젓지 효력이 업슬것갓다.

그는 그러타하고 하여간 필요는 발명의모(必要는 發明의母)라고도하지만 필요가 업는것이면 금쪽도 새금파러마찬가지요 지전쌍이 코푸는지리가미나 진바 업슬것이다.

이영홍농촌에도 한다는식자게급에게는 물론 대신문들이 다드러온다. 대매동 조만일 만신(大每, 東朝, 滿日, 滿新)은 물론 우리신문지국까지잇서 이마을에 상당한 독자를 가지고잇다.

처음듯는 나로서는 물론 놀랏다. 하여간 세계의이목이니 사회의목탁이니 하는 오늘의 신문이 이런농촌에가지 그만큼 보급되어온다는것은 반가운일이 아닐수업섯다.

그러나 시골의 신문독자가 근일에 갑자기 수효가 느러가는것을 시국에 관심이커서 그런것으로만 아러서는 견양이 울릴것이다.

시골에는 신문지가 귀하다. 낫장으로 사랴면 여간 一二전으로는 문안드리기도 어렵거니와 三四전을주고라도 살데가업스니 한달에 一원이나 一원二三十전을주고 신문독자가되면 고맙닷소리를듯고 신문지김요하게쓰고 족금도 손될것이 업는데다가 더구나 신문기사에 흥미를 느끼는 독자라면 一거에 三四목이 넉넉히되니 도시사람의 자극제로보는 신문과는 그출발점이 아조다르고 필요가 역시 갓지안흔것이다.

그러나 신문구독의필요는다만 그것만이 아니다. 한달에 꼭한번씩은 발표되고 야마는 만원짜리채표번호를 보는데 여간 큰즐거움이잇는것이 아니라한다.

꿈은 농촌에도 크지안혼가 거츠른들판에도 인생이꿈은 역시 큰것이로구나.

이번달에 六三六五의 두채는 어느곳에가 떠러젓는지? 하누님이시어 아심이 게시거든 부즈런한 이영홍농촌의 백성에게도 무재의당첨이 잇다금 도라가게해 주실지어다.

11. 樹木과花草

쓸쓸한들판에도민요와시가가잇다

단한그루 단한포기라도조흐니 나는 이땅에 나무와 화초가 잇서지라 빈고시픈 것이다.

이런소리를하면 혹은 그런 八자조코 호강스러운소리를 마소 하고 이곳개척민 여러분들에게 꾸지람을드를는지 모르되 나는 내고집대로 이곳에 수목과 화초가 잇서지기를 기어코바라는것이다.

자연이 인생의 마음을지배하는것은 실로 뜻바께큼이 만흔것이 아닐까.

집안에 화나는일도 뜰아페 피어나는 조그만 나팔꼬츨 보고 푸러지는 수가잇 스며 마음아픈 괴로움도 산에 올라 휘파람한곡조로 위로밧는때가 업지안혼것이 다.

나는 만주에와서 언제나무화초 불사춘(無花草, 不似春)의 글구를 취소하랴고 애쓰는터이지만 이런곳을 와보고는 잇다금 옛사람의눈을 쏙일수업섯든것이 아 조부정하기도 어렵게된다.

때가 봄이엇드면 혹은논가운데 독사풀몃포기와 양수장언덕에 개버들몃가자 라도 눈을떳슬는지모르나 겨울의 이땅은 너무도 거치르며 풍설마자 들에 가득 하니 지나가는 행인의 창자로는 아모리 조흔 덕담을 하려하나 찬곳은 역시 찬곳 임에 틀림이 업다.

어데서 부는바람인지 어데서 날리는눈인지 방향조차 알수업는 풍설!

오직 문을닷고 창을 내여다 보며 해뜨는곳이 동해넘어가는 편이 서쪽이라는 것을 가르켜줄뿐인 이대평야!

봄이 오면 그러케도 혼이보든 살구꽃 진달레꽃도 다만 옛기억에서 아물아물

할뿐 제二세들로는 그것이 옛날이야기에서나 듯는폭일것이요 가을이된다해도 만만한 들국화, 그리혼한 새꼿하나 피어주는곳이 업다는것은 아모리하여도 쓸쓸한 노릇의 한가지가 아니면 안될것이다.

百리나 가면 산이잇는가 二百리나 가면 산이잇는가 모닥모닥 동리를 에워싸고 서잇는 나무몃그루조차 이곳에는 서볼 엄도두지안는다는것은 더욱 쓸쓸한 일이다.

그러나 이곳에 十년을가까이 사라오는 그들에게는 하눌가튼 쌀이 생기는모짜리, 벼포기, 볏닙, 벼곳, 볏모개에 천가지수목 만가지화초보다도 즐거움이잇고 취미가 잇스며 향기가 잇고 희망이 잇는것이다.

거츠른 들판 오두막집에도 봄만 와보라 따스한햇벼테 어렀든 흙만 녹아보라 녹쓰른장기 땝=무든보습끄테 패어넘어가는 흙덩이에서 구수우한 흙냄새가모락모락 풍기고 집오장이에고이 싸허두엇든 씻나락을 들판에 뿌리면 보는듯한사이에 볏싹이 뾰족뾰족 한닙두닙 갈라젓나하면 어느덧 여름도 가고 첫가을은 오는것이다.

부우현 벼꼿 들판에 가득차고 워새가튼 볏니피너울너울 방향도모를 바람이 빗겨부르면 훈훈한 벼꼿냄새 코에 찔러올때 갈삿갓눌러쓰고 삽사루 지팽이삼아 시작도 끗도 보일줄모르는 들판한가운데 섯노라면 서울아시들 야시장에서 중동 꺽긴 생꼿한무끔이나시드러가는 화분한개를 들고 가장만족해하는듯한 그기쁨과는 비교가 아닐것이다.

그런때에 이웃집에 다행이 막걸리나마 한잔잇서보라 이곳농부들은 너나할것 업시 고저장단(高低長短)을 모르는 시인(詩人)이요 음률과 운향을 고르지못할 뿐이지 홍겨운가객(歌客)되기에는 틀림이 업슬것이다.

더구나 요하연안에 가을이오면 울긋불긋 단풍니픈업다할망정 바람곁에 물결처 와시락 바시락 서로부다치는 갈때꼬즌 형이 요하에 배를저어 고향에 도라가는 손님을 보내는 경우가 잇다하면 백락천(白樂天)이 현대에 안생거남이 한이지 심양강(瀋陽江)머리의 비파행(琵琶行)지을재료가 아조 업는것은 결코 아니리라.

세상 사람이여 이 광막한 들판이라하여 민요(民謠)가 업고 시(詩)가 업고 노래가 업슴이 아닌것을다시 인식하라.

무엇이고 장래에 희망과 포부가 만흔 이영홍농촌에는 방목장과 야채원의 예정이 잇스며 녹화(綠化)운동까지 여기에 계획되어요하언덕의 소장자 동가와보둔(小莊子佟家窩堡屯)과 물들언덕가튼 비습한데서부터 적성수목(適性樹木)을 심겨오기시작한다니 방목장너른풀바테 『음메!』 하는 쇠애치소리를듯고 봄날따뜻한 야채원머리에 자짓빗공다리꼿 노랑빗배추꼿피면 벌나비 노래하며 춤추는 꼴과 이동리압곳곳에 여름의녹음 가을의단풍이 때따라 변장할날도 아마 그다지 먼 장래의일은 아니라할진대 무화초 불사춘의 탄식도 헛된선비의 군소리가 되고말지안흘것을 누가 보중하랴.

憂鬱과 슬픔과*
=文藝日記두토막=

신서야(申曙野)

×月×日

憂鬱한일

一外的事物에關한知識은憂鬱한쌔에 道德的無知를慰安하여주지는안흐리라 그러나 德性에關한知識은 外的知識의無智를 언제던지慰安하여주리라(파스칼)—

나는 올해를 滿洲우리文壇形成의 新紀元이라고 말하고십다

千萬가지 理論보다 하나의實踐이 우리에겐 特한必要하다 이에 나는 數年前에 産業國를 提出아엿던作品作業을 쏘다시始作하엿다

기왕 내친거름어라 覺悟는 컷섯다

全生命과情熱을燒燃할覺悟로—

---

* 이 글은 《만선일보》 1940년 12월 29일에 게재되였다. 문맥으로 보아 더 있겠는데 여기서 끊어졌다. 신서야(申曙野, 1911~?), 함북 청진 출생, 휘문고보를 수업하고 기자, 탄갱부, 문서 등 여러가지 직업에 종사하다가 도만하여 역시 문서, 사계 등 여러가지 일을 하다가 연길상공공회 주사로 있으면서 소설을 썼다. 졸년 미상.

쏘한 文壇築城에 石手匠이 쓰다남은 돌멩이 될覺悟로―

더욱 文學하는 種族이란 혼어들 아름답고 어질고참되고 한 그런 族屬乃至生活을 항상 明日에다가 慾求하는 甚히서글푸달가 맹낭하달가 마치 死後의天堂의 分韻을 言實두고잇는 說敎者와도 비슷한 엉쑹한覺悟＝이리한覺悟로 녹쓰른 붓을 다시 다듬엇지만 그答案은 무엇이엿든가 다만 憂鬱그것뿐이 아니엿든가?

점잔어야되며 知性的이여야할種族이 서로 애끼고서로돕씨는 못할망정 "해는 지고 길은 먼"이쌍에서제가죽속에서 좀이먹다니 이 얼마나 서글푼일이야

燦爛히 피리는 꼿동산에 한숨의흙과한 표자의물은못줄지언정 도리혀 물을질느다니 이아니 憂鬱한가

그러나 나는確實히듯고잇다무엇인지는 알수업스나確然히적은生命의 胎動하고잇는소리를。그生命이歲月을압두고이러나는一時의惡阻現象이憂鬱을 비저내엿다고생각하면 도로혀明朗해진다 어서자라나거라! 적은生命아! 이憂鬱을 거름(肥料)삼어서

×月×日

◎슬픈일

―힌비둘기는 구름을타고 날너가버리다―

내가 애끼고그리는그사람에게서 글월어왓다 開封하기前에 손은썰린다 不吉한豫感이 몸을엄습한다 글월에는 간간히눈물자욱이 얼켜잇다 슬픈글월이다

―선생쩨―

나날이 몸은衰弱하여가는 一方이고 希望이라곤 하나도업시사러나는 몸이므로 아모에게도나의消息을 傳하고십지도안호며 쏘붓들기조차실허젓습니다 진작글월들을엿서야될것이지만 그동안에移舍하고數日間 社에도나오지못하고알타 요사이겨우나 일이라고하나 午前에나가드러누어사는것이 내生活입니다

인제는 손까지쩔러갓득못쓰는글이더말이아니고 도모지살어날날可望이업습니다

藥도注射도 나에게는쓸모업고다만죽을날만 기다리고잇스니살엇서도 산氣分이나지안습니다 全番에는너무푸대접을하여서未安하다고 어머니가여러번 말슴드리나우리집形使을잘아시니 저는더말슴안드리겟습니다 언제쯤 쏘오실機會가 잇스실까요 제가죽기前에야 한번오시겟지오기다립니다 손이썰려더못쓰겟습니

다 저의近況은이러하다는것만알어주십시오(原文그대로)   ×   × 上
어글월이그가 世上을써나기나홀전에쓴것이다

韓竹松兄의 訃音을 듯고*

申曙野

청제비 울때면 오시마던님
나룻배 열세척 다돌아와도
그이는 이봄도소식업네
명주소매적시며 짓는방아
방아는 찌어도헛방아로세
뻐꾹새울면은 얼음풀려도
풀릴걸아득한 설은이심사
꿈에나 임차자달래보리까
아픈마음 이즈러고 찟는이방아
방아는 찌어도헛방아로세
실버들썩거서 지강에띄우면
행여나이가슴 열려나질까
애달픈이마음 원수이라오
파란달이뜨도록 찟는방아
방아는 찌어도헛방아로세
                 × ×
이얼마나 구슬프며 무지개가티 아름답고 꼿가루처럼 보드러운 노래인가!.
이노래를지은紅頭滿洒한才人이冷土一坏 로면한말이…
아! 한되고 애닯다. 눈물로보내는 우리 이다지도애달블진대 뿌린눈물 남긴한

---

* 이 글은 ≪만선일보≫ 1940년 12월 9일에 게재된것이다.

이 오작하오리…

지금생각하면 구름속가티아득한十여년전! 역사적(歷史的鎭痛期)를한바탕 겪고난뒤내가 關北日報(咸鏡北道府發刊)편즙을 마타보고 잇슬때 매달꾸준히 發稿하는젊은 詩人이 잇섯스니 그가 바로 韓兄으로서 이것이娑婆에서이름만이 라도 서로알게된 첫因緣이엿스며 자조通話는물론 맛나뵈옵지도못한대로 十년 이란 세월을그대로지나다가 지난해훈풍이부는五月에 우연히 朱乙의 金田溫川 에서 구름가티맛낫다가 번개가티 헤여진것이 나와兄이 이승에서처음이자마지 막이엿구려!

多情多恨한 젊은詩人! 韓兄은 반가워서 나의손을꼭잡고 햄숙한얼골을 내얼 골에비비며 지난이야기 병이야기 女學이야기를 입술에침을 발라가면서 흥분하 여말하던 兄의모습이 지금도눈압페선-하구려!

兄이여! 靈前에삼가업드려 이曙野의不信을 謝罪합니다.

書信으로 독촉을바더許利福氏의詩集『박꼿』은 보내드릿스나 歸路에圖門게 신玄鄕駿氏를차저 소식전하라하신던것은 지금것 이행못하엿사오니辨明을달리 한 오늘에는 永久히 不信이되고 말엇구려!

이승에게신 末期의 玄兄이게는 삼가무릅을꿀고사과를청하겟사오나 저승에 가신兄에게는 염라大王압 明鏡臺에머리르조아리며 사죄하겟스며 그래도罪가 풀이못된다면 불복업시汚池의조각돌을뒷짐진채民謠集속에아담하게 담어잇는 『방아찟는處女』왜? 니자비 구슬프게생긱넌, ㄴ지요?

兄이여! 청제비 올때면 그리고 나룻배 열세척다-들어 올때면 돌아오시겟습 니까?

兄이여! 목숨은 짤으나藝術은 기오니부대 永遠히 蓮荷寢에서 평안히잠드시 옵소서.

—이짤분글로 兄의冥福을비나이다.   一, 五日밤 延吉서—

鮮系開拓地風土記*

리갑기(李甲其)

(一) 地平線의저편
齊齊哈爾에서 멜콘에로

地平線

하늘과쌍이一字로 서로다문이外에 아무러한 風景이업다.

그래도 南滿에는 그러한 平原에서도 곳곳이 두엄가리가 두선두선보이고 버드나무숲이 이곳저곳 쐬를지어보인다. 그러나 北滿은 그것조차업다.

哈爾濱에서始作한들판이 몇時間을지나 "지지하르"에이르기까지 千里이가 싸운길이다만푸른하날과 牧場과가치편편한 들판에잔듸가튼풀이 질번할쑨이다.

이짜금 생각난듯이 버드나무와 토치카에싸인 停車場 이 마치大河의孤島와가 치거처간다.

나의旅情의탓인지 그런驛에 한두사람보이는 譯員의表情이 몹시사람이그리 운것가치보이며 한편亦是이러한孤獨한곳에서 職務에忠實할날을보내는 그들 의生活에敬虔한旅情이 머리에써돈다.

嫩江 龍鎭方面朝鮮人開拓地慰問班一行에짜라 新京을쩌난지사흘만 새벽역 에 齊齊哈爾에到着하엿다.

齊齊哈爾驛에 나려서보앗스나 途中에 하날과쌍에 變化를격지못하야그리먼 곳을 온것갓지도안타. 바로머리를돌이면 哈爾濱市가잇고 新京도보일것갓다.

다만 氣候가激變한것과 지지하르라는 驛標에依하야北國에서 어든距離感이 먼곳을왔다는것을 겨우늣기게된다.

하나目的地는 그러한곳에서다시드러간다. 嫩江하면 齊齊哈爾에서 哈爾濱으 로 나오는데該當하는距離다.

---

* 이 글은 ≪만선일보≫ 1940년 9월 13일부터 23일까지 7회 련재되었다.

이 글에는 다소 당시 만주국정책에 부응하는 내용이 있지만 당시 개척민들의 생활을 리해 하는데 도움있을것 같아 수록한다.

리갑기(李甲基) ≪만선일보≫에서 부장으로 활동한 흔적이 보이고 해방후 조선에서 문필 활동을 했다. 생년 졸년 미상.

그러나 하날과쌍은 如前하다지만 訥河近處에서부터 大地에傾斜가생긴다.

그것도 거저車窓에서지나는대로본다면 모르고지날것갓다. 그래도이近處로부터는地圖에 登高曲線이부텃스니 山가튼山이좀보여도 조흘것이라고생각하고 일부러살폇스나 山은보이지안는다. 언덕조차업다. 다만미슬번하게 이째까지의의 平坦한 들바닥이한편으로 기우러저올라갈쑨이다.

그러한곳으 汽車는가려고 애를쓰는것가트며 車外는千里를가나 萬里를가나 別다른 變化가업다.

地平線의저편 그越便에서도사람이사는가 이러한錯覺이생기니 亦是사람의 자최는 끈이지안는다.

그리하야 齊齊哈爾에서써난지일곱시간 目的地인墨爾根에到着하엿다.

이곳에도朝鮮사람이잇슬가 이러한생각은 "지지하루"에서도드럿스나 墨爾根에서더욱그러하다. 그러나이 邊防의小驛에서 치마를입고 허리에느직허니어린 아기를업은 朝鮮그대로의 朝鮮人을驛에서만낫다. 그리고길거리에서도 아닌게아니라 墨爾根에서다시드러간 柏根里에 鮮系開拓地가잇스니 이곳에 朝鮮人이 잇는것은 그리驚異에價할일도 神奇할일도아니다.

自由로이러한곳에까지 生活을이끌고 올마온朝鮮사람이라고보니그런지 한便쯧박게일갓기도하며 한便으로 形容하루업시반가윗다.

(二) 柏根里風景
가을에는 家族이온다

柏根里近處는 제법地帶에 氣伏이보이고 地平線저편에 小興安嶺連峰이 푸르게들고낫다.

起伏이라해야 미수변한들판이 올음막나림막 할쑨이다.

그러한곳에 穀物이나이에類한 植物은하나도보이지안코 그가운데高山植物의 아름다운꽃이 밧을이루엇다. 해가中央에써잇는데 버러지소리가 왼들판을더펏다.

驛에서柏根里第一部까지 六粁 다시 十二部落終部까지十六粁 그가운데 開拓部落約 十里間隔을두고이리저리노엿다. 그리고 滿洲人家屋이마치무슨 遺失物과가치 하나둘보이며 그집가에는반다시 小麥胡麥其他作物이 들판에이불을 피어너러노은것처럼보인다. 胡麥의흰꽃이눈과가티희다.

開拓部落은 事務所를中心으로 어느거나 꼭가튼집이옹게종게모인데 그가운으로 外廓을지어높흔土담이 싸였다. 그리고 前後로 門이잇다. 담박그로는개굴창이파젓고 部落 한가운데서 土 담박글살피기 爲하야 望臺가마치 消防塔 모양으로 즁굿이섯다.

이것은 大槪栢根里 第一部落인모양인데 順次는다른部落도 제各其다이러한 土담을 싸케될것이며 이土담은 整備를 目的함이라고한다.

開拓民大槪多數가 全羅道사람이며 慶尙道사람도 若干석겼다.

적은房이두개로 한채에두 家口가 살며 집이 박그로보아서는 꼭가치되여 農民宿舍街라고할가 그곳에 잇는사람도 精神을잘못채리면남의집에 쒸여드러가는 일이잇다고드럿다.

그리하야 이집들은 陰八月까지 完成히다하며 이집이다되는대로 家族들을불너드린다고한다.

이겨울 零下四十度의겨울을이집안에서 그들의平和로운 꿈이매저지리라는 것이다.

그들은손수집을짓는다. 滿洲人 이 材木과建材를 運搬하고그들이손수 壁칠을하고구들을노코 집웅을인다.

아직이곳에온經驗이 不過멧달이되지아니하야 겨울體驗을가지지못하엿다고한다.

土피-즈마는 흑煉瓦함자의 壁을가진집이니 이만하면엇더한추위에도 지날수잇스리라고 그들의 表情 지금 추위가始作하려는 겨울을압두고저윽이 안심하는 양이였다.

故國을써나 이곳으로올째면 여간한 覺悟를가지고오지안엇스리라. (아래의 100여자 판독불가)

(三) 票飯의常食
처음은대단거북했다

가을 秋夕을前後하야 집이完成될공안까지 그들의 居處는 『안베라』집이다.
사람『人』자로 나무를매어서 그것을 여러個를 노아그우에다 안베라를더펏다.
그리고 집을 한벌우에다싸랏다.

그안으로는 가운데로 길이잇고 兩便으로 다시안베라를 짜라서 그우에자기로
되엇다.

原來가 開拓民이란 一國의開拓政策의빠이롯트로서 勿論個人의幸福을期함
에고 큰것이잇겟스나 그것보담도오히려 國家的使命이 더욱큰것이다.

이곳에서는 完全히 個人의福祉가 國家의福利와發展이 順應되는것이니 現在
滿洲의 開拓史는 바야흐로 試鍊期에屬하는것이니 開拓民이나 國家가 모다將來
의 希望遠圖를기두려서 玖玖發展의 辛苦를격게되는것이다. 이것은 이미開拓民
個人個人이 充分히 認識되여야할것이다. 그러면 이柏根里開拓村이 完成되싸
지의苦楚는能히견딜것이며 그들의말을드러도그런일은이미 覺悟하고왓다는것
이다.

그들은 아침에 이러나면 集會가잇다.

마치 小學校學生의朝會갓치 團長이압헤서 그들에게그날行事에對한 主意가
잇고 그다음으로 約一分間멀리멀리 五天里저편에잇는 家族들의健康과 平安을
비러서 黙禱를한다.

이러한것을 單지 한團體의組織行動으로 無味하게보면 그마일는지모르겟스
나 이邊邦에온 그들이멀리서 제피의平安을祈禱하는 모양을敬虔한 생각이업시
는 볼수업다.그들의모양에 肅然히옷깃을가다듬엇다.

밥은조이며무말슴으로 쓰린된장국에다김치와간친연어를 쭈운것이다.

나도 그밥을먹어보앗다. 그러나그래두누구의德澤인지아직 쌀밥만으로 사러
와서그런지 목구멍에잘너머가지안는다. 혀바닥이마치모래와가티 바슬바슬하
다. 나뿐아니라 가치간사람의 試食群 이다그런모양이다. 그들의압헤이밥을못먹
겟다는 소리를하지못하야 그냥 꿀득꿀득먹는 形容을하나 나종에밥을먹고 쌈
을닥는친구가잇다.

우리뿐아니라 그들도처음와서 먹기가어려윗다고하며 며칠동안은 아모리해
도 보리와 쌀밥으로 자라난창자가맛지안어서 똥싸기를하엿다고하나 지금은아
모러치도안흐며 南朝鮮의常食인 麥飯보담은 오히려먹기조타는말이다. 사람이
란 살면어데서든지못사는법이업는모양이다.

(四) 苦盡甘來
開拓民의 理想이다

開拓地에와서 처음동안아무러한 苦生이엽다.

이것은거짓말이다.

現地에잇는 開拓民의指導員의한사람의말이다. 開拓民으로 드러오는분들도 처음부터 國家의 理想이나 開拓의任務를잘 理解하고오는사람도만흐나 그가운대는 開拓地를 드러가면 良田沃畓이 그들이오기를 기다리며甚하면 그러케수얼한 開拓功績의報償으로서 무슨特權을준다는 等의妄想을가지고오는사람도 적지안타. 우리로보면이러한생각을가지고 오는사람이 第一困難하다. 처음부터이런생각을가지고오니 이곳 開拓地가荒凉하게보이고 失望이만은 關係로 結局失敗를하게된다 苦生을한다. 그러한 辛辛립粒粒하야 最後의幸福을期待하는데잇다. 그러한 信念을가지고서 現在의辛苦를自力으로 打開할覺悟가 必要하다. 구러치안으면 開拓이란말이 必要치안은것이다.

아닌게아니라 事實인즉그런것이거짓이아니다. 良田沃畓이 그들을기두리는 以上 開拓이란말이되지안는다.

荒蕪地나 林野를開墾하야 그땅을沃土로믠드는것이 國家나國民에게期待하는바이며 開拓民의 任務가잇다. 그리하야 그報償으로 十年後의將來에는 裕足할수잇는土地에 自作農이制定되고 그遺業이個人으로 그子孫에끼칠수잇스며 國家로서는建國의大計가確立되는것이다.

그러나 理想과實際는 언제든지 合致되기어려운것이다. 一定한困難이事實이다. 事實을 끌어올리면 모든困難이 相伴되는것이니 現在開拓民의 苦楚나 開拓政策이 當頭한모든困難한 問題란것은 結局이것에不過한것이아닌가.

나는 이런 생각을하고 部落의 望臺에서 널분들판가을이 염어드러 한層더荒凉하게 보이는 展望과 그가운데서 마치 개암이처럼 材木을실고 흙을 바르고 집을짓는開拓民과指導者의 左往右往 그가운대를톳탁이 나드는 모양을볼째 그것이 바로 滿洲國 現實의 갓가운 縮圖인것갓기도 하며 그狀況의 가운데 무슨큰 啓志가 橫在한것가튼 充實感이 보인다. 要칸대 한個人의 問題가아니다. 一國의 大計를爲한 尨大한 歷史的大業 이 一斷像라고 하면그곳에 조고마한 困難이나 不平이라는것은 避할수업는것이 아닌가.

開拓史의첫 페-지 이곳에는 약간失敗 약간의눈물 약간의에피소-트가 잇서 서 그럴법한일이다. 後世가歷史를編成하는 자미로서도.

그러나 엇잿든 나는 엇더한 現實의困難이잇다 하드래도 그가운대 큰흐림은 힘찬모양을 눈알에接하엿슬째 저윽히 樂觀치 아니할수 업다.

(五) 農牛風景
開拓地의 駘蕩한한토막

農牛가잇다.

農耕에는 넓은짱을 소녀말로서는 到底히가제칢업고 農牛는다만 運搬用이나 其他賦役을하게하는모양이다.

그農牛가 嫩江地區에 드러온것은 모두가 朝鮮소라고한다. 그리고 이 소는 이재드러온지가 開拓民入籍이후의일이라고하니 몃해되지못하다.

農牛는 滿洲소는役割에 큰 效果를가지지못함으로 結局朝鮮소를가지고왓든 것이다.

그러나 事實農牛가 朝鮮소가온것은 그러한理由가잇다면 不可避이겟스니 소 나사람이나動物인以上 食餌나 環境이나急激한變化가잇슬 째는 亦是必要한措 置가 必要하지아니한가. 大體 우리는 技術者가아니니 알수업스나 如何튼 素人 의눈으로서도 農牛에 對하여서 特別히手段을 取할必要가 잇슬것닷다.

내가 柏根里第十二部落에 갓슬째나 넓은들판에 그소가운대 송아지가 끼어서 駘蕩소리로서 우는것은 實로肥沃한 風景이엇다. 그러한가운대서 소한마리가 집을더퍼눕고 呻吟하고잇섯다. 그것을 開拓民이肛門으로 體溫計를 너어서 여 러가지손질을하는것이엇다.

그의말에 依하면아무리해도 살것갓지안타고하며 이소가죽으면벙서六頭 가 까운 貴重한 生命을일는다.

병든소를어리만지면서 漠然해하는것이엿다.

지금은 아직여름이며食餌도그냥 풀로서만 代用하지만 朝鮮소란 冷食보담火 食을 만이 할 뿐만아니라零下五十度라는 것은 생각지도못한溫度인데 이○갓갑 게 그러한 겨울이오 이소의 處置가큰問題인것갓다. 滿洲소도 어릴째부터 풀이 나 ○○대를 먹고자 ○스며 그래도털이검지만 朝鮮소는털이란 形容뿐이다. 말을들으면이제외양간도 짓는다하니저윽히 安心이 되지안는것이아니다. 그러나 그래도이제 急擊히 올氣候의 變化를압두고 그들의일이 亦是 開拓民과함쎄 우리들의고개를 한번더높이게한다.

송아지는 모두 이곳에와서노는것이라고한다.그런것이벌서제법 큰것도잇다. 저녁이되어 어둠이날일째 널븐들판에 소가쒸여다니는것을 발을타고 싸러잡으러 疾走하는開拓民의모양을볼제 칼리포니아閑客을방불케하는 美國開拓民의 한 場面과가티 分明하다.

밤이되면 露天에 그 조고만한 都市의 牛市場과가티둘러서잠이든다.

이것은나의 感傷인지 소도이러케 멀리 저의領域에서 사람들을 알가하는 실업슨생각이든다.

이말업는動物이 開拓民과함쎄 幸福스러운 압길이잇기를-그들의 開拓民이나 나의 큰財富이다.

(六) 사람의 和
集團生活의 要諦

사람의라는것은和라는것은 하날의도움보담 쌍의利보담도 가장 重要한것이다.

勿論이것은 集團生活을두고하는말이나 開拓民의集團을두고보면 더욱이그러한것을늣긴다.

四圍에가튼民族이 사라온傳統과處璟과아주쩌러저서 그냥생소한自然 생소한人文 생소한 風俗가운데마치몃 家戶의집이絶海의孤島와기티 쩌러저와잇는것이다. 그곳에萬一사람의和가업다면 생각하기만해도 그結果가暗澹하다.

그러나幸히開拓民가운데는 몃일동안의經驗에의하면 至極히和平한모양이다. 그들은저녁을먹고나면 하는일이업다. 그러면 劉忠烈傳 콩쥐팟쥐等의古談을 희미한石油불아래서쓰더읽으며 그가로여러사람이둘러한저 歡談하는것은 朝鮮의 農閒風景과다름업스며 짐이쌀럭한방속에 수수한냄새가나는것亦是 故鄕과다름업다.

部落이가운데는 몃部落이 合하야一團을形成하고 몃團이合하야 一地區가되게되엿다. 그리하야 各部落에는 部落責任者가잇고 團에는 團長이잇다. 그리고 한地區에는鮮拓에서土地事務所를두어서 事務를處理하게되니 各部落의開拓

民의 最高責任者는 亦是團長이되게된다.

　그리고部落에는 匪態에備하야警備隊가잇스며 이것은 警察派出官과 部落의 自衛隊가잇다. 그리하야 이部落의 國民과團長의關係는 例를드러말하면 朝鮮村에 警察署長과郡守의사이와갓다고한다.

　嫩江地區에第六部落까지 第二團이며 第十三部落까지 第二團으로서 第一團 團長 李相洛氏로서 全南出身이며第二團長으로서는 金正本氏라는데 慶南金海 出生이다.

　두 團長은모두가 滿洲에온지가 오래시며 開拓民指導者로서 식식하며 그뒤 치닥지에는 조금도 不足이업는분으로 생각되엇스며 그들의滅私적活動에는 亦 是一種의敬意를가지지안코는對할수업다.

　사람을 다스리나 사람을사귈째는 역시『人의 和』가 第一條件이니 이번邊防 에그들사히에 사람의和와 團長의治積에도 사람의和가結實하기를빌지안을수 업다.

（七）農民과술
理想과現實의差異

　開拓民에게술이업다. 그들의生活에는 술이完全이禁制이物件으로되여잇다. 그러나朝鮮農民과 술과는生活하는 過程에서는 아무리하여도分離하여서 생각 할수업다. 이것은 非軍單鮮農民만의일이아니라 아마世界잇더한民族을두고도 다름업는것이다. 佛蘭西農民이 秋收中에 잘이근『시-돌』을길거어 마시는거나 英吉利農民의『브란대』나 여하튼술이란것은 그들의無味한 勞役生活의한娛?이 며한歡育인것이다.

　그러나 朝鮮農民에게對한술 南朝鮮農民에對한 濁酒는 하나味覺의余技도아 니며 娛樂이아닌 切實한食糧이다. 佛蘭西農民에게『버드카』를맺는것以上 朝鮮 農民에게 濁酒를뱃는것은 勞働의能率로서나 生活의向上으로서나 더욱 낫분結 果가 나타나지아니할가.

　南朝鮮에서는 濁酒란것은 술이아니다. 술을술이아니라는것은 말이안되나 그 들의?食過程으로보면 濁酒는한끼의밥을 째우며 더욱이겨울동안 農閑期에는다 시업는愛用物이다. 開拓民에게술을 주지안는것은 그理想만은充分히理解할수잇스며 農民이 過飲노하야 여러 가지生活上?? 페를기치는일이여간만 안는것도 事實이다.

그러나 理想은 어데 서지 理想이며 事實은 어대까지 事實이아닐가 農民들의 述懷를 드르면 그들의말로는 우리를보고 좀 끄려서술이別반 먹고십지안타고한다. 그러나 그들의속인업는 哀情은 亦是 濁酒가 戀戀한 모양이며 開拓村에서 술을 끈은 關係로 惡德滿人이대서 빼-주에 물을탓는지물에다빼-주를탓는지 알수업는물건을 一斤六十錢에서 八九十錢까지의 法外價格으로 部落에와서 密賣를 한다고 하며 部落民은 그것조차엇지못하야 헐먹인다고한다.

이러한事實은 나는 黙然히 생각하엿다. 米國의禁酒法이 하나의國家理想으로國民素質의 向上을爲하여서는 누구나 異義가잇을것은아니나 結局現實로서는 該法이도리어 國民生活에 數多한?綻을지엿으며 國家의面目에도 數多한 汚點을 남긴것은 아직우리의 記憶에새로운것이엇다.

南朝鮮農民은 濁酒로 사러왓다. 그리하야 濁酒는그들의生活上의하나의 要素이엇다.

그런것을 理常만으로 갑자기 禁?를한다는것은 開拓事?을 爲하여서도 現實的으로 조흔結果가 낫하날것도아니며 그들의生活이나生理上으로도 禁酒에依하야어들수잇는 收穫보담 지난損失이 나타나지 아니할까 일을하고 흘린귀여운땀을닥으면서 헛출한배와 컬컬한 목에 濁酒한사발을 길게죽드러키는것은 實로 그들은이즐수업는記憶의하나일것이다. 開拓地는無味하다. 이것을 潤澤한生活感情을도웁게하는데서도 엇더한統制에若干의술이給與됨이至當한일이아닐가.

하물며 開拓地의事務員이술을그들의눈앞헤서 먹는대서야.

新興滿洲人文風土記一奉天篇*

원변 랑아(原邊 浪兒)

(一)滿洲의最古都

=連綿한二千年의歷史=

奉天은 옛날부터그存在意義에잇서서 滿洲그어느都市에比해서든 가장만은 改治的意義를갓고잇다

奉天은 滿洲國의南部平原에잇는 一大關門的都市로서東經百二十三度二十三分 北緯四十一度四十八分에 位置한海拔三十五米로 五十米에 잇는 氣溫最高三十九度最低零下三十三度로 東西가二十七粁 南北十七、四粁의 滿洲國最古最大의 都市로서滿洲文化의策源地이며 經濟의源泉인同時에 滿洲大陸의大動脈이다

物資文明의最尖端的精華를蒐集해서 新舊規模가整備된只今의奉天은 東洋의"시카코"로 自處해도決코豪言誇張은안일것이다

그러면 이제부터이날근奉天에紀元을 한마디(節)한마디식 尺度해보기로하자

奉天 奉天은距今二千餘年前부터 歷史上에쑤벅쑤벅큰자최를 남기기始作되야이름잇는날근存在로서 世上사람의머리속에印象깁히남기어잇섯다

그런데이쌍이 奉天이란名稱을가지기前時節에 잇서서는 여러가지橫說竪說이百出되고잇스나 그中에서가장正確하다고 할만한것을써집어낸다면 第一처음의 이름이瀋陽이엿든것이다

이곳을瀋陽이라고부르게된動機는瀋水(現渾河)의 바로가까운北쪽에잇다고해서이다城의四圍에 視野가아득하게展開된 一望無際의平原曠野는 넷날澎海時節에潘州이라고하든곳으로 奉天은이어當時(西歷八世紀)부터 비록規模는적다고해섯슬지라도 城市를定햇든것이 이쌍에改事가비롯되야 歷史의첫페-지가 열리게되엿든것이다.

城을東으로 한三十滿里를써러저노여잇는福陵(東陵)은渤海大祚榮이居城을싸엇든것인데 卽東牟山의舊跡이요唐나라大宗이 東征을마친後安東都護府를

---

* 이 글은 ≪만선일보≫ 1940년 10월 24일부터 31일 까지 7회로 련재된것이다. 작자 신원 미상.

두엇다고하니 그는이쌍일시分明하다

唐朝以前에는 高句麗의領地엿서스며 高句麗以前에는挹婁란나라의 所領地이엿든것이 時間은가고 흐르는동안에 멧번이나멧번이나 政治的變動 人代의盛衰가잇섯스니 그는漢代의玄楚城 唐代의新城 遼 金代의潘州 元代의潘陽絡 明代의 潘陽街 淸代의奉天府等等의 歷史의 關節이 마치走馬燈과도가티 번쩍번쩍뒤집피엇다

이가티 歷代君主가 交代될적마다 이쌍의이름은 그時代領主의 마음가는대로 싸라서 以上과가티 別別것이다나타낫든것이다 이러듯千態萬象의 가진꼴을 하나도 쌔노치안코 모조리 黙覽한 이쌍덩어리가 奉天이라고世上에 웨처알녀지기에는 淸나라太祖『愛親覺羅』의 時節부터인데 淸代에잇서서의奉天은 太祖의天命十年 (西□一六二五)三月에 遼陽東京城으로부터 都邑을 옴김에際하야 依然이 潘陽이란날근이름을 버리지안코 불러오든것이엿든데 太宗의天聽八年(一六三四)에 이르러서한國家의都邑地로서는 좀더 神秘的意義가 잇서야한다고해서 天睿盛京이라고 改稱하는同時에 漢語의舊名을履踏하지못하게햇고 萬若所定한 새名稱을부르지안토 아직 舊名을부르는者에게는 國法의違反者이매 反逆의 國賊이라고해서 嚴重한處罰을준다고 公布햇섯다고하니 마음업는 이쌍의 이름이或者는罪를주고 或者는 罰을주엇든 模樣으로 萬若이쌍이마음잇고 말할줄을 알엇든들그쌔時節의 領主에게一怒大賜을하여슬지누가알거냐?

世祖의順治十四年(一六五七)奉天府를設立하고 府尹을두기로된쌔부터 이쌍이奉天이란이름을 갓는同時에 遼東의首都로 定해젓든것이다.

(二)古代文化의標本
=連綿한二千年의歷史=

淸朝는이곳에서 發祥하야北京으로遷都한後 前後를一貫해三百餘年이나누리던宗廟社稷도 辛亥革命이란"투一쏘"의民約論에 背景을둔 民主的自由主義의旗발아페 蹂躪를當하고奉天이란이름과함께 모-든것을 共和民主의中華民國에물러주고말엇든것이다.

政治의主勸이 淸의손을떠나 國民政府의旗발아래로 드러갓다하더라도 奉天이란이름은 依然히奉天으로 남어잇서서 한城의首都로서 어른의자리를차지하

게되엿든것이다.

中華民國八年國民政府의南北政勸統一에依해서 奉天이란名詞는封建的날근냄새가난다고해서한동안은三百年긴歲月을두고불러오든奉天이란이름을한짝의弊覆와갓치집어던지고그代身에遼寧이라고불러보앗다.

이곳을遼寧이라고 부른데잇서서는 이가튼 小兒病的鈍辦이숨어잇다 그째時節에는 南方의國民政府派와 北方의東三省卽 奉天軍閥張作霖派가 長城을사이에두고 政治的不可侵의 障壁을싸어 勢力이雙立해서잇든 關係上國民政府로서는 長城以北을가르처 한個의反動的地域이라고해서 이짱의領主張派를 打倒하기멧번이나千戈를겻고 砲彈을바수어民族의流血戰을 惹起하엿다. 그러나 決局 이짱이國民政府의勢力圈內에드러가 東三省山間僻村外지靑天白日旗가 휘날니게되얏스니 果然이제는 遼東벌판에 寧日이왓다고해서遼寧이란名稱을 奉天과밧구어노앗든것이다 그리나그째에는 遼西의一寒村에서어러나 祿林生活에서 잔쎄를굴키고身心體力을硏磨한雄張리作霖이가 東三省에한자리를차지할政治的軍事的野心을갓고 東省의政勸에 墨手를쎄치여 累進에累進을거듭해서 巡防隊統領이되야 奉天省에獨立의活舞臺를만들고 드러안즌지十八年만에 師長、督軍、省長 東三省巡閱使 蒙疆經略使等等의 邊境要職에自任해서 自稱東三省의大領主로서 君臨하게되엿스니國民政府本土에서는 이를가르처 奉天軍閥이라고불러奉天의이름은 더욱中外에認識이기퍼잇섯다 그래서한째는 張作霖하면 奉天을 聯想하고 奉天하면張의娛樂政勸을 指示하리만치되엇다

이가티 東三省을 自己手中에 웅켜쥐고 數만은民衆의 膏血을搾取하든吸血鬼首張은 奉天西隅에爆發되는 한낫龜甲爆彈과함게民衆의怨言을한데모은채그몽덩어리는 片片肉塵이되야數萬群衆의아페自骸祭를지내고말어스니 다음의奉天은그아들學良이란어린暴主에게로도라갓다

歲月은흘럿다 正義의神은언제든지 이짱卽奉天을暴君의손에만 독차지식혀 數萬民草들 그歷代暴主의祭典에만바치기를 許諾지안엇다

째는昭和六年九月十八日!

奉天의北端 柳條溝에서最後發惡의端末魔的反逆의銃彈은奉天의밤空氣를잡어흔들고말잇다

反逆의銃彈은드디여 正義와人道의導火線에點火하고말엇다 正義의銃쑤리

는滿洲벌판에 뿌리박은虐政의紅燈○을 其根底에서부터낫낫치바스기始作햇다 그하라야 正義의聖戰은드디여滿洲의四千萬民衆五色民族에게王道樂土의安住地를만드러주엇스니이滿洲國의誕生에 産婆的役割를 遺憾업시한것은 오직大奉天이엿스니 奉天은옛날어나이제나 歷史的反射台에비추어 悠悠한맛을갓고잇다 氣候風土가 文物發展에 가장適切한最高理想的存在로서 歷史群雄이 서로虎裡僳慄하엿스니 거기에는自然을주름잡고 天然을模型해서 或은古代式 或은現代式으로 古典美 新式麗를모아 規模잇게 보기조케만드러노흔 大奉天의遺蹟古址 이는어느都市에서도차지볼수업는 雄壯한觀을주고잇다 이날쁘歷史가긴都市에 新舊史蹟이 城에가는곳마다 군데군데남어잇스니 이야말로범에게나래도친셈이아닐짜?

그러면 우리는이聖地奉天을조박조박順序잇게 물어보기로하자!

<h2>(三) 聳立한奉天城壁</h2>
=連綿한二千年의歷史=

屈曲이極甚햇든 이都市의평經緯를짜는 가지가지의이야기를 珠簾처럼모아짜기로하자면 君王의寶座를中心으로하야 둘리워진城壁을으뜸으로펼쳐진 이都市엔 눈물의페-지가가지各色이요 우숨의쁴끌이싸일대로 싸여잇는것이다.무엇보다먼저城壁을 바라보면 누구나놀나지안을수업는것으로도 오늘의奉天城에 잇더한過去를가지고잇섯든가를 可히代辯하고도남음이잇다.

遼·金時代의潘州城은 灰塵시켜버리고 元나라太宗時에再建한것으로 이것이沈州城이된것인바그當時에는土城木柵에不過햇든것이明代에와서 비로소石과磚瓦로써 修築하는一方 外敵의 襲來를 防止하기爲하야內外城의 二重으로싸코城池를팟든것을 淸朝에와서는所謂 周易八卦說에基하야 修築하는한편四圍의城池를廢하고 七十二池를팟든것이다 그리든것이人家가漸漸느러가고 쏘한排水의便을利用하려든것이 오히려 洪水의亂까지보게되여七十二池는그만 아는듯모르는듯 부처버리고아직까지그痕迹이나마 차저볼수잇는곳은 小北門박八王寺알뿐이다

時間은흐르고 해는바뀌여外城은그자최조차 차즐길이아득하고 各各여들 邊門만남어잇서 아련한記憶만을 되푸리하게할뿐이다 으리으리하게 한울을쩌를듯

이 聳立한城壁 군데군데炮臺를이고 둘려저잇는데 三十餘尺의살찐몸을가지고
잇서 城우로 自動車가 서로길을억일만치 질펀한新作路가 펼처진雄偉한城壁—

이內城의總面積만도 實로五十六萬五千百餘坪의 廣大한城廓으로 淸初修業
以來벌서 三百年의긴 歲月을지나 군데군데 문허진 模樣을갓고 남어잇는것이나
마 電擊的으로發展의一路에邁進하고잇는이都市의推進方에인제이거나마이미
死刑宣告를바든지라蒼然한얼굴비치허너을最後의時間만을기다리고잇서 오고
가는사람의눈에 異彩를주고잇다.

城을中心으로 四圍에起着을해선 喇嘛塔은 護國英靈의四寺를씨고안저 지나
간三百年歷史의 접어진페-지를도라보며 이쌍을나려누르고잇스니 그는卽 東에
는東塔 西에는西塔 南엔南塔 北엔北塔이 서로마주보고서서이곳都市奉天을 꿈
에라도잇는길업시 제任務를다하고잇는것이다.

東塔의永光寺엔 衆生의移를빌고 西塔延護寺엔 天子의壽를빌고 南塔廣慈寺
엔天下太平을빌고 北塔法輪寺엔佛法弘通을빌기爲하야 建立한것이다.

쏘한 城의西北塔邊에 의로이서잇는舍利塔은 千年前의建物로서 夕陽빗진한
울에 짜마귀우름만이서걸풀제 말업는불근노을의放敍線이 塔의허리를안고부르
쓰의춤을추는것도 쏘한奉天八景의하나로 이쌍子姓의마음에 한가닥의 美를 퍼
붓고사리지는 꿈가튼存在이다

오직 天風만으로 지난날의 그時節을密語로삼는歷代君王이누어잇는 東北陵!

이는 興京線 永陵과함께 滿洲三陵으로 東陵은그原名이福陵으로서 淸太祖高
皇帝『누루하치』(弩爾哈赤)가그皇后와더부러 勝利의꽂을피우든지난날을되푸
리하며 永遠한꿈을쑤고잇는福址로서 꽂업는沙漠을건는듯한 都會的人士로하
여금한가닥의 淸風 한우큼의自然 情致를맛볼수잇도록마련된神秘的仙탑이다
흐르는 渾河숨어보는輝山그의淸雅한맛은 三陵中의第一이어니와 都會地人 으
로서야 일즉이이런盛典을바더본적이 잇섯드냐?가만이 얼굴을숙이고淸風에이
마를쓸니며 百八層陵道에 넉일은발길을멈추고冥想에잠디자.

(四) 聳立한奉天城壁
=連綿한二千年의歷史=

東征西伐六十八年을 一期로한 누루하(弩爾哈赤)는 建州女眞의한 會長으로

서 興京附近에서 이러나 馬上의四十餘年을 前後一貫하야 滿洲統一의理想을 實現化하기爲하야싸워온사람이엿다

淸時代 陵의周圍를 龍脈이라고 이름해서 이龍脈의圈內에는 原野를 國寶로 保存하엿다는데 그龍脈은 三國으로 卽靑椿 紅椿 白椿이 그것이다

靑椿內에는 土採를禁햇고 白椿內에는 放牧을禁햇고 紅椿內에는 細作을禁 한까닭에 至今까지로 그四圍에 樹林이 原始대로 茂盛한것이다

千七百九十八字의 東陵神功聖德碑의 碑文만으로도 그의業蹟이 쑤렷하게 證 左되고잇는것이다

北陵! 北陵은原名이昭陵廟인데 太宗帝가 安葬되여잇는곳이다 太宗도쪼한 한平生을 싸움으로 일삼은이로서 太祖의意志 더욱이朝鮮과의 關係를밝긴다고 일커른 丙子胡亂을일으켜 王子三人을 人實해大南門안에두엇다가 八年만에 돌 려보내지 안헛든가?

그럼으로 陵內에는 太宗이平素에至極히 사랑하든 蒙古馬가 石刻으로 남어 잇서 오가는손들의 視線을쌧고잇다

오호─歲月의흐름이여!

人相의 덧업슴이여!

只今은 陵前에못을파 쏘─트를씌우고 陵東에飛行場西에驚馬場이 安眠하는 太宗의녁세 慰詞를드리고잇다

이제는 大內宮闕의實物과文闕閣의 四庫全書나 둘추기로하자!

朝內宮闕의 多數淸代實物中에 古銅器八百件、瓷器十萬點 古書畫千餘幅 淸 初의武具 太祖太宗의甲冑弓矢馬具 各種의圖書 寶劍、靑鈺黃鈺의彫刻 黃金의 黃鍾 ○龍의御衣等等은淸末錫良의 東三直總督時代에 奉天宮殿寶庫典守를마 튼 金梁氏는 實物의死藏을 遺憾으로 生覺하야錫總督의誠意를어더 博物館創設 을 淸廷에提出햇스나 攝政王의反對로泡沫化되고 民國三年에 大總統遠世凱가 戰亂之狀에이런國寶의散逸을 念廬해서文闕閣四庫全書와함께 北京으로실어 다가 武英殿에두엇는데 只今同殿의陳列品太半이 그째奉天의것이고文闕閣의 四庫全書는 乾隆三十七年(一七七二)四庫全書館을 北京에두고全國에學者를 모아 支那古今의良書를 蒐集編纂하기實로十年 歷史地理 政治等等百般에直한 支那文字가생긴以來淸代中葉까지의 上下半萬年의 學術的極致를網羅한 空前

絶後의東洋文獻외 一大金字塔이아닐수업다.

當時北京에二 熱河에一 奉天에一 江蘇에二 浙江에一等七個所에 收藏한實 三萬六千三百十八册으로 二百三十萬페―지에達하는巨大한寶物인바 이는袁 世凱가兵亂의發生을저어해 北京으로가저갓든것을 民國十四年張作霖 楊雨霆 이가다시차저다가 寶藏한것이다

이럿듯째로는 砲煙이衝天腥血이淋淋한戰亂의 怒波를건느고 째로는七百里 遼東벌살진들판에 흘너넘치는 擊○의노래에 귀를기우려憂民之憂 樂民之樂의 太平春도잇섯다

이런顚沛 屈曲이만엇든老都奉天은 文字그대로滿洲唯一의 心臟的都市라아 니할수업다

이처럼八方美人의地 奉天이朝鮮人과는 어쩌한關係를갓고왓는가를 暫間들 어보면 明治末頃에農具를걸머지고넘어온 朝鮮農民들이 가진迫害를밧어가며 耕作을始作한後 市內에도ан戶두戶늘어가든것이 只今은實노 三萬이란人口를 세이고잇는바 그들의業績도이都市奉天은 모른척해서는決코아니된다

昭和六年 滿洲事變의勃發과함께 奧地同胞들은蜂起하는馬賊째의 橫虐에지 이노은 殿食全部와일그러진草舍모다집어던지고 죽지안켓다는불가튼 慾望하나 째문에 或은大都市로或은故鄕으로 男負女戴流浪移民이 昭和七年六月末頃奉吉 線每列車에는 三百乃至六七百의避亂民이모여들어二十錢乃至五十錢의日生活 費로그들의生命을건저준者十一月二十二日外지의總數가實로 三十六萬六千九 百三十三人에 達한곳도奉天이니 누구나그만하면奉天이因緣업다고는못하리라

(五) 事變當時奉天市政은滿洲新政의前身이다.

滿洲事變을契機하야 奉天은急轉直下로現代的大都市가되엿는데 事變前에 比해서다만 政治的構造가 新京으로올마갓다는것쑨으로 그外各分野에잇서서 는 實로今昔의觀이잇스리만치 括目相對케되엿다

事變當時 政治는紊亂되고警察은有名無名實狀態로서한동안의奉天은 無驚 狀態에잇게되엿슴으로 別別凶變이四處에서물밀듯하엿다

그러든것이 治安維持와人心安定을圖謀하기爲해서 關東軍司令部에서는 當 時奉天特務機關長인 土肥原大佐를 臨時市長으로任命해서 市政公所를開廳하

기로되엿다 다시말하면 이것이實로滿洲新政策의胎動이라고할만한 첫소리엿
다 이리하야 土肥原市長의發聲에서開廳된 奉天의市政은 快刀로亂麻를끈듯이
混亂된省城內外의 治安恢復에着手한바 그째武裝解除를當한 元公安隊六百名
으로써自衛隊를組織하는 一方 商民約一千餘名을召集해 商團自衛隊를編成하
야 治安穫保의任에當케함과함께 事變에依해서失職된 群衆을救出코저各곳에
施粥所를두엇고 一般民衆에食粮을供給하는等 萬全의應急策을講한結果 一時
無警察狀態에빠져서 不安과恐怖에서 戰戰兢兢하는大奉天의民心을收拾하고
閉鎖되엿든市中商店을 開店식하게되엿다

이리하야再生의途에선奉天은市政이다시實施됨과가치地方에는民衆의有力
者에依하야昭和六年九月二十四日 奉天地方自治維持會가 組織되야經濟機關
의 復活維持에邁進하고잇든것이 그後民衆의熱意와希望에依하야 地方維持委
員會라고 改稱하야獨立國家建設工作에邁進하기로되야同二十六日 大綱及具
體的方策을定하고다시 一方遼寧四民臨時維持會를 成立식혀以上兩合同體로
서 宣言을 發하야써 奉天 獨立政權體의決意를表明하고그後奉天地方唯新委員
會는 더욱더욱그內容을整備해 드디여省政府의職權을 代行하기로되엿다

다시于沖漢을首班으로한自治指導部가 組織되여自治指導運動을이르키여
드디여地方維新委員會를 解散하고省政府를組織하고 奉天省이라고불럿다 이
와同時하야東北交通委員會等이 設立되야漸漸機關이警備復活하게되엿스니
이等諸條件은어느것이든지 市公署와不可分의關係를갓고잇서 實로奉天의市公
署는 新政權의搖籃이며光輝잇는 歷史를保有함과함께奉天市는 滿洲國의發祥
地인點에잇서서 진실로意義가깁다

이를文化的見地에서 考察한다면 民族文化 政治文化 社會文化그어느것에
잇서서도 奉天을먼저알지안코는滿洲를 말할수업슴으로 奉天은 滿洲國誕生에
잇서서더욱 쯧기푼都市이다.

이가티 滿洲事變을前後하야 滿洲史上에 劃期的鴻業을胎動시킨 從來의奉天
은滿鐵附屬地、商埠地、城內의三區域이든것을 當時六十三平方粁의地域으로
서 事變後行政警察이 着着整頓됨에짜라鐵西重工業區 商埠地、大東區城內、
潘海輕工業區로 되엿다가 이것을다시 大奉天都市計劃室設立과함께 民政部와
折衝한結果 奉天을둘러싸고잇는 潘陽縣十四個村二百七平方粁로擴張되야 이

는名實共히全滿第一의都市로 全國交通動脉의心藏部에 位置하야 經濟交通文
化의 各分野에 一全滿都市의 "리-다"格이되여잇다.

그런데 行政上으로는大東區를首班으로潘陽 潘海 ○東 東陵 北陵 鐵西 ○渾
河 永信 皇姑等二十區로나누여잇서 八個警備區가 警察廳과함쎄 南滿前哨都大
奉天을 守穫하고서民衆의生命財産에 萬全確保를하고잇슴으로써 事前의 軍閥
獨裁政治의 時期에比하면 果然王道樂土의 典型的安泰의標本이아닐까한다. 아
울러 協和會는…… (이하 30여자 략함—편찬자)

(六) 今日의奉天市 全滿一의工業都

滿鐵本線을 으쓤으로安奉奉山 奉吉 奉撫等五線이머리를므은곳으로 奉天은
『陵의港口』이다. 이外鐵嶺 法庫 新民 遼中 遼陽 撫順等國道가 거미줄느리듯하
야잇스며 水路로는渾河가今後奉天의 運輸史上에大梁柱的役割을할것으로 撫
營運河(撫順-營口)가不遠한將來에 開通될것이요 航空路로서는全滿洲의地帶
로서 現在大東區鐵西北陵等 三個所乘行場이七百三十五萬餘平方米의巨大한
面積을갓고잇다

市內交通線은 廣路甲六十米 乙五十米 一等街路甲四千米 乙三十米 二等街
路甲二七米 乙二十二米 三等街路甲十七米乙十二米 補助街路 甲六米乙四米
로서 全部市面積의二〇%로 總延長約二千五百三十粁에達하는바 大部分이아
스팔트"로되야잇는데 다가 街路樹가沿道左右에 보기조케서잇서 더한層奉天을
美化식히고잇는이 現大的科學大都奉天市를 左右로縱으로橫으로電車 "쩌-스"
"택씨" 馬車 洋車 三輪車 이는地上의 縮地街이며 이도最近에와서는 市民의交
通에全幅의應酬를못한다고해서 目下地下交通線이 計劃되고잇는바 이도未久
에 出現될模樣으로 이 英雄的理想이 實踐化하는날에는 交通의 地獄論이解決
될 쑌만안이라 國防上絶對的 特殊性을가진奉天으로 滿洲에노이게된다

奉天市南쪽을 悠悠히 흘으고잇는 渾河이는奉天에잇서는 沙漠에甘露格으로
大奉天의血淸的役割을 遺憾업시하고잇서山과因緣이 먼-이쌍의하날에 피여올
으는沙塵을 막어주기에 防風林이河沿가득이 심기여스며下水道의쑤정물을
모조리 거더안고흘러간다

쑜한市內市外에 四個所墓地 各各火葬터한아式은가지고잇스니 人間到處 有

靑山 靑山은못될망정 마즈막가는손의 安住地를맛타주고 千田代 長沼萬泉 北陵
東陵의公園에 보기조케되여진 봄이면꽃 여름이면닙(葉) 가을이면丹楓 이天然
人工으로되여진 石峰 奇岩과서로사이하고잇서 百三十萬市民의精神的慰安處
가되고잇스니 三百年煙氣잠긴 東北陵 거룩한松林은 호터저가는 時人의節操를
다시한번어르만저준다

한번話題를돌려 科學的魔術師의노름판을 좀 엿보기로하면

첫재로 奉天에잇서도 鐵西一帶를 찾지안을수업다

鐵西는 奉天에서만이안이라 全滿洲어느곳사람이라도建工業地帶임을 짐작
하는곳이다

本是奉天은 工業都市이엿든만큼 다른府設도 아무 遜色이업지만은 特히工業
方面에 잇서서는 最近十數年까지도 工業그目體가 原始的手藝工業으로 封建的
舊穀을解脫치못하고 家庭內에서徘徊히고잇던것으로 겨우初年兵에 不過햇지
만新興國滿洲가誕生됨에 隨伴하야 飛躍의大發展을 보게되엿는데特히 奉天은
國策上遠大한理想에서 工業化 機械化하려고함으로써 今後都市計劃에依하야
大東區는 軍需重工業地로 瀋海는 生産輕工業地生로 鐵西는 産機械化學工業
地帶로區分하야 各各그部門에適應한工場들이 規格잇게 森立하야잇스니 目下
工場만으로도七百以上을쏩을수잇다

하날을 찔을듯이 심술궂게 배씸을 부리고잇는 工場煙突 뭉치뭉치피여을으는
여러빗 煙氣! 아춤저녁으로쏘다저홀으는人波! 이야말로東洋의『맨처스터』로自
處해도決코 自畵自讚의豪言壯談은안일것이다

人口로보와도 日 鮮 滿 其他合해서 百三十萬이란巨大한警異數字를 가지고
잇는데 그中우리同胞만도 三萬以上을 헤이고잇다 이는居住가 確實한것이며 이
外에도 流動되는 人口가相當한에 잇는바 奉天은 이人的 怪現狀에싸르는 住宅
難은 다른데比해서 三倍四五倍를 當하고잇다

(七) 滿洲의關門 人文、物貨의集散地

前回에서 論及한바와 가치奉天은 地理關係에잇서서滿洲의最重要的地位에
잇는一方 廣藏無碍의土地豊富優良한用水 低廉潤澤한 燃料等 諸條件은이짱의
企業發展上 礎石的經緯가되야잇는째문에 生産工業發展의絶對的的 必然性을

갓고잇다

그럼으로 全國에쏘한 物流集散의 代表的市場의 地位를차지하고잇다

△ 貿易

日滿支의經濟流通의 緊密化와함께 한個의關門的位置임으로 全國各地의需要地를가진 中繼市場의本賈을씌고잇서 逐年發展의一路를더둠고잇다 이를最近五個年間의輸移出入額을보면 (單位千元)

康德元年 二九二、○○○

同 二年 四○四、○○○

同 三年 四七二、○○○

同 四年 五九九、○○○

以上과가티 驚異的躍進相으로서 이는果然滿洲全國을通해서의 治安恢復과 通貨의安定 其他各種經濟建設의進步밋着手에基礎한資本 資材의流入과이에 相伴하는商品의輸入增加에 基因한것으로康德五年度의輸移出入額만으로도

輸移入額 七一五、五六七

輸移出額 二四九、六八四

計 九五六、二八○

인데 이를輸移出入品別로考察하면

△輸移入品

綿絲 綿布 絹織物 雜貨煙草 紙類 海産物等

△輸移出品

綿絲類 煙草 難貨 食科品 紙類 機械金物等으로 이輸移出品은 大半이移入品에서輸出되는것인데 이는奉天이 中繼市場이란點에서이다

要컨대奉天은 現下滿支를帶絆으로한 東亞新秩序建設이着着進行되고잇슴에當해서 過去現在及未來에잇서서 그役割은果然滿洲全遍性에비치워서 實로重且大한性質을 가지고잇다

○ 社會社業

事變以前에는 겨우三十一萬에不過하든것이 晩近七八年동안 急 "템포 "로飛曜的三段跳의 發展을하고잇는産業의各分野에따라 年年增加되는勞動者의 洪水에伴하야 市內社會事業部門에잇서서는 量的質的으로規模가 擴大되고잇는바市內社會事業施設數는 大小四十四個所로서 그中公營이六 私營이三十八인데大部分이滿人을 相對로하며 그內容에잇서서는 健保事業 生活扶助 年末救濟等의 救○事業을筆頭로서行旅病人 同死亡者取拔을主眼으로 社會敎化事業에까지善及시키고잇다

○ 敎育

事變前 三民主義에根據를둔他化敎育을一掃하고 滿洲建國精神인 王道國體觀에立脚한道義的敎育에 一路萬進히고잇는바

日系는 日本人學校組合에서管理經營하고 滿系는奉天市公署에서 各各擔當所○하고잇는데 目下市公署側으로幼稚園一 國民學舍二 國民學級四 國民優級○置校二九 國民優級學校四로서就學兒童近五萬을해이고잇스며 日系로보면 南滿洲醫科大學을비롯해 農業大學及小中學校數二十校로되야잇스며朝鮮人敎育方面에잇서서는 西塔 昭盛의二個尋常小學校는 國營으로 되야잇는以外 純全히 우리同胞손에서 자라고잇는것은 東光中學校(生徒數七百餘)와工業學院(生徒數四百名)을 곱을것이고基督層으로 經營되고잇는四個所幼稚園(園兒數三百名) 等으로 이外에 保姆傳習所가 하나잇다

以上各民族別 就學兒童生徒는 年年增加되고 잇슴으로 目下 校舍增策을計劃하고잇는데 現在에就學率五○%에 比해서 六○乃至七○%의 增加를目標로하고잇다

以上으로 結論을 짓기로한다 한말로하면 奉天이란都市는 滿洲大陸에서古今을通해서 人文 物資그어느것을勿論 하고 나어서길러낸 어머니格存在이다

筆者는 정작붓을들고보니描寫하기에 자못恍惚해섯스며 坐한붓을 던지고보니 未備한點이만타 나는讀者諸賢의 原諒을빌며數字統計에잇서서는 參考材料上不正確한 點이잇슴을말해둔다   끗

西塔뒷골목—『갈비집』에서*

원변 랑아

（上）

바루몃칠前 新京에서 全이란벗한분이 찾어왓는데이는原來부터 나와서로맛나기만하면 언제든지 포켓트의 밋바닥에 몬지까지털고야이러서는 그야말로 一斗酒를 사양치안는 酒朋이엿다

나는 요지음쑨만아니라 恒常 압서거니 뒤서거니 行列을 지어짜르는 가난째문에 셋방이나마도 쩌줏한것이하나업서서 친구의 방웃묵으로봇짜리를 찌고다니는 形勢라 아모리 切親한벗이라도旅館房의 힘을입지안흐면 안되는 슬픔을가지고 잇는판이라 그래서 이벗도 不得己여기저기電話를해가지고 旅館으로 쏘차보냇든것이다

벗은벗이요 일은일이다

아모리급하다고해도벗과 일과석거서는 안될것이다 하는수업다 잡엇든일을 대강집어치우고 미안한맘을가지고 旅館房으로 달려갓다

本是갑싼 『싸라리면』이라기썻먹는대야 『白酒』박게업섯다

그것은 뭐奉天바닥 그만은 술집에 白酒박게 업단것이 아니라 환 『컵』만드리켜도대바람에 그만한成果를 엇을수잇기째문이며 그도한日課처럼되여잇서 포켓트는 언제ㄴ 싸치뱃바닥이엇다 아모리 포켓밋바닥의 몬지마저도업서젓다기로 벗을맛낫고 쏘한벗도 이만지만한벗이아니고보매 숙명적본능이가슴속에서 拳鬪選手처럼주먹질을하고잇스니 어쩔수가잇느냔말이다 그래서 이리저리찌를만한 엽구리는 모다쩔른갑시 一金拾四元也! 란 그當時는 偉大한☐物이 우리넷을 쓸고 西塔뒷골목이느모퉁일기웃서리다가 불고기專門의 갈비집으로 저들도모르는사이에 코씃을짜라 갈비집의哲學을 잘알고잇는판들이라 비둘기통가튼방으로 드러가자마자 모다外套들을 버서던지고 둘러안는데 벌서들醉하지도안은 판에술인지 친군진도몰으리마난 氣分들을가지고 입들이버린다

---

* 이 글은 ≪만선일보≫ 1941년 2월 23이과 27일에 게재되였다.

오래간만에 맛난벗이요亦한 어제버러질白酒컵을생각하는판이라 모다들喜悅
에넘친 그야말로 無我境이始作되는판에 어디에서 뛰여들섯는지 格에도안맛는
치맛자락이 너풀히고 방안의空氣를흔들음을바라 모다들視線을모앗다 이女子
친구실적업는愛嬌를다부리며 기림째가조르르흘으는 옷에방석을한아름안고도
라가며 모조리무릅밋틀들추어 쌀어주고나서

『무얼로 들일쎄요』

우리는 늘듯는사투리라관찬엇지만 땡쑹이소리가튼그음성에 金은코를잡고입
을벌닌다 例의 "갈비"와 白酒를注文해노차마자 여덜個의眼孔은 그正體모를異
性친구의 身邊에로 굴느기始作햇다

鑑定쯧낸여덜眼孔의 公通된斷案은 아모런收得도업섯다 그러타고 갈비집에
女給이란當치도안온말、主人 "마담"은 더욱이나 엉터리업는일、모다들名探偵
의새로운設計를느리우고잇슬무렵이친구실적니러서나가드니 갈비접씨와술
"독구리"를들고드러와서 우리들무릅을들치고씨인다 어느겨들에 갈비가화로우
에언차여 時間이갈사동 빗쟁이 살림처럼조라들고 술붓는소리는 어느山谷에샘
물소리처럼 쫄、쫄、쫄하고흘려나오는데 소매들을것어부치고 갈비를물어뜻는
光景은 南鮮어느마을과마을의춤다리기를하는가一하면亦한술잔을들고 고개를
재치는模樣은 어느墮落한信者가最後의悔敗를願하는 場面을聯想하리만치들
서로술잔이돌갈비토막이 접시로모이여 벗이야 술이야하고서로한창어울리어世
上의모ㅡ든惡을잇고共通된友情에사로재편판에어디선가 "하나亦"하고취한 音
聲이두어마디흘러드려왓다

(下)

그러자이女子친구 대답하야갈오대

『해이ㅡ』

응…모다 인제야알엇다는듯이웅소리를一時에發하자이女子친구는 하나쯘가
무엔가하는 自己낫짝과가튼이름을가진 갈비집심부름하는女子엿다 갓득이나술
국에썩은고추를한맛갓든됨이라 그리아수을것은업섯다

自己도 벌서어느겨를에젓가락을동댕이치면서 방석을것어차고나가는꼴이 아
마도 그座席은 벌서自己비위에홀짝댕기는것이分明하다 그러자그房에서굴러너

머오는音聲들은 分明이女子들

둘러싸고한바탕버려진 妖說 의가닥가닥이틀림업는데 이는마치쓰레기통을뒤지는듯한不快를느끼며 우리는話題도돌리고 쏘한그騷音도막기爲하야北中支이야기가나왓다 우리넷은벌서모다술기가얼건이돌아話題의主人公들이되고잇는판에

『北支景氣어썽기요』

하는소리에 힐긋도라보니벌서그女子친구金의억개에판을걸치고잇지안혼가?

우리셋도勿論이지만 金은너무나어처구니업서서 양반본나귀처럼 입을짝-버리고化石처럼안젓지안는가?

『대체 무슨경기말이요?』하니 그는서슴업시

『술집경기말인게요』

하고 권하지도안는 座中의술한잔을 훔쳐먹는것이엿다

이째에야 正面으로이친구의얼골노부터 발굽까지한번훌터보니 女子로서 이러케도생긴사람이잇섯든가시푸리만치 그所謂치마씨운털구통이아닌가? 그래도제법제짠엔잇는愛嬌를 다부린다는것이 아모보아도 三十은넘은것이分明한데게다가大膽스럽게도 어느사아니의肝臟을녹여볼心算으로 粉돈어치나발르고 臙脂分에치나찍고덤비는꼴이야 정말허리가끈어질地境이다 건넛방어느맘성厚한양반이 처먹엿는지 이친구술도 어지간이 醉한模樣 무엇먹은걸대청으로 한곡조슬-쩍넘기는데 이는노래가락이엿다

『치야정 밤은긴데 잠은엥게안오는게 밤이야길다마는 돈업는탓이로다 내언제북지손님짜라가 돈만이모아볼쎄』

一同은배꼽을틀어쥐고잇는대로다우섯다

弄잘치기로유명한 金은그친구등을두어번툭툭치고나서『여보 하나쏘』상 내이번北支갈제 當身을다리고갈테니엇덧소?그런데가치가는데는 한家族이라해야하오 그러니누이나안해라구해야할테니짜 어느便이當身맘에드오?』

하니 이친구 本格的으로대드는데

『누어가멍게요 당신봄애총각이분명하니 우리아에결혼을해버리능게 어쩟게요 자-에서정해버립시다』하며 그잘난얼굴을 한번씨다듬고는 정말도고이보일作定이다. 그리드니이친구소소래주머닐터러노아 한바탕우는것이아닌가?

人生이란 너무나반가움에도 눈물이압을서는일어잇거니와 이친구의우름은그

무엇에나 그러케보아그런지아모런眞實性을담은것갓치안앗다 그러나 自己싼엔
큰맘을먹고金이北支行을하는날에는 가장국에 고추가루보다도 더압흘선맘쏘가
아닌가? 그런金과그친구의일이려니와 우리는爲先 우리들의酒量을爲하야祝盃
를들듯 한창잔을기우리다보니 간장그릇이업직려저잇지안혼가 그래서나는간장
을請하려고 그친구의어깨에다 역거운 (金에겐失禮다)손을언지 간장을請했드니
이친구는그째에야 술床을드려다보고

『스모나이자나이싸』

이건分明 어느高級將校와士卒의잘못을쑤짓는 그瞬間보다도더한말투엇다

나는언듯 聖書의한句節을生覺함으로써 한푼어치의自慰를삼으면서 이女子
친구의지나온길과 아푸로나아갈行路를 쏘오양 갈비煙氣속에그리면서 한숨을
짓는데 金이억개를ㅌ ㅜㄱ침으로서 비로소내精神으로도라와 座席에선마지막으로賦
與된 내술잔을들고

『오-蒼天이여 저런女子에겐福쌈지를 줄줄이느리소서!』

하고 쌈바이를햇다   (끗)

都市의面目을維持하라*

원변생(原邊生)

躍進大奉天의面目은 滿洲事變以來 外觀內規에잇서서 巨步로發展되엇다.
鐵西方面의 工業地帶는 一見奉天은 工業都市의感을주고 奉天의 名勝 東陵 北
陵에의交通路開通 무엇이모도가 果然觀光奉天으로서 滿洲唯一의大規模 現代
都市라고해서 틀림업다. 人口로본다든지 地廣으로분다든지 物産의集散으로분
다든지 文字그대로 大都市임은勿論이다.

이갓치 어대내여놋는다고해도 決코秋毫의 遜色이업슬 大奉天이다. 그러나反
面에는暗黑面을가지고잇가. 卽이것이 朝鮮人니密集하고잇는 西鐵뒤골목(舊名
花木洞)과 福島 "아파트"鷄村이다. 以上의 地點에는 朝鮮人이 八割내지九割을

---

* 이 글은 《만선일보》 1940년 9월 1일에 게재된것이다. 작자 신원 미상.

占하고잇다. 勿論어느社會 國家 쪼는어느個人에잇서도 長所가잇스면 반드시短所가잇는것은 免할수업는 한法則的事實이다. 何必朝鮮人住宅地만이 이런醜態地帶가안이겟지 여기에는 筆者가朝鮮사람이되어서 朝鮮人近處를 자주단녀서 이러케印象이남엇는지는몰으겟스나 如何間 醜하고不潔한골목만은 否定할수事實로서 大奉天의 한모퉁이를차지하고잇다. 筆者는오랫동안 僧房에서 修道生活을햇든關係로 決코남의險口나 쪼는 남의短所는 可及的보지안으려고 設或눈에엇지니하다가보인다해도 緘口不說키로 나自身에게盟誓한바잇서 至今까지는(僧坊을나온뒤로부터) 남의귀에返感되는말이나 남의눈에거슬리는行動은안해왓다고自信하고잇다. 그래서他人이 萬若馬糞을 支那만투라고먹드래도 쪼는 馬尿를麥酒라고마시고잇서도 無理하게마더러먹어달라거나 마서달라기前에는 決토말하지안키로햇다.

이제 萬若朝鮮人居住地가 우에말한 馬糞이니馬尿심친대면 내가그곳을 往來하지안어서는안된다는것은 마치그런 種類의만투나비루를 먹어달라고强要한다는말과마찬가지다. 그래서낯쩌참다못해서 이런苦言을吐하는筆口를열엇다.

西塔뒤ㅅ골목은(福島아파트나 鷄林村은事變後에됨) 奉天이란이쌍에 흰옷입은사람이상투를튼채 처음발을멈춘곳으로 朝鮮인과는 因緣이기픈不可分離의 關係가잇는朝鮮인에게잇서서는 이저서는 안될골목이다.이리해서 西塔뒤ㅅ골목하면 奉天市內에 朝鮮人의密住地란것은어데잇는누구든지 斟酌하리만치날근歷史를갓고잇다. 그런데한가지 異常스런노릇은 近七八十年의상루時節부터 모이기始作한 그골목이언제나 요模樣요꼴대로잇스니 實로알번하다가도 몰을現象이아니든가. 道路에는 『아스발트』한조박깔리지못햇고 게다가 下水道하나施設되지못한곳 한時間쯤만비가와도 감탕물이門턱까지츠렁츠렁해서 발을벗지안코는 到底히헤어낼수업는現狀이고 門만자서면 이골목저골목에 되는대로던저진排泄物 풀석풀석썩어서 구덕이가亂을치고 이곳저곳조곰오목한곳에는 구정물을내던져 물은惑흘러서말라서 업서자고남은 밥알부스럭이 콩나물 짠지쪽들이山積해서 파리群의宴會를 만들어주고잇다. 잇싸금한번씩 드나드는 이사람의 눈에거슬리고 보를 찌불적이야 그곳에서 자고먹고하는 그들은엇더할것인가. 그런데 大關節이허물을 누구에다 돌여야올을것인가. 이쌍에처음자리를 잡은先住民의 마음보에다돌릴가 그러치안으면 똥을눌쎄안누고(失言多謝)쑤정물을 버릴데 안버리는現在人들에게 轉嫁를식힐가 그러치도안하면 奉天市爲政當局의 政事에써돌릴가 筆者曰其過는 彼此一般現在人에게도 市當局에게도 꼭갓치크고적은것이 半分해서 들여야할것을말한다. 그러니이만한것뿐이라면 구태여論할것은업겟지만은 奉天線을中心으로 北은北大營附近 南은渾河驛으로부터 鐵道沿線엣골을 좀보기로하자. 列車를타고지나가는 客으로서는꼭갓치늣기는바이다. 車窓으로 내밀이보면 北大營이나 柳條溝方面은 滿洲事變勃發地라고해서 누구나聖스러운그무엇을 發見하기에몹시애를 쓴것殺風景! 等이客의企待롤근어준다. 니어서 附近에 山뎀이기티 내버러저잇는 各種排泄物露天肥料製造場의惡臭! 이는 제아모리독한 感氣에붓잡힌分이라도 넉시 썰어질地境이안이냐. 奉天驛을얼마넘기지안어서 列車와한十米쯤써러저 北쪽으로 沿線一帶의 朝鮮細民部落의 密集風景은客의 눈초리를사양업시 끌어당기는데 棲慘한 한家屋의內部가 휑드려다보이는 建物에 조롱조롱부처논 形形의看板과泥土에무친豚郡 심하게딜하면 線路를등지고 함부로보내는 風景等 亂雜絶頂의醜態萬象은 果然觀光大奉天의 名譽를損傷시키지안는가. 村이라고부르는 地方에잇서서도 驛附近과 沿線一帶에는 美化淸掃에遺憾업는 努力을하고잇는데 하믈며 奉天市內鐵道沿線에잇서서 何等施設도計劃도업다는것은 文化都市奉天行政當局으로서의 賦課된 義務를너무도 겨을리하는 感이잇지안을가. 明日의奉天을爲해서 以上의모든現狀에비치여보아서 衛生, 保安, 美觀上여러가지施設을 完備해야할것을말하는바이다.

新興滿洲人文風土記─新京篇*

김일균(金日均)

(一) 新京은新興都市

長春의改名은아니다

新京

---

* 이 글은 ≪만선일보≫ 1940년 9월 23일부터 10월 1일 사이에 7회로 련재된것이다. 작자 신원 미상.

新京이 新京의일흠을가지게된것은 滿洲國建國과함께 國都로指定된째부터
니 只今부터 九年前인가

그러니 아직新京의歷史는 겨우 九年박게되지안는다

그러나 新京은 著名長春이라고하야 寬城子時代와너으면 몃해나되는지 計算
할수는업스나 如何튼긴歷史를 가진都市다 갓가운歷史上事實로서는 日露戰爭
의 結果滿鐵과北鐵의 中繼地로 지난 時代日露의交通上國境이엿든대 잇을것이
다. 그리고 長春이란일흠이 一般에게알여지기도 다른엇더한理由보담도 이곳에
잇지아니할가 그러나 滿洲事變의發生과建國이라는 偉大한史的轉換은이都市
에 새로운 生命을주엇으니 이것이新京으로서의更生이다

그럼으로 一般常識으로는 新京의前身은 長春이며 長春이 改名하야 新京이
된것이라고되엇으며 亦是이것이거짓은 아니다

그러나 事實에잇서서는新京은 長春이舊名도아니며長春이新京이된것도아
니다

오히려 建國과함께 新京이란새國都가建設되고 그建設된新京이 바로 舊長春
市街과地域이가트니만큼 그것을呑倂하엿다함이 至當할것아닐가

萬一 나의말에 疑心잇다고하면 新京의實狀을 한번보라

所謂新京이라는곳에 어느곳을차자서 長春의넷面影을 차슬수잇는가 어느곳
에 長春의傳統이 흘너잇는가

다만 新京이란곳은 建設된 새로운都市 滿洲國의모냥을그냥그대로 集約한
아직나어린 新興都市가아니가 누구나 新京을對하는 첫印象은 滿洲國이란 國家
에對한 한驚異가 더影狀으로눈아페 나타난것과가튼 새로운 視覺外에는 아무것
도업스리라 滿洲國이란 일흠이래서 聯想되는 모든 屬性이 하나의個物로서 눈
압헤 나타나는것이 이都市의特徵일것이다

한都市가 다른일흠으로改名을하엿다는것은 그名稱의 改變에 그치는법이다.
아무리 일흠은 달나젓드래도넷都市의傳統이 그냥 남어잇스면 그都市改名이 무
슨 文化的政治的必要에 依한것이며 그러한方面에 名實相符의 改革手段을 取
한다하드래도 넷都市의 傳統이나遺習이 都心의支配에서 자취를 감추기에는 相
當한時日을 要하는法이다.

나의말異議가잇다면 燕京이 北京時代에서 北平時代로 그리고 다시北京時代

로 오는동안 이도시가가진 悠悠한面貌에 얼마만한 變化가잇섯든가생각해보라

勿論只今新京으로와서 大馬路로 휘어잡고 城內를드러가면 長春의넷날이 업든것은아니다. 그러나 그것은 벌서新京도아니며 이城內가 變하야 新京이된것도 아이다. 長春의 實體城內以外새로운新京이 誕生하야 그發展의 行政區劃이 舊長春을 包含하게된것이다.

이것은 詭辯도 怪變도아무것도아니다. 現在의新京이가진眞狀이며 新京이가 진都市傳統과 氣分의實狀이아닐가한다.

(二) 大同大街의都市美
그러나氣候그리조치못하다

新京이라는 새로운世界의 메토로포리탄

이新建設의 都市는 都市全體가公口이다. 原體큰理想으로 建設計劃하래서 進行된것인만큼 이것은當然한일이겟스나 朝鮮이나 內地에서 旣成都市에 눈이익어오든사람으로 新京을처음나리면무엇보담도 그區劃의 尨大함과 規模의 斬新한곳에잇을것이다

먼저 大同大街의氣分이그러하다

大體로이街路의幅이 얼마되는지 재여보지안어서알도리업스나 나의 不確實한目測에依하면 적어도 三十餘間乃至四十間은分明하잇스리라

兒玉公園에서 南嶺까지二十里에갓가운 距離를 시원하게 一直線으로터지중간에쓰문쓰문큰廣場을 지난다

廣場이나 大同大街이것을 그交通上의役割로하야 로-타리-니 街路니하는지모르지만 이全體가 그냥그대로가公園이다

그런곳을 건너씌게조흘마큼 公園이길가로 나서고 大同大街와同一한興仁大路興安大路라는街路는勿論甚至於조고만한 街路外지公園式으로체로大同大街를中心으로左右로바러젓다

그런곳을 마치高樓巨衙가 쓰문쓰문푸른습사히에안즌모냥으로 南殿의무슨 觀光都市와가튼新鮮味를가지게한다

듯건대 넷날넷날이라고해도 新京建設以前의 이쌍은 滿洲의들판을 한번거리

보앗스면 누구든지알수잇는 그진흙구렁이엿다고한다 비오는날가튼짱은 한步씩면한발한발에진흙이 발바닥에올라붓는 참담한곳이엇다고한다

그것을 只今은 아스팔트의大道를自動車가 미치마쓰러지다시피 굴너나닌다 如何튼 이러한點으로보면 사람의힘이란 亦是侮蔑한物件도아니며 九年以內의 時日로이러한메토로포리탄이되엿다는것은 얼마마한延人數가動員되엿는지알수잇스나 엇잿든時間이란것도 그리헛되어가는것도아니며 그리싸른것도아닌것갓다

新京에 萬一殺人的 이住宅難이업고 十二月에서 一月에걸진 零下三十度란 酷寒이업다면 내가 一平生살리맨으로서 都市에서만 사라야될運命에 잇다면 다른어느都市보담도 이곳에 生을가지리라

이것은 아마나만의생각은 아니리라

거미줄처럼 엉킨 電線에압뒤에사람이 서로부비면가야될都市의사람이 大同大街를거르면 누구든지 그러한 늣김을가지리라

그러나 新京도 亦是그리 조흔곳은못된다

住宅難 交通難무슨難무슨難하면 ――히枚擧할수업스며 그難이非但新京이란이都市에만쯔진것이아닌즉 新京의難處라고만 할수업겟스나 氣候가不順것에는 처음오는사람에게견듸기어려운곳이리라

大體로 滿洲란곳은그러사람이 살기조흔氣候는아니다所謂 大陸的인氣候風土라는말로서 大槪짐작되는 事實이나 이것이天惠의自然보금자리와가티 포근한故土의風土에서만 사라오는사람에게는 누구나거북한곳이다 우리들의故土는 自然이아무리人間에게抵抗한다하드래도 自然그것을 저절로自然그것애호아래서 액이와가티自然에 정을붙일수잇는것이나 이곳은그러치안다 蒙古 砂風이 겨울의酷寒이 不順한寒暖의變化이모두가 하나自然의暴威며 이짱에서사는人間이이짱에서 삶을구하기에는惡戰苦鬪하지안하면 기나지못할戰鬪의對象이다 生活이그材料를이는곳에 하나의努力이要求되나 이곳에서는다시 이곳에서 사라나가기爲하야 그風土環境에抵抗하는 쏘한가지努力이必要하다

이것이 滿洲의風土相이라면亦是新京도 그例外는아니리라

(三) 國都는高原都市

겨울의霧花는獨特한美觀

新京은 高原地帶다

이러케말하면 놈날사람이만을것이다 奉天서 一望無際한그들판 山하나언덕 하나올은것은보지못하고 그냥 一字로달나온이곳이 高原이라니말이되느냐고

그러나票式에依하면 高原아래도여간高原이아니다 海발二百餘米라고하니 말하자면奉天서 그동안에보이지안는사이에 보이지안을만한 느릿한傾斜가잇섯 든모냥이다

이곳에서東으로 아니東北으로吉林까지가면 벌서長白山의餘波가주럼을잡고 드러서면新京自體도 奉天이나 南滿의平原地帶 平坦한곳은아니다

느릿한起伏이나마 驛에서 나려서南嶺아제라는듯한○번인가 오를박나림박 이잇고 淨月潭이란水源池만가드래도제법山과가튼感업지안타.

그럼으로 겨울의추위는 滿洲안의 同一한緯度를가진다른都市보담 比較的으 로추운모냥이다

建築은 엇던것이든지접창이며 壁이한자신이나갓가히두텁다

겹문이야 朝鮮도 겹문이업는것은아니나 朝鮮서겹문이란것은 事實은 防寒보 담도 朝鮮建築의 裝飾에서온 微風에不過한것이다 그럼으로 朝鮮안에서 내가 汽車의 客車에 겹창을다라서愚鈍하게한것을볼째 구찬키도하고이런헛된인 手 苦를하는가 하는 不平도 업지안앗으나 처음으로 이곳에와서 비로소 그수수쩍이 解決되엿다 겨울이되면 出入이거의업다

방안은 쩨-치가 스토-브其他暖房具로덥힌 空氣가 二重窓으로 完全히隔絶 한關係로門을한번열면 그마큼덥힌空氣에 損害가가는것도 잇거니와 零下三十 度라면어지간한일로서는 박갓出入이 事實어려운것이다

그러할째는 거이 길가에는 自動車往來뿐이다 그리고 馬車가누덕 뭉치가된 車夫가 저의입김으로 둥어리가 어름뭉치가된 말을끌고가는것이다 그러한곳에 그리고그주위에毛布한물꽉에덥는法 업시그대로 乘客이라고안즌것은 南國에서 는 아무리해도 생각할수업는일이다

그러케추운 한겨을그째는 이곳에霧氷이나린다 안게가 어려서하로종일나리 며 해볏흔煙氣속에든것처럼 輪廓이쌜거케 겨우보인다 朝鮮서는양지쪽이라고

하야 겨울이래도 南向壁에는제법따뜻한 째가업지안으나 한겨울에는 양지고 음
지고업다 사람의 입에서나온입김이 어려서속눈섭에 힌꽃이허엿케핀것은

춥다는例로서보담도서걸푸게도 우서진다

그러나 이째 이北國에서도하나의壯觀이엿스니 그것는 所謂霧花다

나뭇가지에 霧氷이한벌덥혀서 灰色하날에 소사올은것은 實로壯觀이다 눈이
나뭇가지에 싸인모냥이야 朝鮮서도업는것은아니나

霧花가편나무의獨特한맛은 눈의景觀에는 比할수업는 一種의獨特한맛이잇다

(四)名所와舊蹟
孝子塚이것저것

新京이란곳의 名所舊蹟

長春에 萬一이러타할 舊蹟이업다면 新京이 이리타할 舊蹟이 잇슬理업다그
러나 長春의옛자취인 城內란곳에 그리큰 舊蹟이 잇다는말을 듯지못하엿다

萬一舊蹟으로 친다면 寬城子와南□의古戰蹟이나 露亞亞의 滿洲의녯그림자
인그들의住宅의 遺蹟이나 들수잇슬는지 그리고 지금도 日本橋通의 양편에 쓰
문잇는 白露人의 店鋪와 露人의그림자가 녯이야기꺼리가 될쑨이다

孝子塚 新京의古蹟이라기보담도 이곳의傳說의 자취다

大體이塚이 엇더한來歷과엇더한 發祥을가젓는지 亦是確實하게알수업스나
이地方사람에게는 相當한 神話을가지고잇는모양이다

大同大街의한복판에 이古色이 難然한塚墓가 큰회나무알에 모시여노흔모냥
은어대인 어울이지안는다 이大市街의建設에 오히려 犧牲되지안한다는 故邦孝
胥의『鶴一聲』의 所致라는말도잇스나 如何튼 滿洲國當局에 原住民族의信仰이
나 傳統을그만큼尊重한곳에 그苦心을엿볼수잇지안을가

大同大街近代的인 이大街路에쌀진도야지가 쎄를지어서 꼬리를흔들면서 悠
悠히 지나가는모양이 하나의常識으로 處理되는이곳이 孝子塚의存在야 當然한
일일는지 모른다

그다음으로『牧童□遙指杏花村』의 녯자취와 公主嶺의傳說 까지치면 舊蹟도
그리적은곳은아니나 그것에比하야 名所라고하면 하아리기밧부리라

曰國務院 曰南湖 曰무슨곳무슨곳하지만 新京에서가장눈을새롭게하는것은

建物의모양이리라

大體로 建物은所謂近代復興式으로 두부모타리와가치네모지게 토막토막한
것들이다 哈爾濱이투부랑建築의모를부어노흔곳이라면 新京은 그反對다 넓분
街道兩側에두부모라리가 줄느럼이선것은길이 원체넓어서立體感은그리大端한
것이업드래도 大體로新□한맛이가슴이시원하다

米國의엇던 建築家가 新京의建築들을보고 보기에만조케하려고식양둥을사
노흔것가튼 阻惡空疎한 建築物로서 世界第一이라고하엿다는말을드럿다 그러
나 建築家의 專門眼으로엿던지그리고 滿洲國의生長을시기하는 米國사람의말
이니 미더질點이적으나 九年間이란 쩔쑨날에 이러케싸지 進展한 템포를생각
할째事實그러타 하드래도 無理는아니다 그러나 우리의 눈에는 宮廷적이고 莊嚴
을가진두부랑建築에비하야 날나갈듯한新京建築의喫茶가튼맛은 잇지못할것의
하나다

그러나 新京建物의가운대가장처음보는 사람의눈을서돌게하는것이잇스니
그것은 西洋建物에 對하야 東洋色의 加味일것이다

(五) 新興都市의 面目

新建設

卽成都市의特色은 이미市街가 形成되여 그外廓이市街의飽和에싸라 次次버
더나가는것이라고하면 新興都市의面目은 들판이면들판 山꼴이면 山꼴이면 山
꼴의편편한곳에서 길을그어노코 그가운대計劃댄대로 집을지어가는것이다

新京도 確定대로갓다면 只今싸지는 제법 처음들판에 그어노흔길가운데집이
창을 터이나 資材統制로 지금싸지 安民廣場에서 南嶺方面으로 나가면 길이그
대로쑥쑥터젓다

그리하야 그길에 雜草가 茂盛이 퍼젓다

그가운데를 國務院以下大宮애의巨大한 建物들이마치 문쓰문노엇다 將來
에는 이곳에다집이 드러찰豫定이라고한다

只今가튼 住宅難으로보면 그곳에 집이다차도 집이남지는안할것갓다 그러나
이것은 住宅에골치를아튼 나의嘆息이리라 新京建築中 신기하다는 東西洋의折
衷式은 大槪큰 官衙다

이것은 事實新京建物만이 가진 特色일것이다

아래 建物의등치는 西洋式이다 그곳에다 우에쑤경인 지붕이 東洋式 그中에도 滿洲瓦家式의게와를 더푼것이다

이것은 世界어느나라사람이와보아도 눈선存在이리라 마치 自轉車탄 영감의 머리우에 갓이부튼것갓다

事實그視感이東西洋의折裏에不過하다 그곳에는 아무러한 調和가업다

이런것은 우리가 그러케 西洋것과 東洋것은 서로석어되지안는다는 先人觀에서 그런지 알수업스나 그리 感心한것은아니다

그런點으로보면 文化라는것은 오래인歷史에서 累積하야 形成된것인만큼 갑자기 두個의다른文化를 混合하야 새로운것을 만들어도 될것이아닌것갓다 萬一 新京의 東西洋折衷式도 滿洲國의年齡과 歷史가 해를먹어가는동안 滿洲獨特한 文化가成立되는날에는 짜로한 單位의視覺을形成할른지

如何튼 現在의 滿洲國은 建國途程에잇다 이實로 偉大한 歷史的創業이 그리 短時에 急成될것이아니다 米國이 華盛頓에依하야 建國이 宣言된뒤로 所謂文化나 民族性에 所謂아메리카調는라것이 成立될째까지 百餘年이지낫다 말하자면 米國의 完全한建國은 觀點如何로百年以上을 要한세음이다 그것에比하야 滿洲國이呱呱의소리친지 이제九年의 歲月인대不拘하고 벌써안박으로 滿洲的이라는 文化上一種의 地位를 獲得하고잇다

그러하야 新京의모양 新京의○○들도 갓가운將來에 滿洲國的이란것을 意識的으로 表증하기 前에 自然히 一種의單位와 調和를가지게될날이 멀지안을것이다

(六) 朝日通뒤골목
風俗矯正의必要업슬가

五族의나라

新京은 이나라의特徵을그냥나타내여서 五族이集成된 都市다

그中數로서야 勿論土民인 滿人이第一의數를 가지고잇스며 그다음으로內地人의十萬名 四十餘萬의總人口로 보면거의 四分之一의尨大한數다

가튼國民中에서도 朝鮮人은 間島를 中心으로하야 퍼저나온만큼 東滿에서京圖沿線으로버더지나오며 內地人은 關東州를中心으로 滿鐵을動으로한만큼 主

로南滿에서 中滿으로버더지나왓다

그런点으로보면 朝鮮이라고北으로北으로오는길인 京圖線과 內地人이遼京線이마치는新京은 그終點인바同時에 이곳에 다시 融合하야北滿으로 버더저나간다고보는것이 事實이리라 그러나아직新京에는 朝鮮사람은그리만치못하다 十萬의 內地人에比하야 겨우 一萬數千餘라고하니 比할 數字는못된다 그래도 이 萬餘名이한곳이옥신독신모여서 제법사는것가튼곳이잇다

그것에 바로有名한 朝日通에 梅枝町이라는一區이다

朝日通은 다른点으로서는 有名한것이만호나 누구든지 한번 新京에와보앗든 사람으로 朝日通하면 朝鮮人村이라는것을聯想할수잇스리라

이곳朝鮮人의 協和會分會인鷄林分會의二層高樓를 中心으로버러젓는데 그게그리상새롭지못한모양들이다

어느곳을가도 大道의양편에버젓히게큰점을가지고쌕이지못하는것은이곳에서다름업다 朝日通해도그양편으로 朝鮮사람이店鋪를가진것이래야히알일 程度에不過하다 그런것이鐵路뒷골목 淸進洞모양으로한步뒷거리로드러가면 滿洲人집의 컴컴한구멍마다 힌옷들이낭그리고 얼골짝이이상야릇하게분칠을한 게집아해와힘째양산도와 長鼓소리가들린다 그리고依例히저녁이되면 그런거리에는절믄친구들이 八道사투리를 뒤석거가면서 발자최를비틀그리며 아페나안즌계집아해에게 비치득그리고지나간다 이것이 所謂『梅枝町風景』이라는것이다 朝鮮사람사는곳이 다이러타는것이아니라 如何튼外地에서온사람이 新京서朝鮮사람사는곳을 案內하라고하야쓸고올째 가장우리가얼골이화근그리면서다리고가지안을수업는것이이곳이다

大資本을가지고 大企業을일으킬力量이업스니 結局은 滿洲가서장사를한다면 色酒家란말과同義語된바 큰그런장사들만이모한곳이 그런것도 當然한일일는지는몰으나 如何튼外地에와잇는사람에게付託하고십흔것 엇더케하야좀風俗을矯正할것이아닐가

(七) 新京이가진將來

亦是消費的인政治都市

朝日通에서 西四馬 西五馬路 梅枝町 이一帶가朝鮮의 住居地다

그리고 이곳에와잇는 朝鮮사람은 職業別로 본다면 亦是第一만은것이 사라리
맨이다 그리고 그다음으로장사군 色酒家等等

滿洲와서잇는 朝鮮사람으로 人事를하는대 第一처음 名刺를바드면서 놀날것
은重役 社長이된양반들이 만은것이다

日 무슨商事 裏務 日무슨會社取締役이니 社長, 日무슨組合常務理事하는것
만은것이다 甚한양반은 專務取締役이니 무어니하야 한꺼번에 일곱식 여덜식獨
차지重役을하는양반이 수두룩하다 그러고보면 滿洲와잇는 朝鮮사람은 會社重
役질을다하는것갓지만은 甚實그會社니무엇이니하는것을차자가보면 남의셋방
이나 혹은 權利金몃百圓이면 될것가튼전방을 버티고안젓스니 滿洲와잇는 朝鮮
양반이란몹시 東役病 理事病이만이든모냥이다

如何튼 이것 그리상새롭다고할수업는 傾向이아닐가 新京은 朝鮮사람뿐이아
니다 어느族을勿論하고 아마 第一數字를 만이차지한것이月給쟁이다

新京이란 都市가 原體政治中心地로서 所謂『城下의町』의特色을 完備한곳
이다

大體只今보아서 大工業이잇는것도아니며 大企業의實體나取引의中心地도
아니다 다만 滿洲全體에 散在한各種企業의 事務的中心地로서 다시 政治機關
其尨大한 月給쟁이를 包容하고잇다 그리하야 大陸에서 一大消費都市를 形成
하고잇다

奉天외의雜然한 生産的性格에比하야 新京의 簡潔한市街美는 오로지 新京
의 都市計劃의所致만은 아니리라 奉天의 生産文化에反하야 新랏슈아와의 新京
市街에 나타나는 大同大街의 모냥과 住宅街가가진 말숙한 中流的인 生活色體
가 그런것을더욱늣기게하는것이다

奉天이 滿洲의 陸港으로서 紐育의 地位를 차지한다면 新京의 明朗 新京의開
靜은 將次華盛頓의 모냥을 젓지아니할가

이에 갓가운 將來에 新京의 새로히 都市計劃下 豫定대로 實踐될것이다

新京街路의全體에 큰建物에 씨여 건너쮀게 조흘마큼 무슨銀行 무슨會社의
建設豫定地라는 나무단장에돌너사인 空地가 잇는것이무엇보담도 눈에쯴 이는
것이다 이것은 곳 資材難의 緩和와 함께 一祭히 起工될것으로보여진다

그러면 그後의新京市街란 豫想하기에도 남치는 華麗한것이업지안타 正金銀

行 綿紡 三井 滿業 興銀이게다 『丸內』級은 建築일터이니 市街地計劃에는 重工業 輕工業地帶란것이 設定되여잇스나 交通上地下資源其他로보아서 이다음都計의進展에따라 엇더케 變貌할는지모르나 역시 東京이나 倫敦이되기前에 華盛頓이 約束되지아니할가한다

新興滿洲人文風土記一哈爾濱*

김찬구(金讚求)

(一)帝政露西亞의遺跡 哈市의哀傷과餘音

哈市는國際都市다.

이것은 할빈의 常識이다. 그러나 할빈의 性格이 果然國際都市란 名稱으로서 聯想되는 모든 屬性만을 가진곳일가

이닌게아니라

白露人에서 英米其他의赤毛族을 비롯하야 所謂國際都市의첫條件인 猶太族이 수만이 들석거린다.

上海가 그러하고 新嘉波가 그러코

國際都市라면

依例히 探偵小說에서만차자볼수잇는 犯罪 獵奇 陰謀 淫亂 이모든惡德이 마치해채와 人間의해채와가치 뒤쓸는곳이라고 누구나생각하는것이다

勿論 숭가리의流域 지금哀傷에 물드른 수척하여 가는 이都市도 일홈지어國際都市라고 하는以上 亦是이런 屬性이업는것은아니리라.

그러나 할빈

이러한浪漫을가지게하는이都市는 먼저國際都市이기前에 只今 歷史上의存在가된 帝政露西亞의한 遺跡이라고봄이올치안을가

---

* 이 글은 《만선일보》 1940년 11월 10일부터 17일까지 6회 련재되였다. 작자 신원 미상.

犯罪 密輪 淫亂 이 國際的屬性도 都市가 가젓든 넷날繁榮의한 遺流가아닐가를 세비기-의『過激』에휩슬여- 베-링그海峽에서 西로 波蘭에이르까지의 □原을발보라. 어느한곳에 넷날 帝政時代에遺跡이남어잇는가 凍土文化가 남어있는가 寺院은博物館이 되엿고 東宮은『鋼鐵』[1]氏의 居處가된곳에 로마노프가 남기고간 자취가 어디한곳 올케남엇는가 할빈 이곳만이 오로지.

一九十七年以前의 露西亞의面貌을 그래도 조곰이나마 진이고 잇는곳이아닐까.

기다이스카야에서 승가리를通하는 石道를 거러본그대는 이곳에서 이都市를 建設하엿든 民族의 體臭와文化의餘韻을들을수잇스리라.

나는 그곳에서 通行하는人種의統計가 가장 그民族의만타는것이아니다.

그것보담도 그거리의 雰圍氣 그都市美의哀傷 지금은 넷世界의光芒을 生活의粮食으로하는 感傷에저즌表情에서 그대는 그러한 哀傷을 늣길수잇스리라.

거리의쩬취 이것은 라텐의遺風 길가에서 캇케의休息을 둘도없는 安息으로함은 巴里에서 마드릿트로 다시 메노스아이레스로.

그리고 다른 한줄기는 모스코로 할빈으로.

文明은 羅甸의模倣으로생각한 十九世紀의 이民族이 가젓든 遺風이 이곳 할빈의거리에 까지 흘러온것이 아닐가

街路樹아래 -脚의펜취가잇다 그리고 그곳에 藍縷를입은 쌜근스라브수염을 가진人이 무겁게 주저안즌 風景을 그대는 할빈의첫발에서 發見할수잇스리가

(二) 四十年前哈市 北滿의一寒村

距今四十年前일이다.

츠아[2]-의 雄圖는 西으로獨逸에서 막히고 南으로 英國의 東□政策에막히여서 東으로 시베리아를타고 버러저나왔다.

이리하야 結局豆滿江에서 朝鮮에 接하고 海蔘威를獲得하엿다.

시베리아의 露西亞는비프리우트를 낫고 카추-샤의哀話를 지엇다.

---

1) 《강철씨》-당시 쏘련의 지도자 쓰딸린을 가리킨다. 쓰딸린은 로어로 강철이란 뜻의 낱말이다.

2) 츠아 - 짜리

囚人의 발에는 쇠뭉치를달고凍土無際한 雪原에 開拓의 광이를 나렷다.

누가 라스크르니코프가그곳에서 소-니아를 面會하는情景을 생각할수잇스리라

그러나 쌔다의食慾가진 츠아-에게는 그래도 滿足하지못하엿다.

三國干涉으로 大連旅順을 奪取하고 東支鐵道를노앗다

只今누가 歷史를 回顧하기前에 이곳王道樂土가 스라브의食膳에노엿스며 朝鮮의 南端鎭海가 俄羅斯兵丁의들낭그리는곳이된것을 記憶할사람이잇슬가

그러한時代 츠아-의 □東經營의政治的中心地가 바로-승가리-가悠久히 흐르는이곳 當時의-寒村 할빈이엇다.

東으로 綏芬河를지나 海蔘威를 吞吐港으로가지고 東中鐵道로 치다에通하며 南으로 大連에 쩌치엇스니 哈爾濱이란都市가昇天의氣勢로 發展한것은 말할것업스리라

그리하야 한째는 奉天보담어대보담 큰事實上 滿洲에서 第一큰都市가되엇다.

시베리아鐵道를타고 스라브의文化 마치洪水와가치 □東으로 물밀듯이흘러왓다.

그리하야 이湖流는 한번할빈市에서 貯水池가치모엿다.

그리하야 할빈을 中心으로各地에文化侵略의손을 쩌치엿든것이다.

그러나 榮枯盛衰는 人間의常事이며 諸行無常은 世事의定規리라.

그러케繁榮의꼿을 누리든哈市에 큰打擊이 나릿스니 그것은츠아의敗退에이은 露西亞의內亂이엇다.

아닌게아니라 東中鐵道가 그래도 俄羅斯의손에잇섯고그中心地로 哈爾濱은 처음으로 그繁榮 그리하야 滿洲事變과함께 東中鐵道가 北鐵로서 滿洲國에移管됨에따라 哈爾濱은事實上 그 生誕의勞를가젓든스라브와 求遠히손을 끈케되엿다.

그리하야 只今은다만 白露가中心으로된 帝政遺産을保存한 한孤島로 녯날을 情莫하고 잇스나 그 反面에 이지러지가ㄴ 二ㄴ 이都市에 새로운生命이 움트러지게 되엿스니 滿洲國의 北□都市로서 集散地로서 힘찬새소리를 올이게된것이다.

(三) 기다이스카야 松花江의哈市

第一 그대가 『기다이스카야』를거러보라

『기다스키-』라는말은 露西亞말로 支那人이란말이며 只今은 中央大街란 新名稱이나 넷날그대로부르면 支那人街란말이다.

그러면 엇지하야일홈지어 支那人街이나 그實露西亞人의街路가된것은 엇더한歷史가잇섯든가 나는그것을 알려고하지안는다. 第一그대가그러한興味를가진다면 結局무슨이都市가 지난날가젓든經濟條件以外에 업스리라.

길거리에 프라라나스가종용히써잇고 그안에펜취가노엿다.

나는그곳에서 學生帽가든이상한 露西亞帽子를쓰고 襤褸를입은 늙은老人이 가삼에 勳章에 敬意를表할사람이잇슬가.

그것을 흐릿한눈동자로내려다보고 愛撫함은生活이 歷史의回想에잇는 그의哀愁가切切한모양을 그대는看過할수잇겟는가.

니코라스二世가 볼세비키-의銃쯧에 이즈러젓슬째 그 勳章은 光芒을 이섯스며이老人넷날은 冬宮의復活□에서華麗하게차리고 샨팬을드럿을덧도하나-如何든 哈市와함쎄光澤을 일흔光景

亡하는것일수록 아름답다는것은 다만 浪漫主義의 憲法만은아니리라

울툭불툭한 기다이 스카야의거리에 同人提琴家가 午後가되면 저의 聯□으로 나온다.

한○의○人의報酬 이것이 지금은 그의生活이나 돈을 求□함이 그目的이겟스나이天才는 돈을주나안주나하로終日거리의 스테-지를사랑하는것이다. 中央寺院무슨寺院 希正敎의 비잔진建築이 이곳저곳에보인다.

『宗敎가阿片』인것은 그들故國의現實이겟스나 只今의이곳그들에게는 宗敎는 그議式이 넷날을回想하는 敬虔한手段이리라 哈爾濱은 기다이스카로서 쯔친다.

그 외에도 六十萬의人口를가진이곳에 거리가 업는것은아니나 그대가 할빈을 가서 그곳사람에게 名所를 보여달나고해보라 그는반다시白露人의一九二0年時代의 自動車로 덜그덕으리면서 먼저 기다이스카야를갈것이다.

그리하야 그마즈막길로다이야는 승가리에와서 버므리라 그만큼 哈市는松花江과 이거리르 二를生命으로 삼는것이다. 『모데룬』을비롯하야 무엇무엇하는 茶店

그리고 양편으로는 大多數가 毛皮商이다. 露西亞사람은 毛皮가 生活의手段 인지 거리의石瓦가 울툭불툭한것은 무슨일인가 그理由가 겨울동안어름이얼면 미쓰러운것을 방비함이라고하는것은 北國의이약이에 그럴듯한 理由인듯하다.

(四) 歡樂과消費의 哈市의裸像

哈爾濱人은 여름에는松花江에잠기어河馬生活을하나겨울동안은三重窓안에 서 土龍生活을한다.

이것이 哈爾濱人의 生活風俗이다

밤의막이나리면『모테둥』『파다-자』等等의카레-지에로이곳사람들은『體操』 를나간다.

體操하는것은 이곳에서무슨『딴스』의代名詞다

벌거숭이가된우릉쌜근루-즈 이브닝도레스와한몸이되어서 비-루의거품과 샨팬병짝강을 쌔는것으로서 자정을넘긴다.

愉快한疲勞 찌근한쌈이 香水와脂粉을 드고배여오는가운대 肉慾이넘치는體 臭가어두운 할빈 市에고여진 알맹이리라.

이리하야 이튼날아침 太陽이 쓰는것은 그들에게 關係업는時計이다.

이頹廢한都市가撒水車의水沫에整容할째 바자마와싸운은 피로를回復하는 生理作用의세콘드에屬하는것이다.

享樂이라기에는 너무肉體的인이러한큰消費를 지지하는그들의피의源泉은 健康의支拂에잇슬것이며 貨幣의部分不正事業과 犯罪의累積에 잇지아니할까

다만 쉬카코만이 犯罪의都市는아니라는뜻은 上海가存在함에잇고 할빈의舊 殘滓가아직 餘儘이남은곳에도업지안으리라

어느都市에는 裏面이업는곳이업는것은 하나常識이다 후-버가 화이트하우스 의크이엿을째 가보네가시카코의불악참버의주인공이엇드란것은 一九三０年代 의 眞理만은아니다. 哈爾濱의市公署의行政아래서 견실한更生을쐬하야우렁찬 힘을쓰고잇는反面에 阿片金爲替를 손쑙으로한수만은가보네가 구덕이가치이都 市의裏面을 淸掃함에잇슴은 누구나가 가튼意見이리라

그러나 할빈에서넷날의자취를全然버린다면 무엇이될가 亦是그런哀傷과 病 든자태에 哈爾濱의음영이주는 情다움이잇지아니하는가 그러나哈爾濱은이頹□

의녯날가운데서새로운胎動이잇스니.

（五） 北滿物資集 新生哈市實相

그러나 只今할빈은 更生의우에서잇다

哈爾濱은松花江의中江으로서 三江省에서오는 船運과 扶餘其他 蒙古方面上流에서오는 船運은 水運上으로 할빈이 交通要□으로 만들곳이잇스며

-陸路-

濱洲線 濱綏線 濱北線拉濱이려케적고보니『濱』자가부터서 일홈이된線이 네개거리기다 新京서通하는 京濱線을가하면 全線五線 濱北線으로 黑海 北安의 鑛業地帶와 克山泰安鎭等北滿의穀倉이 이곳에運하며滿洲里를中心으로한 內蒙古의牧業地가 濱洲線으로할빈에通한다 녯날가트면할빈에 몰려서 海蔘威로흐르는通路가되는 濱綏線이 綏分河에서막힌關係로 牧丹江을中心으로하야몰인 牧資가只今으로 逆으로 할빈으로흘러오고잇지아니한가

여기다가 拉濱 京濱兩線의役割를보면 哈爾濱이北滿의物資가 總集散을하고잇는곳이란것은 누구나 생각할수잇슬것이다 내가언제인가 北滿을旅行할째 嫩江멜콘을간일이잇다

그째만해도 北滿의 智識이말이못되여 北滿을北으로 만작고가면 毛皮의原産地가될것이니 할빈보담 더드러가리라고생각하고 그곳에가서 毛皮를찻고 北安市에서 다시차젓다 그를째 그곳 店員의말이『哈爾濱에가지안으면업소』라는것이다

이것으로보드래도 哈爾濱의集散地役割을能히알수잇슬것이다 그러므로哈爾濱의今後의生命은 亦是集散地의地位에잇는것이나 現在의異常態로보아서는 한번이不正事業의 巢窟이라는것 卽그런 都市의性格을淸算하지못하는것도역시 이러한 그地位에잇지안을것인가 松花江이흐른다 그곳에 배가썻다그배가航行하는대 잇더한배에도 監視의눈이써러질째가업스며 哈爾濱에서 나리는짐수만은 짐에역시監視의눈이 써나지안으니-

그래도 그배그車속에서마치페스드균과가치 엇더한것이드러오는지알수가 잇을까 如何튼 哈爾濱을자랑한다

哈爾濱이病든都市이기째문에 哈爾濱에드란제의外人部隊의 □숨이기에 敗하엿든經『望卿』이잇기에그대는『페페·르·모코』에서본『카스바』란都市를보앗

는가 할빈의모양이 카스바와다르다고생각할수 잇슬가 그러나역시都市의健康
으로보아서는생각하여볼問題이다.

(六) 更生할빈의要諦는 白露人의再發出

할빈이란곳은 엇잿든遺跡의都市나 지금의傳統에서 새로운萌芽가잇는것은
事實이다 이제야 白系露人도 새로改變된五族의一員으로서 回想과哀傷의民族
이 그보담오히려 滿洲國의一員으로서更生의길에올낫다. 이것은哈爾濱의更生
의 가장큰要素이리라

아무리 할빈이새로운生命 새로운出發이 政治的으로經濟的으로 획책된다고
하드래도 아직이 都市傳統의主人公이어써한點으로 이民族의風俗에서決定에
서決定되는以上 이民族이새로운 田發이 업기前에는 이都市에는 이都市의更生
은 無望하리라

帝政露西亞라면 로마노-프의 遺習 前世紀의習俗으로서 亦是轉型期에當面
한 現實의世界史의 正面에나올때는 아무리해도 한殘滓的極東에不過한것이다.

사람이 넷날의回顧에서사는것도 아주無義한일은아니겟스나 生活의問題로
서는 그步武가 歷史와가치進取하는데잇는것이니 哈爾濱이아데네의廢墟봄베
이의遺跡으로서 博物館的存在가아니라 하나의現實의都市라고한다면 過去의
傳統의 運題보다이 新興國家의一都市로서 스텝을씌여노치안을수업스리라

如何튼松花江의 흐름이넷과다름업스나 그것을 그흐름을支配하는 人文이달
너지고 기다이스키야의 거리가넷날의博物品이 되엿든것이現實의事實이다.

京濱線을 哈爾濱驛 나려보라

驛□內에 故□騰公의坐像이잇다

이坐像의 바로압흐로 □騰公의遭難地點이잇다.

이것을볼째 누구나 이都市가 單純히白露의 歷史만을 말하는都市가아니라
오히려滿洲의過去政治史의焦點의地域이라는것을생각할수잇는것이다.

朝鮮人이나 누구나이銅像의압홀지나며 머리를숙이지안흘者업슬것이며 三
國干涉에서韓末의 風雲을 中心한東洋史의한페-지가삼거득이 回顧하지안을자
잇슬가

如何튼哈爾濱은 이제再生의길에올낫다. 다시새로운 王道樂土의 한都市로서.

新興滿洲人文風土記-牧丹江篇 *

김춘강(金春崗)

(一) 牧丹江의新興都市나 녯날은 渤海의都邑

『머리말』

十餘年이란 짜른 歷史를가지고 만드러진 大都牧丹江의沿革을 緬考하면 只今으로부터 三十七, 八年前 帝政露西亞가 極東에對한野慾을채우기爲하야 東滿鐵道를 完成하든當時부터이엇스니 牧丹江(河名)畔의 十餘戶農民이居住하고 잇든 黃花甸子라는寒村에 小驛이만드러지면서부터이라고할것이다.

그리하야 極東에잇서서 舊政戶勢力의 角逐地로써 辛酸한歷史만을 되푸리하다가 滿洲事變以後 政府는이곳을 政治, 經濟, 國防의中心地로定하고 急速度의建設을 하여왓스니 오날에는 人口二十萬을算하야 東滿唯一의大都로自處하게되엇다.

다시千有餘年前 옛날을들추어본다면 이짱은 鞨靺女眞等의古地오 東方의 大王國이든渤海의 一領이엇슬뿐아니라 華麗한渤海文化의 發祥地이엇스니 여기서悠久한歲月이흐르난동안 東方諸民族과민족사이에 오날우리들의 感慨를다시한 番無量케한다.

더욱이昭和十二年北邊振興諸族의現實을□하고 發生한 牧丹江省의首都로 昇格하면서부터의 飛躍的發展은 世人의耳目을集中하게되엇스며 東北滿을連結한 經濟幹線이되어잇는 濱綏線, 圖佳線等의 全通, 北鮮三港의 整備, 日本海港路의 漸進의充實等諸條件에더한層迫力을엇어 牧丹江을中心으로한 東滿經濟圈이란 特殊形態를 만드럿스니 오날의牧丹江을 그누구라서 事變前東淸鐵道의-寒村인 黃花□子라고 말할것인가 朝鮮人이本地方에 來住하기느는 只今으로부터 七十五年前 寧安□高安村附近數三農戶가移住한것이 最初라고하며 오날牧丹江市內의鮮系人口는 四萬을 突破하야 어느다른도시보다도 優秀한發展性을 가지고잇스니 吾人은이곳에 더한層큰 關心을가지지안을수업다.

---

* 이 글은 《만선일보》 1940년 11월 22일부터 26일까지 4회 련재된것인데 2회분은 결호. 작자는 《만선일보》 목단강지사장이였는데 구체 신원은 미상.

牧丹江의 民族的構成을본다면 滿系가六割 日系가二割 鮮系가 二割假量으로써그地域的分布가 坯한特殊하야 日, 鮮, 滿系가 各各集結되어잇슴으로 다른 地方에서볼수업는 各民族의風俗과 生活形態를엿볼수잇다.

現在牧丹江市內에잇는 主要한機關을 列擧하면 如左하다.

日本□兵촉□, 省公署, 市公署, 日本領事館, 鐵道局, 滿鐵建設事務所, 地方法院, 地方檢察聽, 專賣署, 稅□局, 稅務監督, 營材局, 營林署, 交通部土木處, 電電管理局, 放送局, 電業支店, 航空會社支店, 郵政管理局, 郵政局, 警察聽, 警□隊, 第六軍管區司令部, 協和會省本部, 同市本部, 中銀支店, 興銀支店, 商工會, 興農合作社.

(三) 全滿唯一을자랑하는朝鮮人市街의古今

△民族과生活△

牧丹江을求景한사람으로 第一쭈렷한記憶이무엇이냐? 고무르면 아마도各民族들의集團生活이라고할것이다. 이 都市全人口의 半數以上을占領하고잇는 滿系(滿族, 漢族의統稱)는 市街地의 東邊部에居住하야 主로商業에從事하고잇는데 이들이가진商源이라는것은奉天이나新京의그것과아모다른것이업다. 그러나 東長安街一帶를 中心으로한商店街는맛침哈爾濱의 "기다이스카야"를 聯想하리만치 繁難을니루고잇다.

그들의 日常生活은極히平凡하야 아모獨特한내음새도마틀수업스니 그저單純한滿人市街地라고 밧게볼수업다.

그다음 鮮系市民의生活은 엇더한가? 牧丹江驛에서 馬車나 洋車를타고 "한귀쓰가야"를차즈면 한二十分이나지나서 西長安街에니르게된다. "함南商店"이니 "京城族館"이니하는 朝鮮의 情緖를갓득실은 看板들이보이기 始作하는가하면 여름이나겨울이나 전탕門을여러노코 화로엽헤쏘구리고안저 손님을기다리고잇는 朝鮮옷을입은店員들이나타나고 東西로通한길-다란거리에는 긴-츠마에고무신을신은 안악네들이줄을지어오르나린다.

다시한번 고개를돌니어보면 南北으로널니어섯는골목과골목에서는 "十五錢이면" "두가지를"연결해부르는들쌍장사들이널니엇고 엿장수의청승마진넉두리가 석기워나와 朝鮮에간것이나 다름업는늦김을가지게된다.

이곳을漢人들은 "한궈쓰가이"라고부르는것이며 內地人들은 "半島人市街"라고 닐컷게되며 朝鮮人스사로도사지못하는사이에 "朝鮮市街"라는名稱을부치게되엇스니 이獨特形態의朝鮮市街가 包容하고잇는人口는五萬을超過한다고하며 이들의大部分이 商業 運輸業에從事하고잇다. 이獨特區域이 만드러지기까지에는 수만흔 이약이거리가잇스나 長說을避하고 簡單히 紹介한다면 距今五,六年前 過大히宣傳된 牧丹江景氣에 洪水가히 밀리어든 朝鮮人들이 居住할곳이업서 或은市內에或은市外에臨時로움집을만들기始作하엿스니 當局에서는 都市計劃上 그劃分方法의 하나로써 西區(西長安街)一帶에 朝鮮市民을 集結식히게 되엇다는것이다.

그리하야 當時朝鮮人民會長으로잇던 現區長姜O相氏及歷代區域責任者들의 不斷의努力으로 當局의諒解도漸次成立되어 全滿에서 그例를볼수업ㄴㄷㄱ오날의西長安街가 만들어진것이다.

以來五六年동안에 이곳은豫想以上의發展을보게되어 商界로는 大亞니 一信이니하는 百貨店들이만들어지고 貿易, 土建, 運輸, 木材를中心으로한 大會社들이 繼續出現하야 글字그대로 實業都市로 踏進하고잇스니 有數한會社만을 列擧하여보면 如左하다.　　　　　　　　　　　　(회사이름 十四개 략함)

(四) 散漫한零圍氣今에 緊張性업는生活

△民族과生活의窮△

大體的으로보아 이쌍朝系의經濟部門이 漸次建實化하고잇다는것은 깃버하지안을수업는現實이나 그러나아직도 新開地만이 가지고잇는香氣롭지못한 零圍氣今에서 우리生活의 質的向上이업는것은勿論이오 오히려沒落과退步만을 되푸리하고잇스니 全體를爲하야 樂觀만할수도업는것이다.

西長安街를 中心으로하야 南北으로 널니어잇는 明朗性 일흔골목에 무슨屋이니무슨이니하야 추녀에連달린看板이라든지 十九世紀를聯想하리만치 現代的이아닌英文字를 네온에석거 羅列할거리와거리!

이곳을 자기집인가? 하야밤이면밤마다 出入하고잇는 二十前後 젊은이들은

아모리他山의石이라도 긴-한숨을쉬이지안을수업슬것이다.

勿論어느都市는 그러치안흐냐? 고할것이나 哈爾濱新京, 奉天갓흔 다른 先進都市가거러온 過程보다도甚한길로쓸리어가고잇는것을 어느누구가 조흔現像이라고할것이냐?

哈爾濱을 老成한國際享樂都市라고하면 牧丹江은 民族單位의가진 醉態를具備하고잇는一面에 智能이업는犯罪와低劣한逸樂이漲溢하고잇는新興都市가가질바 條件을 完全히한곳이라고할것이다.

勿論이것은 鮮系만이가진羞恥가아니오 牧丹江이가진羞恥며 鮮系의質的生活만이沒落됨이아니오 어디보다도緊張하여야할 牧丹江市民의生活이解弛되고잇슴을 함이안이고 무엇이랴?

보라! 雨後에솟는竹筍가치 生하고잇는 무슨俱樂部니 무슨遊戲場이니 하는곳에서 밤을낫으로삼고 『펑』이야 『홀나』야를 連呼하고잇는 數만흔젊은이들을 무슨 方法으로보아야 銃後國民이라고할것인가?

일이거기서긋치면 오히려조흐련만 千載一機로만난 建設景氣의惠澤으로헐벗고굼주리든 家族의糊口나할만하니까 가진 形態의賭博이 職業化하고잇는 □□한거리 慘憺한現實을엇더케 바로잡아야할것인가?

그러라고 全牧丹江鮮系에게 責任을돌리는것이아니니 反面에는다른곳에 率先하야存在를빗나게하는事實도업는것이아니다.

卽工科學校를이룩할째鮮系에서 七萬餘圓의基金을모앗다는것이라든지 長安學校後援會를中心으로 教育運動에 猛活動을 持續하고잇는일은 듯는이로하야금 머리를 숙이게하는것이다. 都大體牧丹江에잇는 鮮系의生活은이것을前進이라할수업스며 向上이라도볼수업는것이다.

이西長安街라는 鮮系市街以外에 昨秋부터만들어진 漢陽街라는 集結地帶가 또하나잇스니 이곳에잇는約四千餘人口中에半數以上이 勞動者라고한다.

新市街를中心울한 日系는 全數約二萬餘名으로 六%의 商工業者와 二%의官吏가 가장 中樞的地 을가지고잇다.

新興滿洲人文風土記—延吉篇 *

최무(崔武)

(一) 朝鮮인의 局子街 滿洲人에겐 延吉街

延吉街는 只今으로부터七年前. 康德元年十二月一日에 新省制實施에따라서 間島省公署가 新設됨과가치 延吉로일홈을곳치엇다

그러면延吉의 나히는겨우일곱살밧게되지안엇다고 볼수밧게업스니 延吉로改 稱하기까지의由來와 改稱前까지의 局子街란名稱과는엇더한關係가잇스며 延 吉은朝鮮人과엇더한 特殊한깁흔 因緣을 歷史的으로證明하고잇는지 左右로부 터 今日에至하기까지알어보기로하자.

肅鎭挹婁 高句麗 渤海遼金 元明時代에잇서서는 延吉附近을 延集岡이라고 불넛스나 一七一二年에 白頭山天池의東南十五里쯤는 地點에定界牌를建立하 고 淸韓南國에서間島地方을 中立間曠地로하야 兩民族의居住를禁하여섯다

그後百六十年동안은 荒凉한 無人地帶로化하야버리엿던바 明治二年에至하 야 汪淸縣의北方으로부터 南下한滿洲人이 哈爾巴嶺을넘어東下하야 延吉附近 의農耕地를開拓하기를始作하엿다

그리고 今年에咸北六의大凶으로말미아마 그 罰災民이 越境移住하엿다가 日 淸戰爭이 終熄된오後에 露兵이出兵하야 延吉에本營을두고附近各地에 駐屯하 야蹂躪이甚하엿다

그리하야 朝鮮農民은이것을避하야 故國으로도라갓다가 明治十九年에 淸國 政府에서 延吉에招墾局을設置하자 鮮滿人의 移住者가急增되엿는데 이때부터 延吉은招墾局의所在地라하야 朝鮮人側에서는 局子街라불럿섯고滿洲人側에 서는 從來의舊名延集崗에서 延字와 間島省新設直前인 卽康德元年末까지는 吉 林省管下이엿스므로 吉字를떼여다가 延吉이라불럿든 것이다.

그러면局子街는朝鮮人의局子街이엇고 延吉은滿洲人의延吉로서 各其따로 불러오던것을 間島省의新設과가치 延吉로 改稱하여버려統一식힌 것이다.

---

* 이 글은 ≪만선일보≫ 1940년 10월 14일부터 23일까지 5회에 걸쳐 련재되엿다.
　작자는 당시 ≪만선일보≫ 연길지사장으로 잇은것 같고 해방후에도 한시기 문학활동에 참
　여한 흔적이 있지만 총적으로 신원이 미상.

一一一六年으로부터 一二六一年까지의 元明時代에 間島에는 開二萬戶府를 두어 女眞族을 統治하엿는데그가운데 元初에 南京千戶府는 南京城(今城子山 =延吉街의 東方二十里地點인 小營子附近哈通河와 海蘭河와의 合流點의 北岸山 上)에 두엇섯다.

이때가 朝鮮高麗時代로써 太祖李成桂氏의 五代祖인 穆祖가 南京萬戶府의 五 千戶所達魯花赤(掌印官)을 歷任하엿고 그後 ㅇ祖度祖桓祖가 代代로그職을 世襲 하다가 桓祖의 次子李成桂氏가 登極하야 李朝五百年의 歷史를빗내엿스니 延吉 은 李朝五百年의 發祥地인것이 明確한 것이다.

그리고 明治十七年에 延吉에 招墾局이 設置되자 朝鮮農民은 延吉을中心으로 小營子附近에 多數移住하야 開拓한것을볼지라도 繼古의 因緣따라移住한것이 엿다.

延吉은 古今을 通하야 間島에서의 政治的中心地로서 吉林省管下에 隷屬되여 支那官憲과 兵營이잇섯슬뿐으로 그들의 暴威에견딜수업섯다

그리하야 明治四十二年十一月二日에 間島總領事館局子街分館이新設되엿 슬때에는 朝鮮人의 戶數는 겨우九戶로써 男女二十五에 不過하엿스니 滿洲人은 八百六十二戶가居住하고잇서 只今까지도 滿洲式建物이 만히남어잇거니와 當 時에는全혀 滿洲式建物뿐이엿섯가

이와가티 中華民國時代부터 延吉은官公署나 軍을中心으로된 都市이엿고 滿 洲建物과 省公署의新設이후 飛躍的으로 發展되여 今日에는五千九百六十六戶 로 人口는三萬三百四十二人에 達하야 省內四街가운데首位를點하엿스나 新興 都市와가티 浮動性이업고 卽設都市인反面에定着性이 濃厚하다 쉽게말하면 누 구나安心하고生活할수잇는都市인거이 이市街의特色이라할것이오 間島의七十 萬省民가운데 五十萬이나되는 鮮系省民을相對로하는 行政機關이延吉에本據 를두고잇서 모든行政에 鮮系省民을標準으로 行政하는것만할지라도 國內에서 어느省보다 特殊性을發揮하고잇다.

(二) 延吉街의發展 民會의힘이크다

明治四十二年에 延吉에 間島總領事館分館 新設當時에는 朝鮮人戶數가 겨 우九戶이엿스니 그때에는 下市場에滿洲人部落과 商店街가잇섯슬뿐이엿다

그럼으로 그當時에現在內鮮人市街로되여잇는 上市街는 滿洲人의菜田과沙場과濕地로서 空地이엇섯다

局子街領事館의指導下에大正八年度에局子街朝鮮人民會를創立하고 初代會長에 崔允周氏가 選任되며 市內만을 統管하다가 大正十二年에이르러 市外六十七個洞을編入하야 産業獎勵와 衛生施設을하기로되엿다

그리하야 이때까지는朝鮮人도 下市場에 居住하엿고 그周圍에는 滿洲人이 居住하는關係로 發展될餘地가업섯다

朝鮮人民會가 設置된以來날따라 激增되여가는 朝鮮人은 이곳에만으로서는 到底히收容할수업슴으로 新市街建設의必要를 늣기게되여 大正十二年에 崔允周氏는 街民有志의衆議에 依하야 東拓支店으로부터 五個年年賦償하기로하고 新市街建設資金二萬圓의 貸付를 밧아四百戶의 住宅를建築하엿다

그리하야 그해七月十五日 까지 竣工하고 下市場으로 移轉식히엿다 滿洲市內에雜居하야 支那官憲의無理한壓迫으로 經濟的으로甚한 ○○를밧아오던그들은 이곳으로移轉한以來로領事館과 朝鮮人民會의保護를밧기로되엿다

그中認識이不足한者들은 新市街不景氣라하야 도로히 舊市街로轉位하는者가 續出하엿섯다 그리하야 領事分館과民會에서는 强制로居住를制限식히고 여기에不服하는者에게는 罰金을 微收하엿다 그리하야 支那官憲의疾視를밧기로되여 三個年동안이나 繼續하야 崔允周 孫定龍 張基憲氏외 民會幹部들은 數三次逮捕監禁을當하여섯다 이와갓치 波瀾이重疊됨에떠라 新設市街로서 三個年동안에二萬圓의 債金을 償還할길이업섯다

그리고住民가운데는 下市場에잇슬때에 支那人의債金으로말미아마 建物을 그債金에 ○○하는者가出하여섯다 當局으로서는 家屋의賣買를嚴禁한바 이것을防止하엿다

이와가튼現狀을 打開식히여 新市街住民을 更生의길로引導하기爲하야 民會에서 東拓으로부터 商業資金二萬圓의貸付를바다 局子街貿易株式會社를創立하야 商品을購入하야 商人에게配給함과同時에 商業資金을融通하여주어 健全한發展을 시키엿다 그리하야 滿洲事變이勃發되자 好景氣를일우엇고 滿洲建國以來로 治安이安定됨에까서 모든機關을突破하고 市街는飛躍的發展을보이여 今日과갓튼 現狀을일우엇는데 延吉街의發展에잇서서는 朝鮮人人民會의 偉大

한功績을이즐수가업는 것이다

　그리하야 延吉街는只今까지도 下市街는滿洲人 上市街는內鮮人의市街로區
分되여잇다

　그런데 上市街로繁華街는 延吉自動○區 압흐로부터○의左右에는朝鮮人商
店이櫛比하게陳列되여잇서 朝鮮의都市를觀光하는것과 갓튼느낌을준다

　下市場滿洲人街延吉興農合作社압흐로부터 延吉縣公署압흐로 通하는協和
路이니 이거리에들어서서 東滿新聞社압흘지나면 滿洲式의雄壯한建物과商店
이羅列되여잇서 滿洲의氣分과風俗習慣을 如實히 차저볼수잇다.

　氣候와風土에잇서는 滿洲에서 어느곳이나大同小異하거니와 寒暑의差異가
甚하야 最高溫度三十四度八分이고 最低溫度는零下三十四度인데봄부터여름
동안에는 東風이甚하고가을과겨울 동안에는西北風이甚하야 朝鮮方面으로부
터 처음移住한사람으로서는多少의苦로움을늣기게한다

（三） 住宅難은延吉도一般 紅塵萬丈은間島의特色

　延吉의氣候는 朝鮮에比하야보면 추운편이지만全滿各地의氣候에比하야본
다면 그리추운편은안이다

　降雪期인겨울에 京圖線車를타고 西으로明月溝를지나 哈爾巴嶺까지 가는사
이에는 눈이싸히지안은때라도 이嶺을넘으면 積雪이滿山遍野로싸혀잇고 東으
로豆滿江을건너서南洋에서는 눈한點을볼수업는것이 的確한證據이다

　下市街에를가보면 滿洲人建物에 朝鮮建物이 一部分잇스나 上市街는朝鮮式
建物에日本式建物이 사이사이끼여잇슬뿐인데 이곳에는北鮮地方사람이多數居
住하고잇다

　그러므로 建物도北鮮建物미만코 그사이에洋屋이사이사이에석겨잇슬뿐이다
朝鮮보다추운地方이니만큼 建物의防寒裝置는 充分히되여잇서 朝鮮에서처음
오는사람으로하여금 이와갓흔設備만보고도마음으로 추운곳이란것을 直感的으
로 늣기게한다

　이와갓치 室內의裝置가防寒을能히하리만큼 되어잇슴으로 室內에서는 추운
줄을모른다

　겨울동안에 西便으로부터 부러오는모진바람은 모래를날리고 잔돌을날리여

사람의얼골을찌를듯시 살을어이는드시 延吉平野를휩싸고 紅塵萬丈을일우며 쉴사이업시부러온다 그러므로이와갓치추운때면거리에나와 단이는사람은 比較的적다 그리고市民으로서밧는苦難은 相當히만치만은 그中몃가지만을적어보기로하자

첫재로는 四時를通하야언제나困難을 밧고잇는것은住宅難이다 支那事變이勃發된以來로모든 物資의配給統制로말미아마 建築을마음대로하지못하는것은 延吉에局限된것은안일것이다 그리하야 住宅은 制限되여잇고 人口는無制限으로 增加된다

今年度上半期에도 六千名이增加되엿스니 每月平均千名式增加된 것이다 그럼으로遠地에서 이地方事情을모르고 家族同伴으로 轉勤하여온이들은할수업시 한달이고두달이고 旅館生活을하는이도업지안으니 經濟的打擊은말할것도 업는것이다 그리고겨울동안에 第一苦難을밧게되는것은 街內에驛前까지는七里나되는데 「택스」와 「하이야」가不足되여 차례가밋지안으면 車馬車로驛前까지 나가야하는것이다 그리고아직까지도 거리가整頓되지안흔곳도만흔데 여름비가내리고때에거릴로 自動車가通過하는때면 진흙이左右로 쏜살갓치날려와서 通行하는사람의衣服을 흙투성이로만드러노코 店鋪으유리窓은흙바름질을하여노코만다

春秋와겨울에는 이自動車박휘에서 니러나는띄끝은文字그대로紅塵萬丈을 일우어 사람으로하여금 눈을못뜨게하니 自動車란사람에게便利도주는것이지만 延吉에잇서서는 괴로움도적지안케주는 것이다.

이와가튼 不便가운데 第一甚한驛前에서 市內까지馬車를타거나 徒步하기를기지안는손들은 汽車의乘降臺에서나리기밧부게맛치競走하다십히압흘다투어 버스를탄다 延吉에居住하는사람으로서는누구나이와갓흔일을 당하고잇슴으로 우수울것도업다

그러나 처음延吉로오는이로서는 무슨까닭인지알지못하고 다만우슙기만할것이다 그리하야 新京에게시던 東隱先生은 延吉왓다驛構內에서의 競走하는光景을보고 다음과가치感想을말하엿다

「車中에선 멀정하든사람들이 延吉驛에到着하자 構內에나려서더니 老少男女할것업시 갑자기 모다들 밋치더라」고.

이와갓흔現狀은 다른都市에서 차자보기드문 奇現狀이다.

(四) 民族協和는延吉이第一 公設市場은設備完全

어느爲政當局者와 他省의 民間有志어는분은 協和間島省聯에出席旁ㅇ한다음 「民族協和는間島로부터」라고 感想을말하엿다

그러타 間島는各民族의雜居地이다 그中에도省都延吉에는 日鮮滿露獨五民族의 雜居地로되여잇는데 어느會合에서보든지 그야말로異口同聲으로意見이 一致될뿐이고 甲論乙駁하는일은 한번도차자볼수업다

그럼으로 延吉은民族的으로보아가장平和를 일우엇고 民族協和는 이미完成되엿다.

이것은延吉이아니고 全間島가이와가티協和되엿다는것을볼때 무엇보다도깁뿐일이안이라할수업다

그러면 延吉은 過去부터 民族的의 反日乃至同一民族사이에 당파적비풍이업섯던것도안엇스나 建國精神과協和會의 趣旨가漸次一般民衆의腦裏에까지 吸收됨에따라以上과갓흔 弊風이一掃되고 平和建設의 第一步를옴기게된 것이다

그러나 延吉은省都로써官公吏와 會社員等俸給生活者가 大部分을占領한 都市로서 經濟中心都市가안이니만큼 一般으로보아 經濟力이微弱하고 民間側으로서 社會를爲하야ㅇ方의發展을爲하야 獻身의活動하는분이 멧분되지안는것이 첫재遺憾이고 그다음은 靑年階級으로서의이方面活動이 적은것이 遺憾이다

經濟都市가안이니만큼 商工業方面의 發展은 特筆할만한것이업다 여기에따라서 過去를回顧해본다면 金融機關이不備하여섯고 商品이잇대야 大量消費할수업는까닭이엿섯다 數年前부터 市街가 漸次發展되는途程에잇슴으로 延吉都市商工合作社와東興間島兩銀行과 延吉農商互助組合延吉商工互助組合等金融機關의 本格的貸付로말미아마 中小商工業의 活氣잇는活動은開始되엿섯다

그런데 商業은滿洲人이獨占하다싶히되여잇섯스니그理由는 첫재로資本金에잇서서日鮮人으로서는 따라갈수가업섯고 附近農民은從來의習慣이남어잇서滿人商店街에몰리게되엿슴으로 日鮮人商店中心地帶인 上市街發展上적지안은影響이밋치엿다

上市街의朝鮮人商店에서는 數年前부터 이에對備策으로 資金을增資하고內

地方面으로直輸入하야 廉價販賣를開始함에따라 多少好況을일우게된이때에 또한暗礁에걸니고야말엇다

非常時局下에 平戰兩時의對備策으로 各種物貨의配給이統制되고 輸入聯盟이結成된以來 商品이購入을맘대로할수업고 더욱히昨年以來로 間島消費組合이新設되여 官公吏와 特殊會社員에게生活必需品을配給하게된以來 物品이잇게되야 販賣할수업다는悲嘆으목소리가놉하지고잇스니 今後의 延吉商界는어느程度로 轉換될것인지豫測하기어려운現狀이다

延吉에는 東西兩公股市場이잇서 이곳에서家庭日常生活에必要한食料品과 野菜及日用雜貨를 販賣하고잇는데 西市場은 朝鮮人民會에서經營하다가 治外法權撤廢當時에 延吉街公所에移管되엿는데 이市場에는 農村의婦女들이 野菜와穀物을가지고와서 賣買하는데 처음으로보는사람으로하야금 맛치朝鮮가서 어느都市의 公設市場을觀覽하는것과가튼 感이다.

그럼으로朝鮮서처음드러오는이가 이市場을求景하고「그것 朝鮮과맛치한가지로군!」「이 市場만보아도延吉은 朝鮮과마찬가진데」이와갓치 누구나말한다 東公設市場은 滿洲人側과 九市場에居住하는朝鮮人의 要望에依하야 昨年度에 新設하얏는데이市場에를가보면 滿洲人風俗을그대로 如前히發見할수잇스니 이兩市場은모다間島에서차자볼수업는 훌융한設備로써 延吉의한자랑거리이다

(五) 朝鮮語放送은延吉에만, 敎育機關도完備

지난봄에 在滿百餘萬의 鮮系國民으로서 異口同聲의反對가잇섯슴에도不拘하고 全滿放送局에서 朝鮮語放送을廢止하얏스나 在滿朝鮮人半數以上과全省人口의約七○强인五十一萬二千七百五十七名이間島에居住하고 잇슴에따라서 연길방송국에만朝鮮語放送이남어잇는것이 延吉로서는 큰자랑거리고 在滿朝鮮人으 幸福일고할수잇다

그리하야 全滿朝鮮人아나운서가운데서 오직陣聖俊君한사람만이남어잇서 이와갓흔重大한責任을두억게에걸머지고 緻密한 硏究와活動을하고잇다 이와갓흔 特殊性에○하야 明年度에는放送局을新築하고 二重放送을實現식히여 朝鮮語放送을擴充하야써 五十餘萬朝鮮人의 期待에應하리고傳하여왓다

그러나 近日에드러온消息通에依하면 資材關係로말미아마 延期하야 강덕○

年度나實現되리라하야 鮮系省民으로하여금 다시憂愁에빠지게하고잇다 非常時局下의國防省으로서 重要國策의宣傳과 治安工作民族的協和乃至國民의思想善導의必要를痛感하고 朝鮮語放送을存繼케한것이라면 萬難을排除하고라도豫定대로 時急히實現식히여 五十餘萬省民의期待를저버리지안는것이 조흘가한다

그리고 延吉은女子敎育에잇서 어느곳보다便利한곳이다 朝鮮人生徒를收容하는學校로서는 基督敎監理敎會에서 經營하는幼稚園이잇고初等敎育機關으로소는 大和 海星 明倫三校가잇는데 그中모든設備가 第一充分한學校로서는 大和國民優級學校이니 이學校는咸鏡北道에서經營하던 局子街普通學校로서治外法權撤廢當時에滿洲國에移管되엿고海星國民優級學校는 天主敎의經營이고 明倫學校는間島儒林聯合會에서經營하다가 四月一日에公立으로昇級되여 延吉縣에移管된 것이다 그리고中等程度의 學校로서는間島省立 延吉國民高等學校 성립연길사도학교, 성립연길공과학교, 성립연길여자국민고등학교, 延吉女子高等學校等五校가잇서 모다內容이充實하야 全滿各地는勿論이고 朝鮮內의學生까지 受容하고잇서 女子들의敎育에잇서서는 第一便利한곳이다 以上各中等學校에서는 日滿學生이共學하는데 學校에서부터 民族協和를 具現식히고잇는것이 어느便으로보든지 조혼일이고 서로人情과 風俗을잘알게되는것이 가장意義잇는일이라고보겟다

延高에는 農林科와獸醫畜産科가잇서 農村振興과農産物의增産에對한 責任을지고活動할技術員을 養成하며 延師에는 特殊科와本科가잇는外에 中等學校를卒業한女性徒를養成하는女子師徒科가따로잇서 初等敎師를養成하는中이며延工에서는 土木, 鑛山, 園藝三科에난羅進間島建設의 主人公이되고잇다

그리하야 近日의延吉은交通이便利하고 間島의政治中心地로서 主要各機關이集中되여잇고 敎育機關이完備되여잇서가장살기조혼延吉이다.

圖佳沿線巡訪記

校門을 나서면서*

박정무(朴定武)

아 — 大成아! — 나는간다.

아 — 大成아! 잘잇거라.

아 — 大成아! 내가 네품을 써나가기는써나간다만은 네게향한一片丹心 영원이 모닛겟다. 아—가련다.아—잘잇거라하는 이한마디의離別……아 이무엇이라 形容하며 그무엇에다비할가? 참아써나지못할心情 이제는 아니가려도 할수업고나! 이것이 畢業狀이냐! 逐出狀이냐? 靑龍刀이냐? 三千斤鐵推냐.

아! 大成아! 잘잇거라. 아—나는가련다. 부대 부대 잘잇거라.

아! 이얼마나 설은소리냐. 사람은만나고써나고 서로 난흐인다. 그리하야 보고십흐니 내달부니한다. 그러나 서로써나는동안에 죽는자는그얼마이며 우는자는 그얼마이며……그수를헬수잇단말인가?

復活에 「네프로트」와 「가츅사」의리별-白露의하늘을치는황막한 「시베리아」에서 최후로 愛人을눈물뿌리고 보내는 그 갓튼리별도 설은리별이라하겟지만 쓸쓸하고정막한滿洲荒野에서 知己의學友들과鬱鬱한感懷를품고惜別하는 나의 이리별도 섭고 애달고 눈물나는 리별이라고 안할수없겟다.

오 그러면 大成아! 잘잇거라

나는 마즈막으로 네게한두마디 남은부탁을하고쯘치련다. 오-大成아! 너는 크게 일울자이다 성공할자이다 그것이 과연 너의표어대성이 아닌가! 풍파만은 세상에서 너인들 흔들림이오즉하랴만 너의 그굿은힘으로 百折不屈하며 그 理想그대로 쯪업시 발휘하여라 그리고 네가 目的한그것을아모조록 成就하여라고. 그리고異域에서 유리하는불상한무리들을 더욱더욱 길어다고. 그리하여被壓迫民衆에瑞光이되여生命水가되여다고. 그리하야二世三世千世萬世 「알파」로부터 「쎗타」까지 영원무궁히 至于萬세를 빌면서

아 大成아! 잘잇거라.

세상풍파모르고 고이자란이몸은

---

* 이 글은 ≪民聲報≫ 1930년 5월 30일에 게재된것이다. 작자 신원 미상.

네품을쩌나 한만코 원만은
저 넙다란 세상으로 쩌나간다
오 大成아! 잘잇거라.
나는간다.

새터를 닥그려*

엄성(嚴城)

삶을저주하는무리─

그들의앞길은 어둠에휩싸인 밤길일것이다마는 삶의얼골을 그려볼때 그누라서 삶을 저주치않으랴?!

허나 저주할삶을 저주하지 않는데서 새로운 삶이나타남을 어찌써부인하랴!

이것이 모순의탈을 뒤집어쓰고난 인간들이 밟고있는 괴도가아닐까?

인간이란 삶의지배를 받어야할것인가 그렇지않으면 삶을지배할것인가!

만약 삶의지배를받는 인간이라면 너루나무능하지 않을가? 그리고삶을 지배하는인간이라면 그역시 추인간일것이며 그러한인간이란 열손가락으로 곱어보려해도 한손꾸락 좃차 곱피지 않이치않는가?

허다한 인간은 삶의지배를받는것이 사실이다.

그렇다허닛간 인간을 무능한것일까?

그런것도 아니다 인간이란 그렇게도무능한것이아니다

인간은 역시 순간순간이 우주를창조하고있다. 그렇다면 인간은 무능한것도아니다! 만은 인간이란 삶의지배를 받는것만사실이다 여기에서 우리는 인간의 삶을 측정하는저울을발견하지않으면 안될것이다.

인간은 삶의지배를밧되 그삶이 인간을살이지못할 때 그인간 은비로 소삶은지

---

* 이 글은 ≪北鄕≫ 제2호 卷 頭 言이다. 작자 신원 미상. ≪北鄕≫에 대하여서는 주해 30)을 참조하라.

배하지않으면 안될것이다.

　그럼으로 우리는 새로운삶을찾기위하야 삶을지배할 새로운터전를닥거야할것이다 새해맞는 인간은 모름즉이 황페한옛터전에 새로운 터전을닥끔으로써……!
　삶을저주하는 인간아…
　팔에 힘을주어 삽을잡고 문허진성터로 나아가지않으려는가?
　새터을닥끄려!

北國의서울哈爾濱*

晦城(매성)

　十月八日! 호미한灰色장막에싸힌거리의燈불이 수많은生靈의꿈을직히고잇는새벽이다. 魔都의怪物같은巨體는꿈틀거리면서하품을친다. 때안인起床種소리는四方에울니윗다. 本舘앞마당에는다섯채의自動車가느러섯다點名이끗나자行李는行李대로사람은사람대로자리를차지하엿다. 「K! 여기올너!!」W君은나의팔을쥐여당기며부비고드러갓다 「八十九番」이란일흠은덜엇스나처음이엇다 그는市內「뻐스」의番號이엿으나其實은 短髮美女의別名이엿다. 고슬고슬지지니머리가菊花송이같이두귀를살며시가리윗다. 선하품아울너 「오라잇」소리가나오다 수많은사람을만나게되여도이런團體를태워보기는처음일것이다. 그의갈갈히흐터진머리가문선에기대인채눈은슬며시감기엿다.　얼마나괴로윗슬고?누구인지이상스럽게기침을하엿다. 모든視線이한곧으로모히자한바탕우슴판이터젓다. 벋을대로느러진新作路를달니는快感! 산地獄에서떨처나는마음이야말로나러가는새에지지안을것이다. 鐵橋를지나臨江門을지낫다 蛇弓形의松花江 기슬의街路燈이흐리탁탁히물속에잠기엇다. 商店에서는험상스러운 鐵板門을여는소리가이곧저곧에서들린다. 얼마안되여 百五十餘名의발끝은 停車場廣場아스팔트우에二列로밖히윗다 半流線型의뻐-스가애교를피우며카-부를도랏다. 馬車, 人力

---

　* 이 글은 《북향》 제2기에 게재된것이다. 작자 신원 미상.

車, 自動車의지지끌는소리와짐車화통의덜그렁거리는개다리소리가뒤석기엿다. 「오오리노…가다가…수ㄴ-데가라…오노리구다사이!!」流唱한日本말노소리가 昇降口우에소슨라발속에서뛰여나왓다. 哀憐스러운앙가씨의목소리엿다 엇던親 舊는입속으로웅얼대이며그의 日本말을되푸리하엿다. 汽車는자리에안끼가밧부 게긴-고동을빼며레-루을시첫다 납작납작한 鐵道國官舍가뒤으로붉은벽돌집과 憲兵隊官舍가뒷거름질을하고다라낫다휘넓은벌판이낫하낫다 휘넓은벌판이낫 하낫다 거저드리는안악네골목에모여드는牧童아해들이손에다무엇을쥔채로건 너다본다언듯 東新京을지낫슬때에는이스한아침역이다. 新築한벽돌집과널쪽 집이총총드러밖인곧에비둘기들이汽笛소리에놀나하날로흐터젓다. 禮拜堂鍾같 이뗑그렁뗑그렁승거운소리를혼들며汽車는新京驛에멈첫다 地下道를한굽이도 라서AB班이라고써붙인車속에뒤달녓다.곡꾼(工夫)들의곡광이가올나갓다가일 제히떠러진다 허리굽은영감은늘쌍젊은사람들이떠러트린다음에도한참씩이나 느저서車속의사람들을웃키엿다!! 北滿의曠野라드니! 나는발을멈추고四方을바 라보앗다아마이것이形容詞가無限인가보다 生後처음넓은平野를보눈나 自身이 井中의格이엇다 부비고복닥복닥숨이막힐듯한街頭에서지나는사람의기침소리 에도웃줄하던神經이갑자기늣춘연줄같이흐터질대로풀니엿다. 一望無際의늠늠 한平原!! 그야말노흐늘흐늘한 乳房같이배곱픈길손을부르는듯하엿다. 넓은大陸 의가슴! 그는숨술때마다雜草의옷자락이들석들석하엿다 저탐그러운땅에는無藏 의寶物 이잇겟지? 사람들은웨이렇게넓으天地에서살지못하고한곧에들니워오 굴오굴하는가? 오! 물이없으니까…? 馬賊이많으니간…? 나는이렇게自問自答 하엿다 將來로는이곳도모자라게移徒軍으로줄릴껄?아니이벌판이가득이집을짓 고사람이산다면世上의사람이다들어도모자랄것겟지? 空想은점점이슴푸레하여 가며世上일이모두이상스러윗다 갑자기시원한바람이휙지나간다. 地平線은煙氣 같이흐리엿다지나치는 停車場들은누런벽돌집이엿다 드문드문싸은砲台와露西 亞글과滿州語로쓴看板이보인다 우묵한눈에주먹같은코가달닌 乘警이몃인지올 앗다.그리달니는車이것만넓은平原은간러운듯이어물거리고잇다!.

해가地平線우으로룽글뎅글글고잇을때이다 보든雜誌를거두는親舊, 옷을가 려입는親舊…車안이들석하엿다나는기지개를하고뭇사람들을부비고나갓다 오 래간만에듯는 電車의카-부도는소리가들니자푸른帽子를쓴露西亞馬車夫, 運轉

手가待合室門이터지도록부비대엇다 伊藤博文의銅像을뒤으로느러서자點名이 끈낫다쎄면으로매질한듯이언덕으로골목으로電車길이뚤리엿다 칩다는말만듯고입엇든外套가몹시도괴롭게그럿다 內服에배인땀이들석거릴때마다선듯선듯하다. 다리압혼生覺을하여서는길엽페서라도눕고십엇다.바로中國거리엿다×× 金店이니百貨店이니紅燈과靑燈이번듯이엿다. 조분골목을더러서不夜城을쌓은듯한네온가인기거리를向方도몰으고끌니워갓다豊順棧이라고層層이드리운看板! 弓形의大門을드러섯다傳達宅의거미줄같은電線줄과灰壁에色色으로물드린丹靑이눈에선듯하엿다올나가는다락마다크다란거울과茶심부럼하는머슴이서잇다. 나는K君과늘하는냥으로한구석에서기웃기웃하다가살이피둥피둥살찐主人을따러三層어느구석방을차지하엿다. 「이러곤에가두어두면千年인들알나구?」나는갑자기무시무시한 生覺이낫다. 별다른料理로배를채우고도라왓슬때에다두개의寢臺! 한개의테-불 그구석에는「뻬이지카!」가잇섯다.모루히내의注射병이드문드문보엿다女給인지손님인지알지못할앗씨들이호들거리며짓거리엿다.이불도업는旅館! 무시무시하고음침한十五號室에새우같이꼬부린나그네는돌갗이딴딴한寢臺의신세를지게되엿다.

　十月九日 날이새여도날새인것을몰으겟다.흐리텁텁한都市의아츰이다.우리가탄自動車는一列로느러섯다.언덕을넘고알지도못할어떤되로向하여달니고있다.나는푸린트한地圖를내여公子廟를차저내엿다.백양나무닢이한닢두닢떠러지는언덕에서멈첫다.새로 移舍온듯한오막사리집뜰에는힌옷빨내와이영에는빨간고초가널니웟다.누른기와붉은丹靑.雄壯한집의안이나밧갓이모-두음침하엿다낫에도 鬼神이날만한그방에서단한시간을자라고하면겁에질니여죽을것갓다.나는오던길에오막사리집마당에서젊은앗씨를하나만나기는하엿쓰나그들의生活을물을時間이업섯다. 極樂寺!! 까만장삼입은중의뒤를니여드러갓다 鐘閣과食堂, 會議室이즐번히널닌中間을끼고가면 大雄寶殿이있다. 法師의紹介로一同은귀를기우리고그沿革을들엇다.나는문득「나가시마」先生이생각낫다 法師의얼골이꼭갓기따문에…….長作相代의세윗던建物이只今은排日代身에四十餘名의 孤兒에게佛經과日語를가리친다는것이엇다 佛堂안의여거부처닌과두나라임금님의환을모시엿다 引率한先生의크다란號令에머리는조용히숙여젓다極樂寺를나설때에는배가출출하엿다露西亞의「로마노프」皇帝의寫眞을爲始하야各色花環과

大理石의十字架로다스린墓地를지나 哈爾濱學院으로달엿다.市外에떠러저白楊나무그늘속에미연한野球場이보엿다.三層의붉은벽돌이鬼神이눈만흘겨도쓰러질듯하엿다.하얀石刻의正門을드러가서左便에印刷室이잇다.

龍井의첫印象*

고적(孤笛)

　　現實生活의矛盾을根本的으로解決할能力을가지지못하고다만不安恐怖에쌓여있을때매사람은어떤超人間的인偉大한人格의힘에依支하려고한다. 그래서生活의矛盾과不安을現實的으로克服解決하지못하고彼岸의觀念의世界에서避免的으로自願으로塗0隱蔽하랴는길은敎會堂으로通하여있다. 　그리고끈임없는生活의不安과悲哀와不備을다만理性을庵沒식히고强烈한感覺의快樂를瞬間瞬間얻음으로 消散식히랴는길은술과계집의집으로通하여있다.

　　人口二萬에一○六個所의屋樓, 카-페-!!

　　이數字를神父나牧師가들은다면落亡할「소○」이라고咀呪할지도모른다. 이곳은神의世界와 惡鬼의 世界가소로만나서다투며展開되고있다. 아니 惡魔의世界가凱旋歌를부르며行進하고있다. 神의世界로가는사람은觀念的으로아우러自由롭고幸福된다고生覺하려도自己가산現實을逃避하며忘却하며일허버린다. 그리고惡魔의世界로가는사람은人間의가장 高貴한것을짓밟고辱되게한다. 文化都市라하나科學硏究의機關이하나있나? 圖書館이하나있나? 冊家래야昨秋에는文房具, 敎科書를取扱하는조고마한헌冊房이하나있을뿐이었다. 一年이다지나가도學術講演하나없었다. 文化都市? 모면뿐이, 모면갬이있고라디오와카-페-가있으니까!? 五千餘名의學生을每日授業식키고있지않느냐고反問할넌지도모른다. 敎室에서學生에게敎科書를機械的으로暗誦하여주는것만이 能事가아니다.

　　그것은卽得의知識의再版에지나지않는다. 　量的으로는擴大再生産이나質的

으로는 一步点도意味하지않는다. 이런土壤과栽培法으로는눈부신별이빗나는文
化는꽃피지못한다. ○○○○○○-한구루-쓰한법들속에서矛盾과混亂의生活이
○○○○않을미끄러지고잇는가!!

龍井은生産의都市가아니고消費의都市다. 俸給生活者, 小市民, 룸펜의○○
○○○○的生活方式에너머나急速한資本主義의법률과 ○○를文明의盲目的
模倣眩惑에허덕이는奇形의過期度的都會이다.이러한小都市가現今의錯雜한政
治的社會的諸情勢下에서前述한生活過程을밟는것은必然의勢라함은決코現狀
을그대로肯定한다는것을意味하지안는다. 人間사리가이렇타면自然에서나慰安
을얻어야할것이아닌가?

하날은처다보니半年동안은푸른빛을보기어렵고山을바라보니雄大란氣象도
風趣도업는언덕간은 平凡한山들이벌거숭이로서있을뿐! 들은또한花草업서쓸
쓸하고海蘭江는맞이龍井社會相을말하는듯시누런濁流가목쉰소리로고함을칠
뿐이다.

人間사리와自然에情부칠곳업는이胡地에山水아름답고情든故鄕버리고무엇
하려왓슴까?이것은다만나하나뿐이아니고여기에사는白衣의아리랑(啞裡籠)郡
이다같이풀어야할하나의수수꺽기이다.

그렇나이곧에도眞理를探究하려는情熱과바른길이라면가다가넘어질지언정
水火를가리지않고 突進하려는意氣과勇氣와精力에넘치는學生青年이있다.

우리는모든것에落望을하여도그들에게한줄기希望을부처살수잇다그들이야
말로未來의龍井의아니世界의主人公이아닌가?

一九三五, 九, 二十一日夜.

龍井이그립다*

박화성(朴花城)

꿈나라 처럼 멀게아득하게 생각하든 北間島! 龍井!! 그러나 지금의 내게있어

서는 잊을내야잊을수없는 가장 정다운 곧이되여있다.

내게 없어서는 아니될 사람이 그곧에잇다고해서 또 마음이 서로通하는 동무가 잇다고해서 그다지 못 잊어하는것은 아니다.

勿論 내가 龍井을 보고오기前에는 그들이있슴으로해서 龍井이란두字를 머릿속에삭여두엇거니와 정작 지난六月에 내발로幾千里北國의 그곧을 찾어갓다 온後에는 一百八十餘日이란 긴날 동안에 하로도 龍井을 잊어본날이 없섯다. 그異國情緒를 가득이 담고잇는 龍井市의 거리거리! 同胞愛를 이몸에넘치도록 부어주시든 여러분! 한신들 그風景 그사랑을 잊을수가 있을까?

그러나 그中에서도 못견듸게 그들을生覺하든때는 伐草하러 갓다오든때이엇다.伐草! 一年에한번식 先親이나 宗家의붉집웅우에 염치없이 우북하게 자라잇는 雜草를 날이 시퍼런 낫으로 다가 삭싹비여버리고 새파란 잔디지붕을 바라보는 때의 맑고 개인- 한 마음이란 異國에 게시는 그들에게 그야말노 꿈에나 가저볼수잇는 보배이기 때문에…….

秋夕도지난 어떤날! 病으로 수척하여진이몸을끄을고 墓地에 올나가서 伐草를하고나니 느진가을바람이 이마에 송이저맷친 구슬땀을 싯처주면서 내품에다가 서-늘한 思友情를 안겨주고지내갓다. 그때 나는 비탈길을 걸어나려오면서
「지금의 이마음을고히고히차서 그들에게 선물로주고십구나…」
하고 중얼그려보았거든.

그러드니만 요새는 그때보다도 좀더 北國으로서의 龍井이 그러워진다.

내가 갓슬때는 여름도 한창이엇건만 하-얀버들꽃이 눈처럼날넛다. 商埠局公園안에 잇는어느料理店의 別室에 앉어서 아이스크림을 두그릇식이나 퍼넣고잇는 우리의 유리창밖에 나붓나붓휘날니든 그눈꽃! 綠陰이 덮힌 公園 길바닥과 나무나무아레 쌓여잇는그積雪!

새-하야케 물이끼모양으로 덥혀잇든 그 녹지않는 눈! 날새는 찌는듯 더우면서도 情緒는 白雪의景을 나타내는 그美妙한 情景을 龍井이아니니면다른곧에서 果然 찾어볼수 잇슬것인가?

南國인 이木浦에도 요새 몇일만은 흰눈을 함박으로 퍼붓고잇다. 그러나 지붕

* 이 글은 《북향》 제3기에 게재된것이다. 박화성(1904~1980) 녀류 소설가.

과 장독 그릇우에만 두껍게 쌓일뿐 枯木에 滿發한 雪花의 壯觀은 도저히 얻어볼
수없다. 이럴때마다 나는 「商埠國公園의 雪花야말노 柳花보다 몇배나더 볼만할
것을……」
하고 안타까운 歎息을 하는 것이다.

　海蘭江! 江마다 가지고잇는 맑고 푸른물을가지지않고 흐리고 붉은물을 가짐
만으로도 모든江沈黙을 직히겟지. 것츠러운 숨결 모라쉬면서 赤海로 세차게
내리몰고잇는 海蘭江의 사나운물결도 요새는 어름아래서 고요히 잠들어잇겟구
나! 그리하야 北國의 씩씩한 健兒들아 赤玉板이아니오가슴위를용긔잇게달니면
서몸과생각을함께다시겟구나? 오오- 海蘭江아! 부듸부듸그들을잘키워다오. 海
蘭江! 너는 來年봄 어름이 풀릴 때 첫재번 속삭임으로써 어떠한 약속을 그들의
귀에말하여주테냐? 바람? 비? 그도저도아니면 빛나는 太陽이냐? 그누가알리.
오-직 네홀로알고잇겟지. 그러타 나는 너를 그리워하며 來年봄을기다려볼테다.

　　　　　　（乙亥 저무러가는 一九三五年十二月二十三日）

나의 삶의 管見*

崔榮翰

一. 人間

　人間은 自然이나神이 가지지못한 人間魂을 가지고잇다. 自己의罪에對한懺
悔의마음을가지고잇다 서로不幸에對하여 불상히 生覺하며 슬퍼하는아름다운
마음을가지고잇다. 눈물을가지고잇다.

　　　　　　　　　　△

　눈물에저저지지아니할착함(善)보다는 눈물에저저진악함(惡)에서 더만히人
間味를 發見할수잇다.

＊이 글은 ≪북향≫ 제3기에 게재된것이다. 작자 신원 미상.

△

착한사람과 악한사람과는 어대그差別이 업슬갈? 幸福한사람이 착한사람이
오 不幸한 사람이 악한사람처럼 생각되는것은 세상사람들의錯覺이아닐가? 不
幸한사람가운데는 弱한착한사람만타. 약한착한사람은죄를범하기쉽다.그렇다
고밀쳐 악한사람이라고는 말할수업다. 왜 그러냐하면 그들은 물을 때 눈물로
마음을 깨끗하게싯고 청결한상황을할수잇기때문이야.

△

또세상사람들의대개는 富者가 幸福하고 가난한사람이 불행한것처럼生覺한
다. 그것은 黃金萬能의過信에서생긴 謬見이아닌가? 人間苦를몰르는사람! 人間
味를發見할수업는生活! 이것이어떻게하여 幸福하다고말할수잇을가?

△

가난한사람은 반그릇밥에도 눈물을홀러하늘의 恩惠를感謝한다. 幸福한사
람 넉넉한사람은 오히려 가난을불으짓는다. 어느生活에서 人間味를發見할수
잇을가?

△

눈물은不幸한사람 ○○○○사람에기만 주신神의선물이다. 人間은 이눈물로
써 基督에게그 釋迦에게도 사랑을받을수잇다.

△

남을미워하고 人生을저주하는 마음은 人間의온갓 착함을다浪費해버린다.

△

남을미워한다든지 辱을하는것은 人間의價値를否定하고 그自尊心을상하여
當然남에게서받을 尊敬을掠奪하게된다.

二. 宗敎

宗敎는 想像도아니고 漠然한依賴도아니다. 宗敎는 어대까지 休驗的이라야
한다. 宗敎上의말도 그眞理도自己自身의 괴로운體驗에서 나온것이아니면 거즈
ㅅ이다.

△

참된生活은 寂寞한法이다. 그 寂寞한가운대서 타올르는 聖潔한熱情이야말로 生과死를超越하고 時間을超越하는 情火일것이다.

△

슬픈가운대에 눈물가운대에 참된聖地가잇는 것이다.

△

人間모다가 숨은눈물을 가지고잇다. 숨은눈물을참으로 느끼르수잇는사람은 큰宗敎家다.

△

生覺할 슬픔을 가지지못한날처럼 空虛을 느끼는날은없다.

그러나 슬픈낫을 괴로운낫을 남에게 보여서는아니된다. 눈물을 남에게보여서는 아니된다. 그것은 自己의슬픔을 마음도없는 사람에게 더롭히지아니키 때문이다. 슬픔은 呼訴함으로써 그귀함이 일어지기 때문이다.

△

祈禱는 깊은넉시속으로 人間苦의 눈물을 프어내는 것이다.

三. 藝術

藝術家란 어떠한問題 或은 어떠한일에 對하여도 自己內部의本能的힘으로써 감당하여나아가는사람 그힘이作用하는가운대서 自己의表現을求하여나아가는 사람이다.

△

가장必要한藝術의要素는 生新한힘이오 原始人의憧憬이오 處女的의純情이다. 凡人的의簡素다. 半可通的의俗氣도아니고 眞實한精進이오 素朴이다.

△

永遠에對하여 憧憬을가지는사람 神秘에對하여 놀램을 느끼는사람이아니면 참된藝術을나홀수가없다.

頭腦가 明晳하다는 反面에는 無限에對한觸覺이 없으면아니된다.

△

神의傑作인人間을 人間의마음을 깊이깊이찾어보도록 십어잇다는 感謝가 우리들의넋이를 움즉인다.

雨夜逍遙*

윤영춘(尹永春)

비는아직도끈치지안엇다. 傳說의古城 기슥을씻처가는滄波엔 적은배들이왔다 갓다한다 반작이는등불만이 하늘의별처럼 강바닥을빗내고잇을뿐……이비에 祝福을받은萬物은 生의樂趣를 吐出하고야말리니

움트는나무들아

깃버하라 깃버하라

내일에綠陰으로 世界를征服하리니

黃金빛안개속에움트는 오-나무들아!

나는이러케 흥치겨운노래를불으며學課를畢한후 각금 淸流碧밑으로. 밤을새여가면서 信仰의 同志들과함께걸음을 옴기는적이있읍니다.永明寺뒤에松林은 무슨偉大한創造의소리를들으라는듯이 묵묵히귀를기우리고있었읍니다. 그러나 들리는것은물소리와바람소리뿐임니다 우리들은이렷케神秘로운순간에 참으로 造物主의게경건한기도나마아니들일수업슴니다. 저달을둘러찬저구름은 부풀어 올은婦女의살진젓통처럼보잇한것이보이지안슴니가 귀기울려듯건대씻가는ㅇㅇ에나무들은風樂을-울리잔슴니가 樓閣의그림자가물속에서춤추고 갈매기들은잠도아니자고江邊에서노래불으니 더욱美觀이아님니가? 白雲의사이로 淸風이씻처갈 때 고래가헴처간은海峽은 天幕처럼퍼덕임니다 이럴때는참으로-莊嚴하고神秘한世界의 神을찬양하는때는참으로- 저月尾島에서 함부로불으는靑春의樂歌보다 神話를가득심고달빛에터가는저漢拏山美風보다 자북히몸을잠겨주는 東京의溫泉보다 이것이야말로興趣이상의興趣요 生의神奇한별다른곱득일

---

* 이 글은 《북향》 제4기에 게재되었다. 작자 신원 미상.

것임니다.

論介의절개보다 項羽의긔개보다 王將軍의 武庫보다 潔白無缺을爲主한 生活의所有者가못지안케 主要한줄암니다. 바람은불어오고 안개는자욱히산허리에 덥힘니다 어대서인지꿈길갓치아수룩하게 라지오소래들려옴니다. 차츰더똑똑히들려옴니다 日本노래가들려오다가이번에는滿洲國노래! 얼결에들려온그노래는 내귀에익숙한노래엿슴니다. 내가나서자란그리운 滿洲에서들려오는노래…… 늣김많고감개깊은北國 비록北國이내살결을 게슴치레하게한들 나는너를언제나마다하지않은리라 나는언제나너를 버리지아니하고기리~노래불러주리라

쉬임엄시홀으는江의노래를이여! 葬禮式에불으는胡人의胡歌戌笛좃차오날밤은몹시듯고십다. 보솔비는아직도끈치지안엇다 白善行記念舘에서무슨宴會가잇엇든모양이다. 出入口로나오는사람이물밀이듯 뒤박죽거린다「비오는데어서집으로가자」하는소리가들린다.

나는집생각이낫다 동무들이그리웟다 문득北國에서시달리는同胞의幻影이떠돌자그들의게奉仕를못다하고慰勞를못베풀고기쁨을 못주는내가안타까웟다.

봄 追憶의 한토막*

김영일(金英)

봄!

한해한번식 찻어드는 봄이니이봄에 새삼스러이 느끼ㄹ것이 무언가만은 그러나 변함을 가진 우리인생으르써 어찌 이 봄이 흘러간그봄과 똑같을수있으랴

같다하면 좀달이 높이떠 지리지리노래하고 버드나무가지 내방에 파―란 고개드려보낼것 박게없다

분아!

---

* 이 글은 《북향》 제4기에 게재된것이다. 작자 신원 미상.

너도 아봄을 맞이하엿스리라.

어떻한 하늘밑에서 이봄을 노래할수있었느냐?

생각하면 멧해전 봄이엿고나.

우리의혼은 파랑새를 잡으랴 이산저산으로 날려엿지

높고옅은 언덕을 넘고 넘고 또 넘어……

종달이 머리우에서 제철이라 노래하고 너도 그소래따라 장단첫니라

「호옹 봄이라네 꽃피고새노래하는 봄이라네」하며 노루색기 날뒤듯하다 초마짜락을쩟드릴때도 역시이봄이엿니라

「아이고 어쩌나」하며 나이를 모르는 네얼굴에도 약간붉은빛이 도라섯지 「조기 놀랑나비 앉엇서 가자바오」.

하며 뛰여가서 잡으랴다 팔락나라가버리면 너는 어리 내게짜증을 냇니라.

그럴때마다 나는 네가 한층더귀여윗다. 아직 세상에 쓴맛을모르는 너를언제까지든지 노루색기 뛰놀듯 해주소서- 하고꽃나비ㅇ의 하느님께 이말을 보내엿니라. 허나 멧해가 훨-신지난지금에……

꽃나비가 이런 소식을 날개에품고왓다.

「분이는 검정나비타고 갓다우 멀고먼 저증나라 갓다우」

분아! 이말을믿어야 올탄말이냐?

오색꽃 다꺽어다 내방에꽂아주고 들창 문넘어드러온 버드나무가지를잡고 봄노래하든 네가!

버드나무 고이자라라 머리따주든네가!

병드러누운 내방에 종달이소리들여온다. 지리지리 지리지리……

파-라케 물드른 버드나무가지는 그때와 조곰도 다름이없이 내방에 기웃이 고개를 들여 보냇건만 마치 네가오라고 손짓이나 하는듯이 봄바란에 너울건니를 뛰건만……

그러나 슲우다.

네가 고이길너주고 머리따주든버드나무가지에도 볼을 못대게되니 봄이란들 무엇하리……

움매- 어듸서 살진 송아지 울음소리 들여온다.

그러나 하-야케질린 내얼골을드려다볼때 송아지 울음소리조차알미ㅂ게 들

린다. 봄을 저주하고도십다

분아!

세상에 물들지 않고간 분아!

그곧의봄은 아롱진 봄이냐? 그렇지않으면 눈물의 봄이냐?

오늘 머─ㄴ날의 꿈을더듬으며 길─게느러진 버드나무가지를 바라본다.

너도 저와같이 자랏쓰리니…

秋三脚*

(星과 花에게)

리달근(李達根)

(一)

季節마다가 街頭를지나가는豪華스러운 滿人의葬禮式만가터도 或是알어질른지몰으지만 街路樹입사귀하나와 空中날으는 빨간잠자리한마리볼수업는 좁은골목으슥한窓안에가처잇는 갑싼 月給쟁이들에게야 그어느한瞬間인들 季節의妙味를 늣겨질길이잇스랴?

그래도 그것을그들은最大의不幸이면서도 쪼한無上의幸福임을느끼는 것으로 自慰를삼는것임으로 보람업는生을매암이처럼 노래부르며살어가는것이다.

科學, 哲學, 宗敎니하고부르짓는者 그들中에한사람이라도 "幸"字를밋지안코는못살니라 農, 食, 住무엇보다먼저不幸해야하고 짜르는幸福을알어야하고 僥倖을바라야하고 幸福을憧憬해야하고 如何튼 "幸"字와우리人間과는 쑴과現實과의關聯性 만양짝갈너잡어 말하기어려움과갓도다

職業을못가저 生活難을免치못하는것이 不幸한反面에 쪼한職業을가젓슴으로因하야그날그날의쓰니를 에울수업슴슴은둘업는幸福이리라 職業은다른것은몰

---

* 이 글은 ≪만선일보≫ 1940년 10월 9~13일까지 게재되였다. 작자 신원 미상.

나도 衣, 食, 住三者만은解決하는 特件으로생각하는것은 우리들의가질바生覺은아니리라인젠그것도식근바이섯고 또한池塘의하츰蓮꼿가튼꿈은 오히려굴문가슴에 더욱가득이피여질것이아닐까職業을가젓슴으로失職을부러워하고失職을해스므로職業을憧憬함도 거즛은아니엇다

눈을나려쌀아 자리도안자된수염의꼿을 더듬으려는瞬間도靑春을아낌에서가아니런가>

이도저도 다일혼지금橡木求漁도 그리우습지 안케생각 할째임에야 무슨苦요樂이요하고 뇌까릴 必要이스랴?

좁은골목을지나다가 어느모통이에 쏘오야케이느몬지를보고 이서서싸는한아침바람이 손ᄭᅳᆺ을스처람으로이거이 가을바람이아닌가하고품은지멧날지낸밤이다

"大自然의가을畵幅은네모습을달내고 季節의神은너를 가을해볏밋트로나가라"라고

이것이 나만이밧은黙示인줄역엿드니 "星"도들엇노라고 외로운가을窓밋틀스치는落葉의소래갓치 귓속한다그어느出奔하는 마을處女와도가치 空日午後를約束햇드니 以外 "花"가伴奏者가되고말엇다.

(二)

僧房生活의榮을 多浴한星은女人이그리윗고 부처님의慈光을바을밧드는나는 女人이실엿든 것이다 다갓튼人間이미에서랴? 어느孤島로 永住를아려나가듯 四輪馬車엑너덕거리며 郊外로나가는瞬間만은모다자기를잇고 파알한가을한울엔 各各제興에겨운 가벼운콧노래를날리며 氣分에마춰 지나간이야기 展開될꿈의이야기 眼界에싸인事物의說明 모다自身잇는自己들의世界를펼친다

어쩐째는 새입에서새여나오는이야기가 落葉처럼 널다란昭陵行舖道위를 굴느리도하고 제비처럼 蒼空에날느기도하고 채곡채곡 가슴우에싸이기도하고 빈번이서로석겨 뒤혼들드니기도 하고 어깨를나란-이하고달니기도하고

鐵路學員門밧花壇에 淸楚한菊花떨기가 입순에禮讚을밧고 싸란히쌀린 房産住宅뒤의 漁幕갓튼 農民들의草팽이처럼 먼곳으로옴겨가야만한다 이는더구나서러운일이아닐까그곳의水田耕作과함께물우에한들한들머리를내노코 재롱을

피우는 어린벼입풀밧기로 지금쯤은-햇드니 벌서 秋夕을바라보는대라 알맹이가 거이영글어서 秋夕後一週日이면 거두기를始作한다니 우수운노릇이로다세월 의흐름이여

논 머리에 새쏫는 수염마저 하얀老人과물이 름름이대답하시는말슴-

말한마디를 자벌레가 老人의長竹하나를 다기여가도록 하시다간 간간이「훼-이 훼-이」

하시는바람에 星이와花는갑갑해서못듯겟다고 길로나와버리고 나만이들은말-

平年잡고 一晌에十五六石可量나는것으로 ㅇ子갑고肥料는人工이요 모다갑 고나면近年에는 利益은커녕 볏갑까지이리저리고보니 도리여미찌는판이라고 한숨을짓는것이나 "그래도 農民은 어디가든 農事를지어야한다"는句節에는 어 디서그런말슴이 나오시는가하리만치 세찬목소리가나오신다.

그나마도 明春三月까지는 이는이집들을 송두리째내어노흐라니 不幸인지 多 幸일는지몰은다는 不安하신얼골--

나만가트면 馬夫이 챗죽을-뺏고라도 말가는대로내버려두고십건만 星은 뭐가 그리急한지 챗죽을쌔어말궁둥일치며 陵宮을바라보고드리달린다.

(三)

新聞장도펼처지고 이야기도헤처지고 마음들은 넓어노코 自己特有의무엇들 도모가이저버리는 幸福된瞬間을가질수잇섯다.

그동안구길대로구겨젓든마음들이 저가을한울갓치펼처젓고 경련을일으키도 록몽켓든全身의피가 奔馬처럼달님을스스로느씨고안젓는모양이 하아사랑스러 웁다.

마음의 糧食이 우리를기다리고잇섯고 肉身의먹이가우리의손에서 펼처젓다 名物 "仲秋月餅"이나오고 花의눈가튼 싸암안 그름알이따럿고 채피지도안흔 아 가위.

쏭나무打令이나오다 南邦의쏭을말하는 星은쏭닙피고뒷面은 하다거니 北國 의쏭을본나는 입피적고하지안타거니하다가 結局은花의卷ㅇ實習의實驗談을듯 고말엇다.

물오리처럼 재쌀재쌀하는 동안어느듯 해는기울어 砂糖알도한줌박게안남고

月餅도둘박게안남엇다. 花는나더러 오늘은 입周圍의筋肉이무척 發達되여스리
라고 말햇다 이야기아니면 먹고먹지안으면 이야기하고-해도기울어 松林속으로
가루비치웟다 그냥그대로化石이라도되버러스면 조흘것이나슬푼일이다 各各제
自身을發見해야만되는瞬間 버스는이따금쌩쌩하며왓다간다 寫眞師들도라간다
八年前내거머리에게피를빨니며 봄을맞든논속이只今은公園이되고뽀오트노리
를할 못이퍼지지안엇는가 附近에그만흔논全部가논빗바닥에 下水道가노이고논
두렁代身豫定街道四方十字로되여잇는 모다한배미의논이되여지지안엇는가?

　星의灰色洋服에는 빗치나가태서 괜찬커니와花의 軟玉色치마에는 볼수록우
서운가시돗은풀입들이 매치서머구리알처럼되지안헛는가 벼입폐올은 이슬방울
이보구십다구들 참새들처럼논배미속으로기여들엇다

　어머니의乳房가튼-아니젓줄기가튼 大○○의휘돌아흘으는물동 이것이南北
滿最初의朝鮮人水田開發의 가지가지의喜悲雙奏曲의 자최가이것하나만으로도
代辯하고도남을것이다.

　제職務을다햇다는듯이인제는漸漸무너안즈려는벼닙위에구슬가치올으는이
슬방울들은 다가튼 感情으로벼이삭을만지이다지난해의 秋夕光景을그리며 인
절미를빗는이야기며찰떡을치는이야기 먹든이야기로今年의秋夕은 이야기로나
먹는氣分을도와보자고 議論하면서 지나가는馬車에올나아조 永遠이이地平線
에서나사러지려는듯이 黃昏더핀郊外를버리고 진절머리나는都會로 郊外에선
자최를감추다.　　　　　　　　　　　　　　　　　　　　　　　　　　　　끗

慰 詞*

리달근

（上）

邊 兄 에 게

하루의時間이 극히쌜른거이아니며百年의歲月 이그리 긴것이아니로다.

누집窓밋테서 겨울의恐怖를안은채 그날그날을 主人의맘씨만기다리며 지나가는菊花송이나 死의藏門을바라보며 人生의 諸層階를 올나가는것이나 무엇이 다르랴?

生覺하면 모다가 虛無한것이로다 아츰새 窓박게서불너주는노래가 生에한낫 잇지몯할 반가움이라면 黃昏한울까에울며지나가는싸마귀우름도둘업는慰安이 되리라.

문허진塔의 片片을 주서모음처럼 덧업슴이업고 지나간쑴을 되푸리함처럼 헛되인功勞가 어디잇스랴만싸르는 未練을어이하리

지나가다 無心코 발븐落葉에 눈이가도 끗업시슬픈지안흐면 안될運命은 얼마나가슴아푼일이뇨?

世人은쑴을무척 사랑한다지만 惡夢을사랑하는者야어디잇다드냐? 그리하야 남들이다버리고간 그惡夢의껍질을 나는무슨好奇心으로들처보아스며 또한뒤집어쓰고 끗으로굴러 드러가지안흐면안되엿든고 참말노어이업는일이엿도다.

婆婆의괴로움을 웨진작말치못햇스며 그무거운짐을無常山을헐어날으는 그무거운짐을 나는웨 謝絶치안하고밧어노앗든고.

△

虛空에빈가치 반짝이는마음과마음이 오다가다서로옷자락을스첫슴이 因緣이엿스며 오늘은그누구의豪華스런門前을다녀왓는가하면 쏘한발편잠을자려든것이나 어린애들이 갯벌에서 물작난치다 모래城도한番문허진뒤그어린애들 한울을바라 웃고말어슬것이로다

그러타 모다가 한바탕쑤어버린쑴이로다

띠끌가치 밀녀다니든 뭇마음이 어쩌다 서로부딋고지나가는瞬間을 異性之合이니 夫婦가되여 家庭을일운다느니하고 世上사람들은함부로입을열어 이름을 부처놋는 것이다 그리하야 이家庭이란것 또한結婚이란이關門은 누구나 어김업시 通해서야 一生을살아가고거처나가지안흐면 안되는것처럼여겨오지만 모다가어리석은 人間의일들이로다

이門처럼 우리人間에게犯罪의사슬을 느려노은곳이어디잇스며그生覺처럼어

---

* 이 글은 《만선일보》 1940년 12월 12~13일에 게재된것이다.

리석은일이쏘한어디잇스랴?

(下)

△

行치안어야될것을 行하는것처럼 슬픈일이어디쏘잇스며 슬픈일은지니고거러나가는것처럼 갑업는生이어디잇스랴만 쓰러나달거나 혀바닥을 잘너버리고 말업시一律的으로삼키며 나아가는것이人間의今生이 아니냐?

前生이어쩌햇스며또한엇떨는지는 내알배아니지만生은苦海요 火宅이란佛家의말도 거즛은아닌가보다그러나내 ○豪를憧憬함도아니며 天堂을꿈꿈도 決코아니로다

그저 旅人宿에들려한字의 宿泊記도안쓰고 지나가는平凡한 한나그네일쑨이로다

偶然이 한벗을맛나生의맛을무럿드니 말업시푸른한울을가르치드라 나와別로어긋남이업는지라 그러면世上이란結局 이러케憂鬱한天地쑨인가햇드니 쏘한그런것만도아닌가보다

그벗도 어느福업는날째아닌회오리바람에 마음이쏘미의근을노처원통날려버리고虛窮을向해 雙手를허우적이며잇기로 내낙시를虛空에느리우고 邊境에그물을둘러첫드니 물도바람도아닌마음 새는소리도썹는모습도업시 모다나가버리고 그마음을날린者도 헛되인 功勞만임을알은뒤 모다한바탕우슴쑨아모런 成算도업섯다

그벗 그숫한黑眞珠 紅寶石가치燦爛한마음들을 모하서한아름안고 쬐일씬을 어드려무던이애쓰드니 北滿의너른뜰 哈爾濱어느날씨조흔날한가닥의 바단실에 모다모아쬐여차고 한世上을자랑속에서지나려드니 그끈이脉업시쓰너지는날 哈爾濱埠頭에어는처량한뱃고동소리만 머리밋테새롭고 破船한船夫마냥넉슬일코 萬頃蒼海에허우적이지안는가?

△

내쏘한 어머님을여하고어린조카들을보내고 새싹을발고남은건슬품뿐이 아닌가?그러나 내눈물짜웁지는안으리라슬푼서름으로오히려달게우스리라 우는새나 웃는곳이나 마찬가지의運命을가지고잇는것이아니냐? 다다가바람가튼 一生

이로다 내서러워도 슬퍼도즐거워도말업시푸른한울을얼어보리라

達魔의九年面壁도 "산트리오 산트로"의三十年杯上靜坐도人生을무엇이라 解釋못햇거늘안갠지 煙氣속인지흐릿한그속의일을 내알녀고도하지안나니 富貴 로한瞬間榮華로또한 刹那보다 부러울게업노라 우리는달팽이의習性을달문것 이아니냐 오늘은東에來日은西 우리의體溫을담은그가난의 보따리가定處업는 우리의압길에서 우리를기다리고잇지안으냐?

그러타기다린다 달팽이처럼걸어가다가 내하로의旅困을품고시푼곳에집을 머 무르고山이든 들이든 바탕을가릴게업는 只今의우리들이며또한 過去의우리엿 고 未來의우리가아니겟는가?

回顧도 計劃도發心도 先行도모다이저버리고 行尸走肉衣架飯饌이된우리가 안닌가?그러나 푸른한울을등질우리들이아니며 無功德을나무릴우리들은決코 아니다 甁을기우려슬픔을이즈랴는 어리석음은이즌지오래고 노리개로차고자랑 할맘은 더욱아닌것이아니냐?

마음마을이여너나를안고파아란한울을바라살어가자.

房*

리달근

不敢灰像이 孝之始也를생각함은아니로되 理髮한지가一個月이 넘엇건만기 름한번발으는일업고 面刀한번안는桀昧라 恰似미친녀석이다. 宕巾은姑捨하고 총감두 꽉눌러쓰든그時節올 리가 상투에 參與한것보다 흘너나린 귀밋털이限것 자란 잔디포긴양 우리에게그런꼴도잇섯건만 各異라 無碍를生覺한다면서도 한 곳도라보면 나 自身百○하는노릇이지만 한번더奈落의밋바닥으로 굴러드른感 이잇다

革帶도안졸라매고 이러나는그길로 理髮所로 쀠여갓다. 새집으로 移徙온지가

---

* 이 글은 《만선일보》 1939년 12월 16~18일 게재되였다.

한달이지낫건만 집세는아직 셈못치르고 理髮所가어느쪽에 붓텃는지몰라서 市長近處로 막달어갓드니 하―안나무때기에빨간줄로 뱅뱅이꼿아감은것이看板도업시 ○○蒲旗발가튼데쓰 北京理髮所다

이불을 뒤집어쓰고자든머리라 참말 쑥새둥우리를想像케하는것이지만 낙시를던지고 고기가물리기를기다리고안젓든 漁夫의心理를갓고잇는理髮師들은 가위를싹싹하며 머리위電燈을 반짝켯다.

椅子에 털썩주저안즈면서굽어본내쏘락선이――

洋襪은싹제기당쪼쓰몽의단추는남에집에도드러가안고 참말出奔者의行色가틈을느낀다.

그날아츰따라 갑자기理髮이 하고시퍼서 그러케쪽두새벽 집을다리나온것은 아니엿다.

유달리 안해의잔소리거나쯩그린얼골의 모습이나타난것도勿論아니엿다.

나自身의 無能과 초라한꼴을 도라봄이 한原因이엇스리라.

그러나 안해는 내가하나의미친여석의 꼴을햇거나쏘는머리에 기름을자르르하게발르고 面刀를하고몸맵씨를내거나 조곰도介意치안는버릇이여서 여봐란듯커하는것도 쏘한아니고 좀더 누어스려니 잠도안올뿐더러 아궁이에서 재(灰)글거내는소리가 마치내五臟을글거내는 소리와도가텃기쌔이고 將次버러질 男안의 風景이머리에떠오르기쌔문엇다.

層塔의노피는 不過二尺內外지만 내房은二層으로되여잇기 쌔에 쌔는생각잔은不安의 나를괴롭히는 것이다.

이러케박게 形容은못대일것이요. 또한下宿生들이라一層이래도 無閑하겟기로서이나 말하자면門을드러서면 아래層은燃料倉庫요 장독대요 부엌이요.

그러기에 찬장이노여잇고조고만 쌀게가잇고물독이잇고 衣籠까지불이노왓고 二層은 單身溫突房이기쌔에 삿자리한짝게 쌀것이업다.

一 二層은쏘 全面的으로 通해잇는데 地面에서부터二層天井짜의 노피도겨우 八尺이니 아주붓하산오림방이다. 구태여形容을하자면 다못지(只)字로생긴것이 내방이다.二層房이 口字에該當하다면 아랫層에서 二層보다못지안흔 高를가진것이 左便點은衣籠이요右便點은 부뚜막이되여잇서한雙의솟이걸러잇는데 잠잘때에 내머리는조꼼솟쌔向해잇서서 언듯보면 두雙의검은솟으로도보일말이거니

와 청승맞게숏위에박아지나 허나式이퍼노흐면 두雙이누어자는얼골갓기도하다.

房이좁아서 잠결에라도다리를뻐드랴면 게가밀려서 숏우에쩔어니 숏쑤셍이 씽경하며 투덜거 린다 안해가 먼저일어나서밥을지을랴니아궁이에가득찬식은(灰)를 긁어내일박게업는데 그러누라면내머리가 한깃울니우고 그러타고 이불을푹뒤집어쓰거나 이불깃이 솟뚜껑까지씨우는노릇이다.

윗목으로 자리를곳쳐눕자니 엇저녁○○○○○○○○○○너저분히나흐터러진걸치우고 고쳐눕자면 또한구찬은이리나 안저잇자니 煙氣요 水蒸氣요하고왼집안一二層할것업시全部乳白色으로 化해버리니 그냥안젓기도한됏고 冊을드려다보래야 五號活字부터는 알아볼 才幹이업다 一邊 한손으로 겨를집어너코 한편손으로 風口를돌러바람을잡어나오면 물은끌는다 蒸氣는솟는다 房안을쏀양 안개가씬다 그러면門을열어놋는다

그것도 房門이다로업고부억門이되고보니 房안의김이나가기보다 찬바람이 먼저드리쏜다.

淸新한空氣니먹어라 참말고된 ○○○○○○○○○○ 이러타고누구와ㅅ자증을내자니 안해게는 더욱面目업고이것도 내生活에或時는 主宰者格이돼주는K君의努力으로된것이아닌가?

그래서 冊장이눅눅해서비비꾀이고이에 이불에는煙氣가끌고.

門을열어노코 불을쌔이니불쌘보람도업시 房안을그냥그대로차다 煙氣와蒸氣가조곰사라짐을짜라나타나는안해의얼골은 어느꿈에서나보는듯한 女鬼와도 갓다.

내房안의 아츰모습을그리면서 안젓는사이에理髮師은벌서 가위질을마치고面刀를시작한다.

아주잇는듯한들이나는 洋襪이나마스크도안한한입에선야릇한냄새가나고 조히쪼박하나업시 칼은그냥손까락으로 문질너서툭하고튀긴다.

머리를시는데는 煖爐에끌인물을그냥써서나는하마터면튀한닭○○가될번하엿다 끗나서집으로도라오니 박갓보다 오히려치운방안에엉뎅이를 부치기가실어서 안해는 밥床아페쪼쿠리고안저잇다.

初 春 雜 感*

一大陸의봄을마지하야

리순보(李順輔)

― 滿洲에도 봄이잇다.

내가 이런말을하면

―그럼滿洲에는 봄이업는줄만알엇구먼… 엥이 精神팔아먹은 놈도잇다.

아마 이러케들 말할것이다.

그러나 내가이런말을 하는것은 나도昨年봄을이ㅅ당에서보낸사람이니ㅅ가 能히할수잇는말이다. 滿洲에 봄이잇는것을몰라서 그런것이아니라 滿洲의봄은 언제부터 언제ㅅ가지인지 어느사이에지나가는지意識할사이도 업시逃亡해버리 기에(去年에 내가본봄은이러햇다)여기서나는滿洲에도봄이잇다고 말하야 새로 운늣김을 가지고저 坧

그너무 짧어서살아지는哀惜의感을禁할수업서서 이런욕먹을말을 敢히하고 잇는바이다.

×

요사이 廣場等을 지나단닐째 酷寒의짱속에 숨어잇든 풀들이 눈雪녹은물밋테 서 오래동안의 壓制에서解放되여 大地를쩌밀어헤치고 다시새싹이돗아올라오 기 始作하는것을 보며公園을차저갈째휘쓸리는 風雪의試鍊을밧든雜木의 눈들 이불눅불눅움터나오는 것을볼수가잇다. 오늘아츰에도 出勤할째나는 街路樹의 가지를 휘잡어이現象을보앗다가드다란비도 멋번나렷다 그리하야只今大地는淡 綠一色에물드려고한다.

한참거리를걸으면 나갓치虛弱한사람은 이마에서 짬이난다. 버스에탄사람도 눈가불에 잠이오는것갓다.

滿洲에도 봄은왓다.

---

* 이 글은 《만선일보》 1940년 4월 24일에 게재되였다. 작자는 만주국문화본부에서 임직한 흔적이 있는데 구체적 신원은 미상.

×

얼마前에 치맛자락은 다거치올나간다리를 그냥내가지고 自轉車타기를배울라고애쓰는女子의 그 흰가리를바라보고 서잇는 길가든사람들의眼色을나는보앗다. 그리고 그들이씌우고잇는微笑도-.

또數日前에 友人과朝日通밤거리를散步하고잇노라니까路旁에 사람들이둘너서잇기에 쑥쩻처서 들여다본나는 「아!」하고 생춤을삼켯다. 거기에는 數人의 구두발길아래 한사람이누어洋服은흙투성이가되고 얼골은 피투성이 되어잇는것을보앗기째문이가.

懶풀이를 다한四五人은그래도 무슨군소리를하면서어대로인지 가버리고 마즌사람이 艱辛히일어난것을보니 이마가 쑤어저잇섯다.

求景하든사람들中에 한사람이

「야 그러케맛고체이고도일어난다야!」

하고 눈을둥그러케하니엽헤잇든쏘한사람이

「술기운이오 술기운 술기운이업스면 그냥죽어버리지 일어나다니!」

나는 이쌀막한會話를 귀담어들엇다.

술기운이잇서서 毆打를當하여도 일어날수잇기보다술기운이업서서 毆打를當하지안는수업지안을짜.

아까말한 自轉車의件과이 「술기운」의件의主人公이 우리朝鮮人들인것을 나는알수가잇는것이 怨望스러윗다.

×

故鄕압헤버드나무 올봄도풀으럿만…

이런流行歌가 잇섯든것을記憶하고잇스나 旅窓에몸을기대고잇는 異域의生活者로서 東風움터나는草木들을目擊할때 旅愁를늣기지안을수업는心情은 아마나外에도同感者가 적자안을것이다.

그래서나는 이旅愁의幻影을 머리에서 업새버릴랴고(한편으로는 이것을 否定하면서도)엇든째로는 쓸대업시 밤거리를 헤매이기도하며 或은百貨店에 들어가서 二層다방에서 커파가 식는줄도 모르고 웅성웅성하는 사람들을내려다보고 잇기도 한다. 그러나 이런방법이 아무런효과가업는것은 객지사리를 하여본 사람은다잘알것이다.

번민과향락을 자아내는時節 滿洲의봄을마지하는 사람들은전자를 바라고 후
자를 딸아 잘분大陸의봄을 유의의하게 대자연의 神秘의호시절을 찬양하여 마지
하고 찬양하며 보내는것이 올치안을까?…

어느여유잇는 일요일에 내합헤도 올대가잇스면 친우들과 공원에라두가볼가
십다. 그날이 조흔일기가되여 나를기다리고잇기를 나도 또한 기다리고잇슬쌘
이다.   1940.4.19. 봄비나리는 창박글…

病床日記*

순보

一月×日

아츰에잠이깨니 腹痛이난다 아모래도 견디지못하겟슴으로早退를하고 歸宅
하여누엇다

飮食은조금도 飮하지못햇다

一月×日

밤새도록 조금도 자지못햇다 全身이쑤시고 熱이나서—

가티잇는 N兄에게 大手苦를 씨첫다

主日임으로 새벽祈禱會에나갓든 N兄의말을 듯고 金孝長者님이來訪하서주
섯다그래서 祈禱를해주신다 얼는일어나 社會를爲하야 敎會를爲하야 몸을밧칠
수잇는貴한 종이되게하여달라고—

나는 생각해보앗다 내가果然 이이들의 期待하는人間이될수잇슬짜—하고 너
무나險하고 너무나 惡한世代에서 能히 혜염을처 나올信仰 勇氣가 잇슬는지?갓
흔人類들이 왜그러케도 서로 못무러뜻어 애를쓰고서로 못亡처 애를쓰는지 서로

---

* 이 글은 ≪만선일보≫ 1941년 1월 30일에 게재된것이다.

잡어먹은 피뭇은 쌁간입술을 버려 毒한 혓바닥으로 안개를 피우는現世를 義의 길로 引導하는것이우리의 目的의 重要部門이니 雙肩이 무거운일이다어떤이는 코우슴을 웃는다

그러나 나는 지금 그러한것을 생각할머리가업다 나의 體溫은 三十九度이다

내몸은 불덩어리갓고 내골은 터질듯이 울컥거리다 不動의 姿勢를 一分도 가질수업시 못견디게 괴로워몸부림을친다 숨이갑버 엽헤자는 사람을 불러 깨울수가업는 地境이다 醫師가왓다갓다 O.C.R.H.B.C.C.R.K.R先生들이 오서주섯다

一月×日

오늘도 醫師가왓다 그는 나에게 무서운宣告를 나려주고갓다 卽盲腸炎의 初期일는지도 몰은다고한다 이것이 誤診이 아니라면 나는 왜이와가티 자조病을알치안으면 안된단말인가 病! 病! 그러나 興奮할것이아니다 나는 작고만 나를忘却하려한다 왜너를 忘却하느냐! 좀더 冷靜에돌아가徐徐히 理性을 차저보아라 네가매진約束을아리라

밤에 H娘의 어머니가오서서 놀다가섯다

一月×日

좀숨쉬기가 낫서젓다 果實을 먹을수가잇섯다

K.K民來訪.

便紙가 넉장이나왓스나 얼른뜻어읽어보구십흔것은 한 장도업다 아마이런것이내게오는便紙의 大部分일것이다 급해서 읽어보구십허 못백일만한 便紙가내게오는날은 언제쯤의일일지

一月×日

퍽快해진것갓다 그러나밤을 새우는것이 큰걱정이다 지난밤도 時計와밤새도록싸윗다 엇지면 그리케도時間이 가지를안는지 한十分이나 지낫스리라―하고時計를드려다보면 아즉一分도채가지를안헛다 이런노릇을 無慮數百번 햇스리라 성할째와 時間觀念이 이러케正反되는것도 滋味로운일이다 金錢으로써 睡眠을 살수는업는가― 하는 어리석은 生覺까지 어린아이처럼 드는것도 苦笑를자아낸다

밤에R, K氏來訪

이러케 요사이처럼 손님이 자조오니 무엇보다房이루추하야 未安을超越하야 부끄럽다 그러나 房은이미루추한房이니 할수업지만洗濯을줄까하고잇든 이불 은할수업시 그냥덥고잇스나 누가와서 머리마테안저잇스면얼골이간질간질하기 짝이업다 그래서 오늘은K氏가튼이는 처음오는분이기에 急히갓치잇는이를시켜 다른사람의이불을갓다덥처덥헛다 K氏는내가쌈을흘린다고 걱정을해준다 나오 는우슴을 참는것도 相當히힘드는 노릇이다 K氏가 간다음에 우에덥헛든이불을 거드니 요짜지하나씨들어가잇다 이것亦是外節의 한가지가아닌가 하고生覺해 보는눈에 天井의흔들리는 거미줄이씐다 쯧하지안엇든곳에서 이放浪者는 싸뜻 한사랑을바덧다 異國의사랑은 아름다우며즐거웟다 萬物이冷冷한가운데도 사 랑은잇섯다

放學으로서 歸省中인 C兄에게서 날로날로俗化하야가는 朝鮮敎會를爲하야 祈禱하자는書信이왓다 難局은漸漸臨迫하야온자 그러나主는世上을 버리시지 는안으시리

一月×日

盲腸炎云云의嫌疑는 이제다업서진模樣이다 飮食도뵈取하게되엿다 R氏가 아름다운造花를싸다주신다 거무수루히 그신壁이나「미리아」뒤에다 쏘저두엇 다 錯覺인줄을알면서도 작구만 香氣가나는것갓다 K.K氏來訪

이제 全快하는날도가차워왓다 아마來日쯤은 일어나질것갓다 二週日동안면 도를못한얼골이 二分쯤이나긴수염에 내가봐도흉칙하게얼룩더룩하여젓다

이번에누어잇슬동안 그러케孤獨感의襲來를밧는다면 나의괴로움은倍加하기 때문에-

아- 病魔는물러갓다

깃붐의讚頌소리가 나도몰래입술을 쇠나온 모래가陰曆설인날.

覺悟는컷건만*

리순보

昭和十三年一 水害로因하야 동갈동갈낫든北鮮線을한 十里쯤은 도랑크를메고 山길을넘기도하고 或은復舊工事중의를 가슴을 음줄음줄식혀가며 操心操心하랴라고지나와서 벌판에 외 싸로 내버려져잇는 컴컴한 延吉驛에 쏘쪄나온놈처럼 내려서든 째도어느듯滿二年하고 三個月이지난 옛날일이다.

疲困하엿스나마 車窓에다다몸을기대고 豆滿江鐵橋의 車바퀴소리를 들엇슬째의 내가슴속에는 그래도커다란무엇이 쒸놀고잇섯스런만 해수로해서 二年이지나고 三年째의올해도 三百여쉰날의 잠만잣는것갓치다보내버리고 압혜멫날이남지를 못햇스니歲月을보고無心타고만하면 내責任이벗어질것인가一

새ㅅ파란절믄놈이(라고해도수염가지가버러진지가오래되엿지만) 신세타령만하고 안저잇슨들무엇에다쓰며 쏘 신세타령하기는아즉좀일쯕타.

雜談은그만하고 今年一年의新京生活이 그러케無意識的햇다고만본다면 좀 섭섭한생각이업지안타. 내房新聞紙를편冊床우에는貧困이 極한『스크랍쌕』가 노혀것다. 거기에는 내일홈과 내가쓴글이 活字가되여 붓허잇다. 나는각금이것을 블서보고는 그貧窮함에서 勇氣를어더다시금힘차게 붓을들곤한다. 그리고 내職場에서 쏘敎會에서도내가할일은 不充分하나마 거이감당햇슬는지도몰은다.

萬若 그러치안타면 적어도 감당하려고 努力만이라도햇스리라. 그러나 이것은 大槪가肉體的으로서이다. 여기서 한거름더나아가 精神的으로 果然人間다운 果然有意義한生活을 어느程道나햇슬까? 勿論精神과 肉體가 싸로 쩌러저서 일한다는것은아니지만 이러케分離해서生覺한다면 얼마만치나 참다운 生活을해왓슬까.

이러케 生覺해볼째 結局은今年도平凡에서 버서나지못한 一年을보내버리고 말엇다. 日記帖페-지에는 무엇할事 무엇할事라고 남에게지지안는 數個條의 嚴한 自己條約이 씌워저잇스나나마 이것이 멫칠동안 멫달동안이나 實行되엿는가를 돌아볼째 스사로 얼골을붉히지안흘수업다. 그리고 그너머도 秩序업는生活에

---

* 이 글은 ≪만선일보≫ 1940년 12월 25일에 게재된것이다.

스사로黯然해질다름이다.

何如間 올해도 저무러간다. 戰爭 疾病等이 人心을 騷亂식히면서一

『送年賦』를 씀에 當하야 다시오는새해만은 좀더明朗한 좀더福된해가되여 좀더有意義한 生活을 할수잇는 人間을마지하야주기를 기다릴뿐이다. 今年一年中에 第一아름다운 것이라고느 씐것은 아마 『履氷』이라는 것을보앗을째가 아니엇슬까 한다. 그 前에 일은 이저버렷는지몰으나 내記憶에는이것이가장明白히남어잇다.

이履氷을보앗슬째의感情一과갓흔 그러한마음을 가질수잇는날이 자조내압헤 到達하는 새해가온다면 이번닥처오는 새해는 참으로有意義할것이다. 이것도 인간욕심의 한토막이리라.

묵은해의 오르막고개를올라와 新舊해의 境界線꼭대기에서서 나는 이제 내려갈압헤보이는 쏘볼쏘볼한새해의 내리막길을 너머지지안허야할텐데一하고 숨을 크게 드러마신다.　　　　　　　　　　　　　　一一九四〇년을 열흘남겨두고一

건방진탓일까*

리순보

『職場紀錄』을 思華式식으로쓰라는 命令을 編輯人에게서밧고 나느얼른펜을 들생각이 나질한엇다. 그理由는 뭐그렇케 重大하지는안타. 거저 내가 엇든高官의 地位인 人物이든지 或은큰實業家이든지 햇스면 서슴치안고편을들엇슬것이다 그러아는 그아모便도아닌경우 밥을 굶기힘드러서 胃에왕굴팔을잇슬라고 애쓰고잇다고볼수잇는 한작은公務員에대지못하는 大地에뭇허잇는生物의하나이기때문이다 이러한내가 假名으로도아니바로애일홈으로 數多한大衆에게 新聞紙上을 通해서말할수업시貧弱한 내職場을公布하는것이 부끄러운일이아닌가하고 生覺하엿기때문이다

---

　* 이 글은 1940년 8월 31일에 게재된것이다.

그러나다시도리켜生覺할때 果然나는 大實業家도아니요 名分잇는高官도아니나마 萬若내가 百萬長者이고 職業이업는사람이엿드라면 이와갓흔編輯人의 付託을밧ㄱ엇슬때 얼마나當惑햇슬것인가……?여기에 生覺이到達되엿슬때 나는一種의숨길수업는 喜悅까지늣기는同時에 이편을들수가잇섯든것이다

×

내가다니는 大同大街에잇는 빌딍三層이나마 書室을쓰게되엿다 요사이酷暑가 숨자춰를감춘氣色이잇스니말이지 數日前까지만해도 요사이의流行語를빌린다면『와―시와 가―나왕』이엇다 元來땀은남보다倍나흘리는데다가 春秋服을 입고잇스니 이거야말로뜨는것갓헛다 그래서혼이 炎署을怨望하고잇든中에 엇던友人의厚意로綿으로만든 세비로를(이것은更服이다)어더입게되여서좀실엇햇드니 그것도엇던理由로 그만 될수엇는대로 입지안기로 되고나니 그래도或是 입을때도잇다(相當하게 더윗든것이다)그러나 고맙기도歲月은더위를 다져가기始作하여 이제는그러케더위를못이길때는지낫스니 나서겨우살기는살엇는것갓다 한여름 해가길엇슬때에는 아츰닐곱時半쯤부터 일을始作하면 點心을겨우먹고어득어득할때까지 寸暇업시冊床에업드려 부터잇섯다(그때외는할일인지몰으나 한一個月間 肋膜炎을알은일이잇섯다)그러기에 退勤할때는빌딍이텅비여잇는것이日當이엿가 下宿집食母아즈머니도 날마다내가第一늣게와서밥을먹기에 아마속으로 꾀욕도만히햇슬줄안다 그때는總會를아페든때이긩에외운이뱅뱅돌만큼밧벗스나 요사이에와서는退勤는亦是 여섯時를넘어야하지만 終日토록눈이돌게밧부든날은 點心을먹고나서빌딍屋上에올라가서大同大街를나려다보며 바람을쏘이기도한다 그리고여기서가만가만히 노래를불너보기도한다

우리事務所가잇는房은한間뿐인데 인한방안에서시이잇다 그래서奔走하기가짝이업다 이狹小하고混雜한空氣안에서 雜誌와新聞과書信 書簿속에파뭇치하로해르리것들과 싸우며보낸다

以上制限의枚數는거의다썻스나顧客업는雜紙가되고말엇다 그토록原顧인職場을簡單明白하게말하자면 내가버러먹는일터는 滿洲文化向上發達을目的으로한 文化人民間團體인 滿洲文活會本部라는곳이다 (組織內容은文藝, 音樂, 美術, 演技, 跳場로나누오져잇고 近五百名의會員을抱捅하고잇다 이와갓흔늘所謂文化人들과 아니文化人들과아니라 各外人民族들과 接觸하고잇는職業이니(鮮

系는나까지두사람밧게업다) 픅操心을하지안으면 안된다 여기에對하야서 한마
디더말하자면 다른民族들의입에서 鮮系의批評이나올때는가슴이덜컹한다 오늘
도다른雜誌社 女子社員이잇든 日文雜誌를안고웃고잇기에 무언가하고들여다
보니 엇던한滿人이日本旅行하는中에 第一氣分이조치못한 感想을썻는데거기
에 이런말이잇섯다朝鮮을지날때 벤또-를싸서먹는데 엽헤잇든朝鮮人이『그노-
란고기는 개고기에요』라고말햇다.

그래서 滿人은벤-또-를 먹지안코 내노으니까 아까그朝鮮人이 얼른집어먹드
라고-.

이런것을 大衆雜誌上에서보게되니 엇지寒心한일이아닌가 더하고십흔말은
만흐나 紙面이업기에 더쓰지못하나마 삼가操心을해야겟다고 다시늣긴바이다.

×

職業이 職業이라서 그런지 요새내가 自信좀건방저진갓다 그러기에제법原稿
紙를펴놋코 무얼쓴다고덤비지 그러나平生 이런空氣가 실허지지안홀것갓흐니
이것亦是 건방진탓일가-십다.　　　　　　　　　　　　 - 一九四O, 八, 二十八

丹楓필무렵*

리순보

英淑아

丹楓닙홀 하나둘 떼여날리는 가을바람에數千里를불러온 너의便紙는오늘아
침 반갑게바다보앗다.

암만읽어도 또읽구십혼便紙紙넉장을 다읽고封套에 도로집어너코난뒤의내
마음은! 북바처오르는鄕愁에한참동안窓박게보이는 구름한점업는南方하늘로
훨훨나라가질 안겟느냐 우물가의석양나무와뒤뜰악에감나무의 꾀양과감이하로

---

* 이 글은 ≪만선일보≫ 1940년 11월 6일에 게재된것이다.

이틀더 밝앗케 읽어가는것이흡사 오빠를기다리는것 가치보여감과꾀양이完全
히 익을대는아마오빠가 올것만갓다고? —내가말하지 안터라도언제나 내머리속
에떠도는故鄕의아름다운 山川은落葉지는 가을에더욱鮮明히그려져잇단다.

　昨年에내가 歸鄕하야내가오도록따지를안코 기다렷다는꾀양을 화대를가지고
따든것도 이때엇지 歸石山과 우집집뒷山에도 丹楓은제철을 자랑하고잇겟구나

　그러나 이곳의얄미울만큼 짤막한가을을 벌서왓다가살아진지가오래인가십다
그리고初雪이나린지도數日前이다

　우리下宿집에서도 오늘부터 스팀이通하게되엿단다 그럴사록朝鮮서傳하야
오는 가을消息이더욱그리운情을더하게된단다 가을이란웨이러케도 외로움을주
는지—

　에라 그만두자 이런걸쓰고잇다가는 날새는줄모르겟다.

×

英淑아

　네가新京에와서 타이프치는것을배우겟다고하나너와가튼나이의少女들이 "하
나야까사"를 憧憬하는것은無理가업는일이나마 少女들의憧憬하는都會의 "하나
야까"한것이果然 少女들에게얼마나有益한가를生覺할때 나는너를보고오라고
할勇氣가아모래도 나지를안는다 그뿐만아니라 所謂職業女性이라는사랄들과
도갓치잇서보니까 職業을가진女性은 한가지의適合한性格이잇는사람이라야만
될것갓다 그래서너의性格을비춰어볼때 좀덜迫切하다고判斷하는것이 옳은것갓
다 勿論그러타고해서안될것은업지만 내生覺에는말리구십흔마음이만타 都會地
의女性과農村의 女性을農村에서자란내눈으로 對照하여볼때에도 如何間明年
봄쯤에 한번놀러오는것은호흔줄한다 .

　그리고 빨내를엇떠케하는가— 하는걱정을하는모양인데 그것도헛걱정일세그
와갓村촌과달리 돈도얼마들잔아도 洗濯所에서얼마든지잘해준다 少少한것은내
손으로도 잘할줄안단다 그리고 바느질도꾀잘한다야 양말도기울줄알고단초도
내손으로 얼마든지잘단다 지금도이불거죽을 洗濯하여주엇든것을 바더다뒷는
데 언제餘暇잇는날은 꾸멜作定이다.

　밥은下宿이나食堂에서먹고 빨래와바느질은이러케잘하니 어머니야언제나속
으로걱정하시지마는마누라가必要해야지머또어머니가업헤서(十여자 독해불가)

그昨日便紙가왓드라 그리고敦化兄에게서는 그냥無消息이다.

그러면 變後期에더욱건강에 操心하여라 이웃집사람들과敎會의여러분들에게 安否傳하여주길바란다.

上帝의愛護가恒常에시기를바라며 萬物은곤히잠드는데喜悲을띠웟슬소리만 凄凉하게들리는.

十月二十八日 ○○
新京 오빠가
귀여운 누이 ○○

하이얀눈*

김귀(金貴)

겨울이오면 쏘-얀 하늘가에서 펄펄솜뭉치처럼휘날리며 나리는눈이조타

금년겨울은 늣도록 그런함박눈을 주시지안헛다

바로멧칠전이다

그에 내가기다리든 그런함박눈은 나리고야 마럿다 쏨만한겨울날 이미 어슥어슥하여 오후네시가 좀더너멋스리라 안해는 부엌에서 저녁밥을 채리노라 동치미쌔는 칼도마소리가 쏙짝쏙짝들려왓다

그러나 아해들쩌드는소리는한마듸도 들을수업다

언제나 이째가되면 부엌에선 아해들쩌드는소리 요란하엿드니

나는 좀이상히생각하고새문을 가만히열어 부엌을나려다보앗다

「여보 그런데 애들은어쩌케됏소」하고무러보앗다

「아이 문박글 내다보서요 참조아서 쒸고쒸고야단들이야요」

안해는 약간우슴마저 보이면서 부엌유리문을 가르킨다

---

* 이 글은 《만선일보》 1941년 1월 19일에 게재된것이다.
김귀(金貴)는 해방전 도문세무국에서 임직한바 있다. 생년, 졸년 미상.

「야하」

나는 곳짐작햇다

내가 멧시간전에 금방눈을부실듯한 쏘-얀하눌빗을보고왓기는왓다

나도 마음이기쩌젓다

곳자리에서 이러나 종이겹문을 열어제치고 문박글바라보앗다

그곳에틀림업시흰눈송이가펄펄날리고잇섯다

어느새눈은 집웅과 검은쌍을하야케 덥헛다

나는 얼골에우슴을씨엿다

길복판에서 동네애들은서로서로 깁쌘얼골로 조고마한손바닥을펴선 눈송이를밧는다 내집쌀년은 초마를바처들고눈을 정성스레밧는다

순간 쒸여나가려다마럿다

몹시도 흰눈을 먹고십펏다 나는이런째는 아희들과다름업는마음이엿다

나는쏘 허허우섯다

누구의집개들인가 머리를쓰덕이며 발을넝큼넝큼 달리고도라가는 개들도필시는 그눈을보고 깁써서쒸노는모양이엿다

동네애들과 동네개들과나와 이러케들 눈나리는것을 함께즐겨하는 이素朴한 숨결

다만 검은빗보다 흰빗이조흔까닭인가

아마도 사람이다 함께그마음속은 희고깨끗함이 天性일런지모를것이다

좌우간 모든생명을가진存在의實體는 흰(白色)것에서 ○○된다

나무고 풀이고 즘생이고 사람이고 다-가티이흰빗을貴히여기는것갓다

언제나어둠속에서 밝음속을그리며차저가고잇는 것이다 太陽의비츨 프리즘으로보면 일곱가지色素로보인다

그러나 나는이런理致를忘却하려는 하나의다른마음에서보고잇슴이 틀림업다

다만 어둠의 世上이잠시간이라도 그힌눈결처럼힌것으로변하여짐을 所願하는 「마음」의鄕愁엿다

참상쾌하다

나는 얼마동안문을바라보다못해 신발을신고나아갓다

발로밥기도 아까운눈밧

나는 혀바닥을내어서 그눈송이를밧엇다

벌서 동네애들 동네개들 그리고 나와는완전히눈나리는저녁거리의 한風景을 이루엇다

개도눈우에딍굴고 애들도딍굴고

그러나나는 딍굴고ㅇ십을눌럿다

바! 얼마나슬픈罪이냐

나는 이惡世의티끌에마음이병들엇다

나는 벌서어른되어童心을죽이엿다

아니다

나는 개들과애들처럼눈나리는날은 고요히내마슴의鄕愁를즐기며 새魂을불 으면그만이다

펄펄나리는 흰눈흰눈.

文學擁護의辯*

김귀

내가文學을 다루고잇다는것은 내가가장잘살고잇다는生命의 表證이라면어 쩔싸.

눈압페 비초이는 現實이暴風과도가치 나의精神의領土를휘말어버리고저亂 舞하고잇슬 째 지금나는어데까지든 가슴속에 파닥거리는 한덩지의 피덩이를 自信하면서도그래도 어데론지 밤낫을헤아림업시 달른다. 달른다.

생각하면 나는달여보지도안코 그양갑업시 찌구러지는일혼 그것의아지못할 힘으로 하여서엇다.

나는 그暴風속에서 오래인 抵抗의時間이 지나가면 어느듯 한가닥의 밝은빗 이소사오르는 眞實의날개를가저다주는 흰옷입은 小女를 보앗다 나는쪼그白衣

---

* 이 글은 ≪만선일보≫ 1940년 6월 12일에 게재된것이다.

의小女가 여죽가지보지도 못하엿던 한바구니의이상한꼿을나의가슴우에다 勳
章가치꼬자주는것이엿다.

　나는 마츰내 나의精神의領土에다이처럼 最後의 平和를 심어노흔것이엿다.

　그리하여 나는意慾의 날개를타면서 小女를쪄안고훨훨날엇다.

　나는어찌하여 지금의困境이주는괴로움속에서 발더듬만하고 잇슬손가 나는
世上사람이 모다두러워하는 淸貧을 스스로바다드려 自足하고 그러면佛蘭西의
貴族들이 지난 享樂의榮華를비우스린다 허나 나는째로文化人으로서 現實的인
生覺이 正常한要求를 웨처보는그런 瞬間을 가지는대도업는것은 안이엇다.

　그러나 자기가 배부름을 알면 남의배고픔을 모르는법이다.

　여기엔 커다란 人生의悲劇이숨어잇다는것은 常識以下의 常識일수도잇스나
그러나 그러케쉬웁게 깨달어질수잇는 眞理임을 한번다시 뉘우쳐보려는 精神의
餘裕가 確實이나에겐잇다.

　나는 그것을 高度化한 知伴속에서 求하려는 것이다.

　그러기에 나는 즐겨서文學을만진다

△

　文學엔 生命이잇다.

　나의 文學的表現속엔 나라는 生命이들어잇다.

　내가 사라잇다는 증거를어뎃 차즌것인가도 스스로풀여질 수수꺽기 以上의수
수썩기로 알여지는째가 잇슬것이다

　現實을 눈감고는 보지못할우리들(知識人)의 不幸이 나한사람에게도 눌여
잇다.

　文學의世界가 모든知識人의 不幸을支援하여줄 단하나의길이라곤 생각지안
는다.

　그리고또한 男兒한平生을文學에만 바칠수가 잇슬것인가를 나역시 解答은 못
○○

　그러나 「어떠케 살라야 바로살게 것인가」이것의 卽바른生命의 探求-그리고
○○-즉 文學의 精神이여기에잇슬지면 나는 모름즉이現世代 의 어떤움즈기지
못할性格을 무시하고라도 어찌할수업는 文學의使徒가될것이라 宣言할것이다.

　그것은 一攫千金을 못이루는나自身의 無能을自暴하는態度에서안일것이다.

또 뭇소리니 히틀러 스타린以上의 政治家로서의大英雄이 되어보지못할悲劇
에서안일것이다. 싸러갈려는짓도 안일것이다

다만좁다란 現實의不純한世界보다내가스스로머므르고잇는 精神의領土가얼
마나넓고 째씃한줄 아럿슴에서엿다.

나는 어차피 土民의아들이오—

그리고 피덩어리다

내가 文學을 終生하여보리라는것은 愚鈍을 뒤푸리하는 自己陶醉로서일까

누구든 나들어 그와가튼 批判을나릴사람이잇다면 반가히우슴으로마저드리
려한다.

하긴渺然한事實의世紀압에의 誇張이나마 가저볼수가잇는것일싸

그러나그것은 獨善的 이긴하나 그런경우가 잇슬수잇다는것을 肯定하는時期
의有限과 空間의 無限을넘겨다보는날

마츰내 하나의커다란宇宙는다시탄생하리라 굿게自信함에서일것이다.

나는자나 깨나 文學을한다는일에 나의生命을막길것이라면 그것에무엇붓그
러움인들 두려움인들 느낄곤가 「曲型的인藝術人은 功을들어서도 문어질 塔을
싸올리라늣서을 나는밋는다.

亭子二十樹의誘惑*

김귀

(一)

친애하는 R형!

요즘더위가한참익어갑니다. 갓가운곳에 冷藏庫라도잇다면 한숨으로 달려가

---

* 이 글은 ≪만선일보≫ 1940년 7월 31일부터 8월 3일까지 게재된것이다.

어름덩이를 안고넙적 느러지고십습니다.

그동안 안녕하십니까.

平素의 無音은 실상 저의본뜻은 안이엇습니다.

그點 너그러히 惠諒하심을빕니다.

×

數日前 畜産司 에게시는 韓兄을 이곳서 맛나뵈윗습니다.

韓兄은 國立種牛場設立을 위하여 間島地方에 出張을오섯다. 回路에들여주 어만가히 상면하엿든것입니다.

그時에 兄의安否도들엇습니다.

언제나眞實을사랑하시는 R兄의무거운 生活을 저는想像할수잇엇더이다.

韓兄이 째로貴社에가서보면 담배한대를 마음대로태일사히업시 新聞짜기에 붓슷을 불이날 至境으로밧부시게 일들하고잇다는것입니다.

허나 이무더운 더위와싸와가면서 如前히職責에邁進하려는 兄의 健康이 저윽 히 염여뮔니다.

저도 兄과는 못지지안홀 程度의勞苦를 견듸여갑니다.

아츰 아홉시에 職場으로나오면 저녁네시까지는 珠算과 싸후기에 別餘念도업 습니다.

機械의 나사못가튼 우즈김립니다. 일이라공 하기보담 차라리 조밥알이라도목 구녕에 타라막을랴고 하는發惡에 갓가운 悲劇을 되푸리하고 잇는것입니다.

저도 健康을 망처노핫습니다. 職場에나오면 언제나 골이 무겁고 더구나神經 痛 으로하여 血壓이 노파저서 腦脇血을 일으키지나안흘가고 不安함을 못내참 습니다.

그래도 살아가야만 하는이부질업슨 삶에 倦怠를늣긴다.

R兄!

요즈음은 아름다운 自然을차저가서 한여름 마음편히쉬고십픈생각 쑌입니다.

저의鄕里는 元山입니다.

얼마나 美麗한 산과 바다와 내를가진 곳이리싸.

靑山과白砂와 海棠花와갈매기와 帆船을 가진 그림가튼 港浦.

저는 무더운 여름이오면 바다에서보내며 자랏습니다.

그럼으로 어린아이째부터나의마음속엔 마을의 아름다운 그림이그러것섯더이다.

제가 成人이되어서까지 情緒에豊富한것은 오로지 鄕里의 自然風土가 그리길러주엇든까닭입니다. 저는헤엄도누구에게못지안캐장칩니다.

中學時代엔 二十里(朝鮮里數)의 遠泳을 부난히 돌파한것입니다.

R兄!

바다 바다 바다 食慾가티 내머리에일기웁니다.

職場에서 나오면 그바다를 생각하여보다못해 비누와수건과 浴服을 가지고부른듯이 豆滿江畔으로 다려갑니다.

豆滿江은 언제나 濁流이지요.

물오리가티 펑덩펑덩쮜어들어가 한바탕헤엄치고나오면 그래도바다를그리는 마음도 달내여지는 自負를엇습니다.

×

그러한짓도못해 허리 쌔지무기력하여진 肉體를게우이슬려갈려는 發惡에지니지안음을 깨닭고 그러면 一아! 비겁한 이몸이여! 아! 비겁한 이몸이여! 自身을 두들겨보는것이엇습니다.

"잘사러야할것을" "잘사러야할것을"

그러한 潛在意識으로하여 허리쌔진 肉體일망정 잘다스려야 할것이아닌가!

(二)

『卽 對敵하여싸우면 싸우다가 칼이부러지면 곳맨손으로 대고싸우고 손마저 씬어지면 그담은억개를 대고싸우고 억개마저 써러저나가면 그담은입으로라도 敵의목이나 입다섯은무러 쓰더 넘어트린다는것입니다.』

『다시 목마저 쓰러저나가도 武士로의冤魂은 영원히익어야한다는것입니다.』

R兄!

武士道란 生死觀에對하여 『죽엄』을이가티 철저하게밝힌것이니 世界의어느 民族에서이런 魂을 본바들수잇슬 까요.

R兄!

요즘 豆滿江의 江水浴은 저의日程의하나로되엇잇습니다.

무엇보다 精神의健康性은 肉體와의正比例를 저울질하여證明되는것은아닐 까요.

저도살아야하겟습니다.

입에칼을물고서라도 變展하는現實의怒濤를 타랴합니다.所謂三十年代의 舊 世代를질머지고잇는 저로서는 精神과肉體를不幸속에만 무더둘수는업습니다.

新世代의性格의混亂!

어데까지든新世代에 處한二十年代의 靑年들도 亦是混亂의 暴風地帶에잇는 것입니다.

무엇이新世代이며 무엇이 舊世代이라고 區線지어노흘수가잇슬까요.

長江流水와가티 永劫에로흘르는 단하나의 眞理의흘름—

바다로일기우는 最終夜의 水平 그것은모든 人類의엽구리에 날개가돗치는날 이 잇습니다.

×

바야흐로 現實의 變展은 最急한怒濤를 모라처온마당입니다. 이러한 現實의 마당에서 所謂新世代의性格이란 과연무엇을 指標하는건가.

『모랄』론이니 『휴매니즘』이니 知性論이니 新世代論이니 하고 文壇의現實은 하나의指標를찻기에 시끄럽게 쓸어번젓습니다.

그러나

R兄! 저는요즘 이럿케 생각하여 봅니다.

新世代의性格! 結局混亂이라봅니다.

一, 三十年代의 사람으로 過去 社會潮流에 물들어 남을위하여서라고 몸을던 져 싸우덩 一族屬은 急激히몰려드는 社會의變展압헤서 밋처精神을바로잡을 사 회도업시 迷路에방황하면서잇고 그들은 이리지도 저리지도못하면서 하로하로 를 無氣力하게보내며 人生의倦怠를말하고 現實의 懷慾을 詠歎하는 靑年型.

一, 急激한大勢에 意識的으로나 無意識的으로나 順應하여비비면서 現實을 교묘히捕捉하여 『바르작크』의人間喜劇을 본밧는情熱을가지고 銀行家 ○○가 水産探家의大財閥에 寄食하면서 제가가진 財貨업시 事業을이루어보겟다는 八 方美人的 인 靑年型.

一, 新東亞秩序建設을爲하야 聖火를홋날리고잇는 이런마당에서 國民으로의

自覺과忠勇을이바지하여 戰火속에 쒸어드는 靑年型. 大體로이러ㅎ ㅏㄴ 決算이 모름즉히新世代의 性格이라면어 썰까요.

R兄! 모도가 混亂입니다.

저는 차라리 "통키호-테"도 "하므랫트"도 모다되지못할바에야 다만눈감고아웅하는격이나마 그러나좀더칼을물고 發惡하여보리라는것입니다.

아! 날개여 나의엽구리에처주렴! 아! 날개여!

×

요즘 어썬동무에게서빌린 冊속에 이런 글을보앗습니다.

日本의 武士道를 가장 正確하고透明하게解釋한 『葉隱』(一卷으로 十二卷까지잇슴)에는 武士道란-죽엄을싸르게發見하는 精神이라하엿습니다.

(完)

R兄!

우리들도 武士道의 精神을 배워야하가봅니다.

正義와 人道를 위하여그와가튼조혼武器를차저야하지안허야.

저는 요새밤이면 우리 友人들이 파무처노흔 市內康德旅館을 차저가선 술자리를 펴고 武士道精神을배워야한다고 力說한적이 한두번이 아닙니다.

그째마다 죽도여안즌 斗寧兄, 東厚兄 德厚兄 亨洙兄等은 얼골에 아지못할우슴을담고 처다보는데 저도 疲勞가안히날수업습니다.

眞實을 토론하는마당에서 그들은 어이하여 웃고만잇슬까요.

저의正體를 이러케아는모양입니다. 2+2=5가되는 暗算을 견주어 마첫는가 봅니다.

霖雨가티 구중충한 雜文을 느러넛코 信義를 캄푸라치 하는건아닌가.

하고 욕을하는것만 갓습니다.

R兄!

웬만하면 豆滿江ㅏ람좀 쏘이러나오시오.

한번오시게되면 對岸南陽의모래언득에 느러진 『二十樹』스무나무 亭子쪽에 案內하여 드리고자합니다.

金笠의詩句에曰

『二十樹中에 三十客하니

四十家中에 五十雲이라』

　막상 스무나무를 對하고보면 金笠의 詩句가 생각나기前에먼저 하야시『비-

루』가눈에서물서물하여집니다.

　이곳圖們에선 여름의淸凉制로 스무나무亭子가잇다는것이 저윽히兄의旅行

을 誘惑하고도남는 조흔武器입니다.

　R兄!

　아구! 열멧장을 당써번에 극적이엿드니 쏘머리가흐릿하여지는구려!

　職場에걸린時計를처다보니 零時四十分이군요.

　豆滿江에나갈時間이 千秋가티 기다려지는 이설음!

　그러나 잘사러야한다는것의 未練이남은 나의情熱이엇든가.

　R兄!

　내내 健康히게서요.

　이만둡니다.

七月二十五日

愛 雪 記*

이당인(夷堂人)

(上)

　「네프류드」가짜러가든雪景보다 「카츄샤」가 러거가는 눈길이 못척그립다 틱
틱한 쇠사슬이 얼마나 징그럽고 원망스러웟을것이냐 흰눈에홀럿슬 「카츄샤」의
눈물이오늘내天井에 그리는 雪景의한場面을幸福스럽게 해주려는지도몰른다

---

* 이 글은 ≪만선일보≫ 1941년 12월 6∼7일에 게재된것이다.
　夷堂人과 夷堂은 金正燾의 필명인데 김정도의 신원 미상.

—

아득한白雪이 내리면나는 언제든지 幸福스러웟다 三間草屋이라고 할지라도
眼鏡도업시 보는눈이 地球를덥는다 그러타 地球를덥다 그리고 내마음도 내몸도
내온갓것을덥고만다 그가운데나는孝子아닌 夷堂이 超然히自己를孤立식히고
잇다 펑펑네려쌔는 힌눈이야말로나의 唯一한眼界요 나의唯一한幸福의 斷層이
기도하다 인제 이가운데보이은듯이안젓는꼴은 白雪과 싸울것만도갓고 금방이
라도親해질것만가티 나는그가운데서 언제든이 幸福한다

二

서울서보면 서울눈이다 만주에서보면 滿洲눈이다어데서보든지 白雪임엔틀
림업건만 그래도들창안에안젓는 내마음의波濤가바람에따러 오르네리는 時時
로 만주눈은 滿洲눈이요 서울은 서울눈이다

길다란개천개엔눈이네려야 나는 그거리를걸른다 「아파슈」의三寸들이활개치
고다니는꼴은 반듯이이개천개를 써나서는 어울리지 안는다 한치박이안뵈는白
雪이 네릴라치면 이개처개는내가 잇어야어울린다 通洞꼭대기로 부터電車소리
를아득이 들으며 쏘차가면나는 文明째메그만개천을 일는다 그러면나는文明우
에 네리는 나의幸福의對象이 불상하다 나는그만 笑止라하여 집으로돌아가는째
도 잇다

大同大街에눈이 쌔이면馬車夫가불상하다 털옷이어지그리 더러운지 단二十
錢이라도던질것이 싸아롭게도아갑다 協和會압히기에그만 꿀걱 참고는지나가
기도한다 쌔주가 얼마나반가운 선물인지 이雪景가운데에서만알수잇는 高粱의
調和이기도한다

엘름의行列에比하면 엄청나게쌔끗한 風景이 이荒野엔아까웁다 하다못해 우
리집울타리 안에다 싸키가어려우면차국차국 장여노키나햇으면 나는 하로도쌔
지안고 生命의 즐거움을享有할쑤 잇을것을! 넓은벌판에 네리는것보다도 어울리
지안는다 蒙古바람이불면 馬賊帽나쓰고그리고 서푼짜리옷이나썰처입으면 그
만이아니냐? 白雪이오히려 이情景이불쌍해서 한겨울녹을줄을몰르고 번적거려
째무든이나라의 市文化와對照식히려는것인지도몰른다 오랜數千年의 歷史엔
白雪이공정한바 만을것을 이거리에서알수잇다 ○○한國民性이 이白雪과北風

의遺物인것을나는疑心하지안는다 곰과가치 순한듯이험惡한氣質이無數의張作霖을만들엇고인제現代化한 匪賊을養하기엔쪽짜노흔곳이기도하다 날이면날마다 現代化하는이땅에建設의인文化가白雪과가치 네거리를願하는사람은 나뿐이 아니련만이나라의 白雪과匪賊性과關聯직혀 생각해야할것을이즌이는얼마나만흘것이랴 支文化人이非文化人化는쏠도역시이環境 白雪과蒙古風의 선물이 아닐가? 나는의심해보지안을수업다.

(下)

가만히 안저서 天井에다 地球를 그려보면 白雪이라해도 다가튼 맛이아닌것을發見할수잇다 滿庭한 白雪을 즐기며 一杯酒를 들어 喜然이 詩를 을퍼 날을밝히는 우리故鄕의 淺雪山間草屋도잇다

一年에 一億餘圓의損害를 입는 日本北極地方도잇다 二層집보다도 더놉게퍼붓는 눈이라면 우리는 상상의風景에 지나지안치마는 그들은 한苦痛의天然物이엿다 오랜 時間이 그들과가티 괴로웟든것을 想起하면 인제내가 홀로 白雪을 즐긴다고하는것도 죄스러운것만갓다

北氷洋이나 南極저편에 살수잇는 未來가우리들에게 잇슬는지 그건몰라도산다고하면 代代孫孫으로 그들은 森林이茂盛한人類의故鄕을 그리면서 遺言에까지 南國의情緖를 중얼거릴것을 想像하면 인제 이쌍우에서는 온갖人間이 제각기쌍우에서서는 기쁨을버리고 高樓요 또巨閣을 計劃하는 모양이란 너무나 지나치게건방진것이나 아닐는지 그우에 白雪을 조롱물인것만가티 取扱하는 나가튼末者가잇스니 이건맛당히自然에 叩頭해야할 對象이다 모름즉이 白雪의 偉大를 發見하여 인제 人間과 自然과의 境界線에 武裝을 解除식혀야 할것이다 그럼으로여게 빵問題를 解決할수도 잇슬것이요 또人間의天鄕을간직할수도 잇슬것이다

낫에네리는것도조치만밤에오는눈쏫이야말로 조타 더욱 이런밤고요한 산길을홀로 거를수잇다고하면 나일맨티시즘은 完全히滿足된다

너훌너훌 날려서 삽분삽분 싸이는이白雪은 每日이면 每日가치 온다고해도나는조금도 실치안을거다 庵子에안저서초불을들어 三四尺雪中을 올려다볼때여간幸福과 安息의 片片이 내마음가운데흘르는걸 發見한다 詩句도잇고 無念無想의 開心狀態에 이르대나는 나조차잇고 날듯안저잇슬것이다

허지만 언제든지 庵子에서만 다즐눈이 아닌건地球가 넓은걸알면 그만이다
都會地에서 이아름다운선물을 만난다고하면 나는마음을 가다듬고 머리를새
롭게한다 山에서네리는 靜寂이아니고 庵子에서마즌 安息이아닌 歡喜와 情熱을
맛볼수잇다

언제든지 우중충한 生活을하고 每日가치 不平과不滿과 暗鬪와그리고내가第
一실허하는 奸言과凶禮를 가슴속에 바더디려야하는 生活가운데 눈내린다고하
면 이건아주 完全한 腕力家의 全體主張이다

一色으로 統一을애타그리고 일제히 平和로운가운데서 煙氣를뿜는다고하면
宇宙의眞理가 微笑를禁치안을것이다 여게우리들의 知情의美化가存在하고 여
게 突進하는文化가 잇슬것이다 그럼으로써雪白한國民意識이 表現하는健全한
人間完成의道理를開始할것이다

오고가는馬車自動車사람새이에서도 나는눈만오면새로운 情熱과 歡喜가업
슬수업다 그래서 나는카추샤의뒷모양이 보일듯이안뵈는 그눈이조타

내마음의 눈이 이겨울에는 가득이 내리기를얼마나 기달리는지.

十二月 一日

春 日 隨 想*

이당(夷堂)

一

봄철이라고하는데 窓門도못열고 누엇기란 病苦以上의 괴로움이다 窓각게서
흐느적거리는 버드나무가 유난히눈에씌인다 벌서 파릇한 빗치 자욱해서 누엇는
사람도 생기가난다 들창을휠휠열고 봄香氣가 마시고십다 꺼무틱틱한 내房안이
갑작시리 棺속인양십허 뛰여나가고십픈충동을 밧고는멀거니冊장안 久遠한歷

---

* 이 글은 ≪만선일보≫ 1942년 3월 23일에 게재된것이다.

史의 理論을 暗誦해본다 인제여게한해骨이잇서 瞬間의原理에 依하야 生을어더 平凡한病床에서 봄을찻다

二

蒙古風이 불어 咫尺이分別하기어려울때째沙漠한복판에 자리를잡고 바람부는봄날을 찬미하여 一盃酒를기울린다고하면 이건大陸人만이享有할수잇는 超然의幸福일게다 病床이 沙漠이라고한다치면 유창한 言語로蒙古를 謳歌하면서 自然의攝理를 찬미할게다

아득한黃塵속에 人生의哲學이슴여잇다 孝子도이안에서 자랏스려니 莊子도이모래를 呼吸하고 眞理를向햇스려니 黃塵속만이 아는攝理가잇서 存在와當爲의方程式을둘어줄런지도몰은다

病席에서 黃塵의 傳說을 더듬다가 새로운괴로움이 덧치면 出家한 스님이 그리워질째가오려니 時時刻刻으로 가슴이괴로워진다고하면 나는 그만 봄하늘에다 마음과몸을 날리련다 黃塵속 그속으로 나는쮜어들고십다 그래서 남과갓치한개의 生의眞理를 超然가운데서 發見하고십다 그럿다 唯一한生의 解釋이알고십다.

三

오랜神話속에서 자라 인제다닥친 現在를料理하기엔 너무나 弱하다 봄철이 가저오는 神話의 功能을 내가 인제다시 저울질한다면 결국 나도 저울以外의아모것도 아니다 나는저울以上의내가보고십허 二十世紀의神話를 더듬다 그만 失神하여 病席에눕다

누운모양이 하 쓸쓸해서 봄철이 아까울지경이다 나는새로운生을 엇기爲하여 오랜時節을 마음과몸의 病으로마지하엿다 오늘내病席에서發見할수잇는 우울의哲理를버리고 싹트는듯이 알뜰한봄의自然에 얼키어 보고시젓다

이봄이 반드시 삿듯한傳說을실고 나의오랜 머릿속을 뒤집어업흘는지도 몰으겟다 그래서 할으면서도 숨어드는 봄太陽의 살낫이 그립다.

大陸에잇든마음*

-묵은日記의數節에서-

김정도(金正燾)

(上)

一月二十九日

사랑하는힘을 갓지못햇나부다 마음만이설렛고 한거름도 억지가업다 表面化
한다고하는것은 相當히ㅛ버젓한心靈을要한다

쪄안은드시 쑴에도보면서 나는 아무런時間도못가젓다 말조차 넌지시 비려
보지도 못한다 아마나도 나짠은自尊心도잇다 영리한 모양일가베 못생기기도하
고 또

時間이자나고나서 뉘우처지는 사랑이란結局은 아무것도아니다 새로운씩嵓
을發見하느니보다 산듯한맛도업다

등불미테 세時間을 안젓서도 情熱의一分도 저울질못해보앗다 아마 그女人도
필어서 그럴게다 영리하다고하는건 아마 情熱과는親치는못할게다

내마음이 아직도 젊은데 나는 왜 情熱과싸워 怜悧함이 떨어질까 헛소리인체
하고라도 한마디도 못해본다 공연한女人을 보잡고목소리를 試驗해본다 이건바
루 비루하기짝이업다

어쩌케 생기잇는 男안이기를願하지만 내재조론配給밧느니보다 어렵다

늙어간다 새파라케 젊고 나는 늙어간다 빨간입술에서 내勇氣를 쑴꾸게해주는
그럴수박게 이제나는 젊고늙어서 말를대로말라서.

神仙인양 房안에 다리하고 안저나잇자

七月五日밤

아침저녁으로 허둥지둥도라다니다가는 잠자리에 누우면 갑작시리한쩌번에
온외로움이 스며든다 견디기가 어려울만치 괴로운 내머리는 인제는 피곤이다
인제는 한시간도 억이지못할것만갓다 쓸쓸하다 미칠드시 외로운 마음의 空氣가

---

* 이 글은 《만선일보》 1942년 5월 3일에 게재된것인데 (下)가 발표된 신문이 결호.

슬프다 永遠히 사람은 외로운것인지도 모른다 그런지도 모른다

겨우 나는 自己合理化를發見하고는 하로하로를 살엇다 그러나 나는 외로웁게살어간다 每日가튼 每日이 계속되면 으레괴롭다 외롭다

의젓한自己가 自己가 외로운건 矛盾이다 矛盾이라고 암만웨처도 역시 나는 외로울대로 외로워 時間이무섭다

나는 지금 또하나인 내가 그립다.

附記=金正薰氏는 李堂人라는 펜넴으로 讀者와親한분인데 今番滿洲를떠나 歸鮮케됨에 際하여 舊日記의數節을 무리로請하여 紹介한것임을 말해둔다.

(記者)

隨想*

윤도혁(尹道赫)

俗語에『錢村陰』이라는말이잇것다. 그것과는 正反對의길을 것고잇는 群衆들이잇스니 그는『사러리맨』들이다. 그들은 固定的인時間을 虛費하기 爲하여 하고십지안흔 손짓을 하며 貴重한 時間을 ○○와 가티 하로이면 멧번이나 時計바늘의 더딈을 怨望하며 無價値한 生을 延長하기에 辱을 본다.

그들에게잇서서는오늘의 時間이 그러하고 明日의時間이 쏘한 그러케虛費될 것이 아닌가? 人生이란 緊張味가 잇서야 사는바람이 잇다. 明日의 希望을바라고 今日의 苦楚를 격는다. 그러나 그들의 生活은 別로 希望도업고 甚한苦楚도업는單調한生活의 連續線이 平行되고잇다. 이것이 그들에게만 잇는 悲哀이다.

藝術은길고 生命은 짤으다하엿다 그러나 技術的이라는 職工(그나마나 이제는天職)은 그것을 硏究하면할사록 生命을短縮시키는듯하다. 職業은 神聖하다

---

* 이 글은 ≪만몽일보(滿蒙日報)≫ 1937년 7월 20일에 게재된것이다.

≪만몽일보≫는 역시 위만주국의 어용신문으로서 ≪만선일보≫의 전신. 지금 읽을수 있는 것은 1937년 7월의 10여일분밖에 없다.

하나 本意아닌것을 오로지 糊口하기 爲하여만 하는 神聖하다고볼수업는 쓰라린 일이다. 게다가 技術如何와 生活高低에 依하야 評價가 붓고 「광」갑의 厚薄이 決定되는것과 民族的으로 調和되지안는 獨音속에서 白兵戰을 每日과가티 演出함에 잇서서랴! 五族協和를 「못토」로 王道樂土 東亞平和의 聖스러운 看板을 걸고잇는 이땅에서 民族的葛藤은 짐작 淸算하야 治外法權抛棄하듯이 거둬치워버려야할일이다. 그러나 人間은 自尊心이잇다. 그리고 附與物로는 優越感이 잇다. 自尊心과 優越感을 가진사람에게는 勝己者를 ○之하는 猜忌心까지 가지게 된다. 저잘난멋에 사는世上이니 怪狀할것도 업지마는 造物主가 何必 그와가튼 야릇한 感情을 사람에게 부어주어 憂鬱케하는가?

○

職工生活五年間에 남은것은 塊石과가티 내밀은 광대뼈와 阿片中毒者와 가티 蒼白한 血氣업는 어굴쑨. 그래도 사람은 正堂한길만은 걸어야한다는 信條만이 나를 살리고잇다. 안해가 저世上으로 쩌날째 다만 나에게준 「푸레쩬트」인 어린 두子息! 그것들이나 잘자라야 할터인데 그것이야말로 이至極히 못난 人間인 나를 그래도 唯一한 背景으로 알고 등을대고 荒波의 이苦海로 쒸여나온 不遇한 生命들이다. 天眞한 그들도 벌서부터 奇詭하고 險峻한 압날의 設計圖를 질머지고잇는 宿命的인 存在 어미업시咀呪밧은 子息들이아니냐? 그러면 그들의 將來 運命을 左右할열쇠는 누가쥐고잇는가?

○

이것은 오늘 아버지께서 온편지의 일절이다.

「죽은 사람은 죽엇다. 그러나 그것은 너의 八字인 동시에 그사람의 運命이다. 산사람은 어디까지 살아야한다. 내살어잇는동안에 곳 取妾하여라. 늙은 애비의 마음을 하로라도 즐거웁게 하여다고─.」

그러나 그것은 안될 말삼이다. 그래도 그는 나를 진심으로 사랑허지 안엇는가? 그리고 이 世上수만흔 사람가운데서 나를 그이처럼사랑해준 사람이 누구가 잇섯든가? 그에게 對한 愛着心도 아직 살어지지안코 未練도 아직 남어잇는나로서 아부님의 말삼과가티 「산사람은 어디까지나 살어야 한다」는 功利心과 「늙으신 父母는 즐겁게 하여야 한다」는 因襲的觀念으로 나의 가슴에 넘치는 눈물울 淸算할수업는 나를 누가 어리석다 할가?

深夜苦*

윤도혁

(上)

눈을스르르감고 부득부득잠을청하였으나 잠은멀리다라나 神經의 줄은 더욱 쑈쑉해지며 작고엉뚱한 思念만이는듯 情熱일은 瞳孔을이리저리 굴리며뒤숭숭한 詭의 系列을 세우고 秩序업는 追究 努力하나나 그리고엽헤서 世上萬事를 全部否定하드시 코만드르렁드르렁거리는H親舊 이무슨 안타까운 對照이냐?

窓박게서무시로 성난즘생처럼 咆哮하며 밤마다 安息을 威脅하든 그바람소리도 安穩해지고 덕지덕지성애가 씨르던 琉璃窓이 보여케맑아온 대신 쑥 쑥 쑥 쑥 單調로운詩韻을지으며 흘너내리는 물방울소리가 맛치봄의 序曲처럼 아련히 電波와가티 나는듯 容易하게내눈을 잠겨주지안는다.

안타까운노릇이다. 時計의 時針이벌서 열두시를 지난지가 오래건만 파리한마리 이리닷고 저리닷고 哀聲을지을분. 밤은고요하고 무쇠가튼沈黙이 누른밤이다.

그속에서 힘업시四肢를느리고 홀로孤獨을 독차지하려 내몸에부닥치고 밤은 쏘소리업시기퍼간다.

(下)

悠久한歷史를역거온單位인 이밤이멧萬年이나 反滄하엿스며 압흐로도쏘멧萬年의이밤을 되풀이할지 모르거니와 내가 萬若끗업는바다가운데서 航海의進路를明示해주며 人生으로서 無限한孤獨을지니고 거기서 人間의最大의法悅을 늣길수잇는 ○○守라면 구태여 이밤이이러케원망스러운空間만은아닐것이다.

前에혼히드를수잇든고양이우름소리하나 들리지안는밤이다.

三十燭光의電燈빗도 게슴츠레한데 오직날거짜진내靈魂은 또지금무슨꿈을 차저헤매이는지 나에도 사랑도 義理도 倫理도 道德도잇슬터인데 웨 나는구태여

---

* 이 글은 ≪만선일보≫ 1940년 3월 7일에 게재된것이다.

그런것들을 모르는척하려는破天荒의固執을 내세우는지나에게反問하고싶다 勿論人間은 人間대로 社會는社會대로 또現實은 現實대로 恒常 過重한 課題를내게다强迫하는것일는지모르나 그러타고 남들은 지금太平燃月의平和境에서 胡蜜桃가튼 고흔꿈을찾는幸福에서彷徨할때 홀로나만이輾轉反側하며 눈알을쏘렷쏘렷히굴릴것이야 무어란말인가? 지루한밤이다.深奧한밤이다.

아! 입맛이써온다 골치가압흐다 나는뒤숭숭한思索을收拾하기爲하야冊을드럿다 이것은常套的인내習慣쭵이다 그러나 나는늘 이慣쭵을 내自身이못마쌍하게 여긴다 도리혀 나는이慣쭵을 가젓슴으로써 나를輕視할는지모른다.

臨時變法으로 使用하는讀書 이것을警戒한다느니보담 얼마나不健全한熱을 가지고잇는가에 적지안혼幻滅을 내自身에서 늣기는것이다.

이째까지 책을읽는다고베르기만할쑨 또무엇을써본다는 그것도번번이結末을 짓지못하고 마침게으른놈김을매듯여기서극적극적저긔서극적극적하는것과가티무엇을읽기시작하면 끗장을내고야마는것이아니라 이것은 이것도좀건드려보고 저것도좀숭내를내보는것이 모다熱이업고惰性이고 마음이약한 소이이니 나라는인간도이러토서야 별수업는인간임에는 쌘한일이다

말로는周圍가어쩌하니環境이그러하니 혹은孤獨이니鄕愁니하고 我田引水的인辨明을 변덕스럽게발라마친다는것은 아무리寬大하게解釋하더라도 이것은到底히나를爲하야 저윽이不幸한짓이아닐수업다.

小我의功利로써 大我를沮害하는 苛酷한自己虐待가아니고무엇이랴.

그러면서도 밤이면 正宗이되든 濁酒가되든 麥酒가되든 쌔쥬(白酒)가되든 넉금넉금 남이주면 주는대로 異話업시 되는대로집어너코나서는 한다는말이 의례껏 文學이어쩌니 저쩌니 知性이니 모랄이니 주제넘게 니체니 칸트니 이런 主策업는 요설을 느러노흐니 이쏘한悲劇이아니고무엇이랴

나는무엇보다도 나를救援하여야할 義務를늣겨야한다 自己欺瞞을淸算하는곳에 나는 二十歲 感激을 聯想할수가잇지안흘까.

職業風土病*

윤도혁

事務室琉璃窓을활짝여러노으면마알간하늘이처다보이고 그미트로쑹긋이서 잇는 國務院의華麗하고 雄壯한몸집이視線의正面을가로막는다

나는原稿와勝算업는씨름을날마다되풀이하면서疲勞할때면依例히 이푸른하 늘과 그리고巨大한 建物을멀거니 바라보는것이다.

그것은 하로에도 몃번식數업시보고 쏘보와도어느스산한風景보다는곧잘 慰 問을주는 한개의靜物이다

아침에 남과가티 通勤쩨스에매달려 出勤하면은먼저原稿가 기다리고잇는것 이다 그러면 나는이原稿와終日네가오르니 내가오르니하고 싸홈을하는것이다

그러다가도 몃時間이채못되여 그것이그대로 고스란이 新聞이되어 나오게 될째 비로소勝利感이가득찬喜悅을 맛보게되고 그와同時에職務에대한 使命이 얼마나크며 編者로하여금 銳敏한感受性을주는 것인가를切實이 늣기게되는것 이다

以上說明이 나의職業이요 쏘나의 職業紹介이니 내가더仔細한 敷衍을하지안 터라도 내가무엇해먹고사는人間인것쯤은斟酌할수잇슬것이다

新聞社編輯局에다籍을두엇스니 新聞記者라는名稱을가지면 그만일수잇고 新聞記者이므로 쏘世間에서는이職業을가진나에게여러가지의 解釋을하게도되 는것이다

그러나 나는이직이에對하야무던히 愛着을가지고잇슴은 내自身만이 아는事 實이다 그리고 다른先輩들을 두고보더라도 이職業이 어쩌한 誘惑적인魅力을가 지고잇는것은 分明하다 그러길래엇던先輩는十數年식 或은八九年식을 드러부 터서 그째나오날이나變함업시 이職務에充實하는것이아닐까 하기야엇던이는 同像들中에서도 곳잘轉向하야 堂堂히다른方面에서 熱을기우려 活躍하는이가 업는것도아니며 實業方面으로간이는 지금掌故가되에 배가불룩이나온사람도적 지안흐나 그들도이職業을버리고 써날째에는未練이가득찬 얼골을주채하지못하

* 이 글은 ≪만선일보≫ 1940년 8월 27일에 게재된것이다.

는것을 보더라도한번발을드듸여너흐면 좀처럼 쩨여버릴수업는것이 이職業이
가진魅力이아닌가한다내가이러케말하는것은新聞이社會의 本體이니 大衆의指
針이라는等의 高貴한意味에서만이아니다 人間의 喜 怒 哀 樂을 그대로 報道하
야 社會大衆으로하야금 그를反映시키고社會의秩序와善惡을輿論化할때의 新
聞人으로서의 正義에타는快感이란 또한이만저만한것이아니다

이러고보니 내가지금까지쓴것이 모도가나의職業에隊한禮讚뿐이다 그러나
모든事物의 好不好란亦是그사람의主觀에依하야결정되는것여서 엇더한사람에
게잇서 조혼것이또다른사람에게는 조치못하게보일수도 잇는것이니까 내가나
의 職業을침이마르게禮讚하는것도 나의主觀이며나의性味일런지모른다

事實新聞記者라는 언제나緊張하여야하며 일에着手만하면 그일이끗날째까
지는 그야말로눈코쓸새업시 밥바야한다 그러다가 일이끗나면 同人들끼리 유모
어百퍼센트의 입심을부리는것도 滋味잇는일이며 그 代身故鄕에게신아버지께
서 天下에不孝라는 꾸중便紙를바들때는 참말로눈에서불이번쩍난다 元體가잘
못한일이니까 別數는업는일이지만 내가이職業을갓게된後부터는 엇전일인지
同伴에게나 或은本家에도便紙하는것이딱窒塞으로실타 便紙를 意識的으로하
지안흐려하는것이안라 쓰기가실흐니까 自然히못하게되는것이다 相對便에서
便紙가오며는여긔서는一言半信도업시 시침이를쑥짠다 그러니까 便紙하는것
相對便만이되고만다 그러면那終에는絶交便紙가오기일수요 本家에서는 몹쓸
놈으로모라세우기가일수다 그러니新聞記者가모도가 나갓다면야 한참熱을올려
戀愛하는愛人을먼곳에둔사람으로서는 誤解사기에알맞는職業이다 그便紙안쓰
는버릇은 나만인줄아럿더니 알고보니웬걸 同人擧皆가 나와쏙가튼病勢를가진
상십다 그러니이것은 新聞記者의風土病이라고나할까.

冬生譚*

윤도혁

季節이오고가는것을 마음대로못하는 人間으로서는맛당히 季節을어쩌케나마 合理化시킬것인가를 아러두어야하겟다 그것은生存이라는生理的관계만을爲한것이아니라 적어도生活의合理化를어쩌케하여야만되느냐하는 突然한發見을 나는只今한것이엇다 다시말하면季節과나와버러진 距離를 어쩌케短縮시키느냐는생각이다

滿洲는一年이면 折半가량을겨울한테 쌔앗겨버리지안는가 겨울의 猛威에눌리어몸이어러붓드시 마음도어러부터서 文字그대로의 蟄居生活이되고만다 結局蟄居라는 幽閉를意味하는것이되고 그 蟄居가意慾의壓軸이라든가 情熱의微溫이라면 겨울의冬眠이라는것은 人間에게는禁物이다 그 冬眠이잇는한 人間生活에잇서 意慾의 伸張은잇슬수가업지안흘까 멋처럼다른季節에서 버커나가려는意慾과情熱이 겨울내로萎縮이된다면 무엇보다도自我를爲하야 슬픈일이아닐수업다

이러한結論을엇기는 어덧스나 나自身해마다다른季節이라고 신통스러하는일이잇는것이아니다 유난히겨울을當하면 蟄居生活이되고만다 秋收冬藏식으로간다면 그래도含蓄잇는 內省的 生活이잇슬법도한노릇인데 이건도모지自身으로서도 不可解의일이다

外風이거센데다가 방바닥이따스해올쯤오면 궁둥이미테손을쌀고 가만히冥想에잠기어보는맛도 좀다른배가업지안허잇고 그러다가실증이나면 방바닥에배를 쌀고짜스하게올라오는溫氣를 享樂하는 滋味란 어지간한것이아니다 그러나이러한享樂도瞬間뿐이지이내등째기가싸늘해진다 그러면義禮히등과벼사이에 保

---

* 이 글은 ≪만선일보≫ 1942년 2월 2일에 게재된것이다. 이 글은 원래 상, 두편이엿는데 하가 게재된 신문은 결호.

溫의肉體를保持하기爲하야 이불을뒤집어쓰게되고 그러노라면 뱃나미가녹작지
근해지며 보드러운피로가 솜털가치되어오른다 이것이나의 冬眠의 한症狀의 露
出이리라

◇

눈쌀이 솜털가치펄펄날리면 끗업는 廣野를헤매고십다 그런밤이면 外氣가强
하지도안코 포근한情緖가왼가슴에슴여드니까 마음은하다못해 왕방울단 馬車
가튼것이라도타고 방울소리 절렁거리며멀리멀리 달리고만십다 馬車가업스면
홀몸으로라도조타 눈만 빡끔한털모자를뒤처쓰고 끗업는마음의幻像을 차저터
벅터벅 헤매고십다

이러한感傷은 내어렷을적지난病的에가까운衝動이나 지금오히려일쑤그러한
衝動에잡히는것도 생각하면 내運命과더부러어쩌한連慣性이 잇는가십허구태여
버리려고도안는다

그러니까 눈오는밤이면空然히 마음이安定이안된다는것이다 마음의安靜이
업스니까 한짐지게 무엇을 構想하고십흔마음도 意慾도업서지고만다 엉뚱한딴
世界로달쏭달쏭 마음은다름질치는것이다

自暴의 辯*

송지영(宋志泳)

(一)

한포기의 풀과한가지의나무며 一卷石 一勺水 일망정 그것이 자연그대로인데
잇서 恒常뒤숭숭하고 奔走한가운데 心身을쪼들리고잇는 그때의感興은 그것이
淸風北窓마루에 누워 悠然히 自適하는 太古閒民이건오히려 自然界를 어느限界
까지 억눌으는 現代科學者의 느낌이건 瞬間만을가지고 싸지지안트라도 大槪

---

* 이 글은 ≪만선일보≫ 1940년 8월 15~21일에 련재된것이다.

너그러운등에포근히 안기어 그대로실컨잠이라도 들고십흔 그러한感受는 於此
於彼에 그런長短을 가질나위도 업는게리라.

生活이 지나치게 單調롭고 乾燥해서 누구나浮薄한 탓이라니라 저절로무에나
屈折이잇슬만큼 刺戟을要求하는데 사람된 感情의 微妙難測한 구석이잇슴을 째
로생각지안흔境遇에서 만히當하게되는바 所謂都會生活이라는 雜多混沌한가
운데서 더구나그러함을切實히 느낀다.

해서 餘裕잇게 쓸안에 車馬의跡을 印칠수잇고 일즉히 造作일망정 山容水態
를놉흔담안에서보고 늣길수잇는 朱門華艦의 그것이나 구석진골목찌그러진 처
마미테서 한그루의花盆을 愛撫함이나 보다도 마른가지에 물을주어 어느구석째
어진 甁에몬지를 그情이나가 모다 究竟엔 同一視할수잇는데어느모로 보아선지
고 보잘것업는下子가크고 數多한上子의意外로 平凡하고 하치안케 여김보다 알
쓸히어르만지고 보고 쏘보고하는 心情을 더 갑비싸게 사줄수잇슬것이다

願하여 이름이 적을수록 人間의 智慧는 한거름 鍛鍊해서 進步됨이라고 할가
何如間 온갖 世間名利에 喘息을 急히하는 慾求나 몰려서 一草一木에 閑日月을
追求하는 意志 나가 한결가치 意慾임에는 對次가 업는데 적은 刺戟에서 이뤄지
는 弱者의 分岐點은 巧拙이며 遲連이며 享樂이 동써러지게 달는 好一對 玩味할
만한 人情의 機密을 말해주고잇다

平素의 품엇든 宿願을이럿노라는 自足은 아니겟지만 요사이 나自身이척이나
너그럽고 安泰한 느낌을 몸에 마음에 지니게되엇슴을 多幸하게 가끔 생각하고
있다 뭐 그러타해서 갑작이 무슨 큰수라도생기어 生活의 急激한 變化를일으켓
느냐하면 아니오 말하자면 내가발버둥처오든 生活의 抛棄에서 짐짓 倒行逆流
라도 햇다고볼 窮 한 際遇에서 어들수잇는 적은思索과 갓가운 視野에서 오는刺
戟이랄가 그러한 느낌이 저절로 이씸주는境地에 서잇슴을 모르는바아니다

지난날寓居를 梅枝町골목에 定하여서는곳이 滿洲요째가 겨울이라 처음對하
는 異邦의情緖를 거리에서찻다지친마음이 거의 自暴에갓갑도록 되범벅판이엇
스니 妥暇에靜夜靑燈을 마음으로서누릴길이업섯고 봄되자 淸眞寺南으로 옴겨
서는 저윽히 强忍하야 安定한다는게 亦是 不安 焦燥 憂鬱 愁嘆에서 번연히
쓸데업는줄알면서도 放散된心積意思에 붓잡혀 자못混亂期이긴이되날이깁흘
수록 包圍하는 孤獨感에서 달이나발근밤이면 窓에기대여 忘志臥忘일적도잇고

短袴에短筇을이끌고 車站이갓가운南關의 불빗이아득히바라뵈는 적은다리우에서 或은堤防을오르내리며 長吟短嘯도해보고 물을굽이 별을우르며 晃然히 自失도하야 그러는가운데 隱然中

脚○三寸이 從前고는잘리 가벼워지는듯고하라니 이미직하야 職을버리고 밧의부름을바다 자라를옴긴 二道河子에서의 旬餘는 항결더 快適한늣김을갓는데 어제오늘 主人인金兄마저歸鄕하자 二三右朋이 서로 淚遂는하나 실은 나혼자라 가끔靜寂의울에서 孤獨을안해로하야 冥想의자식을樂으로하는버릇이 날마다時間數로 늘어간다

(二)

적으나마 뜰이잇고 들의구퉁이엔 雜草가茂盛한그대로 오이 넝태쿨이 썻은 밧이잇고 밧한기슬에는 花壇이잇서 百日紅 紛꼿 鳳仙花 그리고도 여러가지 靑紫紅白이 석기어 只今 막봉오리지자 피고 지자 향기를 풍기고잇다 門前三步를 못나가 풀은그대로자라 庭草尺深이오 北으론都塵이 ○○하나 東이며西南三隅는모다五十步 百步를넘지안허툭터진視野에 어느것하나 悠長閑暇한大陸의뜰이아님이업서 未嘗不豊饒한自然의展示임에 마음은 한결가티 너그러웁다.

여기에뒤돌아 人間의生活과感情을 한줄에매여 감히 單調로우니 乾燥할마음이업거니 叮嚀코그러커늘 또한生活은生活대로 感情은感情대로 그무어나 別다른刺戟을기다려야한단말인가 原來가 朴實함에 鈍感이오게 每事에始終이업시 夢魂한니만치 滿洲땅을 발븐以後로 어느새 半年余인데 通稱이곳사람들의性格을 나타내는場所요 또한短點인 "漫漫的"에쑴이浸潤되여서인지 모든것을느리잡아 自身이「이러케게을러서야」하고느끼도록 차츰더 懶惰해지는것을 혼자다 咎叱責하여보군한다.

다른데서보다도 나의 行旅生活十年에 昨年까지만해도 한달或은두달 게을러도석만에한번은어버이게시는 故鄕의 조고만 내집울안의복숭아며 감나무뜰압헤 가지가지잘도자라는 나물밧을머리에그리며 써도는子息의行止를사뢰엇섯고 親否間하치안은 弄談客說이라도 내案頭에써러지는信片이라면 거의 하나도빼지안코 對等의回謝를해왓으며 어느째엔내便이自進하야 별로할말도업스면서 곳잘 便紙를써내들엇섯는데 渡滿한그날부너 내무슨 아니할말로 몹쓸짓을하여쏫

긴것도아니오 또平日에가슴가득한 憂愁와鬱憤을 이滿洲쌍에쑤리어노차고 온
것도아니건만 이게무슨奇妙한나도모를내마음의 變動인지 萬不得한境遇가아
니고는 都是붓대를쥔다는게 싹질색이어서 親舊間의往返은커녕 어버이압헤도
열이면열번 罪過를自招하면서 싯내오늘까지 不肖不孝의 誚를免치못하고잇게
씀 되엇스니 대체바뿔달일도업섯고 於間에아니그래서는 안될曲折도아무것도
업시 이러고보니 까닭은 日言으로 내못나고 게으른탓으로 밈는수밧게더업다.

大凡丈夫로 세상에태어나 적으나크나 功成名達을바래서 營營逐逐하는게事
實인데 果然恒河沙數의수만혼人生들이 쯧대로마음먹은대로 自己로서의 目的
의究極을達햇달사람이 그몃이나될건가? 人生行路蜀道難에比할게아니라 上下
左右前後가 모다 萊蕪요荊刺이라 生於憂患이틀림업는格局일진대 구태여 짓고
까불고아옹다옹할게뭐랴—

極히 卑賤한생각이면서도 제법達觀이나한것처럼 이런무슨업는理念을 恒時
품게되는것은 쏘웬까닭인가? 젊은피에튀는情熱 타는意氣를어찌하고 이럿듯生
에對한욕망을減消시키엇는지 自願붓그럽기짝업것만 생각은생각대로 외골스로
파고드는것은 내너무나 庸拙한탓일가? 先輩長者며 友朋間에나를爲하야 激勵
鞭策 指敎를 적지아니바다 衷心으로感謝해하며 有時乎 꼭그대로해야될줄알면
서도 實際 나의行은知와反하야 나대로거름을것고해서 일마다 成果를 조케내지
못하고만것은 지나간날에서 追懲이 너무나 쏘렷하것만 그것을거울삼기보다 往
事는 莫記라생각조차버리고 쯧내 固執을 부리고만십흐니 이건 내너무나單純한
탓일가?

三省吾身은 날로못한다해도 懶弱 庸拙 愚鈍함을 痼疾로서 執症이라도하니
古聖이말한그르케不移까지에일은下愚는 아니라는것을自慰로하는데 여기에對
症投藥을分明히못하는것은 이것이曰自暴이요 自棄일수박게

人이一을能히하거던 나는百을能히하고 人이十을能히하거던己千之하고 게
까지는못미처도남과가티애쓰고따라는가야할텐데 自暴自棄란지나치게 悽慘한
行態이다 흔히 그무엇을 緣由로해서건 憂悶愁苦의남어지 勞心焦思를 하부닥쳐
본일도업거늘 그러함에는나로서도풀수업는 하나의수수썩끼로돌려버려려야 올흘
건가或은 確然히깨다를 頂門의一針을 기다려야올흔건가?

— 누가잇서 萬若일르되그게모도가 절문날의 妄想이 요한째의가지는 過渡期

的懷疑의 一端이라고한다면 나는좀더놉흔소라로웨치련다 똑바로自身이認識
할수잇는 自暴와自棄는 世 의루累累남불인 外曲된自尊과 自大보다는 正堂한意
味에서 越一等層이진다라고 라고 이러한 信念미테 나의 自暴自棄이면서도 아
닌 裏面이잇노라고 自惠해주고십다

(三)

　오나가나彈力없는 하루를오늘도 七馬路언저리에서 悠悠히 보내고 쓸모업는
思索에사로잡혀 寓舍를차자드는길이 어느새南關다리를건너堤防우를한참이나
걸어왓다

　獨自 偶感이 그리신통할것어없스되 드나드는길에 十五分쯤 걸음을더듬는 이
長堤우에서만은언제나 明朗한얼굴로 四官를음즈길수잇는것이 무엇보다 즐거
운일인데 오늘은 草原에흐터이 放牧하는羊의떼를만나 문득발을 멈추고 멍—하
니서잇스라니 엽헤따라섯든 벗이잇서 물을바라보며자못深碎하야 부러운양

　『홍 大陸의風物詩로군!』

　『누가, 을퍼』

　『올하! 詩도 어렵고 畵도眞이 아니지!』

　『그럼 원가?』

　벗이 沈黙良久에

　『世에 許多한眞僞 判定이 오히려 아득커늘 幾何級數의 自然界의配置를 文字
로나彩管으로서 발키기전엔 아직도人智가 윽하지?……』

　長發一歎에다시 물을말이막히다

　하나의風物로서 玩賞에그치는이편은 더업는 閑事에 閑景이로되 풀을뜻는羊
群이나 채쭉을든 저어牧童에게잇서서야 더업시奔忙한生에의움즉임이 아닌가?
境에짜라서 移轉되는 心機一定한 短劃을 지울수업는게 이러듯뚜렷하다

　우리가日常生活에서接觸하는事物에서結果의 善不善보다 于先進行의巧拙
을 구서구석에서볼수잇는데 所謂現代的인것에 追隨와合理化를 엇는데는 勿論
巧가上策이오 拙이란 아주劣等에 지나지 못하지만좀더 深刻한구석에로 눈을돌
리면 意外로成果의크고볼만한것이란 巧보다 拙이勝함을 事事件件에서 더만히
實證을들수잇는것은 確實히人間의思考力을떠나 潛在한哲理라고니부쳐둘가

意識의卑屈과 行動의 汚賤은 多分執中을엇는데서 自我를喪失하는데서露出되는것인데 이러한 爲人이 表面은拙한듯하되 實은 지나치게巧함으로서 감출수업는傷痕을 處處에밧게된다는것을 最近에도周圍의 자못 갓가히面交를맷고잇는한두사람에게서 切實히느끼고고잇다

永遠한生命을 이룰수잇다는藝術의分野에서도 그것이 크고壯할수록 無窮한巧를자랑하면서 그만치빗을形成한데는 內在한拙이뛰어나게上乘임을볼수잇고 微細한것일수록 不幸히拙의培養力이巧를이기지못하엿슴을 또한볼수잇다 於是乎! 拙이란 忽慢히이길수업는것이엇만 惜乎! 許多한事業家 수만흔藝術家 이巧를배워 巧를쓸줄은 저마다하되 拙을길러 大器를成就함에 識見과 技能이쉽고 갓가운데 미치지못하지안는가?

이러한 意味에서東洋的인玄學으로서의 老莊의 哲學은單히虛無를 虛無로서만일삼는데 쯔치는배아니오 그만치大拙이잇는곳에 大巧의運用을包有하고잇스니 한갓淸流談議로서擯却해 버리랴는것은巧의 小만을 알고 大拙을 모르는탓이아닐가?

요사이 절믄 層單間에서도 자조 古典的인臭味와 東洋的인體軀에 마음이쓸리고잇슴을만히보는데 여기에는 나自身부터 그러함을느끼어 보다먼저무게잇는 拙을培養할줄아는 學問을크게좀 배워야겟다는생각을품게된다

넓다란 草原이 意識을써나그려진 자연의 拙의譜表라면 그우에 움즉이는 羊의떼나 牧童이나 觀賞하는 우리나는 모다어느한구석에던져진 巧의落子가아닐런지

(四)

쓸에나서니 달이휘영청밝다 陰曆으로 七月열이틀 오랫만에맑게개인하늘의 皎皎한星群을 그리고 저—달을보는것이다

가뜩이나 孤寂을느끼는요지음의심경인데 더욱주인도업는집을 혼자 여러날째직히노라니 이러한밤일수록 쑤리도 가지도업는 思索을 잘도자아내게된다 何必閑暇한사람만이思索을즐길수잇는것이야 아니겟지만 大槪一定한美에마음을 쓰고잇는處地라면 閑廖를어더 무엇을조용히생각해본다해도 첫째 사로잡힌마음이 예저기에 미츨사이업시 어느 한 範圍안에서 뱅뱅돌고마지만 安居飽食에

一擧手一投足이모다 閑意識閑日月 그대로인째는 곳잘記憶이라거나希求라거나의 말하자면 現實과는 隔離된 쓰잘곳업는觀念을비저내고 되씹고하는것이 그리無理는아니다.

되나안되나 邪思킨妄念이건 그것이未來에이希求라면 누군들目標업시싸우랴! 그만치瞬間으로서喜悅을누릴수잇는것인데 一段追求에로돌아가서는 열이면아홉이 부쓰러운悔恨 지나처보린悲憤 이런것으로 뒤범벅이되고 萬若그러치안곳을뒤지어찻자면 이런時節이말하는 世波 란험한나루에오르기전 散逸된 純眞의무지개처럼 아롱진追憶이오 쏘하나는靑春이 懷抱하는 浪漫的인 雰圍氣에서의 쓸쓸히 비저내인젊은날의 半分興奮과 放縱의殘在임에 지나지못하는것이다

해서追憶이란그리달갑지안흔마음의 波紋일뿐인데 一身私己 떠나생각을널리잡고보면기껏해서 生不滿百歲의人生은그만두고수박박휘처럼 流轉되는 人間의歷史 란 그自體가굴를수록 묵을수록하나의追憶으로서 자욱을아니남긴다고도 아니할수업스니 結局모든것이바라보면 수수껵기의未來요當하고잇스면 쓰고어지러운現在요 지나치고보면 가지가지의 回想을담을수있는 追憶인것을……

單히過去를 追憶으로서 回生시키는데에는 그때그때의情緖일뿐사라지면그만러니와 人間이 經驗할수잇는온갓困苦와 爭鬪는現實을 現實로서凝視해措處하는데에 卽뒷날한개追憶의 資料를 만들기위해서 허우적거리는 現在에의生을持續하는데 큰되로움이언제나 짤르는것이다

이럿듯억지로라도達觀한 態度를스사로 取할수잇다면 내 自身이 요사이와서까닭도업는게엇만 이러한밤일수록 孤獨을느씰수록 더욱어제까지의 現實로서의 生硬한鬪爭이 어느새 한가닥쎠아픈 追憶의실마리로되엇는가함에想念을 쓸래야 쓸수업스니안타까움 괴로움을넘어 尖銳한 感情의混亂이깁고클뿐이다.

입이잇서도말을할수업는괴로움 붓을들고도 글字를끄적일수업는 안타까운 이에서더한 不幸이어데잇스랴? 追憶으로서 그만일진대 차라리感情마 抹消시킨다면 그만이럿만 두고두고 늣기고 생각해야만될 追憶이라면 너무나悽慘하지안흔가?

十年舊隱抛何處
一片傷心畵不成

元遺山의 그만흔 悲哀의試帖에서 이한句를特히秀作이라後人은 말하거니와 感情의 悅樂으로나 悲哀로서 끌어오르는 極度에는 風聲鳥語와가티 文字나 高筆이죄假裝에 지나지못할쑨이다

一片傷心畵不成. 이한밤 저달이지도록 이글句를외이며새로운 추억에지새여볼가이나?

(完)

末伏이 갓고 엇그제 立秋도지낫다

『來日은 령녕嬰鷄곰을 먹으러 十里外 벗이잇는 村으로 가겟소 우리집복숭아는 업서진지 여러날이고 능금이 한창알맛게익으려드오 이러럴째마다兄이그립구려!』

南쪽나라 벗이 던져준 이러한 글발을 밧고 季節에鈍感인 나도새삼스레오래들추지안흔 日曆을 여라문장이나 뜯어내엇다 客冬 처음에 滿洲를 들어오려할째 社內에서 여러분이『君의 體質로는 滿洲의추위를 못익여낼테이니아에 가길 그만두우』

라고 挽留함에도 不拘하고『남사는데 나라고 못살라!』라는 愚執에서 莫上들어와 嚴冬을脫帽主義그대로 장갑 목도리하나업시도 발고락하나얼지안코나서야 비록 體小하나나도쾌堅忍性이잇다고 은근히 自負하면서도 더위에는 딱질색이라數年來高山深林에서 이름을잇고지내다가 再昨年서울에서 여름을나기에 어떠케나苦生스로웁던지 署滯까지어덧섯스므로 봄되자 또여름걱정이압서이따금 累年大陸風土에 시달린분더러『滿洲의 더위가 어쩟소?』물어보기가 여러번인데 大概答은

『에-그 대단쵸 겨울이極寒인대신 여름이면 大陸다운 極署가 잇긴하나 뭐 暫間인걸요』하는것이다 그래 暫間인건 多少安心하나 極署라는데 그만 접이나 막더워지자마자어떤同務의 好意도 잇고 해서 어디로 좀가볼가하고 事實夢金浦니東海岸이니 하는몃군데를 마음속에두고 路程期까지쑤미여 일부러 豪華를 부리려는게 아니라 어느 程度 그래야만할 申勢도잇고해서떠날가어찔가망서리는 판인데별로쌈한번흘린적업시좀오래입으려고물쌕어더둔 ○○가 갑작이선선해저 머칠전에아주 벗어버리고말았는데 아무리 생각해야 벌서 生凉될리야업고·

아마〇〇〇〇 〇〇인갑다 여겻드니 이제부터는 차츰서늘해 지리라는말을어제
도오늘도듯고서야갑작이

『가을!』

하는觸感이머리에써오르는것이다

안인게아니다 바루압뜰菜田한구퉁이에 貞姬 貞權이가 익으면 아저씨도한개
주마고하던 一年甘이 따먹기始作한지 一旬이넘어貞姬가서울姑母집에서돌아
오기전요사이는 줄거리가시들어지는것갓다

그래서그런가 오늘은저녁때堤防에섯노라니 먼마을의景風이夕陽노을에물들
은 暮天과함께어울려淸爽한大氣를맛볼수잇섯고 또오랫만에맑게개인하늘이大
陸特有의엿게쌀린談灰色이아니라쪽푼드시드놉흔碧空이나닌가!

밤도子正이넘엇는데 그리勞困을늣기지안허일부러불을끄고 二尺案頭에기대
여 멍-하니안젓드라니 窓압헤풀밭에선가 섬돌사이에선가 버레우는소리가 귀에
새롭게들려온다 하기는오늘낫시내의어느『때파-트』에서『貨物一推坐賤賣』니
『新秋家庭用品新到着』이니 하는宣傳文句를보앗서도 쏘나오는길가에서는 再
種한파가씨앗을맺고 가을배추가제법입히지는것을또렷이보지안헛는가? 이러
고보니모도가어느새 秋色秋聲으로 變하야秋心이짜라서깁허간다

大陸의겨울이 그러코봄은오자 여름이고 여름이자가을인모양인데 참으로 아
름다운가을이앞흐로얼마나 잇슬런지 가을되자마자 금새겨울에로 접어든다면
大陸의 四季란그리 春 夏 秋 冬을 나누어形形色色이 오밀조밀한 情을부칠곳업
시 쑤렷이印象이남는季節이라면 오직 겨울과추위를 생각할따름이다 四節의自
然의 變化가判然히 나타나는 우리네故鄕三千里靑邱에서 雨露를밧은몸과몸에
는 너무나지나치게 荒凉한季節의感觸이아닐는지……

지금쯤 白山밋내마을의 압뒷언덕에는 대추 감펔이 만히여렷스리 더러는익기
도하엿스리? (꿋)

庚申八月中旬

静而動觀*

송지영

職業에 몸이얼매여 마음조차自由를일허버리는것처럼 職業人으로서의 더한 悲哀가업다는것은 職業을가진사람으로서 누구나가뉘까리는 不平이러니와 또 한일을하고십허도 職場을엇지못하야헤매이는 失職者의悲哀는더욱큰것이다

都大體職業이란잇서도 괴롭고잇서도슬픔이相伴일진대 잇건업건매양마찬가 지란 생각을품게쯤되는데 이러고보면 佛家에서 恒用내세우는 曰「諸行無常」이 라는哲言을그대로밋게되니 結局이러케따지면 人間이란自體부터生活이고 意 識이고할것업시 깨끗이暴棄해버리고 死灰枯木이되는수박게업스나 끗내烟火口 氣를 째처버리지못하는處地에 그럴수도업고 天生萬民에 必需之識이란 넷말과 가키 於此彼職業이란 應當삶에의방패가되여야만 人間으로서의 괴롭건 슬프건 씻씻한일인데 不幸이도 째는古今이달라 남과가키멀정한肉體에異常업는精神 을갓고도職業을못어더 가령街頭에헤매인다거나窮窟에서愁嘆을하게된다면 이 에서 더한不幸이업슬게아닌가?

남의일을말하는게 아니라 筆者自身이돌아볼째에 形影이너무나초라함에 짐 짓쓴우슴을째로짓지안흘수업는데에 敢히職場보고라고 부끄럼업시내세울줄거 리가업스니 괴로움이라면 이아니 더욱클것인가?

그래도 一衣一食에 안으론艱窮함을느낄지언정 어느뉘게 성가심의 打撲을밧 기까지는 이르지안허 아침이래야 時間대어 出勤할걱정이업스니 日高三尺도 조 코 중낫대낫까지라도 그대로 자리속倦怠를 부려도조코 어느곳 어느땐가를 가릴 것업시 가고십흐면 가고 오고십흐면 오고그야말로 꺼리김업시 隨時隨處에 我執 을 부려서가아니라 저절로 自由自在쯤되고보니 흔히어쩐친구는남의 속도몰라 보고 八字便하다 稱讚을갓금밧곤하게된다.

하기야 늘이러고도 괜찮을것이라면 두말업시便한 上八字인데 요즘처럼 激甚 한生存의 아우성속에서 그처럼 太上皇人의한日月을 누린다는것은 애당초 틀린 생각이고 그야말로 社會生活의 門庭에서 물리침을바든무리의 한사람에 지나지

---

* 이 글은 ≪만선일보≫ 1940년 8월 30일에 게재되였다. 송지영(宋志泳)은 ≪만선일보≫ 할 빈지사장으로 활동한 흔적이 있는데 기타 상황은 미상.

못하는데 나라는 한몸도 그런가하고 生角이미츨째偶然히 無窮一嘆을 禁치못하게되는것은 何必 마쌍한職業을 못가져서가아니라

江湖落魄이 이리구리 三田裁에 마음속 깃드리는 鄕愁는더욱不肖不孝의 罪過가敢하나츨 돌릴面目이 서지안코 그러타고 大小事間 먹엇던宿願이란 이름이 잇기전 새로운 境職에 마음이 捕促되고 하여 怯愴한行綜이 오늘은 遼野에서 헤매돌고잇스나 來日쯤은 또 어떠케되어 어느곳 닛설은 골목을 발게될런지도 모르는 處地이다 이것은 내過去의經歷에서 꼭그러리라거나 또는 그러치 안흐리라는것을 斷言짓기 힘들믈 나스사로 잘알고잇스므로서이다

지나간三四年 그러케도 아롱진 꿈을안고 애써 받아온 新聞記者의 生活에선 처음부터 내게잇서선 그릇된것이엇던지 지금와서 남아잇는게라곤 개도못줄 기술(?) 그장한 活字號數마추어 新聞짜내이는 若干남아 잇슬따름이다

비록하치안흐나마 所謂職業이랍시고 나도 남처럼 가져본 經驗에서 依한다면 亦是잇긴잇서야 할것이로되 제발 機械的인 月給쟁이의 職業은 다시하고 십지안타는게 世의 通稱 싸라리맨諸氏에겐 좀未安하나 率直한告白이다 그러면다음은? 하고물을째면 더욱漠然할쁜이니 우습긴하나 現象打開의길이란 生角하는 이잇다면 各自의 手腕과 力量에맛길수박에 더업다

말하면 一에서 十끼지를 數의體이라면 零에서 零은 未知數의虛가아닌가?

또말하여 有는 無에서 난다니 無의 所從을 알길이업다면 그저 無가잇스니 有가잇스리니 靜의뒤엔 動이짜르려니……! 이렇게 自慰해두어 職場이업는 現在의靜에서 다른말 動이 잇기를 스사로 기다리고 또 나를 爲하야 걱정하는분들이잇다면 亦是 이한마디로써 고마움을 致하고저한다.　　　　　-庚辰八月記-

去來無常*

송지영

이 한해도 저물어가오

옛사람은말하여 光陰은 흐르는물과갓다햇소 人生은나그네라고 하구요

지행업시 걸어가는 나그네의길에서 구태여뒷자최를더듬는다는게 무어리까
一月이흘러간뒷그림자에 무엇하나 쑤렷이 남겨노핫슴을보셧나요? 겨울이가고
봄이오고 여름 가을이 뒤박귀고 그리고 쏘겨울이닥치고 마치나선움지기다 늙어
병들어가고 다시나선 움즈기고……이렇게 잇대어돌도돌쑨인것이오니 여기에길
을 달리하고 언덕을싸하 榮枯盛衰를 喜怒哀樂을 갈피지어 네냐 내냐 아웅다웅
어름거림이 무에그리대견탄말이오

커늘 하물며 깃것하야百을못채우는 生을가지고 남과달을 달리하고 해를달리
하야간다 서운해하고 온다 기꺼이여길 무엇이 잇겟나요

하오나 째를짜라 달리하는 이情感의 얄구진전습이란 風雪歲暮에도 그것이午
夜깁흔밤일수록 가닭업시 寒窓寒氣에 寒燈만을 脈脈히바라보고 寒心해하기 한
두번만이아니오니 隨時로 어제오늘의 梢然히 마음둘곳을몰라 案頭三尺에 넉을
일코 밤을새우는 내양자 그더욱 可憐치안하오니까!

새각하면 家鄕을떠나 외로운나그내의길에서 해를맛고보내기 두손가락에 모
자라는十年 어느한핸들立身修己의길을 빗쑤루한 除夜의凄凉한心曲을 滿悅의
우숨으로서 눅여본적이 잇섯겟스렷만 그래도 번번이『다음해는!』하는 退縮의
自慰로서 어물거리는사이 어느덧 쏘한해의葬送曲을 서글퍼울리지안흐면안되
는 自身의無産이 기어코世才庚辰의새아츰 그처럼빗나던祈願도 헛되이 쏘살아
지단말이……諸行은無常이란데서 그냥무른척泛然하긴 너무도 부쓰럽구려! 한
편 안타갑구요

눈보라 어즈러히 窓살을 치는이밤 조바스러운 내마음의 수레박휘는 三百이
오六十하고도 다섯고비 꼿업는 悔恨의軌道를달려 오르고내리고하야 지친旋動
이 째로鄕愁의車店에머물러 懊惱의턴넬에들어가 數업는焦燥의비탈을돌아 憂
愁의다리를건너 그래서는 싸늘한이밤이자리 現實의構內에서 여지업시汽笛을
울려 깨우치고 그러고는 쏘다시 지나온悔恨 軌道를 달리기비롯하야 百千蕃 安
息의 夢遊地에가지 침입하기 거듭하고잇구려!

마즈막저물어가는 이한해 내게잇서선 히틀러의 凱旋이 파리의弔鐘이 마음한
구석에 그리큰波紋조차일으키지못하엿다고 自認하는나를 스사로 슬퍼하지안

---

* 이 글은 ≪만선일보≫ 1940년 12월 18일에 게재된것이다.

홀수업구요 寸心이 거울이라면 활─작제치고 비처라도보겟소만 나를버리고呼
訴할아무도업스니 이아니 더욱답답소

遼野千里벌판이널대서호미와 낫을차고 온바도아니오만은 漂白東西에 풀한
포기情을두지못하엿고 支離南北에 一支의接息조차 마음便히 定할勇氣를 잇지
못하엿사오니 我執과我見이 지나치게强한탓일가요 아니면 게으르고주책업는
탓일가요? 열번다저도 뼈뼈아프게뉘우침이업스려하는 自憎의一年에서 거듭짓
발버야하는 이昏冥의길은 이해가다가도 靑燈한줄기를찾내못찾고말것이라면
차라리 自制自瘡의線을그어永遠히넘으려는 念願도안켓소이다만 그래도귀에
들리는音響과눈에보이는動作이耵聹코날더러 쫓기를斷念하라는 무서운宣告가
아님을이밤이자리에서도 쏘렷이보고듯사오니 못밋노라가던거름을 멈추기엔
아직도만혼날이 過去보다 未來에잇다고 朴陋한庸才또한층더 發憤할 터젼이잇
슴을未練한대로 밋고잇사오니다시금 열번절하야 惡의化身인 魔의幻怪인너 두
루뭉처敬遠하는마음으로 이한밤 그므는이한해를 바라보며함께불살라버리려하
오니 깁히다져두는 胵裏에행여 邪惡門을열지말어지어다 가는해는가라하소서
오는해는오라하소서 가고옴에 무엇하나가 常法이 잇슬게요 願컨대내나그네의
길에서 標的을향해 자욱을 옴김에해야 가건오건한거름이라도 갓가워지는 기쁨
을엇을수잇다면 그아니몸에넘치는 榮幸이렷가!

撥憫의書*

송지영

星이 쩌나와눈에 선한것은 성이 冊床머리에香蔬가득한한그루 甘葡의간열픈
秋色秋心보다도 (星인그걸 조하하고자랑햇지만) 더星이의 姿態가좀처럼 가라
안질안허

星인 그래오늘밤도 如前히 三尺案頭에 턱을 고이고 冊은冊대로 페어잇고

---

* 이 글은 ≪만선일보≫ 1940년 11월 3일에 게재된것이다.

星인 星이대로 思索의 深淵에서 눈만쌈박쌈박열두채 기와집을 몇번이고지엇다 헐고 헐고 쏘짓고헐고 그럴테지? 空間의머리 時間의쏘리 모두合쳐 풀수업는 수수썩끼싼인星이의 高態라고할가 幽玄타고할가어떠튼 凡常에서 軌道를달리한 그思惟와 持論은 생각만해도 머리가어즈럽단말야! 星인 지나치게 平凡視한대두……

雪寒의 俊威가 날로 甚해가는가햇더니 어제아침부턴 못견디게 춥진안허 客子의 마음한구석이 아직 安穩은하나 생각컨대 星이도 죄-아다십히 四官에부도치는 百千가지事物事物이 어느것하나 不安恐怖 焦燥 憂悶의 一疊가아님이업서 울음이라도 우슴이라도 한바탕 터쓰리고십흔 밤이요 잇대어 낫이다

星이 得失에 無常한 寒翁馬의 故事를 이쓸어星의 할아버지도 내할아버지도 日常 마음에 泰然함을 엿보앗섯건만 오늘의星이나 내난 그러케너그러운 태도도 갓지못햇는데 우리는 스스로를 自縮해야할런지 원 星이자신은 目標는쑤렷한데 남은것 實行이오 그方法쑨이 斷言하지만 吾嗅三尺에 내가뭘星일 낫잡아봐서가 아니라 아무래도星이는 머지안어精神的인크다란 破綻이잇스리라는건 늘말해 오는바고 나아가星이의오늘은 어제의 延長은 될지언정 결코明日에의 큼직한 黎明이 될수업다는 것을 내자신이 세간의 許多公理를 벗어나서라도 盟誓해두고십단말야

星인 그대로 고집을사렷다 물은 물이오 기름은기름이라고 離隔한雪泥의差를 두고 어떠케가리길안느냐고 그도그렇게지만 나아가물에물탄平凡이되려 眞理가 될수잇다는것도한번쯤 생각해볼餘裕는 充分히잇지안흘가? 遊樂 間律 조용한行止 이런것에의自足보다도좀더널고크게 궁글게 우렁차게 이러한것을 慾求하는 데星이보다 내 念願이엉쑹하다면 그릇침도클게지만 星이처럼생각하고行하는데 步調를마춘다는것은 理念으로大丞일는지 몰라허되 現實 卽하면 符合을멀리한 星이나내나의初志이고보니 그냥썩어버리긴너무아까운 나래가아닌가?

星인 안타가히말리지만 내가부슬부슬 行裝을收拾하는것은生來의 放浪癖이 부즐업는異邦의 憧憬心만을부둥켜안고 쩌남만은아닌줄을 星이도몰라주진안치 만남달리友情을 느끼는星이라하더라도 지금내가생각하는周圍의形色을 星이에게손금보이듯 들어내놋키는내自身이 짐짓勤愼한態度를취하지안흘수업다는 데 星이에겐좀서운한 생각도들겟지만 星이나내가지금까지걸어온 그길을다시

되발브물써라는 남어지簡易하나마 뜻만을表하고星이조차모르게 나대 行止를
取하는데勇氣를 부려보는게지.

거리의葬送曲*

리인상(李仁尙)

(一)

永遠히 이世界가캄캄한것도갓고 또永遠히 나를써나가는것가튼寂寂함이 나
의마음에襲擊해옵니다.

이날에 내가싸아논것이무엇입니가.

그리고 이제다시 무엇을하려합니가.

모다未練한일이지요.

자기의긴三十年間의過去를 回想하여보면 남은것이란 쓰라린 苦痛박게업슴
니다.

그래도 아직 무슨未練이남아오늘은살고잇는가요.

아모런價値도업는 자기의生命을嘲弄도합니다.

죽엄은 끗업시 살여고하는意志라면 살지도 죽지도못하는人生이야 얼마나 悲
慘한것입니가.

그리고 지금의現實은 또어쩌하면 조탄말이요.

그리고 自己의 肉身의休息處인 무어시 말업시 기다리고 잇슬뿐이지요.

인생은나게對해서 너무나도寂寂합니다

너무나도 虛無합니다.

나의가는길이 無限이긴과도갓치 生覺됩니다.

나는 何等 永久的또는普通的의價値를 認定하지안습니다.

---

* 이 글은 《만선일보》 1940년 4월 10~12일에 게재된것이다. 작자 신원 미상.

오늘하로를 意味잇게보내자는것분입니다 來日은무엇이 너를기다리고 이슬런지 그런것은 生覺하고 십지안습니다.

다만世波에몸을실어 흘러보겟습니다. 來日이래야무슨 光明이잇겟습니가.

모다 僞妄이지요. 暗黑이지요.

그리고 骸骨이지요.

모든것이 刹那刹那에 멸하여가는것도 갓습니다.

一旬의 休息도업시 滅하여가는것도 갓습니다.

人間의苦惱도 사랑도 靑春도……

人生은 永遠의旅路의 한밤인것갓습니다.

(二)

우리는永遠히갓튼사람과두번다시만날수업시 各各永遠히이길을 것고잇는것도갓습니다.

이것이 人生의다인것가티도 生覺됩니다.

『死는 生의解放이다』고한 어 西洋詩人의말이 生覺됩니다.

그러나 반드시 死는生의 解放이아니겟지요.

死에서밧는苦痛는 生에서밧는苦痛보다는 더한것이아닐가요.

『동무여 나는 한사람의 나그네에 不過하다—이人生의通路에不過하다 그러나 이世上에 누구하나通路아닌사람이잇스랴』

나는 언뜻 『웽텔의설음』가운데서 웽텔의말이생각키운다.

人間도 牛馬도 모든生物이悠久한 實才압혜는 寂寂한苦惱의生活을 黙黙히繼續하고잇지안습니까.

나에게對하여 現在의生活은 永遠히멸할수업는現實입니다.

나는生과死에對하야 퍽오래배왓습니다 그러나 이 知識이 나의生活에얼마만큼化를만드럿슬가요.

나의마음의寂寞은 오즉幽愁가조금이라도 버서날수잇슬가요.

아니지요 빗(光)이 건드리지못하는 먼-暗黑속에서 나의宿命적인幽愁가 감추어잇습니다.

그것은 哲學의힘도 宗敎의힘도 건드릴수업는暗黑이지요. 빗은萬有를빗이겟지요 그러니 世界에限해서가아닐가요.

땅미테對하여서는 빗은何等權威를 갓지못하엿습니다.

宿命的인 나의마음의 暗黑속에는 知識은아모런權威도갓지못햇습니다.

내던지게습니다 冊도 思索도……

그리고 싸늘한 내무덤을 안고 이한밤 우서(笑)보겟습니다.

『울고십흘때는 우서라』이것이 나의가지고잇는 理想입니다.

偉大한 沈黙의哀寂! 生도아닌 死도아닌 刹那의境!

靈을흔들고 마음을흔드는寂寞의瞬間!

아 미칠듯한 이한밤입니다.

말할말도잇고 나自身이어대가 잇는지天井우에서 웃고잇습니다.

兄!

永遠히 기튼자리에 머물어 잇슬수업는刹那적의우리人生!

오늘밤 모 生覺을 죽이고 눈오는 창가에기대여 눈과더부러속삭여봅니다.

一片一片의 눈이 哀愁를띄우고 나의마음속에숨어듭니다.

永遠히말업는 神秘의世界는 이한밤流轉합니다.

端午回想*

리인상

(一)

해마다端午가 와도우리고장은 발서잇해채 씨름과그네를볼수업서 漸漸옛부터내려오는 아름다운 風習의그자최가 살아지는뜻하야 어쩐지쓸쓸하다. 그날이면가득이 차잇서야할 넓은運動場은 車떠난停車場가치 쓸쓸하기만 힌비츤볼래야볼수업다.

---

* 이 글은 《만선일보》 1940년 7월 23~25에 게재된것이다.

그運動場에서 바라볼수잇는H公園(公園이래야 生源인 自然 그대로의 山이며 나무며 흙이며 바위……어찌보면사람의 손때무든公園보다 原始的인멋이 그롤듯하다.) 그높흔 둔덕우에는 主人을일흔 무덤들이 이리저리노히고 綠色의잔디가 그우를덥헛다. 아직도나무가흔치안흔公園이라니보다이山에는 티한점업는말근하늘에 太陽이 한종일내려덥는다. 지금은夕陽도갓가워 그산꼭대기로보히는 西便하늘이붉어아름답다.

나는 이公園을對할적마다 잇치지안는 한개 追憶을 엇지는수업다. 더욱히 端午節을마즈면 記憶은또렷히 活動寫眞에 필름처럼 눈압헤서 움즉이는듯하다. 그움즉이는映像에서 쏘한번지낸날에 아픈良心을찔리우고야만다. 지금은어데로갓는지도 알수업는사람 자기의運命대로흘러간사람 그러나 처지以上의幸福을차질려고눈이밝엇든사람 그두터운生活慾에 내스스로 머리가숙여지는사람…… 그는 나의外三寸되는사람이다. 내가故鄕을떠난지十餘年 五年前겨울이다. 아무래도 農村에선 살수업서 어디都會로 나가보겟다는片紙가 여러번오드니 뜻박게도 그해겨울 눈나리는밤에 우리집을들어섯다. 어렷슬적에故鄕을떠난것만큼 다시對하는叔父의얼굴은 生疎하기만하다. 짠사람을 對하는것가치 그몸체는 農村에서자라서나보다서너살우이지만 다리며 목이며 그툭한손아귀며 大陸的인氣風이濃厚햇다. 그리고말할째에도 입먼저 손이虛空을더듬고 입만움직이는것이아니라 얼골의動作이모다 움직여 말소리도나올째는 콱나오고 선모슴 아이가치 度에넘친큰소리로 웃을적도잇섯다. 어쌘든 그健壯한몸체를 象徵하듯神境과 憾情이 한량없이 무디어 말할째에도써듬거릴쑨만아니라 눈치와는相剋이다. 농촌에 어울리는사람이지 都會에 어울리는사람이라고는 아무리하여도 리해할수가 업섯다. 그래도그는 農村을 無視하고 都會를 崇拜하는 觀念은 어떤動機로 생겻는지 그것은모르나 우리집에 올째에도그렇다. 韓服에 어울리지안는 적은洋服쪼끼를 그것도 우에단추 하나만 채우고아래는 그냥 벌리려입고 時計도업는줄을 아페다드려 農夫답지안케 채림채림은그의 어떤興味일런지 모르나 나는그다지 탁탁하게보지안안엇다. 하기는 都會를憧憬하는 心情에 共通된性質의것이나 나는 차라리 그보다도 그의體帶에 어울리도록 푼푼한 韓服쪽끼를입고 바지 아래도리를 거더 洋服바지식을하지말고 조선옷이면 조선옷답게 거더 대님을 치는것이 얼마나갓든하고 조흘가십다.

어쌨듯 그의 누이벌되는 자의 어머니를밋고 차저온지 몃달이 되도록 그는
職業을 엇지못하고 우리집에서 寄食하고잇섯다. 봄이가까워오자 그의안해는 解
産期가되엇다. 우리집은 좁아서 解産할房이 업기째문에 따로 집을 한간 어더주
엇드니 그後로부터는 째식째만오고 別로 우리집에 오는일이 업섯다.

商業에도適當치못하고 남의雇用살이를할래도 일본말도모를쑨만아니라 워
낙눈치가무데서 다만힘으로하는勞動이 제일適當할듯햇다. 그러나 當初에 都會
를憧憬함과가티 그의理想은勞動에 잇지안타. 그러나 어쩌리 요獅子가튼 生活
압헤는 當初에 먹은그의마음도 물거품으로 돌아가지안홀수 잇스랴.

(二)

고구마장수도 失敗, 雜貨露店도 失敗 那終은勞動으로 써러지고말앗다.
어린애가커서 걸음발을할째가되엿다. 늘어린아이에게 菓子사먹으라고 돈을
쥐어준다. 하로는내가

『天眞한 아히에게 돈을주문되우. 발서부터 돈을알게하는건 아이를망치게하
는나쁜버릇이요 차라리 과잘사서쥐어준다든가 하는편이조치안수?』
하니까 그는얼골이붉어지며 붉어진그얼골을 그다지귀엽지도못한 아이볼에다
문대며 아이 볼기짝을 쏘닥쏘닥두들기는것이다.

하로는내가입든 날근洋服을주엇드니 얼골이벙글벙글하야 저고리부터먼저입
는다. 내가겻헤서서 바지부터먼저입으라고하니까

『그까짓 아무거 만저입으나한가지지 오이르거쑤루먹어두제멋이이라구……』
원체가몸이커서 소매도쩔고 기장도쩔다 바지를입어보니 궁덩이가 쌕쌕하다.
그래도 그는조와 여전히빙글빙글하며

『이거 네쏘다이가 잇서야지』
하엿다. 그래내가매든것으로 헐춤한것으로 하나주엇드니희색이 만면하야 돌아
갓다.

밤이면 도리우찌를비쑤룸이쓰고 늘우리집으로놀러온다. 놀러올째는 한손에
퉁수를들고 오는데 내가준양복을압단추도 채우지안코 언제나 바지엽착에다 한
손을찌르고 대문박게서부터 발자국을 굴르며들어온다 참그는 퉁수에잇서는 天
才的으로神妙한 旋律을내여 청승맞게잘분다. 눈을감고 어느꿈나라로나홀으듯

그런때는 얼골에 근육조차평온이가벼이물결치듯 靜淑하다.

　그는그럴째 째째로 그의얼골에서 그어떤深刻한人間性을발견한듯 잠시는 그의얼골에서 눈을찌지안코 생각에잠기고만다.

　스산한 어느날밤은 내가보든 崔曙海先生의『脫出記』를 어느雜誌에서보고 그는눈물이글성글성하엿다. 내가겻헤서 왜우느냐고물으니까 그小說의主人公이 自己의처지와 쏙갓기째문에 그런다고 하며 더욱이 '몸비잔은'안해가 귤썹질을 몰래주어먹다 남편에게들키는場面갓흔것은 눈물겨워볼수가업다고하며 그는 그크다란주먹으로눈물을씻는다.

　그러나 나는웃고말앗다. 이어리석은 사내의行動이너무도유모라쓰니하다보다도 그內面에숨어잇는 두터 情熱이 한편으로부럽기도하고가엽기도했다.

×

　五月端午날이다. 나는親友와가치 H公園으로올러갓다 높흔곳에올라서면 힌빗 푸른빗 붉은빗 運動場이 한눈에 내리다보인다. 씨름하는것 그네쒸는것 하다못해 가슴으로 엿궤를메고도는사람의얼골까지라도 알아볼수잇게 가싸운곳이다.

　그네쒸는 아가씨의 초마자락이공중에서 나비춤을추고 내려가다시 저쪽공중에솟아 그가얄픈 뒷姿勢가 어느神話의 그림가치 아름답다 씨름판에서 한사람이 넘어갈적마다 웨치는 觀衆의喊聲은 하늘에 울리는듯하다.

　우리는 山꼭대기를 돌아나리는길에 어데선지 애런한퉁수소리를들엇다.

　玄君이 먼저 발걸음을멈추고 나를바라본다.

(完)

　원체사람이만히올라오는곳이니까 그야퉁수를부는사람도잇고 소리를하는사람도이겟스나 나는그퉁수소리가에데인지낫익은 소리가태 잠간귀를기우리고들엇다. 玄君은

『어떤놈이청승맛게두부네』

하며 나무입흘쑥홀터 공중으로쑤린다.

　우리들은 퉁수소리를따라 발걸음을노앗다. 걸을수록 점점퉁수소리는 가싸워커지고 그애런한 音律은 아닌밤중에 산새울음가치쓸쓸하엿다.

　나무입히 덥힌 둔덕우를체다보니 웬사람의그림자가 잇기는잇스나 누구인것

은확실이 알어볼수어다 그러는데 저쪽에서 먼저고함을친다. 퉁수소리도 끈치고 목소리도 우리의삼촌의목소리다.

『난 누구라구?』

하고보니 우리의삼촌은내가준양복을 입기는입엇스되 여전히압단추는 채우지 안코벌려노혼채 한손은바지포켓에지르고 억시한손에퉁수를들고섯다. 그리고 미처다올라가기전에

『하두심심허길래 술을한잔바더왓더니 동부가잇서야지…잘됏군!』 그리고바 람에몬지낀술잔을 玄과나에게勸한다 나는拒絶하고玄은바더마시려다 나츨씽그 리고도로내논다 외삼촌은

『술에먼지든건약인데』

하며 쑥自己가마서버리고 새로한잔을싸라 玄에게勸한다 그러더니잔죄우에 아 무러케나던저진퉁수에 침을쑤리고입으로가져간다 아까와가튼 悲曲에첫머리가 흘러나오자 나는손을저엇다.

『고만두우 창피스레 그게머유』

하니까 외삼촌은대쯤모욕당한사람처럼 얼골이벌개지드니그만둔다.

우리는이내 외삼촌을거기에남겨두고내려왓다 내려오는길에 그미틀오가는男 女들이내얼골을찬찬히보자 부끄러웟다. 그러면서도 외삼촌의 그쓸쓸한얼골이 우리들의뒷모양을 직혓슬것을 생각하니 엇전지 나의모양은세상에도패덕한 못 니즐계집의뒷모양인듯도 생각되엿다.

멀리公園을 뒤로남기고玄과나는억개를더누고걸어갈째 도다시 퉁수소리는 들려왓다 이번은아까보다도더한층슬픈曲이다 玄은말한다

『저사람이미첫나! 청승맛게…女子들이올려다보누만두…』

나는아모말도안햇다 이순간에 玄의말은 나에게疑惑만될뿐 그러데明徹해지 려든 마음도 어느뜻 우울해져버렷다.

×

그後로 외삼촌은 어데론지 向方을모르게 살아젓다 필경만주로 갓스리라는 추측이 어머니나 내가 同一햇다 싯싯내그는 이곳서살지못하고 쩌낫다 쩌닐째는 간다는말도업시 쩌나고말엇스니 필경우리어머니에게 責務關係가 잇슴을두려 워햇슴이지 가실날이라도 말햇스면 갈旅費라도 마련해주엇을것이라고 어머님

은말슴하신다 그러나 그는어데로 영영가버린듯 그후로소식조차알수업다 발서 三年이 지난오늘 無能한 敗北者 그어디로가돈들 눈물나는 生活이아니고 그무 슨幸福한生活을바랄수잇슬건가! 人生의밋바닥을 허덕이면서도 物質文明이 그 리워 언제나달콤한 눈방울을 굴리는 이過渡期의 胎夢者! 억센 쇠덩이가 그대몸 을 후려갈겨야 冷冷한現實이 그대 心臟을식혀노아야 비로소 覺醒하겟는가

그러나 그무진神經과 感情이세상 物情에닥글대로닥거서 하로바삐 그대所願 대로都會에 어울리는 人物이되여주기를바란다 그째에그대는 비로서말할것이 니 人間의運命은 크다란쇠덩이로움직인다고…

永生*

장기선(張起善)

十一月十三日 『母危篤』이란急報를接하고 『설마이런不幸이나에게잇슬가』 하는마음이엿으나그러나무서운 想像으로소리쳐나오는울음을참지못하야 눈물 로한밤을새여 旅人이되엇든째가어제일가튼데 어느듯한달이되엇다. 어머님이 가시다니 아무리생각하여도참말갓지안타. 비록어름가튼몸을 만저보앗고탄쎄 를주어도보앗지만 거즛말만갓다. 어머님의姿態가눈압헤암암하고어머님의音聲 이귀에들리는데 이世上에에아니게시다는게참말갓지안타. 아직도철부지子息이잇 지안혼가.어쩌케敢히눈을감으실수잇스섯슬가. 生角하고生角해도잇슬수업는일 갓다 모든것이꿈이라고박게生角되지안는다.

꿈! 꿈이라고生角하면 너무기쓰고참말現實이라고하면너무안탁가웁다. 울어 도울어도다함업는 울음. 마음에사모친 매듸매듸의怨恨은눈물이되여흘른다. 가 신어머님을다시오게하드냐. 헛되고헛될것뿐이다. 그러나눈물마저업스면 숨맥 히는마음엇지하랴.

---

* 이 글은 ≪만선일보≫ 1939년 12월 19일에 게재된것이다. 작자는 녀성, 중학교 교원으로 일
한 흔적이 있는데 구체 신원은 미상.

사람들은 나를 慰勞하느라고 天命이라는 文字를쓴다. 天命! 人間들은이런狡猾한文字로 自己를속이고 다른사람을籠絡하고또그에서慰勞를차즈러한다. 天命이란 七十이나 八十이되어 氣盡이衰弱하야 눈을감는것이 天命이지 겨우五十이무슨天命이랴. 神은그토록 殘忍치안흐신것이다. 天命이란 文字로 慰勞를 바들수잇는사람은幸福한사람일것이다.

어머님의 生存時에 나는 어머님의사랑을 認識치못햇다. 마치 사람이해빗과 空氣를마음대로 所有할수잇슴으로 도로혀 그惠澤을모르는것과도갓했다. 어머님은病身이되시여서라도 좀더오래 生存하섯서야할 어머님이엿다. 이것은 나의 念願이나 어머님의願이엿슬것이다.

生은이가티도 變함이甚할가. 한달전나의生은 和暢한봄이엿스나 오늘의生은 서리나린가을이다. 어머님이 아니게신世上은限업시 텅비인것갓고 限업시 쓸쓸하다. 依支하고일어날사람도업는것갓고 나의生을 일쯕이 보살펴줄이도업는것 갓다. 아부님도 오빠도 兄도 親舊도 다게시다. 그러나 나의어머님은 될수업는것이다. 언제나 겨테게셔주실줄만 턱업시밋고잇든 사랑하는어머니.

나는 이러케도 외로움을 늣겨본적도 마음이아파본적도업다. 神은 외롭고슳음을모르는 나의 마음에 이모든것을 알게함인가.

요사이 生活은 눈물 그것뿐이다 이곳저곳에서오는慰問의消息도슬프고 慰問을와도슬프고 기쁨속에석기면 더욱슬프다. 어머님의親舊를만나도 어머님이 갓히하시든事物을對해도 約束이나한듯이 눈물이 먼저人事를한다

눈물은廉恥를모른다. 눈물은理由를超越하야 옷깃을적신다. 어머님과함께生의길도 生活의價値도일흔것갓다. 어머님은나의마음의 全部엿던것이다. 自然스럽게어머님을 짤아갈수만잇다면가고십다. 世上을모르는아희에게 닥쳐온듯하지안흔슬픔은 理由를사로잡아 이러케까지어리석게만든다.

如前히放學이 기다려진다. 어머님生存하하시엇슬째나 다름업시 집이그리움다. 어머님 遺骨을집에모셧기때문이다. 朝鮮元産에모시기까지집에모시엇다.

아츰이다. 놉히솟아오르는 해님은 아모슬픔도모른다는드시明朗한얼골이다. 어머님의우슴쯰인形象과도가티 어머님의二十餘年의聖域生活은文字그대로 곤그의 生活이엿다. 그러나어머님은明朗을일흔적이어스셧다. 언제나忍耐로서義務와責任에忠誠하셧스며家庭에잇서서는 必死的으로子女敎育을充實히하신典

型의어머니시엿다. 凡事에둥그섯고어지섯다. 업는가운데서도 남도웁기를마지
아니하섯다.

『늘 둥그럽게 살라』고하신말슴. 어머님은가시엇스나 그말슴은 生命으로 子女
의마음에살어잇다.어머님의몸을볼수업슬쑨 남기신 가지가지의敎訓은 남아잇
는子女의길을 밝히고잇다. 이것이 生命의永生이안인가한다.

(十二月 十五日 朝 씀)

詩心과生 *

장기선

(一)

파리한마리가 房에들어앵앵댓다. 요리조리내보내려해도 열린문이보이지안
는모양이다. 마츰내채쑥매를맛고야말엇다.짱에포득이는 파리가 눈에쓰자 마음
은感性的心懷에가얄픈아푸을늣긴다. 나는이 種類의哀想과不愉快를업시하려
될수록내周圍를 밝게하고 파리가성치안키를바란다.

○

今年처럼 내가비를기다려본적도 나리는비를즐겨본적도업다. 쏴하고 소낙이
가주루룩주루룩 쏘다져도조코 은실비가 한종일속삭여도조타.

이른봄窓압헤 적은花園을만들고 꼿씨를쑤렷다. 市公署로부터配給된朝鮮南
道산이란 香木두그루도 花園에맘드려심엇다. 봄은가무럿섯다. 나무를심은지 한
달이휠신넘어도 입종을볼수업섯고싹터오른꼿은나룬하야 썩닙을지어섯다. 아
츰저녁으로물을주어도 아무도움이업는듯 生起를씌지못햇섯다.

벌서 열홀남즛이밤과낫으로 비가나린다. 참으로甘雨는生命水이다. 나룬하야
生氣업든 꼿닙파리는토실토실살이오르고 말라버린듯 잠잠튼 나무는 翠色수슬

---

* 이 글은 ≪만선일보≫ 1940년 6월 27일에 게재된것이다.

눈을썻다. 보고쏘보아도 아름답고 貴여웁고 神秘로웁다. 살려하고 살수잇는것은 모다 生命을가짐으로 아름다웁고 歡喜에넘친다고 새삼스럽게 느낀다. 살려하고 살수잇는것은 모다 살려주고십고살려주는것이 人間의 本然性이라고 깨닫는다.

○

모든 醜한미움 그리고슬픔 失望이봄눈가티 사라지고 모든 아름다움 로망 信念 사랑이 포도송이가티 마음에 매침을 째닷는다.

非難을 이즈며 참을 말하며 親切하야 情다우며 참지못하는 이를對하야 참으며 남을害하는이에게善한우슴을 웃을수잇슴은 내마음이 어린이의 天眞을 가질 수잇음인가한다.

구체적인초(蠟)가 빗과 熱로轉化하듯나의생리적事象이 思想 良心 理智 正義 寬容으로 轉化하 醜와 美 善과惡 明 暗이내한몸안에서 矛盾衝突 업시 軌道를달릴째히미하나마 나는生의充實을맛본다 世上의苦痛을다하게運命바든사람들을 苦痛에빠지게運命바든사람 生을바로역거갈수잇도록 運命바든모든不幸한이들도 마음이눈물에어림은 어머니의慈悲에서숨쉼이다.

잘난이 가멸한이 놉흔이 나즌이 미운이 고흔이 모다 한줄기生命으로 尊貴히 놉힐수잇슴은 마음이넓은하날 깁흔바다를 거닐미다.

(二)

째로 하늘가별들을짤드시 팔을펴기도하며 풀입의이슬을 寶玉으로즐김은 마음이어린이의幻影을지님이다. 어린이에게잇서서 저하날별은바로겨테잇서잡을수잇는 現實인것이다. 悲哀 孤獨 苦痛 犧牲을 不平업시갈게바더 黙黙히생각하고 한거름한거름굿게발거름을옴길째에 生의깁히거잇슴을깨달으며黎明의빗아페 저녁하늘가에 生을嚴肅히바라보고 感謝와祈願을올릴때 漸漸生活이誠實해짐을늣긴다.

生活은詩가되여야하겟다. 詩는모든生活을모든現象을 根本的으로 생각하는 것이다. 詩는生活의挺進이요純化이며 更生이요 革命이다. 우리가엇더케살어야 하며 무엇을생각해야하며 무엇을 祈願해야하며 무엇을말해야할가하는 生의疑問에對하야 우리는漠然한解答을하고잇다. 때로는이런 種類의疑問까지도잇고 살때가잇다. 詩는이런種類의 本質的生活疑問을 끈임업시 우리들의마음에向하야던진다. 뭇고던질쑨만아니라 속속드리 거즛업시 解答키를바란다.

生을 極度로虛無라고말하면서도『사랑하는자』를쓴 체홉『나는오날은 아모 것도 줄것을갓지안엇다』하고 거지의손을 힘잇게잡을수잇섯던추루게넵프 극히 적은生命까지도아씨어서『殺生』을말라고한 釋迦 十字架상에서도 원수에게 福을빌수잇섯든 그리스도 그들은모다 詩人以上 詩心에살으신存在들이아니엿든가한다.

不平 懊惱 猜忌 嫉妬 虛僞 憎惡 破壞 疑心 分裂로 人間들은애씸업시生을 浪費하고잇다. 虛費된生은훌륭한生活도價値잇는生活도아니다.價値잇는生活 이란 가장만이살고 되도록 적게自己를浪費하는것을 이름일것이다.

貞純한世界에살면서도 合理的인生活을하여야하겟다.合理的인生活이란 人 間의本然性과의調和되는 生活을말함이며 마음의 秩序와組織을일치안음으로 가질수잇는平和의生活인것이다.

孤獨에서도強하게살며 悲哀와苦痛에서도 微笑를明朗을일치안으며 괴로움 을밧으면서도 괴로움을줄수잇는現實을現實이상으로살수잇는 詩心의 生活 現 實을淨化 美化 善化 聖化하며 眞과愛로채울수잇 詩人의生活 生이詩心에서살 어지는째 살려하고 살수잇는모든것에 삶을줄수잇스며 캄캄한누리가 빗츠로 憂 鬱은明朗으로 서글픈짱덩이는 살고십도록 情다워지지 안흘가 한다.

人間은詩心에 삶으로서만서로의生을 潤澤하게 福되게누릴수잇슬것이다.

一九四〇年 六月十六日씀

希望*

장기선

『로빈손구루소가 일하지안엇스면 凍死햇든지 餓死햇슬것이다』라는말과가 치人間에게잇서서 일이란自然的으로 要求되여잇는것아닌가한다. 보다도生이

* 이 글은 《만선일보》 1940년 9.월 7일에 게재된것이다.

幸福하기爲하야서도 일을 必要로한다고 생각된다 거미가줄을치고 귀뚜라미가 울듯 萬一잠간이라도 거미에게줄치기를禁하고귀쑤람이의노래를막는달것가트면 그들에게잇서서그時間은 몹시 지리하며 苦痛인것이요 困難일것이다

『自然은 쉬임업시일한다 그리고일하지 안는모든것에 死刑을宣告한다』쎄-테는말했다. 우리의정신을깨끗하게하며 純潔케하고 우리에게힘을주는것은일이다 가치일하며 가치즐기는가운데서얻는 사람과사람사이의交際 마튼일에최선을 다하엿다는느낌으로 하로를마칠째에 이러나는기쁨과滿足은 人間의어쩌한 娛樂에서도 차저볼수업는幸福일것이다. 人間이極히적은일이라도갓게될째 마음은平安함을알게될것이다. 더욱이精神올바르고 올은조흔狀態에 둘것가트면 疲勞하도록일하여야하겠다. 『勤勞는道德은아니다. 그러나道德的生活을하기爲하야얻슬수업는한큰 條件이다』고 톨스토이는 말한것이다. 일한후의休息 甘露水가 그보다더 달수잇슬런지

生의 아름다운幸福은奢侈에서나 怠慢에서가아니라 곳일하는손의쌈 이마의 쌈 마음의쌈 貪慾이업는 勞動과 利己心을超越한일에서 찾을수잇지 아니한가 한기 일한후 後悔가업는滿足을 지닐수잇는것은 곳幸福이다

職을가진자가 두해하고다섯달을마지했다 다달이 薪水를바드니職業인이라고할것 實은조금도 學窓時代와 다름업는 平和로운生活이다 대로는社會란 생각보다 훨씬平穩한곳이라고도늣긴다 나의일터는 곳나의處所이다 아직魂이 꿈길을 더듬을째 여섯시 起寢鍾이울려짐을듯는다. 새날을맞는마음! 每日가치 맞고보내는 이時刻이언만 마지할째마다 째의빠른흐름을 野俗다哀切이생각한다

곳자리를일자카뎅을밀고 窓을열어제키면 肺腑를찌르는 맑은呼吸 힌이슬을 흠쎅먹은 花壇의꽃송이들이 깨웃깨웃 아츰을 人事한다 어쩌케 모든꽃들은 저토록形形色色으로 아름다울가 보도록 아기자기 갑앗다 이즈러진 꽃입새하나도 내 감히 비저만들수업스매 다시금 神의造化를感歎치 안흘수업다.

스위치를 틀어 들려오는 음악에 防腐劑를하고나면 滿語講座時間이다 임이안 것을 正確히하고 한마디 두마디 새로배워아는滋味란 生의깃븜중의하나인 것갓다 가벼운朝飯을 지내고 옷을가라입노라면 여덜시 이십분 準備鐘이 울리고 뒤이어 三十分後上學鐘이울려진다.

草木의成長을 形言키오려우나 쏩는듯 물숙물숙 그速한자람은 볼수잇습가치

아히들의 智德體의자람도 그힘을 본다. 쑤중을드르며 이리저리복개이며 괴로우
련만 그것을記憶할수잇슴은刹那인듯. 아히들은 成長만을안다. 아직 婆婆에물
들지안은이런점을. 正直한마음은 大地갓치素朴하고티업는우슴은 샘갓치맑다.
아이들은 너무지나치게 점잖고 얌전해서 마음이갑갑한 程道요. 同僚들은 하로
갓치禮義가 두텁다.

　아츰 두시간을 마치고나면 間操라고하야 訓化時間과함게體操가잇다. 校長을
爲始로全校生이 輕快한音律에마처 마음것힘것大氣를마시며 四肢를벗어 대지
에쒸노는 깃거움 快感이란 어제도 오늘도 다름업시새롭다. 아히도 어른도 이맑
은 呼吸속에하나로 뭉치어몸과마음이健康히사러진다.

　저녁후 열븐바람에 라겟을 드러봄도 바스켓에공을던저보는것도—모다 지난
날을 回想케하야 즐거웁고 爽快하다. 째로는장미빗 노을을즐기여校庭을건닐기
도하고 고요이花壇가에 追憶을읍기도한다.

　일터는一年 열두달三百예순날하로갓치平溫하야말이업다.우슴속에서만나서
우슴우로날흐인다.아무도누구를나무라는일도업고 나무람을바들이도 업는것갓
어 다만제마튼일에 成實할뿐이요 모다씨심는農夫라 마음은 항상希望하나가득
하다.
　　　　　　　　　　　　　　　　　　　　　一九四０年九月三日 씀

夏日雜感*

리광현(李光賢)

(三)

　곤히잠든잠을 파리한마리가 깨째쳐노핫다 그리운님의꿈도따라서깨것다 이
더러운파리가! 너는 내팔의 솜털가튼 그짧고도 가느다란발로 애써든 잠을보기
좋게-보기듬은님의꿈을 째처노핫단말이냐! 너의罪는 百번죽어도 맛당하다. 아

---

* 이 글은 ≪만몽일보≫ 1937년 7월 1~10일사이에 련재된것인데 여러 절이 유실되였다.

아! 나는 반가움의 꿈을깨치고--파리는가엽다 生命을일타니--.

○

이조그마한 여름날의 逃梁者、夜襲의 常習者、吸血鬼빈대여! 이世上에무엇
먹을것업기로 人間의生命인 피를먹고사난말가! 너는 그래도 毒蛇머리 가티 처
들고 復讎하려는 나의 손구락을보고 너의 生命이 쌔앗길세라 그보기실혼 몸둥
이를 이끌고 도망을하지……犧牲된 조그마한너의 몸에서나온 "피"너의 同僚가
보면 나를 殘忍한 人間이라할는지 모르나 그鮮血이야말로 내몸에서 싸라먹은내
生命의 一部가아니엿든가! 너는 너의 生命을 維持하기爲하야 生來의 卑劣한
生活手段을 쓰다가 最後를 바치고 나는 내生命의一部를 쌔앗긴 그復讎로 쏭내
보다 더역한 너의몸을 죽인것뿐이다

그러나 나는 너의 죽음을 弔喪한다 사람은 사람의 피를 서로 먹되 그대들은
同族의 피를 먹지안는다는데서--.

○

어제왓든 썩장수老婆가 오늘도 차저와 썩사기를 勸한다. 『어제의 찰썩과 다
른송편을 맛나게 해왓다고』나의 味覺을 도두면서 —나는 어제 썩장수老派가
찰썩을 가지고와서 사라고 졸라대기로 찰썩은먹을줄모른다고돌려보냇드니 오
늘은 송편을 하여가지고 온것이다. 其實은찰썩을 먹을줄모르는것이 아니라 돈
이업서 그러케 말햇드니 老婆는 오늘송편을 하여가지고 온것이다. 나의 혀바닥
에서 군츰이스르르 돌도록 味覺을 도두며 사라고 勸한것이다

어제나 오늘이나 주머니가뷔엇스니 오늘은 어떠케 말을하야 無難히 老婆를
돌려보낼고? 老婆는 俸給의 "쌀라러맨"의 生活을 엿보고 쏟더러 나의 憂鬱을
도두고오늘도 怨望하는듯 脈업시문을닷고 나간다

　　주: 이 잡필은 ≪만몽일보≫에 발표된 계렬수필중의 한편이다. 그런데 지금까지
　　보존된 이 신문은 1937년 7월의 10여일분밖에 없다. 여기에 수록하는 리광현의
　　≪夏日雜筆≫ 다섯편과 ≪解産前≫은 거기에 게재된것이다. 작자 신원미상.

(五)

月傘이 陽傘과가티 流行하는나라가잇다. 그나라婦人들은 푸른달빗에 몸이퍼

렇게될가봐 月傘을 바더달빗을막다.

○

말숙하고도 미쓴한 中服美人이 코를 비틀어 코구멍을하늘로 向해노앗으면 조켓다— 하리만큼 惡臭나는 거리의人波를 뚤코 香水내를 發散하며 지내간다. 모다 더위를 엇고 그女子의 振動美에 視線을 集中시킨다. 저런美人이 百사람만 거리에 나와다닌다면 30萬市民은 避暑地를 따로구하지안코라도 五六月의 酷暑 를 모르고 지낼것이다.

○

너무매쓰럽게 굴지마려요『미쓰락지』가 後悔할날도 머지 안헛슬것입니다. 가 벼운微小에 鉛『메기』를하시오 험상구진 바람이 설레면 어쩔라구……

○

"스마트"한 洋裝美人이 "파라솔"을밧고 거리의 페어프맨트로 미쓰러진다. 어쩐지 活氣가 업서보인다 流行宣傳에 지첫을가? 그뒤로는 活氣넘치는 모던 쏘이가 싸른다 여보! 洋裝美人! 그靑年이 지친 당신의『스틱』이되려고志願하 는데……

○

첫째는 비둘기의 숨결가티 새근거리는 당신의 숨결 둘째로는 꾀쏘리의 노래 가튼 당신의아릿다운노래! 셋째로는 白雪가튼목—그것이 보고시펏고 그것이 듯 고시펏고 그것이 만지고시펏고 그것째문에 六月의 하늘에 虹橋를 노코 당신을 오라고 하엿지요.

○

내가 당신의 거름을 싸른댓자 나의 罪가 될것이 무엇이요 波紋치는 당신의 媚笑가 나를 싸르라하지 안헛습니까. 언제본 여자라고 말을 부치느냐고요? 社交 는 오늘부터 開始입니다.

○

왼종일의 寂寞을 엿보는이는 잇서도 막어주려는 사람은 업구려! 寂寞을 風船 救에 모다 쓸어너허 六月의 蒼空에 노하줄가? 그러면 나는 더 寂寞할려구! 아서 라 寂寞은 나의 唯一한 벗이니……

○

　讀書하려고 冊을 잡으니午後가 고양이 발거름가티 살굼살굼 거러와서 나의 눈을 감겨눗는다 讀書妨害罪로 午睡를거러 告訴나할가? 安眠睡眠罪는 잇서도 讀書妨害罪란 罪名은 내 寡聞이매 긋지못해다 꿈이여! 아름다운시나한토막나 허다오!

(六)

　女子는 수수썩기다. 그것은 언제나풀수업는 커다란 수수썩기다 그리고女子 는 언제나 濃霧가 자욱한 彼岸에서 凝視하려는 男子의 눈을 멀리하고―갓가이 하고―.

○

　이世上에서 내가 누구는사랑하느니 누구를 사랑하느니 하여도 眞正으로 내 가사랑하는사람은 오직나하나 밧게업다 그럼으로 나의 愛人은 나요 나는 나의 愛人이다.

○

　戀愛란 異性間을 끌어단이는 磁石이다 또 兩性間의 神秘性(?)을 알려고 애쓰 는 探究者이다 探究하려고 서로애쓰는 동안에 戀愛의 繼續이 戀愛의 熱病期이 다. 이 熱病期에 處하여 잇슬때에 男性은보담더 滿足함이 업스리라고 생각할것 이다. 그러나 戀愛란 磁石作用과 兩性이 마조치엿다고할때에는 兩性의 馬力은 衝突되고 神秘性은稀薄하야 遺失되고 戀愛란곳도 시들고만다.

○

　男女 그얼마나 아름다운이름이냐! 아름답고 보드러운데쇼한 가시가돗혀잇다. 그리고 그自身은 恒常 神秘性을 가지고잇스며 그것이 흘러갈세라 다함업시 堤 防을 삿고잇다. 그러면서도 내가 이런 神秘性을 누구에게 보여줄랴구 이처 럼……懷疑하야 처녀는 늘생각해본다 생각해보는동안 處女는 늙는다 老處女와 의 距離性이 갓가워질때는 處女의神秘性도 稀薄해진다. 그것은 누구보다 處女 自身이 잘알며 또 切實이 느낀다. 그리하야 처녀는 秋毫아페 안저 萬霧가티 자욱하든 자기의 神秘性이 어데로새어 나갓을가? 생각해보리라. 그리고 神秘가

깃드럿던 자리가 어디엇슬가도 생각해보리라 그생각하는 瞬間은 너무도 슬픈 風景이라는것을 自覺할때에는 풀입에 써는 한알의 이슬가티處女의 魂도 바르르썰것이다 자최도 업는防線이 문허진 廢都에서 人間의 곳이엇든 處女의 神秘 의 出處를 더듬어보며 나의 神秘性을 도적한者는 누구일가? 생각하며 한숨을 지으리라.

○

돌이 될바에는 碑石이 되고 풀이될바에는 飼料草가 되고 사람이 될바에는 戀人이될지어다(유—고) 그러나 나는 戀人을 갓되 남의 양말썽크까지 調査하려 는 愛人을 즐겨하지안는다 가난이門으로 들어오면 戀愛는 窓으로도망하는째문 이다.

(七)

새한마리 차저들지안는 枯木은 몹시 쓸쓸해보인다 참새라도 와서 울엇스면— 너는 비록 말라 樵夫의 我性을 想起시키는 標的이 되어잇지만 이짱에나 이짱에 서 말라죽는 그것만은 幸福이리라.

○

公園의 「벤—치」에는 젊은두夫婦가 가즈런히안저 무엇을속삭이고잇다 남자 의 態度가 ○○한것을보아 戀愛는 未完成인模樣이다.

개가 혀를 쌔느리고 그들의 얼골을 번가라 바라본다 그러나 그개는 그들의將 來를 占치려고는 하지 안는다 어쩌케 孤獨의 無聊를 慰勞할고? 개는 생각할쑨 이다.

○

내가 만약 畵家엿드라면 저 景致를 한번 그려볼걸……이러한 생각을 하여본 적이 업스리만큼 이짱은 너무나殺風景이다.

○

나의 視野에 展開되는 모든것이 倦怠그것이다. 눈을刺戟시킬만한 귀를 振動 시킬만한 精彩로운 景物 새로운 事物이 發生되엿스면……웨이리 大都市의 風 景이 閑寂할가? 하다못해 개들의 交尾事件이라도 잇섯스면……그것이 무슨 滋

味의 源泉이 되련만正視못하고 지나가는 紳士 盜視하며 지나가는 女子 그場面 그것이 자그마한 興味의 對象은 되니짜—

○

水標砧가 狂亂하는 한낫에 孤獨해보이는 포푸라 街路樹의 푸른 그늘아래서 멧산자보다리 걸머진 白衣同胞한사람이 땀을그으며 담배를피우고잇다. 후—하는 한숨이 煙氣와함께 하늘로 사라진다. 지친몸을 부축할 집팽이를 찻되 포푸라는 손이닷지 못하는데 가지를갓고잇다 포푸라 허리를 붓잡고 이러서며 하는말이 이놈의 땅에는 집팽이감도 업구나!

○

어떤때는 感情의 門을 閉鎖하고 理智의 門을열고 또 어쩐째는 理智의 문을 닷고 感情의 門을 열어제친다. 感情은 어린아해가 칼을 가지고 장난하는것 가태서 혼자 맥길수업고 理智는 面刀가티 싸늘해서 몸에지니기가 실로—아모래도 感情과 理智는 한軌道에 올려노아 同行케해야만 되겟다.

(八)

밤의 最後 時間 동트기바로前처럼 구두소리가 요란히 들릴째는 업슬것이다. 그는 대나제 「함마」를 휘둘러 鐵板을 쑤둘기는 소리보다 더놉다 이러틋 요란한발소리에 놀라째여짓는 개의 짓음 또한 유난히 놉고 구슬프다 黎明이 동틀째는 사람은 九分의 活動準備를 하엿슬째다.

○

일하라 그러면 너의게 쌍을줄터이니 먹기爲해 사는人間인지 모르되 먹고사는것만은 사실이다. 한술의 밥에 一分의 생명이 붓허잇다. 病者밥술을노흠은 畢竟 生命을던지는 것이 아닐가!

○

사람은 살되 빗나게살고 보람잇게살고 萬人이 우를어보는 燦爛한 삶을 慾求하며 探求한다. 내가 이만하게살면 나를 바라보는 사람마다 부러워하겟지—그것으로 快樂을삼는 女子가잇고 얄미운 心情을 助長하는 男子가잇다.

○

다가튼 奴隷면서도 머리를 들려는 意慾이잇고 보다强한자를 支配할 勸力을 찾는다.

○

보담더 弱한者는 보다强한者의 勸力을 盜用하고 或은 借用하려고 强한者아페서 그의 눈度數를 마추려고애를쓴다―어쩌케하면 强者의 비위를 마출가? 고― 第三者의 눈에는 잔나비가 구경군의비위를 마추어주고 밥알되 콩짜개미나 어더먹으려고 노름을 하는것 박게더뵈지안는것을―.

○

『大鵬아、 감장새 작다고 비우ㅅ지마라! 九萬里長天을 너도날고 나도난다』 나는 잔나비의 處世術도 숭내도 아무것도 모른다 오직이한 首를노래할줄아는 감장새일뿐이다.

○

『쇠쏭구리』는 쇠쏭을굴러가지고 가는데 항상 썩구루선다. 地球가도는 反對方向을찻기爲한일일는지도모른다. 우리도 올케 살려면地球가 썩구루 돌아야만 될것이다.

○

주먹을 불끈쥔다. 아아! 오늘도 헛된 空間에서 뵈이지안는 空氣만波動시켜노코 주먹은 脈업시 풀린다.   一九三七. 七. 八.

解産前*
리광현

滿月을 압둔 안해는 내가업는틈에 간간히 어린아해의 이부자리、 衣服、 기저

---

* 이 글은 ≪만몽일보≫ 1937년 7월 20일에 게재된것이다.

구등 一切의 副産物을 만드느라고 日課나다름업시손에쥐는 雜物은 집어치우고 그잘자든 낮잠도 자지못하고 퍽애쓰는모양이다.

『어머니 노릇하려고 더운데 만흔 受苦를 하십니다그려—』나의 이러한弄談을 밧고 바느질감을 내게로 집어던지며

『남몰라요 당신 좀해요』 하며 짜증을낸다.

『흥 나는 애비노릇 안할테야 누가 배라구햇게 배여가지구…』

안해는 참다못해 나의넙적다리를 꼬집으며

『누가 어머니 노릇하고시퍼그래! 그럼 어쩔라구……』안해의 憤怒는 噴水와 기티터져오른다. 그리고 無責任한듯이 嘲弄만하는 나를 못마짱하게 생각하엿슴 인지 슬적 도라안즈며 『호—』하고 한숨을 길게 쑵는다.

『………』안해는 말이업다 鏡臺에 反映된 그의입술엔 病色이 널고잇다.

『잘못됏소 그럼 내가 할테야……』하며 안해가 내게도 던진 바느질감을 잡아 당기여 바느질을 하기始作하엿다. 안해의 눈은 슬몃이 나의 손노는것을 바라보 나 좀처럼쌔아스려고하지 안는다. 안해는 나의 솜씨를 보고야말 작정인게다. 그리고 보니 내스스로 바느질감을 노키는 멋적은일이다. 나는 아페다 試驗官을 노코 學窓時代에 싸아올린 바느질솜씨를 보여줄 千載一回의 機會라고 한치 두 치 누비여나갈째 아마도 꼴불견이엇든지안해는 苦笑를하며 나의바느질감을 잡아쌧는다. 나의 成績이 조왓는지 안해는 눈을 크게 한번 뜨며

『아! 언제 바느질을 다배윗네?』

『흥 자기만 바느질을 할줄알엇는 모양이야……』

억개를 웃슥하게 노피며나는 女子不必要論을 演說하니 안해는 좀무안하엿슴 인지

『그럼 나하구 바꾸지』

『무엇을 밧군단말이야?』

『저- 내가 남편이되구 당신이 안해가 되구……』하고 미소를던진다.

나는 물끄럼이 안해의 얼골을 바라본다.

『이봐요 얼골이 이러케부으니…』하며 얼골에 愁色을띄운다 그리고 쌔쌔로 아고배야! 아고배야를 부르짓는다. 나는 안해의 배안에서 하나의 完成된人間이 나올제 안해가 부르지즐 悲鳴을 생각하면 몸서리가난다. 싸이렌이 울릴싸마다

안해가 深痛에 못이겨내는 悲鳴으로 녁이며 미리미리 나의 感覺을 鍛鍊시키는데 果然이것이 百分의얼마의 효과를 어들가?

勝寒篇(下)*
리광현

溫突방을 對하게되니 戀人以上으로 반갑다. 그러나어인일인지 불을아모리때도 밋바닥만따뜻해질뿐이지 웃바람이업서질줄을모른다.

안저잇노라면 뒤잔등이실여오고 손코귀가얼든다 후—하고입김을내쏨으면 입김도 추어서호들호들쩐다 長通路『다다미』방에서 품고온南國的幻想이 散散이부서저 어대로가고마럿다. 冬將軍이侵入할까하야 門風紙를바르고 유리窓一面에 外部로부터 종이를쏘바르고 內部에는 커-틴을친다. 말하자면 나의 "겨울의陣"이라고나할까 그러나 어데로侵入하는지 冬將軍의 示威는 如前하다. 아침 커-틴을 제치고보면 어느새에 유리窓一面에는人造纖紋의가튼 곱다란성에繡가 노여져잇다. 말하자면 나의『겨울의陣』을 突破하고제멋대로친冬將軍의『겨울의陣』이라고나 할까? 敵의三面攻擊에 나의 防寒陳은 漸漸破壞되어나는 나의 防寒陳의本營인 이불속으로 쑥기어들어가 나 唯一한武器鐵筆을들고 防寒作戰計劃을 세워본다.

첫재=空中에서 猛威를쩔치고잇는敵을 擊滅하기爲하야 스토-브將軍을 마지해다놀까

둘재= 天井으로 내려오는 敵의落下傘部隊를 防禦하기爲하야 천반지를더발러 空中陳 强化를쇠할까

셋재= 內部유리窓에펴고잇 敵 陣地 覆滅시키기爲하야 종이를쏘바를까

둘재셋재作戰計劃은 그리效果가업슬것갓다 첫재가 第一效果的이겟지만 이것도 스토-브將軍에 必要한 軍糧(石炭)供給問題가 容易치안흘것이니 이計劃

---

* 이 글은 ≪만선일보≫ 1941년 2월 22일에 게재된것이다. (上)은 유실되였다.

亦是 쉽사리採擇할수업는問題이다. 나의作戰計劃은作成途中에 水泡로도라갓다 窓을바라보니시퍼런『성에』가冷笑하고잇다. 마치槍을들고 降伏을勸告하는것갓다. 슬며시이불을잡어당겨 둘러사고안즈니 可觀이다露出된목이 자라목가치 줄어들게始作한다 이불속으로 파고들면 파고들수록 더추워지는것이다 弱者아페 强者의橫暴은 더욱甚해진다 忍耐고限度가잇는法이다. 冬將軍의銳鋒을粉碎하기爲하야 이불을거더차고이러선다 그리고입엇든옷을 버서버리고 다만사루마다화 런닝샤쯔바람으로 前後屈伸地動上半身轉回運動을하다가바른편다리로 풋볼을 차드시 空間을차고쏘왼편다리로空間을찬다.冬將軍에 對한나의肉彈戰이다 이러케二三分繼續하고나면 행결 온몸이 후눅해진다

그러나 끈임새업시 敵은 示威를한다 그럴때마다의 肉彈戰은繼續된다 그리고나서 敵에게 降服勸告文을쓴다

冬將軍閣下 今明間에退却을하지안흐면 閣下의 全根據地를 覆滅할것이니 쓸데업시 反抗을말고速히 물러가라.

病床隨感*

권충일(權忠一)

(上)

萬里異域에서 逢古人하는것이三大깃븜에 드는것이라면 客窓에서 病床에呻吟하는것도三大슯음中의 하나일것이다. 발서봄이라는데 北滿의땅할-빈에는 아직봄다운氣分이시언치안타. 멧칠전까지白雪이 亂紛紛하여 積雪의功을싸헛스니 비록그것이녹아버리기는햇스나마 아직엽목도리에고개를 움추리고것는것을볼냥이면 봄의女神의거름도이곳만은 떡더딘것갓다. 남쪽나라짜스한 故鄕에

---

* 이 글은 《만선일보》 1940년 2월 4~5일에 게재되었다. 권충일은 카프전향작가로 도만한 후 《만선일보》 할빈지사 사장을 지냈다. 친일문장을 많이 썼다. 생년, 졸년 미상.

는발서 일홈모를수만흔 꼿들이북쯔럼안흔숫처녀와 갓치고개를다소숙인채수수썩기를 잔득실은우슴을 방긋방긋우슬터인데 하고생각만해도 고향생각이 젊은이의 그리운님을그리는以上을 간절해진다 발서나이가 四十줄에들엇스니 쓸어오르는 새빨간靑春의 피도여월대로여위고 식을대로식은것갓다 자긔도그러한靑春의 고흔꿈도가젓섯고나하는… 간얇은 記憶이나마때로는 想起될때는엇전지 가버린도라올수업는 過去가自己의靑春이 無限이도그리워진다. 될수만잇는일이라면 다시그런靑春으로 도라가도라오고십흔 생각이나지안는다!

×

봄은確實히大地에魅力이다 봄을마지한뭇젊은 사나히와간난이들은 엇절줄모르고쐬여오르는 깁붐을잇지안을수업시大地의품안에 안기려發狂한다 그리하야 바로거러가야될수만은 靑春들의봄의魅力에陶醉되여 여러가지喜悲劇을연출한다. 비록나히는四十줄에들어섯스나그럿타고 봄을즐겨하고 讚美하고십흔마음엇지박절치 안을까보냐? 길거리로 들로山으로흘러나가는 아름다운봄날에 무거운이불을 둘러쓰고 病床에呻吟하자니 더한층가삼은무겁고답답하다. 故國을등지고 이곳에온지 아직녁달채멧일이모자란다 故國이실허서모든것이 보기도듯기도실고 接觸하기도실허쩌난놈이 무엇이그리워故鄕생각이 간절하겟뇨만은 왜그런지 무어을찻고求하려하는 것인지 마암은寂寂하고 구슲흐기짝이업다. 엇던째는 무엇을부등켜안고 실컨울고십흔衝動을밧는때도 한두번이아니엿다. 더욱이이모든것을안은나에게는 돌아올아모것도 업스련만 그래도 漠然하게나마도라올 무엇이 잇는것가치 내가잠을더듬거리고잇다. 前日엇던친고가病으로 그것도대단치안흔병으로 호기잇게입원햇섯는데 그곳에는각금들러도 아릿다운 젊은愛人이엽흘떠나지안코 마음껏慰勞도하고 誠心껏看護하는것을볼째 엇전일인지그친고나그愛人을 바로처다볼수업슬만치 가삼의動態는甚햇고 多少興奮도되엿다. 무슨일인지나도몰은다 더욱이드러온지녁달못되고 그러타고原來社交性이업는지라 아는사람도別로업고 더욱이美男이아닌지라 요지음간난이들이 禮讚하는對象이아닐것이니 그러한美女의看護도업슬것은勿論 넓은 八坪의방안에서 먹지도못하고멧칠씩드러누워病魔와싸우자니 氣力조차히미해지면서 孤寂한생각만깁허간다.

(下)

예수가말한『空中에나는새도몸둘곳이잇고 들에핀白合花도이슬곳이잇건만 오직임자만이머리들곳이업다』고 長歎息한그말이내게일은말이아닌가도想起한다.

나는결국사람이다 가장어리석은사람이다 그리고가장어리석은사람만이생각하는 極히低迷한생각에捕虜가되여 아모러한 生의思索도갓지못한채 나는차즈려든나 人生의摸索을中止했다. 그대로나는이러케살다죽을운명인지……

×

나는일직이曲折한이世上에 둘도업는K라는親友를생각해냇다 키가六尺에가까운長體에다

힘이세고 말잘하고 글잘쓰며 무엇에하나남에게빠지지안는그가 더욱이友情에는 자기의살을비여줄랴고할그가 그대로무슨크나큰抱負를가지고 滿洲의쌍을밟엇든지 엇잿든致富의術이남달리잇는데다 이를갈고덤비엇스니 엇지成功치안흘수잇슬것이냐 그는얼마안가서數萬의富를形成한 模樣이나 남달리피가끌는그가 엇지그것에만滿足 햇슬것인가? 뜻한바되지안엇든까닭인지 그는남모르게 모히中毒者가되여모든것을이즈려다가 그여코 그것으로죽엇다한다. 죽은것도보지못하고 죽은그屍體를 안고 그의不運을마암껏弔喪하지도못하고 쏘는목을놋코 痛哭도못해보고 그르죽이다니 나는極히不自然한속에서 그의訃告張만을안고 마음것메칠을두고 울든생각이떠오른다. 나는그가죽엇다는곳에를왓다.그러나나는엇전지 그가 아조죽은것갓흔생각이나지안는다. 눈을감고瞑想을계속하니 K의幻影이 눈아페어리리면서 C야너는 무엇하랴 이곳에를왓느냐? 나갓치되고십퍼서……하고쓸쓸한우슴을웃는다. 아! 그리운믿즘스런친고야? 왜너는나를이 以上채쪽질하려느냐? 極히不運의親舊여! 그는過去엇더한 훌륭한兩班의種의子息으로태여나 洪吉童의模樣으로어려서부터 呼父呼兄을하지못하고자라난 極히不運의人間이다 엇지그에게 不平과怨恨이업섯스랴!

病이란그中에도異域에서의病이란괴로움은둘째로 孤寂하기그지업다. 사실은 破寂兼펜을든것이무엇을적엇든지 極히混沌된머리에서이라 狗足牛脂를그렷는지나도몰은다. 浮想이랄까? 結局人生이란孤獨과싸우려는動物이외에는 아모것도아닌것갓다. 눈나리는北國의봄! 그래도確實이運命의躍動은잇다. 힘찬建設의氣分의소리가 귀에울린다 그리고길거리에는建設의기분이따스한봄바람과

함께너넘처 充溢되엿스니 이엇지 興亞建設의깃붐이아니랴(妄筆多謝)

滿街夜話*

윤군선(尹君善)

窓박근 몹씨도 싸스하다

추녀밋테 쩌러지는 이샛물이 짱속을파고 숨어드는 고혼정을 늣겨본다.

숨을가젓다는 모-든生靈의새순이파래질날셰다. 씀찍스러운 洞民을버서나동 그랏케 날씬한몸과 마음을가져도 조홀날이왓다

노근한 봄볏티품속에 하품치고 기여드려도 올흐리라손젓는다.

나는 滿洲人의좁은거리를홀로거럿다東洋에서 그중먼저째엿다는文化의傳統을바덧다는그들도 별로신통한 眞、善、美의맛이엄다 야박스러운人心이라든가 建築物의過激性엔 놀래지안흘수업다 滿洲의하늘미테는 늘그매서운바람만이는것가티 마음이간다.

알 江넘어 朝鮮의하늘에서 구름처럼 몰려오는 부드러운 바람결을 씨어안고 십흔심사가자못크다.

店頭에느러노흔 排灘의외양엔 어차피조흔둘도모르겟다. 무에든지 滿洲의色彩가 눈에서투러보인다 내 키(身長)가 멋치나되고 몸무게가멧근이 되는지는 어지간히알수잇스나 精神의무게는모르겟다 내 짠에는 그것을안댓자 대수롭지안타만은 自己들아는 生活態度를 갓고시픈것도 오늘날의慾心이리라.

푸른빗과 은빗으로꾸며진 陋巷을無心히거르며 발쯔테『노스탈챠』를 실치안케 감어본다.

각금오가는 馬車엔치장을 차리고 가슴팍을내어민 滿人女人들의귀에 선말소리가귓전을스치고 곰팡내풍기는 窓문을제치고 기웃하는 胡弓을쯧는中年輩의 콧노래도이마에스친다.

---

* 이 글은 《만선일보》 1940년 2월 27일에 게재된것이다. 작자 신원 미상.

거리에발을모으고안즌 異邦의애들의 작난은역시 까닭모를 美術塔을세운다. 애들이란 이러케도귀여운理性을가젓슴은 어느나라나마찬가지리라. 길복판물이흘르는 쏠창을막고 흙모래를파다가 塔을 곱게싸흔다음 와락물동을 쩨어노코 눈압헤허물어져가는 흙모래塔을보곤 조하라며 손벽치며춤춘다.

무시무시한 어둠의틈을스쳐마음둘곳업시 停車場쪽으로 거러본다.

오르나리는길손이 죄다─ 滿洲人이고 낫워은사람이란죽어라볼수업다.

비단나쑌아니라 다른朝鮮사람의 心境도이를테면 서오하리라고밋는다.

나는작구어더라 갈생각은업고 다만주저안고시픈 쓸쓸한곳으로 온것처럼나대로 나갈줄을모르고 저돌이즌 無能者갓다. 세상이허망하고 人生이 외롭다는것은形而上學의實體인가

외싼 市井에서 迷妄에우짓는속에서 무엇을探究하여야올지 原理를모르겟다. 이것이 大地의 生活에서의일폭인가. 바람은역시아숩다. 밤은명일에의희망의군호를하며기퍼간다.

昏冥*

윤군선

고요한 宵流속에 나의呼吸은 가난한 想圖우에부서진다. 月光이 모여드려『커-덴』을네리우고 그늘업시날녀가는心臟을파먹는한무리의 煩悶을 달래여본다.

破片과 破片의聯結. 유리암처럼 고혼衣冠을 입은수업는 思惟를쑴어 한숨이 길다.

摸索에두렵게 느러진 混慢속에서 俗世에손그림자를 홀러노치안흠을탄하지안는다. 오로지 象牙의塔을세울수잇는 生活의創造를그린다.

남달리異端의나그네(旅路)로 駱駝를伴侶로 하야죽엄만을 싸라가는 새날의 靈祠밋테 서서피지안는 수수쩨끼에눈물을흘리고─. 孤獨의바다에 날싸게슴여드

***

는하이얀 一葉片舟 갈길을모른다. 나의世界에數업시 노여진 迷路. 나는나를 째려야하고 나는나를미워해야한다.

숨통이 썻거저서 呼吸이 갑뿌다.

어지간히 흘르는體溫을 끌고십혼 한밤의絞殺에 운다.

슬픔모르는人間*

윤일민(尹一民)

(上)

진달래며 철죽쏫이 압산에활짝피엇다가 저갈무렵그는 素服을입고고요히눈을감엇다. 萬象이 更生의깁붐에서躍動하며 한창 生氣潑剌하게너을거리는 季節이언만 그는다거더차버리고홀로홀로써나갓다.

급하지도 급할것도업는그길을 忽忽거름으로 써나갓는지 모른다 다만無常할 쑨이다.

그는나를爲하야 至極히純眞하엿다. 오래동안 苦生도 하엿다. 人間性 全體가 나와가장 密接햇든 것이다.

그래서 그와나사이에는 서로의 感情이늘通햇고 그感情을通한슬품이 그가간 後내게더욱컷섯다. 그러나나는 至今슬푼일이란도모지업다. 모든世上일이 그저 그러코그러할쑨이다. 아마나는완전히 슬품을모르는사내로變햇는지모른다. 世上에서는슬품을모르는사람처럼 가업슨사람은 업슬상십다, 生活環境이라던지 人間으로서의 感情의交流가업기째문에 自己以外의人間을爲하야슬퍼할줄모르는것이아닐까 그러니짜 그러한사람에게는 더크나큰슬품이숨어잇지안흠을 누가否認하랴?

---

* 이 글은 《만선일보》 1940년 6월 4~7일에 게재된것이다.

◇

　어제밤에 나는 演劇究竟 을하엿다. 내눈으로는 그다지대수롭지도안흔場面이
건만 엽헤잇는이들中에는 그무슨 청성마진 心理의發作에선지 그걸보고작고만
우는表情을하는것이다. 손수건을가리우고홀적어린다. 마치演劇에나오는悲劇
의主人公이 自己自身이나되는것처럼 슬퍼하는것이다. 그들은 아마餘剩의눈물
을 相當히 貯藏하고잇는겐지모른다. 그러길래 自己에게該當된슬품 以外의슬품
을分擔하야가지고슬퍼하는것이아닐까.그中에서도 自己에게 第一갓가운사람의
죽엄이란 사러잇는사람에게잇서 슬품中에스품이아닐수업다.

(下)

　自己의父母라던지 惑은 兄弟 妻子가죽으면 눈물만흘리고 슬퍼하지안흔人間
이 잇슬수잇스랴
　그러나 내게는모도가 우수쌍스러운일이다 내게는그러한슬품이잇슬수도업거
니와 남들이 普通눈물울 짜아낼만한事實로서는눈물이라는 分泌物이내게서 容
易하게 흐를상십지도안타그만큼生理의으로까지 變態的인것이다 나는 웨남들
과가티 同情心도 慈悲心도업는 魔性에가까운性格을가지고잇는가 그와同時에
나는내눈에서特別히눈물을흘릴만한 가까운사람을 갓지못했나? 그것은 내게잇
서 最大悲劇인지도모른다 내게父母도 同氣도업느냐하면 그러치도안타 여긔서
나는수다스럽게 우리집 家族名簿를 외일必要도업는일이나 남이부를수잇는 家
族稱號는 나도부를수잇다.
　아버지, 어머니, 누님, 형님 그리고 도리혀나보고아버지라고할사람도잇다.
　그러나 그러나、 나는여긔서 이그러나한마듸로 나의 家族稱號의名稱을 쩌난
더좀究極의眞實性을 疑心하지안흘수업다는것이다.
　世上에서 무엇이 어버이고 자식이란말이냐? 무엇이 누님이고 형님이란말이
냐? 무엇이슬프단말이냐? 무엇이 슬픈일이란 말이냐?
　造物主여! 말하시라! 이가슴이 씨원하게 親族論을내게다 說明하여보시라!
　이만치만 나는 내이야기를벌려노트라도賢命한 우리親舊들은 나의마음 그늘
을 눈치채이리라
　나는至今가만히누워 생각한다 生我者도부모 養我者도父母 그러니까親어머

니는어머니가아니라고 親同氣間도 養子를갓슴으로 형님을형님으로알수업다는
倫理學을나는어듸서누구한테서배윗단말인가―

그래서나는 世上이그저그러코그러타하여야할것인가

그럼으로 이우수쌍스러운世上에서 슬픔도깁붐도모르는人間 나는오날도그
리고明日도그래야할것인가?

子息의獨白*

일민(一民)

편집자가나보고 마음의 門을여러 편지 式隨筆을쓰라는것입니다.

어머니!

내엇지 어머니를제처노코다른누구에게마음의門을 열사람이 잇사오리까? 내
가어머니가튼 불상한老婆를 어머니로두엇기 째문에 어머니가나가튼고약한 子
息을둔슬픈어머니가아니겟습니 까

어머니의배ㅅ속에서나온내가 지금썻어머니에게 『어머님전상서』하고 便紙
한張을한적잇습니 까? 내가어머니에게어리광한번해본일이잇섯습니니까?

생각하면 그것은 서로의 賦課된運命이그러케매저논해결하지못할 悲劇以外
에아모것도아닙니다

어머니가남쪽하늘그곳에서 이子息을생각하는反面에 나는어머니생각을되도
록回避하려고노력하는 천하에冠絶한 몹쓸子息입니다. 不孝로써罪를다스릴것
가트면 백번죽여도 악가울게업는놈입니다. 三綱五倫을逆行한 大異端者입니다.

1. 그러나 어머니! 엇지하리까? 누구를怨望하며 누구를辱하며 누구를미워하
   오리까 어머니는 나가튼子息을나어논 슬픈代價로어머닌 밤이나 낫이나 눈
   물의歲月을보내게될것이고 나는나대로 슬픔도 원망도 咀呪도 미움도 사랑
   도 아모것도모르는 冷血的動物이되어버린것이 아니겟습니 까?

---

* 이 글은 ≪만선일보≫ 1940년 11월 5일에 게재된것이다.

어머니!

지난일을追憶한다거나回想하는것처럼 괴로운것은업습니다 가슴이무거워옵니다 목구녁에서 피가나도록 痛哭하여도 씨원치못할것갓습니다.

萬籟가俱寂한 이한밤에는 오직蟋蟀한마리가 이밤을서러워함인지 얼마남지안흔 이季節의輓歌를부름인지 목이메여라고 울어댐니다……

좁아빠진三千里안에서 距離의相隔이란 數百里許에다두고 어머니라는 가장親愛로운存在를 나는想念의世界에서忘却한지 十二年이되엇나이다 그러나 가장반가웁고 깁버야할天下에둘도업는 어머니를 十二年만에發見한나는 한갓괴로움만이잇섯슬뿐이엇나이다 그째의어머니는그래도子息이라고數업시 머리며 손이며 몸둥이를어루만지고 쓰다듬고 하엿습니다. 조금도 엽헤서써나지못하게 이못난子息의 一靜一動을직히고 自由짜지쌔아스려고 하엿습니다.

어머니!

그런것만이 十餘年만에주는 어머니의마음全部엿던가요 그러나그째의어머니는 子息에게 새로히不吉한불길을질러논것박게아모것도아닙니다

그래서 어머니가깁붐이지나처 밤낫업시눈물이엿슬째 모질고毒한이子息은 하로밧비 어머니의것흘써나려고 서둘지안엇겟습니까 잇스면 잇슬사록마음의指向할바를 모르게되고보면볼사록 괴로움과미움과원망만이 噴火口처럼爆發하려든그째의心境 아―나는 完全히 撥倫兒이엿나이다.그것이 무엇째문에 누구를爲하야 비저낸 因果엿슬것도 내自身을괴롭힐것도 悔恨의눈물을 짜아낼것도업습니다 오직잇다면 어머니에게對한 그리움보다도 나는어머니를미워하는그것만이잇슬뿐입니다. 아모짝에도쓸데업는 나를나아노키만한어머니는 나의미움을 바더도좃습니다 生命을내어걸고덤빌그런情熱도 남을쎄지게미워하는憎惡도勇氣도 슬퍼할줄도모르는나는 將次 엇지하란말입니까

어머니!

멋처럼 아니生後의처음으로 이글을抄하자니公然히가슴이벅차오릅니다

새벽세시

그러나 눈은쏘릿쏘릿하니 잠은千萬里 나다러낫습니다 멀리서 잇싸금汽笛의 목메인소리가 殷殷히들입니다 窓박게서 蕭瑟한바람길이 선하니늣겨집니다

어머니! 나는이런밤에는 마음껏孤獨을즐기는버릇을가젓습니다 더구나달밝

은밤이라든가 비오는밤에는 더욱그러합니자 孤獨그것마저 내게서 써나버린다
면 그째는 내몽둥이에 自爆을할째입니다

　世上사람들은 安息의숨소리도 간즈러울이째 홀로내혼자 이밤의孤獨을마음
썻누리기라는 참으로내게잇서 幸福된贖罪입니다

　孤獨속에서 자라서 쎠가굳거진이몽이오니 쏘한이孤獨속에서 내生命의終止
符를맷는다하여도 나는조금도 섭섭할게업습니다.

　孑孑한이몸은오늘밤도 來日밤도그러할것입니다

　그러나 어머니! 나는웬일일까요 작고만잇자고 努力하지만 어머니의幻像이
저天井에서성거리는 이괴로움 나는어쩌케하면조흘가요.

滿洲草創期*
-딸에게보내는 片信-
리형주(李莉珠)

(上)

　奉天서 밤이 세엇다. 汽車가 昨夜 밤을 맛난것은 京義線開城附近인가 생각된
다. 그도안이라도 잠을자지못하엿스니 國境을 그냥 쓴눈으로 세왓스며 더욱 安
東에서 아직檢驗하지못한 稅關檢查로 비로소 人爲的이나마 그사히에 人文과
風土가 달나지는 外國으로 첫발을드러놋는것만은 意識함이 업지안엇다. 그뿐아
니라 安東을 넘어서면서 아직 汽車에는 日本內地인과 朝鮮인의 乘客이 如前히
자리를 들지안으나 汽車가 停車하는곳마다 오르는손들이 모두가 滿洲人인데도
어대인지 異國인것가튼 엇전지 마음이 제자리에 잡히지안는 감정이엇다. 박갓
틀 내여다 보앗다. 벌서 제가탄車가 異國에 드러왓스며 제역시 車와함께 異國에
잇다는늣김이 自然이 바갓세계에 興味를가지게하엿다. 그러나 박갓은 잘보이지

---

　* 이 글은 《만선일보》 1940년 2월 13~15일에 게재된것이다.

안는다. 추위가 얼마나되든지 나는 아직 일즉이 經驗하지못한溫度인모양이다. 유리창에어름이여간 나씨이는것은 朝鮮서도 그리듬은일은아니다. 어름이 차창에 멧치나 어러부튼것은 아직보지못한 일이다. 나로서는 그추위가 벌서 이생소한 異國이 주는 어마어마한 示威이엿다. 비록覺悟는하엿슬망정 -겨우 어름을 쓸거서 바갓츨 볼만큼되면 그자리가 바쑤게 다시 어름을 흐릿하여진다. 차안은 여전이 혼잡하다. 좌석에 넘친 손들이 세면소로 심지어 변소에까지 드러찻다 그러나 대개는 잠이 든모양이다.고요하다.

창박이나창안이나 다고요하다. 그가운데를 차만이쉴사이업시 돌진한다. 박갓에는달이걸렷다. 날로- 음역으로날을처보면 그믐이니새벽달이다. 쓰치약간문어진달이찬공중에걸인것을 창구멍으로 바라보이는모양은확실이 凄然한光景이엿다. 그것이 異國의달이라는 쯧에서더욱그러한 感情을돕는지는 알수업스나……달아래비친쌍은 다만미술변한언득들이다.

농경지인지 황무지인지구별할수업다. 나의생리의선입견인지는모르나 이러한추위-추운곳에 농경지가잇슬것갓지안타. 기차는자만 나를그리고수만은손을실고 알지못하는 황원을쯧가는곳업시매진하는것갓다. 그러는사이에 차는 本溪湖에도달하얏다. 밤이느저서그런지 乘降客들도別로업다. 내가탄車에서단한 사람이내렷다. 本溪湖라면 地理上으로그리無名한곳도아니엿만-그는 車가自己의經驗으로本溪湖에 갓가우리라고생각하얏는지 짐부터준비를하얏다. 그의하는모습이 벌서滿洲는오래전부터 사라오든사람인모양이엿다. 도랑크를나리고 푹실푹실한털모자를 우에서 아래턱까지나리쓰고는 客車의텍기에나선다.

박갓에는 지금그가나리설 박갓테는 그믐밤과미술변한언덕과 쯧업는황무지가 잇슬쑨이다. 그러한곳을 그가마치武裝을하다시피 몸을단속하고나서는모양은 일즉이곳이생소한나로서는 일종의경금한눈초리로그를다시보지안을수업섯든것이다.

(中)

本溪湖란 얼마나 되는都市인지 나의常識으로는 安奉線沿線에서 重工業의地帶로서는 相當히殷盛한곳이라고생각하얏스나 窓으로내여다본 市街는 불도드문드문한것이 마치曠野에 遺乘된것과가티 寂寂하다 驛夫들이 쒸인횟슬이다만

煌煌하게보인다 車가움즉일째 남겨지는그들의모양이 쩌나는나의눈에는 孤獨
을직히는 燈臺守와가티 몹시感傷的으로보인다. 汽車는다시캄캄한 曠野를달린
다. 機關車의애쓰는소리가 내가탄 最後의 車에까지들린다. 그모양은 荒蕪地를
처음으로 서려가는로럭터-를 聯想케한다 地理上으로는 이一帶는 東邊道에서
버더나온 長白山脈의 餘波가남은곳이니 必是山岳地帶일것가트나 엇지된것인
지 달아래 나타난거문天地는 여전이 分別치못할곳이다.

　언제奉天에나마 到着할것인가. 가는곳은新京이다. 그러나 위선奉天이라도
대여야만 어대가 어대인지제가온곳을 조금이나마 도라다볼수잇슬것갓다. 奉川
이래야 내가한번이라도와본곳이야아니겟지만 그래도오래전부터입에도익어오
고 滿洲에서온친구들이나 地理上으로 이리저리 쓰더들은바가잇스니 爲先어썬
곳인지 對하고십기도하엿스며 엇전지그립게생각되는곳이다. 그러나 奉天에는
아츰七時인가到着할時刻表이며 참다못하야 車卒에게물은바에의하면 이車는
五十分이나 運延이되엇다니 적어도 八時를너지나야한다. 그러나아직時間은네
時니 압프로네時間은 얌전하게남엇다.

　차는급행이다. 『노조미』다.

　乘客은大槪가日本人이다. 中間物이면 그래도 短距離客이 驛마다 乘降을하
면 나종에오는손들이나마 次次자리를交代로차지할수잇스나 이車의손들이란거
의다釜山서자리를잡으면 적어도奉天이아니면 엉둥이를드는사람이아니다.하로
밤낮은이車안에서 살림을하노라고 천연스럽게느러부친다 발하자면急行料로서
서區別한移民列車가分明하다. 서울로부터서서오니 다리도여간 꼿꼿하다. 이짜
금 하다못하야車室안을 쌔금쌔금드려다보앗스나엇더케 客席에變化가잇슬理가
업다. 이럴줄알앗드라면늣드래도 奉天行漫行車普通移民車를 탓드라면하는 後
悔가무럭오른다. 그러나車는다음에엇더한 驛에서설는지자꾸만달린다. 그동안
이라도 조그만驛이 그야말로走馬燈가치 지나간다. 그런곳에는 의례히電燈이멋
個식짜오락그리는것이다. 大體저런곳에도사람이사는가.

　살면엇더한살림사리일가? 지금 저電燈불아래는 사람의生活이잇슬것이다 그
生活은 國境이달은것이나 亦是우리와가튼生活이리라. 내가살든그곳에서 이럿
케멀리와서도 사람의生活이잇는가 턱헙는妄想이생긴다.

　아직滿洲에들 첫발을노아서 멋時間이안되나 亦是저의先入觀念의所致되는

바도잇지만異國이라는 늣김이 하나둘이 아니다. 그중에서 나를 먼저當惑하게한 것은 처음으로 對하는 貨幣이엇다. 安東으로부터 내가그째까지 車中에서 이약이를하여오든 車掌이나 給仕其他가 싹나리고 하나도 남기지안코 交代되는것에 처음으로 異國이라는것을늣긴바이며 그중 車中小賣人이 支那人이 드러선것이 몹시서먹서먹하엿다. 그러나 本溪胡를지날째다. 그 小賣人에게 밀감을 사려고 鮮銀卷一元을주고 바든추리가 눈선貨幣엿다. 한銅貨에 "一角"이라고쓴것이여 덜개다. 말하자면 一角은 朝鮮의 十錢에 해당한다 그러나 朝鮮의 십전과달라서 구멍도업스며금속도다른지 마치는소리가나의귀에서툴다. 나도그전에이돈을 對해보지못한것은 아니다. 滿洲나 支那서 도라온친구들이구경거리로 紙匣속에 두서너푼너어온것을 본적도잇다 나의生活과 貨幣, 이를實際로매자본것은 이것이 처음이다. 그럼으로 滿洲로가면 의례히 貨幣가다른줄이야 아럿지만 이째 小賣夫가 여덜개의角을줄째 나는갑작이 생각난것처럼 그일이머리에 써오르며 貨幣부터 이러케달라야하니 滿洲라는곳에는 다시또이우에 엇더케 나의在來의生活과制度가 다를것이숨어잇슬가 저윽이 不安할것가튼 생각이든다.

(下)

廣大한 草原이나타난다. 地平線이 寞寞하게 안개에싸인 들바닥이 씃이보이지안는다. 엇잿든 나의혀로서는形容할수업시 廣大한 平原이다. 내가 이째까지는形容詞로서 廣大하다는 意味와 內容이아직 이러한實物에卽하야본적이 업슬것이다.

滿洲가 너르다 汽車를타고가면 들바닥이 눈이벗는곳이업다. 이러한 여러 가지形容으로 滿洲의넓은것을일즉이 드러온것이며 地圖로보아서 遼河流域과 松花江의流域이 南北으로막터저서 朝鮮의크기보담도 오히려더큰것을보아왓스니 滿洲가넓으리라 하던滿洲는들만이씃업시 넓으리라는것을지나치게알아왓스나 바다의널은것을 對한 나로서는 어지간하게 넓은거야 그리놀날것도 갓지안엇다. 玄海灘한가운데서 처음으로 막막滄浪을 對하엿슬째는비로서 넓다는것의眞體를 對한것을늣겨스며 다시그곳을 밤에지날째 漆夜에발알애서부듸치는 黃浪의恐怖를보앗슬째 自然의廣大가 가진無窮한造化에머리를숙으려본적이잇스니 滿洲의들이 제아무리넓다하드래도 바다의 넓은것을對한나로서 바다의관상으로한다면그리놀날것도 업스리라. 이러한생각이 일즉이 업는바가아니엿다.

그러나 지금 나의눈압헤나타나고잇는 차차그 正體를나타내고잇는 이大陸의 模樣은엇더한가 처음으로밤이점점기퍼지면서 부연안개속에서드러나는 이大陸 의廣大한模樣을 對할째머리에 번적쓰이는것은 바다의넓은것으로는 바다의常 識으로서는 亦是大陸의廣遠을想像 할수업다는것이다. 박갓은차차밝거진다.

地平線은 如前이안개가 거문안개 그속에 무엇인지 想像치못할 自然의恐怖 가숨어잇슬듯한 안개속에 감쳐서보이지안는다. 나는다만感激이라고만 부를수 업는엇던 激越한感情으로 窓박을 凝視하엿다. 나와 安奉線中間쯤되여서 가치 이약이를 하여오든 日本人손의忠告도이저버리고다만窓박을 내여다보앗다. 奉 天에가면이 高等移民列車의손님들은 東西로갈린다는것이다 東으로 北滿을 가 는사람과 西으로 北支로 向하는곳이 갈린다. 그럼으로 北支의손들은 京奉線으 로 갈아타게된다. 그리고 奉天과 新京사이도 네시간은 넘게되니 奉天서 자리를 잡는것이 조타고하엿스나 나는그것조차 이저버리고 다만窓에 끼이는 어름과 싸워가면서 박갓츨 내어다보앗다. 滿目이 凄然한光景이다. 그뿐아니라 單純하 기 짝이 업다. 누른흙색이외에는 아무것도업다.

말하자면 土色과廣大 이것이 이넓은 들 全體의模樣이다. 그러나 놀나운 일은 이넓은 들이 빈틈업는農耕地인것이다. 이러케 추운곳에서도 農作物이될까 밤동 안 지나온 그荒蕪地도 亦是이러한農耕地 엿슬까. 들바닥에 있다금 어름만이 하 야케남은 큰 개울이 멀이 찾치 보이지안는 저편으로 구비쳐 흐른다. 그리고 그러 한 개울근처에는 의례히숨어잇다 나무빅이 말라부터서 흙색과다름업다. 앙클한 나무가지 朝鮮의고목들과는 다르다. 朝鮮서는 아무리 枯木이라도 가지가 四方 으로 찾치 쑥쑥버더지는것이나 이곳枯木들은마치 한쪽으로만 실든모지랑비자 루모양으로 쑤리로부터 한편으로는 비스듬이 누어서 가지찾까지 기우러진것이 다. 一리고그누운傾斜가 議論한것처럼 西北서 東南으로 기울어젓다.

必是이것은 說明을듯지안어도 바람의所致이리라. 이大陸에는支那인이 紅塵 萬丈으로 表現하는봄바람이 심하다고들엇다. 그러면 이 自然의裝飾品도 아무 러한防備도업시 風塵의侵害를바더 어릴적부터 適應되게 生長하는지 그러치안 으면 後天적으로 바람의힘에 굽어저서텻든지어느한편일것이다. 自然이크다는 것은바다 그보담도 그眞體를대하자면 역시 大陸이아니고는알수업는모양이다.

다만 나는 넓다 넓다 그리고트다 이러한생각박게 머리속에는 아무것도업다. 가도가도들뿐이다. 들바닥은 누비이불을잇업시 피여노흔것처럼 밧고랑이곱게 쓰엿다. 그곳에눈이힌눈이 밧고랑한편만을 더퍼서 더욱이 금이쏘렷하다. 눈이덥인채한편만 해를바다서 녹는모양이다.

기차는작구만달린다. 벌 朝鮮가트면 數三個의驛을지낫슬 거리나마 아직人家다운 人家를對한적이업다. 아무리가도들뿐이다. 이럿케車窓박게 變化가업스니 한편으로는얼는생각하기에는汽車의 식식거리는 소리가 다만 갈려고 애만쓰는 것갓다. 驛뿐만이아니다.

朝鮮이라면 그동안 큰개울도 지낫슬것이며 갓가운山과먼山이 서로억글려서 여러가지形容으로 變하엿슬것이며 들과山이 數업시交代하고 村落도 都會도만이지낫슬것이다.

奉天은 大體이넓은들어느편구석에 부텃는지 그리고 大體로 이넓은들이어데짜지 連할것인가 어대서쯔칠것인가.

續滿洲草創期*

—딸에게 보내는 片信—

리형주

(一)

이째까지 쓴글을 도라보니 편지로서는 엇지 편지갓지도안타. 그러나지금부터 엇더캐정신을수습하야 편지다운편지를쓰기로하자.

아버니가 이글을 쓰는것은 旅舍의獨房이다. 너도아는지 旅館寒燈獨不眠이란 聯珠市의한구절을. 박갓날은零下三十度다. 그러나 방안은 그리차지도안타.

---

* 이 글은 《만선일보》 1940년 2월 28일부터 3월 6일까지 련재되였다. 이 글은 (二)가 없는데 잘 읽어보면 번호매김에 오류이고 내용에는 탈락이 없다.

氣候가찬곳이라 거기에比하야 亦是 家屋의構造가아주 保溫的으로되엿다. 쎄-
치짜니 온돌 스로-브 스팀 保溫方法도여러가지나 지금아버지의방은 主人이朝
鮮人이라 亦是溫突로 꾸미여젓다. 방바닥은몹시쓰겁고 문은겹문을 다라서 추운
줄을 모르겟다.

그러나 亦是차다. 마음이 몹시 차며 방안에올풋한電燈 그리고 박갓헤서모질
스럽게불어오는 바람소리가 그러한環境이 가져오는 求할수업는 孤獨이모든것
을 차게한다. 모든것이차다. 異國이라는생각이 차게보이게 한다. 차다는것보담
도 오히려 쓸쓸한축일는지. 그러한 房안에서 혼자이불불을 뒤집어쓰고 사랑하
는 내딸 너에게 이편지를쓰는 너의아버지를 한번想像해보아라. 몹시 쓸쓸하게
보이지안느냐.

어머니의 말잘듯도 할머니와도 잘노느냐. 그리고 학교도 잘 다니느냐.

지금 편지를 쓰면서 늬가 트집을부리다가 어머니에게 잔소리를 듯는모양이
자꾸만 머리에 떠 오른다. 너무 할머니만 힘만밋고 어머니에게 성가스럽게 구르
면 못쓴다. 더욱이 아버지거 잇슬 때면 모르지만 어머니혼자게시는데 애만 그럭
드럭먹이면 조흔사람이 못되는법이다. 할머니는절간에가서 아직 오시지안헛다.
그리고 큰집옵바 京町옵바들모도들 다잘놀러오는지 이러케 孤獨하게되여보니
日常의平凡하고 하품이나던 家庭이 갑작이그리워진다. 一家집을 가고오고하는
것도 그리別스럽게 생각지도안헛스나 지금은 한곳에 옹게종게 가고오고하든때
가 몹시그립다. 사람의일이란 그런일을當 하고잇슬때는 그일의價値나 好否를잘
모르는모양이다. 거저 그러느니 하고 感覺과感情이업시지나는모양이다. 그러다
가 한번 環境이 박귀여지면 아즉그일에 對한 뚜렷한 判斷이생기는것이 아닌가
십다. 이러케 제나라 제짱을써나서보니 제짱 제집이 얼마나그립고 아름답고 感
謝한物件인것이 몸에서 피에서 소사나게되는것이다. 大邱서 서울이멀다는것도
朝鮮서말이지 늬가언제나서울外家가멀다고 트집을부리고 어머니와가치 外家
에갈째는 아주무슨 먼旅行을하다십이 법석을대지안헛나. 그럿치만 지금 나에게
는 다만 地平線 몸에늣기는地平線에 가치부튼한곳이되여버렷다. 벌서 距離의遠
隔과 生活感情의異國化가 서울과大邱쯤의거리는無視되고잇다. 다만가튼朝鮮
이란意味에서大邱와서울을한곳으로 自然히치게된다. 내가 朝鮮에잇슬째 할빈
이나 奉天이나 新京이나가 다滿洲란일홈으로通하고 가치업처서생각할수잇고

이런거리를마치 서로 指呼間에나잇는듯이생각하는것과가치 只今은 京城과 大邱가 그리고平壤이 모두그러케보인다.

엇잿든 사람이란멀리써나서보면 여러가지가 興하는것도 興하는것이거니와 거기에따라서 사람의 感情이變化함도 우서운일이며 이러한變化는 亦是體驗하지안코서는眞實힌맛을 모르는것인模樣이다. 想像으로서 닷지안는여러가지의 뜻하지안흔일이 그곳에잇는모양이다.

(三)

어제저녁 서울을 써날째너의外三寸과 離別酒를한잔하엿다. 外三寸은如前하엿다. 이以上그에대한形容이더잇겟느냐. 그자리에는 너의宜母님도參席하야 셋이벌린酒筵이다. 언제나너의어머니가아버지술을만이먹는다고푸념하지안느냐 그리고너의宜母되는분도 아마나에게대한節酒 禁酒의 强勸은 너의어머니의푸념에오히려지지안홀것이다. 그러든너의宜母님도 亦是가는사람을보내는感傷에서인지술을제한하지아니하섯다. 그리고지금이곳에서는 서로그리멀지안흔곳이나 異國으로 써나는사람이니 술을먹는데 잔소리를하지안켓스며 오히려만이권하여서 유쾌히보내고시프나 이다음부터 더욱이滿洲와가튼곳을 써나서는 술을 삼가하라는것이다. 돈을가지시지안으신다는 너의宜母님이나에게주는짜뜻한선물이엇다.

그래서 나도슬슬한늣김을 감추기위하여라고하면좀우서우나 술을過히마시여서어제저녁밥도 올케먹지못하엿다. 그리고 밤세긔차에서 흔들려왓스니 새벽역에는 아주몸이 부지하기도 어려윗다. 배도술이 깨고는 제법곱흐다. 그러나혀바닥을 모래로쓰슨것처럼가슬가슬해서 밥을먹을것갓지도안타. 몸은마치솜가치피곤하엿다.

汽車가 奉天驛에들어섯다. 想像보다 그리큰驛이아니다. 外觀에서內部까지全體를보기前에는 말하기어려우나 엇잿든 첫印象으로서 京城驛에 比하여서도 오히려遜色이잇는것갓다.

택기에는 洪水와가티나리는손들이밀고나온다. 그리고 오르는손들은 내리는손들이 채나리기전에 써밧고몬지덴다. 이거야 어느나라 어느곳에서나 다름업는 風景이며 내가道學者가아닌이상 그들의行爲에 公德云云으로 質責하려는것도

아니다. 오르는손들가운데도 더욱甚하게구르는滿洲人들의날치는光景이엇전지 첫印象에 ○○을가지지아니할수업는것이다. 역시그들이 알지못하게쩌드는言語의相異에서 오는理智를缺한생각일는지 또는내自身이 미리부터가진 滿洲人에對한어쩌한 아름답지못한 侮蔑感 에서오는것인지알수업스나 그들의꼴에對할째 自然이발거름이한步뒤로주춤한것갓다. 언제얼골을시첫는지 닛쌜이누르다못하야 검엇케째가 낀인것은 우리집에오는『로둥』의모양으로 想像함이가할것갓다. 검은옷은째가끼여서 번즐하게광택이난다. 그리고억새넘어로 째물이꾜직한보작이를하나씩 걸머지고는 알지못할

罵聲을저의들끼리 주고바드면서 밀고비빈다. 입에서는마늘냄새가푹푹풍긴다. 滿洲人의억개넘어로 진보작이는아마朝鮮人이멀니쩌날째 반다시달고다니는박아지와가튼모양이다. 누구나다름업시걸머졋다. 그들의무리는마치시체속에구비치는 濁流와갓다.

그러나 이것이나의單純한 純民族에依한對立感이라고만할수잇슬는지……

驛에서『벤쪼』를삿다. 지금잘記憶못하나四十錢인가 四十五錢인가 朝鮮의 驛辨에 比하야감이나 모양이조금도다름업다.그들이파는滿洲인賣人의소리까지서투르기는하나 日本말이 밥도일본밥이다. 이러한점으로보면나는 나의 異國觀이엇전지무슨錯覺인것갓기도하며 나의誇張된感情이 우습기도한한편日本이란 國家가 雄大한스켈을가지게되엇다는 偉大感이 거의肉體的으로몸에 느끼여진다. 果然我日本도이제야世界의엇더한 國家에比하야도 지지안을만한隆盛을 創造하고잇는것이다. 누구가日本內地語가 가까 將來에 英語의 地位를박차고 國際語의地位를 차지하지못하리라고 斷言하겟단말인가 現在나의아폐는 수만은 滿洲人賣子가 日本內地語로通하며 이것은奉天의이야기가아니라 新京와서본일이다. 써스안에서白係로인의處女와 滿洲人의절문靑年이 서로그들의言語의相異를 日本말로서 通하고잇는것을目擊하엿다. 언제나싸움은이겨노코볼일이며 民族은發展하고나서야볼일이다. 이러한생각이 머리에쯸째 나는 無意識中에 東海一小島를搖籃으로하야 지극히世界秩序의改組를 부르짓게한發展을지은 大和民族에對하여 새삼스럽게 敬虔한 感情이써오르며드리고내자신 現在이러한 國家에 一元으로서 幸福을 享受할수잇는 感謝로운생각이 저윽히써오르는것이다. 그러면서 나는아즉生活樣式에잇서서는뒤 써러질感이잇든 滿洲人의群集에

다시한번눈을던젓든것이다.

(四)

긔차가 奉天을 쩌난다. 奉天이란곳은 支那나 滿洲의 엇던都市와 다름업시 舊市街와 新市街가잇다. 驛은말하자면新市街에잇다. 舊市街라는것은 城內라고 하야驛에서아주멀다고한다. 新市街는滿鐵의 制霸時代의 商埠地로發達한만큼 느즉느직하게쩌나는 車窓에비치는이고도의印象은 亦是日本內地의市街에比하 야 조금도 다름업다.

黎明에 비친이都市에 滿洲人이 보이지안코 曠野의印象이 머리에남지안엇다 면 釜山이나 下關에比하야도그리다른것갓지도안타.

國境을말할랴면 鴨綠江이며 地理上 滿洲國의玄關은安東이겟스나 엇전지奉 天을쩌나면서 비로소나의마음은참말이제滿洲에 왓나보다하는생각이든다. 慣 用되는 地域名으로보면 奉天以北은 北滿으로친다. 그러면나는지금 南滿을지나 서 北滿으로 것고잇는것이다. 그래서비로소滿洲에왓다는 생각이나는것은 亦是 늬가아무리感傷的이되고 발버둥을처보앗자 이제는 滿洲한복판이아니냐 하는 일종의豫測이 나의엉둥이를 척싸라안게한 姿勢가아닐는지 安奉線에서 그러케 驚異하고 感激하든 異國調가 엇전지지금은 저의압헤 나타나는運命의日常으로 斷念하는餘裕를가지고 모든것을날다보고십흐며 마음 쪼한自然그러케되는것이 다. 사람의마음이란 이러케도 異國의 壓力現實의 冷酷에妥協할재조를가젓든것 이엇든가 새삼스럽게 천박한인간성이미워지는것이다.

汽車는 漸漸本來의速力으로 도라가며 奉天의거리도어느사히인지 地平線을 위여사고잇는 거문안개속으로사라젓다. 奉天서나는 처음으로자리를자밧다. 車 室안에는 日本內地人과朝鮮人의손들이거의半減하고그代身滿洲人손들이드러 찻다. 여전한혼잡이다. 人員은 그래도 奉天서 만이 주르는가트니滿洲人들의 쩌 드는소리와 그들의녀절한 짐짝이 함께뒤석겨서 車안의기분은 오히려 견듸기가 고리운것갓다.

奉天서 辨當와 茶를사기는하엿스나 나의혀바닥도혀바닥이려니와 이러한혼 란과 몬지구덕속에서 아무리하여도 펼쳐노코 먹을듯이 업는것이다.

車窓박게는 다시 들이다. 그曠野다. 滿洲旅行을하는사람 더욱이 겨울에 沿線

을 지나는사람이 紀行文을 쓴다면 들이약이 박게 쓸도리가 업스리라. 그저들뿐
이다. 버써 나도 들의面貌에 실증이나며몹시 짜분한 小說을 읽는것처럼 視力에
오히려疲勞를 늣기는굿하다.

엇젓든 장한곳이다. 萬一 이곳에 여름이 오면 다만 眼界를덥으리라. 가을되면
高粱이설것인가 그러면봄에는 무엇이 이들을덥을가 거저터무니업는공상을하
면서 몹시 애닯으게식식그리는 긔관차소리를드르면서 『미도리』를피운다. 車窓
에팔굽을집고 푸른연긔를 풍겨올리면서 窓박을 주는곳도업는 눈瞳子로 외로히
안즌 너의아버지를생각해보라 이가여운『에미 끄랜트』를 상상해보라. 나는 뭐
너에게港口의 『세라-』가埠頭에의지하야 마도로스를물고 멀니 地平線을바라보
는 流行歌的인 포즈를聯想하라는것이아니다.다만將次永遠의『바가본드』가될
지몰을運命을안고 쓸쓸히異國의孤獨에 잠긴아버지의心境을 생각해보라는것
이다.

나는오즉 이압페 엇던일이잇드래도 나의마음을理解하고 나를慰勞할수잇는
同感을가지는 사람이 그것이너의어머니든 너이들이든관계치안타. 그런사람이
잇다면나는 永遠히幸福한人間으로滿足하리라.

(五)

汽車 如前히다라난다.

開元 鐵嶺 四平가하는 朝鮮서 귀익게들은 都市들이沿線을 쓰문쓰문지나간다.

그러나亦是들바닥은如前하다.다만차차이 平原의面貌가달나진다면 그것은
낫이되여가면서 天涯을사고잇든 濃霧가사가지고 地平線이쭈렷이 나타난것이
엿다.어린아해의作文소리와 가트나 汽車가다라가면서 렐가에선 나무나무나 돌
바닥은 아주走馬燈과가치 뒤로자꾸만 다라나며 압페들이나물건이 뒤로다라
나는 速度가빨나서그런지 멀이이든들판과 숨은 자꾸만 汽車를짜라오는것갓다.
그리하야 窓外의風景이 넓은들판이아주레코-트소리판과가치 빙빙돈다. 이것
이理致로보아서 머그리심통한 일이아니며 새삼스러운 일도아니다. 나는그것을
무슨큰自然現象의 發見을 한것처럼 그런생각을뒤풀면서 멀구럼이내여다보고
잇다.

나에게滿洲의生活이迫頭하엿다. 來日부터아니 오날이째부터 滿洲란이생소

한新天地와 싸우기위하야쒸여든몸이다. 나의 生活全體를걸고 나의生活을開拓하기爲하야 나는滿洲에生活草創의첫길을 발벗지안느냐. 내가滿洲를 써난것은 결토漫然이아니다.

벌서 朝鮮서 職場이 決定되여서 오는몸이다. 그러면 問題는 끄치는것이아닌가 生活이 밥을 먹기爲함이라면 나의滿洲의生活은벌서生活의基盤이 잡힌것이아니냐. 그러나滿洲에職業을가지고 오나 내가滿洲를 오는 全體란말인가. 滿洲의생활 즉내가求하는生活이라는것은 다만職을 아니 사라리를 求하야옴이全體일가 아니다. 乃終에 그러한結果가 全結果로되여버린다면 悲劇이잇다하드래도 지금은 그래도 그러케 생각코 십지안타. 그것은 내自身에게 너무나過한殘忍한 宣告인것갓다. 아닌게아니라 내가生活의쇠사슬을 이滿洲벌판으롯글고오게된 말하면 절박한나의 事情이 朝鮮에서는 아무리하여도 解決할수업는事情으로 솔직하게말하면 누구나 내 쏫는사람이 업드래도 제혼자 쏘켜나오는몸이라할지라도 그래도 滿洲를 오기까지 이運命의 旅路를 써날째까지는포부도잇고 經驗도 업지안엇다. 滿洲만가면 무슨驚天動地할수잇슬것갓고 쏘한滿洲에는 그러한奇想天外한 아라비안나이트가 나를期待하고잇스리라고 생각하엿다. 아직낫서투른異國을압둔旅行이 금음밤과가치 어두엇스나 그래도무슨熱情에가까운抱負가거룩하엿다. 그러나 그러나 그러든것이 지금은 엇던가 벌서그러한꿈을가지고 써난 나의머리가 그꿈의 實現場인滿洲에 첫발을즈러노왓슬째엇전일인지 머리속은 아무도업는白紙가 되지안엇든가 安東縣까지올째도 나는滿洲에는 아무도업고 거저 제손에넛코 주물럭거릴것갓탯스니 지금 이車室에나타나 自然의巨大에 나의 그하잘것업는夢想이 소리도지르지못하고 찌부러지지안엇는가. 내가夢想하는生活은고사하고 조고만한 사라리를生命으로하는 조고만한生活을한대도 마음이 四散하고 期待가 煙滅하야 어대로인지갈래를잡을수업다. 넓분들에모든 것이퍼쓰러진모양이다. 나의아페 攪頭한 이巨大한 스캘아페 나는生活如何보담도 먼저나를喪失할것갓다. 그러케심각하고 그러케계획적인이상을가지고이쌍을발버섯슬내가 지금창에기대여서 다만박갓만보고안젓다.쓸곳업는소리로 들이압흐로가느니 뒤로가느니하는 얼적구니업는업는것으로 머리가히멀숙할쑨이다. 이거이역시아직두서를차리지못한데서온것이라면幸일넌지모르나 萬一完全히滿洲라는이상스로운實像에 자기의存在를이룰現實이라고한다면 내가내故

鄕내故國에서맛본生活敗北이상의荒凉한敗者의骸骨을이벌판에 널게될것아닐
가 몸서리치는일이다.

(六)

내가 奉天서 滿洲인이비로소더럽다는것을 안것은아니다. 그前부터 朝鮮잇는
그들에게서어든인상이 그리淸潔한것이아니며 只今이라도결코 그들이맑다든
깨끗하다고생각하는것은아니다. 一種의그들의民族性으로 볼수잇는그들의不潔
에對하야 처음으로그럴법한突然性을發見한것이다. 사람이더러운것이나 醜한
것을조와하는 動物이아니며 人間의文化는 結局은그民族의몸가짐의 潔不潔이
적지아니한파로메-타가된다고볼수잇스나支那인은野蠻인이아니다. 그들이五
千年의 悠久한歷史를가젓스며世界의엇더한人種에比하야도 가장燦然한文化를
가진種族이다.

그런그들이엇지하야 저러케더러울가 그러한疑問을가지는사람은비단나뿐이
아니리라.그러한사람은한번滿洲를와보라. 이넓은廣遠에섯재 自己라는人間이
얼마나적은것이며 얼마나微弱한것인가 그리고溫帶으南國에나 조고만한섬에서
는 도저히상상치못할 自然의暴威의아페 그들이生活을 爲하야 얼마나한辛苦가
必要한것인가 그들은 生을爲하야 이넓고 큰自然을相對로하야조고만한實로조
고만한人間의힘으로싸우기에 寧日이업슴이그들의生活相이다. 한사람의몸가짐
이 깨끗고 안깨끗고를잡고 是非를하는것은적어도 生活의條件이天惠로가진곳
이라든지 周圍에對한 人間의比率이좀큰곳에서問題될일일것이다. 그러나 이
러한廣大한곳에서는 自己란인간의潔不潔이 도시 말이될것이 갓지안타. 머리에
곱게빗금을내고 얼골을말가케 다듬고 닛빨이 반 쓸거릴만큼몸치장을하고 잇
다면 그들은 이무서운 自然의威力에 벌서 오래인옛날敗北하엿슬것이다. 내가 奉
天을써날째의이약이도잇지만 新京와서 이곳滿洲人을보면 더욱더럽다. 도시닛
빨이니 옷이니어데를골나서더러운것이아니라 다만 사람이라는것보담도 한나
의누덕이뭉치가分明하다.

已往 이러한말이 낫스니말이지 나는支那人全體의嗜好色이 거의 原色뿐이며
그중에도藍色을조와하는것은異常하게역엿스며 이五千年의歷史를가진 文化的
인民族의 審美眼에對하여 적지안은疑問을가젓슬뿐아니라 事實 그런것을한업

시 經視하엿다. 그런것이엇더냐 滿洲人의옷이란黑色이아니면藍色이다. 아직여
튼나의經驗에依하면 그들의出入服이든지 所謂 조혼옷이라면 藍色인것갓다. 너
도아다십히 藍色과 朱等靑은 濁色이다. 그런것을엇더케 물감을드렷든지아주새
옷은눈이바시도록곱다. 결코 이곱다는것은 審美의인意味가아니다. 독버섯과가
치무서운 色이다, 그러나 너나 누구나 아주아름다운것을 보지못하엿스리라. 적
어도 滿洲와 支那의겨울을경험하지안은사람은 내가지금窓박을보는 視界안에
두사람의滿洲인이 지나가는것이보인다. 돌바닥 돌바닥소리가 너무만이나오니
벌서興味는업스나 이 넓은 들바닥 이土色의單一調로된背景에 藍色옷을입은 滿
洲人의點景을 턱노코생각해보아라. 廣大한平原이다. 平原은 다만흙색이며 하
날은새파라케 개럿다 그런가운데 남색점을하나콕하나쳐노앗다. 흙색은 濁色이
다. 얼마나 얼마나그藍色이아름답겟느냐. 實로偉大한調和다. 滿洲人의藍色옷
은아무데노코보아도곱다고는 할수잇는지 모르나 아름답다고할수업슬것이다.
그런것이 이런背景에노코보니 確實이아름답다. 내가 무어 滿洲人이 藍色을조
하하는 起源을차즐여는것은아니다. 如何는 역시 이러한 자연의속에서 歷史가
無意識의 가운데 이러한 어려운 색짜리를 골은것이 아닐가. 나는지금도 感歎한
다. 머리를 쩌덕거린다 滿洲人의더러운것과 嗜好色에는 一理가 잇으며 엇더한
民族性을 두고보드래도그民族性이 創造된데는 그環境과 서로制約되는點이 적
지안타는것을 새삼스럽게 깨다럿다.

　　그러한생각을하면서담배를태우는데 汽車는 公主嶺이라는 驛을지낫다

　　벌서 新京이 얼마 남지안엇다 성미가급한사람들은 짐을챙긴다

　　公主嶺을지나서 한 十餘分인가 되엇을째에 누구인가 나의등을 탁친다 머리
에먼저 써오르는것이 이곳에 나의등을친히 칠사람이 업거든하고도라다보앗슬
째 그것은바로 洪陽明이엇다.

(七)

　　新京驛이다 이汽車는釜山을出發한新京行이니 이제올길은다온셈이다 그동
안機關車나乘務員은 멋번이나갈엇스나마 客車는如前히처음釜山을쩌난그대로
다 車를나려서서 제가타고온그車를한번도라볼때 엇전지몹시感傷的으로된다
이車가내故鄕의푸랏트홈을지낫스며 이제바로내가京城서탄車다 그리고나를이

곳에다 시러다두고 來日쯤은다시도라갈것이아닌가 그러면내故鄕을다시지날것
이아닌가 실로 어린애와가튼 센치멘트나 그래도遠路에서 그러한現象을對하니
亦是제가생각기도 우서울만큼그車體가 그리워진다

洪陽明氏와 公主嶺에서맛난뒤에 몃말을하지도못하엿다 奇緣이라면奇緣일
는지 내가타고온車에는그의 夫人께서도 이제는아주滿洲로移住하시기爲하야
드러오시는 길이라한다 氏는벌서滿洲人이되려고한다 그것보담아주첫印象이넷
날과다름업스나 북실북실한털모자를쓴것만보아도氏가어대인지벌서滿洲라는
것과어느點까지 生活의調和를獲得한것이分明하다 그뿐아니라 氏가 나에게第
一提議가 日後滿洲를사라나가라면무엇보담도 生活을 이쌍에다 結着하여야된
다는것이다 말하자면 마누라와 아해를全世帶를擧하야 移住함이 가장 最善의方
法이라는것이다 이것은 나도 이쌔까지오는동안에 생각치안는바는아니다 이미
滿洲에生活을求하야오는以上 엉거주춤하게구를것이아니다. 萬一그러케 오도
가도 안하는 방거풍이로놀다가는 이무서운自然의巨大한壓力아래서 저라는存
在가 어느구석에서 엇더케녹을는지 알수업다. 이自然이大陸과生活을겨누어가
자면 中途半端하고 優柔不斷을長所로하는知識人的習性을 버리고全圖驛을부
뜰고正面으로드러바더야될일이다 그러한決心과氣焰을보이기爲하랴도 그一斷
으로 내世帶를고울必要가잇다 .이러한것을얼풋이늣기고잇는남어지에 洪氏의
提議가 처음으로역시그것이다.

如何間여간한 拘束으로사라나갈곳이 아니것갓다 大陸還元이니 무엇이나하
느것은 考古요 論理에不可하다. 우리에게는 아니滿洲에 오는朝鮮人은考古나
修辭의問題가아니라 적어도現實의 問題다 악가도말한바와가치잘못하면 敗北
의殘骸를 曠源에 널게될慘劇의 主人公이될것이아닌가.

이것도역시氣分인가.

新京驛에 처음으로쳑 나서럴때 나는巨大한敵의압헤바로서는것가튼 硬直과
緊張을늣겻다. 그런것이잇더냐 이大陸은 이험상수로운光源의都市는내가놋는
첫발에아즉무서운示威를. 보이지안는차내에는 스팀으로大體로박갓날의추운모
냥은 間接으로對하엿스되 훈훈하게쯧쯧한기분이이엇스나 차를나리노라고 텍
기에서프랫트홈에첫발을노을때 누구인지아주차거운손바닥으로 힘대로귀쌈을
한차리갈기는것이다. 零下三十度에나리선 바람이나의귀에쓰치는感觸이다. 얼

마나놀나운일이냐 이러케말하면그건아버지의 誇張이라고하는지모른다. 그러
나너도생각해보아라 내가나서아직平壤端川以北을 가본적이업시 南國에서자
라온 사람이아니냐. 나에게대하여서는 大體로 零下三十度라는것은 體驗치못한
것은 勿論想像을超切한現象이라 우리가이째까지잇든고향에서는 零下十五六
度되면 殺人的酷寒이라햇댓자妄發이아니며 그리고坐恒用하든일이나 나의귀
쌈을갈기는이추위에 자라난사람으로보면 苦笑에不過한넌센스에지나지못할것
이다.

　驛前에는新聞社분이 數名 나와게시엇다.

　그러나 위선 나는 이곳에서 너에게 이편지를 잠간동안 中止하겟다. 이新聞社
분들의印象이나 其他 적을것이만으며 만주에 대한 생소한이약이도. 주장 自然
現象에 지나지못하요스나 지금부터 人文 風俗으로드러가보겟다. 生活이 이제
제자리에 첫발이 드러섯다.

　新京의街頭에 처음 나섯슬째 나는 自然히 큰숨을 한번내수고 이 이국의 수도
나의 生活舞臺를 凝視하엿다.

小品 10話*

명해벽자(鳴海碧子)

第一話 水瓶을직히는자

　산비닭이울고 쩍국새우는고원에서 풍우에누어 나는 타골의哲學을애독하엿
다 히마라야의 精舍에서冥想하엿다는 이인도의老篤學者는아름다운은방울가
튼목소리로 詩를을퍼주엇는데 그거룩한모양이 지금도눈속에서더오른다.

　◇ 당신은 하나의 水瓶이다 大海의물을길어너음에 당신은 하나의水瓶안에
물의무게를늣긴다 작은自我에사는사람 瓶着에사는사람은 이하나의水瓶안에물

を参照

을지키는사람이다.

◇ 우리들은 먼저이물병을버리지안흐면안되겟다. 그리고 自己가 大海속에쒸여드러가봐야한다. 그러면당신의주위에는 물이그러케만흔데 조금도물의무게를 느끼지안는다. 느끼지안을뿐아니라 바다의물결은 당신의몸을가볍게쒸여준다.

타—골의 이와가튼말은 經에서일컷는 無我의경지와 꼭가트리라생각한다. 自我를주장하는사람은水瓶의무게에呻吟하는 사람이고 自我를無로하야潮流에자기를내던지는사람은 潮流쪽에서 浮游시켜준다.

戀愛도 서로가自己를가지고잇는동안은 충돌과 투쟁이쉬임이 업지안을수가아! 만약에 한마리의白鳥와가체 潮流편의마음의바다우에 가벼이자氣를쒸워버린다면 너무完全히띄여들어가버려서 저쪽에서 조금도아지못할정도로 잇슬수잇다면 그런 째가女子는 가장대담히行動할수잇는째일것이다.

— ≪만선일보≫ 1941.2.21.

第二話 西風에의情熱

겨울의찬바람이 불어친다 멀리바다를건너오는 西風은 수풀을흔들고 人家의창문을휩싸려 사랑에敗한者와夢想을품은자의 마음까지 뒤흔들어놋는다. 나는 기퍼가는겨울밤애츠러이창문을두다리는바람소리에 귀를기우리는젊은이들이 들을위하야 쩰리의『西風의노래』를 불러보려한다.

당신은차디찬 겨울바람을向하야(바람이더부러다오、더몹시얼어붓도록불어다오!) 하고부르짓은일은업습니가 그것은 그무엇인가 强烈함을요구하는 어린處女의감정임니다

詩人은 노래한다
바람아、나로하여금너의
聖客이되게 하여다오
森林이 너의 聖客인듯이

이것은그얼마나 强烈한 굿셈을가진 靑春의부르지즘일가요 바람은숩속의樹木에 부디쳐 몸부림치고 흐늑겨울고 슯은아픔을呼吸하고잇는 삼림은 바람의 聖客임니다(오! 바람이여 나로하여금 너의 聖客이되게하여다오)라고 그는말함니다.

당신은 이젊은 未熟詩人의 心情의強烈함을 알겟습니가

인생은 어느길을것든지 비애는짜러단임니다

결혼이든 戀愛든슬음을 哀惜視하지말고 용감하게맛바바다나가십시요

만일 그울림에哀愁가쓰엿다하드래도 그것은 오히려 사람의마음을 덥게하는 甘美로움이잇슴니다

바람은사람의 마음을 浮하게하여줍니다 수풀속 落葉을 하늘에 불어올려줌과 가치바람은 人間의 旅中의不純과죽은 思想을 虛空에向하야 모라칩니다 바람은 화로ㅅ가의재를날려서 쓸어져가는 잿불을싯벌거케 타게합니다

기픈겨울밤 애달프게지나가는바람소리에 귀 기우리는 사람들에게 이 詩를권 하고시픔니다 당신은 그幸福한부르지즘가운데 甘美한 情熱을 느낄것임니다.

— 《만선일보》 1941.2.22.

第三話 情熱에對하야

푸레-크에 『天國과地獄의結婚』이라는 有名한詩가잇는데 당신은 이詩人이 그린 同一한標題의그림을보신일이잇습니가 筋肉이억센男性이雙手를들어 地 上에서 발도듬하야 天上에서 落下되는母性과抱擁하여 그周圍는情熱의 火焰에 싸여잇서대단히 神秘的이며 莊重한것입니다 戀愛하는사람들은 언제든지問題 가되겟지만 人間의肉體의사랑이라든지 精神的사랑이라는것과가티 二元的으 로생각하는 習慣을지은것은 人類가가진하나이 不幸이외다 希臘人은情神보다 도 健康하고아름다 肉體를讚美하엿고 그리스도교에서는 精神世界 尊重하고 肉 體를학대하엿습니다. 最近에는 또肉體가 존중되기시작하엿지만 靈肉合一의 境 地야말로사랑의 最高의境地입니다 肉體를無視한 情熱이라는것을 생각할수업 지만 사랑이업는肉體의기쁨이업슬것입니다. 그러나 이 神秘思想의詩人은가튼 類의 詩中에

◇ 情熱만이 唯一한生命으로서 그것은肉體에서온다 理性은情熱의限界 혹은 그痼癖이다

◇ 情熱이야말로 永遠한歡喜이다

라고하엿는데 今日의우리들에게 가장 不足되여잇는것은 이 詩的情熱이아닐 가요

사실 이프레-크의 그림을보면 두사람의情熱을싸고도는 이불꽃이야말로 永遠한生命이라고 생각됩니다 그것은모든것의 惡도더러움도一切를불살러버리고 淨하게하는 힘을가지고잇슴니다 그리하여天國과地獄을 맷는것은人間의 理性이아니고 정열이라는것을보여줄수잇게지요. ── ≪만선일보≫ 1941.2.23.

第四話 蜜蜂의敎訓

『地獄의箴言』이라는어리어리한 標題의 詩中에부레익은 어두운河底의砂金과가치 반짝반짝빗나는 지혜를우리들에게 엿보게하여줍니다. 나는일즉이멋번이고이詩를愛誦하엿고 그리고지금도 記憶에남어잇는 그中에멋節을여기에펴노아보려합니다.

◇ 분주한꿀벌은슮음의시간을갓지못한다. 이썰은말을 만일당꿀에서 꿀으로 無心히날어단이는벌 그無心한 勞作中에비로소人間一切의 깃븜이잇슴니다.

◇ 水槽고이고 샘물은넘친다 사랑하는女性은水槽여서는안됩니다 한번쓴다음물에말려드는 水槽여서는안됩니다 숫고또숫아숴임업시숫아넘치는마음썻쓰고도또새로이숫아넘치는 그것이참다운 女性의사랑일것이외다

◇ 旺溢이야말로 아름다운것이다 젊이라든지 靑春이라는것은 이旺溢에의하야特徵된魅力이외다 固定된彫刻적인 아름다움이면안됩니다. 리듬을가진 音樂과가치당신의눈에서머리에서입술에서그리고 肢體의全部에서香氣로옴이흘러넘쳐야합니다. 그것이靑春의아름다움이외다 젊은戀人은疲勞해서는안됩니다. 언제든지숫아넘치는 生氣가업서서는밤의帳幕속에서 안위의睡眼을취한장미가 아침의 微風에歡喜의微笑를띄우는 그넘치는깃씀이업서서는.

◇들꽃은아침마다 蜜의준비를합니다. 만약당신이한가지戀愛에패하엿다 하드래도 당신은이튼날아침의 蜜을위하야 당신의가슴에차고넘치도록 蜜을저축하지안으면안되겟습니다. ── ≪만선일보≫ 1941.2.25.

第五話 꽃의敎訓

◇ 人間이업는곳 自然은황막하다

◇ 人間이업는 自然이 어쩌할것인가를 想像할수잇습니까

◇ 一輪의 꽃을 創造함에는 몇代의 勞苦가든다.

이것은 블레익의有名한말입니다 이쩔은 말가운데무엇인가 人生永遠의 사랑과 哲理에빗나는듯한 感이나지안습니까 들가에 적은 한폭의 꽃 사람의 눈에 씌이지안을곳에 피여나서 太陽과 自然의 微風의 愛撫를즐깁니다. 그러나 이한폭의 꽃이 피여나기까지 自然은 實로 몇十年 몇 百年의 로작과 사랑을傾注하엿슬가요 나는 이말을 모든女性에게보내고십습니다 여기에 『일 輪의꽃』이라는것은 당신을말함입니다. 당신이 이아침 이빗나는 太陽가운데 微笑하고 꽃이필째 까지는 自然(어버이로부터 몇代의先祖를包含)은 얼마나한 勞苦와 사랑을 傾注하여온것이겟습니까 이것은모든女性에게 살어가는깃붐과 自然에對한감사와 그리고 그무엇보다도 自然을尊重하고 貴重하게取扱할것을가르쳐줍니다. 나는 모든男性에게도 이 "말"을 보내고십습니다. 당신이사랑하는處女의 그맑은 눈가의 빗남과 보드라운입술과 장미빗쌤과—그모든것이 꽃과가치 피여나기까지에 얼마나 만흔사람과 勞苦가들엇든가를 참다운사랑의 마음은여기서부터생겨나는것이아닐까요 한사람의 處女를 헛투로 取扱하는사람은 쏘한 다른어쩌한女性이라도 사랑할수업는 사람입니다

◇ 險峻한길에 장미는 피여향기롭고 거치 荒野에도 꿀벌은 노래하네

사랑하는 사람들은 如何한 環境이라도 참어갑니다 荒野에도 장미꼿은피고 꿀벌이 노래하듯이—　　　　　　　　　　　　— ≪만선일보≫ 1941.2.26.

第六話 至高의善

이 人生과 自然가운데서 가장아름다운至高의善은무엇일가요 젊은女性들이여 당신은이러한깃거운 問題에對하야 생각해보신일이잇습니까

사랑의詩人으로서 유명한 "부라우닝"은거기에대하야다음과가티 노래하엿습니다. 우선蜜蜂、一年分의 들의香氣와 달콤한꼿의꿀에 꿀벌동이에 넘쳐잇다. 蜜은들의선물로서는 至高의것이리라 그러나 그보다도 아름다운것은 鑛山의속 깁히 감추어진가지가지의寶石 그다음기픈바다속에 어둠과빗을감춘 眞珠는 엇더한가 허나들꼿의 蜜보다도 鑛山의 寶石보다도 海底의 珍貴한珠玉보다도 더 아름답고 善한것이잇나니 그것은 人間의頭腦에의하야 思考되여지는眞理이다.

眞理는 그純粹性에잇서서 眞珠나 寶石보담도더光彩를발한다. 그러나眞珠보담도더最高의것은 업슬것인가 그것은 淨潔한 處女의 最初의接物이다

이詩는 "부라우닝"이 八十歲에지은것이라고 하지만그만침 그가人生의모든 經驗을쌋고 哲人에비슷한 叡智의詩人인민치 이러한말에 우리는기픈信賴를늣길수잇습니다

蜜、保釋、眞珠、眞理 그리고處女의接物 그는이다섯의至高의것을 自然과人生에서주엇습니다. 野外의蜜과 山海의 寶貝도 그아름다움에 잇서서 眞理를 싸르지 못합니다 그리고眞理보담 處女의接物을最高라하엿습니다 "불엑익"의 憤怒이야말로人生의本體로서 그主壁을짓고잇는것이理性이라고한거와비슷힙니다 "쎄-테"의 眞理는灰色으로서 生活을線이라고한거와가튼 意味겟지요.

— 《만선일보》 1941.2.27.

第七話 精潔한女性의象徵

나는곳잘마음에갈증을느끼고 혹은그무슨 甘美로운養料가그리울째는 聖書의緘黙篇을愛誦한다 이것은 "리모린"의노래이다 全篇은高貴한사랑의詩로서 素朴하고 明朗하고香氣롭다

이中에읇어진것은 美와사랑을生命으로하는쎄-간의 世界로서 異常하게도 基督敎的의雰圍氣는 어디서나늣겨지지안는다 그 明朗素朴한健康 肯定의人生觀은 希臘敎적이라는늣김이난다.

『나의新婦여 너는다처진東山 막여논샘물과갓다』 이一節은處女性의讚美와 갓다

아직그누구도발을드려노치아니한花園 아직그누구의입술에도 더러워지지아니한 샘물— 이것은 確實이아름다운處女의象徵에틀림업스리라.

이處女의東山에번식될것은 石榴고 "쏘펠날다"草이다 그리고深紅花여튼紫色의高粱꽂 香氣로운沒蜜가지가지의 乳香木—無花果는 그푸른열매를 붉키고 葡萄나무꽂이피여 그향긋한香氣를발한다—北風아이러라 鳳凰아오너라 니의東山에불어서 香氣를내여라—원컨대나의사랑하는者여 이東山에와서 열매를싸먹어라

이것은 그얼마나 훌륭한人生의肯定이일가 明朗하고健康하며大凡하고그리

고무엇보다도時的이다.

이처럼 香氣를詩的인香氣를가진處女의讚美는그類例가업다고한다.薔紅花와 "날다草"와石瘤와無花果그리고乳香과가지가지의香氣를품은東山 그러나 이東山의문직이들은 이동산을어지럽게한적은 여호들을상기시키지안흐면안되 겟다. 그中에通行할수잇는패스포-트(通行卷)에는오직한자『愛』가적혀잇다.

― ≪만선일보≫ 1941.2.28.

第八話 思索의習慣

라스킬의『思索과百合』은 젊은女性의敎養을爲하야 씌여진것으로서 나의게 잇서서는 학생시절의 追憶의書이다. 책장에서꺼내여 몬지를털고보니 처음페지에 붉은선이그어젓다. 『빗(光)』잇는동안에일하라 특히아침햇빗이잇는 동안에 일할것이다』아침햇빗이잇는동안이라는것은 人生의靑春을이름이다.그는말하엿다―老人들이젊은이에게靑春이얼마나貴重한것을이야기하지안음가치 내게는 異常한것이업다― 당신의人生에서 幸福과成功은 今日을무엇과가치 每日을 보내는가에의하야決定된다고 忠告하고십다. 당신의日月은 슬픔의日月이여서는안된다 젊은이들의 제일의義務는즐거이할것이요 또즐길것이다―얼마큼이라도 向上하지안는날은 하로라도보내지마도록하라 당신의化粧臺에는언제든지 두개의거울을가추어노코 매일아침그아페서 몸과마음을 丹亮하도록하라―여자는호올로思索하는時間이업서서는안된다 새벽의濃霧처럼朦朧한것은업스니 그리고 드디어幸福의種子를뿌릴이랑을기피기피파노을것을記憶하라―

당신은하로의 一部分을 힘자라는데까지 有用의일에向하도록 하지안으면안된다 그리하야 하로의 最終時에는 如何한農夫에게도 지지안케矜持를갓고『나는怠慢의빵은먹지안엇다』라고할수잇도록.

라스킨의젊은이네의 가르침은 靑春의날을무엇보담도즐길것 思索의習慣을 기를것 每日조금식 向上하도록 또 幸福의種子를뿌리기 爲한이랑을팔것 그리고 그무엇이든지 有益한일을할것이다 이 다섯가지에全部가잇다

― ≪만선일보≫ 1941.3.1.

第九話 愛情이째여젓슬째

한가지愛情이 河川과가치 永遠히흘러간다고想像하는사람이 잇는지도모릅니다(일즉이 두사람은 永遠히幸福스럽게生活하엿다)라는것이 映畵나 通俗書籍의 一般테-마로 되여잇는데 實際의 生活에서는이러한깃거운 結末은極小입니다. 大槪는 로맨틱한 幸福의技巧를 取得함에는 하나나 둘의 사랑을 經驗하여서 부터이고 싸라서 不幸이 終結되엇다 하드라도 經驗하지안음보다는 훨신幸福합니다 로맨스의 風化作用에는 몃百이라는原因이잇는 無益한일이겟지요 서로 快樂을 가치함에는 不充分하고 生活이調和를 어들수업다고 알엇슬째 쏘 서로의 氣分에合致點이업다고 알엇슬째 過去의犧牲에 쓰을려드러가는것은 다시結婚에잇서 悲劇을 크게할뿐입니다. 두사람은 서로조케人事하고 각각푸른들에 새로운곳을차지하려가는것이 좃습니다.

希望이업다고알면서도 感性에쓰을려 結婚하는것은 舊式입니다 쏘하나의失敗도 全生涯에 다음사랑을 拒絶한다는것은 어리석은일입니다 不幸에終結된戀愛는 반듯이 당신을賢明하게할것입니다 째여진愛情에서 당신은 만혼知識을배웁니다. 萬一당신의 愛의手法이 틀렷스면 그것을分析하고 同一한 잘못을 다음에는 되푸리하지말도록 갈러진戀人 두사람이서로相對便의 험구를하는것을 듯는것처럼 落空한 그무엇을 느끼게하는것이업습니다. 일즉이 사랑의일홈으로 서로불으고 純粹와 歡喜의 그얼마를 함께가젓든 두사람인데 假令不快한것이 잇드래도 갈러저서 서로 思慕 情을 가지고잇는 두사람은 싸뜻하고 아름다운것입니다.　　　　　　　　　　　　　　　　　— ≪만선일보≫ 1941.3.4.

第十話 씨쑤리는智慧

種子는푸른풀이 돗아나는봄날아츰쑤릴것입니다. 그것이自然의法則이며 造物主의願하는바입니다 愛의 經驗을繼續하여온 戀人들이結婚하여슨境遇에는 될수잇는한 速히아히들을어듬이賢明할것입니다. 서로의사랑의 高潮가아직물러가지안은동안 勿論個個人의形便에 依할것이지만 오랜동 愛情을 길을걸어온 사람들은 아히들이업스면 不幸이오기쉽습니다.

何故냐하면戀愛의 高潮期間이란엇더한境遇에라도그러케오랜것은아닙니다 個個의들꼿에 生命이잇는듯이 永續하는사랑의高潮는 現實의生活에는업슬것 입니다 이사랑의 退潮 戀愛에서 結婚하는사람들의大槪가 經驗하는것으로서 萬 一사랑의 天使가속히오면은 이런째의悲哀를맛보지안코 지낼수가잇스니가 보기만하고(見合)結婚하는것은 좀事績이다름지다. 아직두사람의사이는 未知이고處女地와가튼것이니까 于先사랑의삽을너어개간하고 쌍을갈고서 기피밧고랑을파서 幸福의種子를준비하지안어서는안되겟습니다. 野生의大地에아무준비도업시 씨를부리는것은 賢明한農夫가할것입니다. 그러나 如何튼種子는 푸른풀이솟아나는 봄날아침에 쑤려야할것입니다 大地는젊고豊饒하게 그리고 모든것은 生育의條件에適當합니다. 萬一 그것을게을리하는 사람은 가을날에 반듯이 後悔할것입니다. 푸레-그가(靑春에불타는者는 주저하지말고 光明한아침에과일을 싸라)고한것도 同一한것을말함이게지요.

아회들은 사랑의 退潮期에잇는사람들에게 새로운興味를줍니다 아이는不安定한두사람의 愛情을 쌍에쓰러나리고 結婚에안정한 根源을줍니다.

— ≪만선일보≫ 1941.3.5.

穢草*

박종모(朴宗模)

칠월의 暴炎! 北國에두어지간하오. 지난겨울에오줌(小便)을누다가 어러 부러째트리든 어처구니업든 記憶이이젠 사라저두무방합니다.

그러나 그와반대로 이즈음 김(除草)을매다가 어쩐사람이 曝陽에잔등이 데여서 쌉질을 쩻겨가지고 드러왓다면 얼마나들……사실얼마나 이 北國에서 웃지못할비극의 일입니까?

北國에두 이만침 더운季節이 잇다는것을 筆者는비로소 알게되엇습니다.

* 이 글은 ≪만선일보≫ 1942년 7월 25일에 게재된것이다.

이처럼 절절쓸는 曝陽밋혜서지만두 우리들農軍은하로도 쉬는날이업시 매일 들로나가서 김을맵니다.

×

벼(稻)자라는소리가 밤새로 낫으로 와작와작들립니다. 어제보다 오늘보다도 래일은 더 시퍼러케 벼가무럭무럭 커올라갑니다.

벼가자라올라가는하늘! 하늘은 드놉고푸릅니다. 눈부시는暴炎을쏘이고 잇습니다. 논에 물대는소리가 쌸쌸쑬쑬―

바람도 불지말고 이젠비도며칠잇다오길-우리들의祈願입니다.

中거름은 벌서 마추엇습니다.

前年에比해 피(稗)가 너무나왓습니다.

原因은 耕作의反復에서 생긴다고합니다. 말하자면 昨年度에한번 갈앗든것을 금년도에 쏘다시가니까 그속으로뒤집혀쌀렷든地殼이 자빠지면서 죽엇든피들이 旺盛해나온다고합니다.

그래서 今年은 김매기에 第一큰골치입니다. 한동안은荒地(新開荒地)에除草하느라고 人夫不足을 느끼엇드니 이마적에와서는 쏘김군들이업서서 사서대지두못하구 각기자기못네듪기리 애를애를 쓰고잇습니다. 김 손이바를사람들은 都市로들 나가서 自由勞動者들을 비싼

貸金으로 다려옵니다.

北國常住에잇서서 특수한苦痛이 하나잇습니다. 그것은 물옴『水疥』이 甚한것입니다.

지금너나할것업시 발과다리에 물옴을안옴은사람이업습니다. 밤에 잠들을못잡니다. 일삼아 다리를물에잠그며 밤을 그대루새우는 가정들이잇습니다.

誇張의말이안라 眞的말입니다.

물옴에藥으로는 퉁유(桐油)가기중한效力잇습니다. 쑴에들어가기前에아세둥○ 바릅니다. 자기 前에두바릅니다.

저녁에 마당에나와서 모듬불을부치구 가려운발을 불위에다 쏘이며 풍년이약이들을합니다.

달밤엔 아주浪漫的입니다.

가려운발을 딱딱째리는 실사?는 쏘有名한 모기(蚊)에게反擊입니다. 두루두

루 성화가만습니다. 모기얘기가낫스니말이지 만주모기는 아주强兵입니다.

東京모기가 電擊法을가젓다고 햇섯는데 여기모기를보니까 그야말로 獨逸落下傘部隊와 흡사합니다. 무엇보다도白晝에 攻擊해오는모기의 무리들이참으로 지독합니다.

쿠리(苦力)들은 이北滿에 존버러왓다가 사흘안짝으로 다들고망갑니다. 첫째는 무서워서 그리고둘째는 모기성화에들-

참으로 寒心힙니다.

都會地에서 平安히들 이런苦生을 모르며지내시는 諸氏 들이여! 우리開拓民들의 忍苦努力하는 이情景을想像이나합니까?

오늘은 이만씁니다. 次後에 쏘 開拓民들의 이야기를더쓸것을 約束해 둡니다.

七月十五日

生活과變轉*

박병걸(朴炳傑)

生活이잇는곳에 變轉이잇다.

아니 變轉이업는生活은 無價値한生活이요 徹底함이업는 生活일것이지 變轉은우리의 모든生活을創造하는힘을 가진것이다.

今日의 生存競爭에 잇서서 落伍된사람이되고 안되는것은 變轉이 잘되고 안되는 點에서決定된다. 落伍된사람이 蹂躪을 當하게된 原因이 결코 軍艦이나 飛行機을 所有못한 탓이 안이다. 오늘은 어제보다 낫게 변하고 來日은 오늘보다 낫게 變하지못한것이 그 主要原因이다. 그러므로 精神的努力이 不足한사람은 現實的苦痛을 當하는것이 必然的歸結이다.

---

* 이 글은 ≪滿蒙日報≫ 1937년 7월 23일에 게재된것이다. 작자 신원 미상.

人心은 朝夕으로變한다는말도잇지만 變할것을바르게變하고變지안흘것은 決斷코 變하지안는것이 貴한것이다. 恒心이란 그것을말할것이다.

우리는여러가지로變하게된다. 男子로보면 子女에게는 아버지로 妻에게는 男便으로 일할째에는 下人格으로 客을對할쌘 外務大臣격으로 外出하면 紳士로變하여야 할것이다. 女子로보아도그러하다. 飮食을지을째는 食母로 쌀래할째는 漂母로 子女를敎育할째는 兒姆로 家庭을돌보고 治理할째는 內務大臣格으로變하여야할것이다.

◇

우리는 보담나은 生活을 하기爲하야 農村을 無視하고 都市의 거리를 얼마나 헤매엿든가? 그리고 資本家의 機下에서 얼마나 머리를 숙엿는가? 이것은 우리의 生活에 마츰내 큰威脅을주엇다.

우리는 이제로부터 都市를 쩌나 田間으로 農村으로 나가야한다. 그리고 그들과 함께 괭이를메고 荒凉한 曠野로 開拓의 첫거름을 거러야하겟고 쌈도흘리여야하겟스며 쭝통도 메여야한다. 우리는 切實이 이러한 覺悟를 가져야하겟다.

우리는 얼마나 속앗는가? 都市에서- 工場에서- 일터에서- 우리의 過去의 生活은 밤하늘을 쳐다보며 서름의 가슴을 뜻어스며 피눈물을 흘렸다. 울음과 哀願에서 살앗다. 나날의 甚하여가는 不幸한 우리들은 生의迷路에서 웨치는소리는 더욱이나 울음과 哀願을 쑤렷이 나타내엿다. 이에 우리는 우리의 울음과 그리고 哀願을 가슴에 품고 울부짓는 都市-工場-機下를 쩌나 팔것고 먼동트는 아츰햇발을 바라보면서 白薔薇욱어지는 저-農村으로 豪氣스럽게 나가야하겟다.

우리는 우리의힘이 적은줄 안다. 거름이 느진줄 안다. 그러나 힘이야 적거나 거름이 느진것을 쩌리지 안는다.

우리는 價値잇고 徹底한 삶을 엇기위하여 다름질 할것쑨이다.

聖書에 너히는 이마에 피ㅅ쌈을 흘리여야할것이며 짱을 파야 하겟다는 말씀이잇다.

우리는 根本的으로 우리의 生活을 變化시켜 그生活에서 善美의 變轉을엇어 가슴에매친 怨恨을 풀고 아름다운 新生活의 樂園을 開拓하여야겟다.

◇

다만 自然은 人間의勞動에 報恩이잇다는것을 잇지말고 아름답고 참되고 너그러워서 自己自身 自己家庭 自己時代 自己世界를 더욱훌륭히 만들며 高遠한 理想을向하여 더욱더욱 向上發展하여야 될것이니 그것이곳 精神上新生活과 物質上新生活을엇는 兩全意味인줄안다.

旅愁*

하영월(河映月)

流浪에서 流浪으로 나의 半生은 흘러갓다. 恒常가난한나그내로서 憧憬하던 짱이라도 밟고보면 別다른 感懷는업다. 貧弱한生活에 어느程道까지는 鍛鍊은 하엿다 하드라도 낫서른 짱에서 호주머니가 텅비게되면 實로 안타갑다. 그 窮迫과 또感傷이限업는 旅愁를 자아낸다.

또 情든 짱을 떠나갈 째의 心懷는 마치 文匣속에서 오래 묵은 옛동무의 片紙를 發見하여 읽엇슬째와 가튼느낌을준다. 旅愁에저즌 나그내의 마음에 달 별 물소리는 限업는 慰安을주는것은 經驗한일이 업는사람은 그眞境을 엿볼수업슬 것이다.

○

나는 波浪의 길손이라 흘러흘러 또이곳으로왔다. 길손의 몸이니 結婚할수업 것은 나의 避치못할 事情이다. 그러나 男女의사랑이란 偶然한機會에 매저지는 것이다. 이곳에와서 P라는 女子를 알게되엇다. 그는 純眞한熱情으로 나를 사랑해주엇다. 나는 어느째인가? 그에게 이런 弄談을 한일이 잇다. 『나는 외로운 나그내의 몸이니 돈과는 因緣이 업는 사람이라 理想的 家庭도 이룰수업는데-』 이말을 들은 P는 『누구 돈보고 사랑한답디짜?』 하고 웃는다. 그리하여 나는

---

* 이글은 ≪만몽일보≫ 193년 7월 25일에 게재된것이다. 작자 신원 미상.

가난과 싸흐면서 지금까지 그를 사랑하고잇다.

○

나의 故鄕에는 老母와 兄弟들이 잇는데 내가 이러케 써도라단이니 그들은 恒常 걱정하고잇다. 故鄕에잇서서 老母를 奉養하며 兄弟들과 義조케살엇스면 그얼마나 조혼일인가? 그러나 事情이이러케 못되는것도 나의 타고난 運命이라 할가?

○

나는 이곳에와서 지금 『白夜』라는 文藝雜誌를 編輯하고잇다 文藝의 同好誌들과 文學道에 挺進하는것이 나의唯一한 生活趣味이다.

○

내가 지금 몇해동안 故鄕을 써나서 流浪하고잇다고해서 나그내일가? 아니人生나는 늘 내 自身을 생각할째 人生이란 意義를 探究해본다.

病床懺悔*

함동원(咸東圓)

K兄!

지난 五月 故鄕갓슬째에 섭섭히 손을 난흐고 써나온後 只今까지 便紙한張도 드리지못하야 참으로 未安합니다. 몹시 忙速한 일이나 잇는것처럼 놀다가라는 兄의 挽留도 듯지안코 奔忙히 도라와노코보니 섭섭하기 짝이 업습니다. 목구녕이 捕盜廳인지라 亦是 먹을것을 찻노라고 이리 저리 쭤어다니다가 지난 六月下旬에 쯧박에 病魔의 侵襲을밧게되엇습니다. 閃的의 診察을바드니 盲腸炎이라고 합니다. 나는 胃腸炎, 盲腸炎하고 속으로 몃번이나 悲鳴하엿는지 모르겟습니다. 人體의 機關機能에잇서서 何等의 必要도 업는 이盲腸炎째문에 苦痛을밧고

---

* 이 글은 《만몽일보》 1937년 7월 23일에 게재된것이다. 작자 신원 미상.

누어잇는것을 생각할째 나오는 何等의 利害關係가 업는놈들이 空然히 나를 中
傷하고 나의○○을 妨害하려고하는무리들과 싹조흔 對照가 되어잇다고 聯想됩
니다. 그래서 나는 根本的으로 그놈을 除去하여 버리려고 하얏스나 關聯기관이
不充分하야 手術은못하고 姑息의이나마 治療를 加하얏더니 意外에 경과가 조
아서 지금은 매우 差度가 잇게되엇스니 過히놀라지말고 安心하여주십시오.

　K형!

　지나간 여름날에 조곰도 勉力을못하고 여러날을 病床에누엇노라니 나의 그
동안 지내온일이 맛치 活動寫眞格으로 나의머리속에서 還滅되곤합니다. 父母妻
子、李○瓜○ 더구나 錦繡江山의 情든 故鄕을 등에 지고 무삼일로 雲雨萬里의
異域北端 쓸쓸하고도 險峻한 이곳을 오게되엇는가? 그무엇을 追求하엿습이며
그目的은 무엇이엇던고? 내가 이地方에 발을 드려노은지도 於焉間 滿二個年이
조금 넘엇습니다. 그동안 하여노은 일이 무엇이며 社會에나 國家를 爲하야 무삼
조그만한 奉仕라도 잇섯던가? 누가 萬一 在滿二個年間에 무엇을 하여 노왓느냐
고 뭇게 된다면 나는 그저 緘口無言에 自愧를不禁할짜름름이게습니다. 얻은것
은 盲腸炎이요 하는일은 新聞쟁이라고나할가요?

　K형!

　나는 이 世上에罪를만히지은놈입니다. 父母에게는 不孝莫大하엿고 妻子에
게는 冷情無道하엿지요? 내가 언제인가? 自初에 出世라고한것이 某官廳에 奉
職한것입니다. 얼마동안잇다가 그만 집어치워버렷지요. 내가 그官廳을 辭職할
째에 우리아버지는 『辭職하고. 무엇을 할려느냐?』고하시며 극진히 말리시엇답
니다. 그러나 그째의 나는 아모말도 귀에들어가지 안엇습니다. 『아부지! 지금
청년으로서 碌碌한 下級官吏의 생활이나 해서 무얼합니까?』그이튼날 辭表를
提出햇지요. 官廳의 先輩同僚들의 挽留도 듯지안코 그용 그길로 서울을 올리
쌔어드랍니다. (오날까지 그대로 잇섯더면 郡守令監소리나 들어보왓슬는지 몰
으지요) 그리고 그동안의 事情은 말치안켓습니다만은 엇잿든 波瀾이 重複하엿
섯고 曲折도 許多하엿섯지요.

　K형!

　이리고 도라다니노라니 집이라고는 一年에 한번쯤갓드랍니다. 家訓을 全혀
이러버리나 달음이 업섯습니다. 그래서 子息을 恒常 그리워하시던 아버님이 世

上를 써나시는것도 보지못하엿드랍니다. 그 나는 바로 그째 ××日報社의 일로 元山에 와잇슬째인데 急報를 밧고 그 째의 나의 故鄕인 文川을 가기는하엿스나 아버님은 벌서 他界의 손이 되고 말엇섯습니다. 그에뒤는 家庭에게 對한 全的責任이 나에게로 도라오게 되엿스니 元來 獨子인지라 늙은 어머니도 奉養하여야 되겟고 子息들도 養育하여야될 重한責任이닥처오게되니 그째야 비로소 家庭觀念이 생기게 되엇습니다. 그래서 그뒤부터는 家事를 돌보기에 全力을 다 하얏스나 環境이 또한 家庭을 써나지 안흘수업게 되엇드랍니다. 國內生活戰線에서 敗北를 當하얏다고 볼는지! 또는 事業에 失敗를 當 하고 화씸이라고 볼는지? 엇잿든 니 滿洲를 向하게 되엇던것을 兄도 잘아실것입니다.

K형! 이것이 나의 過去의 簡單한 懺悔記입니다. 皇天에 가게신 아부님이 얼마나 속을 태웟스며 집에잇는 늙은 어머님과 아해들이 나를 얼마나 怨望하겟하엿게습니까?

아! 世上에 容納치못할이놈의 行事 오늘의 이病도 그因果가 아닐가? 머리속에써오르는 煩悶이 쏘리에 쏘리를 물고 개암이 체바퀴돌듯이 ○○의 실마리는 씃이 업습니다.

(七. 一 二日夜 病床에서)
元山 鄭昌奉兄에게 올림.

永遠한誤解*

김성각(金聖珏)

泰西엇썬商業家가 破産當한後 一友人을 만낫는데 「지금은엇던가」하는 人事말에 「자기발로걸어단닙니다」고對答하엿드니 「그러면自動車도파라버렷는가」하는 바람에할수업시 「네」하고 簡單한 對答을 던지면서 크게웃고그대로 헤어젓다한다

---

* 이 글은 《만선일보》 1941년 2월 2일에 게재된것이다. 작자 신원 미상.

이兩人의 自己발로 것는단말은 아직도 自立으로商業을 하노라는 意味엿는데 그友人은 正反對의 追測으로 車까지파라먹고마랏는가하엿다

이두사람의 偶然한 誤解는 商人이 궁색한 辨明을 하지안는한 이것은 滑諧味를 씐채 永遠한 誤解가 되고마는것이겟다

한詩人이 郊外散策中 農繁季節인데 엇쩐靑年이 江岸巖石上에서 낙시대를 느리고 안젓는것이눈에씌엿다 「아 一 게으른놈도잇다」고 혼자욕을 해버리고 그자리를 彼此 써나버렷는데 追後에알고보니 그 靑年太公은 肺病患者로서 外氣療養으로 낙시질을하든것이엿다 詩人이 이것을알고 가슴아프게 後悔하다못하야 그가안젓든山峰을 早斷峯이라 命名하고 이誤解한 罪過를 永遠히 後悔하엿다

쓴藥보다 단엿(甘飴)를달게먹는것은 上下古今을 通하야 큰사람 적은사람 어른이나 어린애가 한가지이다 그리하야 毒蛇를엿(怡)으로誤認하고 無心코 貪食해버리는수가 얼마든지잇다 이런誤解는 卽地에서神效가나는法이어서 勿論永遠性은업겟스나 害及基身되여 被害의度가深切한데는 永遠과對比된다하겟다

上司를모시는데 何等要務가업시 私宅기픈房안에까지 자조가는것은 誤解가업지안타 그誤解는多般多樣이여서 上司로하야금 自己를過大評價케하야빗싸서 파라먹게되니 上司를 迷惑케하는 同時自己를傲慢케하고 同僚들의誤解를사게하야 그誤解를 歇價都賣입하게되니 이것은 過敬이非禮란것에서 極히輕微한 誤解가 層出累積하야 一萬過誤의 溫床이되게된다 마음만 正하면 그만이라는 東洋君子도 李下不正冠 瓜田不納履씀의 誤解擧動을恪勤히살피라하엿다

誤解는速斷에서 생겨가지고 辨明업시 무더두는데서 永遠性을 씌고자라며 그것을 緣由하야 一萬罪過에 動機가된다 우리東洋사람은 異常하게도 內氣이여서 辨明하기를 區區하게여겨서 차라리그만것을 介意치 안는것으로써 점잔을 쌔려고드는것이 常態이다 쏘는誤解를하게한 自己責任에는 도리여 無言長者風을쩔면서 高度淸節타하야 誤解한저편만의責任을 加重시키랴는 獨善癖을부린다 이것은誤解보다 甚한錯覺이아니면안된다

重病의原因이 大槪感氣로부터始作하고 感氣씀이야하는 尋常置之에서 服藥치안타가 漸次病勢가增長하야 重態 難治 危篤 不救에로 進展되는것이다 賢明한處身에서 完美한人和를가지려면 힘써感氣씀에서 根治劑를쓸用意는 언제어

느곳에서든지 必要하다본다

奈 落*

김우철(金友哲)

上

奈落의밋바닥─거긔捕禽처럼ㅆ러져逆理의因子를수박씨마냥까고잇는 젊고
앳된 "마조하스트"가잇다그에게잇서 憂鬱의農器에싸힌 世紀는썩구로걸린瑤池
鏡이다 彈丸의破片에 瑤池鏡우에 世紀의 戰慄을花火처럼 綉노코 破鏡속에 "히
틀러"의塑像이부엿케써올은다

○

여긔두갈래길이잇다 하나는靑葡萄욱어진 園庭을지나 天國으러떠든구름다
리로─다른하나는地獄의正門이안이라 橫門 으로뚤린荊蕀의길……그리로 아려
가면 바로地獄三丁目이된다 바위쑤리를撫頌하는淫聞한시내가 蝮蛇마냥홀러
서저멀리忘却의河─ "례-례"에삼켜버린다 愛慾의憤墓가 버섯마냥茂盛해잇다
는 骸骨의삼림기슭에古風한 "쌔"가한채 쑤연洋燈불에 反映되여잇다 이 冥府에
하나쑨인酒場의일홈은「惡의華」라고한다 이안에서는 밤마다死의 "바레-"가버
러진다

滄浪한걸음거리로 "에드가·아·람보"가 이술집을찻어온다 埃及의女王 "크
래오파로라"가 薔薇色의華奢한衣裳을豊饒한 肉體에휘감고 香料의 芳勳를떨치
면서 宮女들에게배웅되여온다 뒤를니어 獨類浪漫主義의淫浪者郡─ "슈레-겔"
"노봐-리스" "틔-크"─러「파랑꼿」으로역근 花環을떠메고온다 그들이짓거리
는이얘기는모두가 "이로니-"(逆說)다. 얼마쯤 동써러져 "챳타레이夫人"의 裸體

---

* 이 글은 《만선일보》 1940년 10월 9~13일에 3회 련재되었다.
해방전에 주로 평론활동을 하면서 다른 문체의 글도 썼다. 해방후 북에서 주로 시창작에
종사.

像을 질머진 "D.H.로-렌스"가 「神聖한肉體를 口誦하면서나타난다.

○

"쌔-"안에서는 "끄베-토벤"의 「運命심포니-」가 장……??   1940.10.9.

中

吊電의一部를紹介하면 「천국편」을創作하여고 暫時天國으로旅行을떠난 地獄의創始者요現在主義인聖 「단-테」로부터……다음大 「흐-마 「괴테-」쎅스피어 「톨스토이」「트르게네흐」「체홉」「모-팟상」「소광」「미게란체로」「로당」「張作林」「쿠로포도킨」등등……吊辭로는 天國으로부터 「罪와罰」의裁判權으로 地獄에出張온 「도스토엡흐스키-」, ─「셀봔데스」「조라」등등

○

「홀」中品에는 生前 「자앗사르」의 「살른」에出入하든魔醉濟愛好家의 奇怪한 「그룹-」 「하싯슈愛好家俱樂部」會員인 "빨자크" "코-체-" "도락그로아" "메리에" "산도"등慧星파갓흔 藝術家集團이陣을치고잇다 그들은 "리-스트"의 "피아노"獨奏을惠請하고잇다 홀안의 照明이一時에꺼지고 深淵갓튼暗閣-그속에서 一條의 光明乳白의 燭臺가희미하게 쩌오른다

"리-스트"의 狂想曲獨彈-地獄이문허지는것갓튼旋律…

다시 海霧가티朦朧한 照明… "라이트"의一條에빗최인 風景畵-「로-렌스」가 童子마냥 "크레오파토라, 의豊滿한乳房을빨고잇다"마돈나 "의像인양 그것들나려다보는 處女의唱스런固態… 이윽고 乳香에함신취한그는. 處女의薄沙를거더올린다 낫타나는 薔薇色肉體 肉體의律動…閨房의 香爐가 胡蝶처럼피여오른다 "람보-"의 狂舞府 징을울린다 그때秦始王이 三千宮를 거느리고 入場하고 宮中舞의 畵布를 펼친다 東洋的인旋律과情調… 懷古와神秘의 짓튼안개가흐른다舞臺調面 映寫幕에는 阿房宮의榮華가빗최여진다

下

이밤의雰圍氣에 오직한사람 雪白한心懷의 안개를쑵고잇는 "노봐-리스"-그는 白鳥의童心으로 "파랑꼿"을차저 집뒤森林으로갓다 地獄의밋바닥에서울려오

는 百鬼의呻吟聲…咆哮하는 豹와金浪 山犬의 亂舞 다시 ○○○毒蛇 猿의交響樂
-한송이 「파랑꽃」은忘却의河- "레-레-"로 떠내겨가고잇다. 그것을붓잡으려고
기슬을짜라가는 "노봐-리스"는맛츰내 絶望의深淵으로떠러진다-舞臺視覺.

○

病舍의灰壁에걸린 슬픈戲畵像이여

○○流涕할건무언가- 奈落의밑바닥에도 「새로운 戰慄」이썰고 拔奇한 「이로
니-」가微苦笑를 머금고잇다 「神聖한肉體」가잇고 「肉의勝利」가잇다째여진花
瓶에는 "파랑꽃"이송이송이꽂처잇지안흔가째로 "運命의심포니-"가들려오는
이슬픈病舍에 "쟌루, 듀봐-름"가튼妖婦의來訪을 期待함도 新鮮한生活의風趣
가안일까—

○

버젓한 職場을가지지못한슬픔은째로 愉悅로도된다 쇠사슬에勞役에 억매여
아첨과屈從으로 "뮤-즈"가病들어 絶望의寢床에쓸어짐보다 고요-한 「나의時
間」과 冥想에함초롬이빠질수잇는 雅淡한書齋를가짐이 얼마나 幸福스러움이
뇨 南으로向한映窓을열어젝기면 藍靑의蒼空이치마폭을드리워잇고 저녁무렵
이면 마실의煙香다시로운풍경과 언덕을넘고城을넘어 黃昏의夕照를바라볼수
잇슴이 閑寂한生活에깃드리는 淵華한風趣가안이뇨.

○

「惡과華」피여올으는밤이면乳房의 그늘에 熟睡할수잇는肉과魂. 肉의勝利와
魂의歡喜를— "페-파민트"가튼甘露汁을말체수잇다째로 街裡에흘러가 "람보"
行勢를도맛허할수도잇고 愛慾의늡에빠저 물오리마냥헤염칠수도잇다 그리고나
서 故里의茅屋에깃들면 고요한思索과創作의法悅……

○

天國으로올라가 神의呪文이듯고십고 地獄에떠러져魔의悔悟가듯고십다 어
둠과빗을 다가티사랑할수잇는 世紀의 "보헤미안"恒時 「이로니-」를 뇌싸리며
「醜」에서 「美」를깨여 創作하고십흔食慾…… 때로愛慾墳墓도파며 「奈落의밋바
닥」과 「典雅한宮庭」과의사이를 오락가락하는怪異한族屬…… 그는香料와毒草
에서 「美」와 「香」을探取하려는사나회- 金友哲일다   (꿋)

淺春追憶*

전몽수(田蒙秀)

(상)

氷板길

• 惡寒이나서 이틀째나房안에처박혀잇슬라니 마음이무겁다

집이東南向인까닭에 陽地바르긴하나 몸이싱싱칠못하니까 明朗할수가업다

책상머리에노힌 光田信二郞의感想集『靑鳩生命의微光』을 잡아당기긴하얏
슨변변히 一篇을내리읽을만한 自信이잇서서가아니다

그中에서 쨟막것을하나골라읽어볼생각으로 冊張을훕는데 그속에씨엇던며
칠전에준 若林의 엽서가내눈을멈춘다

珠汕이 世上을 써나낫다는것입니다 幸여나무슨 期待를부치고 잇섯더니너무도
허탄하게가버렷습니다

지난번 朝鮮갓슬째잠깐만난것이 最後의作別 아모려나身邊에서 갓가운사람
이 한사람씩두사람씩 永遠히만나지못할길로 도라가는것은 무엇보담도참을수
업는슬픔입니다

이것을 알리울사람도업는것을더욱슬픔입니다.

社에나갈째나 집에돌아올째나 써스를타지안코 若林은如前히大同公園 牧丹
公園의 氷板길을 걸어다니려니 쓸쓸한그를爲하야 다시나라 荒北의쌍을 걸어보
고십다

若林은 언제그무거운겨울外套를 버서던질까 행결요새는봄벼치짜사로움을
늣긴다

異國老婆나제도 불을켜야되는굴속가튼어두운廊下를가진 遼東線 게으른나
는出勤時間이 迫頭하얏슴을보고야 이불속에서 몸을쌘다 벼락세수를하고 밥을

---

* 이 글은 ≪만선일보≫ 1941년 3월 22~25에 련재되였다.

한술먹는둥마는둥 逃亡치듯 써스停留場으로나감이 나의일과나다름업는 고약한버릇이엇다

그날은 바람이 쌘무섭게치운날이엇다

써스停留場에 當到하자마구車가 미끄러진다

웃은말할것도업고 머리에 쓴족도리에 갓왜싸지라도검은것을 심은 한滿洲人老婆가 허둥지둥 써스에매어달리긴하얏스나 車掌이써밀치는바람에 긔예그車를못타고우리와함께 옹송거리고서서다음車를 긔다리고야말앗다

그老婆는車掌 「好意」가恣하게생각되엇든지 혹은치윗던지든지 若干눈물쯔틀보엿다

숫을 사러나갓던안해가손끗이 애려서방에돌아가엉엉운일도 그前後의일이다

수박씨짜는遊女나 생생이켜는 쑤―냥은 짜마케이저버렷서도 어느겨울날그老婆만은 갓금내記憶에 써오르군한다

(下)

樵婦

江이풀렷스니 그리로쌜래하러나가자는 속살거림이이웃아낙네들의 입에서홀러나온지벌써 사흘인가나흘인가되엇다

나는외로운 江가로혼자것고시퍼서 郊外로나갓다

차더운바람이 쏠쏠불어온다 한구멍가기아플지나가다가 비스켓한통을사드는마음이 몹시 쓸 쓸하다. 桑園을지나서 農民學校여프로 江가를向하여천천이거닌다 바라보기에내마음이너무 초라하다

正月ㅅ 나릿므른

아으 어저녹저하논대

누릿 가운데 나곤

몸하 한을로 날서

動動의 이一節은나를두고하는것갓하야 금시에江邊을 거닐것을 斷念하얏다 이윽고나는잔디밧우에 안자서 아모생각업시 비스켓을썹고잇는내自身을 發見한다

젊은男女는 내視野에서사라젓다 좀無聊하다

「잔듸」의 「잔」은 「나」의 義 「듸」 「쮜」의 後轉으로 「莎草」의 義 「茅」의 「쮜」는 大語 잠깐 「잔듸」의 草原을생각하야보아다가 山人 등성이로올랏다

예전人長春의 쌍에서 I 와함께 伊太利展을 구경한것은의로운 追憶이엇다

비오는거리를 둘이馬車를타고가면서 종시아모말이업섯슴은 마치슬픈傳說 갓지안하냐

山에는 새한마리업다 노루한마리업다 通政大夫니 성均進士이니 墓碑와道光 몃年이니 乾隆몃년이니한날근 年代쑨이다 여긔서 I 를생각하는것은罪스러운일 이기도하다

문득거닐다가 발을멈추엇다 生活에지친두中年된나인이나를보고 당황하야 어쩔줄을모른다

생소나무 섭질을 벗기고잇던그나인들은 나를 森林主事로 잘못안모양갓다

공연히 洋服을입고 山에간것이 後悔되엇다

샛단을이고가는 十餘歲內外의少女가 믐이돌아브프러오른 山梅를 쩍거 손에 쥔것이부럽다

絶筆

나는每日 無我의境地에서 睡眠中 아직마음대로 起臥를못합니다 닐혼다섯의 겨울에누워서 別紙를草하얏습니다 이갓이絶筆이될지도모릅니다

舊正月스므날 前間先生이주신글이다

안심사에는 穎合千字文의 古版이 現存되어잇는데 그중 穎合은 六葉 七葉에 子艦이 만하야 製艦키어려운것이수두룩하다 처음나는 이를 印出할적의不注意 로알고 前間先生의 藍本에依하야 稀微한 個所를 揷校할생각으로 편지를한것이 엇다

別紙에는 判讀할수잇는印分은먹으로 自滅된印分을朱로 써엇는데 腎臟病으 로누워게시는 先生쎄 結局無理한請이된것을알때 一邊悚懼스럽기도하고 一邊 學者다운 尊嚴과溫情에 感激할수도잇섯다

한참그조희를 들어다보고잇노라닛까 먹과 朱로쓴것이통히글자가 아니오아

롱다롱한문의처럼만보인다

나는先生에對한 여러일들을回想하야보앗다 그러나結局슬픈것을— 激하지
안코 動하지안는 謎語한 哲人의고요한말이왜이리 슬플까

선생을 위하야 진심으로서 健康의恢復을 祈願하는마음이 오직幸福하다.

春 心*

전몽수

눈이 실업다.

제법 봄인양 짜스한날이 며칠 계속되더니 첫눈과함께 겨울의 치위가되살아와
春三月을 생각하는 내마음이 퍽도辛酸하다.

外套깃을 추켜세우고 社에서 나온넷은 버스를타고갈가 모두한참 망사리다가
春雪이라서 눈을마즈며 걸어가는것도 興趣잇는일이라고 호기잇게東順治路골
목까지 걸어온것은조핫스나나리는눈이 훨신量이만하젓다는것을 肉眼으로 알
게되고 또것는사람하나업고오직「완당」장수가 어느官舍玄關여페보이는넓은외
로운길을 엉금엉금넷이걸어가게됏스니까 길양여페 주줄이집기슬글 맛대고잇
는 아담한住宅웃層에서 혹나려다보앗다면 우리의辛酸한 雪中行脚을 그럴드시
해석하엿슬지 몰라도 것는사람의 마음은 결코 즐거운것이 아니엇다.

우선 봄이라고 털모자를버서던진 귀가갑작이 학대를밧는것가태가엽다.

쌀쌀한 바람이 쏘옷섭으로 서리서리 스며든다.

마침내 한골목으로 쌔저나가면 協和會館앞에가서 마음대로써스를 잡아탈수
잇는것을發見하고 넷은것다말엇다.

봄은 果然어디쯤왓느고. 구즌날이 아니라해도 飛沙走石으로 눈을뜰수업슬
지경이니 무슨心思답답하여서가아니라 滿洲의봄은 정말옛글에 니른「春來不

---

* 이 글은 《만선일보》 1940년 3월 20일에 게재된것이다.
작자는 신경조선인협회문화부에서 활동한 흔적이 보이지만 구체적 사황은 미상.

似春」그대로다.

버스를타니 故鄕의봄이생각난다.맑게개인나즌하늘. 도올돌-무척한가롭게들리는시냇물소리.

아지랑이와함께 아장아장 걸어오다간 먼산에서 발도듬하고 한썻마술을바라보군하는 朝鮮의봄은 참 아닌게아니라 조타.

달래와 냉이를 캔다는핑게로 흙장난하기를 어지간히조하던 진수도올봄에는 소학교에 入學햇슬게다.

그러나 학교에 갓다오면 책보를내동댕이치고 여전히 흙작난을하겟지. 그리고 내가 歸鄕하면누구보다도 반가워할사람은 이런누나진수일것을 나는밋는다.

그누나가 흙작난을 하다말고쒸여와서 오빠에게매여달려어리광을피며 처다볼滋味와 깃붐을아울러지닌 그純眞스런 그사랑스런 쬐꼬만 눈초리가웨그런지 對하기겁이난다.

거치른 드을에서 두겨울을 바람과눈과 싸우는동안 구더버린 現在의매서운 내心情은누나의 感謝해하는 그재랑스러운 시늉을아모래도 내마음속에 그대로 고시란히 바다드릴수잇슬것갓지안타.

그리고 겨우내유무한장밧지못한 어머님쎄 罪스러워 어쩌케 가나.

동생이 「아씨다」로 笈지고故鄕을쩌난날저녁食口가갑작이준것갓다고하시면서도 남보는데落淚하시거나그러지 안흐신어머님이되려가쌈고 新京에날보내노코는설어워서 며칠을두고 울으섯다니 그어머님아페 나는낫비츨바로하고서 설아모準備도 시바의 나에겐 업는것이 하설업다.

아까 눈보라치는속에 내몸동아리를 아씸업시내던진것도春雪의 이름을빌어서 봄을일허버린마음에내스스로조코만自己虐待를加해본것이 아니든지. 先輩도그리고 동무도오로지尊敬하고미를수업는 나의이 부칠곳업는마음을 짜뜻한 어머니와 누나의고은사랑을 通해서다시 나는春心의 一邊이나 一角을 붓잡아보고십다. 또붓잡아야겟다.

(庚辰 三月)

爐邊雜感*

장맹(張猛)

(一)

게으름뱅이가 시간앗가운줄알엇스니 그것만으로落望을 除할수잇는것이요 즘의感情이다.

眞理에 坐眞理, 體驗에 坐體驗, 探究에 坐探究, 이러한目標로 올해도몃칠을 남기지안코점으러간다. 苦惱와 空虛의一年이라할수잇섯다.

─白雪이紛紛하는 時節의선물을밧고 그제야躁急과 躁急症이發作되여얼빠진눈처럼 心身에無理만要求한다.

그러타고 지나간歲月을回復식히는조흔수가 잇슬것도못된다

歲月은 虛無로흘러갓다섬처노코 누구나무어든간에 探究 探究! 이探究마는 버리지모사리만치 貴여운것이라하겟다.

×

安價歲暮大賣出이라는旗폭을 내걸고歲暮과年初의準備를 着着하고잇는商人 이것이 그들의健實한態度랄가 물샐틈업는그들의 戰術에는歎伏하엿다. 歎伏하는것은그들이 壯擧라는것도아니고 오죽人間으로서너무도 着實하여사는것과 그들은 오늘과打合을잘하여왓고 오늘을 有用하게應用하여 왓다는點이다.

온갖弱點을 들어서─.

이거이 一年內無成果인者의 嫉妬이며 이놈의解剖의結果이다. 그리고이놈의 어리석은 判斷이다.

×

잠잣코잇는 土地風이또再起한모양이다.

가진手段으로써相對者를說服하고征服하려는辯論은甘言일것이겟다甘言이실타苦言이얼마나甘言보다더달것갓다. 그러나이것도저것도 다실혼것이마다의 感情이다.

─────────────

* 이 글은 ≪만선일보≫ 1939년 12월 8~19일에 련재된것이다.

×

文學을해서 무얼하나? 이것이 그들의辯이다.

돈이밥을낫코 돈이옷을짓고 돈이잠자리를 맨글어주는오늘에 藝術은무슨必要인가? 直接生産에무슨要素가되는가? 이것이그들의見解이다.

그러나 마당은벙어리처럼 그들하고 抗辯하고 십지안타. 그럿타고理論이모재라서나 弱點을가진것도아니고 잠잣코잇는것이마당의取할바인가십다.

×

그들은 그것으로써 滿足하고 그것으로써無雙의幸福이라고 일러왔다. 돈으로써그들의그말대로 무엇이든지 解決할수잇다는그들이라면 그들은얼마나슬픈者인가? 그럿치그들은不幸한者이겟다.

조흔것도 豪華스러운것도 幸福스러운것도실타.

우리가 明日을바라고살수잇다면—우리가꿈을꿈수잇다면—

이것으로써 모든괴로움을달게밧겟다. 그것으로써滿足이다.

(下)

爐邊을끼고想을할려고애썻다. 이것저것할것업시 秩序업시 나의心境을파고파고 들어갓다 그것이하나도秩序업시—그럿키에 그것이文字로될수업다.

複雜한것을 單純히하기위하야 壁에두어장의書畵를붓첫다. 그럿타고갑작히마음이새로워질것은 못되나 사람이라는動物이새로운것과變化를조와하는것인以上그것도 不必要性을 늣기기안는배는아니다.

×

멋번이고 씌엿다가 붓치고 붓치엇다간 씌고하엿스나 原來보잘것업는눅거리 (藝術價値를말한다)뿐이니 씨원스러울것이못된다.

닭은 멋곱해 울고울엇다 窓에 걸러잇든 달도사라지고 잇다금들리는고양의숨소리는 平和를말하엿다. 고양이를보면 또고양이에對한感情으로 사모친다.

×

고양이는 쥐를잡는動物이겟다. 쥐는 고양이라는敵을가지고잇다.

사람은고양이를狡猾하다고말햇다.

그러나 고양이는 强者이랄가? 그힘을빌어서쥐를자어달라는 사람이 고양이보다 멋곱절이나 狡猾치안을가?

이것은 先輩의말이다.

나도 亦是同感이다.

고양이는 나의동무이다. 나를害할려고하지안는것과 나를 理解하는것가텃기 째문이다.

빈 火爐! 잠자고잇는고양이! 이것은 이무서운 겨울을 이방에서갓치지내려할 나의 동무다. 다갓치 不幸한存在이다.

×

엽집 D學校 學生들이 오는아침車로 自己들에게 배움의敎場을 맨둘어준設立者의 葬禮에 參加하겟다고들 벌서부터 뒷끌코잇다.

아름다운 誠意다, 故人은平素의 괴로움을 이즐수잇섯슬것이다.

이러한 至誠의輩들을두고 가면서 그는滿足하엿슬것이다.

그가 남기고간 표적도 相當하다. 學校를 두개나세우고 불상한 사람들을 살려주엇고―

또 앗다는표적 살엇다는표적 空間을 더럽헛다는罪는 무엇으로엇더한 標積을 남길것인가 生角하니골치합퍼난다.

그러나 우리에게는 앞날이잇다.

꿈을꿀수잇는 將來가잇다 確實한步幅으로前進하는것아마도第一上策일것 갓다. 문풍지가운다. 朔風이불어올것을預言한다. 먼동이터오는것갓다. 차차횐 해지는꼴이―

爐 邊 記*

리규엽(李奎燁)

(一) 趣味

이世上에 趣味를갓지안혼사람은업슬것이다. 趣味는如何한것이던지 하나둘은가지고잇슬것이다. 그래서그런지 趣味를보면 그사람을알수가잇다고 나는생각한다. 아마나가티 娛樂에趣味를부치지못하고 잇는사람은 요즘갓튼學生치고는드물것이다.

어느것은 고만두고라도그잘들하는 「玉戞」을할줄아나그조타고써들어대는 술담배를할줄아나 장긔바둑을할줄아나…… 사실이런짜위는 누가돈을주며하라고해도 나는못하겟다. 우선「玉戞」로부터 이야기해보자. 中學때는 행길에다니다보니 동그란공가튼것을 看板이나 유리窓에울긋불긋칠하고 「비리야드」라고 써잇는집을볼적마다 저집이무엇하는집일짜…… 막갓이저러니까 저것도무슨술집이나아니가하는 推測을갓고 지내다녓다.

專門에와서야 同伴들에게서 그곳이「玉戞場」이라는것을아럿고 現代靑年의 적지안혼 娛樂場이라는것을아럿다. 어느동무들이 「玉戞玉戞」하고 떠드러대기에 얼마나 滋味가나고 조와서그러나하고 好奇心을갓고 하루는 學校附近의 어느 「玉戞」집으로 동무들따라갓다. 나는무슨 神秘境에나들어가는듯이 짜라섯다.

門을 드르릉여니 핑쌍板가튼 큰 卓子가노허잇고 그엽헤는 기-다란 나무째기와 둥근 「다마」가노허잇다. 그리고 小學校兒童들이 가지고다니는 「수판」가치생긴게(크기가 勿論크지만)잇고 조고마한少年 이안저잇다.

보이는것부터가 벌서맘에안든다. 同伴들은 무어라고하다니 「다마」를치기시작한다. 엽헤안저보니 아주신이나는지 무러라고써들어대며 탁탁친다. 그리고少年은 무엇을計算하는지 수판알을 멧개씩올린다. 同伴들은 우서대며신이나게다마를친다. 그러나나는안만봐도 滋味라고는손톱만치도안나고 無味乾燥해도뭐여간한것이아니다. 그러나 동무의하는말이그럴듯하다.

---

* 이 글은 《만선일보》 1939년 12월 29일부터 1940년 1월 12일까지 련재되었다. 작자 신원미상.

「이래봐도 한번치기시작하면 여간 재미가나지안어. 꽤-니 시작만하면-」

그러나 나에게는소귀에경읽기이다. 각금 길을지나다보면 밤늦도록 角邊街 「다마집」에 어른거림을볼수잇다. 그째마다 나는 생각한다. 이런貴重한時間을다 조흔곳에 利用할수잇스런만도- 하고.

다음으로 장긔바둑은엇더케두는지도모르지만 이것亦是 「다마쓰끼」와 別다른게업다. 그것도老人네가심심푸리로한다면 몰라도아즉 새파란젊은이가장긔니 바둑판을 부잡고안젓는것은 그리보기조흔風景은아닌 것이다. 그다음으로술이나담배는 元來안머그니까남이암만조타고 勸告해도내가실으니까 別수업다 저번에담배갑시 올랏다고써드러대는사람잇드니만 나에게는담배한갑이 五十錢을해도 一圓을해도아무리 影向도업다이런것도 結局은내性格그것이 調和되지안는까닭이겟지만나는안다 그러면나는雜費라고는 통안쓸것갓다 누구나그러케생각하고 다마쓰끼가튼것하는사람보다 못하지안케雜費를쓰니 말이다.

나는 音樂과文學方面엣니까그러타.

다시말하면 藝術方面에多大한趣味를갓고 잇스니까그런가보다 더군다나音樂이란 나와무슨因緣인지 내그림자처럼 부터떠러질줄모르니말이다. 매달나오는信奉처들고는 이것도사고 저것도사고십고 고만견딜수가업슬상십도록사고십다. 目錄을매달보내주는 本町××樂器會社의實驗室身世를한참진다. 듯고시픈것은 다-쓰내다듯고 한 장이나두장사들고도라온다 더구다나 聲樂을가추랴고애를쓰자니 갓득이나비싼유성기판인데 더비싸니까주머니가 容恕한는다맘에든다고다-사서야第一로는 父母님께面目이안선다.내가한달에두세번식돈을갓다쓰고 모자라면쏘갓다쓰고쓰고해도아무말안하지만그러타고浪費를해서야子息된道理가안이다.

나는 돈쓰는妙理를모른다 그저設計도업시 그냥물쓰듯써버린다.

나는 이버릇을고치려한다그래서유성기판도넘어사지말고冊도될수잇는대로 圖書館에가서읽고좀規模잇게돈을써보려고한다. 쓰다보니여느길로脫線이된것 갓다. 내가 이러케藝術方面에돈을쓰는게 第三者─예술이란 무엇인지 모르는無神經的人間─가보면患者視할것은 넉넉히 抽象할수잇다.趣味란 우서운것가트나 相當히큰魅力과底力을갓고잇는 것이다.

사람의얼골이 다다른것과가티 趣味도 十人十色의굴레를벗지못한가보니. 그

러니싸 趣味가누구는엇더니엇더니한 性質의것이못되는것가트나 거긔에는반다
시 階段이잇는 것이다.

(二) 舊友

어느日曜 房구석에백여잇자니 박갓이식그럽기에工夫도하고 冊도좀볼겸圖
書館에갓다 病理學노-트를보고잇는대 누가왼팔을꼭잡는다 反射的으로고개를
도리키니 가튼中學校同窓인지금은××에다니는金君이다 한서울안에잇서서 서
로學校다니면서도 一年에한번도 맛나려고도안코서로그저 그대로지내다가맛나
니반가웁다 그러나別다른이야기도업고그저 「오-」하고 微笑마하고 그대로헤여
저버리는게 普通이다. 그날도 李君을맛낫다 中學째 쏭쏭하기로全校서有名하던
李君은 더肥大해저서아래턱이잇는지업는지疑心하리만치 좀 俗스러운말로하면
도야지처럼살이펴젓다 「언제부터試驗이야?」「來日부터」「放學은」이러식의談
話아닌談話가한두마듸박귀고 그지쑥스럽게헤여저버리고만다. 내맘속에는한자
리에안저서요즘의 서로의狀況이나마 交換하고십다.

이두벗은 中學때는共通의點이이서 나와親密한사이엇습으로―模範生이고
優等生「그룹쎅」에 屬하는우리들은 級長도만히해보고또무슨쎼면 써노치안코
委員이나 役員에싸여서 연락과협조해나간친구들이엇다 오늘에와서는一年에우
연히行路에서나 무슨주장에서나 무슨음악회같은사람이 집합하는곳가튼곳에
그야말로 아주우연히만나는것이요 그것도그저고개나쓰덕하고 人事나바구고지
내니생각하면 섭섭한일이다. 가만히생각하니 中學을나온지도 얼마안되지만 가
티다니든그사람들은다―어듸로 흐터저갓스며무엇을하는지 궁금한째가잇다. 百
餘名의그들가운데서그저그居處랄가 學校다니는동무들 아마열손가락이나넘을
짜말짜하게알뿐이다 엇던째는길에서맛나도이름까지이저버려그저한번 「요-어
듸가나 滋味엇대」하고지나간다 헤여저걸어가면서도 이름이무엇이드라하고 압
만 머리를짜도 쌈쌈절벽이다. 大概그런사람은 中學때 別로잘놀지도안코 쏘그가
그저中間인 즉 憂愁한者도 아니요 劣等한者도아닌 언제나 그 大部分을차지하
는그런層에屬하는者이니싸그런것갓기도하지만.

그리고 中學때 親密하던벗도 그저 멋마듸하고헤여지는그가운데에 더기픈親
密함이처량항게느껴지기도하다. 왜그런고하면大概 서로親하지안을사록人事도

공손히하고 서로의言行은 곱지못한법이니까. 그러나이것은 나의抑揚에지나지 안흘것이다. 서로 멀니써러저잇드라도 각금消息이라도 좀 박구고지냇스면오직 조흘까. 한도우리에서五年이란 쌀지안혼햇수를지낸 병아리들이 한번어머니의 품에서 離散되는날이永永의離別이 되어서야 어듸짜뜻한 人間味가잇나 이러케 쓰니까 그벗들에게 무슨 敎理비슷한말을하는 것이다. 그러나이것은 그벗들에게 하는眞實한告白인同時에 나自身에의吐露다.

여러가지 中學때생각이샘솟듯하지만 그가은제서하나만써보기로하자. 어느 學校 어느學年 어느班을勿論코 그學校中에는 別別異常야릇한者가 석거잇지안 는곳이업지만 그하나의人物로M君이잇섯다.

M君의別名은 「넙치」인데그얼골생김생김이 허여물케하고 넙적해서아마 「넙 치」라고命名한모양이다. M君은흉내내기大將이라할만치 남의흉내를 퍽두 잘낸 다. 우리는 암만練習을하고 좀해볼까해도안되는데 그는엇전일인지 곳그자리에 서 흉내를 내는데 정말 놀래지안을수가업슬만치 그러케 흉내의才能을가지고잇 섯다. 더군다나先生의흉내는 곳잘내서十分間休息에나 點心時間에는 敎壇우에 서 그는무슨 「漫才」나 하듯이 得意한語調와 怪異한表情을 써가며 흉내를내서 한반을우슴판으로 化해버리엇다. 先生가운데 좀 特徵이랄까普通과어딘지달라 우리의눈에鮮明하게씌우는習慣이나 性質을가진분이 잇섯는데그흉내에는베를 쥐고이어나지를못하고만다. 그러나엇던때에는 先生이敎室안으로드러오면 그 는그냥줄달름쳐 제자리로와안고여러사람들은 우슴에써드러대고. 그러면성질 내던先生도슬멋이우서버리고. 작고써가면恨이업겟기에이만치해두기로하지만 畢業後그르길에서 數次만낫다. 그러나조금도 그유모아한빗은차저볼수업는것 갓했다. 그러타고 表情이前보다深刻하지도안헛지만. 그는師範學校에在學中이 라 오는봄에는 小學先生님이되실터이지만 그유-모어의後日譚라할까 뒷消息이 궁금하다.

벗- 벗을그리는마음.

밤- 홀로안저 그날의벗을다시는아페 그려보는것도 적지안케滋味스러운일 이다.

(三) 追憶

追憶이란달고도 쓴꿈길가튼 버고시프나 버릴수업는 것이다. 지붕에하야케더 핀눈과 공가튼달─ 어름장가튼파아란달빗츨보니 小學校時節이만째가 생각난다 邑內에서 그리멀지안흔小學校엿지만 가는길에는西風이엿지도 찾날갓고 서리 발가탓는지 귀가아어오는것은 두말할것도업지만손, 발, 코, 나중에는 둥짜지싸 늘해진다

발미테무더나오는저벅저벅대는어름쌀린길의音響은 왜그리고 차듸찬지 敎室 에드러가면 煖爐를둘러싸고 어는몸을녹이며 耶氣업는아침이야기에꼿치피고 아주멀리써러진 村에서다니는아이들으몸이아마째 어럿는지파래가지고 煖爐아 페서도 縮小되어썰고잇고 어느山에서는토끼사냥이조타거니 어느村落에서는늑 대가도야지를 무러갓다거니 어느곳에서는눈이발이푹푹싸지게와서 行步에困難 하다거니……모두 참새처럼 쏐죽한주둥이로 한마듸씩쌕쌕댄다

點心時間이되면 식어싸진썰죽썰죽해진 벤또를난로우에올려놧다가 어째째 는두룽겡이를맨들고 콩알을 호주머니에한우큼씩 너코 외서는 난로우에 복가먹 는 아이 바로小學校五年과 六年째의겨울─ 그겨울은 그전의天眞浪漫하고 無雅 氣한대比하면 相當히 憂鬱햇고 沈急햇섯다. 왜그런고하면 上級學校의入學試驗 이 구직국직한線으로 우리머리에나려잇기 째문에.

비록 적은가슴이엇스나不安과焦燥에 바르르써럿다.

確實히憂鬱에찻섯다. 自己實力은充分하야 合格의問題는論할것도업시 自明 한일이엇지만 入試란奇妙한것이어서實力만갓고도 失敗하는수가잇서 암만해 도 太平하게安心해잇슬수는업섯다. 어는아이들은 학교공부가 끗나기가무섭게 책보를들고 집으로줄다름처가는데 宿題가끗나고 저녁이되어 어두워漆板의글 字가 보이지안흘때까지 늣도록準備工夫하는것은 當然히하여야할自己의義務 이건만 그러케들愉快한일은아니엇다. 그러나熱心이엇다. 그야말로 마음은오직 入試突破에集中되어 가슴에는싸워이긴다는覺悟의불이 이글이글타올르고잇섯 다. 先生도 우리에지지안코 熱心히疲困도잇고 가르켜주엇다. 이를악물고 배워 가지고 冊褓를들고 敎室을나오면 벌서 저녁은기퍼 아주캄캄하다. 저녁째가 이 미 지나간지가오래다. 집으로 돌아가면『아유 이제오니 좀칩겟니 이리온아래목 이쓰뜻하다.』어머니께서 내손목을꼭쥐여서 아랫목요속에다 놋켜주신다.누님은

『아유추엇지 밥채려오우食母』 하고 나를조금이라도 더慰安시켜주시기에 애쓰신다.火爐에는보글보글찌개가끌코. 나는幸福그것만을늣겻다. 學校에서 늣게돌아오는것도 추위에서썰던것도 다─이저버리고 오직따뜻한雰圍氣속에서짜뜻한 大氣를먹감엇든것이다.

그後몇년이지난오늘─나는서울下宿한구석에백혀 그어린날을回想함과同時에 現在의살림을 對照해본다. 지금下宿은요행히 다─圓滿하니까 아무 念慮도업지만 서울서몃겨울나는동안 엇던때에는 冷房가튼下宿에서 썰기도하 쐐햇다. 그래도親戚宅이나 惑은知人宅이퍽만흐니까 그곳에나寄宿할까 생각도한적이잇지만 아즉한번도實行은못해보앗다. 故鄕이서울서 뭐그리멀지안흐니까 괜찬지만집에서는각금下宿이엇더하며 房이나춥지안흔지 근심하시는便紙가온다. 이러말을쓰면우습지만 우리父母님가티子息을 貴여워하시는이도드물것이다. 나는그러기때문에 더工夫를熱心히 하게되엇는지.

쏘는 工夫를 잘한다고 貴해하시는지. 그러나 慈愛의 精神그것의 高貴하고 崇嚴한 發揮일것이다.명주솜옷과털실양말을 小包로 보내주신다 털샷스를 부처주신다 하고 極히 仔細한일에 까지 頭腦를 쓰시는것을 나는잘意識하고잇다.

前에는내가몰랏던탓으로 조금 골치가아파도 집으로 便紙요. 배가좀아파도 알리고, 極少 한일까지 通知하면나는생각도안는데 그이튼날에는 家親께서 上京하시어 『골이 아프다니어 쩌냐』『배가 아프다니어 쩌냐』『어디가 아프냐』하시고 애를쓰시는것이다. 나는別로 ㅋ─지안흔 病아닌病인데 이러케 바뿌신데 오시어 여간 罪悚스러웁지안엇다.

그래서 요즘은 感氣가튼것이나 조고마한 골아픈것쯤은 아무말안코 내가다─낫게하고 알리지안는다. 나도 생각하면『왕아마마』다.補藥이라고 丸을지어주신것도 몃달먹다가 그대로내버려두어 只今도 설합을열면 갓득하다. 그럴때마다 나는 反省하고 後悔한다. 얌전하기만한 所謂『도련님』에서 一步飛躍하야 어서 獨自性을 만히 길러 心身共히 完全한 成長을해나가야하겟다.

(完) 舊師

겨울의조선에는 하나의獨特한것이잇다. 그것은 쓰듯한방이다. 불이나째고 짜스한방바닥에안저 겨울밤을기리기리새는것이란 恪別한情趣가잇스니까. 火爐

를엽해노코 도란도란 속삭이는사람 毛絲織物을하면서 어린同生들과 자미나는 이야기를하는언니들 하야케신머리에 곱은비전어리나 그얼골의주름살과 그눈에는 人生의苦樂을 어느精度까지 맛보아안다는듯이……

그러나 문득내머리에 써오르는이가하나잇다. 그것은내가 시골서普通學校다니든째 나를멫해동안擔任하시던 全先生이시다. 無테眼境을쓰시고 그獨特한목소리의 全先生은 나를아마 꽤사랑하시모양이다. 아마 꽤는貴해하신가보다. 只今도어럼푸시생각나는것은 그先生이 각금내게주던「新靑年」이라는 小型의雜誌다. 나는바더서는읽고 읽고햇다. 그러나 무엇하나 記憶에남는것이업스나 雜誌의硏究이랄까 그形象만은 朦朧하게 써오른다. 그와同時에 首席을해서 每學期末에 通信簿를보면 모조리「甲」이라 洞里의稱讚과人氣는 어린나의몸에 總集中되엇든 것이다. 그것이觀念的이랄까한개의假定을갓고나오게되니까 두말업시첫자로해버려서 더뭇지도안헛지만─. 全先生은 그後우리시골普通學校레서 어느곳으로 轉勤되엇다. 只今은 그팔팔하던이마에도 한두줄기의주름살도생겻슬것이리라 어느곳에서第二世의敎育에 努力하시고게시는지, 궁금하기도하다. 한참은 고추가티맵고 호랑이가티무섭기로 有名하엿다. 누가 잘못하면 소리를질르고쪽쪽회초리썹질을 마구해댓스니까 그래서 누구를勿論하고 崔先生만보면 호래이나맛난드시 쥐구멍찾기에 볼일못부는 形便이엇다. 나는그째도어린게 級長을시키기에햇지만 只今은 옴것스니시골의小學校가 아즉道立病院 자리에잇슬 째 그뒷山에는아카시아나무가 茂盛햇섯는데 成績이不良한아이들은放課後 매일가티나보고 가르켜주라는것이엇다. 나어린내가그래도 꽤엇던지나보다민엇지만 조곰도두려움업서회초리(그것은 비맨드는싸리나무엇다)를 한손에들고 아카시아나무그늘에 안치우고가르키엿다. 그런데그가운데서 頭痛거리는 내게 설설빌고 쌜리집으로 돌아가게해 달라는 아이다. 이것에는 참말 어떠케한지 아주글럿섯다. 그래서멫멫은 먼저보내기도 여러번햇다. 그가운데에 아즉記憶에새로운아이는 지금도 시골가면맛나는 朴 君이다. 나는지금가만히안저서 어린그날 그곳그벗들을 생각안호랴해도 머리에 연기가뭉게뭉게터어오르듯 작고작고솟아난다. 그선생님은 아마지금쯤은하라버지가되엇스리라. 어느곳에무엇을하시고게신지 궁금하다.

여긔까지쓰다보니 또 내머리에 떠오르는先生이게신다. 그째唱歌잘하시는 吳

先生의 웃는얼골이 써오른다 唱歌만잘하시는게아니라 옛날이야기를 퍽은잘해주엇다. 小學校아이들이란 지금이나 예나 마찬가지지만 옛날이야기 더군다나 아기자기한 探情이나 冒險이야기는 꿀보다더달고 사랑보다 더그들의味覺을 刺戟시키는 것이다. 吳先生은 工夫가끗나려면 十分前이되면 冊을더프라고하신다. 그리고 이야기를 시작하신다. 그것은 퍽긴것인데 少年小女偵探冒險小說이엇다. 지금도그속에나오는 「핸리」라는少年의일홈과이야기의片片이아주鮮明하게들려오는것갓다 先生은언제든지간에 아기자기한場面에서이야기를 一旦中斷하는것이엿다. 그럴때마다아이들은 웅덩이춤을추며 「선생님더해주세요.네 선생님더해주세요」하고 졸라댄다.

그러면先生은 싱극벙글우스시면서 「이전時間이 다ᅳ지낫스니까 요담에또하지」하고나가신다. 이이들은 모두듯고시픈맘에 엇저줄을몰으고 그이야기의뒷일을제各其想像해보고 어느程度까지의滿足을느끼는것이엇다. 그것은아마 멧칠이게속되엇다. 아마한두달은갓다. 왜그런고하면 이야기는긴데한十分씩이나하고 또그先生의時間에만하니까 自然느쎄쓸게된모양이다. 그이야기가끗치낫는지는 지금잘몰으겟스나 그아기자기한場面은조각조각 나타난다.

내가學藝會째 風琴을케게되야 猛練習을하든일도그째엇고 쏘하ᅳ모니카獨奏를해서學父兄에게 拍手喝采를바든것도아즉기억에새롭다. 이러케생각나는것을 그저秩序업시 붓가는대로쏘차가리니 사람이란이상하다. 그러케오래된 그리고아주 코물흘리던날이 비록斷片的이나마鮮明하게 나타나는데에는 참 이상야릇한感이 업지안하엿고 또貴엽다. (完)

봄그리는마음*

리규엽

겨울도 쌔지렁고보니요즘와서는 어서봄이왓스면하고겨울을 미워하는버릇을

---

* 이 글은 ≪만선일보≫ 1940년 2월 22에 련재되였다.

가진다 겨울에도 첫겨울이나그중턱이고함박눈이나 펑펑쏟아지는째는 그야말로 겨울의아늑하고 탐스러운 情趣를 늣기지만겨울에도 꽂이가까워 白雪이나히 꽂히꽂하는 요즘가튼째는 봄을그리워 하게된다. 어두운하늘빗치 환해진다 그리 파란편은못되고 그淸明한 푸른빗치란우선 반가운봄의첫소리갓다. 씽씽불던칼바람도따스한햇빗치 어른거리어몸은쌜가숭이라도 맘만은愛撫에찻다 가느다란 가지가 저꽂까지봄의피가흐르는듯하다. 바람은아즉아침저녁으로는 찬긔가쌔지지안헛스나 손에간지러운듯 부드러워젓다.

街路를지나가는 사람의그림자도맑아지고 活氣잇서보여 봄을向하야달려가는것갓다. 겨울동안에房속에서解放된가슴은 조급하게봄을그리워한다 유리窓넘어하늘을나라보면 저하늘꽂테서 봄의神이한발자욱두발자욱 우리의世界를向하야거러오는양십다. 소리업시 스르르녹아버리는봄눈과 어러부터쩐짱속에서오는봄을바라보며 새삶의「풀랜」를짜며 갑분呼吸을 할싹어리는새싹들……

어제가다르고 오늘이달러봄의입김은 씩씩해갈쑌그머므름을모른다 머지안허그눈조각마저 온데간데업시자취를감추고 시냇물이즐거운소리를내며 흘러갈것이아니냐. 그리고푸른하늘가에는 종달이가우러대고…… 自然이 리러케春裝에바쁜데 人間이엇지가만이잇스랴 나도너도봄마지하려너도나도 새옷치장 새맘에가벼운거름을몸길것이아니냐? 봄- 아늑한水平線을넘어서 아장아장거러오는봄!

그는나에게 보다도만흔고흔쑴을안겨주리니……. 그는나에게 보다더아름다운삶의꽂다발을 내타오르는장미빗가슴에 힘세게안겨주리니……. 그는 나에게 보다더 忠實하고堅直함을내려주리니……. 나는 봄에게이와가튼선물을 바드면서 내압날의아득한길을 凝視하며眞實하고大膽한 一步一步를 내드디리라……

(꿋)

鵞 鳥 記*

김태룡(金泰龍)

(一)

거위에 대한 나의 흥미와 관심은 나날이 더하여간다. 그는 추억을 새롭게하여 주엇스며 生의意義를이끌어주지안는가 거위.

콧물을 볼짜기에 발르고도 부쓰러운줄을 몰르든째엿다. 고개넘에 김창봉댁에 서얼마전에 게사니 두 마리를싸왓다는거다.

부석돌의아버지 말인즉─ 그놈은 몸집이라든 걸음걸이라든 우는솜씨라든지 가닭과는 겨늠도 되지안흐며더욱 그놈은도야지 소들과의 싸홈을 즐겨하는고로 이마에 적지안흔 혹이 달려잇다는거와 애들쯤은 가까이가고보면 목을가로질르고는 눈알을홀겨쓰며아래위를훌른드시 노려보는데 싸홈을자조한다던지 심부름을 순히듯지안는애면 던벼들며 깨문다는거다.

쏘 한가지 신긔를 가하엇든것은 예전에 참봉덕머슴이가 압사랑에서 자는데그만 호랑이가 채갓다는데 이러케 호랑새터가 된뒤음부터는 점점돈쌀이 늘어갓고 하엿는데 그신긔한놈을호랑이온날자와 갓튼날에 참봉이 싸왓다는거다. 그지구경을 하러간다고 노칠수는업다. 곳점슴을 단단이 먹은귀 보석돌이(그중에서 제일힘세고 그러니니 대장이다)을 짜라 그신긔하고 무시무시한놈을 구경하려갓든거다.

지금도 긔억에생생하거니와 긴목 흰몸둥이 불볏즐한 주둥이와발하나 더덥씨운듯한 주둥이 이마의혹불타는듯한 요란한울음……그저 만족하엿든거다.

×

그러면나는 만주에와서처음으로보게된것도아닌 그들에게이러케마음이 쏠니게되엿슬가?

나는 玉篇을뒤번지다가「鵞」字를차저내엇다.

「鵞鳳 訓化野種而飼育于人家 其首雅而腹長 類如留而眼綠 (一名野鷹)盛貴 喜鳴而不能飛者」

---

* 이 글은 ≪만선일보≫ 1940년 3월 18~23일 까지 련재되였다. 작자 신원 미상.

거위는 기러기를 질드릿는거라니 그럴상십다. 아까도 대문께서울엇는데 누가
싸렷든거라 반사적으로 울음을울리는것이 미상불 기러기소리와비슷함을늣것
다. 주둥이를 쏵벌리고 울리는「카악」소리먼지 마치번개치는듯하고 소리를……
(20여자 독해불가) 한걸거다.

그러면 거위는 대대로 비밀히감추엇든소리를 무의식으로외첫슬까 안히 싸—
만망각에서 긔적적으로아리낸걸까 나는 기러기가 거위로되여지는그력사적과
정을 상상하여본다. 그는인류의잔인한 아귀에 잡히여매일우릿속에서 날을망각
의강요에직면하게된다

(二)

그는본능적반항을한다. 자비는나려질상십지안코그래수다한 思索을질씁다가
마츰내懷疑와分裂의과정을거쳐위대한망각을하엿든거이리라. 그는날음을 이것
고비통한울음울림으로써 저주된 운명을질씁는거시리라

×

첫눈이 나리고도 삼사일는추윗고 다시 날씨가풀린게로군-이러케생각해질수
잇는날아츰 나는문쌍에서그럴듯하게 기지개하나를지어보고는다리모퉁이로나
간다.

나는 오늘도 거위의그놀음을볼수가잇다 쏘루나—르의박물지초지초(博物誌
抄)의백조(白鳥)를생각하여낸다.

「그는 샘물위를 구름으로부터구름에마치흰설매처럼미끈거린다. 왜냐하면그
는물속에나타나고움지기고사라지는그솜가튼 구름만에식욕이동하는거다 그가
바라는것은 그한쏘각이다

그는먼저 주둥이로지놈을하여본다 그리고는날쌔게백설에싸여진목을 물에박
아본다 얼마뒤에그는여자의아름다운 손목이옷소매에서살며시 나타나는깃처럼
목을쌔어본다 아무것도잡혀지지를안는다….

나는 이두군데만 고치고그만이다 왜냐하면나는이냇물이샘물가틈을 본적이
업섯고또다른한놈이 쏠럭쏠럭주둥이를겨누며 여페부터와서잇든지 그거위는쏩
은목을가그질르고는 언덕쪽으로미쓰럼질치니 필경미꾸라지든지지렁이든잡앗겟
스니까 그러면나도루나—르와 비슷한것을느껴볼수가잇다. 꿈을먹고사는 새도잇

다니 구름먹고도살수잇슬법하지만 대륙의거위만은 아예그런습성을 갓지말어
야할거다.

거위는저붉으스럼한저녁노을을 모조리먹을것이아닌가? 지금막저물속에서
쏩은주둥이를보라. 너무나붉으지안는가!

나는 저녁노을이 고웁게물든엇든 지난어느날저녁을 생각하여본다.

「그날 저녁도나는다리모퉁이로나왓든거다. 아 -즐한지평선 느티나무저속으
로 누민누민해는기우러젓스며 능금빗가튼저녁노를이 이웃토담에붉으리젓섯다.
내짜는갑자기 「야-야야 야-야」소리가자즈러젓고 이윽고저쪽언덕으로 저편개
버들속으로 음탕하게몸둥이를움직여노흐며 요란한소리를 울린다. 가령무리에
뒤진 놈이면전긔능을발휘한다는짓이 쌕-한마디를 울어고는쎄쎄적거리고그러
다간다나는것이푸드득 얼마를쒸엿고 곳다리를얼마간눕히고는쎄비적거리고-
이러케두세번되푸리하는동안무리에합치젓스며 그리고는 갑절의울음을쏘다노
흐니 그아름답지못한 코-리스가 즈음하여지면 어둠의막이나려짓는거사.」

거위는 노을을 모조리삼킨거다.

(三)

南山

나는 다리모퉁이로나가는날이면 으레 남산으로오르곤한다

「南山에風이울고……」의남산은아니로되 구멍인듯 그러데인지 다정한맛을주
엇기 오늘도 올른다.

뫼라기보담 저넓은들의얼마가 둥그스럼하게부푸러올낫가는것이 알마즈리다.

느티나무 도토리나무 가랑나무 시대나무 아가배나무 개암나무… 이런 활엽수
가 저만큼한놉히로성기다.

(소나무가 업지안는가!)

이러케한번 놀라본다. 웬일일까? 조물주의 알구즌장난인셈인가? 아니 창조긔
으리 다망으로인한 망각일까? 그도아닐게다.나는 유수림(楡樹林)근방산에서 소
나무의엄마를보앗스니(조금은하엿스니).

조물주는 조직적인천재이엇든게다.

나는 도토리나무미트로간다. 그리고 그거북의등보담도 더공소한표피를 여프로지리쯤만져본다.아름답지못한감각이다.

(이끼도 끼엇스니 노슬기다)

째스락! 가랑입피 발쌕리에노라진다. 나는턱을들어위를바라본다. 가지마다 "아부라앙에"한 이파리가앙상하다. 마치 횡사한시체처럼요정의비애를 품고 지금경직(硬直)에 떨고잇는게다.

그들은 위대한기능을기젓스니-야자나무나 소나무처럼 지긋지긋할필요업슴을의식하엿다는것이(환경에거슬리디안는것이)-이 남산에 싹을티우고 이만큼 장수를누려도 조혼진품이리라.

그러면 소나무는 현상에서튀여나지안는 한 집시의생활만이라도 조홀게다.

"히끼리"

나는 만주에왓기에 이괴괴한 선술이름을알엇고 그 외연(外延)의하나를 체험하엿든것이리라.

동무의말에의하면 이술이인즉 작년겨울 길림(吉林)의어썬모임에서 만드러젓다는게다. 그들압헤 벌어진현상을표현할 알마즌술어가업슴을통탄한남어지 이감가적인말을 지어냇다는거다.

어원(語源)인즉 그들은음식과잠짜리의 급변으로 위장에 일대이변이생겻고 그러니 뒷간출입이자젓스며 뒤를보랄지경이면 물총처럼강한압력으로 사출되여 상반신이 웃돌웃돌할지음 부산신경(釜山-新京)간 특급을생각하엿는지라. 「올치 히끼리다」이러케 웨친것에 힘함이라든게다.

내가이거위를 길르는집에이사온지한달하고 꼭사흘되는날밤의일- 추억치고는너무나무시무시한 장면이 벌러젓든거다.

밤이기퍼갈수록 숙의병세는 기우러저간다. 숨이유달리가쩌지드니 경연이자줄다 이불속에 손을너엇다가나는 사람의몸덩이가 이러케불덩이로 달어올음을 처음보앗스니 못만질것처럼 손을당긴다. 불길한 예감이머리를스친다.

시물거리는듯 시풀거리는듯 웃는것도 우는것도아닌-경연-신경의 조롱이다. 모든 기관이 차츰 그기능을 망각하기시작하는거다. 나는의사되지안엇슴을 니우

쳐본다.

안해가 긴한숨을 하엿슬쑨 방안은 역시납덩이라튼침묵이흐른다.

내가 비장한 결심을품고 동부국경을 넘은것도 썩녁달이되다.

그날그날의 권태와 현실의어지러움에 생활의식을잇다시피 되엿든거다.

경도선(京圖線)차창에얼른거리는 풍물에서부터 나의호기심은 시작되엇다.

들-기막히도록 넓은뫼-너무나 무거공허한솜씨 나무-느티나무 버들 꺽갈나무… 풀과나무그르나리고 십혼곳…날도 저물어서 하구대(下九臺)에나렷고 그날저녁 하숙집물맛의 야릇함… 이러케 만주의 첫날을 생각하여내엇다.

默 想 錄*

김영일(金永一)

兄!

봄이차저드니 다시금옛집이그립구려쩌나온 나그네로써매 남겨논 未練이무엇이리오만은 그래도오늘가티봄비가소리업시 나리는밤은이욕이 秋愁기 느껴집니다.

兄들과가티 한곳에머물러이슬스잇는몸이라면 얼마나幸福하다 하오리오 나는暫時동안이라도 나의몸을故鄕에다머물러본적이업습니다.

홀러홀러 이제는 北國에까지 홀러온몸이되엇습니다.

이얼마나 悲慘한 나의半生인가요.

人生行路가 이럿케도 멀고 寂寞한곳인가요.

주인을 일흔 나룻배의모양과도가티 머무를곳을모르고 홀러가는것이 나의타고난 運命인것도갓습니다. 얼마나 애처로운神의作亂인가요. 모두들뵈온지도 오램으로써 消息이끈혀진지도 벌서해를거듭햇습니다.

그동안 어찌나 지나는지요 봄눈나리는하로멀리 北滿의집웅아래서 째어진옛

---

* 이 글은 ≪만선일보≫ 1940년 4월 13일부터 4월 15일까지 련재된것이다. 작자 신원 미상.

追憶을 다시금주서봅니다.

人生이란 무엇인가요 生이란 또 무엇인가요.

暗黑에서 暗黑으로 虛無에서 虛無로 드러가는巡禮者가 아닌가요.

幻想者가아닌가요.

人生은 永遠이다니지요.

그러나 나自身의對해서 人生의永遠性이 무슨價值를갓고잇겟습니까.

다만 흘러갈뿐입니다.

흘러가는곳에 조곰이라도 나의마음의 慰勞가잇다면 나는 질겨흘러갈염니다.

沈默과 暗黑과寂寞!

그곳에 처음으로 眞實한한生命의 움지김이잇고 眞實한힘이 展開되련지요.
하늘과 쌍과 自然만이 나의이괴로움을 조곰이라도 노아줄것도 갓습니다. 그리
고 나의 思索을 吸收해줄것갓습니다.

(二)

「모든 사람들에게 버리움을 밧어슬째 또는 그대가 大地우에 내던지엇슬째
그대는 더굿게大地를쩌안어라 그래서 그대의눈물로 大地를 적시우라」고한 露
西亞作家의말이생각됩니다. 그리고 「나의生活은 悲哀를 中心으로하고돌고잇
다」는어떤 詩人의말도 생각키웁니다.

兄! 이얼마나 絕望的의생각입니까 우리는아마도 苦痛과煩悶을밧기위하야
태여난것가티도생각됩니다.

모도가 虛無갓습니다. 내가산다는것부터 벌서虛無갓습니다.

自己의몸하나 自己의생각하나 이미로할수업는現實이너무도 우습게보입니다.

그리고弱히게보입니다. 矛盾과寂寞과 失望의밋진(充)生活이 只今의나의生
活입니다.

寂寞! 이가운데는 善도업고惡도업고 사랑도업고 煩惱도 苦痛도업습니다.

나는寂幕을사랑합니다. 瞬間을사랑합니다.

幻滅에서 幻滅로드러가는 나의生活! 이生命에 瞬間에살려고합니다.

寂寞가운데 살랴고합니다.

兄! 오늘밤은 웨이다지도 寂寞합니까?

그리고 이밤에무엇을생각하라합니까?

업지요! 아모것도 업는것갓습니다. 잇다면 虛無박게업겟지요.

그리고 쓸쓸한自己의그림자뿐이 남어잇는것갓습니다. 世界의 사람사람들이 누구나 혼자서 寂寞한길을것고잇는것가티도 생각됩니다.

社會란무엇인가요. 人類를爲한事業이란 쏘무엇인가요. 나는 쓸데업는 社會的地位와 空然한 理想이라는것에 나의마음을 穩定시켜왓든것입니다.

그러나 이것이 只今에이런結果를지어주엇습니까.

하나하나 내압홀 떠나가는것만 갓습니다 나를멀리하는것만 갓하야 마음아픔니다. 「우러라 우리울수잇는대로 우러라 이제사람은우는것까지도 잇저버리게된다. 이것이人生이다.」

이런 허무의 말이 저절로 나와집니다.

- 내 차라리 天痴리라 누연-한 들판

금잔디 푸르러-푸르러- 푸른 금잔디에 이슬이맑어 -맑아-

어느 愛民志士의 血液처럼 옛날은 방울방울 붉어오르런만

녹쓰른 銀방울인양

그의 마음은 빗을일엇다.

소리도 일엇다.

回想도 몰으고 憧憬도몰랏다.

그의人生은 地震지나간마을

그의 靑春은 悽絶한老宿 싸진 情熱엔 재(灰)만헛날리고

문어진 希望엔 廢墟가되어서글프다.

無心한밤은

寂寞의洞窟속으로 감겨만드는데

먼 追憶은갈염도안코

조용-조용- 쏙쏙쏙

애닯은 녹크를 쏘하엿지만 쏘하엿지만

勿論 그는 쏘아를 입어줄리 업섯다

거미 그물진 天井에

凝視의 파리를 날리며날리려

그는연상중얼거릴쑨이엇다

- 애 차라리 차라림미이라리라-

-(四, 五)-

京 城 素 描*

정지일(鄭之一)

(上)

前番에偶然히無責任한旅行으로 三四日間京城에留하게되여少年時에 車窓
으로바라보고 꿈속에그리는 鄕土風物에처음對하엿다 그러나그亦是 夢過靑山
格의 皮相的觀察에지내지못할쑨만함이며 그에對한 印象과 情感도 滿洲에서成
長한者의남다른主觀으로 엇더한程度의 眞實性이 表現될는지 疑問이다

市 街

鋪路某百貨店 屋上에서바라본京城은全市를一目下에展望할수잇는四面山間
의아담스롭고平和스러운都市이엇다. 옛날에萬戶良安이라고 形容하든古都市
漢陽의 面影인古色蒼然한 瓦家가 街路와空地가보이지안토록櫛比한사이에 化
粧蓋瓦가 日光에反射되는 近代高層建物이 點點이숫사잇서新舊二態의對照가
매우鮮明하엿다.

그리고 變化만흔 低空線을그리고 놉피솟은北岳山의山色은 早春의陽光에紫
色으로보이고 나지막한南山에는松色이靑靑하야 一幅의水彩畵가치보이엇다
나는北岳山을바라볼째에 攀登하여보고십픈衝動을禁지못하엿스나 南山을볼째
에는 往年의 南漢籠吸의 哀史의三學士의血淚를뿌린 生活의情景이追想되여
『絶拒己負』遷敎, 웁라는 遺詩의一節을沈吟하며 感古臨今의情懷에가슴을무겁

---

* 이 글은 《만선일보》 1940년 5월 2~4일 게재된것이다. 작자 신원 미상.

게하엿다.

古 蹟

서울! 서울이라는語感은다른譯語로는 表現할수업스며 또다른사람의生活感情으로는感智할수업슬 神秘하고異常스러운語感을 늣기게되어 지금에는 "옛서울"이지만은 京城의古蹟을 한때에 奉天의古宮이나 旅順의博物館을볼째와는 感懷가가틀수업섯다 苑內의一木一石이라도無心하게보이지안이하여 오래동안 俯昻抵面하얏다 나는建物의規模의大小보다도 退色된園靑에서 朝鮮의色彩를 보려하고 曲線이綜錯된壯面을 차저보려하엿다

日本의法隆寺가튼 古代建築에도반드시 그圓과角度를 「콤파스」로자일수잇는 一定한法則이잇스나 光化門에는 그거시업시個個의圓과角度가數學的標準에 制約되지안은獨自의線을가지고잇는것을 移轉當時에비로소알게되엇다는데 大韓門도獨特한 輪廓과線을가지고잇는것가티보이엇다.

漢 江

처음보는景物이 내마음대로키웟든 槪念보다는大槪貧弱하엿든中에 漢江人道橋만은念外로크게보이엇다 그에比하야水量은 만치안엇스나 藍綠色의水晶빗가튼江물이비단紋彩와가티 반작거리는잔잔한물길을보이면서 소래업시흐르고잇섯다 나는鐵橋에서내려가서 江물을손으로움켜보고십헛스나 同行한友人이 「아이들갓다」고함으로 斷念하고말엇다 이鐵橋가往往히三面記事의資料를 提供하는 投身劇의舞臺가된다하지만은 맑고平和스럽게흐르는 江물을볼째에 殉死, 情死와갓치 情熱의感知夫가안인 人生苦의逃避로 江물을흐리우게하는데는 그들의切迫한事情에는 同情하겟스나 그에積極的好意는 가지고십디안엇다.

本 町

本町은 繁華街라하기보다도 狹窄한뒷골목 雜沓한뒷골목이라는 印象이잇다 車馬通行이禁止되여 行人은貧富貴賤의差가업시 모다徒步로往來하고잇서 「原始的平和」을보이고잇섯스나 新京의滿員뻐스에 고생하든나로서는 單五錢만내고 조곰도未安한생각업시두번式이라도乘換하는京城의電車前世紀文明의 遺物

이라는그것이第一부러윗다

(下)

劇 場

나는憧憬하든 朝鮮情緒를찻고저 某有名한劇場에가보앗다 場內에드러서는 舞臺를비치는 稀微한閃光에 朦朧한煙塵이비초이고 開演中의觀覽席이 騷亂, 紛亂한光景을 이루고잇는데 茫然自失하엿다 演類는「目擊者」라는連續劇인데 書齋에서男妹가對話하는場面이엇다 後列에서는 對話를完全히聽取할수가업섯스나 支累한對話場面임에도不拘하고 出演配偶는 相當히變化잇고 迫力잇는 表情을보이고잇섯다 그러나觀衆은舞臺에는 觀心이업시 粗略한木製「뻰취」의 坐席境界를덧루고잇고 한便에는吸煙을注意식히는 案內小女를붓잡고 弄談을 건느는醉客이잇섯다 그때에突然히 한구석에서 무엇이라고소래를치자 그에對應하야 그곳저곳에서「쩌들지마라」「가만잇거라」고 南北의方言이 ○○하고 그 다음에는 아모聯關도업고 意味도업는 怒號와叱聲과浪聲으로 場內는收拾할수 업게 混亂相態에빠젓다 그것은座席에아직 男女席을區分하고잇다 그러한混亂 中에 또果子類와「사이다」를파는사람이 二三人이奔走히도라다니고잇서 그旺 盛한食慾에도 一警하엿다

나는 그前에滿洲某專門學校의 日本人學生이 修學旅行中 京城某映畵館內의 朝鮮人觀客을 보고「우리는幼時로부터 朝鮮人을 支那人과갓치 輕蔑하는 視念 은가지지안어섯다 그러나지금에는 支那人을놉피 評價하고십다」고그校友會志 에發表한 旅行記를보고 그에不快한反感을가지고잇섯든 까닭인지 騷亂하다는 것을肯定하니 그것으로서民族性의優劣을 判斷하려는것은잘못이라고 辨明하 고십펏다 그리고또한가지는 劇場의規模와施設이 貧弱한데大牛의責任이잇다 고 斷言하고십펏다 假令이觀衆들을 綺羅錦繡로盛裝한 美姬들이對立한龍宮과 갓치燦爛한 金殿玉樓에모시어다가 안치엇다면決코이러치는안을것이다 이것이 萬一荒唐한假說이라면 觀客中에누구든지 汽車一等室에만태워도 卽席에서相 當한紳士態度를보일것을 保證하고십펏다 나는 京城사람의 朝鮮사람의名譽를 爲하야 이러한我田引水論을膳物로 亂筆한다.

滿洲的放浪記*

김용태(金容泰)

(一)

熱잇는序曲

왼終日을 무료히지나고한달一年을지내야 보람도업고 쭈렷히나터남도업는
것은 내젊은季節 그런것이잇다면차라리 制限된구역을쩌나 멀리멀리쩌나고십
헛다

그저물을것도업고 돌아볼것도업시 달아나듯 벌판을狂奔하고십픔!

其實 내게는요밀조밀하게맨드러진 山과 냇가 솔숩피잇는故鄕보다는 山도냇
도업시 地平線아스래한 벌판이나 태風이는沙漠한복판을눈을감고 달아나고 달
아나고만십픈것은 정말로나의 幹燥로운 下宿방을 때때로차저와서 滿面에喜色
과異常한눈우슴을쯰우는 同鄕의그샛별처럼빗나는 두눈시울에서 구슬가튼 이
슬을아롱지게할여는 故意에서 나온行動도이니엇다

달어나고십픈! 쩌나고십픔!

아름다운안해도 毒蛇인양하야 豪華스러운 家庭生活을排叛하고 西伯利亞囚
人村 한間房 零下四十度의氣溫아래徐徐히 숨을거두든톨스토이의 浪漫한臨終!

私淑하든 스승 베토벤의 心臟部를射的으로 곤흐고유리창을박차고 亞弗利加
로逃亡하야 그는꿋꿋내 幸福하엿다 피스톨들엇든 손과팔머저 피말으고홋터지
고 熱砂우에 高踏飄然하게 굴으엇슬 램보의頭盖骨!

放浪詩客 金笠의化身도아니럿다 孤寂의追求에서 放浪하든 徘人簑騷와는 因
緣이더욱멀다 아니 앙드레 지-드를私取할건女專門科生의 二三分子일것이지
나는할바아니엇다 그러나 다른角度에서 放浪하지안으면 나는그만미칠것갓터
서 쩌나고만십헛다 멀니 멀니말이지…

한계집만사랑하는 무서운作亂이다 그리고 한個의槪念을 맨드는것外에는 아
모것도아니요 그러면 알어버렷다는悲哀가 不幸으로誘導하는지를 M양은 몰으
리라 내가알어버린世界 旣知의 自然에다 내靈과肉을멈추겨버린다함은 아니 그

---

* 이 글은 ≪만선일보≫ 1940년 8월 10일부터 11월 16일까지 련재된것이다. 작자 신원 미상.

런命令이잇다면 에덴樂園에서 人類祖上 아담과 이브를咀呪하든 여호와보다 殘酷한專制일것이다

未知에의探究또는追慕 이것은人類社會가延長되는 最大動力일것이니 나도 나도 젊은季節을! 나의心臟이 太陽가치灼熱하고잇는한 靈的精力이 無盡히蓄積된체 刺戟하고잇는날까지 먼나라로발을옴기고 일흠몰을 異國洞口압 白楊숩 그늘에서 오렌즈빗으로물들이는 하늘을보며 살어보고만십헛다

그러차고 우리祖祖先先그아모도 카나인福地를찻저가는 이스라엘百姓의게 훼멸칠여고도아니햇스려니와 十字架死刑臺에 옴겨가는 여호와의使者 聖母마리아의獨生子의게 卽救世主예수를비웃지도한헛으리라

눈초리毒잇게빗치는 수레를先頭로行進하는 집씨의떼에 휩쓸여서가고십거나 이불짐을한짐을지고 苦力들의무리에게는 더욱 어울리지안는다.

(二)

오늘도 孤獨한가운데서멀니멀니 달어나고 달어나다멈추고 멈추엇다 달아나고 그리하야 言語가달코風俗이달코 婚姻禮式이달은마을로호파람불며 지나가고십펏다

달어나야한다 달어나야한다 이序曲의後斂으로 親友徐廷株君의 「바다」(詩)의詩草를외우기로한다

아라스카로가라
아프리카로가라
아메리카로가라

男性의悲哀

나에게 커다란過慾이능구랭이처럼자라고잇슴을 깨닷는다 神의毒矢가 비오듯하는 追斷밋헤서라도오히려 힘찬行脚을옴기고십습니다 萬一씨구러저서 永永푸른하늘의覇者아포르의光彩와도 因緣이끈이진날이 繼續된다면後代의내化身에게 相續하고나는나대로隱退할터이다……

어째서자쏘만 도망가고십혼가?

自己와가티살고 自己의의안에서도살면서도 自己를否定하고 自己세계를벗

어나서 妙有스러운 世界에의逃避! 自己를멀니하야 自己업는孤獨한雰圍氣에로
의 滑走飛行그리하야 自己를生覺하다가 가저오는悲劇-悔恨 絶望-도 志却의河
流에덥허버리고 線업는軌道에서 活氣잇는원스템-이리하야나는 써나려하얏다

이런쌔마다 나는病的으로 머리털을쥐여뜻고 코털응쏩아보거나 손톱을싹거
나하나 結局 理念이란言行이나斷行以前에오는것이지 그目的에는오느것이나
니것이다.

冊을읽는다 冊에사로잡히는날이면 冊은나에게둘도업는惠顧가될것이니까
그쌔는自己의世界理性과悟性이쑤럿해지는나(靈的인)를익혀생각해지고말째
는 나는依例히

「어머니! 착하신어머니께! 나는갓스물난 누이동생가티이마가 蓮꼿처럼붉은
게집으로태여주질못하얏나요?」
하면서怨望을한다

그런저녁이면 反撥的으로어머니가 실타는거리로나와서 헤맨다

喫茶店도조타 卓球場에가서 五十錢을걸고 저(敗)주기를즐긴다 詠雀俱樂部
에가서 동무놈의돈일흔光景을물그럼히보고지난다 그도 할대로하면 그만나는
갑산쑤리크를始作한다 一杯一杯復一杯 放浪의아름다운스템이 鍵盤우에서 亂
舞하는光景을 幻影으로그리면서-

써나자! 멀니.

南山을 三角山을背景으로하고 寒寂한停車場에서 北行하는移民列車에몸을
실혼양으로 近村驛을目標로 써나고잇섯다 그러다 醉한生理 妖雅하야 나를어데
인지에다 팽거처버렷든모양이나 나는하나도몰으고 나를깨우는 어느壯年의게

「여기가 京城잇는 朝鮮쌍은 아니엇다」

「하하하 멋진뎁시오」

「아! 千里他鄕逢故人이라니요 반갑습니다 滿洲땅을진쓱밟으신 先生은 幸福
합닌다」

「하하하 이사람이 꿈을꾸나 젊은치고가 약주를너무먹엇군 쌜리精神채리서돌
아가오 여기가 阿峴고개야 阿峴고개라니싸」하면서 지난뒤에도 나의瞳孔에는빗
낫다 滿洲벌판우에서 北極星은 僧舞하는北斗七星이……

나는 어째서 男性으로태여낫습니까 어머니 할머니 그리고 누님고모들을보앗

다 어린애에게 젓꼭지를물리우는光景을- 다드미질하는光景을- 바느질하는光
景을- 밥을짓는光景 그것이하로에도세번식이나 진종일을十分十分이저절로일
과일이 그것이倦怠라고는 하나도업는順序가進行되는것을目擊하얏다

그쑨인가 分娩의일까지-

이런말을하면 羅馬法王殿審判臺에서 笞刑의宣告를바들지몰으나 禁斷樂園
에서問題의善惡果를犯한것은 이브가아니라아담이앗든모양이다

그러기 째문에 사내에게倦怠로운時間을 永遠히주엇고그로하여금 放浪하여
야되엇고悲哀를남달니女性만이만히지니도록마련하얏슬것이다

나도男性만아니엇드라면이낫세남의며누리로서 젓꼭지간지러운家庭에 파뭇
히엇슬것을……

(三)

醜貌아리나루를건너서

일곱색電光 燦爛한紋이어느나라의公主압헤내노흘고흔 배틀(織造機)이엇뇨
江물고요히흐르고 하늘에는별들도아름다운밤 鐵橋우를달니는 수레의거센소
리가 귀에담겨질쑨-人工의 造作欄干우에서풍덩 溺沒하여도나는오히려幸福하
렷다

江물 아리나루얍록강의表情모나리자를嫉視하는 醜貌의江물은 길이二千里
의 地表우를흐르면서도 그저沈默직헛슬쑨 이나라가이나라요 저나라가저나라
는둥 쏘여기에서 年前에어떤慘變이잇섯습니다 또어떤殘忍이殘留되엇섯습니
다는말은 聾兒의黙過를즐것다

그는通치못하는 兩岸의입과입을 귀와귀를거실러주려는안하얏다

다만굿세게흐름은歷史를通하야서아니라 天池할아버지 하늘을울어보고는단
시 쌍우에금(線)을그을째벌서 이江언덕에는힘찬秘密을가지고보기로하얏슬것
이다

휩쓸이는 兩國의國界物도한목靑春의美 된心情처럼抱擁하고 容納하야늠늠
히흘으는것갓지 멈춘것갓치이러등저런둥 暗澹한色調만보히줄쑨이다

哭聲처럼 싸늘한肺部에는유리창으로 스며드는밤바람만이 차거윗다

安東驛 푸랫폼하안洋服검정넥타이의 稅務吏의개땀국에저진 샤쓰사루마다

各一個 花王비누라이온 ○磨粉刷子타올한個의 行裝을보혓다

異國의거리 갓에스치는大陸性氣溫 이바람을먹는사람은 豊饒로울것갓고 이
나람아래는 律도 線도 聲도 自由스럽고 부드러운것만갓다 그러나 그대로 蜀魂
새밤마다 피를吐하드락 울는 玄聲峰아래 내지란故鄕도 그리워진다

몰니는胡人의쎄!

「那邊走了」입과입 그리고머리에蓋笠을쓴 그들이 「三番通(삼번통-삼반도-
리)」

「二角錢-二角錢」車夫는나를태우고 나는타버럿다.

冷却한아스팔트우에 달니고잇는退車 끌고가는 늙은車夫 異國의밤情緖를 흠
박醉하고십흐나-

어대서인지 鐘소리가 들여온다 아마도 오늘도 賀燭소리업시 물으녹은光彩속
聖像압혜 무릅을꿀고 彌撒올이든 共修女들이 하얀寢室로 옴겨가는時刻인모양
이다

노란밤帳幕안에서 鐘소리홀로吸水塔처럼 퍼젓다

三番通 和式客棧압페서 白銅貨를주고도 아모말업시갈엇다

(四)

「수고햇습니다」

「안녕히주무서요」의 人事한마듸쯤은 잇슴직하나 말을通치못하야그도업섯다
하기야 그는 허덕이는呼吸아래도 白銅貨두錢밧어드는손목은 싸뜻할것이요 나
도車우에서 몃번이고 사람 더욱이는늙은異邦人 의끄으는車를 타다니 안되엇노
라하며 휴매틱니한感情에 사로잡혓섯것만 갈리고맛남은 無常한것이어니 어둠
속으로 살아지는뒷그림자만보앗다

자리에누어서 窓넘어로하늘을보다

멀니멀니 쏘쩌나야할來日의旅程 유달니 浪漫해지고 旅愁도 흠몸에넘치게 펏
붓는다

알어들을수업는 少年의 民謠소리-二十三時半發北滿行의火車의汽笛소리
얼마나聖스럽고 고요한밤이엇느뇨 이런밤 思春期小女C의게주고십헛다.

들을수가업다 둘여줄수가업다 幌馬車에몸을싯고 鴨綠江邊을 달니고십허서

밤에자다가말고서 쮜여나왓다 쉬이 馬車는잡어타스나 那邊走? 에는 對答이업시 손으로 기르칠짜름이엇다

굽어들고 휘여들면서 鴨綠江잇슴직한 方向으로 가르치며내달리고잇섯드니 웬걸엉뚱하게도어느洋屋집웅倉庫가 어느櫛比한골목에서 車夫는멈추엇다 무엇이라고쌔왈거리고잇스나 都大體알수가업다

「이것! 딱하다」하면서 鴨綠江(얄루江)이라면서 불넛스나 아무런對應이업서 對談만할따름 當初몰을일이다 무엇이라하면서 채죽질을하기에 올치 가는구나하엿드니 내가처음타는客棧(旅館)압에다 세우고만다 더請할勇氣가 나질안엇다

그쁜도아니다 그이튼날終日 참으로困難莫甚이엇다 求景도마음대로할수업고 코-스를 코-스답게못돌앗다

滿洲國사람과 나의 關係는興亞와 豊亞의 關係이다.

더욱 汽車에서 사귄 哈爾賓산다는 二十난색시 宣修娘과의 하로밤은 참으로 寃痛한事實아닐수업섯다

하얀옷을입엇다 肉迫하는그의 體軀며 피여올르는 꼿봉오리갓튼 乳房 그리고 년직히 가느다란허리 붉으스럼아담한 쇠꼬리 그는너무 卑俗하다 무엇이라고하얏스면 조을지 그流暢하고도屈曲잇는音聲의 主人 말을듯지못하고 傳한다 젊은애르테르는 꼿꼿내 말치못한채 汽車안에서 쏘갈니고말엇다

겨우 알게된것은 그가漢書를안다는點에서엿다 내게잇는 老子道經을읽는것을보앗다 絶時葉智 民利百倍란 選源章을 읽음이엿다 그리하야 어대사느냐 몃살이냐 姓名은무엇이라부르느냐를물엇다 그리면 그는가느다란우슴소리와 鉛筆을 내手帖에우에 긋고잇섯다

다음날 滿洲올째는 귀를다사리고 입을다사린후에 오리란것을 얼마안되여서 喜劇뉴탈宣修調압헤서 마음으로 盟勢하엿다 車안四方을둘너보아야나와相對해줄만한사람은 하나도업섯다

(五)

어느停車場에서 停車하엿다 大端시끄러웟다 敵兵이라도 처들어오는것가튼 騷亂이엇다 그러케 큰소리를쓰지안어도 괜찬을것가트나 그들은 聲帶가破裂할

것을하나두려워하지안코잇섯다

나는 이런光景을보고 文化의尺度는 그國民의音聲에 依한것을알어두기로하 얏다 騷音과音樂의 區別 音聲의高低 卽이이들의音은 놉고도騷音이다 勿論 이 들의귀가愚鈍하다면 그것은治療를 要할바이다 이治療는 耳鼻咽喉科의專門醫 가 耳-쏘하나는 그들이 嗅覺神經이銳敏치못하니 이외 蓄膿性이나 鼻加胎兒는 大槪가젓스리라 그리치안타면 어찌 高級客棧이라는곳 또그들의 中流以上의家 庭에서 그러케 甚한惡臭가 날택이업다 그리하야 鼻-또하나 咽喉手術이다 그들 의聲帶의 開閉는 生理的으로强하게되엿스리라고본다 그리하야 精力以外의힘 이 들어가고 남이듯기에실흔 騷音 野獸의高喊처럼치는때가잇다

이에反하야 視神經의銳利는 말할것업슬것갓다 卽視力이不足한사람이 검정 眼境을쓰고잇슬택이업고 攝氏百度以上의 太陽光線아래서옷의 이(虱)를 잡고 잇슬택이업다 그리하야 非文明國일수록 視力의度가놉다 또는敎育學的見地에 서보면 視力을줄이도록 電光밋테서 꾸준이 讀書를할일-耳鼻咽喉科專門家 人 口百人에 一人式을 잇서야될것만갓탓다

初 秋 의 自 然*

로정원(盧靜園)

(新京韓兄에게)

시원한바람이 두팔을버리고 춤추며거러온다

白楊나무욱어진 숩사이로- 맑은샘물이 손곱젤하고 우스며 흘러간다 險한돌 틈 산기슬그로-

○

白楊그늘은 은욕히덥혀잇고 맑은샘은 보드랍게속새기며 짜고도는 이 폭신한 잔디밧우에 나혼자 뒹굴며 놀고잇기가 아! 벗이여! 너무나앗갑소이다

---

* 이 글은 ≪만선일보≫ 1940년 7월 27일에 게재된것이다. 작자 신원 미상.

○

푸른빗흐르는 포푸라가지로새여나오는 매암의노래! 깃분듯이즐거운듯이 달 아래반작이는 풀밧우흐로 寂寞을위로하는 베짱의울음 凎혼듯이 애씃는듯이-

○

쓰거운낫이면 흘러나오고 고요한밤이면 써오르는 이妙한神秘의멜로디를 나 혼자 滋味롭게 듯고잇기가 아! 벗이여! 너모나앗갑소이다

○

잔디로싸이인 自然의빗갈! 풀버레의애씃는神秘의노래! 오! 그리면벗이여! 이 곳으로오소서.

낫이면해지도록 밤이면밤새도록 自然의빗갈에 키쓰를주고 神秘의노래에 춤 추사이다.

=東滿大肚川에서=

尋家記*
-滿洲初創記의一段-
초형(楚荊)

(一)

滿洲는住宅難이甚하다. 더욱이新京은더욱至毒하다그러나집이 업다업다해 도 아마朝鮮서야 이러케까지 업슬리야업다.

新京人口가 大槪四十萬程度라는 말을 들엇는데 市街地로 보아서는 四十萬 人이 이러케까지 住宅難으로 들복길만큼 좁은것도 아니다. 平壤人口가 二十三 萬 大邱人口가 十七萬인點을생각해서 그市街地의 面積과人口의 比例로따지면 新京이얼마나 널분지 모른다.

그런것이 大邱나 平壤에는 아직 住宅難소리를드러본적은업근만 新京은 大體

---

* 이 글은 《만선일보》 1940년 4월 16일부터 23일까지 5회 련재되였다. 작자 신원 미상.

어떠한關係일가 아닌게아니라 新京市街는 街路가 넓은關係도 잇슬것이며 大國의首都인만큼 住宅에比하야 非住宅建物 말하자면 官府나 會社가튼것이 比率를만이占한關係도 잇스리라.

그러치만 그래도 이럴수야잇나

발을한번 城內를 드러노흐면 거리의雜踏도 雜踏이지만 住宅의稠密은 形容키어렵다 그리고 다시 朝日通附近의朝鮮人村으로 드러가면 마치 집안에다 사람을 덕게덕게 싸아노흔것가튼 狀態다. 열무김치를 담을째 열무한층 놋코소금치고 또열무를한층노타십히천정과 방바닥사히에 한단을더놋코 그우에서는所謂 쥬-니까이라는 怪物은言語道斷이다.

住宅이이래서야 사람의생활이사실 延命을爲한生活以上의것을그가운데서 감이차즐수잇슬가 내가지금잇는下宿은 이所謂쥬-니까이는아니다. 그러나 別로 갈일것업다.

길거리에서 나의잇는房門까지굴을지나고 골목쟁이를 건너서가는것은처음 滿洲를왓슬때는 놀랏다 그러나지금은벌서나의 神經에 그것이適應하게되엇는지 滿洲人의빨래줄이 너울너울달인손골목쟁이를기어서 드러가는것이그리 苦痛을늣기지안케까지되엇스나 한번문을쑥열면 바로 그곳이부억간이다.

집의 구조한것이 본래한식구가 살여고지은것이 아니라 滿洲人이살도록 된집을 될 수잇스면 방을 만이취하려는식으로 햇스니 결국 이모냥으로된모양이다.

이부억간을지나서 그마즌편에 토굴가튼 방이잇스니 이것이바로 나의거처다

(二)

나는 언제나 이러케부억간을 지나는것과 그부억간에서 숙덕으리는 여자들의 엉둥이에 쓰치지안으면 드러가지못하는것이 지금도불쾌하다. 아마이것은 장래에도 적응되지못할것갓다.

방은 한평은되리라 나의키가 五尺八寸 될듯말듯한것이 어느편으로누어도 겨우 발은 펴칠수가잇스니 그러나 이런곳에도 나한사람이잇는것이아니다. 그야 한사람이면 그래도 못견딜것은아니나 한坪이못되는곳에 사람이두사람이 거처를한다.

거저 두사람이 아래우으로 골을치도록 쏙마즌곳에 폭이역시좁으니 밤에자면

그러치안아도 몸부림을치지안으면못자는 납분버릇을가진나로서는 더욱 방의 협착에 몸에골수에사모친다.

그게아침마다 조고만한부엇간에서 밥하는女子 안주인과 그딸과서로 서로 엉둥이를부비여가면서 洗手를하노라고북닥그리는꼴이란참말여간한心臟으로 견듸지못하리라 나는원체가 生活이放漫한축이며 그러케○○을가지지아니한사람이라고할수잇스나그래도 그부억간에서 우덕으리는것을 여간성가시런것이아니어든 매금하게몸차림을하여야 사는一種의奇席을가진 白石으로서는 더욱말하지못할일인모냥이다

그는機會가 잇슬째마다苦衷을말한다.

일은그뿐이아니다.

(三)

방에검은몬지가드러안는다든지 석탄가루로 쓸면쓰는그자리에서 검억케어즐어지는것쯤이야 新京의共通點인이新京에 사는以上 말을햇자소용업는일이겟지만─오히려 이집더욱이내가잇는방에는 이러한構造로된집에서는 좀에어더볼수업는 해볏이 보잭이마큼아츰길이면 방안으로드러오게되니 오히려다행한일이다.

그러나 頭痛거리는 이러한집에 對한것보담도 집主人에對한일이다

그러나 이것은 現在내가그집에잇는以上 主客의敬意로서도말을비러노을必要가업스리까

그래서 엇잿든 집을차저야되겟다

이것은白石의말이다 그러나 나는白石과가튼理由로도하로밥비 그점을나갓스면하는생각도잇지만그다음 重大한理由는 大邱故鄕에잇는 녀편네가新京을 오겟다느것도 오겟다는것이지만 大體홀아비살림을數年만에해보니 모든 것이 게셉셉하고 쏘리타분하야집을 차자드기도 서걸푸기짝이업스니─ 이라하여 술집으로 바른길로 소빌니게되니 可否間갓갑게아주女便네의請을 드러주는척하고 대러와야될狀態에切迫하엿든 것이다.

그리하야 집을찻는第一의候補地로寬城子로定하고 여러번來往한일이잇섯다 寬城子라면 交通이不便한대왜그런곳을 指目햇느냐하면

첫재는 交通의不便하니市內親舊들이잘안나가게될것그러니 빈집이잇스리라
둘재는 寬城子는 白露人들의根據地이며 郊外이니 風景과空氣가조흘뿐아니라
아주異國的이란意味에서

이둘재理由는 白石의詩人精神이더욱華說을하는모양이엇다

그리하야 엇잿든寬城子로이럿케 서로이약이가되엇든 것이다

元體가랑활하나는 집을차즈러寬城子를 나간다 나간다하면서 멧칠은먹엇다.

하기야 寬城子를갓댓자 빈집은업스리라는口說을잇섯지만 그러나 白石은다
르다 그는直戰直決主義다.

지난번 日曜日날 나는그안날밤에먹은 술로昨醉가未醒하야 그토굴과가튼방
에라도 하로終日누어서 궁굴생각으로 느러짓는데 아침부터야단이다 白石도술
을먹지안는것은아니다 그는平時에이러나서 寬城子行을 한다고야단이다 어지
간하면 口實을부처서라도 가고십픈생각이나지안는다 나亦是 몸만찌긋찌긋하
지안으면 한時바삐 이土穴에서 기어나가고십프나 몸이여간아니다 그러나白石
에게 이미約束한일이다 엇더케할재주가업다.

박갓날은 바람이몹시불고아직朝鮮의겨울과 가튼추위다 亦是이곳도 적놈들
이 사는곳이라 胡地의형새를부리느라고그리는지 春分 淸明이지나지 오래인데
春來不依春이다.

하다못하야 엇잿든 이러낫다 가라가 색가맛타

新京驛까지 거러서 그곳에서 寬城子行써스를냇다

新京이란곳은 住宅難의難만이 難이아니라 이곳에서 新京의所謂列記하게도
여간한힘으로는 어려울것이나如何튼 住宅難과함께 生活의直接으로 關係되는
難이 바로交通難이다.

大同大街 널븐거리를 달이는써스로 車窓外에 車擧이나 乘客이 밀어나와서
매여달이지안車차가 얼마나되는지 如何튼 이마큼되면 京城이나 大邱쯤만되면
야단이날터이나 이곳에서는그것을관대하게看遇안코는 재주도업으리라 寬城子
의버스도언제나滿員이다 滿員이라도마치난車와갓다.

乘客은 日本人, 滿人, 白露人, 朝鮮人, 支那人 이러케처서五族이다. 더욱이
白露人의根據가寬城子인만큼 이車에는언제나 露人乘客이 쯔칠째가업다.

(四)

支那人의마늘냄새 白露人의이상야릇한 노릿한냄새이조고마한쎄스안에는 몬지와뒤석거서욱덕인다 몸을좀움즉일내야 움즉일재주가업다

洋코쟁이면 모두가이쁜줄알며 더욱이洋畵狂은大槪가 양코쟁이면무엇이든 지 조혼줄알쁜아니라 나亦양코쟁이를이째까지 對한일이적음으로 그러한일이 잇섯스나事實은거렁치도안타 오히려그反對다.

西洋女편네의늙은것이란事實더러워서못본다. 그中에는여원女子가 업지는 안치만 大槪가 목메통과갓다 뱃대기가 메(墓)봉균과가티 "비루바라"인거야. 뚱 뚱한사람이라면 의례히 생각할수잇스나 혈색이업는것가튼 白人性質의허멀석 한 얼골이 기름기름이저서 버석버석한데다가 마치게골창과갓티 깊피파고드러 간 주럼사리란 見不忍見의魔貌다. 그곳에다白露人의 現實에비추어 그들의차림 새를 상상하야그꼴을 생각해보라.

(五)

新京과 寬城子의 사히는 東體도 그리조혼것이 아닌데다가 일흠은 아스팔트 나 곳곳이 곰보가 되어서 길도 그리조치못한축이라한번 곰보구멍에 다이야둘리 빠젓다 은낫다하는판이면안에란 乘客은 마치키우에윤나안진 벼알과마찬가지 로들까부린다 그러니 그안에빠다냄새나는 露西亞의녀편네람루에싸린 滿洲사 람할것업시서로 안꼬지고 들석거린다. 그리하야 한十五分餘되면寬城子終點에 當한 다.

그終點에서는 아직사람이 나리기前에 그야말로 文字그대고 기두리는 양반들 이 投到한다 體面이라도 여간한데서 체면지 이러케되고보면 體面도面子도 채 릴수가업다 萬一體面을차리고보다가는 하로終日 停留所에서 해를넘길수박게 재조가업다 그러니 同族異族할것업시 筋骨이 陵陵한사나이들乘客사히레 끼어 서 女子乘客의악을쓰고 덤비는것은實로壯觀이다 壯觀이라기보담奇觀이다.

東에서 넓은거리에 나서니 어디서 解放된것가티갑분하다.

이거리는 아닌게아니라白露人의 市街地와가튼 감이언제나 다름업다 白楊北 國의特色이려 北國의感覺을都마튼 白楊의숲이넓은 길가를 쑥느리서고 그白楊

사히로 露亞式의 住宅이쓰문뜨문씩군보인다 이것만해도어때인異國的인 感覺이다.

거리에는 看板마다 英字에익은 우리눈에 설게보이는 露西亞글자가 쓰엿스며 길가에는 이白人의 兒孩들이 喜喜樂樂하게 쩨를지어서논다.

이째에 한번 쑥 이近來이光景을말하고보니 寬城子란 實로 樂園인것 가트며 詩鄕과가트나 조곰가두러야겟다.爲先보기에는 이러한光景에對하야 잠간 觀照의細工을말하여야겟다.

(문맥으로보아 문장이 더 계속되여야겠는데 또 (5)의 뒤에 ≪續≫이라고 했지만 문장은 후에 더 발표되지 않고 여기서 끝이났다.—편찬자 주)

窮 迫 譚*

전영일(全榮一)

벌서날이매우 따듯하여젓다 그다지도지루하든만주의겨울도아마무러가는모양이다 그도그러할것이다 來日이二月二十一日이다 그러니제아모리猛威를자랑하든 滿洲의겨울이라하여도 이大自然의攝理의아페머리를숙이고 權勢를안이쩍길수잇슬것이냐 째는確實이봄이가까워젓다 農村에서는가을에채워두엇든 쌀두주가밋바닥이들어나고 김칫독도다파먹어서 텅비게될째이다그리하야 農村사람들의입에서는 春窮春窮하고 부르짓게될째도 이째일것이다

市街의「사라리맨」들도 지난달給料를타가지고 쌀도팔어두고 반찬거리도좀 작만하여두엇든것이 요즈음에는모다썰어질것이다 아니벌서사날전부터 쌀과돈이쩌러진사람도잇슬것이다 속담에과부설음은 과부가안다는셈으로 나도사날전부터 뱃사공의문자대로 무나두양식이다쩌러젓다 그야말로月給날을 五六日압헤두고 月給쟁이들이다가티맛보는 「사라리맨」들의 春窮期이다

---

* 이 글은 ≪만선일보≫ 1941년 3월 6일에 게재된것이다. 작자 신원 미상.

그러나 나는聖經가운데에 「한포기의 들풀도 하나님이입히시고보호하시거든 하물며사람이야 더욱입히지안이하시랴 그런고로너희는무엇을입을까 무엇을먹을까 念慮하지말라」고…이와갓혼 句節이잇든것을생각하고 泰然自若조곰도 不安업시 不動의姿態로이難關을 毅然히타고넘을랴고 決心을하엿다 그러나엇지하랴 나혼자뿐이면그리할수도잇겟지만 가티自炊를하고잇는 세동무가나째문에 굼주리는 까닭업는고생을하게되니 그도그리할수가업는일이안이냐 글세그적게 저녁은갓치잇는L兄이 저녁을다른곳에나가서 먹고드러오지를안엇는가 먹고나와서먹엇다고한는지 모를일이지만

그리하야 어제저녁에는 古本, 新聞紙等을 넉마장사에게 파라서 一金九十八錢也을밧아가지고국수세타레를사다가 납싹한 국수한그릇식으로 끈이를에윗고 오늘아침에는 풀을만들랴고앗겨두엇든 밀가루로수저비를만드러서 먹엇다 그러나큰일은그여히 닥쳐오고마럿다 오늘저녁에는 넉마팔것도업고 맛겨두엇든 밀가루가튼것도그외의 아모것도 업스니……

거기에다가 쪼업친데덥친다는格으로 이전에잘하지내든동모가 마츰 먼곳에서차저오지를 안엇는가 그러니가치잇는 동모들가트면두어째씀굴므면서라도 나의月給날까지나(來日이給料日이다)기다리린다고 하지만 모처럼차저온손님에게까지야 굴머가면서 來日이나의月給날이니 몃때만 굴머달라고하는수야 참아 잇을것이냐 참으로 싹한일이아니냐 말이다 할수업시나는 엇더케하든지 쌀을 구하야 오지안으면 안이될기막히고답답한事情에 닥드리게되엇다 그리하야 여러 가지로 생각을해보앗스나 별도리가잇슬리업다 혹은쌀가게에가서 내일돈을 낼터이니 외상으로쌀을좀달래볼까 어느동모에게가서사정을하여볼까 「게다」를 시노라도 출근을하고구두를전당에너을까하고……

(下)

그러나 그러나 이것이다실현되지못할헛된생각임을다를대에 나의머리에는번개가티 陰凶한 設計가하나깨여낫다 즉남을속여보자는것이엇다.

그리하야나는 아래와가튼거짓말을하게된 것이다. 퇴근을하고집으로 도라온 나는담넘어로S商會를 호기잇게들엇다(이S商會는우리집담넘어에잇는 상가게이다)S商會主人은 곳쫏차나왓다 나는아모주저함업시 쌀한가마만갓다달라고말

하고집으로 도라왓다 조금후에배달부는쌀을가지고왓다 나는인제여기에서그짓
말을 쑤며대지안면안되는판이다 바로천연덕스럽게

「아지금돈 가진사람이 막어데로나갓스니 돈을잇다가담넘어로넘겨주면 안되
겟느냐」고눈을감고나는 배달부에게드려댓다 순직한배달부는아모말업시 그러
면그리하여달라고 하면서곳도라갓다 나는그쌀로 빨리저녁을지어노코함께잇는
동모들이도라오기를기다려 불야불야먹어치우고 오늘아츰에온동모가놀러나가
자고하기에 얼시구나하고따라나섯다 어더케하든지來日正午까지만 쌀갑을미러
나간다면 解決이될수잇다는뱃심이다 동모와각갓헤나가서 도라다니다가 열시
쯤되여서집으로 도라왓슬째에는쌀배달이와서 한참박아지를긁다가갓다고한다
그리고來日아츰도 오겟다고하더라고…

그야말로來日아츰 쏘온다는데는가슴이서늘하지 안을수업섯다 글쎄두번까지
는재강아지눈감은것갓치 속이여냇다고하지만 재일아츰또오는판에는대체 무엇
이라고대답을할가가 문제엇다 무엇이라고속여서 正午까지연기를할 수가 잇겟
느냐말이다 나는잠자리에 드러누엇스나잠이올리가만무하다 그짓말을한良心의
苛責과來日아츰쌀배달부에게 대답할것이걱정되는 것이다 나는심히괴로웟다
그리나나는이러케 괴로울째마다하는 習慣으로하님압헤 誠心으로祈禱할것을잇
지안엇다 「오! 萬物을創造하옵신 하나님이시여! 이不完全한자식이 오늘한그짓
말을容恕하여 주옵시고 自己의 誠信을保持하랴고한그 卑劣한行動을取하여주
옵소서」라고 祈禱를마치고모든것을 하나님쎄맛기고 잠을들랴고감은 나의눈압
에는여러다지의 幻影이쩌올넛다 첫재는 來日아츰 쌀배달부에게事實을 告白하
고勇敢히나설眞實한 나의尺度엿고문제는 압흐로엇더한 일이잇든지 생긴그대
로 조금도 假飾이업시 赤裸裸하게 나갈 持久力잇는나의 眞實한모양이엇다 그
外에도 今年一年을한해에 열두번식 逢著할春窮嶺(給料生活을 하는恨) 이나의
거리가는行路에疊疊히 가로노힌것을 새각할째에 前途가暗澹함의一沫不安도
업지안엇스나그러나 이번의 人生試驗에 失敗를하고(이전에도멋백번을하엿지
만) 良心의채쭉을단단히마즌나는 可能한邪氣에對한 忿怒가發하야 容役히머리
를들고 이러나랴는 一沫의不安을 무찔러버릴수가잇섯다. 나는기뿐한숨과힘쎈
두주먹이 힘잇게쥐여진것을 發見하고이러케웨첫다 ≪그러타이몸은 아모데에
도 發展시켜지랴아니할것이다 쏘는실컨아모것도업슬것이다 하물며 權勢地位

武威등이나를 發展식히랴하는데 잇서서랴 그러나 오죽한가지 이몸을 服從식킬
데는잇가 즉眞理압헤…… 나는眞理압헤는 無條件하고 僕從을할것이다 모든虛
榮에强硬한 反抗을하는 反撥力으로 眞理압헤는 어린羊과갓치 柔順할것이다≫
라고……

(끗)

滿洲의 봄*

김이준(金伊俊)

滿洲의 三月이라서 봄이아니라 치마쓰테고드름이달이면 봄인 것이다 고드름
에 빗친 「쎄파드」의 봄裝飾이봄을꿈속가티 想像케한다 거리의 분주한- 일컷자
면 봄나그네들! 아가씨들은 봄나드리 옷감잘느기에 밧분모양이다 그러나 그들
은자기내의 엇개에 몸부림치는 여호쏘리가 비웃는줄을 몰은다 「오바」밋흐로내
다뵈는 가벼운 치맛자락이 안타까웁다 바람이분다 大地가아직도 깨나지못해서
바람이칼날갓다 亞西亞에 갓가워온太陽이 「사보타주」을 始作한지라 그紫外線
여름에 襲擊되어 녹아볼낙하는째가 午正이지만! 머리통과 발을모와서는 男女
의性別을 갈느기어려운 程度이나 빙판에잡바진 모쏘는 「젠-장 이놈의데는 三月
달에도 어름이泰山이라」점잔치못한소리를 쏫고달어난다 콩나물장사댁네들의
손이오리발처럼 새빨개진것을보아서 어름판에 궁굴어도관게치안타 장갑씬손
어름에접헛서도조코 二層서울間에서는 봄노래가흘은다 二重窓을 꽉꽉닷고 이
청대는쌀은 滿洲가아니엇드면 환장해다고 할지경이다 「짜도」(카페)에서 쒸여
나온 덩덕새 대가리 「웨이터레이스」의 앱부장-한얼골은 쪽은-하다 알콜이 血流
循環을促進시헛기째문일가! 그들은 봄인양 人造櫻化 멋, 그늘에서 明朗하다 그
러기에 그들은 「人造엔젤」인가!

新天地거리(카페青樓가만헤서)에서 滿人이너머젓다 압정갱이까지 새기줄로
칭칭감어맨소가죽신바닥이 민틋한짜닭인지 술기(河馬車에서나려뛰다가 미쯔

---

* 이 글은 ≪만선일보≫ 1941년 6월 13일에 게재된것이다. 작자 신원 미상.

러진모양이다 장패(主人)를나려다보는말의코에서는 水蒸氣가술술풍겨나온다
거리 水溝에어름짜내라고 警察들이 야단을써는바람에 배째기에주둥이를감추
고잠들엇든개들이 發見을하고달려나온다 이리도봄이되면施行하는舊禮事이다
그러나어름짜내는 봄이다 滿洲의봄은사람의마음을憧憬한다 三月도삼짓날이지
낫것만 아직江南제비消息이막연한것도 滿洲는抗議못한다 三月의滿洲! 제법사
람들에게 「나싸오리」는씨윗지만 오바깃을제치지못하는弱者들이엇지江南아가
씨에抗議할수잇스랴! 더구나三月의風塵를누가막어 봄이오게할것인가! 果然이
塵風 人間들은 上下너나를勿論하고 상판댁이를바로펴고다니는者가하나도업
다점잔치下에왜모두 눈살들을찌푸리고저야단들인고 이바람이봄의魂이아니고
眼境장사親아버지인줄도 몰라보고서야 이都市에서산다든가 이꼴이보기실은사
람들은 農村으로간다 農村에는지독한몬지는업는모양이다 그러나C兄은피(稗)
뽑기가태근해서인지 農村에간지두해가못돼서 都市로다시들어오고말엇다 自然
은食己力하지안는사람들의 상판을펴주지안는지도몰은다

　　그래서그럿튼지이속에서나는어듸인가조흔것만갓다 봄인것만갓고안봄인 것
이다 그러나! 내마음에幻想이아니랴

　　봄! 그리운봄 溪谷의灘流-솔닙새로 감도라나가는봄바람이琵琶聲 楊柳間에
홀으는 새의멜노듸 언덕우에양지짝-萌芽를노리는 處女의누과손! 그리고불눅-
한 乳房의 魅力이여 山허리 신장로로 달어다니는自動車 꼿장식은 웨햇는지 재
발로걸을쌔는 봄노래도 뱃속편해구섯지드니- 하는말은 사람들의실토정이엇거
니와- 나의봄의쑴! 쎠안고 십게안탉은 봄의幸福이날너갓다오래지안혼아마-두
한 넷날에서소스라처깨니 滿洲牧丹江의문풍지요란히 썰리는내집! 죽은사람의
몸에서는 찬바람만이펑펑 돌박게 生命이업는필님의 그림이 銀幕에사는것과갓
치 네넷이原稿紙 사러五百貨店에갓다가내게와서 「옷잘입어야되겟네」허든소리
가내머리에서 다시살어올은다 모두人造(가짜)속은 엇더케되든지 옷만잘입으면
되고 날이야 엇덧든지 봄장식의봄단장이면 그만일가? 암만그래도 水流牧丹江
人住牧丹江 물도쌍갓고 쌍도牧丹江에 어름갓터 牧丹江이라고이都市가 命名된
지 몰으나 三月의 牧丹江은물도쌍갓고 쌍도江갓트니더쓸게업는가보다인지 정
말봄이올테니짜!　　　　　　　　　　　　　　　　　　　　　　　3月16日

旅 愁*

손귀봉(孫貴峰)

(上)

南玉에게!

一望無際-新聞을읽다말가 얼른이런句가머리에써오른다 벌서新京으로부터 다섯時間을달엇스나 아직두山이라그림자두볼수업구나 南玉아이것이 내만이놀라움인지는모른다만 自然이란이러케끗업시넓은것을 너는 본적이잇니? 이길이 우리들의꿈꾸든 지나간時間이엿든들얼마나雄壯한깃붐과 또찬란한憧憬을가젓슬거냐마는-靑春이란이름을 빌어가지가지펴노코거두어놋튼設計圖마저접어논 今日.

○

車中엔 滿人을비롯하여만흔 사람들이욱실거리고 혹혹풍기는 體臭에犯人의 護送車와도가튼感을늑긴다 壯熱한아니悲壯한生의苦役에對한무슨啓示와도갓고 靈柩의뒤를짜르는葬禮의 行列과도갓치웨모드를 希望에벗어나지안쿠 幽靈처럼蒼白해보이는지(이것의붉은票의原因인지 모른다만)- 視線이 가다오다가 마주치는그째 몇사람의 白系露人勞動者가안젓다 祖國을두고 祖國을찻지못하는그들 故鄕을그릴째마다 얼마나기픈哀愁에잠길건가를 생각할째그들은分明히 서글픈表情이엇다

달리는車안에서 바라볼수잇는視野에鄕愁에시달린 心魂의慰撫를 그들의生前에바랄수업슬것이냐? 南玉아生이란 이러케거칠구 歷史란每日가티움죽이는구나

亡命-祖國의再建을爲하야 누구나이生을斷念못하는것이宇宙와人間사이에의 永遠한持久戰인것갓기두하다

○

午後여섯時半 하루빈驛에나렷다 개미떼와가튼 人波가列次안에서쏘다져나온다 그大部分은 苦力이다 武裝을하듯털옷을되는대로주어입은馬車夫 人力車

夫가 가장눈에씌인다

이곳이 하루빈-

난 도무지컴컴해 보엿슬뿐 하늘도 흐릿햇고 情神마저 흐릿한멋칠을보냇다

○

新綠이무르녹는 六月「住메보部」란 夏日漱石氏의句대로 임인지 하루빈 魅力인지 날이갈수록 화려해보이구 아름다워보이구 울긋불긋숏은建物들은 새로化粧이나한듯이 淸新한美를 보여준다 겨울내煤煙에 찟은검은얼골을 퍼붓는드시 내리는비에 씻기움도 원인의하나겟지만 푸른街路樹와 道路의綠色地帶가 아니엇든들어더케 이六月의빗츨즐길수잇슬거냐.

自動車運轉手가 露人 滿人쎄스껄의 滿人女子等等이런幼稚한 好奇心에 길을거르면 사람과衣裳을보늘라구 숨이찰至境 이다 車中에서 露人을對하는 感傷은씨슨듯이 업서지고 그들의비저노흔雰圍氣가 낫익어간다 色彩의選擇이 훨씬自由로운것두 난一種의幸福이라구하고십프다

우리처럼 封閉된 因襲의制約을 밧지안는것만으로도조치안흐냐

○

내周圍를꼿으로 둘럿기로 꼿아닌너로선 꼿香氣를發할수업지안느냐?

넌眞實만잇다면 困境도社會도 다無視한다든 情熱의時期를記憶하니? 난이곳와서 밤과낫의거리를 거를째마다 幸福이란第三者를 無視하군업다는 새삼스러운늑김이잇다 다시말하면 우린우리에게서 祝福을밧고 理解를어더야 깃붐이잇슬수잇다는것 舊옷고름하나매는 單純한法에라두—이건女子의 虛榮心의一種인듯도하다만 나를問題삼지안는 第三者가만흘 째 사람마다「故鄕이조치요」라고하니짜어머니업는어린애의 우름이異域에사는사람들께두잇는듯하다

(下)

△

五色이찬란한電燈불아래서 가지가지의 誘惑이사람들의소매를 쯔은다 눈으로즐기고 돈으로살수잇는 享樂이얼마든지구을고잇다하나 이런것 非但하르빈쑨일거냐만큰거리발아래 어째넘어 곱게쌀린鋪石우에아젓거나젓거나혹은 함부

로누운저乞人들을 어쩌케할거냐 날이갈수록神經이 무디어아무러치도안타만 그들의등넘어 저찬란한거리의呼吸이들리고 이화려한都會의步調가 요란스럽게 지날때마다 오직그들에게도 어머니 무릅을베고자든平和로운過去의記憶이잇슬게다 宿命- 우린世上事란알수업는것이라구 하늘은놉고 짱은낫다구 나는나를爲해 넌너를爲해거를수박게- 都是무슨道理가잇나?

△

權威를背景으로하고 두활개를칠수잇는것이건얼마나화려한自由냐 나폴레온이, 쎈르헤레나의 配所에서 呻吟한거나 나가튼한낫微微한存在가個人의不幸을 誇張하고異域에서 실어한다는것얼마나한相違가잇슬건가를생각해보렴난不平이 날째마다采각翁하을생각하면自身우습든것이요새 凡非凡의差는差대로두平行線을그을스잇는듯두하다

죽도박도안인우리들의生活.

△

松花江 푸른물이라고하고십흐지만 모래하나보이지안는누르고흐린물이다

그러나 靑春의喜悅을싣고꼿이업시흐르고잇는 이江은이곳하루빈의 커다란 慰安이고자랑인同時 모-든生의煩惱를씻어주는 活多無比한樂園이나니랄수업다 배가물결을타고 놀이물결차고 靑春男女는사랑과 幸福의設計를안고 數만흔人魚로化하고 船夫는努力의功으로 싸흔黃金의꿈을안고 老人은向願를안고오직이悠久의自然을 向하여가고오는사람사람!

이만흔사람의 무리에서너를찻으려헤매든하로-

△

하늘도따도 깁흔안개속에무덧고 나두亦是안개속을徘徊한다

오늘은 永遠히두번나를차즐理업고

來日을맛기엔또한서글퍼-

×

江물이흐른다

꼿업는沈黙을안은채

저언덕과이언덕에서

서로돌을던지고잇는

젊은사나이와그리고女子
물의깁의를 알기를함이아니련만-
건너서는안될 아니건너지못할歲月의흐름을본다

×

江들은如前히흐르고
그女子와그사나이
풀닙을뜨어물우에실는다
별빗이江우에잠길 때
풀닙의간곳을모르나
歲月만이歷史를 씨우고그리고지우며(消)永劫으로돌아간다
이윽고깨트릴수업는沈默을뒤두고 江들을사이에둔채두그림자가 움즉엿다

×

서글픈안개빗나지는날
부스진꿈의조각을
하나하나모두아노코
追憶의물레를 차저본다

×

푸른잔디는憧憬의搖籃臺
世波를건널숨찬冒險을
속삭엿고
수집은純情의强烈한意慾은
흐름이란自然의輪回를
無視헤버리든긋때

×

우리는봉오리피여난곳에
來日을企하지안엇고
洛花우에한줄기香불을
크로비를차저단이든
어린모습을-

未滿한꿈을-

×

오늘-
騷音을避하면孤寂에울고
雜草에개이면냄새가실허

(哈爾濱에서)

瀋 陽 放 談*

몽초(夢楚)

거리에내여몰린 사람의물결 여기에도우굴우굴 저기에도우굴우굴 그中에도
春日町夜市의人波를본다면 이것은마치奉天의全人口가좌다여기에모인듯십다
華麗한消費面의魅物의裝飾에 眩惑되어 이리로기웃 저리로넘싯 젊은이늙은이
男子女子 혹은 雙雙이 혹은외로히마치 大海에 怒濤와갓치 늠실거린다 이갓치
사람은 무척만타 헤일수업시만타 이갓치만흔사람가운데 멍-하니 얼싸진사람模
模으로 서잇는내自身의그림자를 물그럼이드려다볼째 이는果然不詳한存在 그
物件인양보여진다 이갓치 生覺하고보니 憂鬱한孤寂感이 가슴을꽉막아주고 雜
想群魔가머리를흔들어준다 외로운나의그림자! 그런데대관절이러케만흔사람들
이다무엇을해서엇더케먹고사는가?하는데好奇心이붓적난다 굶으며사나 먹고
사나 설마굶으면서야 살지는안켓지? 또그리고 "빈대"모기단련은할망정집도한
間씩잇켓! 오막사리下宿한방에 五六名 이쏭문이를비비면서 빈대단련에잠을
윈잠못자군하는 나로서는 더욱이나 궁금해젓다

내가집한間업시 下宿방살림하는것을 生覺하면 한끗설읍기도하고 쏘한몰으
기는하나 이들이한간쯤집들은갓고살면서 윈밤거리에서 헤매이는것처람보여질
째에 슬그먼이空巢專門郡의 跳梁도걱정스러워저도보인다 이런頭緖업는思索
에붓잡혀사람의틈에끼워方向업는길을걸엇다

---

* 이 글은 ≪만선일보≫ 1940년 9월 6일에 게재된것이다. 작자 신원 미상.

말못할憂鬱과찌는듯한무더위에 上氣한머리를 좀식혀보려고 엇던氷水店門
을 여위들어섯다 압다 여기는마치소발자국에고인자박물에쓰리몰킨 올챙이 뒤
넘질갓다 아마이무리들도 이놈과가티 더위를瞬間的이나마 避하려고 어름을차
저들어 왓슬테지? 하나 어름오기기다리는동안에 흘린쌈은 한두컵의아이스크림
가지고는 쌜법도못하다 그런데도 꼬리를물고 작고만 대여드니 마치世上사람들
은 어름만먹고사는 것처럼보인다 간신히 한그릇을 어더먹고 입맛을쩍쩍다시면
서 불이나케映畵館으로 달려들엇다 여기도쌕쌕! 사람냄새! 쌈냄새 담배냄새 한
테범벅을만든냄새는 숨통이막어 精神이앗질 앗질하다 눈알이쏘다지게압흔 便
頭를 주먹으로번가라두대려가면서 조고마한 映畵幕에 두눈을짝부치고 긋까지
持久戰들을하니 人間의忍耐力이란 그 慾望에따라서는 이럿듯 强한것임은 틀림
업다 담배한대를 피어물고 이제는 北市場平康里로…

여기는 奉天의名物 滿人公娼屈이다 大門밧굴 에우고축느러저잇는人間들의
每日시달린蒼白한얼굴은 마치 밀가루包裝속에 빠젓든쥐貌樣으로 갑싼粉칠을 順
序업시하고 左往右往하는 무리를낙그려고집어던지는 賤하고 淫猥한눈쌀! 몸즛!

勿論여기서 그엇던部分의滿足과 快感을보고 발이가벼웁게도라가는者도 잇
슬것이다 하나 불타는 그무엇을時人의 畸形的滿足을 주기에 犧牲되어서들러가
는 可憐한무리에게 一掬의同情涙를쑤리며 이러한反面的存在에義憤을늣기는
者 果然멧사람이나될것인가?

그러나 自身亦是 低級한 官能的誘惑에끌리여온者中에하나엿슴을 自覺할제
可憐한 身世의 멋업는발길은 十間房네온거리를걸엇다 이곳은文字그대로 醉舞
狂亂하는歡樂境이다 붉은불풀은불뒤석긴네온아래서 흘러나오는 頹要的 "자
즈"! 無氣無脈한機械의으로 내쌥는妖艶한流行歌! 게다가醉漢들의亂構放歌-
喧譁! 이樂的 "칵텔"속에는 過日의絶望에서-來日의 恐怖에서! 끗업는고닮음에
서! 그무엇을 克服하야 삶의目標를 세우지못하고 오직 刹那의瘋痺로써 瞬間的
慰安과 一時的興趣를 求하려는무리들의 最後的喊聲이숨어잇다 거기에는넘우
나悲慘하다 다만늣겨질것은幻滅의哀想뿐일것이다 所詮— 사람의一生은 無限
한괴로움과서름의連續이라니 千가지萬가지 喜悲-가交錯하는그것그대로가 人
生이라고自悟斷念하는것이 今日의環境에서오로지安定을求하는 깨끗한捷徑이
안일가?

오늘도奉天의밤은 가즌喜悲面을그대로담은체로 깁퍼만간다 이짜금酒酊車를실은三輪車의 구부는소리만이무거운밤空氣를 주름잡는다 西쪽하늘에는 쪼각달이구름속에잠겻다 썻다 내希望의 明暗두面을暗示하는것도갓다

맑은하늘*

문원흡(文元洽)

滿洲에와서가을 겨울 여름 봄 이러케 엇결에지나는 동안에 어느듯 한고패의 暮年을 爲하엿다 아직 베르렌느의 詩句에서 가을을 斷想할만한 落葉의 深秋는 아니건만 어쩐지 요사이 섬돌미테서울어새는 벌레들의 數자가 작쓰만 늘어가는 것갓다 오늘도 매일하는 버릇가치 집에서 써-스 停留場까지- 써-스停留場에서 社까지나가는 定路코-스를 무슨數學 公式인것처럼 직힌다 나와보니 出勤定刻 十五分時이다 아직아모도 姿媚를붓히지 안는다 依例히 하는버릇으로 (이또한公式인것처럼)出勤簿에 도장을 누르고 자리에와안는다 허나입은 그대로잡히질리가업다 나는나대로 턱을고인채 씌엄씌엄마알간 하늘을 쳐다본다 하늘은드놉고 엽길을지나는 女人의 나막신 끄는소리 前에업시 청승맛게 들린다 이런째이면 山峽을기여올으고 올으면 샘물에 목을축이는 사슴이라도 만날듯도하다 누구도 그런지몰라 나난 이런季節이면나의두고온 故鄕을 또는 도라가지 못한 어린時節의 記憶를곳잘 저말간하늘과 이야기하는버릇이잇다 아닌게아니라나는 고마알간하늘에서 엽쌔것자라온 生長記의한페이지를읽는다 어느째는 뒷산에서 어느째는압내에서 어느째는느티나무선洞口에서 어느째는年輪을헤일수업는 銀杏나누둘러선 高層한建物에서… 이러케 나와關係된 나의그어느째의記憶은 頭序업시그어느映畵의끈허진 필림의토막처럼 내압헤크로-즈업된다 이러케時間이불고간이런空間의一節一節은 두 번다시밟지못한다는意味에서씹으면씹을수록 쓴맛은업서지고 단맛만남는모양이다 나쁜만아니라멧멧동무의말을들어도

---

* 이 글은 《만선일보》 1940년 8월 월 29일에 게재된것이다. 작자 신원 미상.

그러타고한다 確實히人間은思惟의本能을가지게되고 이에따라가벼운哀愁도지
나는모양이다 이런哀愁란나에게잇서서는 하나의센티메탈니즘일지도모른다 이
哀愁의쎈티메탈리즘이 現實에부닥칠때 悲哀를낫는 모양이다 꿈은꿈대로 지니
면서살지못하는것이이悲哀랄까 하나時間은 나대로가만두지안코 現實과對面
을석혀놋는것이義務일듯도하다

電氣時計가 아홉時를가르치기前後하야 同僚들은한사람두사람모여든다 그
들은서로마조치자아츰인사를주고밧고 담배를붓치는사람 어제밤된이야기본이
야기이야기에꼿이핀다 그러나그것도한 瞬間 우리는가장時間性을띠고 가장時
間을强調하는新聞(이런意味에서舊聞은絶對로안된다)을맨들기 始作하여야한
다 이만하면 讀者諸氏는 나와나의同僚의職業이무엇인가를 斟酌할수잇슬것이
다 그사이우리는 各其제자리에자리를잡고 붓대를든다 그리고工場에서 일을기
다리고잇는 檢轉械를豫想하며 바로檢轉械와가치 날뛰여야한다 이러는동안에
午正싸이렌이울고 編輯樋切時間의督促이나린다 눈으로손으로 달니는동안에
하로의일을마치게된다 일을마친다는것은그어느누구에잇서도그런지 몰라 나에
게잇서서는 時間의制約에서統制를안밧는다……(20여자 독해불가) 「오늘의일
은오늘에 明日의일는明日에足다는」뜻의聖書의句節을생각하면서.

哈爾濱斷想*

백하자(白下子)

처음 哈爾濱의거리를걸으면서더욱히 地段街를돌아 「기다이스카야」로빠저
나오면서느끼는이 都市의 感觸은일즉이듯고 생각하던것보담훨신내게興味의
度를지나 자못瞠目한남어지 나도모르게솟구치는 一沫의哀愁까지 속깁히자아
내게한다 허기야한시절榮華의꿈속에서 孜孜히建設의塔을싸하생각지도안흔
北滿洲거츤벌판에 圭角의隆然한國際都를둬노코 짐짓子孫萬代의榮光을 悠久

---
* 이 글은 ≪만선일보≫ 1940년 12월 10일에 게재된것이다. 작자 신원 미상.

한「승가리」의 滾流 와함께 누려보자든慾望도 物換星移 오늘에이르러남은것그
무에됴 凄切도하여라 形骸만남은이거리의 古典的인音律은 오직부터잇다는게
色다른建築과 그속에서울려나오는 落日 의 弔鐘뿐이아닌가? 이거리가 간직하
고잇는 歷史 의구석구석그自體가 벌서哀愁의一聯임에틀림이업는것이리라!

그리치만 내가이거리에서 깁히抱擁하는 느낌은거리의歷史를구태여 뒤져보
자는데서가아니오 생각을돌이켜白露系의生活에 浸潤된모든樣態에서窮底에 헤
매일망정오히려生活의기름끼와 너그려움을일치안는 그네들의起居 가어쩐지羨
望의一端을아니가질수업스므로서이다

무릇새로운것이라서 다조흘리업고 變化업는 現實의守株 에서뒤짜르는 倦怠
의連續은저절로 生新한데로希求를돌리는게야 어느뉘안그럴가만 假令내가只今
「할빈」의거리에서 瞠目하는 所以然일즉이걸어본 어느都市 보다도魅惑의인一
面이隨處에 나타남으로서 더하겟지만나를써나 「할빈」에서生을營爲하는主로白
露의一族으로서볼때야또한 「할빈」의倦怠를느낄수도잇는게지만내눈에비치는
그들의生活은觀念的인態度를떠나모든點으로 익숙해진一面豊潤한「리듬」이곳
곳에서흘러倦怠를이저버리게끔 生活의現實을 어느程度 까지즐기는양을 볼수
잇다「기다이스카야」이거리가 지닌傳統과懷古는 오늘에와서 어느한구통이가
문허저가는悲哀도가지엇겟지만 依然히이거리를 左往右往하는만혼族屬은 오
히려낫서른行客의눈을 멈추기에足하리만큼 明朗性을가지엇고 뿐만아니라거리
에서 아픈다리를 暫時쉬이려이거리의 어느茶房의한자리를차지하고보라 均衡
을일흔雰圍氣를償하는「레코-트, 」의비위거슬리는 音樂보다도 生硬한「밴드」
에서 흘러나오는音律이 얼마나沈靜한雰圍氣속에서 뚜렷한印象을자아네게하
는가를 如何間生活自體가藝術的인두레에싸혀잇는 그네들의 生活態度만은저
윽히부러운바이다. 입담은「승가리」우으로 썰매가잇대어수업시달린다. 눈나라
北國이아니곤 볼수업는詩요畵幅인情緖는 그더욱南國에서生을享受한나가튼
客子에게限업는情感을이끌게하고도 남음이잇고 酷寒의거리에서보는사람사람
의衣裳은 人間의外美를감추엇다기보다 엉뚱한回想이부드치는곳마다 떠오르
고잇지안흐냐?

都市로서「할빈」의 性格은滿洲의 어느거리보다도優秀한色彩와 骨格과意志
를包裝하고잇는것만은 어느누가보아도 크게否定할수업스리라.

灰色煙氣*

박동철(朴東喆)

(上)

君

아지도 가을이라고하고십픈데 이곳은 치운겨울이다

아모리四方을둘어보아도 視線에어린그리는山하나바라볼수업고 함부르웃쑥 웃쑥슨 煙突뿐이며 工業都市도안인이곳의空天은 煙氣가景氣조케 퍼저나가고 잇다 나는只今一日의職務를맛치고 窓을쏘아드는햇빗츨 왼몸에듬북안고서 이 러타生覺하는것도업시 머-○하니서잇다

유리窓은 二重으로되여잇고 거기에쏘窓戶紙로모조리틈을발러노앗스며 室 內에는 스티-ㅁ이 잘잘끌코잇스니 박갓寒度를알바이업다

滿洲의가을은 靑春의죽엄과도갓다 펄한나무입이난데업는 쌀쌀한바람이 멋 번만지나가면 그대로우수수쩌러지고마니 그위로발자욱을 쩨여옴기기는 엇전 지안타가웁다 바람에이리저리날리는것도 生이動하는것갓타서—

只今나는 煙筒에서작고만吐하는 灰色의煙氣를바라보고 自身의心境을比여 혼저苦笑하고잇다 K君! 이者가滿洲에온經위는君이잘알고잇슬터이니말이지 여게까지오게된 確實한動機를自身도몰으겟다 그러나 이곳에오고보니 잘왓다 고生覺되지안는한便별로 後悔하는것도업고그저물에물을탄氣分이니 우숩지—

君은基동안數次를두고나에게新京滋味잇는이얘기를써보내달라고졸낫다 그 러나最初에이곳에와서는알려주고십혼이야기도잇섯고 늣긴바도업지안어 잇섯 겟만 언제든지너무나도 지나치는現實의 督促에서달리고보니 外地의感과情 은容納할餘裕가업게된셈인지 어리둥둥하는동안에 只今에와서는 이것도저것도 다平凡한것갓고 散亂한채鈍感이 加하여저서(이곳에서는鈍感하여져야만 오히 려되겟지만)物色이달은 이곳의事情을 이러타君에게記하여줄수업는者의 精神 狀態를斟酌이나하여다오. 다만눈아폐瞬間瞬間으로 나타나는物情을 報告하여 줄수박게업다.

---

* 이 글은 ≪만선일보≫ 1940년 11월 8~9일에 게재된것이다. 작자 신원 미상.

如何히이곳에서잇다. 惡役이侵犯한都市- 이러케이름적기는거북하지만 이곳은前에 「페스트」라는 반갑지안은손님이차저와서 거리의行人들은 냄새도 맛기실타고 입과코를막어버렷다. 이것은 法令으로써 强行식헛다볼수잇스나 市民의自發的인 行爲가크고이것이 新京의 한 風俗을일우엇다 이마스크風俗에 隨伴하는 이얘기가 여러 가지잇는데 그中에서한가지는 =마스크를쓴女性의容貌이다 大體로人間容貌의 美醜는코부터리트로의생김생김에決定이되며그것이美보다도醜라고한다면더욱히確然히나타난다 이러한問題의肝腎한部面을 覆裝하여버리니 男性이女性을보는心理에美人으로 아니보일수잇스랴!

只今나의눈아페는無數의美人이입과코를싸고지내고잇다 페스트는 果然우리에게큰 恐怖와不安을주엇지만 一모女性들에게는 福音을주엇다고하면 妄言이 되는지?

안니다 K君?내가眞實로君에게이얘기하여주고십흔것은 코와입을쌘新京의女人을말하자는것이아니고입과코를 가리우지안한 新京女性을論함에잇다 어데선지 統計數字上으로 나타난것을보니 新京의大路를 瀾步하고잇는女性들은 擧皆가一定한職業을가지고 잇는이들이며 이들中에는 前에東京에서도 쉽사리볼수업든 尖端的態度와 理智에充溢한눈초리 빈틈업시 「레화인」된 擧動 이類의女人을찻기에힘들지안으며 低俗한審美眼이라고 反駁할者잇슬는지모르나 우리의눈으로본다면 新京은美人의集中地이다 아모리美人의集中地인들 내게慰安될 것도 아모것도업는것이지만 事實은事實대로 報告할수박게- 그런데 K君 新京이美人의集中地이라는것을假說하고 내가臆測을한번하여볼가 거기에도또한理致의當然히 업지안을것갓다 이戀愛에싸지기쉬운것도美人이다 失戀하기쉬운것도美人이다 美人이기째문에 사랑의相對者를發見하기쉬운것과가치사랑을일키도 쉬운 것이다 그것은불타는 愛慾이一段落을지은後에는 現代男性의定套의 打算에서美만가지고는 一生을가치할수업다는形式과內容의 不一致라는것을發見하고 幻滅을늣길적에는 벌서女性은心身으로傷處를입게된다 이러고보니 恨歎도態度도째는임이늣고 혼자쓰라린가슴을부둥켜안고 依支할곳업시苦悶하다가 문득漠然하게 머리에써올으는것이 滿洲넓은들판의 空氣나한번마서보자-하는格으로 渡滿을하게되는데 滿洲에갈려면 首都新京으로가자 多少라도 배운것을 利用하야 于先살기爲하여서는 新京이제나을게라는 判斷下에 新京新

京으로 바다를건너오고는한다.

(下)

K君! 新京에는듯는바와갓치住宅難이 甚하다 아모리住宅難이甚하기로 五十萬人口를抱擁하는都市에 이한몸을容納할 한間房업슬리萬無하지만 不得已한事情으로 二疊다다미房인會社宿直室에서 給仕한사람과 寢宿을갓치하며잇다 처음滿洲에오면 누구든지 술을안먹고는살수업다는말이잇는데 그眞否如何는 何如튼 이것도經濟가容納하는한或間술을마신다 그러나갑작히마시고십흔때에는 不幸이도돈이업스니(언제든지업지만)어제밤에는 同宿의給仕게서빗을내가 지고白酒를한甁사다가 혼저마시고잇느라니 同僚의C兄이차저왓기에 두사람이 서로하멋번술醆을 往來식히는동안에 차차氣分은佳境에이르엇다 C兄은三十이 넘은지 얼마간되며 數人男女의아버지다 妻子를故鄕에두고 單身이곳에와서俸給生活을하여 最大限度의補助를그들에게주는것을오로지일로삼는이다 그는平日에도大槪明朗하다 그러나오늘밤은 유달리도무슨깃씀에넘치는듯한 顏色과語調이엿다 豫測한바오갓치그는얼마안이여서 一通의書信을내게주엇다 그것은小學校에단이는 그의아들이아버지에게쓴 問安便紙와 學校에서치룬 試驗答案이엿다 여기에 片紙內容과試驗答案에 對한說明은 必要치안타 다만아들이 아버지에게쓴 通信이라는 것만으로써 이예기가된다 그는그의아들의 글을 나에게일키고 멧번이고소리처우섯다 그우슴소리속에는 「아들이라는정말귀여운것이야-」라는 소리가들리엿고 그우슴은사람의心情의深奧에 가장깁부고 반가울째 터저나오는우슴이하나쯕잇다면 그는 바로그우슴소리일것이다 얼마안이여서 그가 도간後 나는 홀로히이모저모로 追求하여보앗다

他地에와서 薄俸生活을하며 달은동모들보다도더욱 自己一身生活은 困難을 밧으면서도 그는 最善을다하여서 그의妻子를도읍기에힘쓴다 卽아들을爲하여서는 아모犧牲도勞苦도 돌보지안는다고 그는말한다 이것은信念이안이오바로 感情의용솟슴이며 人間精神의最貴인 愛情의용솟슴이다 그곳에는 理論이업다 다시말하면 피(血)줄기에通하는 굿센힘의表現이다

우리가 妻를갓고 아들을갓는다는것은 人類歷史에賦課된使命이라는見地보다도 사람은 本能에充實한生活을가진後에 달은것을探究할비며 愛情에뿌리를

박는 生活을가진後에 哲學을硏究할지어다 K君나는 이러케싸지 生覺하엿고 못 (池)에쓴浮草와갓튼自身을 한번反省안이할수가업섯다.

世上에는 오날도來日도언제든지 쓰고도십지안흔 數字를작고만 써야만될사 람도잇고 하고도십지안한말을 작고만해야될사람이잇고-이러케말하면限이업 다 歷史가이와갓치 混沌과矛盾속에 進步되면서 均衡을保持할수잇는것은 오직 人類生態에配列된이 根本原理에異狀이업다는데에잇다

異狀이生게된다면 그社會는벌서 달은일음으로 불러질것이다

二十世紀의英雄

只今歐羅巴에서는 힛트라와 뭇소리니-가 쩌들고잇고 北美에서는 투스별트 와 윌키-가 大統領을매달고서로 싸우고 잇지만 그네들도 一個의人間임에는틀 림이업고 다만僥倖이 英雄彩票(?)가마젓슬뿐이요 달팽이와갓치 좁은방안에서 몸으로움크리고잇는 이者나 薄給生活에妻子를爲하야 싸우는C와나人間에잇서 서는 얼마가大差가잇스랴?

結局 萬人의崇拜와萬人의尊敬을밧는것이나, 오직한사람만이 尊敬하여주고 오즉 한사람만이밋어주고 오즉 한사람만이사랑하여주는것으로써 一身의精力 을다쓸수잇는것이나, 本源에가서는얼마나 差가 잇스랴?

人類는 그子孫을爲하야- 卽自己를爲하야- 살아오는가운데 歷史는繼續되엿 다 우리의先祖도 또우리도亦是그럴것이다 이런동안에 그子孫中서彩票가만흐 면 頭彩와 二彩三彩 等外別로 다 各其人의切戱者가 될수잇는것안인가 世上은 이래서 조치안느냐?

四 年 前*

만주아(滿洲兒)

"벌서四年이아니냐! 速히아버지를故鄕에모시도록해야지…

---

* 이 글은 ≪만선일보≫ 1940년 11월 14일에 게재된것이다. 작자 신원 미상.

두달前 約半年만에 어머님을對하얏슬때근심하얏든이말삼이드디여 어머님
으로부터 게섯다생각하면나갓혼不孝의子息도 업슬것이다

도라가신 아버지를安東省西쪽海邊한모퉁이에 모신지도벌서 五年이된다

무엇이 그리밧부섯든지아버지는 陰曆설도채치루시지못하고 버스로하로한번
박게 다니지못하는 그不便한北井子에가서서 고만客死하섯든것이다

그런줄도모르는나는 마지막설노리를하겟다고 보름날아침 安東을써나 白馬
에나가쑴결갓혼 "지지시스"의 悲報를바든것은그날저녁째엿다

이튼날 어머님과同生과함께北井子에 다다르니 아버지는이미殞命하신지 一
晝夜나되엿고 아버지가누어게시는滿洲 "방"은몟칠동안이나비엿섯는지 어름장
갓치차다 어머님은 참혹한아버지의죽엄을보시며 「治療만充分하햇드면 이런일
은업섯슬썰」하시면서 우름소리도 크게내시지못하얏다

安東서 二百餘里나되고차위에 사람들이모다숨어버리는듯한 이곳서는 "쿠리
─"四五名엇기가 힘드럿다 할수업시當分間아버지를 이곳에모실수박게 업섯든
것이다

當分間이라는것이 어느새四年이되여버렷다 어머님의꾸지람을 기다릴것도
업시 갓튼滿洲면서도 이와갓치 아버지의山所와 千里以上이나써러저잇고보니
근심이 한층더노이지안는다

그러면서도 쯧대로 아버지를故鄕에 모시지못하니 마음만 恒常그리울쑨이다

×

생각하면 내가 故鄕을써난지가이미十五年이된다 全生涯의 折半以上을 벌서
이곳서보낸셈이다 요사이親舊들은 나를보고 "滿洲第二世"라고한다 그동안나
는그性格이 그意識이 그思想이모다 滿洲的인것으로된모양이다

나는이말을 달게바드려한다 이는決코虛勢가아니다 지금까지의 觀念으로보면
"滿洲第二世"라는것은 決코名譽로운일이아닐것이다 生活의敗北者가 滿洲에온
朝鮮人이며 眞實치못한 者가 亦是이곳의朝鮮人이엿다 그러나그러타고 모두가
그사람들을 蔑視하고 輕蔑하면엇써케될것인가? 나는 "滿洲第二世"가되면서까
지 自己故鄕과同族을사랑할줄아는 人間이된것을 幸福으로생각한다 數代或은數
十代나 先祖가내려오면서 쎠를뭇고피를흘리고 魂을부르던 自己故鄕을엇지一朝
一夕에 이즐수잇스랴! 波蘭의어썬詩人은 외국에서죽을째 故國의흙을안고죽엇

다고한다 詩人石川啄木은 自己故鄕사투리가 듯고십허停車場을차저나갓다고한다 詩人이안인들 엇지故國이그립지안으랴! 四五年前죠가지만하드라도 나는故鄕생각을하기시작하면 멧칠씩밤잠을자지못하엿든것이다 이러케도그리운故鄕을써나 아무개도모르게 滿洲시골구석에서 외로히도라가신아버지는 얼마나 슬퍼섯슬가? 이러케도라가신 아버지를나는 아직故鄕에모시지못하고잇다

×

아버지는 決코 그런생각을 하시지안으섯겟지만 나는 반드시 滿洲의흙이되려고한다 나뿐이 아니겟지만 이곳生活은 恒常 나를 鴨綠江 저쪽으로 모라준다 거기서 故鄕에對한追憶이생기고 사랑이쯔러오르며 思考가 刺戟을밧는다 나는이追憶과사랑과思考를 永遠히내가슴속에품고십다 나는 "滿洲第二世"로 마치고십다

요사이 나의故鄕에對한記憶에서 사라저버린다 親戚의일홈까지도이저서 便紙하기가 困難한때가잇다 이리한일이 모다나로서 슬픈일이 안일수업다 山川이며 사람이며 或은집부든일 슬펏든일 내腦속에잇든이러한記憶의故鄕이 내記憶에서 하나 둘씩 사라저가는것은 나와내 故鄕사이에잇든生命이 차츰씩 쓰너저가는것이다 이러한過程을 싼-히 意識하면서 經驗하는것은 견딀수업시 슬픈일이다 그러나 이러한 슬픔가운데 具體的인持定의故鄕이사라지는그속에서 새로운 큰故鄕이 形成되여가는것을나는意識한다

그것은 보담더幻想的인것이다 나는 이幻想을 마음것 사랑하고십다 그리고이幻想으로말미아마 나의情熱이 限업시 불질너질것을期待한다 이 "幻想"은 "滿洲第二世"인나의特權일것이다

萬若 나로서 滿洲와因緣이업시 故國에서만 자라낫드면 오늘늣기는것과갓흔 故國의아름다운것과 이에對한感謝 그리고 슬픔을늣기엿슬가?

사람은 째째로 自己의아름다운것과 슬픔을 잇는수가잇다 그러나사람으로서 自己의 아름다운것을 아름다운줄모르고 슬픈줄모른다면 그얼마나 가엽슨것이냐! 나에게는 이러한것을無時로가리켜주는것이엿다

×

아버지의쎠는 어서추려서 故鄕하라버지게신곳에 모서야겟다 그러나나의쎠는이곳에뭇고십다.

보헤미안獨白*

남해운(南海雲)

活字! 活字! 활자! 特號! 舊一號! 初號! 活字가아롱거린다 長行 橫題 輪廓이
二百行, 三白行行數計算無慮數十萬行의 系列中에凡俗한人生의雜多한 相貌가
走馬燈과가티다러낫다 시벅벅한社會雜題에 浮遊와가튼 說評을 數百千으로 反
覆하는사이 어느듯나는淸流濁流에通하는 腐敗한俗物이되고마럿네 魂의記錄
이쓰고접든(10여자 독해불가) 한生의現實합헤 完全히쌔여진지임의 十數年! 푸
른저고리입은「벨텔」의死의 禮讚과「에드몽.탕태스」의 奇蹟의實現을 瞻灸하든
漢陽넷날의 七圓下宿의 怠慢한學童들은只今 어데서 무엇을하고잇는가?「手帖」
이업스니 차저볼길도업다마는 그中의더러는異域의鄕愁에서 더러는보잘것업는
零落한生涯에서 世俗의꿈을喪失한……(10여자 독해불가) 는「크림필트」의 亡
魂과가티 生을爲하야冷酷한 現實과苦戰하고잇슬터이지! 一切를 忘却하기爲하
야두번「알범」을쩌젓다 세 번人生을零에서出發해보앗다 愚劣한人間들의集合
에서脫出하기爲하야 逃走! 密航! 다시校門에드러갓다가 굿게다든 푸른門안으
로이러케저러케 헤매이는동안 感激의半生이속절업시지나갓다 그러나奸智와誇
張과 猜疑의殿堂인저날러즘에서 第一오래人生의思索期를지난 今日의나는 俗
世의물결에쑴을이른代身難堪한世俗의赤裸裸한 現實을배웟다 人生의魂氣를滿
喫하엿다 零下三十度下의傳統업는 이都市의차듸찬魂氣는 南國에서자란나에
게는정말견듸기가어렵다! 그러나참지못할것을참고살라는……(10여자 독해불
가) 엇지하랴? 愚劣한人間群에서逃走하려든 一보헤미안은自己自身이 結局愚
劣한人間의一員임을發見한 平凡한事實에서 스스로를自嘲하면서 劣敗의苦杯
를 또한잔마셔야할것인가? 산다는事實은侮辱을참는다는現實일가?

氷遠의 記憶

中部西伯利亞의 눈보라치는極寒地의 諸村落에는「루즈다니크」인가하는 통
나무를파서 큰桶이되게맨든異樣의것이노혀잇다 滿目荒凉한大氷原으로 化하

---

* 이 글은 ≪만선일보≫ 1940년 12월 31일에 게재된것이다. 작자 신원 미상.

는深冬의되여 一切이凍結되는때가되면 사람도즘생도죽은드시 大自然의猛威
下에蟄居하나 일홈모를적은들새들은 定處와먹을것을못차저斃死하는것이만타
村落의따뜻한 生物愛가 「루즈다니」고…… (10자 독해불가) 새들은 날러와서
蘇生의歡樂에서 人類에感謝하면서 喋喋락樂한다 사람이가도 다러다기는커녕
사람의등으로 머리우로 감도라지저귀는 아름다운 風景을나타낸다 自然界의 이
아름다운 人鳥共榮의 生活에殺伐이업슴은 勿論이다 봄이와서 龍胸의꽃이피기
始作하는째가되면 感謝의눈물을흘니면서 自由로운 山野로날러간다

「루즈다니크」속에서 지저귀면서 文藝祭壇을직히려는軟弱한새들이여! 月光
을마치면서사는듯한淡薄한 感想에 붓잡히지말고 赫赫한陽光에直面하라! 感傷
그自身을滿喫하는 痛苦의快感 안에서 뱅뱅돌재 世俗을千里……(두줄없음) 나
와深綠의山野를 그리고紺碧의大海를보라

停車場에서

年末年始를 團欒한故土의家庭속에서 지내려고 孤影悄然히 鐵과콩크리트의
傳統업는 이都市에서呼吸하든無數한外人部隊가東으로南으로移動한다 人人
人人! 停車場의雜踏中에서群集의 魂氣를헤치면서겨우「프랫트홈」에드러갓
다 喜悲哀樂이交錯하는人生縮圖의 交叉場에서 K君은失戀의傷處를안고 내가
내미는손을힘업시흔들면서 南으로써나갓다 아모希望도업스면서 「노조미」를
타고!

最後의 탕고

외로움과絶望에빠진者의 渴症……(10여자 독해불가) 異國的인情熱을담북실
은 「라-쿰페르시다」의夢幻的인멜로듸가 색소폰의도-퓨리스的인哀音속에 굴러
나올때時勢모르는속는外人部隊의 調節器는散散히부서진다 期限附의「춤」
에舞女의「스텝」은힘업슬것이常識이겟것마는 다시는못할悅樂이라고「파트너」
의스텝은前보담一層熱이잇다 絶望의歡喜라고할가? 死刑囚가먹는最終의몃날
의飮食이 第一맛잇다는格일가?

死로向하야 한거름두거름나간것이 例外업는人生이라면해를거듭할수록 人

生은더욱맛잇슬法일가?

　오! 歡樂의뒤에오는 限업는슬픔이여! 幻滅이여!

生命과 死

　(10여자 독해불가) 死亡申告에니르는사이의 全系列이一聯의生命의消費過程이라는것을생각하면 사람들은喪服을입고 새해를마저야할것인데! 新年을祝賀한다는것은? 死와生命! 사람이맨든해의分岐에서서 生命과 死를생각해보자 直觀哲學者「베룩송」은生命은 一二三四五 이러케間斷업시 增長하는이른바「純粹持續」이라고하엿고「宇宙의謎」의作者「헷켈」은生命은自由 永遠한것이라고한것이記憶되나 現實에잇서生命은期限附의「탕고」임을엇지하랴? 死야건은개야 언제까지 生存함으로因한侮辱을나에게더주기爲하야 이해를쏘보내게하는것이냐?

臘月卅日消息*

최기정(崔其正)

　벌서 쏘한해로구나 한해가마즈막으로저물째마다 나는멧번이나 이말을되푸리햇선던고 지내고보면 별수업는 그一年이언만은 매양새해를마즐째마다 今年에는하고 가장큰企待를가진것은멧번이엿던고 모든것이落謝塵꿈처럼 흔적도업시사라지는것이언만은 그래도행여나하는未練과 愛着과부즐업슨 希望의쇠사슬에얼키여서 한해쏘한해 속아사는것이안이엿던가 해노흔것이무엇이며 장차할일이무엇이랴 보내느니맛느니 누구의잠고대엿던고 가느니오느니 무슨실업슨넉두리엿던고 永劫에서永怯으로 간단업시홀으는 타임을토막잘러서 이것은묵은해 이것은새해그리고 거긔에다가 奇怪한일흠을붓처서 이것은庚辰年 이것은

---

* 이 글은 ≪만선일보≫ 1940년 12월 24일에 게재된것이다. 작자 신원 미상.

辛巳年이무슨악착스러운 작란이엿던고 쏘는해와부는바람은오늘도 어제와다름
이업고 둥근달과성근별들은 예와어제가한모양이언만 人生은부즈럽시 여기에
속아서 웃고울고싸우고 몸부림치는것이안이엿던가 속아사는人生이기로 내가
나에게쇼까지 속을까닭은무엇인고 娑婆旅館의하로밤자고가는 行旅者가人生
이라면 여기에 무슨긴사설과 잔푸념이 잇슬가보냐

會者定離 生者必滅 맛날때에 기쁨 헤여질째에 슬픔 기쁨속에 슬픔의 因이
含藏되여잇는것이오 生은 死의 前提일것이다 生卽是死 空卽是色 보내느니 맛
느니 가느니 오느니 無始無終의 輪廻일것이다 어데로부터왓슬가 온곳이 어데인
고 어데로 갈것인가 갈곳이 어데인고 무엇을할것인가 할일이 무엇인고 기름마
른心燈에 耿滅을 재촉하고 恒河沙 모래알을수업시 헤어다가 말것인가 佛敎에
"臘月三十일消息 "이라는 말이잇다 이것을 略稱해서 臘卅消息이라고한다 臘卅
은섯달금음날이다 섯달금음날은 一年의 마즈막가는날이다 그리고 一生의 마즈
막가는날즉죽는날도 臘月三十日인것이다 섯달금음날과 죽는째 하나는 一年의
마즈막날하나는 一生 의 마즈막날 둘이모다 臘卅인 것이다 섯달금음날에 일년
동안 지낸일을 回顧하고 그리고 해논일을 總決算해보듯이 죽을째에도 亦是 一
生의 해노흔일을 總決算하는것을 臘月三十日消息이라고한다

내自身을 도라볼째에 다저무러가는 이해一年에 한일이 무엇인가 해노흔일전
부를 決算해놋코보아야 쇼두렷하게 남은것이란 하나도업다 이만하면 이것만은
差引하고 남은것이오하고 들내노흘것이 업스니 결국죽는날에 一生의한일을 決
算해보앗자 역시 맛찬가지일것이다 今年쑨 아니라 昨年에도 그랫고 再昨年에
도 그랫고 半生을살어온지금까지 그랫스니 압흐로살어갈 後半生에도 亦如是
그럴것이다 全生쑨만이 아니오 過去인 前生에도 그랫슬는지 모를일이오 未來
인 後生에도맛찬가지로 그럴는지 모를일이다 그리고千篇一律의 그푸로그람을
그래로되푸리할모양이니 결국은마이나쓰 풀랏쓰일것이다 여기에서 약간의 내
쌴에는달팽이 쌀만한 經驗도잇서보앗습네 隣虛熙에 비길만한 事業도해보고자
함네햇자그것이 모다 癡猿怒月 의가엽슨發惡이오 象牙塔을 아로색이는 슬픈巧
智에 지내지안는일일것이다 紅寶石의五色무지개가 쪼각쪼각 허터질쑨다만 空
虛의그림자만잡고 幻滅의잠꼬대만 어수선할쑨이다 自我의偉大함을 發見치못
하고 生의全的價値를把握치못한다면오고갈곳도 모르거니와 太平洋이 陸地된

다는말을 어이밋으랴 이해도저무럿는데 눈보라가치네 저무는 저한울가으로 외로운가마귀 한 마리깃드릴곳을일코 슬피울며 날러가네 아! 北宮闕의 勇力은 어데로갓는고 襟寬博의 不受는 어이그리쉽사리 물드럿슬가 내또한 含情未吐의 靑春의더러운피를海蘭江 긴물줄기와함께가고 오지안는이해(庚辰)에부처보내노라 벌서또한해로구나   (끗)

河面記*

김광섭(金光爕)

(上)

그여히오라시든應洙兄의말슴이고보니 그냥잇슬수도업는일이요 모처럼 밤의 農村이나마 한번만나보는일이 해로울리업겟다 좌우간 떠나봅시다 東華兄의부채질에는 엇저는수업시 나서야한다

그런데빈주먹만들고가기란 좀무엇할 일이고하야 詩한首라도 가지고가야할일이니 얼른쓰라한다 太白이아닌 나로서는 실업시不安할程度요 갑자기創作도안될말이고 두루 한記憶을 터러가며생각하니 마츰한首가쩌오다 그래크다란西洋紙에다 이러케 「山은湖水로하야 놉히잇다 湖水는 山으로하야 집허잇다」써노코보니 可히앗갑지안타

한참불이나케 가다생각하는째에 마츰國防服에다 밋근한 오-바를끌고오시는曾善氏와 마주첫다 임이짐작하시는행차시라 미리부터 꽁문이를쌜랴는氏를 쓰러가지고 그여히 밤길을쩌낫다

터딜터딜氏는 잘도다라나신다 方向은海面이아니라 河面이다 알고보니氏의고향이요 고향집이河面이라하신다 그러니눈을감군들 못가라는듯이바람을내시기시작이다

<hr>

* 이 글은 ≪만선일보≫ 1941년 1월 16, 17, 18일 게재된것이다. 작자 신원 미상.

금음칠야

물소리를 차더지며七十간(間)이나되는 河面橋를걸어간다니 보라날아간다 한방터치면 금시문허질상십혼하늘이다 흐린하늘을바라볼사록 눈압을스친다 스치고어리는 하늘을쩌바드……(10여자 독해불가)

이번에는 물소리를찌고사불을접어간다 사불에는자갈이발피고 풀쑤리가채운다

멀리 바라보니 한송이의 등불이 쩌벅인다 바로저게서 얼마안가면된다는것이다 돌을차고 다북밧흘헤치고외나무다리를 기여건너다시 모래를 밟는다 모래를 밟어가며 끗업시어두운밤길을 文字그대로沙漠의 길이다 길은갈사록情을늣긴다 目的은萬里나먼길을願한다 끗업시가구만십다 가다가 지처 쩌꾸러지는 瞬間이 더욱願이다

원대로되여지라 하늘을울어러한숨이다 나로하야다시금 나의現實을생각케말라 하늘을울어러한숨이다 銃으로大砲로 現實과나의心臟을 마구쏴버린 오—거룩하신神이여! 나에게永遠한 어둠을달라 끗업는砂漠을달라 駱駝의世界로가는 어두운이길이끗업시멀어지라

(中)

마당가에는곡식가리가살암즉하다 氏를따라 굴쑥모퉁이를 돌아가니 컴컴한 房으로 案內하신다

이여 고생스러운 등불이들어오고 등불을 통하야 주전자는 뒷방으로 날려낸다

「어서드세요 아 어서드세요」

「이놈 네가그래 내압헤서다르개를틀고 안저서 응…」

술을권하는 전반 언소리를 후려치는 영감님의호령소리이다 영감의 호령에는 용마루가 울도록모질다 뭇지안혀도 잔체ㅅ집 近家의 景氣는 흥성흥성한 폭으로 짐작할수잇다

이윽고 曾善氏는 안저보기만은 미안한程度로 무얼한상 수북이 담어들고 소리업시 들어오신다 술이냐 썩이냐를 점처불사이업시 세사람의主客은 床을에워쌋다 순朝鮮式木床이다 쌈아자르르한 운끼에는 수수百年 걸어온어두운歲月이 흘러잇고 두리 두리한 바가지에도묵은歲月이 절절넘친다 바가지에는 소담지게

담겨진 능금과배와 배와능금과 엽혜는食칼이누워잇다

「이거 우리집에서 지은건데 맛이야 잇고업고간이 사람의낫을보아서라도 실컷들 잡수시요」

好人다운 氏의너털우슴에는 비로소 칼을집엇다 칼은인사조로 집어만보고 그냥 무릅혜가 썩썩문질러들고 한입 비여물자 금시 압허나든가슴이 스르르 녹아진다

요지음도 市場에는 배와능금이山덤이갓다 山덤이갓지만 엇지 오늘밤이바가지안의 배와능금에비할수잇스랴 確實히 맛은달엇다 그렁저렁 한바가지를 해냇다 인젠잔채ㅅ집에는 인사만이면그만일 程度로걸음에도손해진다

얼마안가서 應洙兄의집이시다 亦是 곡식가리가부러웁고 마당에 다달으니 검둥이한마리는 돗자리에안저말이업다 여니째갓흐면 이밤중에 들어서는 손들을 보고만 잇슬법인가 허지만 요지음갓흔 八字에는 이러기라는듯시돗자리는 낼넘도안는다

달러나오시는 應洙兄의案內대로 동내젊은이들을몰아내고 房으로들어갓다 니어酒宴이버러지고 웃방으로부터 「거누가업느냐」하시는 어른다운 솜씨가들리시고 엽방에서는 女人들말소리가 궁금할程度로나즈시다.

내만이라도숨이헉헉막히는土酒가 잔을철철넘친다 應洙兄은 主人이래서主人다운체면을 찻노라고 잔은바더만노코 주전자를붓잡고 안노흐시란다 그렁그렁녹초가되고보니 밤도깁헛고 국수와썩은 빗만보기다

이제참혹한 주제를 무릅쓰고남아지 일로新婦인李娘을을차자보기다

달갓흔 얼골이시다 眞珠로빗나시는눈이요 즐거움과두려움과 수집은表情이 어글어글하다 이처럼흙이된視野에도 한폭이꼿치신아름다움이 훨적정신만들고보면 얼마나눈부시랴

그러나 新婦는실상빗도못보고醉中에 마음뿐이다

잔뜩醉한걸음은 方向이 必要치안타 깝신깝신 달아나시는 東華兄의꽁문이를 틀어잡고 느러지기다 軍隊말이어데서 죽엇든지 돌다리가 어느만이든지河面橋가얼마나멀든지내가아느냐

(下)

세 번돌을찻다 이제사불도멀지안타하신다 압홀바라보니 난데업는횃불이서 잇고 비단가튼우슴이터진다

「저게무에요」

우리는거름을멈추고 횃불을응시하다 얼른얼른횃불을보라 키가적은 그림자는 수업시나타난다 다시근심스러운말소리와 노래도잇다

(女子다)

열七八歲쯤래의 少女일단이 이런沙漠에서는 어울리지도안은 고무신을일코 열심히찻질안나 우리는다시거름을멈추고 중얼중얼한다 중얼중얼이처럼 男性의音聲이電波되자 고무신은찻언는둥 엇잿는둥신이나서 노래를한다

그냥서서보기만은참아못할일이잇든가 고만東華兄 이누이동생이 시집가는날이래서 섭게섭게크으다란 깁븜을혼자품고 날이밝기를근심스러히고대하시는 新婦의姿態를 실컷工夫하시고돌아가시는 주른장(朱乙溫)처녀들이라한다

「조심 조심」

曾善氏의 注意에마즈막돌다리를건느니 언덕은올으기 마츰하다 올으고보니 金田溫泉이눈압이사다

길은어대로기여갓는가 氏를쪼차 밧고랑을타고 이슥하노라니 한업시 깁허지는 검우직직한 웅텡이가 나지고 무시 무시한 木橋와 마주첫다 식컴언總角이 오는가하면 삼단갓흔 女人이울고 오는가하면 헝헝 숨소리에도 골이운다

「여게서 軍隊말이 죽엇지」

금시 어두움속세서 네굽을 굴으는 소리 억개를 잡는다

「죽은말은 바로 이언덕에 무덧지」

曾善氏는 뭇지도안는 말슴을 작구하실안다

얼른 웅텡이를 빠저나오니 曾善氏의 고향집이고대다 어두움속에 더욱뚜렷한 瓦家의 모습은 가진風潮에 달대로달아 손만다아도 웽강 소리가날상 갓가워 질사록 기입숙하다.

바 다*

하서룡오(河西龍吾)

아―바다 쉬일새업시들리는물결소리 그용감한노도 나는 바다라는말만 드러도 나의좁은가슴이 무변의대양과가치넓어지는것만 갓습니다

나는바다를 사랑합니다 바다는 나의동무입니다 나는바다를숭배합니다

인생은 고해라고합니다 만일이세상이 고해라고하면바다는 우리의 自由를象徵하는것이아닐까?

인생고해가 현실적강력한사상을자극한다면 바다는우리들의 未來를 암시하는것이아닐까?

우리들은 고해에서나서 노도가심한 대해를 하로이틀 目的地를 향하야가고잇습니다

우리들은 용감한 선인들입니다

우리들의 갈길은 망망합니다

이고해는 우리들만 가는것이아닙니다

애초부터 지금짜지 지금부터 영원짜지인생은 이고해를건너가는것입니다

이것은 나혼자서생각이아닙니다

만은선구자들이 바다를무대로삼아 어떤사람은슬프게 어떤사람은 勇壯하게 어떤사람은고요하게 자기네들의 탐정기를 보고합니다

바다 나는언제나그바다가그립습니다

실로 바다는 인생그대를壓縮한것임으로 그리웁다는것보다 나는어려서부터 바다까에서 자랏고바다와벗삼아울어도보앗스며 우서도보앗고 나의성공탑을 바다까에써아도보앗습니다.

나의성공을 축복하는나의고향은바다.

---

* 이 글은 《만선일보》 1941년 11월 19일에 게재된것이다. 작자 신원 미상.

幸 福*

김득황(金得榥)

人生은왜生存하엿슬까

人生의終局은 무엇일까

　이것은 우리가解決치못하는큰問題이다 無常한人生의生涯라는것은 苦痛의連續인대도不拘하고 참을수잇는지업는지는몰으지만은 사람마다 幸福을찾으며 그것을羨慕한다 幸福이란무엇일까 滿足한生活狀態를가르켜 幸福이라할것이니 우리人生이世間에서야속히도 喫苦를거듭하는것도 一種의幸福을바라는까닭이니 왜生存하여잇느냐고무르면 大部分은餘生에幸福을엇기爲함이라고 對答할것이다 換言하면滿足한生活狀態에到達할랴고하는것이다 그럼으로古來로洋의東西를 勿論하고 幸福을가지고人生連屬의目的이라는 倫理學說이만엇스며 希臘의大哲「아리스트테레쓰」도 幸福을가지고 倫理上의主要槪念으로하엿다 그러면幸福卽滿足한生活狀態라는것은무엇을말할까 紅燈綠燈의네온밋테서 感覺의愉悅을追求하며 肉感을늣기는瞬間的快樂을말할까 瞬間的이아니고 多少時間的으로長久하다한넷날의솔노몬王이나 秦始皇갓티大闕高樓每日갓티 색다른酒色과眞味新○에陶醉되엿든快樂이나 榮華를말하며 李太白과가티 詩酒三味에纖弱하엿든快樂을말할까! 이와갓튼瞬間的이고盲目的인享樂과快感을가지다 幸福이라면 幸福이라는것은조금도 價値업슬것이다 왜그러냐하면이와가튼快樂은 過去와未來를生覺하여본후그價値를 批判하지안을수업다 當然히享樂에도思慮가隨伴되여 分別을加하지안흐면안되겠다 紅綠의밋테서 遊興한結果가一身一家에不幸을招來하엿다든가 遼의天祥帝가티大闕에서늣긴酒色의快樂이 敗國의不幸을招來한다면 이와가튼幸福은쌀리버리지안흐면 안될것이다 그러키에李太白이가튼詩人도 擧杯消愁愁更愁라고읊흐지안엇는가 李太白의筆法을取하면 一時의快樂의結果는決코웃치못하엿든모양이다 그래도瞬間的快樂이나或은榮華를 幸福이라말할가 이런것이幸福인지안인지는 우리는理智의判斷에맛길수박게업다

　나는人生이 왜生存하얏는가에對하야 煩悶이그지업다 享樂도快樂도 幸福이

---

* 이 글은 ≪만선일보≫ 1941년 2월 4일에 게재된것이다. 작자 신원 미상.

안이라면우리人生이난目的이 무엇이며 眞實된人生의幸福이무엇일까 基督敎의人生觀과가티 人生이出生한目的이하나님을榮華롭게할랴고낫다라고 簡單히 解答을하자면 別問題지만 人生의生存目的이적어도 幸福을追求함에잇다면 眞實한幸福이무엇일가하고 누구나쓸쓸함을禁치못할것이다

엇던哲學徒가 人間에는幸福이라는것이업다 내가煩惱하는人間이되는것보담 知性과理智가업는 野獸로태여낫스면 오히려나에게는 幸福이되엿슬지몰나 슬썰-하며 人生의괴로움을 歎息한바업지안치만「밀」갓흔哲學者는野獸로서滿足하는것보담 人生으로不滿함이조코 또滿足한 痴人보담 소크라레쓰가낫다라고喝破하지안엇는가 밀의말은實로 迷惑에는指針을與하며 快樂說의難點을求하는것이다 그러타고幸福이라는것은 永久한것이며 普遍的社會性을가진것이 아닐까한다 나는人類社會全般이나 적어도한 國家社會의 幸福을가지고서 倫理의標準을定하고십다 社會에有德한行爲 換言하면德을行하야 精神的快樂과滿足을하는것이幸福이아닐가한다 卽道홀아론그境地를말하지안을가한다 耶蘇基督은골고다에서 十字架를가지고肉苦를바덧지만 그는 滿足하엿스며 또그生涯는勿論이고死後二千年이나된今日이라도世上사람이崇慕하며 우슴으로 毒杯를마신쏘크라레스라든가 나의戀人은伊太利이요 나의妻도伊太利라고하면서 一生을獨身으로 伊太利建設을爲해싸운 冷骨漢카불가튼사람들을볼째에 나는그들과가튼사람의生涯가모다 久遠하고眞實된幸福이아닐까생각된다

우리의幸福의길을알고 錄을行하야精神的愉悅을늣끼는대標準을둔다면 우리社會에는참말로 不幸한者가얼마나만흘까! 이와가튼國家의非常時에 盲目的으로頹廢的쟈즈에잠겨散財하는不德家 一時的自己滿足을채울랴고 潮支의港間에서不正商하는 一部分子 말로만큰社會事業을 無言實行한다고 壯言하다가 囹圄의몸이된者等等 枚擧할수업스나 그反面에는 남몰내社會德을끼치고滿足하는사람도만흘것이다 兩者는實로兩極端이며 조흔對象이된다 兩者가어느것이나혼지는 理性이 律하는대로服從할것이다

故鄕을떠난지 十有五年에처음으로 故鄕의기쁜消息을들엇스니 卽平素부터 적으나마 救靈事業에 獻身하든 李福實女士가 또다시若干所有하든全財産을 育英事業에慈善하엿다는消息을듯고 李女士의幸福을祝함과同時에 人生의幸福의本質이무엇인지生覺나는대로 紀錄하여보앗다

大陸幻想曲*

박승극(朴勝極)

(上)

小品하나를 쓰라구무엇을 써야할가 文學靑年들처럼 아름답고달콤하고 甚至於는 알아보지못할 너무나 「知性的」인短文을 쓸것인가? 그天下의秀才文學靑年들이 부러울뿐그런것을 쓸줄모르는 내가되고보니 無可奈何이고 周作兄弟나 林語堂等의 小品文을본밧기도 무얼하고하니 자못其勢兩難이다 나는 일즉이 된잔흔小品을 꽤만히썻기에 그것을모아 초라한冊한券을맨들엇기에 그래서或은 그中國의 으씀가는隨筆家들을 模倣한것갓치보엿기에 모든 것 다제쳐노코 小品을 쓰라는것인가 내 암만해도 모르겟다 엇젓든 이런題目으로 붓을들어본다 「滿洲」보다 「大陸」이란 言感이 더마음에들어서이다 往年에가장 文學的으로 敬愛하던사람의하나인 山田凊三郎氏는 近年轉向後 「大陸志望書」를發表한일이잇고 現在는M新聞×部長이죄어 大陸에가서산다니싸 그志望의所願이 成就된것과갓다고할수잇겟지만 勿論 그것을 흉내내서 이런 題目을 取한것은 아니다

주제넘은말이나 나의大陸에의幻想은 보다넓고 보다크고 보다허튼것이안닌가 스스로생각한다 이왕이면! 空想野心만은 넓고 크고 그리고도 허튼것이어야 한다든가!

멧해前인가 나도大陸생각이鄕愁처럼懇切해서 그곳 「아저씨」에게 그뜻을傳한일이잇슨듯 結局그것은하나의恥辱이요 空想이되여버린듯記憶되지만 지금도往往갑갑하고딱하고괴롭고할때는 문득大陸이무어라 그形言키어려운그런그런…… 사랑하는 이의살처럼 그리워진다. 그곳엔 知己의벗이잇고 其他의文友知人들이적지안흐나 그것만에서는아닐듯십고 또그러타고知己나 文友 知人들을疏忽히하는마음에선 아닐게고보다는 地域性의그것에서인것이分明하다

나의벗은 나와는正反對라면正反對의性格을가진 人間이다 우선그것은그저 훌훌다털어바리고 단걸음滿洲를向해떠난그勇斷에서도 窺察할수잇는것으로서 그는가씀나에게 滿洲求景을뫼이기는하나 웬일인지 哀愁석긴그곳生活의通信

---

* 이 글은 《만선일보》 1941년 1월 3일에 게재된것이다. 작자 신원 미상.

을 接할째가잇서저윽히安心찬타 하지만或내가 滿洲求景을 가는날이면벗은應當제愛人처럼 반가워할것이틀림업서 不安은다시安心에로轉變된다

가장信望하는 作家의하나엿던 文友는近者엔消息조차 끈허젓다나도부러그랫거니와 그도부리그런것인가? 멀리두고보는것이째로는 가깝게두고보는것보다훨씬 미덥고조하보이는수가잇다 나는눈총을마즈면서도 그들事大主義者의뭉치인 朝鮮文壇에추켜올리기에 微力을다햇고 東京文壇에도 機會잇슬적마다 紹介를한일이잇지만 그는近年어지간히빗을내는듯이보이더니 地域의關係인지 쏘다시沈默에로잠기어드는듯십다 섭섭한일이다

일찍이는 新興人滿洲의伍列에섯던 그분도한째는無色하기그지업서 新聞의ㅇ과絕緣後 文學的으로는거의 이쌍사람들의記憶에서 지워저버릴憂慮가잇지안혼지? 나는 過去에그분의 詩를질겨읽어본記憶이업지만 보다는共通된血統이란것이 近年「아저씨」로서의그를 늘잇지못하게햇다 淸白史를몸소實踐한어른들을 가튼祖上으로가진그와나인 것이다 그러나이런것은 오히려지금에잇서선허튼말이 될는지도모른다

몃文友도 어느새滿洲에가잇단말을듯고 차라리滿洲各地에흐터저잇는 有名無名의數多한文友를 생각는것이질겁고기쁘다

(下)

其外의 이사람저사람 다주서치면적지안혼 知人 그들의職業이雜多한 그것과마찬가지로 나와는因緣이얇은것갓다 唯獨생각의世界에서 抹殺되지안는 그와그! 그와그젊은이의運命을 이쌍數만흔靑年들의運命에 견주어보기를잇지안는다 그러면 내가슴은쑤시는듯아프다 아무려나 사는것만이아름다울까?

나의幻想은 一層飛躍을꿈꾸고잇다 滿洲의政治的滿洲에의關心이 퍽稀薄햇던者이엇는데 近年에와서 갑자기달라진것을 나스스로도 어쩌타말해야될지모르겟다

나는 다시쌘幻想에사로잡혀야할까 쌍에주린百姓들! 一朝에沃土의大陸을 發見코 힘드는줄도모르고 쌈을흘려가며일하는 數萬開拓民의勇態는 그들生活의實相과함께正히 보염직한光景일것이다

兵士들이 銃劍을둘러메고서성대는 國境의밤을 내눈으로보고십다

아니 아니…나는 十年이넘은그째 未知의 「니힐이스트」박이쓴 「北極巡禮紀」
를읽은 그好奇心에다 白面의文人墨客들이 읊고, 울고, 웃고한것을 본그것을 兼
처더구나공교롭게도 나의벗이터를잡고잇는곳으로서의 哈爾濱을생각해본다 白
系 「로시아」人이우물재는 「키타이스카야」의 輝煌燦爛한거리를나는 벗과함께
것는것이엿다 뒷골목 수상한집에들럿슬째 한女人과마주치는場面! 그는나를보
자 그의特有한 모로박한이를 들어내놋타말고 고개를폭-숙여버리엿고 나도눈을
쏘다가 그만고개를숙이지아니치못해사다

다섯해가되도록 音信이끗친그가 지금은어데서 무엇을하고잇는지도모르는그
가아지못하게라 여기까지불려온것아닌가! 나는 生前에한번은 그를꼭만나리라
햇다 만날것이두렵고도 질겁게생각되얏던 것이다 나는그女人의 또한 나의運命
을더나가人間의運命을 痛哭한다

나는홀로 풀욱어진平野를것는가하면 幻想은 다시눈덮힌廣野로달린다 가도
가도 흰눈뿐! 어느노픈山밋헤멋개의커다란돌집! 그것은監獄이아니라 「하나
님의아들들이道를닥는修道院 聖堂? 커다란鐘이 쌩-쌩-처량스럽게도운다 나는
발을멈추고 우쑥서는것이엿다

함박눈이 펑펑쏘다지는벌판을 나는 나의異國愛人과함께 幌馬車에올라 달리
고달린다 「체홉흐」의小說에곳잘나오는 「로시야」사람들을聯想한다 아! 가슴이
탄다

눈나려 허연밤 나는타박타박 지난날 數만흔사람들이품속에 무엇을간직한채
가슴을두군대며오고가고햇다 그길업는길을걸어간다 나도만일그째滿洲벌판으
로쮜여건너왓더랴면? 아니썩내려와서 뒤늣게건너왓다가 不名譽를남기고 한줌
의불탄재가된 재마저 松花江물결속에 흐터져버린故友가생각히어 가슴을쥐어
뜯다보니 등잔불間間히 비치는큰村落 太陽업는집에서 가치자고 먹고하던 지금
은이름조차 이저버린 그들의집이런데나 아닐는지?

한가운데집에서 「람프」불환-히 새나오고 明朗히글소리들려온다 글가르치는
夜學先生을 언뜻 나는 그處女라고 생각해본다 理想에날쮜던 철모르는 「인텔리」
處女! 그는 이제 自己의 理想을 萬分之一이라도 채울듯 이곳을차저 生을享樂하
는 것이다

나는 일직 그가곱게곱게써서보내중 十餘張의편지를 記憶에 되새겨보고 쌍거

풀진 그눈을생각하고 그리고 그의意氣를嘉尙히여기고 또 「故鄕업는放浪者」인 나의身世를反省하는 것이다

나의 사랑하는處女는 그고흔목소리를노피어 조선말글을 읽는다

아! 그러나 이것도하나의 幻想! 處女는 벌서제손으로 제목숨을 끈을수잇는 不幸한人間이어서 故鄕 墓만혼山 한구통이땅속에 파뭇쳐감기지못한 그쌍거풀 눈으로부터 怨恨의눈물이 그저솰솰…흘르내릴것이다 그斷腸의울음소리 내귀 를 찌른다

이런말을 자꾸쓰다간 끗이 업슬것갓다 차라리 나는 幻想이아니라 現實로서 大陸의땅을 발버보고 말하리라 그期會가빨리오기를 나는바라고 바란다 (끗)

歸 鄕 의 하 로*

림천(林泉)

故鄕!

얼마나 그립고 아름다운나의 故鄕인가! 나는그립든故鄕의 짜뜻한품에안겨 自然의 아름다움을 다시맛보려고 다만쓸쓴이틀의 休暇엿지만 故鄕을차젓다

나는이른아츰 오랫동안보지못한情景을보려고 집을나섯다

平和로운農村은 고이고이잠들고 遠近은아직도 어슬어슬하엿다 나는서리저 즌길을걸어 南山중턱큰 古木미테 가서안저 아즉어두움속에 잠긴平野와 마을을 바라본다

果然靜寂하다 나의마음은 맑은대로맑아젓다 오랫동안都會의騷亂속에서 精 神의煩惱를벗지못하엿든것이 이제精神의統一을엇게되엿다 「아 시원하다」나는 無意識中에이러한소리를 내엿다 조용한周圍의空氣는 내소리로말미암아 움지 기는듯십다

---

* 이 글은 《만선일보》 1941년 11월 12일에 게재된것이다. 작자 신원 미상.

그소리는 흘러흘러 아슬픈저쪽으로사라진다 날은점점밝아진다 平野를둘러 싼山밋에는 灰色빗 안개에싸엿다

이리하여 前後左右을 바라볼지음에 依然히眞實로依然히! M字W字로 늘어 선山峰이鮮紅色으로 물든다나는웃뚝섯다 붉은햇박후는 半쯤山허리에 걸렷다 이글이글한불덩어리 처럼

아 보아라 平和로운 農鄕에는五色이 玲瓏하구나!

아니다仔細히보니 千色萬彩로구나 나는팔을 버리고해를마지하엿다 鮮明한 朱紅빗햇빗츤 나의全身을빗친다 아 壯觀이다 壯觀!

쌀븐休暇를어더 차저온나의情感은 十二分으로 凝結되엿다 아-이 自然의偉觀

나는혼자 웃고보고 보고웃고하엿다 農家에서는어느듯아츰 煙氣가中天에 훗 터진다 農夫들은 손에손에낫들들고山으로 들로나간다

하늘에는 한點구름이업고 쏘바람한점업다 짜웃한날이다 都會의日光과는무 척다른日光을몸에바드며 平野는目下에보다 同一한日光이련만 내故鄕의日光 은 純粹하고 灼熱하여 都會의煤煙과 塵灰에紫外線을 다일흔미지근한日光과는 判異하다 또空中의淨潔함이 都會의紅塵萬灰속에서 더럽힌 空氣에비할바가아 니다

어디까지든지 누러케고개숙인벼…

저건너편 벼밧속에 하얀옷이 보이는것은 아마벼가을하는사람들인가십다 움 지기는듯도하고 그 자리에부터잇는듯도하다 집집의 지붕에는쌀간 고초를널고 엇든집에는낫가리가 두서너잇고사람들이 도리깨질을한다

어디선지 소가운다 길-게구슬프게운다 색기찻는소의우름인가?

오- 平和로운 나의故鄕이여! 얼마든지 이러한自然속에 잠겨잇지안는가! 내 못미더하는것도이것이所以인가!

사람이 엇지 이러한自然을떠나서 살리요

「사람은 自然을떠날수업다」함은 果然眞實이다

오직 平凡한 一草一木 一口 一水모다 나를歡喜하여마지하는듯십다 나는 正 午가되엿슴으로 나려갓다 길엽 곡식밧속으로들어가면 綠草의香氣가 나를엄습 한다 풀밧으로가면 草響이 나의숨을막는다 나는여기서 自然의神秘를 늣기지안 을수업다 五穀白米를 맨드러내는 自然의秘密……

돌아오는길에서 나는 만은農夫들을맛낫다 그들의입은잠방이는 쌈에저젓다 그들은오-직 이쌈으로 사라가는것이다 이것이都會의사람으로보면 不潔하다할 것이다 그러나 그들天民에게는그以上淸潔을 必要치안는것이다 마당에는 닭들 이모이를먹고잇다 「靑山萬古情」이라드니 「農夫萬古情」이로다 그들은누구를 보든지 반가워하며하며 多情스러운 表情을띄운다

이러한 農鄕을버리고또쪼짜소린내나는 文明의都會로가지안으면 안되는나 의心情은몹시섭섭하엿다 夕陽의光線의화살가치 비치는朱紅빗故鄕을더보고 십지만는自由를容恕치안는 몸인만큼사랑스러운故鄕을버리고 午後四時二十九 分車로 써낫다

記者生活今昔記*
-나의十年回想-

김승현(金承鉉)

(一)

참歲月은 쌜으다

내가 新聞記者의길을걸어온지도 어느듯十年이라긴햇수가지낫다

十年이면 江山이變한다고 나의記者生活十年이란 참말로 變함도만엇섯고그 동안記者로서의 어든苦樂이란 一, 二의知數가 안이엇다

새삼스러히 지나간過去를回想하니 오직感慨無量할쑨이다

나의新聞記者 草笠童時代란 實로쑵과갓다

생각하니 오래인옛날호랭이 담배피우든時節이요 無冠의帝王時代엿섯다

지금이런소리를하면 우숨이될는지는 알수업스나 나의 新聞記者全盛時代엔 帽子를쓰고 행길에나서면 萬事가唯我獨尊格이요 萬人의寵愛를밧든 人氣男兒

---

* 이 글은 ≪만선일보≫ 1941년 3월 2일에 게재된것이다. 작자 신원 미상.

엇든것이다

그러든것이 十年이지내온오늘날엔 編輯局한구석에서 地方原稿와 씨름을하게되엿스니 이제는 新聞記者로서의 한廢人이되고말은셈이다

그러나 죄다가그러하다는것은안이요 오직내가걸어온 記者生活中에서가지는 한가지의 時代的變過을말뿐이다

(二)

그째의新聞記者는實로豪華한職業이엿다 一般이新聞記者의 붓대如何에左右되든판이라어느곳을가든지 그待遇란말할수업시 至誠至極햇든것이다 언제인가某局記者가어느 地方에出張하야 누구에게나알리지안코 하로동안自己일을다보고 그다음날첫새벽에그地方을써날째 엇더케알엇든지停車場에는警察署長郡守할것업시地方最高級官吏들이 그記者를餞送하려나왓섯다한다 그래서그記者가이상히生覺하야 그後에알고보니 自己身邊의일을調査하려오지나안엇섯다 해서 좀 阿諛을해보려고 나왓섯다하야 그래서우슴꺼리가 죄엿섯다한다 넷날 "新聞記者는無冠의帝王"이라함은 이러것을말함이라하겟다 나의記者初創時代는 이런時節이엿다

어느햇가 잘記憶되지안치만 내가엇썬육측에들어선곳에下宿을하고잇슬때 밤이퍽느저서 下宿집主人마나님이 엇떤女子한명을달이고 들어와서하는말이 이女子는 엽집에사는 某官廳官吏의 婦人인데 家庭의不和로 방금男便과싸흠을하고왓는데 이일을新聞에내면 男便이來日부터라도 免職을當할까하야 엇쩌케 해서든지 新聞에내지를말어달나는 哀願이엿다 그째나는念慮말라고해서 집으로돌려보냇드니 그다음날그女子에게서부터 "生果子"의 膳物이들어왓다

○

넷날의新聞記者는 이러든歲月이엿다

俸給을바라고 記者가된것이안라 人氣生活을하려고 記者가된便이 大部分이라 家庭觀念을버서나서 生活에허덕이릴망정 洋服한벌만은제법깨끗이해입고 出入햇든것이다

그러기째문에私生活에엇던悲哀가잇든지難境에處하엿든지間에 그째의新聞記者는「天下泰平」의 生活을 해왓섯든것이다

그째의나는 先輩들의 指導를바더 記者的行動이라든지 쏘는記者로서의 威信을保持하는데 애를써가며 압날大記者가될 遠大한抱負와理想下에서 내生活를 繼續해왓든것이다

(三)

나의全盛時代

우에말한바와갓치當時의新聞記者란 好男的인職業이엿스며 同時에快活과 獨創的인 性格을所持하엿섯기째문에 그品位에잇서서는매우高尚하엿다 그리고技能으로말하드래도 當時社會情勢가 交替期라 新聞이民衆을左右하고잇섯스므로 "新聞의力"이란 相當하엿든것이다

그래서 그째의記者의붓대란 참말로 銳利하엿섯다 이런點을綜合해 一般이記者에對한觀念이란 甚大하엿다

나의記者生活全盛時代인 이째나는서울한복판에서 東西南北을舞臺로 活躍하엿섯스며 朝鮮中央國境特派員으로 輯安縣事件을 "特種"으로取材하야 世人을驚異케햇섯스며 在內同胞部落을 ――히歷訪코 그네들의生活을報道하야 一般에絶讚을바들째이엇다

그째나는 新聞記者로서의 秘法을알게되엿섯고 取材되는記事가 世人의耳目을놀내게하엿든지라 나의 自……(10여자 독해불가)

― ○ ―

이제나의苦心談하나를紹介하려한다

어느해초겨울이엿다 마츰夜勤班이라 저녁을일즉암치먹고例에依하야 西大門署宿直室을차저갓다

冊床우에는 二十二, 三歲의 女子飮毒自殺未遂事件의 電話報告書한장이 노여잇다

普通이면그대로볏겨가지고가서 一段까지材料나나들거이나 그날은별신통한 記事도업서趣味的으로 直接調查를해볼作定으로 그女子가 살고잇다는곳으로 차저갓다 웬일인가?

蹤迹조차보이지안는다

疑問의自殺未遂事件이다 그래서電話로報告한 某派出所를通해調査한結果 某病院에서 報告된 事實이라하야 쏘다시 病院으로달려갔다

앗차째를놋치엿다

너무 危重하야 應急手當만加하고 大學病院으로 갓섯다하는데 同病院에서는 時間外라 治療를 못하고그대로 가버렷다는데 그後는 行方을알수가업섯다

四方八方으로 探問한結果府民病院에서 手當을加한後自動車로 어디로살어 젓다하야그다음은 그女子를태운 自動車를探知하기에애를썻든바 東大門外로 살어젓스며 同乘의男子는누구엿든지? 自殺未遂事件은 더욱더욱 興味를갓게되 엿스며 事件의쑤리까지 쏩아볼興味가 들엇든것이다

連三日은連續하야 調査探知한結果 그女子는過去遊廓女로서 某食堂主人의 안해로서엇던料理店 "뽀이"이와暗暗裡에사랑을 속삭이고잇든것을男便이알고 北支로 轉賣하려든것이 그女子에게알게되여 悲觀끗헤 마츰내 飮毒을하얏든것 인데 同乘의男便은法的으로보아 自殺의 幇助罪가될가하야 秘密히 "갈팡질팡" 하엿든것이다

그째東亞와 朝鮮에서는一段으로取材하엿스나 中央은斷然 "톱프"로世人에 興味를 도두엇든것이다

이러한 苦心이란한두번이안이엇스니 그째나의記者生活이란 精力的이엿든 것이다

夕 陽*

춘초(春草)

空想에서 空想으로헤메이는사이에 하로의날노저물어간다. 흐터진내머리와 가티 하눌도흐렷고 비가나린다 구름씬하눌을 나직히하려가는 가마귀서너마리! 저무리가는 空中에서 「까옥까옥」늣겨우는 애끗는소리! 저무러가는날을哀喪하

---

* 이 글은 《만선일보》 1939년 12월 2일에 게재된것이다. 작자 신원 미상.

는듯!

생각은 문허진넷城터와北岳山 高峰우를 헤메이고잇다.

갈것은가고 허물어질것은허물어지고만다. 이것이眞理인듯하다.

그러나 갈것이간後에야지나간後에야 올것이온다이것이또한 眞理이라겨울이지나간後에야森羅萬象이움트는새希望 가득찬陽春佳節이온다 살어질것은살어지고 한便클것은힘차게자란다. 여름에空中에서크다란몸둥이를 짓누이는白楊의식컴은 숨돌이그것일것이며 아침저녁으로 校門이미여지게 드나드는어린 學童들이 그것일것이다.

가고…오고…죽고…나고! 向上하고 文化는發展하는奔走히박귀는동안人類는것이라라.

×

멀리서 까마귀의울음소리은은히들러온다 그소리가마치 人間世上以外에서 들려오는「멜로듸」와도가티부실부실나리는 빗소리에 階調마처 조용한저녁空氣를깨치며 들려온다.

善惡의兩面과 生存競爭*

변아심(邊啞心)

사람이 한세상을 살어가노라면 別別꼴을 다보고 別別즛을 다하게된다 엇던째에는 남한테미움도밧고 남을미워도하고 남한테辱도듯고 남을辱도해보기도하고 남한테귀염도밧고 남을귀여워도해보고한다. 人間은 社會的動物(人間을動物이라면좀語弊일지모르나)社交的動物인것만콤 恒常不絶히 보이지안는 摩擦面을 것고잇다 假令이摩擦되는面이 곱으면 거기에는 彼此에 조타귀엽다의 印象을남기고 萬若그磨擦面이 거츨게되는째에는 그만이야 서로죽일놈이니 안된

---

* 이 글은 《만선일보》 1940년 6월 9일에 게재된것이다. 작자 신원 미상.

놈이니하고미워하는法이다 그리면이 摩擦이란 무엇째문인가? 人間은다 各各 삶(生)의道具인 돈(錢)을 엇기爲한手段과 方法의 摩擦이다 다시말하면 자기가 남보다 돈을 만이엇겟다는데잇다 돈만 만이잇스면 人格도놉힐수잇고 生活도 高級化식힐수잇는까닭이다 現代人間들은 누구누구를 말하려고할째에는 먼저 그 相對者의 生活能力다시말하면 生活을 支配할수잇는얼마나의 收入이잇는가 에 손가락을 몟번굽혓다폇다 하고나서야 입을여는째문이다 그人間의 地位 그사 람의人格은 卽그사람의 消費의表現化한 것이다 그럼으로 人格인나地位를 살 (買得)수잇는 돈뭉치를 붓들어압장을세우지안코는 念도못내보는것임으로人間 들은 돈을만이가지기爲해서는 온갖手段과方法을 硏究하고 쑤며낸다 그 方法과 手段에는 착(善佛)한것도잇고 거츤(惡體)거도잇다 世上사람들이 다 佛體님의 마음갓테서 착한方法만 生각하고 꿈여내스면 조켓는데 그만이야 갑자기佛體님 이 생각나지안을째에는 죽이고째앗고해서 피비리냄새석긴 新聞三面記事를남 겨노는다 만약人間에게서 돈이란놈을모조리째앗는날이 잇다면그째에는 조흔 사람도낫분사람도 미워할者도 怨望할者도 아무것도 업슬것이다 그리고보니 人 間이人間을 미워하고 귀엽어하는게안라 結局은돈을미워하고 원망하는것이 되고만다

人間이란 그닷 惡한사람도업고 쏘툭튀여나게 善한사람도 업다고본다면 惡한 사람이나 善한사람이나 別로잇슬 理가업다 다 쏙가튼한個의고기(肉)덩어리다 甲이조타고 禮讚하는그사람을 乙이나 丙에게 들으면 世上에 容納지못한놈처럼 險口醜談을하고 언제나그제까지도조타고 손목잡고조와하면서 그사람이안이면 곳죽을신용을하든 사람도오날에 와서는怨讐라고 反目疾視하고 或길을가다가 路上에서 맛나도 岐路로 避하는것이 다사람이하는것이다 路上에서 避할境遇까 지는 안이라해도맛나서면 너털우슴을웃고 되도록보기怪로운表情을안한다고할 지라도 우슴속에는 샛팔한칼날을숨기고 힘들게지은그웃는 얼굴의 뒤에서는화 살을 견우는것이 普通人間들의 하는바가 안인가 이것이所謂 日常生存競爭의反 映이든가? 하고보면 論할餘地조차업서지지만은 生存競爭이란 그本意잇서서 大自然과 力風苦鬪하는것이안인가함에서는 이런亂暴한筆舌을아니두볼수도업 다 하기야 쌍한쏘박째문에全世界가 움속이고잇스니까 皆然이어니하고 되도록

거츤데 惡한데는 눈을슬적감고억지로라도못본체 하겟지만 그亦 빵을 求하는데
서인하면 오직 거츨고惡한 手段과方法을 비저내는 人間보다곱고 아름다운마음
의 主人公이훨씬 만아저스면 할짜름이다.   끗

달팽이의 발자욱*

백경(白鯨)

바람우수…수지나가는페원을거닐은다 바람을타고오는데음성을듯는다 쉐리
-아닌너의 「西風」이다 쉐리-가불르든그환경이너으것과내것이흡사하여서도아
니리라 쏘한그노래가정너와나에게잇서야할법한 특수한연유가잇는것도아니리
라 마침내페가허러저가는 「랑셀」이베토벤의 「第九」를타는소리와갓다는 네말
을드른뒤이음성이들린것갓다 정 「봄」이내게보다네게와야할께다 「나」를내게서
쪼차네고 네가잇기쌔문에내가잇슬수잇는 것이다 라고문득그리케느끼는 순간
이엿다 감상에저즌생각에서가아님을나는 얼마나고마워하는지물른다 나를잠간
절망에서구할수잇는 시간이라고생각한다 내종에나는그보람잇는 시간을잠간이
나마 의식하야생생한피의흐름을늣끼고 내존재나생존까지를 긍정할수잇게되고
하는것은 내가가지는오직하나의 고귀한것을잇지안코 어느한구석에지니고잇다
는 닉식 쌔문이다 그런순간그것은 번개처럼쏘는령감과가치 나의삼천말초신경
을 짜릿하게혼드러준다 내령혼의마디마디가짜릿하여진다 그것이 내 「삶」의 보
람인것이다.

                                        ×

지-드가 그의愛妻 「에마누엠」의죽엄뒤에쓴 絶望의日記를읽엇다 오래인絶望
狀態속에失神한그의모습에나는하나의 가장高貴한것을본다 차라리스스로의運
命을쓴을수잇는것이 하나님의뜻으로서 용서된다면 그는그의當然한秩序로서

---

* 이 글은 ≪만선일보≫ 1940년 11월 4일에 게재된것이다. 작자 신원 미상.

그런길을밟겟다한다

　그러나그런깁픈失意에서時空의經過는或은다시그에게목을通하는 한잔커피
-의다수움을느낄것이고쏘는 南弗니-쓰아름다운 風景속에해볕의다수움에 「사
는것은幸福이다」라고중얼거릴른지도모를쎄아닐까? 그리고 쏘는그의여폐는 다
른하나의 女人이거닐고잇슬른지 모를쎄아닐까 그리고혼이는 그것은 豫想하여
서足한일일것이다 그러면 이 日記는 보기조흔슬픔의排泄이요하나의 適切한性
質을假裝한 辨明外에뭣일짜 쏘스스로 이슯픔을 反復하면서 自作의悲傷한葬送
曲에 陶醉하려는 가장 低劣한作劇하에뭣일짜그러면 끗끗끗내人間은스스로만
을救援하려는것뿐이全部일짜 아니 쏘다시 辨明하되 그것은 「유다」的인自虐의
精神이요 贖罪의精神이란말인가

　너와나! 네가 괴롭되너와의 空間은意思의表現업시네괴롬을 몰라도 되는俗物
인나다 나와너! 大體 그의 希望의書를쓰든그가 眞實의 그인것일가 니-쓰를 散
步할수잇는그가 眞實인 그인가모도眞實이라면 어쩐眞實을지을아니쏘운理性
이 나를 「虛」속에 비우서버립것이두렵다그러나 나는너를밋는다 짝너를미더야
겟다

×

　주름쌀만느러가는어머니모습이쩌올른다 어머니를둘러싸고피럴켜진 수업는
군상이나타난다 어렷슬째추억이 조랑조랑 머루알처럼매달린다 척녁쓰레밧에
서 어머니는 김장감에다 돔부를따서들고왓섯고 나는잘방천에서기둘러 돔부를
조하라 쌔아섯다 김장이가까워젓다 누런베이삭을주엇섯다 우렁을팟섯다 나무
를내리면 의레우리집방죽미쏘라지를잡아머슴들에게 쓰려먹이게하엿다 발쏘락
사이에 미쏘라지가간지름피면서다러나는것갓다 어느 저녁노을아름다울녁 어
머니는 혹은그방천에서 기다릴나를착각하야 잠간당황하는 멧분간을비감에저
저 벌써추워젓다는 북방의아들의 그림자를 차즐런지도모른다 전엔 아들은의레
무릅미테서 효도스러윗쩌니와 웬지금은 저씀쩍스럽다는호역에까지 가버린것
일짜 넌멋허리갓니 이러케고요히무러볼른지모르는 무릅에 나는 멋으로서 대답
할수잇는것일짜 나는 내운명에항거한다는것이 어느새거기에편승하엿슬 짜름
입니다 이러케 말할것인가

　그러치안흐면 어머니가내려주신 고마운 「알몸」을고대로 상치안케살려보려

고엿습니다 라고말할것인가 에라 그보다나는 「잠」의시를한구절 적어바치고변
의수나헤여볼까?

입에 祈禱를부르면서 거러가는 巡禮者여!

到達하기까지에는 아직얼마나前途는 먼것인가

무슨일이잇든지 뒤돌아보아서는 안되나니

目標한곳에다으면 거기에는 그늘과 물과 고비(養齒)가잇스리라

(프랑시스 · 잠)

疎 信 의 辯*

현암(玄嚴)

이곳에서 시베리아를北國이라 부를수잇는것처럼 兄게신그곳에선이곳을또
하나의 北國이라 부를것이외다

이곳北國의거리에는 얼마전부터 찬서리가휘쓸더니 그처럼싱싱튼街路樹를
죄다 발가숭이로 만들어노앗습니다 그나그뿐이겟습니까어제밤엔가을로서는
마즈막비인듯한비쯔테 눈까지무더내려宛然히 이곳北國다웁게登場하엿습니다
아마도兄은이곳에 한번도온일이업서 이곳의눈보라는想像도못할것입니다 첫눈
이내려서부터는 해가바뀌고四五月 이죄여야풀리는이곳의 氣候는잘모르실겝니
다 그야말로눈보라가휘날리고 "트로이카"가달닌다는것은 이곳에오기전學窓時
에 映畵 "트로이카"를본記憶에서어든 나의이곳에對한 조그만豫備知識이엿겟
지만 나도이곳의 詩的인情緖만은 퍽이나그리워하엿지요 허나이곳에와서實際
로生計를 어드려고 汲汲하는只今에는겨울이 速히차저온다는것은 오히려 生活
에對한 하나의威脅을 더하게한다는것을 昨年의 經驗으로느씬것이지만 어렷슬
째는 無邪氣한마음으로 雜念을써난 純粹한感情에서 눈오는山비탈길을걸은것
이 어제새삼스리하느껴집니다 아니그보다 兄과 내가 千駄꾸谷下宿방二層에서

---

* 이 글은 《만선일보》 1940년 11월 10일에 게재된것이다. 작자 신원 미상.

밤깁는줄도 모르고 짓꺼리며새운 그눈오든밤도 確實히 로맨틱한밤이엿지요 그
리듯이 그時節의나와 지금의나에 잇서서는 分明히 그무엇인가 다른것을 發見할
수잇겟디요 나는이곳에와서 굿게가지고잇는 信念은 詩와小說… 卽말하자면 이
곳에서도 文學을가저야하겟다고 생각한것입니다 文學에잇서서 아직이쌍은 荒
蕪地라고 하여도 過言이아닌 文字그대로 未開拓地가 가로노혀잇서 建設途中의
遙遠한將來가 잇습니다 이에對해서는 後日機會를어더 詳細히 말슴드리기로하
고 여기에는 弟의近況을 알려드리기로하겟습니다

×

每日과가티 아침이면 나갓다가 저녁이되면 社에서 도라오는것이 나의日課이
니 別로神通할것도업지요

집엘 도라와도 몬지가텁텁이싸인 멧권의 책이기다릴쑨이지요 確實히 거줓업
는 말슴을 드린다면 그야말로 倦怠의 延長그것쑨이엿지요 이러케 말하면 쪼하
나의 辨明이 될는지는모르지만 아직 高原狀態에머물러 그어느將來할 明日을기
다리는 武士일지도 모릅니다 아니좀더 요새의心境을 말슴드린다면 그리할려고
애쓰는것이 事實일것입니다 그러나 째째로생각을 거듭하여 이荒蕪地인 이곳에
서 하나의開拓土라고 스스로 미더질째 이쪼한 나의自慰의 方便일지 모르지만
마음이 든든함을 禁치못합니다

如何間 내게對한心境의辯護를 너무느려노아 大端히未安한것을깁히 느끼오
나只今의나에게잇서서의 現實인것만을깁히미더주섯스면합니다

×

압흐로 이곳에서 얼마를 살거나 兄이주신 전날의忠告는 一生의거울로삼아지
나려합니다 허나 兄과나와는依然히 交錯되지못할 平行線的進行을 展開하리하
는것을생각하면 참으로슬퍼지지안을수업슬짜름이다

참으로 其間은너무하여無音하엿습니다 참말로 그間은 쓸말도업섯고 썻드라
도 허잘것업는것이엇스리라고 생각합니다 다만兄에게對한 思慕心만은지니
고잇다는것을 말하여두고십습니다 兄에對한思慕란째로는 確實히距離感을 떠
난幻想的瞬間-이러케말하면兄은나를보고 妄想症에 걸렷다고하실지모르지만-
나의聽覺안에서 돌고도는 兄의存在를 認識할수잇섯습니다 째로는 幻想的視覺
을通하야 兄과나와의對面은 이루워지곤합니다 이럼으로 내生覺으로는 너무現

實에 拘碍될必要는업다고 생각하엿습이다 다만只今으로서는 兄과내가山에서
산으로노닐든그時節은다시도라오지못할엿날이라는것이 지금으로는 슬퍼하지
안을수 업습니다 그러나兄은 兄대로나는나대로 다시만날날이 잇겟지요 다만粗
雜히나이것으로 疎信의辭으로삼으려합니다.

靈峯을 찻고와서*

박순실(朴順實)

(上)

金剛山! 이름만불러보아도 좃타 우리의 고국이며 또 世界의 자랑꺼리라 멀리
서늘 憧憬만하던金剛山을 旅行하기로되엿슬째 우리의마음은기쁨에 가슴이울
렁거리엇다 滿洲의흐린空氣만 呼吸하면서 學校生活을하든 우리卒業班一同은
두先生任의 引率을 받어 二十七日밤에 出發하게되엇다 一, 二學年 生徒들도
잘다녀오기를바라는 마음과 부러움으로 가득찬얼굴로 손수건을흔들면서 써드
는소리와아울러 汽車는움직이기始作하엿다.

旅行準備에 피곤해진몸을 車에의지하고 잠간黙想할째 보지고못한 金剛山이
나의눈아페 희미하게얼른거리엇다

二十八日 平壤에 발을드디게되엇다 우리一行은 大同門을거처서 구비구비
굿놉시혜염처흘러가는 大同江을 右便으로바라보며 高麗淸宗時代의獨特의建
築 ○光亭이라고하는 大樓閣과 平壤屈指의古建物 浮碧樓를지나고乙密臺에올
라가쉬면서綾羅島에 눈을덮지엇다 다시一行은老松속에 무처서 三千年의歷史
를이야기해주는 貴重한箕子陵을參觀하고 저녁을기다리는 旅館으로도라왓다

二十九日 元山으로 車는달아앗다 明沙十里海水浴場 松濤園을 求景하고 하
로밤으 元山에서지나고어둑컴컴한새벽에 車에올라안즈니 車窓문틈에서부터

---

* 이 글은 ≪만선일보≫ 1941. 11월 26부터 12월 10일까지 련재된것이다. 작자 신원 미상.

싸늘한바람이 솔솔부러온다 푸른물결치며 요란하게 소리지르는 東海바다를 左便으로두고 外金剛으로 汽車는바쁜듯이달아난다 점점먼동이 트기시작하며 붉은햇빗츤이째까지 어둠을씌고 喊聲치는東海바다一面을 黃金비츠로더픈後 다시車中에잇는 우리의얼굴을곱게비추어줌에 新鮮하고맑은아츰空氣는 車窓으로스며든다 부지런한農村사람들은 벌서일을하고잇다 果然福바들만한사람들이다

멋시간을가니 外金剛이였다 우리는짐을旅館에밧기고 뻐스를타고 海金剛으로直行하엿다 길左右便에는 무르익은곡식이 海金剛바람을바더 滿足하며감사한드시머리를숙이고잇다 저편에서 퍼런것이 넘실거린다. 뻐스는그곳으로 달려간다 바로그곳이 海金剛이다

우리늣 버스에서나려서 물결치는곳으로 달려갓다 쏵- 쏵-소리를지르며 들려와서 곱게쌀리운모래를 한번스쳐지갈째마다 내마음도씻어지는 것가틈을늣것다 푸른물결은 소리지르며 큰바위에힘썻 부드치면 힌물방울로변하여 바위주위에쑤려진다바위위에 썩버티고섯는老木 겁도업다 끗치업는바다一 生氣잇는바다一바다는우리에게 큰敎訓을주엇다

우리一行은 아까운海金剛을두고 三日浦로가지안흐면안되엇다 거기서잠깐 섬돌을求景하고 徒步로九龍淵으로向하엿다 외줄기좁다란山길이엇다 左右에는山으로城을싸코 山城우에는 樹木이 城을 保護하고잇다 西山에 붉은 太陽이 쩌러저갈째 九龍淵에 이르럿다

山頂에서 나려솟는 瀑布바위라도 쭐고나갈만한 용감스러운白玉

아一 폭포야! 너도 나에게 勇敢하라는 敎訓을주누 하며 소리지르고십헛다

달비츤 山에서나려오는 우리一行을 단풍닙사이로 쓰다듬어주는데 夜行이라 우리들의 주위는 참으로 靜寂이다 다만 바위틈으로흘러나리는 물소리만이 靜寂을째쓰렷다

十月一日 이츰주터 비가부슬부슬 나리기始作한다 舊萬物相을 探勝하려고 비를마즈면서 山路를걸엇다 쇠줄을잡고 올라가니 濃霧가山一面을 자욱하게더퍼서 여러峯을 자세히 보지못하엿다 그러나 쑤렷이 우리눈에 보이는 것은 괴상하게 생긴 鬼面岩과 사랑스러운 三仙岩이다 이푸른蒼空을 쑤를드시 우쑥하게 셋이 나라니서서 무엇을속삭이는듯하다 이를 보는探勝客들은 多感해진다

點心을먹고 우리는 다시 一萬二千峯中의大王 毘盧峯을 오르기 始作하엿다 나려다보이는것은 絶壁뿐이다

나리는비와 부는바람을 그대로마즈면서 험한골작이험한 山길을 것게될째 나이사러나가는 압길에도 어썬 험한골짝이가 가로노히더래도 실컨 뚤코나갈것가치생각된다 어썬일인지비는 끚칠줄모른다 쓸쓸하고 캄캄해서 무시무시한밤길을 여러이서 손을잡고 물흐르는 소리를들으며 걸어가게되엇다

(下)

참으로 그째는 피곤한줄도 몰랏다 이째멀리 적은 불비치 보엿다 그야말로 希望의 비치다 우리는 소리를지르며 기뻐했다 우리를 마중나오는 사람들이엇다 人生이 自己의 善한目的을 達成시키기爲하여 험함과風浪을突破한後에는 生命의빗 勝利의旗발이 우리를기다리고 잇스리라고생각하엿다 山길것던 피곤한몸은 꿈속에서도山길을걸엇다

이튼날 日氣는 쯧박에도 淸明하여 우리들의 마음은 愉快하엿다 旅館에서 毘盧峯은 가까윗다 이째까지 目的하던 最高峰을 올라오고 믿엇다 이峯이야말로 江原全道를 俯瞰하고 잇는드시 웃쑥하게서잇다 叢雲은 우리발아래에 모이게되엇다 내가사뭇하늘우를 올라온 것가치느 쩌졋다 高峰을넘어 內金剛으로 向한째 叢林사이로 햇비츤 우리를 엿보고 잇섯다 이름모를 산새들은 輕快히 노래부르고잇다 妙吉祥과 彌勒菩薩을 右便으로 바라보며 長安寺를 向하엿다 途中에 山葡萄를 짜며 피곤한줄도모르고 나려오다가 女僧을만낫다 阿諂과咀呪와嫉妬 傲慢 淫行 猜忌로 가득찬 都市生活을 쩌나서 山明秀麗한 산중에서 修養하는그들을볼째 머리가숙으러진다 나는그들을 尊敬하고시펏다 長安寺에 到着한것은 午後三時쯤이엇다 點心을 長安寺 에서 마치고 內金剛驛으로 向하엿다 路中에는 藥水가 探勝客을 기다리고잇다 나는목을 적시고 것기를繼續햇다 五時二十분에 鐵原行汽車를 탓다 西山의 해는썰어저 黃昏될째 모-든山은 漸漸어둑씸씸한 暗黑色으로 變한다 나는 車窓에서 山봉오리를 바라보면서이번 金剛山探訪이 처음일쁜더러 이것이 나의一生을 通하야 마즈막이 아닌가하고 생각할째 金剛山을 뒤에두고 다라나는 汽車가 원망스러워젓다

鐵原驛에서 밤을지내고 아츰에 경성에나렷다 척내려서 느낀것은우리 朝鮮衣

服의 아름다움이엇다

奉天에서는 朝鮮婦人이라도 맛지도안는 洋服을 몸에휘감고 단니지만 京城에선 純全한 朝鮮衣服으로 市街를 一層 이름답게 裝飾한다 먼저 五百年歷史를 가지고잇다하는 慶福宮을보고 總督府를 求景햇다 다음에는 昌慶苑에가서 動物園植物園을 求景햇다

午後일곱시에 우리는 다시 奉天行列車에 올라안젓다 나의 눈압에는 金剛山이작고 나타난다 단풍닙 쩌러지는 소리 시냇물 흐르는 소리가 汽車바퀴소리와 함께 들려오는듯하다

니는다시 金剛山에 다려가도시픈 생각이 솟아난다 그러나 쌕하는 汽車소리에 金剛山을 헤매던 내 ○○은 奉天驛에 다다르고말앗다   (了)

잠안오는밤을爲하야*

유일(唯一)

나는 요지음이런最終的인슬픔을맛보게되엿다 더욱이요지음엔쓸대업시 興奮의波濤가너울처잇던째는 虛空을向해서라고 高喊질르고싶고 쏘는마음껏목청을놋코 痛哭하고싶흔衝動을밧는다 그래서 어째째는 高喊도痛哭도한다 病勢가이러케되니 患者인나로도 名醫以上의斷案을수사로내일것이다 "너는미치지안으면 죽을거시라고" 멧칠전인가? 나에게比해 그리重하지안튼 同病者親友가 結局은發狂되여서 腦病院에入院하엿다는消息을들엇다 나는그소식에접햇슬째 가슴에묵직한돌이나려안는듯한 驚愕과恐怖를가젓섯다 이것은親友를불상히생각하는데도잇지만 나 自身에닥처올運命인것만갓해서 설어운생각에잠겻섯다.

×

人之將死에其言이善也요 鳥之將死에其鳴이 悲也라는말이잇다 나는이러한最終的인것갓흔 斷崖에이르럿슴을알자 이제야비로소죽엄에對한眞實한생각을

---

* 이 글은 ≪만선일보≫ 1941년 1월 29일에 게재된것이다. 작자 신원 미상.

갓게되엿다는것이다

　그러나 아모리생각해내여도 알아낼수업는生…… 그리고 避할수업난죽엄을 想起할째 언제나말할수업난 悲嘆에운다

×

　世紀의英雄或은 世紀를超越한聖人等等은무엇으로써우리凡人과劃線을 그을수잇는것인가를생각해보앗다 對答은簡單하다 그들은決코죽엄을두려워하지안는데잇섯다 언제나죽엄을마지할 準備를그날그날의生活에서 가지고잇섯다 그러나凡人이란그러한準備와超脱이업다 하도오래인넷날의일이다 나의極히親한벗하나가 언제나죽엄을두려워하야 아니苦痛을두려워하는남어지 조혼일인줄알면서도 또는그것이自己生의全部인거와가튼 結論에想到되면서도 그것을果敢히 實踐할勇氣가업노라 長歎息하는소리를맛날째마다들엇다 그리든그가不幸히도豫期치도안엇든 急病에 하로도넉넉히알지못하고죽어버리엿다 나는생각한다 이러한事實은비단가버린날 그친구에게만하는屬하는局限될生의問題가아니라는것을! 至今도未來도언제나通用할수잇는 가장조혼生의示敎가다는것까지도 쏘이러니 今生의그어느누구나來日에어떠한生의傑作을 産出식헛슬넌지는 全혀未知의것일것이다 躊躇할것업시 全世界를째려마서버릴만한 偉大한自己生의生産이 잇섯슬것이다 이러한事實은決코 나만이아는珍奇한 또는家傳秘臟의 秘密이아니다 누구나다一아는事實이다 要는人生이란一아는事實을 또는實踐할수도잇슬듯한 事實과命題를實踐 못하는데에잇다 이것이人生의弱點이며 도리혀普遍性도된다 明日에속아만사는것이 아마도 生의特典이며 權利인지도 몰은다

×

　이러케 잠안오는밤 冥想에잠겨잇스랴니 쓸대업난 가닥가닥의 생각이 順序도 업시 쏘리에쏘리를잇대여 써올는다 그러나 나의命題는 쏘다시나의죽엄의問題로還元되엿다 엽헤서는 罪업난안해 어린아해들의 코고는 소리가生의거치른 反抗과도가티내귀에들난다 나는 그들을 그들의자는 罪업는 姿様을 또한번 치여다보면서 내가只今 冥想하면서잇는 나의죽엄의問題를 그들의게도 옴기여가보려하엿다 그들은깁흔잠에빠져 무슨즐거운 꿈을꾸는지 간혹웃기도하고무엇이라 중얼대기도한다 내가말하니싼 내가보닛깐싼 내가들으니싼 내自身이 살어잇다

는 存在를 認識한다만 내가죽는다면 나라고하는個性은 完全히 한줌의흙으로 消滅되고말것이다 말할수업시 슬프다 나의고기덩어리와魂이 엇던沒落의 깁숙한속으로 썰어지는듯한 苦悶을가젓다 그러나 나는그럿타고 죽지안으면안되게 그것도 조곰후인지 밤중인지 또는 멧年후멧十年후인지도몰은다고 政治的니히리스로가안이라 哲學的니히리스로 짜지고는 십지안타 더욱이 神經의줄기가 衰弱할때로衰弱해 간혹가다는 痙攣까지이러나는 重病患者가되엿슴에도 그러나 니히리스트는 되고십지안타 다시健康의 回復을쇠하고 스러지려는魂을 다시모아드려살째까지의生을 힘잇게하고십다 凡人인나로서도 할수만잇는것이라면生의 超脫과生의準備를가지고십다

나쁜만이다 全世界의凡人이다갓치나갓흔 生의超脫과準備를갓고 새로운秩序를하로밤사이에싸하놋코 일만가지과실이무른닉은 에덴의동산에서 秦始皇이求하지못하든不老草를求해먹음도 될 수만잇는일이라면 또한興趣잇는일이라 잠안오는밤에 나날이여위만가는自己의 健康을弔喪하면서 생각해본앗다

「愛憎記」*

홍택룡(洪龍澤)

(一)

玉아! 只今窓박그로 落葉을한아름안은 밤바람이지나간다.
찌저진 窓紙의悲鳴이얼마던지 날카롭고 寒寂하고나
그러타고내가寒寂을실허하는것이 아니다
도야지멱짜먹는소리 코맹맹이소리 하―모니싸 流行歌이러한 雜聲이구역질이나오도록 쩌들썩이는 下宿의霧圍氣를쩌난 北谷의靜寂이라면 別世界인양 그얼마나나의憧憬의的이되랴!

---

* 이 글은 ≪만선일보≫ 1940년 12월 6~7일 게재된것이다. 작자 신원 미상

그러나 네집을나와 이러곳에몸을닷고잇스려니 이밤의바람소리가 왜그런지 참을수업는 悲哀를가슴속 밋바닥에던지고잇고나

玉아!

나는왜쏘 너와나와에關聯된이야기를 여기에쓰는지모르겟다 그러나괴로움과 슬픔이 海潮처럼 머릿속과가슴밋바닥으로부터 치밀면치밀사록 虛空에도 조흐니그려이야기하고십고 울고십고나

幸福한 사람은自己의幸福을남에게 이야기함으로써더욱더큰 幸福感을갓는 다고- 나와가튼슬픈者는 내슬픔을 그아무데나 눈바람에게도조흐니 예기해야만 터질듯한 가슴속이시연할것만갓고나

玉아!

그러니까 나는너와나와에對한이야기를 昨年正初에生活小記란題下에暫間 비치여보고는 이것의두번채의 것인가보다 追想하면昨年도이쌔인가보다

新京을써날째 내짠엔그래도 큰쏫을품고 中央(文壇)地帶라는 京城을차저 老齡의어머님품을써나 왓섯스나世相事가뜻대로 안된다는 常識쯤은 모르는바가 아니다그러나 現實은너무나 호되게내쏫을갈기갈기 無慘히 찌저버리고마럿다 幻滅이엿다그저蒼白한얼굴에 짜치등이에갓가운머리-그리고 낫이면이불을뒤 집어쓰고콧물을쑥쑥훌니며 낡은雜誌의페지나뒤적거렷고 밤이면하로의疲勞에 쌔근쌔근잠들고잇는 네콧숨에 이마를산득이며 마음소그오 하염업시울고-

그것이 내가쥐쏘리만한薄俸으로나를 멕여살리든째의나의生活이엿다 그러 케無能한내게그래도 너는거미즐가치微弱한 希望을안고네짜뜻한마음으로 내언 몸둥이를녹여으로 海外뉴-스로 火爐 사이내두고 안저火爐의숫불갓치 도곤도 곤이야기의쏫슬피여 慰撫하기에努力햇다

玉아!

그러나날이가고 달이건닐사록내無能은 無能대로倦怠만 늘어갓섯다

玉아!

너는 나의그런生活雰圍氣속에서 비로소藝術이라는것을아니 藝術人의生活 態度를 側面으로 或은正面으로익숙히보앗섯다 그리고文學으로成功하면 우리 生活도좀윤택해지겟지… 하든 바람도아름다운꿈도 집어치윗섯다

거기서 너는나의生活에서 厭症을늣겻고 藝術家의안해로써의 優越感에서失

望의그늘미테 憂鬱을배윗고발뒤금치를짜르는 不幸이란커다란그림자를도리켜보고 逃避의謀計를찻기에 네마음과몸은極度의焦燥을 더햇든 것이다.

(完)

玉아!

藝術(文學)이란 完成이업는것이다 詩나 小說이나 그어느作品이나 自己가生産해노코보면 未熟하고그러니가不滿을 갓게죄는것이요 보다더 보다더하고 向上을企圖하는거시오 그러니까 또完成을바라는것이요 次後에서 亦마찬가지로 다음— 또다음— 이러케 목숨이다할째까지 野心그것을 지니고잇다 그러니까 自己오서는 完成을 기다릴수업는것이요 또한 文學이란 金錢이나 그런것과는 애당초부터區別되어 그저防塞이가장親하게 졸졸짜라단니는것이다

玉아!

그러니까 데파트나 그러한陳列窓에서 흔히豪華로운衣裳을 곳잘부러워하고 해마다變貌해나오는 流行을누구보다도 먼저알고 그것을짜르기에 操急해하는 네머리속의길과 내길의距離差가잇스니 그距離에서 엇지한 家陸을 設計하고 生活을 營爲할수잇겟느냐?

「한家庭을 平和로히 持續못하는 그잘못이 대체누구에게잇는가? 生活업시 文學은 또어디잇는가?」하고

그러나 이제다시금 珠算알을굴린다든 그리고실지는안쿠나 말하자면 내가하고십지안흔 職業을擇하여한家庭의生活을 꾀한다는것은 結局내게 限해서는 죽엄을意味하는데 不過한것이다

마치 阿片中毒者가 阿片을끈코는 容易히短命이나마保續하기 어려운것과가티마음에업는職業에 목을매여단다는것은 結局내文學을 버려야하는것이기 째문이다 그럿타고 文學을 生活의 餘技로 하고십지는안타

이러케말한다고 내가제법文壇의한구석을 듬석점령하고잇는 文士然하는것은 안이다 나는 萬年文學靑年이라도좃타

아직 修硏의길이기째문에 더욱그러한 것이다

내게는 貧寒 그것이 나를 文學의길로 引導하엿고 그러니까 貧寒은 나를짜르고 나는貧寒을따라 文學을硏磨함으로써 비린내풍기는 가느다란 내목숨을 다할

것이다

玉아—

내 이러한 머릿속을 너는 三年이란 歲月에 厭症이나도록 잘아럿고 나自身이 잘 알기 째문에 나는네집을 그것도 밤 열한시나 그러케 깁픈밤에 너도目擊하다시피 寢具하나 변변히갓지못하고 알몸둥이 그대로 멧十券의書籍과 잉크병 鐵筆 冊床뿐만이 用達에게 依託하여 나오지안엇느냐?

너로서는 應當 突然이라고하겟스나 나는멧번이고멧번이고 煩惱속에서 벼르던끄테 그와가티 行動으로나섯든 것이다

街頭를彷徨하며 乞食할지언정 川邊다리미테 찬서리를맛고 露宿할지언정! 너의집사람들의 눈총은 너무도 내가슴을칼질햇고 눈물을 말니기에 목구멍이 부듯햇기째문이다 쑨만아니라네 個性을尊重하고 네게다음의 幸福을 비럿든것이요 하나의 무서운不幸에서 열개의不幸이 번식할것을 두려워하기째문이엇다

玉아—

그러나 사람의 목숨처럼 끈적끈적한것은 쏘업는모양이다 호주머니에 一圓한 장업서도 下宿이나마 住居할수잇게되엿다는것은나스스로 奇籍이요 驚歎해 마지안을수업다

世上은 차건만그래도어느귀퉁이에는 돈짝만한同情이남어잇는가보다 그러타고 내게耳目口鼻가 가추어잇고 手足이具備해잇는以上 지게를지고괭이를메고 勞動場으로못가리라는法은 업슬게다

사흘前에는 沐浴을하고돌아오는길에호쩍집으로드러가 滿洲人에게 滿洲語를오래간만에 相交하면서 김이무럭무럭썩오르는 호쩍네개를먹음으로써하로를 즐겻다.

오날은 典當鋪門을쑤드리고입든洋服을 一金十五圓也에바쑤어가지고는 제법四肢를펴고 國步로서밤거리를거니르며 古文書와 新聞紙를사고 茶房出入을하고 이것으로서 쏘하로의즐거움을일을수잇섯다

그러나 이글은쓰고잇는只今은웨이리 몸과아울러맘속이차고 썰리는지모르겟다 外套를뒤집어쓰고 이불을머리꼿까지그러당겨도 작구만팔다리가 오구라들고 허리가곱어지누나!

입술을지긋이깨물엇다 슬픔은씃업시가슴을 칼질하면서 목구멍으로 부듯이

치밀고잇고나자

「아름다히 孤獨하라! 깨끗이 "씃"아! 强해라!」멧번이면멧번이고입속으로중얼거려도 原稿紙우에알수업는눈물이아롱지누나

이것이내가 즐기는生活이다 오늘도來日도十年後도내몸둥이흙속에 파무칠째까지되시리 이生活은눈물속에繼續될것이다

玉아

"女人은 돈에서만이幸福을늣기는動物이다"이러케말하면너는 怒하여워하다못해 毒舌를날늠거릴것이다마는 그러나가량네게 적당한말이안일가한다 그러타고내가 物質을無視하는것은아니다 日前三千里社의 崔貞熙씨를맛나이런얘기끄테 내가明春渡東하여古學으로써 좀더文學을하리아겟다고햇더니 씨는말하더라─

「멧年前까지도 돈업는것은 모두하나의자랑으로 아럿지만지금은 돈업시아무것도못하겟드군요」

모두올은말이엿다 그러나그놈이돈과나와는 先代에무슨큰수적간이엿든지 나를갓가히해주지안는고나─

그러니까 나는나스스로너를 不幸에서釋放하고 나를네拘束에서 釋放하려는 意圖에서 네집을나온以外 다른條件은아무것도 업는 것이다

그만붓을놋는다 그리고外套를뒤집어쓰고담배한대피여물고 호주머니를만지작거려 멧分남어잇는 白銅錢을이리굴니고저리 쨀그랑거리여 외로운그림자를이끌고 門박그로나간다

멀리서 들려오는 汽笛이내게 放浪性을 다북이담어준다 군밤장수 고구마장사치들이 밤거리를 구슬프게웨치며 다니고잇슬쑨 얼마던지 寒寂하고나!

나는 선술집으로 어슬푸게 드러가고 좀잇스면추움도 슬픔도 다아이저버리고 다리를 쑤욱펴고누어 明日을約束하고 단나혼자 싸늘하게 밀려드는 孤獨을마지하며눈을사분히감고 冥想에잠겨 즐거히 微笑하면서또이한밤을보내련다.

피여들고 읽으면서─.　　　　　　　　　　一九四十年 十一, 二四 京城에서

흐 름*

고재기(高在騏)

事象의회오리바람속 변개치는氣象속그리고 부글부글씰는 도가니속에서 어
린歷史의흐름속에서 저-내리스트는 嗅覺 視覺 그外우리의神經의 가는실은 總
動員되여야한다 어디에든지 저-내리스트에게는 事件이잇고 鬪爭이잇다하야 印
象家가잔잔한밤을 그것이暴風前夜라斷定하든이는 黑夜함과똑가티 저-내리스
트는 平和하게보이기만하는 印象속에서 爆發될事件을 感覺하기爲하여 嗅覺까
지 움지겨야한다 저-내리스트는 에렌과가터야 할것이다 그의 一切의 知性과感
性은 게다가 언제나 撥剌하여야하고 健康直裁明圖 그外에도 普通妥當性을 具
備하여야한다 그것은 오직하나 稀貴한秩序를만드려는 意慾의實現에잇는째문
인 것이다 하야 그들을일즉社會의本然이라하엿든時代가잇섯고 그째그들은 潑
剌하엿다 稀貴한眞實의 代辯者로서 「無冠의 帝王」의呼稱속에多幸하엿다 비록
그들이압서쓴 知性과感性의發動으로한 노픈批判精神의發揮와 手段으로서 그
것을原稿紙에적어 活字化시켜 大衆에알키기까지의 가지가지 時空의制約 메카
니즘의한아름으로서 거두는 疲勞가 크다 허나 그活字가反撥되는社會를生覺할
째 그는疲勞에서한滿足感에 고요한 睡眠을請할수도잇섯든 것이다

흐름은根源이잇섯고바위에부디처부름쓰기도하고여울에선잔잔히속삭이나
낭쩌러지에선 激怒에意識을일코 오직몸부림치는 것이다 모-든歷史와運命이하
나의 흐름과가튼게하닐까?

이흐름속에一切은홀러지나적은 저-내리스트오직混亂속에서 懷疑하기를일
삼앗다 정히무서운스담프에잇는 것이다

×

「별드락」의말 「運命은따르는者를실코 抗拒하는者를끌고간다」한다 정말일
까 곳首肯할수업는悲哀가잇다 그런悲哀속에선나는 답답하기만하는것이다 焦
燥하다 진흙길을 쯧업시더털거리는馬車의구을름에 스스로를견주워본다 말근
하늘조차拒否하는 마음의어두움이다 삶에疲勞하엿슬까 저녁을마치면 沈床에

---

* 이 글은 ≪만선일보≫ 1940년 9월 1일에 게재된것이다. 작자 신원 미상.

아모러케나 드러누어버린다 담배꽁초만재터리에 수북히싸인다 滿人쏘이와胡
弓소리를 드르면서疲勞와倦怠가마치 壞菌이되여血管속을巡廻하는것처럼몸이
간질간질하게 피로워집을늣긴다 나는이런疲勞가나의수다스런 饒舌과 바보갓
튼哄笑때문인것을 또 그것이分裂된내精神이 自制를이른結果인것을 反省하곤
괴로워하고 後悔하고 抛棄하고…그러다가 나는불현듯 生命을燃燒시킬수업는
애타는나를 傍觀하면서 눈물을 흘려주고 그다음은 그런내心情에對한蔑視에 또
다시 哄笑를더퍼씨워 버리면서 反省에서 愚鈍할것을 陰謀하는것이다 그럴째
나는奇特하게도 동모에게빌린 經書하나를 드러도본다 活字건너편에 無數한 形
象이잇다 샛별를바라보든 눈에 오래지워지지안코남는그런半點 그半點의數次
反省 焦燥이깃들어뭉처 不安이되여나를强迫한다 쫏는것가튼 쫏기우는것가튼
不安의검은그림자는 하염업시쪼차오는 것이다 나는마구기를쓰고다러난다 진
쌈이등에차거웁다 「不安업시生은허전하다」는또스토엡스키의말로서自衛하려
하나 잘肉體化되지안는다

　　이윽고난 하늘에가가은屋上에올라갈것을生覺 해낸다 夜氣가淸棘ㅇ하다 별
이총총하다 기피 夜氣를肺腑에드리마신다 나는自然속에 柔順한便이라곳잠자
기엔沒入한다

　　나는完全히 虛脫한放心狀態에나를오래인자이기만히 노아둬보앗스면한다
아무도차저주지안흐면 얼마든지도조타 아름다운해代身별총총한밤이오고가고
이럿듯멧번이든번가라줘도나는 바꼬이지가는歲月을詠嘆치안켓다나는人生의
마즈막자리우에서도 그虛脫한狀態의空白을恨치안흐리라 내意識面을맑게하여
거기에아모것도비초이게하지안코 얼마든지멍하게지내밧스면! 거기흘르기만하
는시냇싸언덕에안저 물쓰러럼이물을바라보앗스면! 나는여기저기서 이러나는
一切의嘔吐할事象을 보지도안허도될것이고 내過去의一切를妄覺할수도 잇슬
쎄아닐까? 어느地域에서 이러케强烈한火花가버려저도 나는모를세라홀로 다만
홀로마음기피痛哭할수잇는게아닐까?

×

　　지루한밤-마치이生涯조차暗示할수잇는가지가지屈曲의마음하나적은죽임을
지나黎明이고혼 秩序를가저오면나는눈을써小市民의아츰의風俗에조차順序를
마치고社에나가는 것이다 冊床우에는八十字間原稿紙가노여저잇고 그종이가

나를嘲笑든말든 모른척하고거기에鉛筆을달리며 나는메카니즘의현아톰으로서 代位되는것이다 내意識은어느市民이나마찬가지로 任務에忠實하여야할것을經書처럼命令하는것이다 그러나이제적여진 維拙한文字가 읽는者에게 어떠케接受되는지 나는모른척할수잇 고쓰그만치大膽해젓다 그런意識은或은只今이瞬間에도 繼續되고잇는지도모르겟다 뱃심조흔일이다 이러기爲하야 낫엔 나는언제나 마음에푸른旗幅을다라야한다 낫에까지밤의破壞에서 나만을救援할것을알것이다 나의肉體를維持시키는 秩序의破壞에서건질수잇는小市民의用意 戰戰兢兢薄氷을것는 이貴重한「파쓰」를좀처럼紛失치는안흘것이다 나는이「파쓰」를잘간직하고 내일이오늘이요 그제인것처럼사러가는것이다

　　흐름은뜻업고 끗업는흐름에드면서 나는 내生命을思惟하는것이다.

燕 京 遊 記*

文章郁

떠나든첫날

　「上有天堂 下有蘇杭」이라는 말을 들은적이 있었다 이것은 年前 南支巡遊를 맞이고 돌아온 한親友가나의게 蘇杭兩州의 勝景을 紹介한 一節이다. 이말을듯고 한때 南支方面으로 발길을 내칠번한일을 있었다. 그러나 이번에 北京行脚을 뜻하게된것은 누구의 勸誘를 받은것도 아니요 누구들과 같이 例의視察을뜻함도 아니 있었다. 그저 大陸의 新京을 마지하면서 敎學機關을 視察하게 될것이 얼마 동안 華北大部에서 逍遙의 紀行을 짓게된 動機이라 할수있을것이다.

　「人生鞭得有年間」이라고 옛사람은 말하였다. 百年間이 우리에게 幸福을 줄 것은 아니지마는 멀니 北鮮을 나가보지않은 이몸으로 太平洋을 지내온지 數年이 되도록 변변한 旅行 한번을 뜻하지 못한것은 奔忙한 生涯의 所致라고 말할수

＊이 글은 《朝光》 1939년 11월호에 게재된것이다. 작자 신원 미상.

도 있을것이다. 이제北京行의 機會를 어더 秋風千里 北國의 文化을 玩賞하게된 것은 「人生易得片時間」의一事가 아닐는지!

北京行列車에 몸을실은 八月二十三日午後는 아즉도 남은 더위가 漢陽의 人士를 苦로웁게하든그때이었다. 京城驛을 떠난列車는 北으로北으로 開城을 지나 멀니 달닐뿐이며 車窓밖으로 뵈이는 沿路風景에 사로잡힌 나의心境은 그저 讚賞의 아름다움을 禁할소없었다.

京城以南의 旱災를 보든 거북한 머리는 다시 開城附近과 그北部山川의 淸新한 田畓을 볼적마다 마음의 慰勞는 여간이 아니였다. 니어서 米州南部에서 沙漠과 荒原을 지나서 귤나무와 葡萄덩쿨이 茂盛한 캘리포니아로 오든 생각이 聯想되기 始作한다. 紐育에서 自動車를 모러 三千餘里의 大陸을 橫斷하고羅城으로 向하던 그때의 爽快이란 참으로 比할데 없었다. 夕陽의 新幕, 黃昏의 沙里院, 暗黑의 平壤城을 지나온 나는 다시 寢臺에 몸을 감추었다. 大同江흐르는 물결에 그리운 浿城을 작별하고 威化島 거치른 波濤와 함께 國境에 鐵橋를 넘어서 安東驛에다다르니 때는 午前一時半 困한꿈을 깨우치며 行裝檢閱과 旅券調査를 닷치고 一路 奉川을 向하였다.

錦州, 山海關, 天津

奉川에서 山海關까지의 마침景致와 처음보는 異國情調는 旅路의 疲勞를 잊을만치 아름다웠거니와 錦州에다다를제 茫茫한 地平線은 글자그대로 眼界에 展開되어 心神을 爽然케 하였다.

月得十分放光處,

風無一點借聲枝.

이글은 前日 兪漢緝이 遼東七百里의 廣坦한 平野를 如實히 描寫한 名句이다. 前에는 나무쫓아 없었는지 모르거니와 수수밭 너른벌판에 웃득웃득 서있는 버드나무가 있다고한들大陸의 陣風을 막기에는 너무도 弱할것이다. 東西로平野 左右로 平野인 이곳의 달빛은 坦坦數百里의 無限大한 蟾光을 끝없이 發揮할것이다. 廣野의 달밤을 이곳에서 마지할수업는것을 遺憾으로 생각하며 地平線넘어로 버들숲속에 점ㅇ해있는 民衆이 土屋들로 視線을 돌니었다. 택사쓰의 平原을 지나면서 「大道如天車輛疾, 平蕪滿地里閭稀」라고 써본일이 있거니와 遼東

의 平野는 民家도 락落하다.

錦州는 錦承線(錦縣-承德)의 起點地, 奉山線의 中間驛으로 北은 奉天, 南은 山海關, 西는 承德을 相距하고 交通과貿易이 殷盛한 地方이다. 驛外로 벌녀있는 市街의 全貌를 한눈으로 거둘수있는것을 기뻐하면서 달니는 火車와함께 山海關을내려간다. 長城의 偉蹟이 눈에 띄이기 始作한다. 萬岳 千峰을 눌너가며 蜿蜒數千里 嘉谷關에 抵達한 이 長城은 天下의 壯觀이며 世界의 驚異이다.

山海關은 滿支의 國境으로 人口約三萬五千을 갖인 要地이다. 縣城, 東羅城, 西羅城의 三城을 所有한 山海關은 天下第一關, 玄陽洞, 角山寺等의 名所를 가지고있다. 天下第一關의 名勝을 後日의 機會로 미루고 旅裝의檢查와 旅券의 提示를 맞이고 貨幣의 交換을 行하였다.國境의 通過가 이같이 쉬운것을 생각할제 前日加奈陀의 반코버와 墨西哥의 틔유아나를 지날때하도 애쓰던 經驗이 聯想에 흐르고있다.

平野를 지내고 長城도 보내고나니 나그내의 功緒는 그윽하기 짝이업다

平野秋色遠,

長城夕照多.

의一句를 남겨두고 부슬부슬 나붓기는 雨絲風片과함께 天津에 다다렸다. 未曾有의 水害로 因하야 慘狀을 이룬이곳은 水國化한 天津站을 비롯하야 市街의 거의全部가 水磨의 侵害를 밧고있다. 天津에 머물너 旅路도 쉬일兼 數三知友를 만나기로 豫定햇든 心算은 餘地없이 挫折을 當하고 直走 北京을向항게 될제 「天津橋杜鵑聲里, 萬事傷心」이란 이것을 두고이름이 아닐는지? 부다치는 비바람에 車窓을 밧고보니 당나귀 타고 일하려 가든 農夫들도 불수업고 小鷄子를 팔든 驛頭의 뽀이들도 그림자가 머러졌다. 나는 車안에서알게된 K兄과 談話를 繼續한다. 午後十一時 卽北京時間 二十三時(北至에서는 午前午後의 區別이 없이 一日二十四時間으로 計算하야 繼續的으로 時間數를 부른다)에 北京驛에 到着할 豫定이던 九號列車는 세 時間이 延着되어 北京에 到着하였다. 天津에서 水災避亂民들을 담뿍 실고온 汽車가 北京에 到着되자 驛頭는 混亂千萬을 이루고있다. 게다가 暴雨가 퍼붓고 있다는것은 여러 가지로 初旅者의 마음을 조리게 할뿐으로 曉頭 北京에서 飯店(旅館)을 찾다못해 車中에서 알게된 K兄의 宿所에서 困한몸을 쉬이게되었다. 四五個의 旅所를 두다렸으나 天津難民으로 因한

超滿員은 나로하야금 北京飯店으로 발길을 내치게 하였다. 이름은 飯店이나 房만 빌려주는 旅館인데 一流호텔임이 分明하나 엄청난 宿泊料에는 놀라지않을수 없었다.

北京城의 偉觀

北京에서 敎學機關을 視察한 나마에 名勝도 數處探賞하게 되었다. 視察에 關한 張皇한 事實을 쓸만한 餘裕가 업는것이 遺憾이다 마는 짜른時日을 通하야 數個目的한 機關을 보고 알고 배우고 늣기게된것은 多幸한 일이다. 國立北京大學, 燕京大學, 北京新學院, 雁中學, 崇貞學園, 具滿中學, 育英中學等을視察했다는 것만을 말해두기로 하자.

北京은 城의都市, 樹의都市, 門의都市, 宮의都市, 名勝地의都市, 人力車의都市라고 부르고싶다.

北京은 禹貢冀州의 遺跡으로 最初의 建都는 燕에對한 召公이라하며 其後遼, 金, 元, 明, 淸, 五朝와 民國初年에 各各 此地에 建都하야 都合八百四十年을 繼續하였던 것이다. 北京이라 稱하기는 約五百年前인明의成祖 永樂元年(皇紀二〇六三, 西紀十四〇三)〇末二月에 都邑을 定하고 北平府를 廢하야 처음北京이라. 改稱하며부터 北京의 命名을 가지게된 것이다. 以後京師라 改稱하다가 民國十七年(一九二八)에 다시 北京을 北平이라 變하야 今日까지 온것이라한다

「地當海陸地雄 鐵道之會 東西南北 俱有指揮脾睨之勢遼金元明淸 及民國初年 尊都於此」

以上都思總氏의 所說을 보더래도 亦是 非常이 五朝의 四都임과 地勢의 重要한것을 알수있는 것이다.

北京은 面積이 約七百十八方公里에 人口가 約百七十萬을 算하고있다. 城垣은 凸字의 形狀으로 外城內城의 二分되었으며 內城안에 皇城이 있고 皇城안에 宮城 卽紫禁城이 있어 四重의 城壁을 둘넜고있다 外城은 南環되고 內城은 居北인데 外城의 周圍는 十六公里, 內城의 周는 約二十三公里 皇城十公里나된다. 第一로 北京은 城의都市라 부를수있다.

城의都市 北京은 많은門을 가지고있다. 外城에 七門, 內城에 九門, 皇城에 四門, 紫禁城에 四門合二十四門을 가지고있다. 城의都市가 이와같은 多數의門

을 開放하지 안코는 到底히 交通을 便利하게 할수없을것이다. 이제二十四門의 名稱을 쓰자하니 거북하기짝이없어 다만 그 優秀한者를 들어 參考에 供할가한다. 무엇보담도 內城南面門에 屬한 正陽門, 崇文門을 말하지않을수업고 西面에 西直門, 東面에 朝陽門, 北面에 安定門을 다음으로 둘수밖에업다. 外城에는 永定門, 廣安門이있고 皇城에는 南에 天安門, 北에 地安門, 東에 東安門, 西에 西安門이 있다. 皇城은 東西로 나누어 東部에는 紫禁城이 되어있고 西部에는 西苑은 北, 中, 南 三海로 되었으며 區內에 前日 總統府, 省政府跡과 現下市政府가 뇌여있다. 南海의 南部에 새로 一門을開하야 新華門이라한다.

紫禁城에는 南으로午門 北으로 神武門 東으로 東華門 西으로 西華門 四門이 있으며 城內의 南部에는 太和門, 中和殿, 保和殿의 俗稱三大殿이 둘너있다. 只今은 이곳을 開放하야 古物陳列所로 使用하며 北部에있는 淸廷의 故宮은 古宮博物院으로 開放하고있다. 이와같이 北京은 많은門이 있을뿐아니라 洋車를타고 大路를 달여가면 어대서든디 通路의 上部로 높이소슨 丹靑이 燦爛한 美裝한 路門을 볼수있다. 北京은 門의 都市이다.

燕京大學과 頤和園

어느날인가 西郊의 名勝을 찾기爲하야 京香遊覽公共汽車에 몸을실코 西直門을 나섯다. 門의內外로 널려있는 貧民들의 生活相이 눈앞에 띄이기 始作하며 郊外의 農村이 또다시 村舍의 가을빛을 傳하는것도 異彩의 하나이엇다.農事試驗場을 지나 버스는 燕京大學 門前에 머물렀다.

彩色이 輝煌한 宮闕같은 校舍들이 空中에 漂渺함을 보고 놀라지않을수 없었으며 水塔의 높은姿態가 行客의 발길을 머뭇거리게할제 다시한번 校庭에 나타난 建築美를 感歎하지 않을수없었다. 幽邃한 中央의 蓮못, 蜿蜒한 校庭의 행로, 美化한 燕南苑의 住宅地 모도들 豊裕 淸新한 氣風을 뵈여주는듯 하였다. 때마침 入學時機임으로 새로選拔된 百單八 新選學徒를 發表했을 뿐이고 校內는 쓸쓸하기 짝이없었다. 「女賓止步」라고 써있는 男子寄宿舍의 區內를지나 悠悠히 발길을 돌여 萬壽山으로向하였다.

西郊의 名勝으로 著名한곳은 西山, 八大處, 妙峰山, 香山, 碧雲山, 臥佛寺,

玉泉山, 圓明園, 萬壽山을들 수 있고 그中에 萬壽山과 昆明湖가 있는 頤和園은 참으로 世界一을 말하는 勝地이며 絶境이다. 幽雅하고 靜溢한 山水花鳥의 미와 雄偉하고 壯傑한 宮殿樓閣의 勝이 擧世에 無匹이라고도 過言 이아닐것이다.

頤和園北方에 있는 圓明園은 일즉이 英佛聯合軍에게 灰盡이 되고말었다. 淸 咸豊十年(一八六〇)八月 文宗帝熱河로 蒙塵할새 英佛軍이 北京으로 侵入하야 圓明園을 불태운 것이다. 以今은 敗瓦와 頹垣만이 古墟에 쌓여있어 前日의 壯觀 을 찾을곳이 바이업다. 以後 孝欽後가 海軍費를 옮겨다가 圓明園西便에 頤和園 을 重建한것이 今日의 俗稱萬壽山이라 부르는곳이다.

나는 燕京大學을 떠나서 垂楊이 느러진 沿路로海甸村의 秋風을 마시면서 前日 宋哲元의 兵營이라하는 큰建物을 지나 頤和園門前에 다다렀다. 正門인 東宮門을 드르스니 困明湖의 幽雅한 姿態가 나를 마저준다. 王瀾當茶亭에서 「코카콜라」를 마시면서 우으로 壯嚴한 離宮을 바라보며 아래로 鏡面같이 맑은 湖水를 對할제 爽〇한 氣風은 比할데없었다. 드르니 頤和園은 二十四境을 가지 고있다한다. 山前八大境, 山前六小景, 山後六境, 이數많은 景을 다볼 수없어重 要한것만을 보앗거니와 일홈이나 적어두어 이勝地를 紀念할가한다.

一, 山前八大景

　　東宮門, 趣諧園, 玉瀾堂, 樂壽堂, 德和園, 排雲殿, 石丈亭, 南湖.

二, 山前六小景

　　景福閣, 知慧海, 畵中遊, 聽鸝調館, 延淸上樓, 養雲간.

三, 山後十景

　　淡寧堂, 眺遠齊, 善現寺, 〇春園, 構虛軒, 花承閣, 綺望軒, 賣買街, 須彌靈境, 寅揮城關.

玉蘭堂, 夕佳樓, 藥壽堂을 지날제 日月등輝, 月樓映夕, 水木自親等 遊閒곳도 많이있다. 大景에 如醉한 내몸은 마음속 詠嘆을 거듭할뿐 邀月門 지나서니長廊 이 앞을 引導한다.끝없이 뵈이는 數百丈의 長廊山水花鳥의 彩畵도 妙하기 極하 거니와 長廊과 平行된 大理石의 石欄이 水面을 스처가며 百인지 千인지水와 山의 기슬을 限界한 그結構가 더욱 奇하고 妙하다. 長廊과 石欄사이에는 步道와 花園이 있고 中間中間에 茶亭을 베풀어 行客을 쉬게 하였다.

이廊, 欄과 道, 園의 四線平行이 끝없이 뺏처는가하면 山水의 屈曲을 따라

左로돌더니 右로 꾸부려 自然과 人工을 調和롭게 發露한것은 萬壽山만이 자랑할수있는 勝狀이라 할수있다 서투른 이붓으로 穩全한 이 景致를 쓰기가 거북할가하야 짐짓 멈추고발길을 돌려 排雲門으로 올너갓다.

　北側에 雲輝玉宇, 南側에 斗拱瑤樞라한 美麗한 牌樓가 서있고 芳輝殿, 紫霄殿을 左右로 높고 排雲殿, 德輝殿이 層層이 높이 소서 大空에 나붓기는가 하면 그우으로 弗香閣, 知慧海가 四重으로 屬立하고있다. 雲輝玉宇는 前日 西太后의 遊亭이었다하며 排雲殿은 西太后의 寢殿이라한다. 이만하면 萬壽山에서 王者의 榮光을 누리든 西太后의 豪華를 可히 想像할수 있을것이다. 絶頂에 知慧海를 隔하고 萬壽山의 前後가 分岐되어있다. 知慧海는 佛殿인듯한데 正門이 굳이 닫처 드러갈수없었다. 知慧海 닫은門앞에서 昆明湖를 바라보며 左右로 叢立한 宮殿樓閣을 살펴볼제 感懷는 끝없이 일어난다.

　永劫의 知慧大道 이門속에 숨었는가
　말업는 萬壽山에 夕陽한 빗겻으니
　두어라 人生靈活를 물어 무엇하리오.

　排雲殿 너른뜰에 가을풀 荒凉할제
　當時의 貴한榮光 찾을곳 어대인고
　흥망이 有數하니 더욱 슬허하노라.

　佛香閣을 내려와 淸華軒, 雲錦殿, 秋水亭을 거처 魚藻軒에서 사이다를 마시었다. 그다지 시원한 맛이없다. 淸遙亭, 石丈亭, 寄欄堂을 지나 淸晏舫(石舫)에 발을 멈추니 疲困한 다리가 더 前進하기싫어한다. 大理石으로 맨든 이石舫은 船形을 取한 建築의 一種으로 色硝子를 使用하야 「사라센」式의 窓과 柱를 가진 洋支混用의 建築이다. 일즉이 西太后는 이 畵舫에서 大宴을 베풀고 歌舞와 珍味로 月夜를 미지하였다한다. 이石舫은 銅牛와 함께 萬壽山의 名物이다.

　萬壽山前一策過, 昆明湖上夕陽多.
할수있고 南으로 正陽門, 祈年殿을 바라볼수있다. 御河橋, 北海의 白塔, 中南海公園, 國立圖書館 그리고北京의 파노라마를 一眸에 거둘수있는것은 無限한 壯快가아닐수없었다. 周賞亭을 내려와 神武門으로 드러가니 燦然한 故宮이 文照

에빛최여 古色을 자랑한다.

乾淸宮을 드러서니 「正大光明」의 四字가 乾隆의筆跡을 남기고있다. 交泰殿, 坤寧宮, 承乾宮, 景仁宮, 景陽宮, 種粹宮과 그外 일홈도 記憶할수 없으리만치여러 宮殿을 지나치며 無數한 玉器, 銅器, 磁器, 種類, 陶器, 書畵類等의 陳列을 보았다. 玉製의 會員九老圖의 彫刻品이나 陳列한 二十五顆의 歷代寶璽는 記憶에 닛을수 업는 珍見이라 하지않을수없다. 歸途, 御花園, 堆秀山, 擒藻堂을지나서 古物陳列所가 되어있는 三大殿으로 步武를 옴기면서 아래와 같은 拙作을 남기었다.

旅遊觀覽到燕京, 宮闕荒凉有古城, 擒藻堂深秋草沒, 乾淸宮屹夕陽明, 歷代帝王過去跡, 千家豪傑幾稱名, 剪彩移春今復睹, 景山煙樹但禽聲.

北海公園은 中南海, 十〇海의 遊覽地보담 헐신 高貴하고 淸雅하며 鮮娟하고 壯美한곳이다. 蒲藻가 繽紛하고 禽魚가 翔泳하는 自然의 美도 있으려니와 金鰲이니 玉蝀이니하는 大理石製의 二橋와 樹林이 翳鬱하고 石塔이 高峙한 瓊島의 壯觀도 갖일수있는 곳이다.

陟山門을 드러가서 見春亭에 가리를 쉬노라니 茶亭의 光景이 視線을 끌고있다. 때마츰 日曜日午後임으로 靑春男女드리 納冷行脚은 끈일줄을 모르고있다. 荷花가 滿開한 碧波를 헷처가며 뽀트를 저어가는그들의 享樂은 그얼마이며 垂楊이 욱어진 江가의 뻰취에서 風月을 議論하는 그들의 心境은 果然어떠할가 우리도 뽀트를 저어 悠悠히 對岸의 滋香亭, 浮翠亭으로차저갓다. 同行과 함께 夕食을 맞이고 떠오르는 달빛을 마지하면서 北海의 夜景, 月下의 荷香에 마음을 헤치든 이때의 情趣는 참으로 내가갖인 北京의 追憶이 아닐수없다.

萬柄荷花瓊島前, 層層石塔出雲天,

古人往蹟問無處, 存廢中原今幾年.

天壇과 中南海를 보고 東安市街와 正陽門밧 雜沓한 市街도 보기는하였다. 그리고 所期의 視察도 맞이기는 하였다. 마는 歸路 天津水災호 因하야 北京停車場에서 이틀동안이나 汽車를 기대리가에 苦悶하든 생각을 하면 北京도 멀미가 날만치 되었다. 그러나 내가본 北京은 크고 아름다웠다. 萬壽山의 夕陽, 北海의 달빛은 내가바든 北京의 贈物이다. (끗)

北滿巡旅記*

안용순(安容純)

1

상삼봉(上三峰)에서 조개선(朝開線)을 바꿔 타고 두만강(豆滿江)을 넘어서니, 듣는 말과 다름없이 풍토가 완연히 다르다. 금년은 어디나 마찬가지로, 눈이 적고 바람이 심하여 대안(對岸)인 개산둔(開山屯)에서 일어나는 검으테테한 먼지가 넓은 벌판을 휩싸고 돈다. '만주(滿洲)의 황진(黃塵)'이라고 흔히 말하나 황토색이라기보다 흑회색(黑灰色)먼지가 벌판을 무찌르고 역시 흑회색으로 마치 동화에서 느끼는 아라비아의 모래 언덕 같은 그릏을 이리저리 감도는 것이 음울한 기분을 자아낸다. 연선(沿線) 일대에는 조선 농가와 같은 초가가 혹은 수십 호씩 혹은 수호씩 드문드문 벌판을 점철하고 있고 조선식 우거(牛車)와 울타리와, 또 그 집들의 전반적 분위기가 배경인 풍토가 다를 뿐 완연히 조선이요, 조선의 연장이다.

이런 풍경을 감상하는 동안 어느덧 용정(龍井)에 이르다. 용정이라면 간도(間島)로 알아왔고, 간고라면 용정이라고 생각하여 왔다. 그런 우리다. 그만큼 용정은 조선 사람과는 인연이 깊은 곳이다. 사실 조선 사람의 만주 이주의 모태는 용정이라고 할 수 있다. 다만 그것이 지리상으로 만주에 속할 뿐이요 그 개척한 역사로 보거나 현재의 조선 사람의 동태(動態)로나 시설로 보나 용정은 곧 조선이라고 해도 과언이 아닐 만하다.

시가를 일순(一巡)했으나 기대와 달리 정연(整然)하지도 못하고 정결하지도 못하다.

굉대(宏大)한 건물이 즐비한 거리도 없거니와 도로의 시설도 충분타 할 수 없다. 그러나 그러한 잡연(雜然)한 속에도 만주의 어느 다른 도시보다도 자랑할 것이 있으니 그것은 곧 교육, 종교의 시설이다.

종교는 조선의 축소, 아니 세계의 축소라 해도 관장이 아닐 만치 각 교, 각

---

* 이 글은 <朝鮮日報> 1940년 2월 28일~3월 2일에 게재된것인데 여기서는 소재영 편찬 ≪간도류랑40년≫ 에서 선록했다. 작자 신원 미상.

유파가 모여 있다. 시설의 완비를 기할 수는 없으나 그러나 그것은 거의 다 조선인 중심의 교회이니 용정은 이것만으로도 가히 정신적양식의 결핍을 느끼지 않을 것이다.

교육 기관을 조선의 큰 도시도 따를 수 없을 만치 다수인데 놀라다. 전문 이상 학교는 없으나 중학교나 소학교는 건물에 있어 손색이 없고 내용에 있어 충실하다. 조선인 학생만 2천여 명 수용하는 소학교가 있으니 가히 그 굉대함을 알 수 있다. 그러나 한 가지 유감인 것은 조선 학제(朝鮮學制)를 따르지 않는 것이다. 위에서도 말했거니와 용정은 모든 점으로 보아 조선이다. 그 생활 양식이나 그 문화의 정도로나 조선과 다름이 없다. 그럼에도 불구하고 만주국(滿洲國)이란 점으로 조선인 학생도 만주국 학제를 따르게 된 것이다. 물론 만주국 학제라도 그것이 우리의 문화 정도와 같을진대 우리는 쾌히 이것을 맞을 것이요, 결코 불평불만이 있을 까닭이 없다. 교육의 근본정신의 하나가 국민의 문화 향상을 의미하는것이라면 용정의 조선인 교육은 정(正)히 이에 대조되는 교육이다. 교육에 다소라도 관심이 있는 사람이면 누구나 불만히 여길 것은 물론, 일생을 교육에 바친 사람으로는 통탄해 마지않을 것이다. 더욱이 반세기 동안 자기 자신은 물론 후세의 어린 세대를 위해서 멀리 이국(國)의 황무지를 개척하여 일생을 바친 그 위대한 개척자들의 공로를 생각한다면 결코 소홀히 간과할 문제가 아닐 것이다.

용정에는 미구(未久)에 의과 전문도 신설되리라고 한다. 사실 용정은 관공서의 중심 도시도 될 것이고 위치로 보아 상공 도시로서의 발전도 가망이 있다. 그러나 그보다도 교육도시, 말하자면 문화 도시로서의 대성할 기반이 있다.

용정을 떠나 국제 신경(新京)에 내리다. 여간에 들러 간단한 여장을 풀고 하녀에게 관광 버스권과 '아세아(亞細亞)'의 급행권을 부탁하고는 시가로 나가다. 노래에도 흔히 있다.'혹한 영하 30여도'를 체험할 양으로 나서기는 했으나 그렇게 심한 혹한은 아니다. 그래도 거리의 유리창은 전부가 서리에 씌워서 마치 전시(全市)가 공휴일인 듯 키튼(커튼)을 친 느낌이 있다. 만주인 시가에 들어서니 갑자기 욕탕 생각이 난다. 만주의 욕탕이 특이하단 말을 들었는지라 그것부터 먼저 구경할 생각이 난 것이다. 한동안 내려가니 '욕지(浴池)라 써붙인 커다란 대문이 있다 대문에 들어서 넓은 중정(中庭)을 지나니 현관 같은 사무실이 있다.

다자고짜로 들어가며 독탕을 청한다. 정방형으로된 조고만 방에 안내되어 보니 한편에 사기로 만든 말쑥한 욕통(浴桶)이 있다. 사람 하나가 들어갈 만한 것으로 넓이 1척, 길이 5척 반 가량의 것이다. 다른 한편에는 침상이 있고 욕통과 침상 사이에 조그만 탁자 하나가 벽에 붙어 있다. 탁자위에 다도구(茶道具)사이에 재떨이 같은 것이 놓여 있다. 욕통에 물을 채우는 동안 차를 마시며 통(通)치 않는 만주어로 말수작을 붙이고는 몸을 닦는 사람까지 청하다.

2

욕통에 들어갔다 나오니 몸을 닦는 것이 아주 굉장하다. 그냥 앉혀 놓고는 목덜미아 팔을 닦고 자빠뜨려놓고는 가슴, 배, 다리를 닦고 엎치려놓고는 잔등, 볼기짝을 닦고 모로 눕혀놓고는 겨드랑이 갈비뼈를 닦아준다. 도무지 처음이 되어 어색하기도 하거니와 우습기가 짝이 없다.

속으로 이놈들이 이리 뒤집고 저리 업쳐 놓는 법이 아주 그냥 산 사람을 튀하 듯 하는구나 하고 생각하니 웃음이 터져나온다. 몸을 닦은 후 벌거벗은 대로 커다란 수건만 두르고 이발부에 가서 면도하다. 다시 방에 돌아와 침상에 누워본다. 이것은 만주인의 습관이라 나도 그들이 하는 대로 흉내내어 보는 것이다. 그들은 대개 침상에 누워 한잠을 자고난다. 아닌게아니라 나도 한잠을 청하고 싶다. 사실 내게도 잠이 사르르 기어드나 잠잘 시간이 없다. 한동안 누웠다가 뛰여일어나 옷을 입고 나오다. 생각하면 만주에서나 볼 대륙적이요 낭만적인 성격의 하나다.

마차를 잡아타고 여관에 오니 벌써 관광 버스가 떠날 시간이다. 부탁한 버스권을 받아들고'튜에리스트 뷰에로'(여행사)로 가다. 이렇게 추운 때임에도 불구하고 25인승 버스 2대가 만원인데는 놀라지 않을 수 없다.

구시가는 이전 장춘(長春)이란 곳으로 상당히 큰 거리다. 그러나 그 보다도 신경의 신경된 소이는 그 신시가에 있다. 신시가는 곧 국도(國都)건설 계획으로 새로이 된 거리를 말함이니, 니것은 순전히 계획적으로 수행된 것이라고 한다. 그서이 계획적인 이상 이상적이 아닐 수 없으니 무엇 하나 우리의 눈을 놀라게 않은 것이 없다. 도로만 보아도 최대간선(幹線) 도폭(道幅)이 60미터이다. 그것이 차도만도 두 줄로 나누어져서 급행차도 완행 차도로 구분되어 있고 그 두

차도 중간에 녹수대(綠樹帶)라는 것이 경계선을 이루고 있다. 마치 전차(電車)의 안전 지대 같은 것이 동일한 간격을 두고 늘어졌고 그 위에 나무가 서 있다. 30미터 40미터의 간선 도로는 시가의 중심을 이리저리 관통하고 아직 건물 하나도 없는 평야를 뚫고 시야 밖으로 뻗어져 있다. 그칠줄 모르게 뻗어 있는 이런 도로는 어느 것이나 다 애스팔트로 되어 있어 마치 마른 잔디벌판에 검은 융단을 깔아놓은 듯하다. 간선 도로의 중요한 교차점은 전부 로타리(로터리)식으로 되어 있고 전신, 전등선은 전부 지하 케불(케이불)로 되어 있다. 그러므로 신시가에서는 전주 한 대 볼 수 없고 가로는 말할 수 없이 말고 깨끗하다. 이상적이란 이를 두고 하는 말이려니 홀로 감탄하다.

　도로도 도로려니와 그 건물에 넘쳐흐르는 청신한 기분은 어떻게 형언할 수 없다. 깨끗한 설계도를 그냥 그대로 옮겨놓았다고나 할까. 부유한 사람들이 돈을 아끼지 않고 마음 내키는 대로 힘 자라는 대로 지오놓은 건물이라고나 할까. 도무지 돈이라고는 염두에 두지 않고 건설된 도시로밖에 생각이 안 된다. 소위 신경의 '환지내(丸之內)'라는 비지네스 센타(센터)는 그 즐비한 고층 건물로나 그 가로와 상부한 점으로나 정연미려(整然美麗)한 그 품격으로나 환지내를 능가하고도 남음이 있을 것이다.

　광대무변한 평야에, 1백 평방천(粁)2)의 광대한 도시를 새로이 건설한다는 것은 현대의 과학으로도 용이한 일이 아닐 것이다. 20평방천(粁)의 제1기 5개년 계획은 이미 완성되었고 65평방천의 제2기 구역은 목하 건설 중이라고 하나 우리의 눈으로는 언제나 완성될지 그 광대한 것으로 미루어 전도 요원을 느끼게 한다. 그러나 로마도 하루에 된 것은 아니다. 이만큼 건설해 놓은 것도 신흥한 국가로서는 위대한 노력의 결정이 아일 수 없다.

　한 말로 하면 신경은 그 이름과 같이 새롭고 맑고 웅대하다.

3

　버스(버스)는 이러한 깨끗한 기분을 만끽시켜 주며 중심 시가를 지나 어느덧 남령 전적지(南嶺戰迹地)에 오다. 버스의 설명역(說明役)인 젊은 처녀가 여기 와서는 얼굴에 수심을 띄우고 당시의 분전을 역력히 해설한다. 차내는 별안간 애수에 빠지다.

버스는 느릿느릿 40여천(粁)을 돌고 3시간 후에야 돌아온다.

신경에서 없어서는 안될 것은 마차일 것이다. 사실 마차는 시내 교통의 왕좌를 점하는 것으로 신경은 마차로 새고 마차로 진다고 하느니 만큼 마차의 존재는 절대의 것이다. 양거(洋車), 자동차(自動車), 버스는 다만 이것을 보조하는 기관에 지나지 않는 듯하다. 어디로 나서든지 마차한두 가지 없는 곳이 없다. 전차가 없는 대도시라 마차의 필요가 절실히 느껴질 수밖에 없다. 그러나 그런 대신 마차가 가장 빈번하게 내왕하는 정거장 부근 일대는 여기저기에 마분(馬糞)으로 덮였다. 겨울이라 얼어붙는 관계로 깨끗이 소제가 안 되는 모양이다. 여기 대해서는 여러 가지로 고려하는 모양으로 마차에 바분 받는 기구를 장치한다는 말도 있다.

신경의 인구는 40만이라고 하는데 기중 약 10만이 내지인(內地人)이라고 한다 (그중에 조선인도 물론 포함되어 있다) 수로만 보아도 4대1이다. 그러므로 우리가 처음하는 여행이라도 조금도 불편이 없다.

동경(東京)이나 경성(京城)이나 신경이나 무어 다른 것이 없다. 경성에 조선인 시가가있고 신경에 만주인 시가가 있는 것이 다를 뿐이다. 그밖에는 다 마찬가지다. 언어나 행동에 있어서 내지식이기만 하면 만사가 오케[오케이(O.K)]다. 하등 불편이 있을 까닭이 없다. 그러므로 조선 사람도 내지인 행세를 하는 모양이고 비록 조선 사람 끼리라도 그러는 모양이다. 무어 만주에까지 와서 내가 조선 사람이라고 뻗대일 것도 없을 것이니까.

만주인은 조선 사람 알기를 발바닥으로 여기지 않지만 내지인을 알기를 하늘 같이 여긴다. 조선 사람이 내지인 행세를 하는 가장 큰 이유는 이러한 멸시를 피하기 위함이다. 비록 그것이 허위의 수단이라 할지라도 대(對) 만주인 생활에 있어 무가내(無可奈)한 일이다.

신경을 떠나 합이빈(哈爾賓)에 닿기는 오전 6시경이다. 신경에서 부탁한 '아세아'의 급행권은 4, 5일 후가 아니면 얻을 수 없어서 보통차의 침대권으로 만족하지 않을 수 없었다. 여관에 드니 거의 7시다. 그러나 아직도 밤중같이 캄캄하고 매운 듯이 늦다. 9시가 되어야 겨우 햇발이 보인다. 동경에 비하면 아마 두어 시간 늦을 것이다.

여관이 바로 노인가(露人街)인 기다야스카야 가에 있는 관계로 아침 먹고

문을 나서면서부터 아주 엑조틱(ㅇㅇ영어문자)한 감을 자아내게 한다. 한낮이 다되었는데도 쇼윈도의 서릿발이 신경의 그것보다도 더 심하게 씌워져 있다. 안에는 무에 있는지 도무지 알 수 없다. 더욱이 간판인지 무얼하는 건물인지 도무지 눈뜬 장님이나 마찬가지다. 이런 거리를 캄캄한 기분으로 걸어가노라니 삐라가 한 장 손에 쥐어진다. 펴들고 보니 전부가 노어. 속이 캄캄하여 못 견딜 지경이다. 부스려 비벼 던지려고 하다가 다시 펴들어본다. 혹 영어(英語)나 독(獨), 불어(佛語)의 한두 가지도 있지 않을까 기대하면서. 그러나 추운데 떨어 가며 다시 펴 본 것만도 도로(徒勞)였다. 눈뜬 장님이란 사실 이런 기분을 말함이 리라 혼자 탄하다. 예전 농촌에서 문자 보급을 시킬 때 문맹은 눈뜬 장님이라고 하루에 몇 번씩 지껄여도 그게 그저 그런 말이려니 하고 지났을 뿐 참말로 눈뜬 장님의 진체(眞體)를 내 자신 체득하기는 이번이 처음이다.

이곳 추위는 신경이상이다. 북극의 혹한을 여기서 맛보는 듯하다. 햇볕이 아무리 잘 드는 남향이라도 유리창의 서릿발은 녹을 줄을 모르고 길바닥의 눈얼음이 꿈지럭도 않는다. 아마도 겨울 동안은 녹아볼 줄 모를 것이다.

오늘이 1월9일인데 이곳은 요사이가 크리스마스인 모양이다.'추림(秋林)'이란 어지간히 큰 백화점도 그로 인해 3일 휴업이란 패가 나붙었다. 그것도 노어로 크게 쓰고 옆에 조그맣게 일어로 몇 자 적어놓았다. 크리스마스에 여러 날 휴업하는 것도 그렇거니와 모든 것에 노어 중심인 것으로 보아 합이빈은 노인의 도시란 느낌을 준다. 합이빈역 구내에서 본 것인데 1, 2등 대합실 한모퉁이에 '로맨(고만) 캐토릭(카토릭)'교도의 그리스도의 우상을 모신 것이있다. 여러 사람이 기이한 듯 들여다 보고 있는 중에 노인이 와서 촛불을 켜놓고 무릎을 굽혀 기도하고 그리고는 그리스도의 손에 접문(接吻)한다. 그 광경은 여하튼 백계(白系)노인의 우상이 타국의 역내에까지 안치되었다는 것은 다소 이상한 감을 갖게 한다. 사실 합이빈의 노인의 존재는 경시할 수 없는 것인 모양이다. 시내 교통에는 국도 신경에 없는 전차가 있을 뿐이고 그 밖에는 신경과 다를 게 없다. 마차는 신경에 비할 바 못 되고 전차의 통로는 경성에 비(比)가 아닐 듯이 생각된다.

신경은 처음 여행이라도 별로 불편 없이 그래도 충분히 보았다고 할 수 있으나 합이빈은 그렇지 못하다. 뜻 맞는 동무의 안내도 없고 혹한이어서 마음대로 나다니지 못하는 관계로 귀에 익히들은 그 엑조틱한 이면(裏面)생활은 섭섭하게도

살피지 못한다.

4

미련을 남기고 목단강행(牧丹江行)을 타다. 어느 차나 다 그랬지만 이차도 대만원이다. 단지 만원이라고만 말해버릴 수 없을 만치 혼란하다. 만주인들은 수화물로 부칠 만한 큰 보다리도 그냥 들고 들어온다

좌석이 만원이라 다락도 만원이다. 그들은 보따리를 통로에 놓고 그냥 서서 간다. 통로는 꽉 차서 변소 가기도 거북하다. 식당차에 갈래도 차가 정차하기를 기다려 플래트홈에 내려서 찾아가야 하고 다시 정차하기를 기다려야 비로소 제자리에 찾아온다. 차내는 인간으로 포화(飽和)되고 특이한 만주인의 내음새가 코를 찌른다. 간혹 좌석을 독점하고 누워있는 양복쟁이도 있다. 그러나 만주인들은 그 옆에 서서 가면서도 감히 같이 앉기를 청치 못한다. 만주인 차장이 지나다 이걸 보고 흔들어 깨우면서 옆에 선 사람들과 같이 앉기를 권한다. 그러나 청이 불긍(廳而不肯)인데야 차장도 무표정으로 지나가 버리고 선 사람도 무표정으로 다만 묵묵히 서서 갈 뿐이다. 마치 성자(聖者)와 같이 초월한 듯 일체의 불평도 추호의 애착도 없는 듯하다. 국민성이라 할까? 또는 무어라고 할 것인가? 나는 걷잡을 수 없는 이상한 충동에 사로잡히다.

민족간 문화의 우열이란 어떻게 말할 수 없이 불쾌한 것이다. 그러나 또 생각해 보면 오찌할 수 없는 일이다.

눈을 돌려 연선을 내다보니 상상 이상으로 산이 뻗어 있다. 그러나 모두 빡빡 깎은 중대가리 산이다. 산이라 해도 우러러볼 것은 못 되고 그냥 건너다 볼만한 나산(裸山)들이다. 한 자도 못 되는 낮은 가죽나무가 잔디풀과 같이 누렇게 말라 있을 뿐 그밖에는 나무라고는 한 대도 없다. 이무한대한 평야와 이 산만 보아도 문제의 치산치수(治山治水)가 난사(難事))의 난사임을 가히 알 수 있다. 산에는 조선에서 흔히 보는 묘는 한 자리도 안 보이고 전주도 흔치 않다. 광막한 평야에 하필 산에다 전주를 박을 까닭도 없을 것이다.

어언간 목단강에 닿다. 이곳은 도가선(圖佳線)과 빈수선(濱綏線)의 중심 교차지로 장래를 촉망 받는 도시다. 역 부근 일대의 신시가는 대도시로서의 면목을 가졌으나 구시가는 의연히 천편일률의 잡연한 만주식 시가다. 구시가의 서쪽

끝으로 나가보니 조선 사람이 모여 사는 마을이 있다.

내용도 그렇거니와 외형도 참담하다. 만주의 물가가 조선에 비해 훨씬 고(高)한 까닭도 있겠지만 이런 마찌하즈레의 기울어지는 초가집 방 한 칸에도 10원 이상의 세를 주어야 겨우 얻을 수가 있다고 한다. 물가가 그렇고 집세가 그러하니 어지간한 수입으로는 생활이 윤택할 수 없을 것이다.

목단강을 잠깐 둘러만 보고 그냥 도문(圖們)으로 향하다.

만주에서 내가 탄 기차는 공교롭게도 전부가 다 연착이다. 10분 내외는 그만두고라도 30분 이상 연착이 흔하다. 어느 역을 물론하고 연착의 게시가 나붙었다. 아마 연착은 보통인 모양이다. 그러나 후에 당한 일이지만 도문서 조선을 향할 때 의도적은 아니라 3분 늦어 나갔더니 차는 이미 정각에 떠났다. 3, 4분 늦어도 탈 수 있으려니 하고 나간 것만도 너무 얕잡아 본 것이 아니냐고 탓해도 변명은 없다.

도문에는 밤 11시에 내리다. 조선 여관을 찾아 오래간 만에 온돌방에서 편히 쉬다.

도문은 두만강을 사이에 두고 남양(南陽)을 대(對)한 신설한 시가라 도무지 만주땅이란 인상을 주지 않는다. 남양이나 도문이나 무어 다를것이 조금도 없다. 마치 한강(漢江)을 사이에 두고 경성 시내와 노량진이 대하고 있는 듯한 감을 준다.

만주 여행 중 가장 불쾌를 느낀 것은 수질의 불량함인데 도문도 이 예에 빠지지 않는다. 그러나 한번 강을 건너 남양에 이르면 수질은 완연히 다르다. 도문. 남양의 다른 점은 수질에나 있다 할까. 그것은 여하튼 수질의 양, 불량은 산세와 지세의 관계일 것이니 이런 것으로 보아도 자연이란 또 무슨 적으로든지 국경을 흩뜨려놓는다 하더라도 자연은 어디까지 그걸 고집할 게니까 말이다.

도문을 떠나 귀로에 들다. 만주를 돌고 오니 조선의 산수가 새삼스러이 아름다워 보인다. 흔히 외국 관광객들이 조선에 들르기만 하면 판에 박은 듯이 조선은 아름답다고 하는 말이 이상히 느껴졌으나 결코 그것이 예의적 언사가 아닌 것을 깨달았다. 말하자면 만주를 보고야 비로소 조선의 미를 인식한 모양이다.